「十四五」國家重點圖書

詞譜要籍整理與彙編（第二輯）

朱惠國◎主編　劉尊明◎副主編

文體明辯・詩餘

[明]徐師曾◎編著　劉尊明◎整理

華東師範大學出版社
·上海·

圖書在版編目（CIP）數據

文體明辯：詩餘/（明）徐師曾編著；劉尊明整理.
—上海：華東師範大學出版社，2023
（詞譜要籍整理與彙編）
ISBN 978-7-5760-4615-1

Ⅰ.①文… Ⅱ.①徐… ②劉… Ⅲ.①詞（文學）—詩詞研究—中國—明代 Ⅳ.①I207.23

中國國家版本館CIP數據核字（2024）第004925號

上海市促進文化創意產業發展財政扶持資金資助出版

詞譜要籍整理與彙編
文體明辯·詩餘

叢書編者　朱惠國 主編；劉尊明 副主編

編 著 者　［明］徐師曾
整 理 者　劉尊明
責任編輯　時潤民
責任校對　龐　堅
裝幀設計　盧曉紅

出版發行　華東師範大學出版社
社　　址　上海市中山北路3663號　郵編 200062
網　　址　www.ecnupress.com.cn
電　　話　021-60821666　行政傳真 021-62572105
客服電話　021-62865537　門市（郵購）電話 021-62869887
地　　址　上海市中山北路3663號華東師範大學校內先鋒路口
網　　店　http://hdsdcbs.tmall.com

印　　刷　上海中華商務聯合印刷有限公司
開　　本　890毫米×1240毫米　32開
印　　張　24.25
插　　頁　4
字　　數　440千字
版　　次　2024年10月第1版
印　　次　2024年10月第1次
書　　號　ISBN 978-7-5760-4615-1
定　　價　198.00元

出 版 人　王　焰

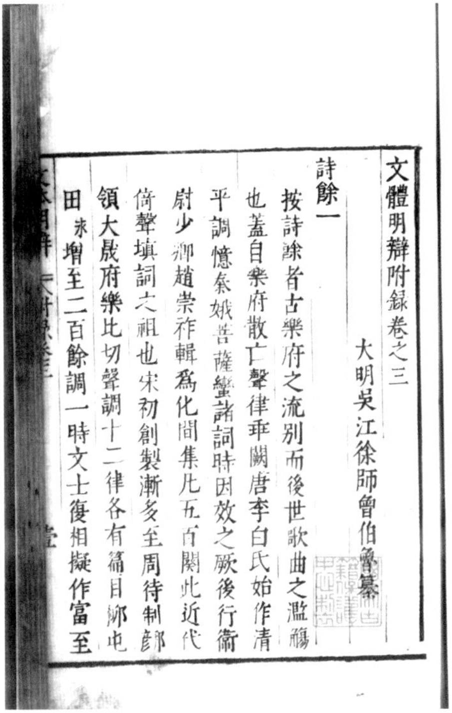

文體明辯附録卷之三

大明吴江徐師曾伯魯纂

詩餘一

按詩餘者古樂府之流别而後世歌曲之濫觴也蓋自樂府散亡聲律乖闕唐李白氏始作清平調憶秦娥菩薩蠻諸詞時因效之厥後行衛尉少卿趙崇祚輯爲化間集凡五百闋此近代倚聲塡詞之祖也宋初創製漸多至周待制郎領大晟府樂比切聲調十二律各有篇目柳屯田永增至二百餘調一時文士復相擬作富至

中國國家圖書館藏明萬曆初年

閩建陽游榕銅活字印本《文體明辯》附録《詩餘》書影（一）

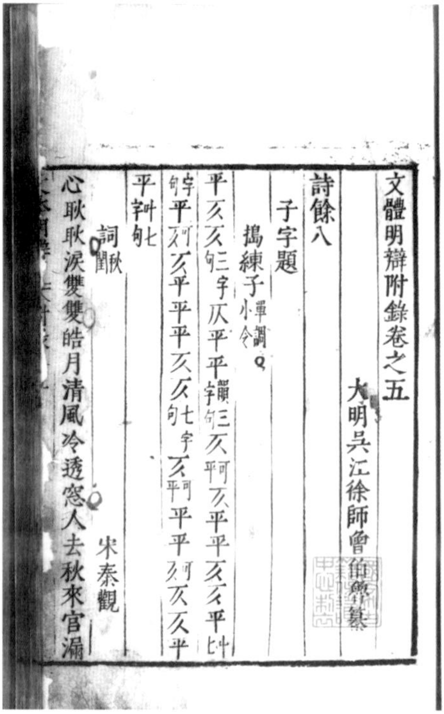

文體明辯附錄卷之五

大明吴江徐師曾伯魯纂

詩餘八

子字題

搗練子（單調小令）

平仄仄（三字句）仄平平（叶韻三字句）仄（可平）仄平平仄仄平（叶七字句）平（可仄）仄平平平仄仄（七字句）仄（可平）平平仄（可平）仄仄平（叶七字句）

秋閨詞　宋秦觀

心耿耿淚雙雙皓月清風冷透窗人去秋來宮漏

中國國家圖書館藏明萬曆初年

閩建陽游榕銅活字印本《文體明辯》附録《詩餘》書影（二）

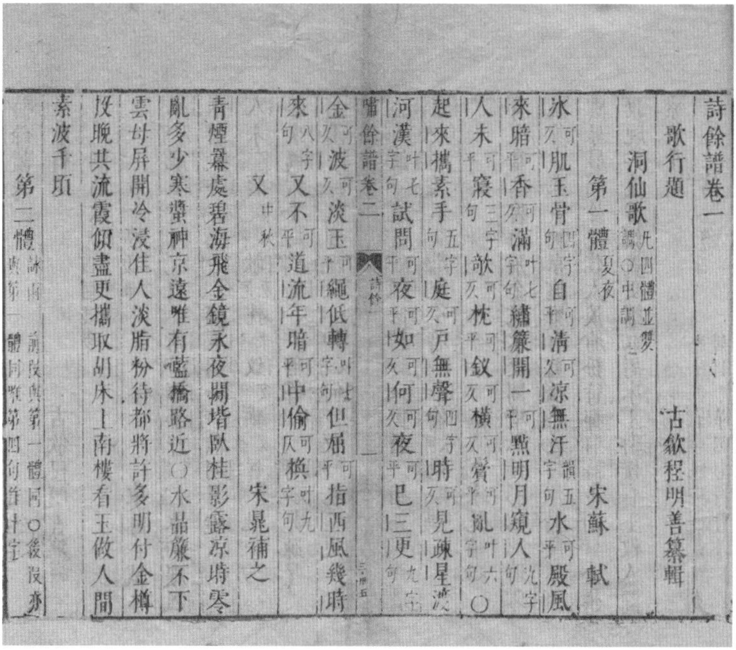
詩餘譜卷一
歌行題　古歙程明善纂輯
洞仙歌 凡四體並雙調○中調之
第一體 夏夜　宋蘇軾
冰肌玉骨自清涼無汗水殿風
來暗香滿繡簾開一點明月窺人
人未寢欹枕釵橫鬢亂○
起來攜素手庭戶無聲時見疏星渡
河漢試問夜如何夜已三更
嘯餘譜卷二　詩餘　一
金波淡玉繩低轉但屈指西風幾時
來又不道流年暗中偷換
又 中秋　宋晁補之
青煙冪處碧海飛金鏡永夜閑階臥桂影露涼時零
亂多少寒螿神京遠惟有藍橋路近○水晶簾不下
雲母屏開冷浸佳人淡脂粉待都將許多明付金樽
投曉共流霞傾盡更攜取胡床上南樓看玉做人間
素波千頃
第二體 詠雨

天津圖書館藏明萬曆四十七年己未（一六一九）
程明善流雲館自刻本《嘯餘譜·詩餘譜》書影

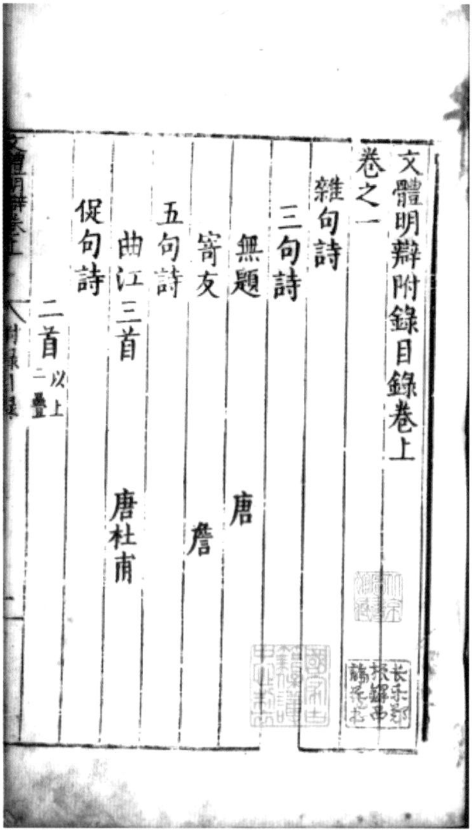

文體明辯附錄目錄卷上

卷之一

雜句詩

三句詩

無題　唐

寄友　詹

五句詩

曲江三首　唐杜甫

促句詩

二首 以上二疊

中國國家圖書館藏

明刻單行本《文體明辯附録》書影（一）

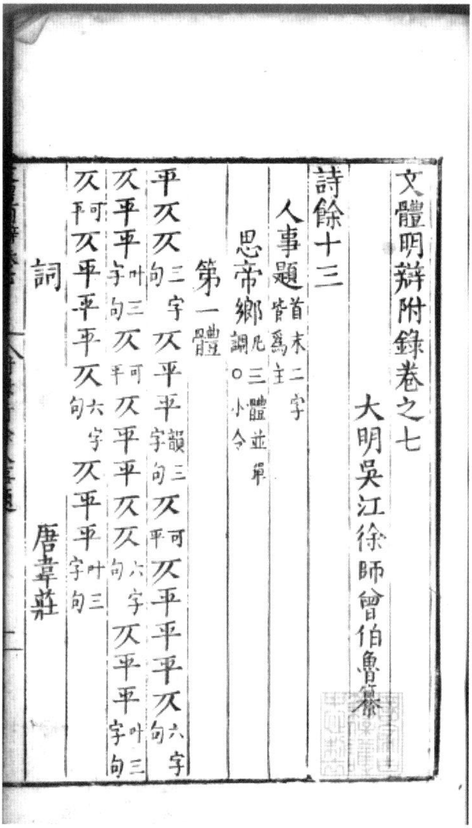

文體明辯附錄卷之七

大明吳江徐師曾伯魯纂

詩餘十三

人事題首末二字皆爲主

思帝鄉凡三體並單調○小令

第一體

平仄仄三字句仄平平三字句韻仄可平仄平平平仄六字句仄平平三字句叶仄可平仄平平仄仄六字句仄平平三字句叶仄可平仄平平平仄六字句仄平平三字句叶

詞　唐韋莊

中國國家圖書館藏

明刻單行本《文體明辯附録》書影（二）

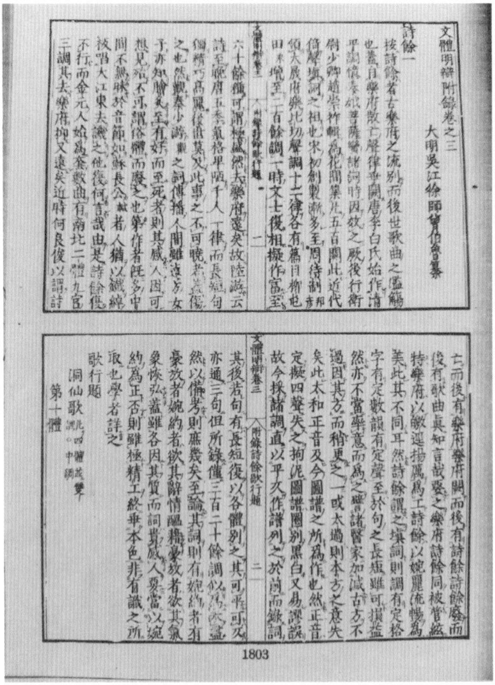

文體明辯附錄卷之三
大明吳江徐師曾伯魯纂

詩餘一

按詩餘者古樂府之流別而後世歌曲之濫觴
也蓋自樂府散亡聲律乖闕唐李白氏始作清
平調憶秦娥菩薩蠻諸詞時因效之厥後行衛
尉少卿趙崇祚輯爲花間集凡五百闋此近代
倚聲填詞之祖也宋初創製漸多至周待制邦彥
領大晟府樂比切聲調十二律各有篇目柳屯
田永增至二百餘調一時文士復相擬作富至

文體明辯卷三　附錄詩餘歌行題　一

六十餘種可謂極盛然去樂府遠矣故陸游云
詩至晚唐五季氣格卑陋千人一律而長短句
獨精巧高麗後世莫及此事之不可曉者蓋傷
之也然觀秦少游晁叔原之詞傳播人間雖遠方女
子亦知膾炙至有好而至死者則其感人固可
想見殆不可謂俗體而廢之也第作者既多中
間不無昧於音節如蘇長公辛稼軒者人猶以鐵綽
板唱大江東去譏之他復何言哉由是詩餘復
不行而金元人始爲套數曲有南北二體九宮
三調其去樂府抑又遠矣近時何良俊以謂詩

亡而後有樂府樂府闕而後有詩餘詩餘廢而
後有歌曲真知言哉蓋樂府詩餘同被管絃
特樂府以皦逕揚厲爲工詩餘以婉麗流暢爲
美此其不同耳然詩餘謂之填詞則調有定格
字有定數韻有定聲至於句之長短雖可損益
然亦不當率意而爲之譬諸醫家加減古方不
過因其方而稍更之一或太過則本方之意失
矣此太和正音及今圖譜之所爲作也然正音
定擬四聲失之拘泥圖譜圈別黑白又易謬誤
故今採諸調直以平仄作譜列之於前而錄詞

文體明辯卷三　附錄詩餘歌行題　二

其後若句有長短復以各體別之其可平可仄
亦通三句但所錄僅三百二十餘調似爲太盡
然以備考則庶幾矣至論其詞則有婉約者有
豪放者婉約者欲其辭情醞藉豪放者欲其氣
象恢弘蓋雖各因其質而詞貴感人要當以婉
約爲正否則雖極精工終乖本色非有識之所
取也學者詳之

歌行題

洞仙歌　凡四體並雙調○中調

第一體

1803

日本京都中文出版社株式會社
景日本嘉永五年（一八五二）刻本《文體明辯》書影

總序

詞譜，這裏主要指格律譜，産生於明中期，是詞樂失傳後，爲規範詞的創作而逐漸發展起來的一種專門性質的工具書。廣義的詞譜包括音樂譜和格律譜，但就明清詞譜而言，除極少數詞譜，如《自怡軒詞譜》、《碎金詞譜》是從《九宫大成》輯録而成，具有音樂性外，一般都是格律譜。

晚清以來，詞譜研究一直處於較少被關注的邊緣位置，相比詞史與詞論，詞譜研究的成果不多，且研究格局也比較狹窄，可以説，至今缺乏整體性、系統性的研究。晚清民初的詞譜研究大多集中在細部的考察和瑣碎的考訂上，對詞譜文獻尚未有全面的整理和系統的考察。民國時期，學者們多撰文專門探討四聲陰陽及詞人用調等問題，亦有一些學者熱心於增補詞調，至於詞譜的全面系統研究，則依然缺乏。一九四九年後，由於時代原因，詞譜以及與之關係密切的詞調與詞律研究長期受到冷落，直到進入新時期，相關研究才零星逐漸復甦，却也呈現出十分不均衡的面貌：詞調研究成果相對多一些，但總體上缺乏規劃性；詞律、詞韻等方面的研究成果很少，且多見於語言學等外圍學科；詞譜文獻研究有一些進展，但主要是單個詞譜的研究，成果也比較零散；至於詞譜史的研究，不僅成果少，而且多是以史論方式介紹明清以至民國詞譜著作的編撰過程、詞律研究進程及相關學者的詞律思想主張,並没有觸及問題的實質。因此,明清詞譜的研究總體比較冷寂。

一

進入新世紀,尤其是二〇〇八年前後,明清詞譜研究開始受到重視,相關研究也逐步展開,並取得一些成績。在此過程中,有兩方面的研究推進速度較快,取得的成果也比較突出。

其一,重要詞譜的研究取得明顯進展。明清詞譜的研究起步較晚,但一些重要詞譜因爲影響較大,學術地位重要,吸引了一批學者投入較多精力進行研究,並已取得非常明顯的進展。這在《詩餘圖譜》、《欽定詞譜》、《詞繫》三部重要詞譜的研究方面表現得尤其充分。

《詩餘圖譜》是中國真正意義上的第一個詞譜,地位十分特殊,但以往專門的研究並不多。學術界雖然常常提及該譜,事實上對它的認識還比較模糊,其表現主要有兩方面:一是張冠李戴,將之和賴以邠、查繼超等的《填詞圖譜》相混淆,將後者的問題算在前者上;二是没有梳理《詩餘圖譜》版本,分不清初刻本和後續版本的區别,將後續版本中出現的問題誤以爲是張綖《詩餘圖譜》初刻本的。這兩種情況在以往的研究文章和著作中經常會遇到,直到張仲謀在臺灣發現《詩餘圖譜》初刻本,才徹底扭轉了局面。此後《詩餘圖譜》各種版本的發掘和梳理，進一步呈現了該詞譜的真實面貌和流傳過程。可以説，由於文獻資料的突破，《詩餘圖譜》的研究在最近十餘年快速推進，形成的成果也與之前有了質的變化。

《欽定詞譜》由於是「欽定」，在清代幾無討論的可能，更談不上去指謬糾誤，清以後，雖然「欽定」的禁忌不復存在，但由於該譜的「權威性」，也很少有人去留意、審視譜中的問題，部分學者也只是重視詞調補遺工作，而非對原譜本身作研究，因此《欽定詞譜》存在的問題也長期得不到糾正。但最近幾十年情况正在發生變化，陸續有學者關注此譜，將其納入研究範圍，而研究的核心内容，就是對其糾誤匡謬。大致而言，對《欽定詞譜》的研究可以分爲三個階段：第一個階段是一九九七年周玉魁發表《略論〈欽定詞譜〉的幾個問題》一文，開始對該譜進行整體性研究，並且研究的方向也十分明確，就是指出其存在的問題。這種思路事實上對《欽定詞譜》之後的研究路徑有明顯的導向作用。但作者發表此文後，再没見到其後續研究成果。第二階段是新世紀以後，主要是二〇一〇年前後，謝桃坊和蔡國强兩位發表了一系列論文，對《欽定詞譜》的問題作進一步討論，其研究思路與周文大致相近。其中謝桃坊偏重於《欽定詞譜》收録詞調標準的討論，也涉及譜中調名、分體、韻位等方面的具體問題，蔡國强則更偏重於調名、韻脚等具體問題的討論。蔡文的許多觀點之後被集中吸收到其考正著作中。第三階段是二〇一七年蔡國强的《欽定詞譜考正》出版，標誌着《欽定詞譜》的研究進入了一個新的階段。三個階段層層推進，進展較快。《詞繫》是最有價值的明清詞譜之一，但由於戰亂以及編撰者秦巘家道中落等原因，一直没有機會刊刻，外界所知甚少，因此相關的研究也就無從談起。直到二十世紀末，該書稿本被重新發現並整理出版後，學界才開始了對該書的研究。研究工作主要圍繞三個方面進行：首先是整體性介紹，由於該譜是第一次整理，這類介紹是必要的，以便於把握該譜的基本特點；其次是價值發現與詞譜史評價，這對於《詞繫》的深度認識以及詞譜史定位尤其重要；第三是文獻的發現與完善。北京師範大學出版社一九九六年出版了《詞繫》一書，是根據收藏在北京師範大學圖書館的未定稿本整理而成，其間唐圭璋、鄧魁英、劉永泰等先生做出重要貢獻。但是該稿本與夏承燾、龍榆生等先生描述的稿本不同，夏承燾等看到的是更加完善的謄清本，此事一度成爲迷案。此後有學者據《中國古籍善本書目》的著録，在北京大學圖書館發現了珍貴的謄清本，國家圖書館出版社於二〇一四年對其進行複製性出版，收入「中華再造善本續編」。至此，《詞繫》的最終面目得以被公諸於世，便於學者作進一步深入研究。《詞繫》的研究，從零到現在大致成熟，其推進速度也比較快。

其二，研究視野有所拓展，對冷僻的詞譜和海外的詞譜開始有所關注。明清詞譜研究之前主要集中在幾部比較著名的詞譜上，但最近十幾年一個明顯的變化，就是開始對冷僻的詞譜有了一定的關注，並取得初步進展。比較典型的例子是對鈔本《詞學筌蹄》、稿本《詞家玉律》、稿本《詞榘》、鈔本《詞海評林》等詞譜的關注與研究，及對稀見詞譜《牖日譜詞選》、《記紅集》、《三百詞譜》、《詩餘譜纂》、《詩餘協律》、《有真意齋詞譜》、《彈簫館詞譜》等的介紹與初步研究。其中對鈔本《詞學筌蹄》、稿本《詞槩》、稿本《詞家玉律》的研究代表了三種不同的類型。

《詞學筌蹄》以鈔本的形式存在，但在很長一段時間内被視爲一部詞選，較少受到關注。唐圭璋《全宋詞》「引用書目」將此書列爲第五類的「詞譜類」，是非常有識見的判斷，此後蔣哲倫、楊萬里編《唐宋詞書録》，也順着唐先生的思路，將其列爲「詞譜、詞韻類」。至此，該書詞譜的身份大體被確認。此書真正受到關注，進入詞譜研究的視野，是在張仲謀二〇〇五年發表《〈詞學筌蹄〉考論》一文之後。文章對該譜作了比較全面的介紹與討論，進一步論證其詞譜性質，以爲是中國現存最早的詞譜。但總體來看，作爲中國最早的詞譜，或者説詞譜的雛形，其産生的過程、背後的深層原因及詞譜學意義等問題，仍有待作進一步深入研究。

《詞槩》的編撰者方成培是有很高造詣的詞學家，其《香研居詞麈》一書向爲學界稱道，但同爲其重要詞學著作的《詞槩》却未曾刊刻，也久未見著録，只在民國時期《歙縣志》等地方文獻上稍有提及。加上此書稿本長期保存在安徽博物院，鮮爲人知。直到二〇〇七年鮑恒在《文學遺産》上發表文章介紹《詞槩》的兩個不同稿本，該書才進入學者的研究視野。作者在撰文的同時，還聯合王延鵬開始整理《詞槩》，在文獻比對、字迹辨識等基礎性工作上花費了大量心血。《詞槩》稿本的整理與出版，將對中國明清詞譜史的研究産生重要影響。

《詞家玉律》的情况則有所不同，編撰者王一元並非名家，書稿也只是保存在其家鄉的無錫市圖書館，因此幾無人知。二〇一〇年，顔慶餘撰文介紹該稿本，這部詞譜才進入研究者的視野。但此稿的價值究竟如何，是否有整理的必要？仍需作進一步的考察與研究。總體來講，最近十來年，一些之前少有人關注的珍稀詞譜開始受到重視，並被不斷發掘與介紹，這對明清詞譜史的研究具有重要意義。就我們所知，此類詞譜有一定數量，該方面的研究工作將會持續一段時間。

最近十幾年，學者們對域外詞譜也開始加以關注。由於歷史原因，中國周邊的日本、朝鮮半島、越南三個地區在古代均採用漢字書寫系統，漢文詩詞創作十分普遍。詞譜作爲漢詞創作的工具書，也較早流傳到了這些國家。以往的詞譜研究對留存域外的明清詞譜關注不多，對域外國家本土編製的詞譜更是所知甚少。這種情况目前已有所改變，不少學者開始將目光投向域外，並嘗試將域外主要是日本的詞譜納入研究範圍。此方面的研究工作起步不久，大致可以分爲三個方面。第一，是研究流傳到域外的明清詞譜。如上所述，明清時期有不少詞譜流入域外，這些詞譜大部分都能在國内找到相同版本，但也有一些比較特殊的鈔本或批本，是國内所没有的，具有較高的文獻價值。對此已有一些學者開始關注並展開實際研究工作，如江合友《關於張綖〈詩餘圖譜〉的日藏抄本》，詳細介紹了《詩餘圖譜》的兩種日藏抄本；又如日本詞學家萩原正樹《關於〈欽定詞譜〉兩種内府刻本的異同》對日本京都大學一九八三年影印「京都大學漢籍善本」中的一種《欽定詞譜》底本作了介紹，並將其與中國書店一九七九年影印本作了詳細比對與析論。第二，是對域外國家本土編製詞譜的關注與研究。域外國家本土編製的詞譜一般是以中國傳過去的詞譜爲母本，在此基礎上作一些本土化改造。這些詞譜在彼處取得成功，有的甚至還返流回中國，受到中國詞人的喜愛，如日本田能村孝憲編的《填詞圖譜》。目前學界對這些詞譜也有所關注，如江合友《田能村孝憲〈填詞圖譜〉探析——兼及明清詞譜對日本填詞之影響》，朱惠國《古代詞樂、詞譜與域外詞的創作關聯》也涉及這一問題。其三是對域外詞譜學研究的關注，如日本學者萩原正樹近年研究森川竹磎的《詞律大成》，撰有《森川竹磎〈詞律大成〉原文與解題》，該書在整理《詞律大成》的同時，另附《森川竹磎略年譜》和《〈詞律大成〉解題》於書後，頗具資料價值。萩原正樹的著作代表了日本詞譜學的一些特點與最新進展，已引起國內詞學界的注意，有關的資料收集與評價也正在進行。從這三方面的研究看，明清詞譜研究的視野有了明顯的拓展，已進入了一個新的階段。

二

毫無疑問，近十幾年明清詞譜研究的進展是明顯的，但我們也清醒地看到，晚清以來，詞譜研究在詞學研究大格局中所占的比重偏小，積累不够，加上新時期成長起來的新一代學者普遍對詞調、詞律有陌生感，因此目前的明清詞譜研究總體上還存在基礎薄弱、人員短缺等問題。除此之外，研究工作本身也存在一些不足。這些不足主要有以下幾個方面。

一是基礎性、整體性的文獻研究缺乏。詞譜文獻學是目前明清詞譜研究中相對成熟的一部分，取得的成果也比較多，但問題是這些研究比較零散，不成系統。迄今爲止，學界對明清詞譜整體情況的認識還比較模糊，比如從明中葉《詞學筌蹄》産生以來，總共有過多少詞譜，其中存世的詞譜有多少，有哪些類型，收藏在什麽地方，保存情況如何？這些目前都是未知的，换句話説，時至今日，我們還未系統地摸過明清詞譜的家底。進一步看，這些詞譜各自有哪些編撰特點，作者的背景怎樣，當時是否被廣泛接受與普遍使用，實際評價又如何？對這些方面的研究工作雖然已有了一部分，但涉及的只是部分詞譜。因此説，詞譜文獻的基礎性研究還比較薄弱，很需要在調查研究的基礎上，編出一份相對齊全的明清詞譜收藏目録，如果在目録的基礎上，能撰寫系統性的明清詞譜叙録，或能反映明清詞譜總體情況的學術著作，就更好了。至於對明清詞譜的整理，目前主要集中在幾部著名的詞譜上，如《欽定詞譜》、《詞繫》、《碎金詞譜》等，一些在明清詞譜史上有重要地位的詞譜，如《填詞圖譜》、《嘯餘譜・詩餘譜》等，至今還没有被整理過，可見詞譜文獻研究雖然已取得一些進展，但依然缺乏大規模、集成性的研究成果。

二是大部分研究仍停留在淺層次的階段，没有深入到詞譜本身的内容中去。目前的明清詞譜研究雖然涉及到了詞譜的編製方式、文獻來源，以及與之關係密切的詞調、詞律、詞韻等多個方面，成果數量也已經有了一定的累積，但這些研究大部分停留在表面，缺少對實質性内容的深入思考。如大部分論著多集中在詞譜的作者、版本，以及編纂背景、標注符號、編排方法等外部要素上，而對於最能反映詞譜學本質的句式、律理、分體等問題的探討却不是很多，即使有一些涉及明清詞譜修訂的論文觸及了詞律問題，也多是專攻一隅，未能系統而全面。换句話説，目前的研究大部分還是在外圍，並没有深入詞譜的實質。事實上，詞譜作爲一種專門工具書，是明清人在詞樂失傳後，爲規範並方便詞的創作而發明的，編譜者所依據的文獻以及對詞調的體認程度無疑會影響到詞譜質量的高下。我們現在能看到的文獻比明清人要全，因此在總結前人研究成果的基礎上，對主要的詞譜進行細致分析，討論其譜式的準確性和合理性，應該是明清詞譜研究的主要内容。此外，除了個别的早期詞譜，絶大多數明清詞譜都不是憑空產生的，編寫者或多或少地借鑒了前人的詞譜，既有繼承，也有發展，因此梳理這些詞譜之間的内在關係，看看後者在前者的基礎上解決了什麼問題，還留下什麼問題，由此分析明清詞譜發展演化的過程與規律，也應該是明清詞譜研究的一項重要内容。而從明清詞譜研究的現狀看，此類研究目前還比較少見，這無疑是一個比較明顯的缺憾。

三是對明清詞譜的學術價值和詞學史地位普遍認識不足。已有的明清詞譜研究大部分是從形式的角度入手，將詞譜視爲技術層面的工具，很少從詞學發展的層面深入探討其歷史地位，也很少從詞譜編製與創作互動的關係來考察其學術價值。對一些深層次問題，如明清詞譜產生的根本原因，詞譜發展的内在動因和規律，詞譜在清詞中興過程中的實際作用等，很少有專門的討論。比如我們在談到詞譜的産生時，較多關注到《詞學筌蹄》和《草堂詩餘》的關係，關注詞譜中標注符號的來源等，至於爲什麼會在這個時候形成這部製作粗糙却又具有里程碑意義的詞譜，則目前還少有人去考量，而這個問題非常關鍵，是涉及到詞體能否生存、能否繼續發展的重大問題。又如我們現在討論清詞的中興，總結了很多因素，固然都有道理，而清詞的中興和詞譜的發達又有没有關係？這其中的綫索，也較少有人去作深入思考。可見在目前的詞譜研究中，理論的研究和思考還没有跟上去。這些都需要在今後的研究中加以改進，以對詞譜的學術價值有一個更加全面、深入的考量。

四是重要詞譜的校訂工作没有得到應有的重視。以《詞律》、《欽定詞譜》爲代表的明清詞譜從産生之日起，一直是詞創作的重要依據，將來無疑也會如此，因此詞譜的正確與完善對詞的創作至關重要。但如上所述，明清時期由於製譜者在文獻方面的不足和認識上的局限，導致這些詞譜在平仄、句式、韻律、分段等諸方面，都或多或少地存在一些瑕疵以及錯誤，即使明清詞譜中最著名、最權威、最流行的《欽定詞譜》和《詞律》，即通常所説的「譜」、「律」，也存在不少問題。《詞律》的問題，在清代已經有學者指出過；《欽定詞譜》由於是「欽定」，在清代無法展開討論，近年雖有學者陸續指出其中存在的各式問題，但是這些工作總體來説比較分散，且没有從詞譜的系統性校訂、完善這一層面來展開，因此對普通的詞譜使用者而言，詞譜中的這些問題和錯誤一直存在，並在不斷地誤導詞的創作。問題的嚴重性還在於，幾乎極少有人想到詞譜有錯誤，更没有想到要去校訂明清詞譜，使之更加準確和完善。很少有一種工具書會像詞譜一樣，幾百年來一直不被加以校訂却持續爲創作提供依據。即便是詞譜中由於文獻不足，僅依據殘詞製成之譜，如《欽定詞譜》中署名張孝祥的《錦園春》四十二字體，也至今依然被視爲創作的圭臬。因此對明清詞譜中影響最大，至今使用最廣泛的詞譜，如《詞律》、《欽定詞譜》等，在前人研究的基礎上，作一次系統、徹底的校訂，使之更加準確，是完全有必要也有可能的一項工作，這不僅是明清詞譜研究的重大突破，也是一項功在當代、利在長遠的重大文化工程。

最後是明清詞譜研究缺少規劃，没有系統性。以上四方面問題之所以産生，非常重要的一個原因，就是現有的明清詞譜研究缺少總體規劃，没有系統性。如對明清詞譜基礎性文獻大規模的搜集與著録，對詞譜要籍如《詩餘圖譜》、《嘯餘譜·詩餘譜》、《填詞圖譜》、《詞榘》、《詞繫》等的大規模整理與研究，對重要詞譜如《詞律》、《欽定詞譜》的研究與校訂等，都需要有一定的規劃與統籌，調動相應的人力和資金支持。而現有的研究主要基於學者的個人興趣來展開，因此上述大規模的研究計劃就難以得到實施。

三

目前明清詞譜研究雖有許多工作要做，但其中最爲迫切的是基礎性文獻的整理與研究，只有掌握了明清詞譜的基礎文獻，才能對其基本特點、編製原理、演化軌迹、發展動因和詞學史地位、學術價值等作出準確、詳細、符合歷史事實的描述與闡釋。基礎性文獻的整理與研究主要包括兩個方面：一是對明清詞譜的存世情況進行全面排查與記録，二是在此基礎上選擇一些重要的明清詞譜進行有計劃的整理與研究。「詞譜要籍整理與彙編」叢書就是基於後一點而編纂的一套明清詞譜整理本。

本套叢書，我們計劃挑選二十部左右學術價值較高的明清詞譜進行整理與初步研究，挑選的原則主要考慮四個方面，即代表性、學術性、重要性和珍稀性。

所謂代表性，主要是指挑選的詞譜在譜式體例、時代分布等方面均有一定代表性。詞譜的種類較多，從大的方面區分，可以分爲圖譜和文字譜，但同是圖譜，在標示符號和標示方式上也有不少差異，如黑白圈、方形框等，在圖和例詞的安排上，有的兩者分開，有的則合二爲一。至於文字譜，在譜式設計上也有不少差異，如有的與工尺合譜，有的則設計出獨特的文字表示不同的句式或體式。這些譜式不可能全部兼顧，但一些有代表性的譜式均在本叢書的考慮之内。時代的代表性，主要是兼顧不同時期編撰的詞譜。明清詞譜産生於明中葉，但在時段的分布上並不均衡，有的時期如清康熙、乾隆朝編撰的詞譜比較多，有的時期如雍正、嘉慶朝就少，除了詞譜本身發展原因外，與該時期的時間長短有關，但作爲一部叢書，還是要儘量兼顧各個歷史時期，以展示不同時期詞譜的特色。

學術性主要是關注詞譜本身的學術含量。詞譜是一種填詞專用工具書，同時也是詞調、詞律、詞韻研究成果的重要載體，體現出編譜者的學術水平和創新程度。作爲一套詞譜要籍整理叢書，詞譜的學術性是入選的一個重要標準。如張綖的《詩餘圖譜》是中國第一個真正意義上的詞譜，奠定了明清詞譜的編譜思路和基本體例，其學術性和創新性不容置疑；又如徐師曾《文體明辯・詩餘》「直以平仄作譜」，是第一個「去圖著譜」的詞譜，也是第一個明確有「分體」意識，調下以「各體别之」的詞譜。這些詞譜有較高的學術性，並在明清詞譜發展過程中具有重要作用，是我們重點予以整理與研究的。詞譜的重要性一般和其學術性相關，但也不能一概而論，有的詞譜儘管並不完美，却由於各種原因，實際影響力比較大。比如程明善的《嘯餘譜・詩餘譜》，現在研究者普遍認爲是承襲了徐師曾《文體明辯・詩餘》，並非自己獨立創作，而且本身還存在多種問題，但該譜在明清之際非常流行，萬樹甚至以「通行天壤」來形容，實際影響非常之大。又如賴以邠、查繼超等的《填詞圖譜》，萬樹以爲「圖則葫蘆張本，譜則矇捧《嘯餘》，持議或偏，參稽太略」，但作爲《詞學全書》的一種，在清初也十分流行，同樣具有重要影響。這些詞譜也是我們重點關注與進行整理的。另外，稀缺性也是我們重點考慮的一個因素。歷史上不少詞譜由於種種原因没有刊刻，一直以稿本或鈔本的形態保存在圖書館或博物館，這些詞譜除了學術價值，還有比較高的文獻價值，如方成培《詞榘》、毛晉《詞海評林》等。對這些詞譜的整理和研究，一定程度上還具有保存文獻的意義。其他稀見詞譜，如李文林《詩餘協律》、吕德本《詞學辨體式》等，雖是刻本，但由於存世數量有限，流傳不廣，也有整理、研究的必要。

綜合上述四方面的考慮，我們初步擬定需整理的詞譜要籍如下：

明代詞譜六種：張綖《詩餘圖譜》（附毛晉輯《詩餘圖譜補略》）、萬惟檀《詩餘圖譜》、顧長發《詩餘圖譜》、徐師曾《文體明辯・詩餘》、程明善《嘯餘譜・詩餘譜》、毛晉《詞海評林》。

清代詞譜十五種：吴綺《選聲集》並吴綺等《記紅集》、賴以邠等《填詞圖譜》、葉申薌《天籟軒詞譜》、孫致彌《詞鵠》、鄭元慶《三百詞譜》、李文林《詩餘協律》、許寶善《自怡軒詞譜》、方成培《詞榘》、禮思鵬《詞調萃雅》、郭鞏《詩餘譜式》、吕德本《詞學辨體式》、朱燮《朱飲山千金譜・詩餘譜》、舒夢蘭《白香詞譜》（並另增民國天虚我生《考正白香詞譜》）、錢裕《有真意齋詞譜》。

至於萬樹《詞律》、王奕清等《欽定詞譜》、秦巘《詞繫》這三部大譜，因有專門的研究與考訂計劃，故暫未考慮列入本套叢書中。而《碎金詞譜》偏重音樂性，且已有劉崇德先生整理並譯成現代樂譜，故不列入整理名單。隨研究深入並根據需要，以上書目也可能調整。

每一種詞譜的整理一般包括兩個方面：文獻整理和基礎研究。文獻整理遵循古籍整理的一般方法，並根據詞譜的特點作相應調整，主要包括有：底本選擇，校勘，標點，附録等。基礎研究主要對編撰者的生平行實、詞學活動進行考證，及對詞譜的編撰過程、基本特點、使用情況、版本與流傳等方面進行闡述，最後用「前言」的形式體現出來。

本叢書以「詞譜要籍整理與彙編」的總名出版。二十餘種詞譜以統一的體例，採用繁體直排的形式，各自成册（亦有合刊者）。原則上，每一種均包括書影、前言、凡例、正文、附録五個部分。附録主要收録詞譜編撰者的生平傳記資料以及該譜其他版本的序跋、題辭等資料，但不包括後人的研究文章。此項視每種詞譜的具體情况而定，不作强求。

由於本叢書是第一次具規模性地整理詞譜文獻，參與者缺少經驗，加之時間與精力問題，難免會存在各種問題，在此敬祈海内外方家、讀者不吝指正。

朱惠國

二〇二一年三月於上海

二〇二三年十一月略訂

目録

文體明辯附録卷之四

文體明辯附録卷之六

文體明辯附録卷之七

詩餘十四　……三二九

宮室題　以末字爲主，器用、花木、珍寶皆放此……三二九

文體明辯附録目録卷之下

文體明辯附録卷之八

文體明辯附録卷之九

詩餘二十二上……四九〇

三字題上……四九〇

文體明辯附録卷之十

文體明辯附録卷之十一

前言

劉尊明

在明代中後期的政壇上，徐師曾並無顯赫的地位和卓越的建樹，在朝中爲官僅數年便因脾胃之疾而屢乞歸休，長期處於在籍養病狀態，致仕後雖獲薦起而堅辭，以隱居和著述終其餘生。在當時的文壇上，徐師曾雖有詩文創作，但成就和影響也不是特別突出，倒是著述頗豐，而主要以《文體明辯》一書享譽文壇，澤被後世。故歷明清以迄當代對徐師曾的研究，多關注其文體學一隅，而對其生平事跡、詩文創作等其他方面的研究都較爲薄弱。至於《文體明辯》附録中的「詩餘譜」，既受制於《文體明辯》因卷帙浩繁而流傳不廣的影響，又因受到《嘯餘譜》轉加輯録而廣爲流行的遮蔽，其作爲明代繼周瑛《詞學筌蹄》、張綖《詩餘圖譜》之後又一部重要詞譜，長期没有受到應有的關注和重視，二十一世紀以來雖有學者論定其詞譜性質、詞學影響及其與《嘯餘譜》的關係(一)，但仍留有開拓與深化的空間，尤其是有關徐師曾生平事跡的稽考及對《詩餘》圖譜的文獻整理和譜學研究，都有待進一步拓展與深入。

(一) 參見張仲謀《論徐師曾〈詞體明辨〉的詞譜性質：兼論〈嘯餘譜〉與〈詞體明辨〉之關係》，《西北師大學報（社會科學版）》二〇〇八年第五期；江合友《徐師曾〈詞體明辨〉的譜式體例及其詞學影響》，《江淮論壇》二〇〇八年第五期。

一、徐師曾生平及著述之考略

關於徐師曾，雖然正史無傳，但是依據同時同郡人王世貞、王世懋兄弟爲之所撰《像贊》、《祭徐魯庵給事文》、《徐魯庵先生墓表》，再參考徐師曾詩文集《湖上集》以及其他史志等文獻資料，我們仍然可以對其生平事跡和治學著述略做勾稽與考述。

（一）字號、里籍、生卒年及家世

徐師曾字伯魯，號魯庵，南直隸蘇州府吴江（今屬江蘇）人。有關其字號及里籍，師曾自題甚明，如《文體明辯序》末署「吴江徐師曾序」，卷首亦自題「大明吴江徐師曾伯魯纂」[一]，又如其《乞養疾疏》、《乞致仕疏》等皆自稱「直隸蘇州府吴江縣人」[二]。王世貞《像贊》云：「徐魯庵先生師曾，字伯魯，吴江人也。」[三]王世懋《徐魯庵先生墓表》亦云：「按狀，先生姓徐氏，名師曾，字伯魯，即以魯顏其庵爲别號云。」[四]所

[一] 徐師曾《文體明辯》卷首，《四庫全書存目叢書》集部第三一〇—三一二册，影印明萬曆建陽游榕銅活字印本，齊魯書社一九九七年版，第三六〇、三六一頁。

[二] 徐師曾《湖上集》卷五，《續修四庫全書》集部第一三五一册，影印明萬曆間刻本，上海古籍出版社二〇〇二年版，第一二二五、一二二六頁。以下所引其詩文皆據此本。

[三] 王世貞《弇州山人續稿》卷一百五十，明萬曆刻本。以下所引《像贊》皆據此本。

[四] 王世懋《王奉常集》卷二十，《四庫全書存目叢書》集部第一三三册，影印明萬曆刻本，第四一三—四一五頁。以下所引簡稱《墓表》，皆據此本。

記亦相應合，且知魯庵既爲師曾之號，亦用爲其齋堂之名。《墓表》且云：「先生嘗讀書中秘，爲諫議大夫，不稱；稱魯庵先生，尚德也。」則見作者及時人不稱其官職而稱「魯庵先生」，乃因「尚德」之故也。《墓表》又云：「先生於學雖無所不窺，然根極歸之於敬，嘗揭其齋曰『主一無適』，旦夕諟之，即燕居釁笑，咸有榘矱。」知師曾又嘗以「主一無適」題其齋名。此外，師曾還有「太末山人」之號，見其《校注病機賦引》，末署「嘉靖四十有五年四月十有一日太末山人徐師曾撰」，卷首亦題「太末山人徐師曾校注」〔一〕，乃以徐氏宗祖所居之古縣名爲號〔二〕。又據其《與南太僕主簿許元復書》云：「昔年寒舍四扁，仰厘手筆，迄今感懷。頃築別業於南湖之上，以娛暮景，不揣煩瀆，更有所請，乞題『南溆書莊』四大字，懸諸衡門，以爲光寵。」（卷六，第一二九頁）知其晚年歸休後又築南湖別業，並請許元復爲之題署「南溆書莊」之名。

《墓表》雖没有明確記載徐師曾的生卒年，但提供了兩條重要綫索，我們可據以推考得之。其一云：「嘉靖庚午，先生年二十四矣。」考嘉靖並無庚午年，應是庚子之誤。庚子即嘉靖十九年（一五四

〔一〕劉全備撰注，徐師曾校注《校注病機賦》，明嘉靖四十五年（一五六六）欽懋熙刻本。

〔二〕明李賢等撰《明一統志》卷四十三「衢州府」：「春秋爲越西鄙姑蔑之地，秦立太末縣，屬會稽郡。」領縣五，其一爲龍游縣，「在府城東七十里，本秦太末縣」。《文淵閣四庫全書》本。

〇），師曾時年二十四歲，則逆推其生年當在正德十二年（一五一七）。其二云：「晚年論著彌富，學尊望崇，鄉邦方倚爲著蔡，而先生遽捐館舍，享年僅六十有四云。」其生年既定，享年六十四歲亦明，則推求其卒年乃在萬曆八年庚辰（一五八〇）。

從徐師曾《湖上集》所載詩文的賦詠與自述中，我們不僅可以確考其生年，而且還可以獲知其生日。其《丙子六月作》有句云：「三立未能一，虛度年六旬。」（卷一，第九〇頁）詩題中的「丙子」即爲萬曆四年（一五七六），師曾愧歎「虛度年六旬」，推求其生年亦正與上考正德十二年（一五一七）相合。其《歷城少尹虹江金公七十壽序》云：「公懸車之三年，是爲萬曆丙子，壽登七十。秋八月十有八日，寔维嶽降之辰。……公長予十歲，嘗同爲諸生，予視公則前輩也。今年四月，予以賤誕避客出遊，公猶以雄文見遺，稱許太過，予歸讀而愧之，謹珍襲以示後人。」（卷八，第一六四—一六五頁）據此序，金公於萬曆丙子（一五七六）壽登七十，師曾既比他小十歲，則此年正爲六十歲，亦與《丙子六月作》一詩所寫「虛度年六旬」互爲印證。又據此序言「今年四月，予以賤誕避客出遊」，則知師曾降誕在農曆初夏四月。其《誕日舟中作十六韻呈二三知己兼請垂和》詩云：「百歲今剛半，纏綿病未蘇。……暮春歡既極，初夏景還殊。雨後寒猶在，風前暑尚無。輕黄翻蝴蝶，新緑長菰蒲。……」（卷四，第一一四頁）乃其五十壽誕日所作，其中「暮春歡既極，初夏景還殊」等六句寫景，亦正爲農曆初夏之風物景致，乃其生日在四月之又一證也。

關於徐師曾的宗族與家世，《墓表》略云：「徐氏其先嬴姓，偃王之後，散處太末。至勝國時，有諱潛者，以龍慶州守，始來家吴江。數傳至文亮，以贅婿，始城居。文亮生達，達生綱。綱生養恬公朝，出後其從父縉，實爲先生之父。元配王孺人，子弗育。其貳淩孺人，實生先生。」

王世懋所撰師曾之宗族與世系實據徐氏宗譜與行狀，我們可以從《湖上集》中得到印證。其《南麻徐氏族譜序》云：「吾徐由太末而來，散居徐、揚之間。自吾身追而上之，僅得八世，其間名字子孫已有不能詳者。」「故予爲譜雖斷自八世而止，復取史傳所載徐、揚間聞人，稍得四五，列於篇端，使處世有考焉。」（卷八，第一六六頁）可見此序乃師曾爲其所編族譜而作。又《亡姪十四郎壙志銘》云：「吾宗由太末，散居徐、揚之間。吴江，古揚州域也，故多徐氏，世系莫考。予所知者，隆慶府君居南麻，族屬蕃衍。歷四世至文亮府君，始徙邑城，而子孫復各散於鄉。獨吾支世守邑城，至於今又四傳矣。」（卷十二，第一八七頁）對徐氏宗族世系又有補敘。在《先考訓科府君行狀》中，師曾對家世的記載和考述更爲詳盡：「先君諱朝，字政卿，姓徐氏，蘇之吴江人也。徐之先，帝顓頊之苗裔，與秦同宗，實嬴姓。其後分封，别爲徐氏。漢以來，代有聞人。勝國時，有諱某者，仕知龍慶州（原注：即今隆慶州，穆宗朝以避年號，改爲延慶州），實家邑之南麻村。其所從徙，則漫不可考矣。數傳爲文亮府君，諱某，始徙邑城之中河里。文亮生孟昇府君，諱達，皆不仕。孟昇生原德府君，諱綱，始以貲爲迪功郎。原德配王孺人，生三子，先君其仲也，自飲乳時，即奉祖命出後叔父原禮府君，諱縉。於是禰其叔而伯其父，蓋從禮制云。」(卷十三,第二〇七頁)追溯徐氏原爲顓頊之苗裔,出於嬴姓,與秦同宗,由太末而來,後散居徐、揚之間,當有所據,亦頗爲悠遠和顯耀。然而作爲吴江一宗的徐氏,其先祖可考者蓋爲前朝元代的隆慶府君徐濳,因守龍慶州,始來家於吴江之南麻村。至四世祖文亮府君,因贅婿而移居邑城之中河里,曾祖爲孟昇府君徐達,皆不仕;祖父爲原德府君徐綱,始捐資爲官;父爲養恬公徐朝,過繼於叔父原禮府君徐縉爲子,以醫擅名,卒於嘉靖二十七年(一五四八),時師曾三十二歲。

除此之外,《湖上集》卷十二還收有《先母王氏墓志》、《生母淩氏壙志銘並序》等文,再參據《墓表》,可知師曾的嫡母爲王氏,生母爲淩氏;淩氏生二男,長即師曾,次名師程,一女,適顧昇;淩氏卒於嘉靖十三年(一五三四),時師曾年僅十八歲;師曾娶陳氏,有二子名詢、論,後能傳家嗣業(一);其弟師程娶壽氏,有二子名諄、訥,訥三歲而夭殤;有四孫(二),尚年幼。

(二) 人生經歷的三個時期及事跡

我們可以按其經歷和事跡,將徐師曾的一生大致劃分爲三個主要時期:即早年的讀書與應舉時

(一) 明顧爾行《刻文體明辨序》云:「先生伯子詢、仲子論,能讀父書,丐一言於余。」據序,萬曆十九年辛卯(一五九一)吴江縣令趙夢麟重刻《文體明辯》,顧爾行應徐師曾二子之請而作是序。和刻本《文體明辯》卷首,景日本嘉永五年(一八五二)刻本,京都中文出版社株氏會社一九八二年版,第二四頁。

(二) 《喜得第四孫》詩云:「目下四孫紛繞膝,不知若個繼書香。」《湖上集》卷三,第一一〇頁。

期，中年的爲官兼養病時期，晚年的歸休及隱居時期。

從正德十二年（一五一七）出生至嘉靖三十一年（一五五二）三十六歲，包括其童年和青少年，徐師曾主要過着讀書、應舉兼教學及侍親的生活。

《墓表》記其幼年和少年事跡云：「先生生有異質，弱不好弄。七歲就外傅，即匡坐讀書，終日嶷然，授以《易》義，輒通大略。十二能詩歌，屬古文詞。十四試有司，不得志。自是數絀而名益起，吴中子弟執束脯紛來受學，而先生亦抗顔爲人師。」可見師曾年幼時既有異質，亦顯體弱，就外傅讀書，頗聰穎早慧，略通《易》義，兼能創作詩歌和古文，這爲他後來的治學和著述打下了良好基礎。雖然從十四歲開始參加鄉試選拔，多次未獲薦送，但是其才華和名聲卻在當地傳揚開來，以致吴中子弟紛來受學，師曾亦敢於抗顔而爲人師。這種在鄉里的教學生活大致在他不到二十歲前就開始了，可能一直持續到他考中進士之前，這對師曾才學素養的增長和文體知識的豐富自然也起到了鋪墊和促進作用。

《墓表》又述其青年時代的應舉與治學經歷云：「嘉靖庚午［子］，先生年二十四矣，郡守馬公，以儒士首選上御史試，復被放，人皆惜之。先生不以數奇自沮，顧益下帷誦習，嘗程書自課，屹屹至丙夜不休。其學自《易》外，旁逮諸經，下至《洪範》、《皇極》、數法、陰陽、曆律、醫卜、籀篆、諸家之言，皆能通其説，亡論經生，即世稱鉅儒，弗過矣。歲辛丑，始遇令喻公、督學使者楊公。兩公皆名能得士，於是先生試輒被賞，遂冠邑諸生，而諸生亦亡敢雁行者，所遇監司直指，無弗人人稱知己矣。丙午，領鄉薦。丁未，上春官連捷，念兩尊人年高，而生母在淺土，遂稱疾不對制歸。歸而襄淩孺人之葬已，養恬公召先生而諭之曰：『兒幸第春官，一命行及，如廢前代之典章弗考，懵於國家之令甲亡稽，胡以酬上恩？夫精義者致用，利用者安身，兒其勉之！』先生奉父命，乃益專志於學。亡何，養恬公卒，先生自傷不以禄養，哀毁幾不勝，終喪事，亡踰禮。」由此可見，師曾在嘉靖十九年庚子（一五四〇）二十四歲時，終因郡守馬公薦拔首選而參赴御史試㈠，遺憾的是又被落放。此後，師曾又得縣令喻公、督學使者楊公之賞識栽培而名冠同邑諸生㈡，至嘉靖二十五年丙午（一五四六）再領鄉薦，次年丁未（一五四七）春闈連捷。此年師曾正值而立之年，但他卻因生母剛逝世而稱疾歸邑，未能參加最後的對制。次年，又遭父卒，師曾亦依禮在家守喪。雖然師曾因此推遲了及第入仕的進程，但此間他孝親守禮的品德得以培養，聲名也更爲傳揚，父親生前的教誨和鼓勵既鞭策他益專志於學，多年科舉備考兼鄉邑教學的經歷也使得他的治學和才識達到了更通融淵博的境界。

從嘉靖三十二年（一五五三）進士及第，直至隆慶五年（一五七一）四月致仕之前，凡約十八年有

㈠ 按：郡守馬公當指馬敭。李銘皖等纂修《蘇州府志》卷五十二「職官一」載「歷代郡守」：「馬敭，上蔡人，嘉靖十八年以户部郎中任。」清光緒九年（一八八三）刊本。

㈡ 按：縣令喻公當指喻時。《蘇州府志》卷五十三「職官二」載「吴江縣歷代縣令」：「喻時，嘉靖十八年任。」另參徐師曾《與光州喻上舍書》、《祭光州喻侍郎文》《湖上集》卷十三、卷十四。

餘，即三十七歲至五十四歲，大致可歸屬爲徐師曾中年爲官時期。又可分爲兩個階段，即前八年（一五五三—一五六〇）主要在朝廷爲官，後十年（一五六一—一五七〇）雖在仕籍而實際回家養病。

《墓表》載曰：「癸丑，成進士，選爲庶吉士。閱二載，試恒居優，解館時，顧不得授史職，出爲兵科給事中。先生無幾微恨色，夙夜奉職而已。明年，嫡母歿京邸，護喪歸。服闋赴部，補吏科。先生在兩垣，先後長官丘、梁二公，雅知先生諳悉時務，凡大議多從商榷，即公疏多出先生手；而先生亦自有建白，如酌處川兵、請立任備祠之類，多見施行。庚申，奉命册封周藩，便道休沐。閱歲，歷轉左給事中。」徐師曾在嘉靖二十六年丁未（一五四七）春闈連捷之後放棄對制而回邑襄葬生母，第二年又逢父喪，守喪完畢已錯過了三年一次的會試，等他再赴春闈已是三十二年癸丑（一五五三）了。好在這一次他終成進士，時年三十七歲。接着，師曾又被選拔爲翰林院庶吉士，在之後兩年間的考核中都居優等，卻没能留院授編修、檢討之史職，而於乙卯（一五五五）解館時出院任兵科給事中。據《吴江縣志》卷三十七「人物十四・别録」記載：「徐師曾爲翰林時，嚴嵩執政，師曾意不樂。閣試題《寒塘宿雁圖》，師曾因以詩見意云：『秋深陽鳥宿平蕪，誰對寒汀繪此圖。日暮江南眠最穩，天空沙際影仍孤。刷毛自問霜華老，斂翮那思風力扶。但願衡陽得飛去，不愁雲路稻粱無。』嵩得詩，銜之。未幾，出爲給事。」〔一〕可見

〔一〕丁元正等纂修《吴江縣志》，清乾隆十二年（一七四七）重修，民國間石印本，第五一頁。

其中原由，乃與嚴嵩的銜恨排斥有關。

任兵科給事中之次年丙辰（一五五六）六月，其嫡母卒於京邸，師曾護喪歸邑。三十八年己未（一五五九）八月，師曾服除返京，補授吏科給事中。三十九年庚申（一五六〇），師曾奉命册封周藩。據師曾《乞養疾疏》所載，此次奉命在十月，「以臣充副使，同正使前往河南，册封周府汾西王等王、儀封王妃等妃」，返朝途中其脾胃舊疾發作，因上疏請求回籍調理（卷五，第一二五頁）。次年辛酉（一五六一），君命未能遽允，並相繼擢其爲兵科右給事中、刑科左給事中，至十二月方恩准其回籍調理。三年後，即四十三年甲子（一五六四）十月，師曾奉命赴部，「行至揚州府江都縣地方，前病復作」，請醫調治兩月有餘而無效，因於次年乙丑（一五六五）正月又上《再乞養疾疏》（卷五，第一二六頁），至三月而得獲恩准。三年後，即隆慶二年戊辰（一五六八）三月，師曾上《乞致仕疏》（卷五，第一二六頁），未准，仍令在籍調理；又及三年，至隆慶五年辛未（一五七一）四月，師曾重上《再乞致仕疏》（卷五，第一二七頁），終得如願以償。

算起來，從入仕到致仕凡十八年有餘，徐師曾除了做翰林院庶吉士的三年之外，真正在朝中兩垣爲官的時間並不長，王世貞《祭徐魯庵給事文》謂之「立朝者不四歲」(一)，其餘約十四年都是在家鄉丁

(一) 王世貞《弇州山人續稿》卷一五三，明萬曆刻本。以下所引簡稱《祭文》，皆據此本。

憂和養病中度過的。丁憂固屬守禮行爲，而長期在籍養病實有更深層的原因。對此，師曾在奏疏中對病痛的起因及情形有詳細陳述，如《乞養疾疏》云：「緣臣氣稟素弱，自弱冠時赴舉應天，飲食失時，致成脾胃之疾，醫之不效，纏綿至今。平居則日飯一甌，疾作則勺水不入。此皆同僚同鄉官所共見者。奉使以來，陸路顛頓，饑飽不常，前疾頻發，胃脘脹痛，牽連胸脅，嘔吐喘噦，呻吟嗷號，苦楚萬狀。旬日稍可，間一二日又發。沿途倩醫調治，迄無一效。」（卷五，第一二五頁）這是他奉使周藩歸途發病時所寫。又如《乞致仕疏》云：「見今病勢沈痼，藥餌徒施，六年之間迄無一驗，形體尫羸，精神銷耗，毛髮焦枯，飲食減少，醫者之技已窮，生人之理將絶。自分此生不能强起，乃敢哀籲君父之前，伏望皇上憫臣螻蟻之軀，勑下吏部查照見行事例，容臣致仕。」（卷五，第一二七頁）這是他兩次在籍養病之後第一次上疏請求致仕時的陳情。此外，他在詩中也時有賦詠，如《己巳春得考察報自述》有句云：「書卷隔年供蠹食，藥囊終日倩人收。」（卷三，第一〇七頁）這是隆慶三年（一五六九）他五十三歲時的述懷之作，可見他終日不離藥囊。又如《丙子六月作》云：「一月脱兩齒，吾衰難具陳。看花若冒霧，落筆如蒙塵。朱顔漸改舊，白髮隨時新。燕坐或構思，荒忽驚心神。……」這是萬曆四年（一五七六）他六十歲所作，衰病已甚，故感歎「來日苦無多」（卷一，第九〇頁）。應該説這些記載和賦詠都是真切可信的，但是師曾的屢乞歸休也有不便在奏疏中明説的緣故，《墓表》則略有揭示：「當是時，肅皇帝春秋高，益摧折諫官；而相嵩用事，陰齮齕言者以自便，臺省多循默失職。先生歎曰：『吾奉先人遺體，不忍即狼籍闕下，奈何效儕輩積月奉，嘿嘿坐致金紫乎？』而會奉使時脾疾作，至是益甚，先生曰：『吾有以自解矣。』因請告不往。」肅皇帝年高昏瞶，嚴相公專權用事，諫官遭受鉗制和摧折，臺省大多循默而失職，師曾雖然有所建白（一），然而畢竟於事無補，故托養病以自解也。當然，師曾擔任給事中的幾年也並非沒有收獲，比如議論能力的培養、公文寫作程式的熟諳，對其日後從事文體學研究和著述當不無裨益。

從隆慶五年辛未（一五七一）四月獲准致仕至萬曆八年庚辰（一五八〇）溘然長逝，即五十五歲至六十四歲，徐師曾一邊隱居湖上，一邊娛情養性，走完了他人生最後十年的旅程。

儘管十多年的回鄉養病已形同退休，但畢竟仍在仕籍，身心不盡自由，真正致仕後，師曾的晚年生活纔更爲安適恬淡。其七言古詩《辛未新正試筆》開篇寫道：「人生百歲今强半，早謝榮名脱羈絆。沈痾能令宦業隳，空悲壯志成冰炭。歸田荏苒踰十年，姓名猶掛黃金案。非無章疏懇乞休，苦爲銓衡强慰留。」原詩題下自注「隆慶五年」，可知是師曾五十五歲致仕前的那個春節所作，故云「人生百歲今强半」。他不僅深摯地抒發了沉痾纏身壯志成空的悲感，而且真切地表達了「早謝榮名脱羈絆」的願望。

（一）按：徐師曾撰《酌處川兵殺掠事宜疏》、《請爲故蘇松兵備參政任公立祠贈官疏》，《湖上集》卷五，第一二三—一二五頁。

此詩後半部分寫道：「儻奉俞旨臣心歡，始終大節幸克完。從今犬馬享餘齒，毫髮皆蒙帝澤寬。蒼天若不相催迫，暮景優遊作閑客。春風歲歲入朱簾，花落花開自朝夕。願言黽勉三十年，莫把光陰謾虛擲。」（卷一，第九〇—九一頁）對退休後的生活已充滿期待與嚮往。其《湖上偶成四首》有句云：「小隱南湖上，溪橋帶郭門。」「老病謝簪裾，長耽水竹居。」（卷二，第一〇二頁）其《乙亥元旦作》有句云：「懷裏有孫初學笑，尊前無事且高吟。」（卷三，第一〇九頁）這些詩句應該就是他「暮景優遊作閑客」的晚年退休隱居生活的真實寫照。

然而平靜的退休生活也不時泛起微微波瀾。據《（乾隆）吳江縣志》卷三十「儒林・人物七」其傳之記載：「萬曆初，張居正柄國，其同年也，貽書勸之仕，竟不答，撫按奉部檄以原官迫之出，復抗疏以老病辭，又托所知言之銓曹乃已。」《墓表》亦載云：「今上初用兩臺使者薦，竟起爲禮科左給事中，檄迫之出。先生喟然曰：『臣在先朝以不能建明，故竊附周任之義以止，今群龍滿朝，臣老且病，何能復裨聖明萬一？』復抗疏辭，上諒其誠，許之。於是海內愈益高先生之行。御史郭君論薦甚力，行且復召，先生託所知言之銓部乃已。」可見在師曾致仕後，時任內閣首輔的張居正因同年關係而貽書勸進，師曾竟以不答拒之；新即位的神宗皇帝又因兩臺使者的推薦，詔命起用他任禮科左給事中。時值萬曆二年甲戌（一五七四）七月，師曾因此又上《重乞致仕書》（卷五，第一二八頁），陳情懇辭，方獲皇帝恩許。此後仍有御史論薦，師曾托人疏通，銓部乃罷其議。朱彝尊評之「一官清要，五疏乞歸」(一)，乃謂徐師曾仕途所任不過爲兵、吏等科的給事中和左右給事中，屬於從七品的清要之官，他卻前後上《乞養疾疏》、《乞致仕疏》達五奏之多，故《墓表》云「天下益想聞其風」、「海内愈益高先生之行」。

(三) 以中晚年爲主的治學與著述

除了在籍養病和隱居頤養之外，中晚年的徐師曾還有更重要的事情在做，那就是讀書、治學、創作和著述。在仕途困頓之下，於體弱多病之中，徐師曾堅持讀書，勤奮治學，筆耕不綴，著述豐碩，實屬難能可貴。

王世貞《徐魯庵先生湖上集序》贊曰：「公生而亡它嗜，顧獨嗜書。」(二) 雖然徐師曾的讀書與治學本是從早年開始而貫穿其一生的，但是其治學的深邃與著述的集成則是以中晚年尤爲突出，其成果也主要是在此間推出和流傳的。

《墓表》載云：「闢書舍於南湖之上，聚書萬卷，伊吾若諸生時。」如果說早年的讀書好學還帶有應舉入仕的功利目的，那麽其中年時期在籍養病的讀書治學已具有了較明顯的超功利性，而且在晚年致

(一) 朱彝尊《靜志居詩話》，人民文學出版社一九九〇年版，第三六四頁。

(二) 王世貞《弇州山人續稿》卷四十四，明萬曆刻本。以下所引簡稱《湖上集序》，皆據此本。

仕之後也得以更好地延續和保持。《祭文》亦云：「公之歸也，逢掖其衣，環堵其宫，邑人而不邑居，野居而不以家從，天下意公有方外之樂，而不知其睢于於方之内以終。造物優公無累之晷，而公焚膏以繼之，若蠹魚之蝕群編，若牛毛而蠶絲天下，意公有不朽之圖，而不知其聊以取足而自怡。」既反映了師曾晚年如饑似渴的讀書生活、焚膏繼晷的治學生涯，也揭示了他聊以取足、超然自怡的人生態度和審美情趣。《墓表》又云：「先生既無意用世，常思託遺經以自見，故晚年論著彌富，學尊望崇。」也透露了師曾晚年的「論著彌富」與其「無意用世」之間的轉換關係；對此，顧爾行《刻文體明辨序》云：「性不嗜仕。無何，退耕其邑之郭外，築一室，充左右圖書，潛心大業，力希不朽，屢詔起用，竟不就。藐臺鼎若棄，甘窮約若飴，彼其意有所屬，固不以此易彼也。」（和刻本，第二二頁）也認爲師曾以治學著述爲大業，視仕途富貴爲浮雲，本是出於性情，故能堅守不移。

徐師曾治學之勤奮及其學識之淵通，上文所引《墓表》在記述其早年事跡時已有所總結。此外，《墓表》還指出了師曾治學的另外兩個重要特點：一是「根極歸之於敬」，「人謂先生之學，真得於敬云」；二是「尤邃醫術」。所謂「歸於敬」、「得於敬」，體現了師曾對學術的崇敬之心，治學的謹慎態度。這從其《刻今文周易演義序》中即可得到體現：「余爲是書，搜括百家，諮訪眾説，而折衷於朱子，充其簡略，闡其微奥，救其闕失，使學者充棨點綴，以合有司之程，然非帖括之類也。……是書之成，前後十年，始獲脱稿。然中多未定，未敢傳諸人也。間出以質會稽士人，遂見私録而刻諸杭。邇來謁告家居藥物之餘，重加修改，友人董朝獻請刻以傳，余方悔初本未定而誤行也，遂不辭而畀之。」㈠ 至於尤精醫術，既與師曾因身體孱弱久病而致力於鑽研醫學有關，也受益於其父之濡染傳授，另外對他人的經驗和成果也有所參考吸收。如《經絡全書》就是徐師曾與同邑友人沈子禄共同編著的㈡，師曾序云：「竊惟先君早學斯道，洞究大旨。予不肖，弗克纘承先緒，改而從儒。儒幸晚成，猶及先君之存，旦夕過庭，每口授《内經》諸家之論。……其説蓋與沈君合，固知此道淵微，唯精研者乃相契也。爰乘稍暇，爲之删校，復述樞要，以續斯編，更名曰《經絡全書》，一以酬沈君見托之意，一以纘先君不傳之緒，一以裨後學搜括之勤。」（卷八，第一六四頁）此序既交待了其編撰此書的起因與目的，也揭示了其醫術造詣的來源與背景。《湖上集序》亦云：「於書嗜六經子史，而尤邃於《易》及三《禮》。諸聖賢精神心術之微，公皆爲能探隱破的，而後筆之於書。書成，而近邑之衿裾少年或不能盡好之，然必不以其一日之好而易吾守。」對師曾尤邃於《易》學及《禮》學的治學成就及其學術堅守也給予了高度評價。

關於徐師曾的著述，《墓表》所載已頗爲詳備：「平生所著，有《周易演義》、《禮記集注》、《正蒙章句》、《世統紀年》、《湖上集》；所纂緝修注，有《文體明辯》、《詠物詩編》、《臨川文粹》、《大明文鈔》、《宦

㈠ 徐師曾《今文周易演義》卷首，《續修四庫全書》經部第九册，影印明董漢策隆慶二年（一五六八）刻本，第一頁。

㈡ 《經絡全書》前編一卷，題吴江沈子禄撰述、徐師曾删校；後編一卷，題徐師曾續述，清抄本。

學見聞》、《六科仕籍》、《吴江縣志》、《小學史斷》、《經絡全書》，共數百卷行於世。又以字學不明，欲緝全編，以贊同文之治；尤邃醫術，論著業已數十篇，此皆有志未成者也。」可見徐師曾的著述涉及經學、文學、史學、醫學等多個學科領域，除了字學和醫術方面的兩種著述「有志未成者」外，在當時已經刊印行世的就達十四種數百卷之豐碩。

《墓表》雖列載了徐師曾著述的種類和名稱，卻没有標明各書卷數。明末清初著名的藏書家和目録學家黄虞稷在《千頃堂書目》中，不僅著録了徐師曾的十種著述，而且多標明卷數，且略有注解。這十種著述即：《今文周易演義》十二卷，《禮記集注》三十卷，《吴江縣志》二十八卷，《正蒙章句》，《宦學見聞》，《經絡全書》，《途中備用方》二卷，《湖上集》十四卷，《文體明辨》八十四卷，《明文鈔》〔一〕。除《途中備用方》二卷外，其它九種都見於《墓表》所載，也可見徐師曾的著述至明末清初既有湮没，也有新刊，而大多數在此前刊行的著作都尚在流傳。

我們可以對這些著述的年代及背景略做考察。有的著述可確考出現在他中年時期，如《臨川先生文粹》四卷，卷首署「姑蘇後學徐師曾輯」〔二〕，而《明文海》載其《臨川王氏文粹序》，署時「嘉靖庚申

〔一〕 黄虞稷《千頃堂書目》卷一、二、六、十一、十二、十四、二十四、三十一，《文淵閣四庫全書》本。
〔二〕 徐師曾輯《臨川王先生文粹》，吴中陳南録，吴江董漢策刊，明刻本。

二月丁未」(一)，即嘉靖三十九年(一五六〇)，時徐師曾四十四歲，還在朝中任吏科給事中，或許是他從事文體學研究的準備之作。至於《正蒙章句》、《詠物詩編》、《大明文鈔》、《小學史斷》等編著，還有可能是他早年科舉備考和鄉邑教學時的産物。有的著述則是從他早年就開始著手而至晚年始告完成的，如《湖上集》所載《禮記集注序》，自述「曾末學寡陋，潛心三十餘年」，「脱稿斯竟，序而藏之」，署時「隆慶六年歲在壬申」(卷八，第一六〇頁)，可見他研究禮學、撰著《禮記集注》，是從二十六歲開始而至退休後的第二年脱稿的。又如《今文周易演義》，自序署時「隆慶戊辰七月」，即隆慶二年(一五六八)，而序中記此書「前後十年方脱稿，後爲人私録而初刻於杭州，經過修訂後纔由董漢策重新刊行，則前後歷時當亦達十數年之長。至於《文體明辯》，其自序稱「撰述始嘉靖三十三年甲寅春，迄隆慶四年庚午秋，凡十有七年而後成其書」(卷首，第三五九頁)，可見此書之成稿在其退休前一年，其繕寫完畢而作序則是萬曆元年癸酉三月，已是他致仕第三年了。其他如《宦學見聞》、《六科仕籍》、《吴江縣志》等，應該也都是他中晚年的編撰了(二)。

(一) 黄宗羲編《明文海》卷二百四十，《文淵閣四庫全書》本。

(二) 徐師曾《重修六科仕籍序》云：「嘉靖三十八年秋，余以内艱服除，叨補吏科，會余同館士梁君乾吉來綰印綬，公暇語及此事，因以爲請，而君許焉。乃稽實録，購群志，而增修之。」《湖上集》卷八，第一五〇頁。又徐師曾《吴江縣誌序》云：「自余初修，以至脱稿，凡十有一年；又四年，梓工乃竣。」署時「嘉靖四十年辛酉夏六月二日」，乾隆重修本《吴江縣志》卷首，第三頁。知二書編撰皆在嘉靖後期。

這些著述有的從明末清初以來已經散佚，但幾種重要著作都得以傳存。如《四庫全書》列入《總目》之「存目」的《今文周易演義》十二卷、《禮記集注》三十卷、《文體明辨》八十四卷(一)，皆有明刻本，《四庫全書存目叢書》即據以影印；如《湖上集》十四卷亦有明刻本，收入《續修四庫全書》中；此外，《校注病機賦》、《經絡全書》二種亦有明清刻本和抄本傳世。

至於徐師曾的創作，主要收編在《湖上集》十四卷中。其中前四卷收賦和詩，卷一收賦僅四篇，以下爲四言古詩、樂府、五言古詩、七言古詩，卷二爲五言律詩，卷三爲七言律詩，卷四爲五言排律、七言排律、五言絶句、七言絶句、雜言詩，共約二百八十餘首。卷五至卷十四爲文集，分奏疏、書、論、序、雜著、記、碑文、墓志、墓表、行狀、傳、祭文等各類，凡一百十六篇。可見徐師曾的創作不僅詩體較豐富，而且文的體式也很多樣，這與他從小喜愛詩文的稟賦和訓練是分不開的，也與他後來從事文體學研究的學術實踐相互關聯。王世貞爲《湖上集》作序評之曰：「然間有所持論，則必務於信，其見而不諧俗，如表讓而賢朱均，立統而屈趙宋，辨王正而歸周曆，標吴祀而絀范蠡，即令湯禹之徒操尉牘，自謂推見至隱，讀公辭而有不吐舌斂手者哉？」又云：「且夫公非不能華，非惡夫華，而力去之，唯欲究夫文所繇，而底其終之用而已。」即對徐師曾持論守信、探源務實的文風給予了稱揚和肯定。《明文海》亦選録

(一)《四庫全書總目》卷七、卷二四、卷一九二，中華書局一九六五年版，第五五、一九三、一七五〇頁。

徐師曾文達十三篇之多。至於其詩歌，王世貞不僅爲其《湖上集》作序，而且在《像贊》中評其「亦喜作詩，工取達意」；《明詩綜》雖只選録了其《宿磚河驛》一首，而評曰「詩亦清婉，蓋斤斤學唐者」〔一〕，也揭示了徐師曾詩歌創作的宗唐傾向和清婉風格。

綜考徐師曾一生行跡，雖仕途不顯，功勛無成，而爲人寬厚，品行醇謹，又淡泊名利，勤奮著述，因此既頗獲時人好評，也深受後人崇敬。王世貞《湖上集序》高度評價其才智學問云：「計天下之所爲盛者，毋如嘉、隆間；嘉、隆之所爲盛，毋如江左；江左毋如吾吴郡，而郡之巖邑曰吴江，吴江之雋曰徐魯庵公。」而王世懋《墓表》則對其爲人品節讚賞有加：「性雖醇謹，傴僂自將，至取予大節，毛髮不可苟，堵宫蕭然，有以自樂，終不爲人居間也。」「談者謂江南人多田園子女之奉，以故輕去其官云。若先生當盛年美宦，一旦棄去，編摩窮年，此亦詎有所染好耶？當其請告時，天下未能盡窺其指見，以爲明哲保身而已。載更兩朝，途險者已就夷，居靜者且思動，而先生卒堅卧不起，然後有以見隱君子之真也！」正因爲如此，徐師曾去世後，也得到了人們普遍的尊敬和深切的懷念，《墓表》云「遠近哀賻，遠同太丘，鄉先生殁而社祭，先生當之矣」，《像贊》亦云「有司祀之學宫」。

〔一〕朱彝尊編《明詩綜》卷四十九，《文淵閣四庫全書》本。

二、《文體明辯》的編撰及印行

關於《文體明辯》編撰的基本情況，徐師曾在自序中雖然已有大致交待，但具體細節仍然需要我們加以仔細考證與探求。

（一）《文體明辯》的編撰

首先是編撰年代和時間。自序云：「撰述始嘉靖三十三年甲寅春（一五五四），迄隆慶四年庚午秋（一五七〇），凡十有七年而後成其書。」可見其編撰《文體明辯》的年代主要在嘉靖後期的十三年至隆慶的四年間，前後歷經十七年，恰與其中年爲官兼養病的時段大體重合。具體而言，其編撰開始於他進士及第的第二年，完成於他獲准致仕的前一年。正如前文所考，徐師曾這個時期除了前八年在翰林院做庶吉士和在兵、吏等科任給事中之外，其餘約十年都是一邊掛籍仕途一邊歸鄉養病，則《文體明辯》乃是他爲官之餘和養病期間的編撰成果，雖不無時間和環境等方面的便利之處，而更見其幾十年如一日的執著之功。

其次是編撰背景與源起。自序云：「大抵以同郡常熟吴文恪公訥所纂《文章辨體》爲主而損益之。」又云：「蓋自秦漢而下，文愈盛；文愈盛，故類愈增；類愈增，故體愈衆；體愈衆，故辯當愈嚴：此吴公《辯體》所爲作也。」據此可見，徐師曾編撰《文體明辯》既是立足於中國古代文體和文體學不斷發展興盛的背景之上，又是建立在同郡前輩吴訥編著的《文章辨體》這部明初文體學重要著作的基礎之上。而徐師曾在自序中所陳述的更早的源起和更深層的原因，則尤其值得我們關注：「曾成童時即好古文，及叨館選，以文字爲職業，私心甚喜，然未有進也。幸承師授，指示真詮，謂文章必先體裁，而後可論工拙；苟失其體，吾何以觀？亟稱前書，尊爲準則。曾退而玩索焉。久之，而知屬文之要領在是也。第其書品類多闕，取捨失衷，或合兩類而爲一，或混正變而未分，於愚意未有當也。竊不自量，方更編摩，而以庸劣紬居瑣垣；然退食之餘，志不沮喪，蓋忘其非吾職也。已而謝病家居，積累成袠，更以今名，聊畢前志。」可見徐師曾對文體和文體學的興趣和關注，乃源起於其童年時代對古文的學習，及至中進士入翰院之後，因職業的需要而更加喜愛古文；其間「幸承師授，指示真詮」，乃是引導他進入文體學的學習和「文體明辯」研究的最重要的因素；而在認真學習和領悟同郡前輩吴訥《文章辨體》的基礎上發現其不足，則是促使他立志重新編著的直接原因；而其官餘之不懈、病中之積累，又隱約可見其懷才不遇、發憤著述之情愫。

其三是編撰目的及意義。自序云：「雖於先正述作之意，不無異同，然明義理，抒性情，達意欲，行世用，上贊文治，中翼經傳，下綜藝林，要其大旨固無戾也。」徐師曾自述的編撰目的和意義固然較爲豐富而全面，但其中最直接而現實的目的和意義乃在於「綜藝林」和「行世用」，即綜輯藝林篇章，辯析文體異同，藉以指導創作，有利世人應用。

（二）《詩餘》圖譜的編撰

那麽，「詩餘」作爲文體之一種，被收入《文體明辯》，似乎是順理成章的事情。然而事情並非如此簡單。因爲詞體文學是興起於唐而繁盛於宋的一種新型的音樂文學形式，以其通俗豔麗的體性風貌而與高古典雅的傳統詩文形成對照與區别，雖然從「詩餘」、「詩裔」、「古樂府之末造」等别名和稱呼中还能看出它源出於「詩」的血統，卻仍然長期被拒斥於「文學」殿堂和「文章」家族的大門之外。這從宋人編纂的幾部大型而重要的文章總集中即可窺見一斑。如北宋李昉等編《文苑英華》凡一千卷，主要收録唐五代「文苑英华」之作達三十八體之多；姚鉉編《唐文粹》一百卷，所收「唐文」亦分三十餘類；南宋吕祖謙編《宋文鑒》一百五十卷，所收「宋文」更多達六十一類。在這三部以「文」命名的總集中都選録了不少唐宋時代出現的新文體，如「題跋」、「記」、「傳」等，甚至連「樂語」都收録了，卻都没有收録唐宋時代的詞體作品。「宋代文章總集編録反映出宋人這種文體觀念：詞體既是邊緣的，又是獨立而獨特的文體。」[一] 這種情況實際上一直延續到元代和明代，甚至在清代的大多數文章總集中也没有得到完全改觀。

[一] 吴承學《近古文章與文體學研究》第二章「宋代文章總集的文體學意義」，廣東高等教育出版社二〇二〇年版，第三五頁。

徐師曾之所以能够在《文體明辯》中收入「詩餘」一體，首先是受到吴訥《文章辨體》的影響和啟發。《文章辨體》總論一卷、正集五十卷、外集五卷，據其「凡例」最後一條云：「詞曲爲古樂府之變……復輯四六對偶及律詩、歌曲共五卷，名曰《外集》，附於五十卷之後，以備衆體，且以著文辭世變云。」《外集》卷五所收爲「近代詞曲」，其序題云：「庸特輯唐宋以下辭意近於古雅者，附於《外集》之後，《竹枝》、《柳枝》，亦不棄焉。好古之士，於此亦可以觀世變之不一云。」㈠可見吴訥將「詞曲」收入《文章辨體・外集》中，既是出於「詞曲爲古樂府之變」的認識，也是因爲「以備衆體」、「以觀世變」的需要。儘管所收唐宋詞只有二十三人、二十三調、四十首，不僅數量和規模有限，而且只選録「辭意近於古雅者」，但他能够在文體學的著述中首次突破前代文章總集不收詞體的局限，其開拓意義仍然值得肯定。吴訥之所以能够做出這樣的成績，當與他既有詞的創作實踐、也有《唐宋名賢百家詞》這部大型詞籍的編輯經驗有關。

徐師曾既立志於在文體學的研究上超越同郡前輩之成就，自然也就需要在繼承中有所創新。據其自序云：「《文體明辯》六十一卷，《綱領》一卷，《目録》六卷，《附録》十四卷，《目録》二卷，通八十四

㈠ 吴訥、徐師曾著，于北山、羅根澤校點《文章辨體序説　文體明辨序説》，人民文學出版社一九六二年版，第一〇、五九頁。

卷。……《辯體》爲類五十，今《明辯》百有一；《辯體外集》爲類五，今《明辯附録》二十有六；進《律賦》、《律詩》於正編，賦以類從，詩以近正也。」可見其規模既已遠超《文章辨體》，而分類和編排亦有所改進，如將吴訥編入《外集》的律賦、律詩歸於正集等。但和吴訥一樣，徐師曾也將「詩餘」收在《附録》中。這既是因襲吴訥的做法，也反映了徐師曾對詞的體性認識和價值觀念仍然没有超越傳統的牢籠。這在其自序的末尾也有所陳述：「至於附録，則閭巷家人之事，俳優方外之語，本吾儒所不道，然知而不作，乃有辭於世；若乃内不能辨，而外爲大言以欺人，則儒者之恥也，故亦録而附焉。」可見其收入《附録》中的文體多屬「本吾儒所不道」的民間俗體或變體，而「詩餘」即爲其中之一體。在這一點上，徐師曾與吴訥所秉持的文體思想和詞學觀念是基本一致的。但是，徐師曾又比之吴訥有所開拓和創新，這主要表現在兩個方面：一是收録詞作的數量和規模大爲增加與擴展。「詩餘」編在《附録》的卷三至卷十一，占據《附録》共十四卷的九卷之多，可見「詩餘」在《附録》中的重要地位，其規模甚至超出正集中所收的許多文體。從數量來看，吴訥的《文章辨體・外集》所收「詞曲」僅爲二十三人、二十三調、四十首作品，的確是聊以「備體」罷了；而徐師曾的《文體明辯・附録》所收「詩餘」共計三三二調、四七六體、五八三首，已完全是一部規模較大的詞集選本了，也許正因爲如此，它在清代似乎曾一度以《詞體明辨》之名而單獨刻印和流傳。二是新增了詞譜的編撰與製作。吴訥的《文章辨體・外集》所收「詞曲」，除了以「序題」闡釋其文體特徵之外，也像其他文體一樣只選録了一些作品爲例。而徐師曾顯然覺得對「詩餘」這樣的特殊文體，僅以序題加範文的常用體例來處理是遠遠不够的，於是他參考和借鑒了明代中前期詞曲圖譜編撰的做法和經驗。其對「詩餘」之序題云：「然詩餘謂之填詞，則調有定格，字有定數，韻有定聲。至於句之長短，雖可損益，然亦不當率意而爲之。譬諸醫家加減古方，不過因其方而稍更之，一或太過，則本方之意失矣。此《太和正音》及今《圖譜》之所爲作也。然《正音》定擬四聲，失之拘泥；《圖譜》圈别黑白，又易謬誤。」徐師曾雖然没有詞的創作，但據此序題可見，他對詞的特殊文體特徵卻掌握得相當準確，而且參悟了他的醫學知識和經驗，認爲詞的創作不能率意而爲之，要遵守特定的具體的形式規範，即使有所變化也要做到守正得體，並指出這就是詞譜編纂的功用和意義之所在。他提到的《正音》，即明初朱權所編撰的《太和正音譜》，是我國第一部元曲（北曲）譜；所謂《圖譜》，當指嘉靖十五年（一五三六）張綖所編纂的《詩餘圖譜》，是雖晚於弘治年間周瑛所編《詞學筌蹄》卻更具開創意義和深遠影響的一部重要詞譜。徐師曾既肯定了二譜的意義，又指出了它們的不足，自然是對二譜有過認真的閲讀和研究。也正是在此基礎上，徐師曾便將《文體明辯・附録》中所收「詩餘」編撰成了明代的第三部詞譜，其意義已大大超出了「詩餘」僅僅作爲「文體明辯」之一體的附録地位和單一格局了，這就是徐師曾在文體學的視域之下做出的對詞譜學的創新與貢獻。

(三)《文體明辯》的印行及版本

徐師曾自序開篇云：「輯既成，繕寫貯藏，以俟正於君子，乃原撰述之故而序之曰。」可見序寫於他將全稿繕寫完畢以備貯藏之際，而末尾署時「萬曆改元歲在癸酉三月朔旦」，即萬曆元年（一五七三）三月，離其自序所記全書編撰完成的迄止年代隆慶四年庚午（一五七〇）秋已過去約兩年半的時間。又據自序云：「初擬上進，故注中先儒竝稱姓名，後雖莫遂，不及修改，覽者勿以罪予則幸矣。」則徐師曾原有將此書上進朝廷的打算，可後來因故未果，或亦有修訂的考慮，加之全稿篇帙宏大，以致影響了繕寫的進度，而因七年後他就溘然仙逝了，故修改計畫也終於未能實施。

至於《文體明辯》的印行，則是萬曆元年以後的事情了。今所見《文體明辯》最早的刻印版本，當爲閩建陽游榕活字印本。此本今中國國家圖書館和北京大學圖書館均有收藏，《四庫全書存目叢書》（集部第三一二册）即據北京大學圖書館藏本影印。此本卷首雖收録了徐師曾署萬曆元年的自序，但正如上文所考，萬曆元年乃徐師曾繕寫全稿的完成時間。此本在徐師曾序後及各卷之首皆題「大明吴江徐師曾伯魯纂，歸安少溪茅乾健夫校正，閩建陽游榕製活板印行」，後二項或省題爲「歸安茅乾健夫校正，建陽游榕活版印行」。可見校正者爲歸安少溪的茅乾，他是明代自號「鹿門」的「唐宋派」著名古文家茅坤之兄，而採用的則是閩建陽游榕所製作的銅活字模板。據王重民對「明萬曆間活字印本」《文體明辯》的提要考證：「按隆、萬間閩人游氏、饒氏在無錫製銅活字，印書數種，此其一也。……師曾序其書在萬曆元年三月，時《御覽》尚未印成，其始印是書，不知確在何年，約之應在萬曆元、二年以後。因用同一套活字，而《御覽》爲大書，印《御覽》時恐不能兼印是書，故是書之印訖，似應在萬曆

三、四年矣。」(一)則此書首次印行距其繕寫完成又相隔了約二、三年的時間。

《文體明辯》活字本在印行初期曾一度流行,在萬曆年間即有兩次翻刻,頗受歡迎。日本和刻本《文體明辯》在卷首所録徐師曾自序之後,有題署云「大明萬曆八年庚辰仲秋望日吴江董邦寧書於壽檜堂刊」(第四頁)。萬曆八年(一五八〇)即徐師曾去世之年,同邑人董邦寧有壽檜堂刊本,當以活字本翻刻而成。此本今藏山西省運城市臨猗縣圖書館。和刻本卷首又載趙夢麟、顧爾行所撰二序,皆署時「萬曆辛卯」即萬曆十九年(一五九一)。趙序有云:「追移令吴江,邑有聞人徐伯魯先生。……然終先生之身,成勞未獻,今始得覩其全書。」(第一九—二〇頁)可知趙夢麟任吴江縣令時於萬曆十九年又重梓《文體明辯》。顧序自稱「吴興後學」,因應徐師曾二子之請序而對重梓本有更詳細的記載:「是編爲先生藏本,余舅氏鹿門茅公雅慕之,以活字傳學士大夫間,一時爭購,至今楮貴。前令仁宇徐公擊節而歎曰:『是吾邑先賢手澤也,盍梓之?』請於直指知吾邢公,捐贖佐工,工甫半而以赴召行。廣武趙公來令,首先教化,亟謀畢梓。會直指雍野李公行部下檄,遂告竣焉。」(第二三—二四頁)據顧序可知,此書最早爲徐師曾手抄家藏本,稍後纔以活字本印行,顧氏謂此舉爲其「舅氏鹿門茅公」即茅坤所爲,蓋爲茅坤之兄茅乾之誤。顧氏謂活字本印行後「一時爭購,至今楮貴」,應該是此書印行初期在江浙一帶

(一) 王重民《中國善本書提要》「集部・總集類」,上海古籍出版社一九八三年版,第四四五頁。

流行的真實反映，以致吴江縣令於萬曆十九年（一五九一）又重梓其書，所依據的版本當同爲活字本。此本中國國家圖書館、上海圖書館及北京大學圖書館、復旦大學圖書館等皆有收藏。

至明代後期以來，又相繼出現了一些《文體明辯》的新版本，兹就其中影響較大、較有特色者略做考述。（新版本各書，書名中「辯」、「辨」多有異同，以下按實際標示。）一是輯録本。程明善纂輯的具有類書性質的《嘯餘譜》，將《文體明辯・附録》中的《詩餘》譜加以改編後以《詩餘譜》之名收入其中，其書爲萬曆四十四年（一六一九）流雲館自刻本。因爲程氏纂輯本未標明所據原本，加之其書卷帙遠不及《文體明辯》之浩繁而更便於流行，因此其中的《詩餘譜》在廣泛傳播中也幾乎被視爲程明善所編撰了，徐師曾的原書反而因爲流行不便致使其中的《詩餘》圖譜也受到了影響和遮蔽。二是改編本。《中國善本書提要》著録《文體明辨》四十六卷《總論》一卷，凡二十册，注爲明崇禎間刻本，序署時崇禎十三年（一六四〇），藏「國會」（美國國會圖書館），提要云：「原題：『吴江徐師曾伯魯父纂，嘉興沈芬石夫父、沈騏鶴山父箋。』按《嘉興縣志》：『芬年少，有聲黌序，工詩古文詞，交四方名士，結納賢豪。與從子騏，評刻《文體明辨》、《詩體明辨》。』《存目》著録師曾原書凡八十四卷，《詩體》亦在内；芬判爲二書，各自别行，此即《縣志》所謂《文體明辨》也。」（第四四六頁）可見二沈於明末將原書改編成二書並加以箋評，即抽出其中的詩體部分别爲《詩體明辨》，其餘部分則仍從原名。此本中國科學院圖書館、上海圖書館、復旦大學圖書館、南京圖書館皆有收藏，注爲四十八卷。至於《詩體明辨》單行本，今有中國國家圖書館藏清初順治年間刊行的十卷本等(一)。其三爲附録本。即以《文體明辯附録》之名單獨印行，此本今藏中國國家圖書館，注爲明刻本，未題何人刻行，蓋亦出於晚明之際，卷首有「長樂鄭振鐸西諦藏書」之印。其四爲詞譜本。清沈雄《古今詞話》之「詞話」下卷和「詞評」下卷，皆曾提到徐師曾有《詞體明辨》一書，或爲清代出現的將《文體明辯・附録》中的《詩餘》圖譜單獨印行而别名《詞體明辨》者(二)。

三、《詩餘》圖譜的貢獻與意義

在文體學理論方法的參照下來編撰詞體的圖譜，這是徐師曾《文體明辯》這部文體學著作所體現出來的一個重要而鮮明的開拓創新之處。從文體學的創新來看，他借用了圖譜的形式來對獨特而多樣的詞體進行闡釋和印證；從詞譜學的開拓而言，《詩餘》圖譜的編撰又具有了文體學理論視野的啟示和指引。這應該就是《文體明辯》之《詩餘》圖譜的編撰對文體學和詞譜學所做出的突出貢獻和雙重意義之所在。

(一) 按：國家圖書館另藏《詩體明辨》二十六卷清刻本；又有《詩體明辨》上下册影印本，新北市廣文書局有限公司二〇二〇年版。

(二) 江合友《明清詞譜史》云：「清道光間福申將《文體明辨》附録中詩餘部分録出，獨立成書，是爲道光福申鈔本。然彼時詞譜之學已甚爲發達，徐師曾此編已不能引起詞家注意。」第四八頁。

（二）《詩餘》在作品採選和文獻徵引上做出了超越前人的拓展與豐富

徐師曾之所以要在《文章辨體》的基礎上重新編著《文體明辯》，是因爲他覺得吴訥對文類的收集和辨體的工作都做得還不够全面和細緻，因此他追求的目標和理想就是，既要完備文類，又要明辯文體，也就是要從數量和質量兩方面做出突破和超越。應該説，徐師曾基本完成了他預期的總體目標和主要任務，而就「詩餘」一體來看，其突破和超越也首先體現在數量和規模上。由於詞體具有數以千百計的調和體的這種獨特性和多樣性，如果還是像其它文體一樣只是簡單地用序題闡釋加列舉範文的體例，似乎已經不够用了，因此只有當採選的詞調和作品達到一定數量和較大規模時，其普適意義和示範作用纔能更好地顯現出來。吴訥雖然在《文章辨體》的《外集》中收録了「詞曲」一體，但所選例詞只有二十三人、二十三調、四十首，而且没有編撰譜式，除了在文體學上聊且「以備衆體」之外，其在詞譜學上的理論意義和實踐價值都非常有限。徐師曾既受到吴訥的啟示又體認到其不足之處，所以纔能做出拓展與豐富。「詩餘」一體不僅在《文體明辯·附録》中占據了絶大多數的篇幅和分量，而且還被編撰爲一部規模較大的《詩餘》圖譜，其所收例詞也多達一一七人、三三二調、五八三首，不僅是相對吴訥《文章辨體·外集》所收「詞曲」一體在文體學上的「質的飛躍」，而且也是對於周瑛《詞學筌蹄》和張綖《詩餘圖譜》這兩部明代詞譜的「量的超越」。《詞學筌蹄》所收例詞爲一〇三人、一七〇調（未計重出六調）、三五五首，《詩餘圖譜》所收例詞爲七一人、一四九調、二二〇首，其規模和數量都難與《文體明辯・詩餘》相比。鑒於徐師曾未提及《詞學筌蹄》，應該是没有參據此書，姑置不論，我們主要以《詩餘》與張綖《圖譜》來進行一個簡要的對比分析。

比之張綖的《圖譜》，徐師曾的《詩餘》所收例詞的作者數量增加了四十六人（不計原署「撰人闕」者三人及原署有疑誤而考校爲「無名氏」者三人），超出比例已接近百分之六十五；詞調數量增加了一八三調，即使去除同調重出的三十調，也仍然增加了一五三調，而詞作數量更增加了三六三首（含少量重出之作以及單雙調之作混誤者），也都比《圖譜》的數量和規模翻了一番有餘。即使是《圖譜》已收詞人，《詩餘》在採調選詞的數量上也大爲增加，略舉其中具有代表性的重要詞人爲例：如温庭筠，《圖譜》收三調三首，《詩餘》增至十四調十五首，除二調二首相同外，其餘皆爲新增者；像這樣的唐五代詞人還有韋莊、毛文錫、顧敻、孫光憲等人；宋代詞人則以周邦彦（《圖譜》收七調七首，《詩餘》收四十六調四十六首）、辛棄疾（《圖譜》收五調五首，《詩餘》收三十二調四十首）二人在採調和選詞數量上增幅最大，其他如柳永、歐陽修、蘇軾、秦觀、康與之、賀鑄、李清照等，也都有較大的增量。就所增收的超出《圖譜》一倍有餘的詞調來看，不僅有在盛唐至中唐之際的流行短調如《清平調》、《楊柳枝》、《竹枝》以及在晚唐五代興盛起來的「花間」小令，而且還有大量在宋代創作和傳唱的新聲令曲和慢詞長調。就詞調的流行性來看，在新增詞調中作詞數量在十首以上者就達五十九調之多，其中尤其引人注目的如《西江月》和《如夢令》二調，雖然唐五代詞都只有區區五首作品，然而宋詞卻有各達四九八首、一九六首的豐碩成果，都堪稱是唐宋詞壇最流行的金曲名調之一； 其他如《漁父》（唐七十、宋一百）、《楊柳枝》（唐八十二、宋二十）、《霜天曉角》（一百一）、《祝英臺近》（八十三）、《調笑令》（七十四）、《酒泉子》（唐三十七、宋二十二）、《河傳》（唐二十、宋二十六）、《搗練子》（唐十二、宋三十三）、《雨中花慢》（三十九）、《花心動》（三十四）、《蘭陵王》（三十三）、《六州歌頭》（二十六）等，也都是宋代或唐宋創作數量達數十首甚至過百首的常用詞調； 即使是像《戚氏》（二）、《雨霖鈴》（七）這樣的作詞數量較少的詞調，也以三疊長調及名家名作而獨具存調備體的價值和意義。

徐師曾編撰《詩餘》圖譜在數量和規模上能超越前人，自然離不開對相關文獻資料的搜輯與利用。 相較於吳訥和張綖等人，徐師曾所面對的文體學和圖譜學的文獻資源已更爲多樣與豐富，其編撰《詩餘》所採録的文獻主要有以下四種來源： 其一是張綖的《詩餘圖譜》，這是徐師曾編撰《詩餘》的重要基礎。 張綖編纂《圖譜》時，除了參據《花間集》和《草堂詩餘》這兩部唐宋詞的流行選本之外，也從一些唐宋詞人的别集中採選了一定數量的詞調和例詞，這爲徐師曾編撰《詩餘》圖譜提供了較好的文獻便利，他採用了《圖譜》所收全部一四九個詞調，只是在例詞上略有改换並予大量增補。 其二是吳訥《文章辨體・外集》所收「詞曲」，雖然没有編撰圖譜，編排順序也較隨意，但在選調和例詞方面也給徐師曾提供了啟示與引導。 如吳訥將《渭城曲》、《竹枝》、《楊柳枝》三調共九首作品「附録」在所收二十調三十一首「詞曲」之後，其序題亦云「《竹枝》、《柳枝》，亦不棄焉」，表明吳訥在採選這幾調時對其性質的模糊認識和猶豫態度，然而徐師曾卻受到啟發，他捨棄了《渭城曲》這個聲詩調，而增選了《圖譜》所不收的《竹枝》、《楊柳枝》這兩個中唐以來的流行短調。此外，《詩餘》也增收了《圖譜》所未收的《西江月》、《孤鸞》、《玉燭新》三調，應該也是參考了吴訥此本收録這三調的做法。其三是明顧從敬所編《類編草堂詩餘》（以下簡稱《類編》）。《詩餘》增收的詞調和例詞，除了仍然依據在明代流行的《花間》和《草堂》等唐宋詞選本之外，則新增了對《類編》的大量採選。據卷首何良俊序所署嘉靖二十九年庚戌（一五五〇），知此本編成和刊刻之時，正是徐師曾開始編撰《文體明辯》的前幾年，而此本自問世即廣爲流傳，徐師曾參考和採用此本也就是很自然的事情了；通過考辨《詩餘》圖譜所增收的詞調和例詞的題序、署名等項内容，也可以確定其中有相當一部分作品就是依據《類編》收録的。舉《長相思·春閨》「紅滿枝」一詞爲例，《詩餘》録作馮延巳詞，而《陽春集》不載此首，洪武本《草堂》前集卷下「春景·春怨」類未署名，次於馮延巳《謁金門》「風乍起」詞後，《類編》卷一署馮延巳作，題「春閨」，因該詞未見其它唐宋詞選本收録，則可以考定《詩餘》所收即據《類編》。這樣的例子還有很多，兹不贅列。其四是詞人的别集。在《詩餘》採調選詞數量較多的詞人中，如唐五代的温庭筠、韋莊、毛文錫等，宋代的柳永、蘇軾、周邦彦等，其文獻來源並未逸出《圖譜》及《花間》、《草堂》、《類編》等各本範圍。舉所收數量最多的周邦彦爲例，《圖譜》收七首，《詩餘》同者六首；《草堂》收四十七首，《詩餘》同者三十五首；《類編》收六十二首，《詩餘》同者四十三首。

總計《詩餘》收周詞共四十六調四十六首，皆在以上諸本收録範圍之内。但是在《詩餘》所收宋代詞人中也有少數可以考定出依據了詞人的别集本，如歐陽修即爲其一。《詩餘》收歐詞共二十調二十首，其採自《圖譜》（七調七首）、《草堂》（二調二首）、《類編》（四調四首）各本者，去其重復後凡十一調十一首，其餘《凉州令》、《鶴沖天》、《越溪春》等九調九首，當據歐陽修詞集收録。歐陽修詞集在南宋即有吉州校刊《歐陽文忠公集》所收《近體樂府》三卷本及《醉翁琴趣外篇》六卷本等多種，明吴訥輯抄《百家詞》本《六一詞》即源出宋吉州本，以上九調九首並載其中，《詩餘》當據此本增收。又如秦觀，《圖譜》收其十一調十一首，《詩餘》採録其中八調八首；《草堂》收十九調十九首，《詩餘》同者十三調十三首；《類編》收二十五調二十五首，《詩餘》同者十五調十五首。總計《詩餘》收録秦觀詞二十七調二十八首，採自以上各本者去其重復凡二十一調二十一首，另有《迎春樂》、《調笑令》、《海棠春》等六調七首，當據秦觀詞集本收録。秦觀詞集在南宋即有乾道九年（一一七三）高郵軍學刊刻的《淮海集》所收《長短句》三卷本，至明又有吴訥輯抄《百家詞》本《淮海詞》三卷本、張綖嘉靖十八年（一五三九）遞刻本《淮海長短句》三卷本等，皆源出於宋乾道本，《詩餘》對秦觀詞的增收，即當採自明代流傳和抄刻的淮海詞集。此外，《詩餘》所收辛棄疾詞凡三十二調四十首，比之《圖譜》僅收五調五首所增甚多，然而其中爲《圖譜》、《草堂》、《類編》所收者不過七首，其餘三十三首應皆據明代傳存及抄刻的《稼軒詞》、《稼軒長短句》等别集本收録。

（二）《詩餘》在圖譜編撰和譜式設計上也做出了獨具特色的改進與創新

徐師曾並没有滿足於將《文體明辯・附録》之《詩餘》編成一部僅僅在數量和規模上超越前人的詞集選本，如果他只是這樣做了，充其量不過是在文體學的層面爲「詩餘」一體「附録」了比之吴訥其書更多的範文例詞罷了。實際上，他是在這部文體學著作中「附録」了一部完全可以獨立傳世的詞譜。因此從詞譜學的視域來看，徐師曾編撰《詩餘》時既有對明代已有詞曲譜的研究和借鑒，也在譜式設計上做出了富有特色的改進和創新。

在徐師曾之前，明代已有三部詞曲譜著作的編撰和流行，這就是明初洪武至永樂間寧王朱權的《太和正音譜》、弘治七年（一四九四）周瑛的《詞學筌蹄》、嘉靖十五年（一五三六）張綖的《詩餘圖譜》。朱權其書的主體是「樂府共三百三十五章」，實際上是一部爲元曲編撰的聲調譜。在譜式上，《正音譜》按黄鐘、正宮、大石調等十二宮調進行分類編排，每宮調下選列若干曲牌，先列作品，以空格表示句讀，再於每句之旁以小字標注各字的平、上、去、入或「作上聲」、「亦作平聲」等聲調，「聲」字的書寫或借鑒了古代音樂減省漢字部首以爲符號的記譜方法。作爲明代第一部詞譜，《筌蹄》首創以圖爲譜的體例，以「○」表平聲，以「□」表仄聲，以「。」表句讀，以空格表分段，例詞分段則以「○」爲分隔，先撰圖譜，後列詞作，除了圖譜之後標注「右譜一章若干句」之外，没有其它的譜注文字。《圖譜》則在沿用《筌蹄》以「○」表平聲的基礎上改以「●」表仄聲，又增加了「◒」、「◓」兩種符號以表可平可仄；雖然仍用圖譜與例詞分列的方式，但於圖譜則採用分段標注，每段之前有總注，每句之下有分注，皆以文字標注其句數、韻數、字數及叶韻，另外在一些調名之下、例詞之後亦略有標注與按語。除了《筌蹄》僅以抄本傳世而徐師曾可能未見其書之外，《正音譜》和《圖譜》這兩種詞曲譜著作既在明代中前期都有刻印傳世，而徐師曾在序題中也明確記載了他對二譜的閱讀和評價，則二譜對《詩餘》編撰所產生的重要影響也就是不爭的事實了。但是徐師曾沒有簡單地加以搬用和模仿，而是在繼承中有所摒棄，在借鑒中又有所創新。茲節録《詩餘》序題有關詞體特徵及譜式設計的一段論述如下：

> 然詩餘謂之填詞，則調有定格，字有定數，韻有定聲。至於句之長短，雖可損益，然亦不當率意而爲之，譬諸醫家加減古方，不過因其方而稍更之，一或太過，則本方之意失矣。此《太和正音》及今《圖譜》之所爲作也。然《正音》定擬四聲，失之拘泥，《圖譜》圈別黑白，又易謬誤。故今採諸調，直以平仄作譜列之於前而録詞其後，若句有長短，復以各體別之，其可平可仄，亦通三句。

可見，徐師曾不僅認識到《正音譜》及《圖譜》之所以編撰皆源起於詞曲體式所具有的特定的格律規範，而且也指出了二譜在譜式製作上或失之拘泥或易生謬誤的不足之處。因此，《詩餘》在譜式設計上做出了新的嘗試和改進：一方面雖採取了《正音譜》直接以文字標注字聲的方式，卻又變其譜注與例作合一爲譜與詞分開排列；另一方面雖揚棄了《圖譜》黑白圈別的符號體系，卻又採用了其先譜後詞、譜詞分列的方式。徐師曾之所以摒棄符號譜式，應該主要是因爲它容易發生書寫及排版上的混誤；而他之所以没有採用譜詞合一的方式，可能是因爲覺得《正音譜》只在句旁標注平仄的方式過於簡單，或者是感到在句旁做譜注難以容納更多的文字和内容的緣故。所以他改用單列文字譜，這樣不僅可以清晰地排列每句的字聲平仄，而且還可以詳細地標注每句的字數及叶韻，也可以在調名下注釋各調屬單調、雙調或三疊以及屬小令、中調或長調等分類情況，遇到同調異名或一調多體等現象，也都有説明和標注。從這個方面來看，《詩餘》這種單列的文字譜吸收了《圖譜》文字標注較爲詳明的優點，因而具有了《正音譜》所欠缺的細緻性與豐富性特徵；但是，《詩餘》及《圖譜》所採用的譜詞分列的方式，一定程度地妨礙和割裂了譜與詞的統一性和完整性，給閲讀和採用帶來了一些阻隔或障礙，這大概就是後來《嘯餘譜》以及《詞律》又改進和完善爲新的譜詞合一譜式的原因所在了。事物往往是在否定之否定的過程中得以發展和前進的，徐師曾編撰《詩餘》對譜式的設計和運用雖不盡理想和完善，但他既表現出自覺的創新意識，也爲明清詞譜學的發展和成熟做出了重要鋪墊，其價值和意義自不容否定。

（三）《詩餘》在詞調分類和編排體例上做出了最富創新特色的嘗試與突破

徐師曾編撰《詩餘》圖譜在譜式設計和運用上除了上文概述的基本風貌和總體特徵之外，其對詞譜學所做出的最重要的開拓和創新則主要表現在對詞調和詞體的分辨和編排上。就詞調而言，《詩餘》做出了富於創新意義的分類嘗試，大膽地突破了已有詞譜的編排體例，爲明清詞譜編撰的探索和完善提供了有益的經驗和啟示。

因爲詞是依調填寫和歌唱的作品，而且還因爲詞調具有與詩文等其它文學作品的題目不盡相同的複雜特性，所以無論是編輯詞集還是撰製詞譜，首先遇到的問題就是如何解讀和處理詞調的問題。編輯詞集選本固然可以按人繫調，而編製詞譜必須以調繫詞，詞調也就成爲了詞譜譜式首先需要處理的對象。周瑛編《箋蹄》八卷共收一百七十多個詞調，平均每卷收二十餘調，雖然表面上没有對所收詞調進行明確的分類，但是在編排順序上卻隱約體現出他按詞調名稱所做的初步歸類意識。如卷之二共收二十六調，其調名和順序如下：青門引、華胥引、蕙蘭芳引、梅花引、江城梅花引、千秋歲引、陽關引；如夢令、探春令、木蘭花令、六么令、醜奴兒令、品令；石州慢、浪淘沙慢、惜餘春慢、瀟湘逢故人慢、聲聲慢、拜星月慢、木蘭花慢；春霽、秋霽；燕春臺、高陽臺、三臺；聲聲令。在卷末《聲聲令》調名下原本以小字注云「入令類」[一]，意即應該將此調歸入本卷所收名稱末尾帶「令」字的一類詞調之中。大概因爲此調在此卷是最後補録的，没有和「令類」的詞調編排在一起，故綴於卷末而加注説明，以待修訂調整。可以看出，編者已經有了一定的詞調分類的意識，而且此卷也將所收詞調按調名末尾用字

[一] 周瑛《詞學筌蹄》卷二，《續修四庫全書》第一七三五册，上海古籍出版社一九九七年版，第四一〇頁。

進行了分組編排，前三種類型分别爲引類、令類、慢類，這應該是對詞曲在音樂體制上的分類常識的運用，而後二類則不過是簡單地按調名末尾用字所做的歸類與排列。儘管如此，這種初步的歸類意識和板塊化的排列方式也只是體現在前四卷中，卻並没有在後四卷中得到统一貫徹和實施，説明周瑛對詞調分類只有朦朧意識因而淺嘗輒止，這也反映了詞調分類的複雜性和艱巨性。

張綖《圖譜》所做的小令、中調、長調的詞調三分法既是詞學史上最早的創舉，也很快在嘉靖年間就得到顧從敬《類編草堂詩餘》的採用並從此産生非常深遠的影響力。徐師曾編撰《文體明辯》期間正是《圖譜》和《類編》相繼編刻流行之時，其《詩餘》既以《圖譜》爲參照藍本，又從《類編》來增補例詞，自然會非常强烈而清晰地感知和瞭解二書一前一後所共同採用的詞調三分法。事實上，徐師曾也完全接受了這種簡明實用的詞調分類法，在《詩餘》的目録和正文對每個具體詞調的標注中，不僅運用了張綖所新創的「小令」、「中調」、「長調」的分類術語，而且還增加了《圖譜》所没有的「單調」、「雙調」、「三疊」等詞體概念。但是徐師曾並没有簡單地滿足於只是做張綖詞調三分法的踐行者，而是大膽地嘗試在此基礎上做進一步的突破與創新。於是他新創了一套以題繫調的分類法，即按詞調名稱的用字及其意義來對詞調進行分類，稱之爲「題」，以題爲類，因題繫調，每題爲一類，亦編排爲一卷或一節。《詩餘》凡收三百三十二調，共分二十五題，依次爲：歌行題、令字題、慢字題、近字題、犯字題、遍字題、兒字題、子字題、天文題、地理題、時令題、人物題、人事題、宫室題、器用題、花木題、珍寶題、聲色題、數目題、通用題、二字題、三字題（分上、中、下）、四字題、五字題、七字題。他在一些「題」下加注説明其分類原則或依據，如「天文題」注「以末字爲主，地理、時令、人物皆仿此」，「人事題」注「首末二字皆爲主」，「宫室題」注「以末字爲主，器用、花木、珍寶皆仿此」，可見這九類題目皆是依據詞調名稱末尾（或開頭）用字所包含和涉及的内容及意義來立題歸類的。其他没有説明的題類也基本如此，如「歌行題」至「子字題」凡八題，皆依據調名末尾用字來分類，「聲色題」、「數目題」二類亦依據調名所含表聲色和嵌數目之字面來立題，「二字題」至「七字題」凡五題則依據調名所用字數來劃分，大致因爲没有歧義，故未予説明。只有「通用題」的分類用意有些含糊不清，可能是因爲這些詞調不便歸入其它各類，故立此「通用」一題。

與張綖所創小令、中調、長調之三分法的很快得到接受和趨於流行的情形相對照，徐師曾續創的這種立題繫調的多分法卻遭到了明清詞譜的揚棄和歷代詞學的批評。最具代表性的意見如清初萬樹《詞律·發凡》開篇所云：「《嘯餘譜》分類爲題，意欲别於《草堂》諸刻，然題字參差，有難取義者，强爲分列，多至乖違。……故列調自應從舊，以字少居前，字多居後，既有釐規，亦便檢閲。」(一) 今人亦有進一步的批評：「按程氏如此分類，殊爲不倫，故其各調分隸漫無標準。」(二)《詞體明辨》關於詞調分類

(一) 萬樹《詞律》卷首，上海古籍出版社一九八四年影印本，第九頁。
(二) 宛敏灝《詞學概論》第九章，中華書局二〇〇九年版，第二二八頁。

排列的最大問題，在於它不是按照一種邏輯層面展開的分類，而是一種『混合編隊』。」㈠歷代論者批評的是程明善的《嘯餘譜》，而實際的責任人本應該是徐師曾，這是由古代文獻傳播接受的遮蔽所導致的文學批評的錯位，姑置不論。儘管我們承認徐師曾所嘗試的這種「混合編隊」式的詞調多分法，確實存在整體上邏輯不嚴密、細節上也不够完善的地方，但是除了指責和批評之外，我們還應該進一步探討其形成的原因，挖掘其合理的因素，評估其詞譜學的意義。

第一，《詩餘》所採用的這種對詞調立題歸類的多分法，應該是受到了文體學上對文體進行二級分類之傳統方法的影響。自南朝梁昭明太子蕭統編纂《文選》開始，「凡次文之體，各以彙聚；詩賦體既不一，又以類分」㈡，這種對彙聚而成的大類文體又進行「類分」的二級分類法，便成爲了我國古代文學總集編纂的一個基本模式。在這種文體二級分類中，又有以體分、以題分、以時分三種主要類型。如《文選》「詩」類所分二十三個子目中，除「樂府」、「雜歌」、「雜擬」爲以體分類者外，其餘「補亡」、「述德」、「詠史」等皆爲以題分類；「賦」類又分爲「京都」、「郊祀」、「紀行」等十五個子目，亦皆屬以題分類。徐師曾是文體學家，其編撰《文體明辯》自然也遵循了這種文體二級分類的傳統慣例。在《文體明辯》

㈠　張仲謀《明代詞學通論》第四章，中華書局二〇一三年版，第九三頁。
㈡　蕭統《文選序》，蕭統編，李善注《文選》卷首，中華書局一九九七年影印本，第二頁。

所收一二七類文體中，便有三十九類進行了二級分類，且對三種分法皆有運用。如卷一開篇收「古歌謡辭」一類，又分「歌」、「謡」、「謳」、「誦」、「詩」、「辭」六體，而附以「諺」之一體，所收作品之題目皆以「歌」、「謡」等字爲後綴，既是以體分類，也是以題分類；其下「四言古詩」一類，又分「補亡」、「勸勵」、「簡寄」、「懷思」等七體，則皆屬以題分類。其他如「賦」類又分爲古賦、俳賦、文賦、律賦四體，則又兼用了以時分類和以體分類兩種模式。就「詩餘」即「詞」這一文體來看，唐宋以來的詞集選本和别集編輯也已分别採用了多種分類編排方式，其中以題分類者當以《片玉集》和《草堂詩餘》爲代表和典範。徐師曾編撰《詩餘》圖譜，既已採用了張綖《圖譜》的詞調三分法來標注各個具體的詞調，又另分二十五題來對所選三百多個詞調進行二級分類，這應該視爲其「明辯文體」的理論和方法在詞譜編纂上的嘗試與實踐，同時也可能從立題分類的唐宋詞集編纂中得到了靈感與啟示。

第二，《詩餘》對詞調的分類也具有一定的合理内核和可取因素，不能簡單化地加以指責和否定。無論是《片玉集》的别集還是《草堂詩餘》的選本，雖然已採用了按題材進行編排的分類方式，但都以「春景」、「夏景」、「秋景」、「冬景」的四季景色爲主要題材，《草堂》雖然又增加了「節序」至「花柳禽鳥」等類，但總數亦不過十一類而已，而且也都没有明確使用「題」字的概念。徐師曾《詩餘》的分類增加至二十五類，而且明確以「題」爲標示，雖然萬樹批評他有「意欲别於《草堂》諸刻」之心理而强爲分類，但是我們仍然應該肯定他對詞調分類所做出的思考與探索。其中「歌行題」一類包含了末字爲「歌、歌頭、行、謠、吟、曲、引、調、樂、怨」等字面的詞調，既與樂府詩之古調舊題有一定的相似性乃至淵源關係，也是詞調音樂性的一些鮮明表徵，其立題分類便與詞的音樂體性緊密相關。又如令字題、慢字題、近字題、犯字題、遍字題、子字題乃至兒字題等各類，這些特殊的字面既在詞調命名中占據了較多的數量，也都是詞調音樂屬性和詞體分類的重要標志，徐師曾第一次在詞譜中將它們加以細緻分類和集中展示，足以構成一個具有顯著特徵的板塊或系統，其合理性和可取性也是不言而喻的。即使是「天文題」、「地理題」以下直至「通用題」等十餘題，依據詞調名稱所表現的題材及意義來立題分類，也反映了詞調名稱所包含和折射的極其多元而豐富的內容和主題；而「二字題」至「七字題」的分類，又從詞調名稱所用字數的外在形式上著眼，也給人簡明而顯豁的印象。因此，這兩個層面的立題分類，從內容到形式，其視角和方法也都具有合理可取的因素。

第三，《詩餘》的詞調分類儘管具有一定的局限性，但它對於詞譜學的發展和成熟也是有所貢獻和啟示的。《詩餘》立題繫調的詞調分類法最受後人詬病的是其邏輯不嚴密，有違分類學原則。對此，我們毋需諱言，這正如有學者指出的那樣：「在中國古代總集編纂的實踐中，違背排他性、同一性、窮盡性等分類學基本原則的現象不僅比比皆是，而且成爲文體分類的慣例。」(一) 因此，徐師曾詞調分類的

(一) 郭英德《中國古代文體學論稿》，北京大學出版社二〇〇五年版，第二一二頁。

不足也堪稱是中國古代文體分類的通病所在。儘管如此，就詞譜學的發展而論，徐師曾的立題分類法仍不失其價值和意義。首先，二十五題的分類雖然不在一個統一的邏輯層面上，但至少從詞調名稱的字面與後綴、題材與意義及所用字數這三個重要層面上對詞調進行了分類和歸納，反映出詞調分類的多元性與複雜性，對詞調學研究的深入還是具有啟示意義的。其次，二十五題的詞調分類雖然採用了混合式，但仍具有其指導創作的實用價值。早在蕭統編《文選》時就出現了文體分類的混合現象，「如果考慮到總集編纂的實用性目的，我們又不能不肯定，這種對不同分類標準的混用，實際上是爲了方便後人寫作的時候，可以根據不同的寫作目的，參考不同類別的詩歌作品。不是爲分類而分類，而是爲實用而分類，這是中國古代分類意識的突出特點。」(一)徐師曾編著《文體明辯》固然不無探究文體的理論意義，這主要體現在其對各種文體所做的序題上，而選録的各體作品則無疑更具有指導創作的實用價值。作爲文之一體，《詩餘》被編撰爲一部詞譜，也更突顯了其實用性。因此，徐師曾對詞調的分類並非是從詞學和詞調學的理論高度所做的系統研究，而只是對其所收三百多個詞調所做的不完全分類和歸納，應既有方便編排的考慮，也不失指導創作的用意。最後，《詩餘》依題繫調的分類和編排，也爲明清詞譜進一步選擇和完善詞調分類法提供了參考和借鑒。萬樹等人的批評和不滿也好，其他

(一) 郭英德《中國古代文體學論稿》，同上版，第二〇七—二〇八頁。

詞譜編撰者的拒斥與揚棄也好，都是在將徐師曾的多分法與張綖的三分法進行比較後做出的，以《詞律》、《詞譜》爲代表的清代詞譜最終普遍採用了三分法或類似分類法，與徐師曾的嘗試和探索是分不開的。另外，徐師曾對詞調的多元分類，也促進了明末以來以毛先舒《填詞名解》爲代表的解讀詞調名的研究成果的出現，而且這項工作還有待進一步推進與深入。

（四）《詩餘》在同調異體和詞體分辨上做出了更爲明確細緻的推進與深化

對於詞調異體的分辨和備列，也是徐師曾編撰《詩餘》圖譜時頗爲用力的另外一大特徵與突出貢獻之所在。然而正如其二十五題的詞調分類法一樣，《詩餘》所備列的「第一體」、「第二體」的詞體分辨法，也長期遭到後人的質疑和苛責，致使其價值和意義至今都未能得到應有的重視和客觀的評估。

詞「别是一家」的獨特性既體現在「調」上，也反映在「體」中。當詞還在歌唱的唐宋時代，「體」並没有「調」那麽重要，所以唐宋詞集的編輯都不分體；而到了詞樂失傳的明代，辨體的意識、分體的做法纔在詞譜的編纂中逐漸凸現出來。周瑛首編《詞譜》，雖然是按調排列，卻幾乎没有分體的意識，所收一百七十餘調中一調一詞者就占了一百二十調，其餘一調多詞者也往往只是備選名家名作，而並非出於分辨異體的考慮。張綖續編《圖譜》，儘管已經有了一定的辨體意識，但主要是以一調多詞或附列例詞的形式來體現，没有明確的分體概念和具體標示，而且數量和範圍也較爲有限。徐師曾新編《詩餘》，則在辨體和分體上做出了重要的突破和開拓。在《詩餘》所收三三二調五八三首詞作中，共計列出了四七六體，除了一調一體的二二四調二二四首之外，一調多體者爲七十二調、二一六體、二五六首，另有一調多詞者爲三十六調一百三首，其中也不無同調異體的情況或可資辨體的作品。即使單就一調多體的情況來看，其占《詩餘》所收詞調、詞體和詞作總數的比例也各達百分之二十一、百分之四十五、百分之四十四，都已經是頗爲顯著和突出的表現了。其對一調多體的編排也是首次創用了「第一體」、「第二體」等連續性或有序性的概念和標示；以一調二體、三體或四體、五體的情況較爲普遍，也有多達六體、七體甚至九體、十體以上者，可見徐師曾對同調異體的分辨並非蜻蜓點水式的淺嘗輒止，而是具有了一定的廣度和深度。從廣度來看，其所列一調多體的七十二調已具有相當的覆蓋面，多是在唐宋詞壇上較爲流行的常用詞調，既包括大量小令短調如《酒泉子》、《河傳》、《生查子》、《南歌子》、《南鄉子》、《江城子》、《卜算子》、《浣溪沙》、《臨江仙》、《西江月》、《虞美人》、《鷓鴣天》等，也涉及不少中長調和慢詞調如《定風波》、《蘇幕遮》、《洞仙歌》、《千秋歲》、《風入松》、《念奴嬌》、《沁園春》、《水龍吟》、《聲聲慢》、《望海潮》、《賀新郎》、《桂枝香》、《滿江紅》等。就深度而言，所收《酒泉子》多至十三體、《河傳》多至十二體，《念奴嬌》多至九體，其劃分和辨析已是頗爲細緻詳備了，與後來的《詞律》、《詞譜》相比，前二調的分體數量雖略有欠缺，而《念奴嬌》一調的分體甚至超出了《詞律》卷十六所分三體，而接近《詞譜》卷二十八所分十二體了。

徐師曾之所以能在詞體分辨上做出超越前人的突破和開拓，固然不能排除張綖《圖譜》的啟示和影響，但更重要的成因當來自其文體學的思想和造詣。在《文體明辯》的自序中，徐師曾反復陳述和强調了他對文章體裁的認識和重視：「謂文章必先體裁，而後可論工拙；苟失其體，吾何以觀？」「夫文章之有體裁，猶宮室之有制度，器皿之有法式也。」「苟舍制度法式，而率意爲之，其不見笑於識者鮮矣，況文章乎？」這種文章以體裁爲先的文體思想雖淵源宋人，且「幸承師授」，但也有徐師曾自幼「即好古文」至後來「以文字爲職業」的長期體悟與探索。在《文體明辯》中，與其對文類的收録更爲完備相對應，其對每類文體的體裁劃分也更趨精細。就「詩餘」而論，如果説二十五題的立題繫調屬於二級分類，那麽調下再分體式則堪稱是三級分類；而且相對於對題的分類還融入了題材内容等因素，對體的劃分和辨別則更具純粹的形式意義。因此，對於詞體的辨別和異體的備列，也應該視作徐師曾編撰《詩餘》圖譜最具文體價值和詞學意義的部分。

然而從明末清初開始，一些詞學家雖然注意到詞譜編纂中出現的這種分體現象，卻提出了質疑和批評。最早發難者當爲明末的沈際飛，他在《草堂詩餘四集》「發凡・定譜」中指出：「吴江徐伯魯以圈別黑白而易淆，而直書平仄，標題則乖。且一調分爲數體，體緣何殊？《花間》諸詞未有定體，而派入體中，其見地在世文下矣。」(一)他對徐師曾改張綖的「圈別黑白」爲「直書平仄」的譜式革新似乎是認可

(一) 沈際飛《古香岑草堂詩餘四集》卷首，明末南城翁少麓刻本，藏天津圖書館，收入《中華古籍資源庫》。

的，卻對其在詞調「標題」和「分體」這兩個方面的做法都提出了質疑和批評，他甚至因此而評價徐氏的見地在張綖之下。就分體而論，他一是提出了「體緣何殊」的疑問，即對分體依據或分體必要性表示質疑；二是認爲「花間詞」未有定體，不宜派入體中。其次則是清初的萬樹，其《詞律・發凡》云：「舊譜之最無義理者，是第一體、第二體等排次。既不論作者之先後，又不拘字數之多寡，强爲雁行，若不可逾越者。而所分之體，乖謬殊甚，尤不足取。」(一)因萬樹可能未見徐師曾其書，故其所指「舊譜」當爲輯録徐書的《嘯餘譜・詩餘譜》。萬氏並未否定對詞調的分體，他只是指斥「第一體」、「第二體」等排次「最無義理」，也批評了所分之體的不够精當。

沈際飛站在詞選的角度和立場，似乎認爲没有分體的必要，其眼光和見解都是有局限性的，但「體緣何殊」的疑問還是值得進一步思考和探索；至於他認爲「花間詞」未有定體，不宜在編撰詞譜時加以採録，則有失偏頗，不盡符合實際。對於沈氏的疑問和見解，萬樹已經做了很有力的辯駁與回應：「愚謂此語謬矣！同是一調，字有多少，則調有短長，即爲分體。若不分，何以爲譜？觀沈所刻，或注前段多幾字、少幾字，或注後段多幾字、少幾字，是本知此體與他體異矣。又或云據譜應作幾字，則知調體不同矣，何又以爲體不宜分耶？《花間》詞雖語句參差，亦各有所據，豈無規格而亂填者，何云不可派入

(一) 萬樹《詞律》卷首，上海古籍出版社一九八四年影印本，第九頁。

體中耶？字之平仄，尚不可相混，況於通篇大段體裁耶？『未有定體』一語，爲淆亂詞格之本，大謬無理甚矣！故『第一』、『第二』必不可次序，而體則不可不分。」〔一〕萬樹則站在詞脱離音樂歌唱的背景和詞譜編纂的立場，闡釋了「體不可不分」的充足理由。事實上，對詞調的分體雖然在徐師曾《詩餘》中尚處於草創階段，只是略具理論雛形，還存在分體不精、排列失序甚至有些同調異體更應該考辨和區分爲同名異調等問題，但是正如萬樹所言與所做那樣，分體已成爲清代以來以《詞律》、《詞譜》爲代表的詞譜編纂的發展方向和重要模式，徐師曾實有發凡起例之功！至於萬樹對「第一體」、「第二體」等排次的批評，雖不無道理，卻也有過於苛責之嫌。其實，徐師曾對「第一體」、「第二體」的排列，本無尊卑厚薄的排行定位之意，不過是連續排列的一種方式，甚至是隨意列録的一種表現，完全看不出有什麼「不可逾越」的權威性。徐師曾編著《文體明辯》本是反對「或謂文本無體，亦無正變古今之異」的看法的，但他卻没能在詞體的分類排列上體現出來，這與徐師曾對詞體的考辨還不够深入有關，應該視爲其在詞體分辨初期的局限性所在。但是，正因爲有了徐師曾「第一體」、「第二體」等的詞體分類嘗試，清代萬樹等人纔有了參考和借鑒，他們在編撰《詞律》、《詞譜》時方能進一步區分「正體」與「變體」，同時也採用了避免歧義的「又一體」的概念，而追本溯源，我們則不應該忘了徐師曾的探索與貢獻！

〔一〕萬樹《詞律・發凡》，《詞律》卷首，同上版，第一〇頁。

整理説明

一、明徐師曾編纂《文體明辯》凡八十四卷，其中附録卷三至卷十一凡九卷爲《詩餘》圖譜。此書今傳最早印本爲明萬曆三年、四年（一五七五—一五七六）間印行之活字本，原本今中國國家圖書館、北京大學圖書館均有收藏，收入中國國家數字圖書館《中華古籍資源庫》，《四庫全書存目叢書》（集部第三一一—三一二册）即據北京大學圖書館藏本影印（齊魯書社一九九四—一九九七年版）。本次整理，即以明萬曆初年閩游榕所製活字印本爲底本，簡稱原本。主要參校明程明善纂輯《嘯餘譜·詩餘譜》，明萬曆四十七年己未（一六一九）流雲館自刻本，原本今天津圖書館、北京師範大學圖書館均有收藏，收入《中華古籍資源庫》，又有《四庫全書存目叢書》（集部第四二五册）、《續修四庫全書》（集部第一七三六册）影印本（上海古籍出版社一九九六—二〇〇三年版），簡稱《嘯餘譜》本。另外參校明刻《文體明辯附録》（十四卷，目録二卷）之單行本，原本今藏中國國家圖書館，收入《中華古籍資源庫》，卷首有鄭振鐸藏書印，簡稱《附録》本；景日本嘉永五年（一八五二）刻本《文體明辯》（日本京都中文出版社株氏會社一九八二年版），簡稱和刻本。

二、本書整理，主要對圖譜和詞作進行標點和校勘。對圖譜體例謹遵原本，譜與詞分列，先譜後詞。圖譜不用符號，僅用文字作譜，按題列調，依調撰譜。先列調名，其下以小字注單調、雙調及小令、長調等。譜式則皆以「平」、「仄」二字標注字聲，以小字夾注可平、可仄、每句字數及叶韻等。遇一調多體，則於調下注凡若干體，然後分列第一體、第二體等。譜後另録例詞，先標「詞」字，以小字注詞之題序，同行下端署朝代及作者姓名，另起録詞作。圖譜注文及例詞分段，皆以「○」標示間隔和分段。對於詞人姓名亦謹遵原本題署，原本未署名或署名有歧誤及闕失者，則予考正和補署，並以脚注方式加以説明和校訂。對於例詞則遵譜依律爲之斷句，均採用現代漢語的標點符號，以「，」表句，「、」表讀，「。」表韻。對於原本中的古今字、異體字、俗字等，除極少量用作調名姓名者或已不常用者改用正體字外，其餘則多從原本，不予統一。

三、對於圖譜標注和例詞文字的校勘，皆謹遵原本，不做臆改，以更好地保存原貌；原本明確有誤者，則據參校本加以校訂，並出校記注明；原本不誤而參校本有誤或有異者，一般不出校記，有重要異文者，則酌爲出校；對於詞調、詞題及詞作異文的校訂，主要限於底本與參校本的範圍内，一些涉及字聲平仄格律等重要異文的校訂則有所突破，亦主要限於各名家詞別集之宋元明鈔刻本或景刻本，《花間集》、《尊前集》、《樂府雅詞》、《花庵詞選》、《草堂詩餘》、《類編草堂詩餘》、《花草粹編》、《全唐五代詞》、《全宋詞》等重要唐宋詞選本與斷代總集，以及《詞律》、《詞譜》等重要詞譜著作，個別特例的校訂則兼及宋代重要筆記及詩話著作等；涉及詞調名與異名及詞題標注、詞句分斷、詞體劃分等存在歧異者，亦擇要出校，或以脚注形式予以説明與校訂。

四、本書所參校的各名家詞别集及唐宋詞選本，主要依據明清以來刊刻出版的幾種重要的詞集叢刻本和叢書本，其名稱、版本和簡稱如下：明吴訥輯抄《唐宋名賢百家詞》，民國林大椿編校排印本（天津市古籍書店一九九二年影印本），簡稱《百家詞》本；明毛晉輯刻《宋六十名家詞》（上海古籍出版社一九八九年影印本），簡稱汲古閣本；清文淵閣《四庫全書》（臺灣商務印書館一九八二—一九八六年影印本），簡稱四庫本；清鮑廷博校刻《知不足齋叢書》，簡稱鮑本；民國吴昌綬、陶湘輯《景刊宋金元明本詞》，簡稱景宋本、景元本、景明本；清王鵬運輯刻《四印齋所刻詞》，簡稱四印齋本；民國朱孝臧輯校《彊村叢書》（上海書店、江蘇廣陵古籍刻印社一九八九年影印本），簡稱《彊村叢書》本。少數未題署版本的詞集如明張綖嘉靖間刊刻《淮海長短句》等，則參據中國國家數字圖書館《中華古籍資源庫》所收版本。所參校的唐宋金元詞斷代總集和清代詞譜，其名稱和版本如下：唐圭璋編《全宋詞》，中華書局一九六五年修訂本；唐圭璋編《全金元詞》，中華書局一九七九年版；曾昭岷等編《全唐五代詞》，中華書局二〇〇八年版；清萬樹編《詞律》，上海古籍出版社一九八四年影印本；清王奕清等編《欽定詞譜》（簡稱《詞譜》），中國書店二〇一〇年影印本。

五、書末附録三種資料以備參考：（一）生平資料；（二）序録資料；（三）評論資料。

文體明辯序

《文體明辯》六十一卷，《綱領》一卷，《目録》六卷，《附録》十四卷，《目録》二卷，通八十四卷。撰述始嘉靖三十三年甲寅春，迄隆慶四年庚午秋，凡十有七年而後成其書。大抵以同郡常熟吴文恪公訥所纂《文章辯體》爲主而損益之。《辯體》爲類五十，今《明辯》百有一；《辯體外集》爲類五，今《明辯附録》二十有六；進《律賦》、《律詩》於《正編》，賦以類從，詩以近正也。輯既成，繕寫貯藏，以俟正於君子，乃原撰述之故而序之曰：

夫文章之有體裁，猶宫室之有制度，器皿之有法式也。爲堂必敞，爲室必奥，爲臺必四方而高，爲樓必陜而修曲（陜與狹通，見《爾雅》），爲筥必圜，爲篚必方，爲簠必外方而内圜，爲簋必外圜而内方，夫固各有當也。苟舍制度法式，而率意爲之，其不見笑於識者鮮矣，況文章乎？

夫文章之體，起於《詩》、《書》。《詩》三百十一篇，其經緯各三（風雅頌爲經，賦比興爲緯）；《書》體六，今存者三（此蔡氏、真氏據《周官》太祝六辭而言。六辭：祠、命、誥、會、禱、誄也。祠當作辭。存者三，誥、誓、命也。誓，即會也。商有訓，周無之。然《無逸》等篇，實訓體也）。厥後顔氏（名之推）推論，凡文各本《五經》，良有見也。

或謂文本無體，亦無正變古今之異，而援周孔以爲證。殊不知《無逸》、《周官》，訓也，不可混於誥；《多士》、《多方》，誥也，不可同於訓。此文之體也。其文或平正而易解，或佶屈而難讀。平正者經史官之潤色，佶屈者記矢口之本文。乃文之辭，非文之體也。《十翼》皆孔子手筆，《序卦》雖云夾雜，要亦聖人之精藴存焉。此釋經之體，非屬文之體也。其答齊景公問政止於二語，答魯哀則七百五十餘言。此隨宜應對之辭，而門人記之，非若後世文人秉筆締思而作者也。至如以叙事爲議論者，乃議論之變；以議論爲叙事者，乃叙事之變。謂無正變不可也。又如詔、誥、表、牋諸類，古以散文，深純温厚；今以儷語，穠鮮穩順。謂無古今不可也。蓋自秦漢而下，文愈盛；文愈盛，故類愈增；類愈增，故體愈衆；體愈衆，故辯當愈嚴。此吴公《辯體》所爲作也。

曾成童時即好古文，及叨館選，以文字爲職業，私心甚喜，然未有進也。幸承師授，指示真詮，謂文章必先體裁，而後可論工拙；苟失其體，吾何以觀？亟稱前書，尊爲準則。曾退而玩索焉，久之，而知屬文之要領在是也。第其書品類多闕，取舍失衷，或合兩類而爲一，或混正變而未分，於愚意未有當也。竊不自量，方更編摩，而以庸劣絀居瑣垣；然退食之餘，志不沮喪，蓋忘其非吾職也。已而謝病家居，積累成衷，更以今名，聊畢前志。雖於先正述作之意，不無異同，然明義理，抒性情，達意欲，應世用，上賛文治，中翼經傳，下綜藝林，要其大旨固無戾也。初擬上進，故注中先儒竝稱姓名，後雖莫遂，不及修改，覽者勿以罪予則幸矣。

是編所録，唯假文以辯體，非立體而選文，故所取容有未盡者。亦有題異體同，而文不工者。復有别爲一格，如六朝唐初文，陸宣公奏議，今竝弗録，博雅君子，當自求之。

至於附録，則閭巷家人之事，俳優方外之語，本吾儒所不道，然知而不作，乃有辭於世；若乃内不能辨，而外爲大言以欺人，則儒者之耻也，故亦録而附焉。

萬曆改元歲在癸酉三月朔旦，吴江徐師曾序。

歸安少溪茅乾健夫校正

閩建陽游榕製活板印行

文體明辯附録卷之三

大明吴江徐師曾伯魯纂

詩餘一

按詩餘者，古樂府之流别，而後世歌曲之濫觴也。蓋自樂府散亡，聲律乖闕，唐李白氏始作《清平調》、《憶秦娥》、《菩薩蠻》諸詞，時因效之。厥後行衛尉少卿趙崇祚輯爲《花間集》[二]，凡五百闋，此近代倚聲塡詞之祖也。宋初創製漸多，至周待制（邦彦）領大晟府樂，比切聲調，十二律各有篇目，柳屯田（永）增至二百餘調。一時文士，復相擬作，富至六十餘種，可謂極盛，然去樂府遠矣。故陸游云：「詩至晚唐五季，氣格卑陋，千人一律，而長短句獨精巧高麗，後世莫及，此事之不可曉者。」蓋傷之也。然觀秦少游（觀）之詞，傳播人間，雖遠方女子，亦知膾炙，至有好而至死者，則其感人，因可想見，殆不可謂俗體而廢之也。第作者既多，中間不無昧於音節，如蘇長公（軾）者，人猶以「鐵綽板唱『大江東去』」譏之，他復何言哉！由是詩餘復不行，而金元人始爲套數。曲有南北二體，九宫三調，其去樂府，抑又遠矣。近時何良俊以謂詩亡而後有樂府，樂府闕而後有詩餘，詩餘廢而後有歌曲，真知言哉！要之，樂府詩餘，同被管絃，特樂府以皦逕揚厲爲工，詩餘以婉麗流暢爲美，此其不同耳。然詩餘謂之塡詞，則調有定格，字有定數，韻有定聲。至於句之長短，雖可損益，然亦不當率意而爲之。譬諸醫家加減古方，不過因其方而稍更之，一或太過，則本方之意失矣。此《太和正音》及今《圖譜》之所爲作也。然《正音》定擬四聲，失之拘泥；《圖譜》圈別黑白，又易謬誤。故今採諸調，直以平仄作譜，列之於前，而録詞其後。若句有長短，復以各體別之，其可平、可仄，亦通三句[二]。但所録僅三百二十餘調，似爲未盡，然以備考，則庶幾矣。至論其詞，則有婉約者，有豪放者。婉約者欲其辭情醞藉，豪放者欲其氣象恢弘，蓋雖各因其質，而詞貴感人，要當以婉約爲正。否則雖極精工，終乖本色，非有識之所取也。學者詳之。

【校】

[一]花：原本作「化」，蓋訛誤；茲從《嘯餘譜》、附録本、和刻本校訂。

[二]按：此二句，羅根澤校點本《文體明辨序説》注云：「此處各本皆同，難解，疑有脱誤。」（人民文學出版社一九六二年版）

歌行題

洞仙歌 凡四體，並雙調〇中調

第一體(一)

平可仄平仄仄四字句仄可平平可仄平平仄韻，五字句仄可平仄平平仄可平平可仄仄叶，七字句仄平平仄可平仄平仄平平九字句平仄可平仄三字句平可仄仄可平平可仄平可仄仄可平仄叶，六字句〇仄平平仄仄五字句平可仄仄平平四字句平可仄仄平平仄平仄叶，七字句仄仄可平仄可平平可仄平可仄仄可平仄平平九字句平可仄平可仄仄仄可平平平仄叶，七字句仄仄可平仄平平仄平平八字句仄仄可平仄平平仄可平平可仄仄叶，九字句[二]

(一) 按：《詞譜》卷二十收此調，分爲令詞、慢詞二類，首列蘇軾「冰肌玉骨」一詞，注云：「宋人填《洞仙歌》令詞者，句讀韻脚互有異同，惟蘇、辛兩體填者最多。」

詞

夏夜（一）

宋蘇　軾

冰肌玉骨，自清涼無汗。水殿風來暗香滿。繡簾開、一點明月窺人，人未寢，欹枕釵横鬢亂。〇起來攜素手，庭戶無聲，時見踈星渡河漢。試問夜如何、夜已三更〔二〕，金波淡、玉繩低轉。但屈指、西風幾時來，又不道、流年暗中偷換〔三〕。

【校】

〔一〕九字句：譜注實八字，附録本、和刻本同；例詞爲九字句，蓋於句末漏注一「平」字。《嘯餘譜》於「偷」字注「可仄」。

〔二〕「試問」句：《詞律》卷十二作五言一句、四言一句，《詞譜》卷二十於第五字注「讀」。

〔三〕「又不」句：《詞律》作五言一句、四言一句，《詞譜》於第三字注「讀」。

（一）按：宋傅幹注本《東坡詞》卷五調下有「公自序」述其本事，各本從録，略有異文；景明洪武本《草堂詩餘・前集》卷下、四庫本《類編草堂詩餘》卷二皆題「夏夜」。

又

中秋[一]

宋晁補之

青煙冪處，碧海飛金鏡。永夜閒堦卧桂影。露涼時、零亂多少寒螿，神京遠，唯有藍橋路近。○水晶簾不下，雲母屏開，冷浸佳人淡脂粉。待都將、許多明付金樽[二]，投晚共、流霞傾盡。更攜取、胡床上南樓，看玉做人間、素波千頃。

【校】

[二]「待都」句：《琴趣外篇》卷六、《詞譜》卷二十皆作「待都將、許多明月，付與金尊」；《樂府雅詞》、《花庵詞選》無「月」字。

第二體

前段與第一體同○後段亦與第一體同，唯第四句作十字

（一）按：汲古閣本《琴趣外篇》卷六注「泗州中秋作，此絶筆之詞也」，《草堂詩餘·後集》卷上、四庫本《樂府雅詞》卷上、四庫本《花庵詞選》卷五皆同。

詞

詠雨(一)　　宋李元膺(二)

廉纖細雨，殢東風如困。縈斷千絲爲誰恨。向楚宮、一夢多少悲涼[一]，無處問[二]，愁到而今未盡。○分明都是淚，泣柳沾花，常與騷人伴孤悶。記當年得意處、酒力方酣[三]，怯輕寒、玉爐香潤。又豈識、情懷苦難禁，對點滴簷聲、夜寒燈暈。

【校】

[一]「向楚宮」句：《詞譜》卷二十作九字句，於第五字注「讀」。多少，《樂府雅詞》作「千古」。

[二]「無處問」句：《詞譜》此句注叶韻。

[三]「記當年」句：《詞譜》作六言折腰一句、四言一句；《全宋詞》作三、三、四句式。

(一) 按：《樂府雅詞》無題，《花庵詞選》題「雨」；《草堂詩餘・後集》入「天文氣候・詠雨」類，四庫本《花草粹編》卷十六題「詠雨」。

(二) 按：原本僅署「宋李」，附録本同；《嘯餘譜》、和刻本皆署李元膺；《樂府雅詞》卷上、《花庵詞選》卷五、《草堂詩餘・後集》卷上皆同，茲從校訂。

第三體

前段亦與第一體同○後段亦與第一體同，唯第五句作九字

詞

初春[一]　　宋李元膺[二]

雪雲散盡，放曉晴庭院。楊柳於人便青眼。更風流多處、一點梅心[二]，相應遠，約畧嚬輕笑淺。○一年春好處，不在濃芳，小艶疎香最嬌軟。到清明時候、百紫千紅，花正亂、已失春風一半[二]。早占取、韶光共追遊，但莫管春寒、醉紅自暖[三]。

[一] 按：《樂府雅詞》卷上、《花庵詞選》卷五皆有題序：「一年春物，惟梅柳間意味最深。至鶯花爛漫時，則春已衰遲，使人無復新意。予作《洞仙歌》，使探春者歌之，無後時之悔。」《草堂詩餘·前集》卷上、《類編草堂詩餘》卷二皆題「初春」，於詞末附「公自序云」，同上録。

[二] 按：原本亦署「宋李」，附録本同；《嘯餘譜》、和刻本及《花庵詞選》、《樂府雅詞》、《草堂詩餘·前集》等皆署李元膺，兹從校訂。

【校】

[一]「更風流」句：《詞律》卷十二作五言一句、四言一句，《詞譜》卷二十於第五字注「讀」。多處，《詞律》、《詞譜》皆作「多致」。

[二]「到清明」二句：《詞律》作五、四、三、六句式，《詞譜》作九、三、六句式，九言句於第五字注「讀」，三字句注叶韻。

[三]「但莫」句：《詞律》作五言一句、四言一句。

第四體

前段亦與第一體同○仄平平仄四字句仄仄平平仄更韻，五字句仄仄平平仄平平仄八字句仄平平仄仄五字句仄仄平平平仄仄七字句平仄仄平平仄叶後段第二句韻，六字句仄平平平仄仄平平八字句仄仄仄平平平平仄仄叶前段首句韻，九字句

詞

垂虹橋〔一〕

宋林　外

飛梁壓水，虹影澄清曉。橘里漁村半煙草。嘆今來古往、物換人非，天地裏，唯有江山不老。○雨巾風帽，四海誰知我〔二〕。一劍横空幾番過按，玉龍嘶未斷，月冷波寒歸去也，林屋洞關無鎖〔三〕。認雲屏煙障是吾廬，任滿地蒼苔、年年不掃〔三〕。

【校】

〔一〕「雨巾」二句：《詞譜》於「帽」、「我」皆注叶韻。知我，《花草粹編》卷十六作「知道」。

〔二〕「一劍」四句：《詞譜》作：「一劍横空幾番過。按玉龍、嘶未斷，月冷波寒，歸去也、林屋洞門無鎖。」

〔三〕「任滿地」句：《詞譜》於第五字注「讀」，《全宋詞》作五言一句、四言一句。

〔一〕按：四庫本《四朝聞見録》丙集記曰：「紹興間，有題《洞仙歌》於垂虹者，不繫其姓名。」《草堂詩餘·前集》卷下「地理宮室」類題「垂虹橋」，署林外作。

水調歌頭　雙調◯長調

平可仄仄仄可平平仄五字句仄可平仄仄平平韻，五字句仄可平平平可仄仄平仄六字句平可仄仄仄平平叶，五字句仄可平仄平可仄平平可仄仄六字句平可仄仄平可仄平仄可平仄六字句平可仄仄仄平平叶，五字句仄仄仄平仄五字句平仄仄平平叶，五字句◯仄可平平可仄仄三字句平可仄仄三字句仄平平叶，三字句仄可平平仄可平仄四字句平可仄仄可平平可仄仄仄平平叶，七字句平可仄仄可平平平平可仄仄六字句仄可平仄平可仄平平可仄仄六字句仄可平仄仄平平叶，五字句仄可平仄平可仄平仄五字句平可仄仄仄平平叶，五字句

詞

丙辰中秋醉中作，兼懷子由〔一〕　宋蘇　軾

明月幾時有，把酒問青天。不知天上宮闕，今夕是何年〔二〕。我欲乘風歸去，唯恐瓊樓玉

〔一〕按：《注坡詞》卷一、《花庵詞選》卷二皆題「丙辰中秋歡飲達旦，大醉，作此篇，兼懷子由」。《草堂詩餘・後集》卷上入「節序・中秋」類，《類編草堂詩餘》卷三題「中秋」。

宇[二]，高處不勝寒。起舞弄清影，何似在人間。○轉朱閣，低綺戶，照無眠。不應有恨，何事長向別時圓。人有悲歡離合，月有陰晴圓缺，此事古難全。但願人長久，千里共嬋娟。

【校】

[一]「不知」二句：《詞律》卷十四作十一字一句；後段「不應」二句同。

[二]「我欲」二句：《詞譜》卷二十三注叶兩仄韻；後段「人有」二句同。唯，《東坡詞》一作「又」，《花庵詞選》卷二作「只」。

六州歌頭

三疊[一]○長調

平可仄平仄仄四字句仄可平仄仄平平韻，五字句平仄仄仄平仄六字句仄平平仄平平叶，六字句

[一] 按：《詞律》卷二十、《詞譜》卷三十八皆作兩段，多三字句，平仄互叶，另有全用平韻各體。景宋本《稼軒詞》丙集作三疊，景明小草齋鈔本《稼軒長短句》卷一作四疊。

仄仄平平仄五字句仄平仄平平仄六字句平仄仄平平仄六字句仄平平叶，三字句〇平仄平平仄仄六字句平平仄仄仄平平叶，七字句仄平平仄平仄仄平平叶，十字句平仄平平叶，七字句仄平平仄四字句平仄仄平仄仄六字句仄平平叶，三字句平仄仄平仄仄仄平平叶，九字句仄平平仄仄仄平仄八字句平仄仄仄平平叶，六字句〇仄仄仄平仄仄仄平平叶，九字句仄仄平平仄仄六字句平平仄仄仄平平叶，七字句仄仄平仄仄五字句仄仄仄平平叶，五字句仄仄平平叶，四字句

詞

屬得疾，暴甚，醫者莫曉其狀。小愈，困卧無聊，戲作以自釋　宋辛棄疾

晨來問疾，有鶴止庭隅。吾語汝、只三事，太愁余、病難扶。手種青松樹，礙梅塢、妨花逕，纔數尺、如人立[一]，却須鋤。〇秋水堂前曲沼，明於鏡、可照眉鬚。被山頭急雨、耕壟灌泥塗。誰使吾廬映汙渠[二]。歎青山好，簷外竹、遮欲盡，有還無。删竹去、吾乍可食無魚。愛扶踈、又欲爲山計，千百慮、累吾軀[三]。〇凡病此、吾過矣子奚知。口不能言臆對，雖盧扁、藥石難除[四]。有要言妙道，往問北山愚。庶有瘳乎。

【校】

［一］「吾語汝」五句：《全宋詞》作：「吾語汝。只三事，太愁予。病難扶。手種青松樹。礙梅塢。妨花逕，纔數尺。如人立。」

［二］「秋水堂」四句：《全宋詞》作：「秋水堂前，曲沼明於鏡，可燭眉鬚。被山頭急雨，耕壟灌泥塗。誰使吾廬。映汙渠。」

［三］「歎青山」六句：《全宋詞》作：「歎青山好，簷外竹，遮欲盡，有還無。刪竹去，吾乍可，食無魚。愛扶疏。又欲爲山計，千百慮，累吾軀。」

［四］「凡病此」三句：《全宋詞》作：「凡病此。吾過矣。子奚如。口不能言臆對，雖扁鵲、藥石難除。」盧扁，《稼軒詞》作「扁鵲」。

踏莎行㈠　雙調〇小令

平可仄仄平平四字句平可仄平仄可平仄韻，四字句平可仄平仄可平仄平平仄叶，七字句仄可平平平可仄

㈠ 按：《樂府雅詞・拾遺》卷上調名作《踏莎行令》。

仄仄平平七字句平可仄平仄可平仄平平仄叶，七字句○後段同

詞

春閨(一) 宋寇 準

春色新闌[一]，鶯聲漸老。紅英落盡青梅小。畫堂人靜雨濛濛，屏山半掩餘香裊。○密約沈沈，離情杳杳。菱花塵滿慵將照。倚樓無語欲魂銷，長空黯淡連芳草。

【校】

[一] 新闌：《嘯餘譜》及附録本、和刻本皆作「將闌」，《樂府雅詞・拾遺》、《花庵詞選》、《草堂詩餘・前集》等皆同。

(一) 按：《花庵詞選》卷二題「春暮」，《草堂詩餘・前集》卷下入「春景・春怨」類，《類編草堂詩餘》卷一、《花草粹編》卷十二皆題「春閨」。

又

賞春〔一〕　宋黄庭堅

臨水夭桃，倚牆繁李。長楊風掉青驄尾〔一〕。坐中有酒可酬春〔二〕，更尋何處無愁地。○明日重來，落花如綺。芭蕉漸着山公啓。欲牋心事寄天公，教人長壽花前醉。

【校】

〔一〕長楊：原本作「長揚」，《嘯餘譜》及附録本、和刻本同；兹從《山谷琴趣外篇》、《花庵詞選》校訂。

〔二〕「坐中」句：《山谷琴趣外篇》作「樽中有酒且酬春」，《花庵詞選》作「樽中有酒可酬春」。

又

郴州旅舍〔二〕　宋秦　觀

霧失樓臺，月迷津渡。桃源望斷無尋處。可堪孤館閉春寒，杜鵑聲裏斜陽暮。○驛寄梅

〔一〕按：景宋本《山谷琴趣外篇》卷一無題，《草堂詩餘·前集》卷上、《類編草堂詩餘》卷一皆題「賞春」，《花庵詞選》卷四題「春晚」。

〔二〕按：《草堂詩餘·前集》卷上、《類編草堂詩餘》卷一、《花草粹編》卷十二皆題「春旅」。郴，《嘯餘譜》誤作「彬」。

花，魚傳尺素。砌成此恨無重數。郴江幸自遶郴山，爲誰流下瀟湘去

御街行　凡二體，並雙調○中調

第一體

平可仄平平可仄仄平平仄韻，七字句平[一]仄平平仄叶，五字句平可仄平平可仄[二]仄仄平平七字句仄仄仄可平平平仄叶，六字句仄可平平平仄四字句仄可平平仄可平仄[三]四字句仄可平[四]仄平平仄叶，五字句○後段同

詞

觀郊祀(一)　宋柳　永

燔柴煙斷星河曙。寶輦回天步。端門羽衛簇雕欄，六樂舜韶先舉。鶴書飛下，雞竿高聳，恩露均寰寓。○赤霜袍爛飄香霧。喜色成春煦[五]。九儀三事仰天顔，八彩旋生眉宇。椿

(一) 按：明嘉靖本《詩餘圖譜》卷二同題；《全宋詞》題「聖壽」，注「題據毛校《樂章集》補」。

齡無盡，蘿圖有慶，常作乾坤主。

【校】

［一］平：據例詞爲「寶」字，當注仄；《詞律》卷十一、《詞譜》卷十八皆注本仄可平。

［二］平可仄：據例詞爲「羽」字，當注「仄可平」；《詞律》、《詞譜》皆注本仄可平。

［三］按：此句第一、三字皆誤注仄可平；據例詞爲「鷄」、「高」二字，《詞律》、《詞譜》皆注本平可仄。

［四］仄可平：據例詞爲「恩」字，本平聲，《詞譜》注本平可仄，《詞律》不注可仄。

［五］春煦：《嘯餘譜》作「春照」，蓋訛誤。

第二體

前後段並與第一體同，唯第二句皆作六字

詞

秋日懷舊　　宋范仲淹

紛紛墜葉飄香砌［一］。夜寂靜、寒聲碎。真珠簾捲玉樓空，天淡銀河垂地。年年今夜，月華如練，長是人千里。○愁腸已斷無由醉。酒未到、先成淚。殘燈明滅枕頭欹[二]，諳盡孤眠滋味。都來此事，眉間心上，無計相迴避。

【校】

[一] 墜：《彊村叢書》本《范文正公詩餘》作「墮」。

[二] 欹：原本作「歌」，蓋訛誤；兹據《嘯餘譜》及附録本、和刻本校訂。

望遠行 凡三體，並雙調

第一體 小令

平可仄仄平平仄仄平韻，七字句平仄平平仄平叶，六字句平可仄平平可仄仄仄平平叶，七字句仄可平平平仄仄平平叶，七字句○平仄仄三字句仄平平叶，三字句仄仄平平仄平叶，六字句平可仄平平仄仄平平叶，七字句仄平平仄仄平平叶，七字句

詞　唐李珣

春日遲遲思寂寥。行客關山路遥。瓊窓時聽語鶯嬌。柳絲牽恨一條條。◯休暈繡，罷吹簫。貌逐殘花暗凋。同心猶結舊裙腰。忍辜風月度良宵。

第二體　中調〔一〕

仄可平〔二〕仄平平仄仄平韻，七字句平仄平平叶，五字句〔二〕仄可平平平仄仄平平叶，七字句平仄仄平平叶，五字句◯平仄仄三字句仄平平韻更〔三〕，三字句仄平平仄平平叶，六字句仄平平仄仄平平叶，七字句平仄仄可平〔四〕平仄平可仄平叶，七字句仄仄仄平仄五字句仄仄仄平平叶，五字句

詞　唐韋莊

欲別無言倚畫屏。含恨暗傷情。謝家庭樹錦鷄鳴。殘月落邊城。◯人欲別，馬頻嘶。緑

〔一〕按：此調爲唐教坊曲名，有敦煌寫本無名氏詞，蓋盛唐之作，雙片五十四字，用平韻；五代李珣、李璟詞各五十三字、五十五字，爲同調異體；韋莊詞雙片六十字，屬中調。《詞律》卷七、《詞譜》卷十一收此調所列各體，實含小令、中調、長調三類，皆以韋莊詞爲「又一體」，注謂「與諸家不同」，當屬同名異調。

槐千里長堤。出門芳草路萋萋。雲雨別來易東西。不忍別君後，却入舊香閨。

【校】

[一] 可平：原本注「可仄」，兹從《嘯餘譜》及附録本、和刻本校訂。

[二] 五字句：此句譜字僅注四字，附録本、和刻本同；據例詞此句爲「含恨暗傷情」，蓋脱注一「仄」字。

[三] 韻更：依例當注「更韻」；《嘯餘譜》及附録本、和刻本皆注「更韻」。

[四] 可平：原本注「可仄」，兹從《嘯餘譜》及附録本、和刻本校訂。

第三體　長調(一)

平可仄平仄仄平平仄七字句仄仄平平平仄韻，六字句仄平平仄四字句仄仄平平四字句平仄仄平平仄叶，六字句仄仄平平平仄仄平平仄十字句平平仄平平仄叶，六字句仄平平平仄平平仄仄叶，九字

(一) 按：此體乃長調慢詞，與李珣、韋莊詞當屬同名異調。《詞律》、《詞譜》收此調，皆列柳永詞爲「又一體」，《詞譜》注謂此調「慢詞始自柳永」。

句○平仄[二]叶，二字句平仄仄可平平仄仄六字句仄仄仄仄平平仄叶，七字句仄仄仄平四字句仄平仄
仄四字句平仄仄平平仄叶，六字句平仄平平平仄六字句平平平仄[二]四字句仄仄平平平仄叶，六字句
仄仄平平仄五字句平平平仄叶，四字句

詞

冬雪[一]

宋柳　永

長空降瑞寒風剪，淅淅瑶花初下[三]。亂飄僧舍，密灑歌樓，迤邐漸迷鴛瓦。好是漁人，披得一簑歸去[四]，江山晚來堪畫。滿長安、高却旗亭酒價[五]。○幽雅。乘興最宜訪戴，泛小棹、越溪瀟灑。皓鶴奪鮮，白鷴失素，千里廣鋪寒野。須信幽蘭歌斷，同雲收盡，别有瑶臺瓊樹[六]。放一輪明月，交光清夜。

[一] 按：汲古閣本《樂章集》卷下有此題；《草堂詩餘·前集》卷下入「冬景·冬雪」類，《類編草堂詩餘》卷四題「冬雪」；《花草粹編》卷十二題「詠雪」。

【校】

[一]平仄：原本注仄平，據例詞此句作「幽雅」，《嘯餘譜》及附録本、和刻本皆注平仄，兹從校訂。

[二]平仄：原本注仄平，據例詞爲「收盡」，《嘯餘譜》及附録本、和刻本皆注平仄，兹從校訂。

[三]「長空」二句：《詞律》、《詞譜》皆作：「長空降瑞，寒風剪、淅淅瑶華初下。」

[四]「好是」句：《詞律》、《詞譜》皆作四言一句、六言一句。

[五]「滿長安」句：《詞律》作五言一句、四言一句，《詞譜》於第三字注「讀」。

[六]榭：原本作「樹」，《嘯餘譜》及附録本、和刻本同，失叶，蓋訛誤；兹從《樂章集》、《詞律》、《詞譜》校訂。

歸自謡[一]　雙調○小令

平仄仄韻，三字句平仄仄平平仄仄叶，七字句仄可平平平可仄仄平平仄叶，七字句○平可仄平仄可平
仄平平仄叶，七字句平平仄叶，三字句仄可平[二]平仄可平仄平平仄叶，七字句

[一]按：此調正名當作《歸國遥》，爲唐教坊曲名，始見晚唐温庭筠、韋莊詞；馮延巳詞一名《歸自謡》，蓋屬同名異調；宋詞有《歸國謡》、《歸自謡》，乃與馮詞爲同調。

詞　宋歐陽脩[一]

何處笛。深夜夢回情脉脉。竹風簷雨寒窗隔。○離人幾歲無消息。今頭白。不眠特地重相憶。

【校】

［一］仄可平：原本漏注句首「仄」字；附録本、和刻本於首字皆注本仄可平，《嘯餘譜》於句首「不」字亦注可平，兹從校訂。

百字謠[二]　雙調○長調

仄平平仄四字句仄平平平可仄仄平平仄可平仄韻，九字句仄可平仄平平平仄仄七字句平仄平平平仄

[一] 按：《百家詞》本《陽春集》録爲馮延巳詞；汲古閣本《六一詞》收作歐詞，注「並載《陽春録》，名《歸國謡》」；《樂府雅詞》卷上亦作歐詞。《全宋詞》訂爲馮詞。

[二] 按：此調正名爲《念奴嬌》，别名《酹江月》、《赤壁詞》、《大江東》等，皆源於蘇軾《赤壁懷古》詞；又因全篇百字，故亦名《百字謡》、《百字令》、《百字歌》。

叶，六字句仄仄平平四字句平平平仄叶[一]，四字句仄仄平平仄叶，五字句平平仄仄四字句仄平仄仄平仄叶，六字句◯平仄仄仄平平六字句平平仄仄四字句仄仄平平仄叶，五字句平仄平平平仄仄七字句仄仄仄平平仄叶，六字句仄仄平平四字句平平平仄仄仄平平仄叶，九字句仄平平仄仄平平仄平仄叶，十字句

詞

賀人娶姑女

宋無名氏(一)

太真姑女，問新來、誰與歡傳玉鏡。莫恨無人伸好語，人在藍橋仙境。一笑樽前，欣然相與，便勝瓊漿飲。慇懃客意，耳邊說與君聽。◯長記舊日君家，門闌喜動，繡褥芙蓉穩。回首龍門人得意，又報鳳樓芳信。只是相傳，房奩中好物事駸駸近[二]。管教人道、一雙冰玉清潤[三]。

【校】

[一] 叶：據例詞「與」字實不叶韻，蓋誤注；《詞律》卷十六、《詞譜》卷二十八所收此調各體，此句

(一) 按：原本僅署一「袁」字，《嘯餘譜》及附録本、和刻本同，或爲「袁」字之訛；《全宋詞》據《翰墨大全》乙集卷十七收作無名氏詞，茲從校訂。

皆不注叶韻。

[二]「房奩中」句：《全宋詞》作「房奩中物，好事鬖鬖近」二句。

[三]「管教人」句：《全宋詞》作四言一句、六言一句。

塞翁吟　雙調○長調

仄可平仄平平仄五字句平仄仄仄平平韻，六字句仄仄仄仄平平叶，六字句仄仄仄平平叶，五字句平平仄仄平平仄七字句平仄仄仄平平叶，六字句仄仄仄三字句仄平平仄四字句平仄平平叶，四字句○平平叶，二字句平平仄平平仄仄七字句平仄仄平平仄平叶，七字句仄仄仄平平仄仄七字句仄平仄三字句仄仄平平四字句仄仄平平叶，四字句平平仄仄四字句仄仄平平四字句平仄平平叶，四字句

詞

夏景　宋周邦彦

暗葉啼風雨，牕外曉色瓏璁。散水麝小池東[二]。亂一岸芙蓉。蘄州簟展雙紋浪，輕帳翠縷如空。夢遠別，淚痕重淡，鉛臉斜紅[三]。○沖沖。嗟憔悴、新寬帶結，羞艷冶、都銷鏡

中。有蜀紙，堪憑寄恨，等今夜，灑血書詞[三]，剪燭親封。菖蒲漸老，早晚成花，教見薰風。

【校】

[一]「散水麝」句：《詞譜》卷二十二作三言兩句。

[二]「淚痕」二句：《詞譜》作：「淚痕重。淡鉛臉斜紅。」以「重」字叶韻。

[三]「等今夜」二句：《詞譜》作七言折腰一句，於第三字注「讀」。

水龍吟[一]　凡三體，並雙調○長調

第一體

仄可平平平可仄仄平平六字句仄可平平仄仄平平仄韻，七字句平可仄平仄可平仄四字句平可仄平平仄四字句平可仄平平平仄叶，四字句平可仄仄平平四字句仄可平平仄仄四字句平可仄平平仄叶，四字

[一] 按：《詞譜》卷三十收此調，注曰：「姜夔詞注無射商，俗名越調。曾覿詞結句有『是豐年瑞』句，名《豐年瑞》；呂渭老詞名《鼓笛慢》；史達祖詞名《龍吟曲》；楊樵雲詞因秦觀詞起句更名《小樓連苑》；方味道詞結句有『伴莊椿歲』句，名《莊椿歲》。」

句仄可平平平仄可平[一]仄平平仄仄九字句平仄仄平平仄叶，六字句○仄可平仄平平仄仄六字句仄平平仄可平平平可仄仄叶，七字句平可仄平仄可平仄四字句平可仄平仄可平仄四字句平可仄平平可仄仄叶，四字句平可仄仄平平四字句仄可平平平仄四字句仄可平平平仄叶，四字句仄可平平平仄仄平平仄可平仄九字句仄平平仄叶，四字句

詞

春恨

宋陳　亮

鬧花深處層樓，畫簾半捲東風軟。春歸翠陌，平莎茸嫩，垂楊金淺。遲日催花，淡雲閣雨，輕寒輕暖。恨芳菲世界、遊人未賞[二]，都付與、鶯和燕。○寂寞憑高念遠[三]，向南樓、一聲歸鴈。金釵鬭草，青絲勒馬，風流雲散。羅綬分香，翠綃封淚，幾多幽怨。正銷魂、又是疎煙淡月[四]，子規聲斷。

【校】

[一]可平：原本注「平平」，蓋訛誤；兹從《嘯餘譜》及附録本、和刻本校訂。

［二］「恨芳菲」句：《詞律》卷十六、《詞譜》卷三十所收此調各體，此句多作五言一句、四言一句。

［三］「寂寞」句：《詞律》、《詞譜》所收此調各體換頭句多叶韻；《全宋詞》此句標爲叶韻。

［四］「正銷魂」句：《全宋詞》作三言一句、六言一句。

第二體

前段與第一體同，唯首句作七字，第二句作六字〇後段亦與第一體同

詞

清明[一]　宋劉叔安[二]

弄晴臺館收煙候，時有燕泥香墜。宿酲未解，單衣初試，騰騰春思。前度桃花，去年人面，重門深閉。記彩鸞別後，青驄歸去[三]，長亭路、芳塵起。〇十二屏山遍倚[三]，任蒼苔、點紅

㈠ 按：景宋本《中興以來絶妙詞選》卷八題「丙戌清明和章質夫韻」；《草堂詩餘・後集》卷上入「節序」類，題「和章質夫韻」。

㈡ 按：原本僅署「宋劉」，附録本、和刻本同；《嘯餘譜》署「宋劉叔安」，兹從校訂。《全宋詞》據《中興以來絶妙詞選》卷八收作劉鎮詞。

如綴。黄昏人静，暖香吹月，一簾花碎。芳意婆娑，緑陰風雨，畫橋煙水。笑多情司馬、留春無計，濕青衫淚。

【校】

[一]「記彩鸞」句：《全宋詞》作五言一句、四言一句。後段「笑多情」句同。

[二]「十二」句：《全宋詞》標爲叶韻；《詞律》、《詞譜》所收此調換頭句多注叶韻。

第三體

前段亦與第一體同，唯第九句作八字，十句作七字○後段亦與第一體同

詞

贈妓[一]　　宋秦　觀

小樓連苑横空，下窺繡轂雕鞍驟。踈簾半捲，單衣初試，清明時候。破暖輕風，弄晴微雨，

(一) 按：張綖刻本《淮海長短句》、汲古閣本《淮海詞》皆題「贈妓婁東玉」，「婁」一作「樓」。《花庵詞選》卷四注：「寄營妓婁婉。婉字東玉，詞中藏其姓名與字在焉。」

欲無還有。賣花聲、過盡垂楊院，落紅成陣飛鴛甃[一]。○玉珮丁東別後[二]，悵佳期、參差難又。名韁利鎖，天還知道，和天也瘦。花下重門，柳邊深巷，不堪回首。念多情、但有當時皓月，照人依舊。

【校】

[一]「賣花聲」二句：《詞律》卷十六注引作五、四、三、三句式；《詞譜》卷三十同，唯「院落」作「院宇」，結句作六言折腰句。

[二]「玉珮」句：《詞譜》注叶韻。

丹鳳吟　雙調○長調

平仄平平平仄六字句仄仄平平四字句平平平仄韻，四字句平平平仄四字句平仄仄平平仄叶，六字句平平仄仄仄平平仄八字句仄仄平平四字句平平平仄叶，四字句仄仄平平仄仄六字句仄仄平平四字句平仄平仄平仄叶，六字句○仄仄仄平仄仄六字句仄平仄仄平仄仄叶，七字句仄仄平平仄五字句仄平平平仄平仄平仄叶，九字句平平平仄四字句仄仄仄平平仄叶，六字句仄仄平平平仄仄七字句

仄平平平仄叶，五字句仄平仄仄平仄平仄仄叶，九字句

詞

春恨（一）

宋周邦彥

迤邐春光無賴，翠藻翻池，黄蜂遊閣。朝來風暴，飛絮亂投簾幕。生憎暮景、倚牆臨岸[一]，杏靨夭邪，榆錢輕薄。晝永思惟傍枕，睡起無憀聊同，後多倣此[二]，殘照猶在庭角。○况是別離氣味，坐來但覺心緒惡。痛飲澆愁酒，奈愁濃如酒、無計銷鑠[三]。那堪昏暝，蔌蔌半簷花落。弄粉調朱柔素手，問何時重握。此時此意、生怕人道着。

【校】

[一]「生憎」二句：《詞譜》卷三十六作四言二句。

[二] 按：此注非原詞所有，乃撰譜者所注，《嘯餘譜》及附録本、和刻本皆同。

（一）按：景宋本《片玉集》卷二、四印齋本《清真集》卷上、《草堂詩餘・前集》卷上皆入「春景」類；汲古閣本《片玉詞》卷上、《花草粹編》卷十二等皆題「春恨」。

［三］「柰愁」句：《詞譜》作五言一句、四言一句。

瑞龍吟　三疊○長調

平平仄韻，三字句平可仄仄仄仄平平六字句仄平平仄叶，四字句平平平仄平平六字句仄平仄仄平平仄仄叶，八字句○中段同前○平仄平平平仄六字句平平平仄叶［一］，四字句平平平仄四字句平仄仄平平平六字句平仄平仄叶，四字句平平仄仄平仄平平仄叶，九字句平平仄平平仄仄七字句平平平仄叶，四字句仄仄平平仄叶，五字句平平仄仄平平仄叶，七字句平仄仄平仄叶，五字句平仄仄三字句平平平平平仄叶，六字句仄平仄仄四字句仄平平仄叶，四字句

詞

春景［一］　宋周邦彦

章臺路。還是褪粉梅梢，試花桃樹。愔愔坊陌人家，定巢燕子、歸來舊處［二］。○黯凝竚。

［一］按：《片玉集》卷一、《清真集》卷上、《草堂詩餘・前集》卷上皆入「春景」類；《花庵詞選》卷七題「春詞」。

因念箇人癡小，乍窺門戶。侵晨淺約宮黃，障風映袖，盈盈笑語。◯前度劉郎重到，尋隣尋里[三]，同時歌舞。唯有舊家秋娘，聲價如故。吟牋賦筆，猶記燕臺句[四]。知誰伴、名園露飲，東城閑步。事與孤鴻去。探春盡是傷離緒[五]。官柳低金縷[六]。歸騎晚，纖纖池塘飛雨。斷腸院落，一簾風絮。按：此詞自「章臺路」至「歸來舊處」是第一段，自「黯凝竚」至「盈盈笑語」是第二段。此謂之雙拽頭，屬正平調。自「前度劉郎」以下即犯大石，係第三段。至「歸騎晚」以下四句，再歸正平。今諸本皆於「吟牋賦筆」處分段者，非也。(一)

【校】

[一] 叶：據例詞，此句末字爲「里」，實不叶，下句「舞」字用韻，當注「叶」，蓋衍誤。

[二]「定巢」句：《詞譜》卷三十七作四言兩句；第二段「障風」句亦同。

[三] 尋隣：《片玉集》卷一、《片玉詞》卷上、《清真集》卷上、《花庵詞選》皆作「訪鄰」。

[四]「吟牋」句：《詞譜》作四言一句、五言一句。

[五]「探春」句：《片玉集》、《片玉詞》、《清真集》、《花庵詞選》皆作「探春盡是傷離意緒」，《詞譜》作

(一) 按：此段按語乃引録《花庵詞選》卷七注語，《嘯餘譜》及附録本、和刻本皆同。

四言二句。探，仄聲，譜注誤作平聲。

[六] 低：譜注誤作仄聲，附録本、和刻本同；《嘯餘譜》注平聲。

欸乃音襖藹，湘中節歌聲也，一云棹船之聲曲(一)　單調○小令

即七言絶句，亦有用拗體者

詞二首　唐元結

千里楓林煙雨深。無朝無暮有猿吟。停橈静聽曲中意，好似雲山韶濩音。

零陵郡北湘水東。浯溪形勝滿湘中。溪口石顛堪自逸，誰人能伴作漁翁。

(一) 按：原本作《欵乃曲》，《嘯餘譜》及附録本、和刻本同；四庫本《樂府詩集》卷八十二「近代曲辭」、《詞律》卷一、《詞譜》卷一皆作《欸乃曲》，兹從校订。《詞律》注：「按『欸乃』俗訛『欵乃』，非。」《詞譜》注：「其『欸乃』二字乃人聲，或注作船聲者非。」

金縷曲〔一〕　雙調○長調

仄可平仄平平仄韻，五字句仄仄平可仄平平五字句仄可平仄平平平仄叶，六字句仄仄平平四字句平平仄三字句平可仄仄平平平仄叶，六字句仄仄仄平平平仄叶，七字句平仄仄平平平可仄仄七字句仄平平平仄平平仄叶，八字句平仄仄三字句仄平仄叶，三字句○平可仄平仄仄平平仄叶，七字句仄仄平平平仄仄七字句平平仄仄叶，四字句仄仄仄平四字句平平仄三字句仄仄平平平仄叶，六字句仄仄仄仄平仄仄叶，七字句仄仄仄平平仄仄七字句仄平平平仄平平仄叶，八字句平仄仄三字句仄平仄叶，三字句

詞

送五峯歸九江　宋劉辰翁

世事如何説。但舉鞍回頭，笑問并州兒葛〔一〕。手障塵埃，黄花路〔二〕，千里龍沙如雪。着破帽、蕭蕭餘髮。行過故人柴桑里，撫長松、潦倒山間月〔三〕。聊共舞〔四〕，命湘瑟。○春風五

〔一〕按：此調通用名爲《賀新郎》，首見蘇軾詞，别名《賀新凉》、《乳燕飛》、《金縷曲》、《金縷歌》、《金縷衣》等。

老多年別。看使君、神交意氣，依然晚合。袖有玉龍，提攜去，滿眼黄金臺骨。説不盡、古人癡絶[五]。我醉看天天看我，聽秋風、吹動簷間鐵。長嘯起，兩山裂。

【校】

[一]「但舉鞍」二句：《全宋詞》作：「似舉鞍、回頭笑問，并州兒葛。」

[二]「手障」二句：《全宋詞》作七言一句，後段「袖有」二句亦同。

[三]潦倒：《嘯餘譜》作「潦到」，蓋訛誤；《彊村叢書》本《須溪詞·補遺》、《全宋詞》皆作「老倒」。

[四]聊：《嘯餘譜》及附録本、和刻本皆作「柳」。

[五]癡：譜注仄聲，附録本、和刻本同，蓋訛誤；《嘯餘譜》注平聲。

太常引　凡二體，並雙調○小令

第一體

仄平平仄仄平平韻，七字句平仄仄平平叶，五字句仄仄仄平平叶，五字句仄仄仄平平仄平叶，七字句○平平仄仄四字句平平仄仄四字句仄仄仄平平叶，五字句仄仄仄平平叶，五字句平仄仄平平仄平

叶，七字句

詞

建康中秋夜爲吕潛叔賦　　宋辛棄疾

一輪秋影轉金波。飛鏡又重磨。把酒問姮娥[一]。被白髮、欺人奈何。○乘風好去，長安萬里[二]，直下看山河。斫去桂婆娑。人道是、清光更多。

【校】

[一]姮娥：《嘯餘譜》作「嫦娥」。

[二]長安：《稼軒詞》丙集、《稼軒長短句》卷十二皆作「長空」。

第二體

前段與第一體同，唯第二句作六字○後段亦與第一體同

詞

壽韓南澗尚書(一)

宋辛棄疾

君王着意履聲間。便合押、紫宸班。今代又尊韓。道吏部、文章泰山。◯一杯千歲，問公何事，早伴赤松閒。功業後来看。似江左、風流謝安。

青門引

雙調◯小令

仄可平仄平仄可平仄韻，五字句平可仄仄仄可平平平可仄仄叶，六字句平可仄平仄可平仄仄平平七字句平可仄平平可仄仄仄可平仄仄平仄叶，九字句◯平可仄平仄可平仄平平仄叶，七字句仄可平仄平平仄叶，五字句平可仄平仄可平仄平仄六字句仄可平平仄可平仄平平仄叶，七字句

(一) 按：《稼軒長短句》卷十二同此題，《稼軒詞》甲集題「壽南澗」。

詞

懷舊(一)

宋張　先

乍暖還乍冷[一]。風雨晚來方定。庭軒寂寞近清明，殘花中酒、又是去年病[二]。○樓頭畫角風吹醒。入夜重門靜。那堪更被明月，隔牆送過鞦韆影。

【校】

[一] 乍冷：《樂府雅詞·拾遺》卷下、《花庵詞選》卷五、《草堂詩餘·前集》卷上皆作「輕冷」。

[二]「殘花」二句：《詞律》卷七、《詞譜》卷九作四言一句、五言一句。中，《詞譜》作本仄可平。

梅花引(二)　雙調○小令

仄平平韻，三字句仄平平叶，三字句仄可平仄平平平可仄仄平叶，七字句仄平平叶，三字句仄平平叶，三

(一) 按：《花庵詞選》卷五、鮑本《張子野詞補遺》卷下皆題「春思」，《草堂詩餘·前集》卷上入「春景·懷舊」類。

(二) 按：此調實與《江城梅花引》爲異調，《詩餘圖譜》卷二乃混爲一調。宋代另有賀鑄等人詞，別名《將進酒》、《行路難》、《小梅花》，乃以《梅花引》小令體加一疊爲長調。

字句平仄仄平四字句平平平仄平叶，五字句◯平可仄平平仄平平仄七字句平平平仄平平仄七字句仄平平叶，三字句仄平平叶，三字句平仄仄平四字句仄平平仄平叶，五字句

詞

冬景[一]

宋万俟雅言

曉風酸。曉霜乾。一鴈南飛人度關。客衣單。客衣單[二]。千里斷魂，空歌行路難。◯寒梅驚破前村雪，寒雞啼破西樓月[三]，酒腸寬。酒腸寬。家在日邊，不堪頻倚欄。

【校】

[一]「客衣單」二句：《詞律》卷八、《詞譜》卷十二皆注用疊韻，後段「酒腸寬」二句亦同。

[二]「寒梅」二句：《詞律》、《詞譜》皆注換押仄韻。「寒雞」句，《嘯餘譜》及附録本、和刻本作「寒雞啼落前村月」，《詞譜》作「寒鴉啼落西樓月」。

（一）按：《花庵詞選》卷七題「冬怨」；《草堂詩餘・前集》卷下入「冬景」類，《類編草堂詩餘》卷一題「冬景」。

東坡引　凡三體，並雙調○小令

第一體

平可仄平平仄仄韻，五字句仄可平平仄平仄叶，五字句平可仄平平可仄仄平[一]平仄叶，七字句平可仄平

平仄仄叶，五字句複出一句○平可仄平仄可平仄四字句平平仄仄叶，四字句仄可平仄仄平平仄叶，六

字句仄可平平仄可平仄平平仄叶，七字句平可仄平平仄仄叶，五字句複出一句

詞

閨怨[一]　宋辛棄疾

君如梁上燕。妾如手中扇。團團青影雙雙伴。秋來腸欲斷。秋來腸欲斷。○黄昏淚眼，

青山隔岸。但咫尺、如天遠。病來只謝傍人勸[二]。龍華三會願。龍華三會願。

（一）按：《稼軒長短句》卷十二無題；汲古閣本《稼軒詞》卷四收此調共三首，於第一首題「閨怨」，蓋三首同題。

【校】

［一］仄平：原本譜注誤作平仄，據例詞爲「影雙」二字，當注仄平；兹從《嘯餘譜》及附録本、和刻本校訂。

［二］只：原本作「尺」，蓋從上句「咫尺」而衍誤；兹從《稼軒長短句》、《嘯餘譜》及附録本、和刻本校訂。

第二體

前段與第一體同○後段亦與第一體同，唯第三句作六字［一］

詞

同上　　宋辛棄疾

花梢紅未足。條破驚新緑。重簾下徧闌干曲。有人春睡熟。有人春睡熟。○鳴禽破夢，雲偏目蹙。起來香腮褪紅玉。花時愛與愁相續。羅裙過半幅。羅裙過半幅。

【校】

[一] 六字：《嘯餘譜》及附録本、和刻本皆同；據例詞，第一體後段第三句爲六字，第二體此句實爲七字，譜注蓋混誤。

第三體

前段與第一體同○後段亦與第一體同，唯首句作五字

詞

同上　宋辛棄疾

玉纖彈舊怨。還敧繡屏面。清歌自送西風鴈[一]。鴈行吹字斷。鴈行吹字斷。○夜深拜半月，瑣窗西畔。但佳影、空階滿[二]。翠帷自掩無人見。羅衣寬一半。羅衣寬一半。

【校】

[一] 自送：《稼軒長短句》、《詞譜》卷七皆作「目送」。

［二］佳影：《稼軒長短句》、《稼軒詞》、《嘯餘譜》及附録本、和刻本等皆作「桂影」。

婆羅門引(一)　雙調○中調

仄可平平平仄四字句仄可平平平可仄仄仄平平韻，七字句仄可平平平可仄仄平平叶，六字句仄可平仄平可仄平平可仄仄六字句仄可平仄仄平平叶，五字句仄平平仄仄五字句仄仄平平叶，四字句○仄可平平仄平叶，四字句仄仄可平仄仄平平叶，六字句仄仄平可仄仄可平仄六字句平可仄仄平平叶，四字句平可仄平仄可平仄四字句平可仄平可仄仄可平仄可平仄仄平平八字句平仄可平仄仄仄平平叶，七字句

詞

別杜叔高，叔高長於楚辭(二)　宋辛棄疾

落花時節，杜鵑聲裏送君歸。未消文字湘纍。只怕蛟龍雲雨，後會渺難期。更何人念我，

(一) 按：此調蓋源於唐曲。《詞譜》卷十八注：「《梅苑》詞名《婆羅門》，段克己詞名《望月婆羅門引》。按唐《教坊記》有《婆羅門》小曲。《宋史・樂志》有《婆羅門》舞隊。」

(二) 按：《稼軒詞》丙集、《稼軒長短句》卷七皆有此題，唯「辭」作「詞」，又《稼軒詞》無「杜」字。

老大傷悲。○已而已而。算此意、只君知。記取岐一作旗亭買酒，雲洞題詩。争如不見，纔相見、便有别離時。千里月、兩地相思。

陽關引[一]

雙調[二]○中調

仄可平仄平平仄韻，五字句仄可平仄平平仄叶，五字句平平仄仄平平仄七字句平平仄叶，三字句仄平平仄五字句仄仄平平仄叶，五字句仄仄平三字句平仄仄仄平仄叶，七字句○仄仄仄平仄平仄叶，八字句仄平平仄四字句平平仄仄平仄叶，六字句仄仄平平仄五字句仄仄平平仄叶，五字句仄仄平平仄五字句仄仄仄平仄叶，五字句

詞

離别

宋寇　準

塞草煙光闊。渭水波聲咽。春朝雨霽輕塵斂[二]，征鞍發。指青青楊柳，又是輕攀折。動

[一] 按：此調僅見寇準、晁補之詞二首。《詞譜》卷十八注：「此調始自宋寇準詞，本檃括王維《陽關曲》而作，故名。晁補之詞名《古陽關》。」另有無名氏《古陽關》爲異調。

黯然，知有後會甚時節[三]。○更盡一盃酒、歌一闋[四]。歎人生裏，難歡聚、易離別[五]。且莫辭沈醉，聽取陽關徹。念故人千里，自此共明月。

【校】

[一]雙調：原本作「調雙」。《嘯餘譜》及附録本、和刻本皆注「雙調」，兹從校訂。

[二]「春朝」句：《詞譜》卷十八分作四言一句、三言一句。

[三]「動黯然」二句：《詞譜》作「動黯然，知有後會甚時節」十字句；後段結尾二句亦作十字句。

[四]「更盡」句：《詞譜》作五言一句、三言一句。

[五]「難歡」句：《詞譜》作三言二句。

千秋歲引[一]　雙調○中調

仄可平仄平平四字句平可仄平仄仄韻，四字句仄仄平平仄平仄叶，七字句平平仄平仄仄仄七字句平

[一]按：此調與《千秋歲》爲同名異調。《詞譜》卷十九注此調：「《高麗史・樂志》名《千秋歲令》，李冠詞名《千秋萬歲》。」

平仄仄平平仄叶，七字句仄平平三字句仄可平平仄三字句仄平仄叶，三字句〇平仄仄平平仄仄叶，七字句平仄仄平平平仄叶，七字句仄仄平平仄平仄叶，七字句平平仄平平仄仄七字句平平仄仄平平仄叶，七字句仄平平三字句仄平仄三字句平平仄叶，三字句

詞

宋王安石

別館寒砧，孤城畫角。一派秋聲入寥廓[一]。東歸燕從海上去，南來鴈向沙頭落。楚臺風，庾樓月，宛如昨。〇無奈被些名利縛。無奈被他情擔閣。可惜風流總閒却。當初謾留華表語，而今誤我秦樓約。夢闌時，酒醒後，思量着。

【校】

[一]寥廓：原本誤作「寥廊」；兹從《嘯餘譜》及附録本、和刻本校訂。

蕙蘭芳引[一]　雙調○中調

平可仄仄仄平四字句仄可平平仄仄平平仄韻，七字句仄可平仄仄平平五字句平仄仄平平[二]仄叶，六字句仄可平平仄可平仄四字句仄可平仄仄仄平平仄叶，七字句仄仄平仄仄五字句仄仄平平平仄叶，六字句○仄仄平平四字句平平平仄四字句仄仄平仄叶，四字句仄平仄平平五字句平仄仄可平平仄仄叶，六字句平平平仄四字句仄可平平仄仄叶，四字句平仄平平仄仄平平仄叶，九字句

詞

秋懷[一]　宋周邦彦

寒瑩晚空，點青鏡、斷霞孤鶩。對客館深扃，霜草未衰更緑。倦遊厭旅，但夢繞、阿嬌金屋。想故人別後，盡日空疑風竹。○塞北氍毹，江南圖障，是處温燠。更花管雲牋，猶寫寄情舊曲。音塵迢遞，但勞遠目。今夜長、爭奈枕單人獨。

[一] 按：《片玉集》卷五調名作《蕙蘭芳》。《詞譜》卷二十一收此調，注：「調見清真樂府，方千里、楊澤民、陳允平俱有和詞，楊詞一名《蕙蘭芳》，無『引』字。」

[二] 按：《片玉詞》卷下同此題；《片玉集》卷五、《草堂詩餘・前集》卷下皆入「秋景」類。

【校】

［一］平：《嘯餘譜》及附録本、和刻本譜注皆同；據例詞爲「更」字，《詞譜》卷二十一注本仄可平。

華胥引　雙調○中調

平可仄平平可仄仄四字句平可仄仄平平四字句仄平仄可平仄韻，四字句仄可平仄平平四字句平平仄仄平仄仄叶，七字句仄仄平仄平平六字句仄仄平平仄叶，五字句平可仄仄平平四字句仄平平仄平仄叶，六字句○平可仄仄平平四字句仄平平仄平平仄叶，七字句仄可平平平可仄仄四字句平可仄平可仄平平仄仄叶，六字句仄仄平平平仄六字句仄平平仄叶，四字句平可仄仄平平四字句仄平平仄平仄叶，六字句

詞

秋思　　宋周邦彦

川源澄映，煙月溟濛，去舟似葉。岸足沙平，蒲根水冷留鴈唼。別有孤角吟秋，對曉風嗚軋［一］。紅日三竿，醉頭扶起寒怯。○離思相縈，漸看看、鬢絲堪鑷。舞衫歌扇，何人輕憐

細閲。檢點從前恩愛，鳳牋盈篋。愁剪燈花，夜來和淚雙疊。

【校】

［一］嗚軋：《嘯餘譜》及附録本、和刻本皆作「嗚軋」。

江城梅花引　雙調〇中調

平可仄平平可仄仄仄平平韻，七字句仄平平叶，三字句仄平平叶，三字句仄可平仄仄可平平平可仄仄仄平平叶，九字句仄可平仄仄平平仄仄七字句仄可平平可仄仄三字句仄平平三字句仄仄平平叶，三字句〇仄可平平可仄仄平平叶，七字句仄可平仄可平平叶，三字句平可仄仄可平平叶，三字句仄可平仄仄可平仄仄可平仄仄七字句平可仄仄平平叶，四字句平可仄仄平平平可仄仄仄平平叶，九字句仄可平仄仄可平平平仄仄七字句平可仄仄可平仄三字句仄平平三字句仄平平叶，三字句

詞

閨情

宋康與之〔一〕

娟娟霜月冷侵門。怕黄昏。又黄昏。手撚一枝、猶自對芳樽〔一〕。酒又不禁花又惱，漏聲遠，一更更，總斷魂。◯斷魂斷魂不堪聞〔二〕。被半温。香半薰〔三〕。睡也睡也睡不穩，誰與温存〔四〕。唯有牀前、銀燭照啼痕。一夜爲花憔悴損〔五〕，人瘦也，比梅花，瘦幾分。

【校】

〔一〕「手撚」句：《百家詞》本、汲古閣本《書舟詞》皆作「愁把梅花、獨自泛清樽」。《詞譜》卷二十一作四言一句、五言一句。

〔二〕「斷魂」句：《詞譜》作：「斷魂。斷魂。不堪聞。」

〔三〕薰：《書舟詞》作「温」。

〔四〕「睡也」二句：《詞譜》作：「睡也睡也，睡不穩、誰與温存。」誰，《嘯餘譜》作「難」。

〔一〕按：《草堂詩餘·後集》卷下未署名；《類編草堂詩餘》卷二署康與之；又載程垓《書舟詞》，調名《攤破江城子》，《花草粹編》卷十六亦署程垓；《全宋詞》録爲程垓詞。

［五］爲花憔悴損：《書舟詞》作「無眠連曉角」。

清平調[一]

樂府有清調、平調，此合而言之，則詩餘也。　單調○小令

即七言絶句，首句末用平韻

詞三首

禁中沈香亭前牡丹[二]　唐李　白

雲想衣裳花想容。春風拂檻露華濃。若非羣玉山頭見，會向瑶臺月下逢。

一枝紅艷露凝香。雲雨巫山枉斷腸。借問漢宫誰得似，可憐飛燕倚新粧。

名花傾國兩相歡。長得君王帶笑看。解釋春風無限恨，沈香亭北倚欄干。

［一］按：《百家詞》本《尊前集》、《花庵詞選》卷一皆收李白詞三首；《詞譜》卷四十收《清平調辭》，録李白三首，注爲「唐之大曲」歌辭。宋無作。

［二］按：《尊前集》無題，《花庵詞選》卷一題「沈香亭應制」。

千年調[一] 雙調○中調

平可仄仄仄平平五字句平可仄仄平平仄韻，五字句仄可平仄平可仄平仄可平仄六字句仄可平仄平仄叶，四字句仄可平平仄可平仄四字句仄可平仄平平四字句仄可平平仄可平仄四字句仄可平平可仄平平仄叶，六字句○仄可平平仄可平仄四字句仄可平仄平平仄叶，五字句仄可平仄可平平仄仄仄六字句仄平可[二]仄平仄叶，四字句仄可平平平可仄仄四字句仄可平仄仄可平平仄叶，五字句仄可平平平可仄仄可平平五字句平可仄平仄可平仄叶，四字句

詞

蔗菴小閣名曰巵言，作此詞以嘲之　蔗菴，信守鄭舜舉所作也[三]　宋辛棄疾

巵酒向人時，和氣先傾倒。最要然然可可，萬事稱好。滑稽坐上，更對鴟夷，笑寒與熱，總

[一] 按：此調始見曹組詞，調名《相思會》，因詞中有「剛作千年調」句，故辛棄疾詞三首改名《千年調》。《詞律》卷十一、《詞譜》卷十七皆收《千年調》。

[二] 按：《稼軒長短句》卷七有此題，「蔗菴」作「庶菴」。末二句，非原作題序，應爲圖譜編者所注。

隨人、甘國老[二]。○少年使酒，出口人嫌拗。此箇和合道理，近日方曉。學人言語，未會十分巧。看他們得人，憐秦吉了[三]。

【校】

[一] 平可：當注「可平」；《嘯餘譜》及附録本、和刻本皆注可平。

[二]「滑稽」四句：《詞律》卷十一、《詞譜》卷十七皆作：「滑稽坐上，更對鴟夷笑。寒與熱，總隨人，甘國老。」

[三]「看他們」二句：《詞律》、《詞譜》皆作三言三句。

中興樂　凡二體，並雙調○小令

第一體(一)

仄可平仄平平平可仄仄平韻，七字句平可仄平可仄仄可平仄平平叶，六字句仄可平平可仄仄三字句平可

(一) 按：此調僅見五代詞三首，宋無作。《詞譜》卷四首列毛文錫此詞，以「女」、「與」、「語」、「浦」、「舞」、「雨」六字用仄韻，注：「此詞六仄韻，即間入平韻之内，舊譜失注。」

仄仄仄平平叶，五字句◯平可仄平仄可平仄平平仄七字句平平可仄仄三字句仄可平平平可仄仄四字句

平可仄仄仄仄平平叶，六字句

詞

唐毛文錫

荳蔻花繁煙艷深。丁香軟結同心。翠鬟女，相與共淘金[一]。◯紅蕉葉裏猩猩語，鴛鴦浦，鏡中鸞舞[二]，絲雨隔荔枝陰[三]。

【校】

[一]「翠鬟女」二句：《詞譜》卷四作：「翠鬟女。相與。共淘金。」《詞律》卷三注：「或云『女』字是換韻，後段叶之。」

[二]「紅蕉」三句：《詞律》皆注換叶仄韻。

[三]「絲雨」句：《詞律》作三言二句；《詞譜》作：「絲雨。隔荔枝陰。」

第二體（一）

平可仄平仄可平仄仄平平韻，七字句平可仄平仄可平仄平平叶，六字句平可仄仄平平四字句仄可平仄

平平叶，四字句○平可仄平平可仄仄仄可平平叶，六字句平可仄平平叶，三字句平可仄平仄可平仄四字句

仄可平平平可仄仄四字句仄可平仄平平叶，四字句

詞　　唐牛希濟

池塘暖碧浸晴暉。濛濛柳絮輕飛。紅蘂凋來，醉夢還稀。○春雲空有鴈歸。珠簾垂。東

風寂寞，恨郎抛擲，淚濕羅衣。

清平樂　雙調○小令

平可仄平平可仄仄韻，四字句仄可平仄平平仄叶，五字句平可仄仄仄可平平平仄仄叶，七字句仄可平仄

（一）按：《詞律》卷三、《詞譜》卷四收此調，以牛希濟詞爲「又一體」，全用平韻，不間入仄韻；又列李珣詞爲「又一體」，雙片八十四字，乃以牛詞加一疊，仍屬同調異體。

仄可平平平可仄仄叶，六字句○平可仄平可仄仄可平仄平平更韻，六字句平可仄平仄可平仄平平叶，六字句仄可平仄平可仄平仄可平仄六字句仄可平仄可平平可仄仄平平叶，六字句

詞 唐韋　莊

鶯啼殘月。繡閣香燈滅。門外馬嘶郎欲別。正是落花時節。○粧成不畫蛾眉。含愁獨倚金扉。去路香塵莫掃，掃即郎去歸遲[一]。

【校】

[一] 即：原本作「郎」，蓋衍誤；兹從景明正德仿宋本《花間集》卷二、《嘯餘譜》、附録本、和刻本校訂。

又 唐孫光憲

愁腸欲斷。正是青春半。連理分枝鸞失伴。又是一場離散。○掩鏡無語眉低。思隨芳草萋萋。憑仗東風吹夢，與郎終日東西。

又

唐毛熙震

春光欲暮。寂寞閑庭戶。粉蝶雙雙穿檻舞。簾捲晚天疎雨。○含愁獨倚閨幃。玉爐煙斷香微。正是銷魂時節，東風滿樹花飛。

又

春景(一)

宋趙令時

春風依舊。着意隋堤柳[一]。搓得鵝兒黃欲就。天氣清明時候[二]。○去年紫陌青門，今宵雨魄雲魂。斷送一生憔悴，只消幾箇黃昏。

【校】

[一] 隋：《樂府雅詞》卷中、《全宋詞》作「隨」。

[二] 時候：《花庵詞選》卷六作「厮勾」。

(一) 按：《樂府雅詞》卷中無題，《花庵詞選》卷六題「春情」。

又

詠雪〔一〕　宋孫夫人〔二〕

悠悠颺颺。做盡輕模樣。半夜蕭蕭窗外響。多在梅邉竹上。○朱樓向曉簾開。六花片片飛來。無柰薰爐煙霧，騰騰扶上金釵。

迎春樂　雙調〔一〕○小令

平可仄平仄可平仄平平仄韻，七字句平可仄仄可平仄平平仄叶，六字句仄可平平平可仄仄平平仄叶，七字句仄可平仄仄平平仄叶，六字句○仄可平仄可平仄仄可平平仄仄叶，七字句仄可平平可仄仄平平平仄叶，七字句仄可平仄平可仄〔二〕平平仄六字句仄可平仄平平仄叶，五字句

詞　宋秦　觀

菖蒲葉葉知多少。唯有箇、蜂兒妙。雨晴紅粉齊開了。露一點、嬌黄小。○早是被、曉風

〔一〕按：《花庵詞選》卷十、《花草粹編》卷三皆題「雪」。

〔二〕按：《花庵詞選》卷十署孫夫人，注「名道絢，號沖虚居士」；《全宋詞》作孫道絢。

力暴。更春共、斜陽俱老。怎得花香深處[三]，作箇蜂兒抱。

【校】

[一] 雙調：原本注「雙體」，蓋偶誤；《嘯餘譜》及附録本、和刻本皆注「雙調」，茲從校訂。

[二] 仄平可仄：原本注「平仄可平」，蓋訛誤；據例詞爲「得花」二字，茲從《嘯餘譜》、附録本、和刻本校訂。

[三] 花香：《詞律》卷六作「香香」；張綖刻本《淮海長短句》卷上、汲古閣本《淮海詞》皆注：「『花香』原作『香香』，恐是當時語。」

黄鍾樂[一]　雙調◯中調

平可仄平可仄平可仄仄可平仄可平平可仄平韻，七字句平可仄仄平平四字句平可仄仄可平平仄仄平平叶，七字句平可仄仄仄可平平平仄仄七字句平可仄平平可仄仄仄平平叶，七字句◯後段同[二]

[一] 按：此調僅見五代魏承班詞一首，爲孤調。《詞譜》卷十四注「唐教坊曲名」，「詞見《花間集》，無別首可校」。

詞

唐魏承班〔一〕

池塘煙暖草萋萋。惆悵閑宵，含恨愁坐思堪迷〔二〕。遥想玉人情事遠，音容渾是隔桃溪。○偏記同歡秋月低。簾外論心，花畔和醉暗相攜。何事春來君不見，夢魂長在錦江西。

【校】

〔一〕按：《詞律》注「後起平仄與前異」。前段首句爲平起平收，後段首句爲仄起平收。

〔二〕「惆悵」二句：《詞律》卷九、《詞譜》卷十四皆作六言一句、五言一句；後段「簾外」二句同。

齊天樂

雙調○長調

平可仄平仄可平仄平平仄韻，七字句平可仄平可仄仄平平仄叶，六字句仄可平仄平平四字句平可仄平仄仄四字句平可仄仄平可仄平平仄叶，六字句平可仄平仄可平仄叶，四字句仄可平平可仄仄平平五字句仄可平平平可仄仄叶，四字句仄可平仄平平四字句仄可平平平可仄仄仄可平平仄叶，七字句○平可仄平平可仄仄可平仄可平仄六字句仄可平平平可仄仄仄仄可平平平可仄仄叶，九字句仄可平仄平平四字句

〔一〕按：原本正文多署魏承斑，目録或署魏承班；《花間集》及《嘯餘譜》等各本多署魏承班，茲從校訂。

平可仄平仄可平仄四字句仄可平仄平可仄平平仄叶，六字句平可仄平仄可平仄叶，四字句仄可平仄可平
仄平平五字句仄可平平平可仄仄叶，四字句仄可平仄平平四字句仄可平平平仄仄叶，五字句

詞

端午　撰人闕(一)

疎疎幾點黄梅雨。佳時又逢重午。角黍包金，香蒲切玉，風物依然荊楚。衫裁艾虎。更釵裊朱符，臂纏紅縷。撲粉香綿，唤風綾扇小窗午。○沈湘人去已遠，勸君休對景、感時懷古[一]。慢囀鶯喉，輕敲象板，勝讀離騷章句。荷香暗度。漸引入醄醄，醉鄉深處。卧聽江頭，畫船喧韻鼓。

【校】

[一]「勸君」句：《詞譜》卷三十一作五言一句、四言一句。

(一) 按：《草堂詩餘·後集》卷上入「節序·端午」類，未署名；《類編草堂詩餘》卷四、《花草粹編》卷二十一皆署周邦彦；汲古閣本《片玉詞·補遺》亦收録，注「或刻無名氏」；《全宋詞》據《逃禪詞》録作揚无咎詞。

永遇樂　雙調○長調

平可仄仄平平四字句仄可平平平仄四字句平可仄仄可平平仄韻，四字句仄可平仄平平四字句平可仄平仄可平仄四字句平可仄仄平平仄叶，五字句平可仄平仄可平仄四字句平可仄平平仄四字句仄可平仄仄可平平平仄叶，六字句仄可平平可仄平平可仄平仄可平仄七字句仄可平平可仄仄可平平平可仄仄叶，六字句○平可仄仄可平仄四字句仄可平平平可仄仄四字句仄可平仄平可仄平平仄叶，六字句仄可平仄平平四字句平可仄平仄可平仄可平，四字句平可仄仄平平仄叶，五字句平可仄平仄可平仄四字句仄可平平平仄四字句平可仄仄仄可平平平仄叶，六字句平可仄平可仄仄平可仄平仄可平仄七字句仄[一]可平平仄可平仄叶，四字句

詞

春情

宋解方叔[一]

風暖鶯嬌，露濃花重，天氣和煦。院落煙收，垂楊舞困，無奈堆金縷。誰家巧縱，青樓絃管，

[一] 按：原本僅署「解」字；《嘯餘譜》目録署解方叔，正文未署作者；《花庵詞選》卷三、《草堂詩餘·前集》卷上皆署解方叔，兹從校訂。《全宋詞》録作解昉詞。

惹起夢雲情緒。憶當時、紋衾粲枕，未嘗暫孤鴛侶。○芳菲易老，故人難聚，到此翻成輕誤。閬苑仙遥，鸞牋縱寫，何計傳深訴。青山緑水，古今長在，唯有舊歡何處。空贏得、斜陽暮草，淡煙細雨。

【校】

［一］仄：原本作「平」，注「可平」，蓋訛誤；據例詞爲「淡」字，《嘯餘譜》及附録本、和刻本皆注仄聲，茲從校訂。

傾杯樂 雙調○長調

仄可平仄平平四字句仄可平平仄可平仄四字句仄可平平仄可平仄韻，四字句仄可平平可仄仄平平仄仄七字句平可仄平平可仄仄四字句平可仄平平可仄仄叶，四字句平可仄平仄可平仄平平仄叶，七字句仄平平三字句仄平仄三字句仄可平平平仄叶，四字句仄可平平平仄四字句仄可平仄平可仄平仄可平仄叶，六字句○平可仄仄可平仄平可仄平平仄叶，七字句仄可平仄可平仄平可仄平平仄仄叶，八字句仄可平仄可平仄仄可平仄平平七字句平可仄平仄可平仄平仄叶，六字句仄可平仄仄平平仄仄叶，七字句平可仄仄

可平仄平可仄平平仄叶，七字句仄可平仄可平仄可平平可仄仄仄平可仄平仄可平仄叶，十字句

詞

宋柳　永

禁漏花深，繡工日永，蕙風布暖。變韶景、都門十二，元宵三五，銀蟾光滿。連雲複道凌飛觀。聳皇居，麗佳氣，瑞煙葱蒨[一]。翠華宵幸，是處層城閬苑。○龍鳳燭、交光星漢。對咫尺鰲山、開雉扇。會樂府兩籍神仙，梨園四部絃管。向曉色、都人未散。盈萬井、山呼鰲抃。願歲歲天仗裏、常瞻鳳輦[二]。

【校】

[一]「聳皇居」三句：《詞譜》卷三十二作：「聳皇居麗，佳氣瑞煙蔥蒨。」

[二]「願歲歲」句：《詞譜》作六言一句、四言一句。

大聖樂

雙調○長調

平[一]可仄仄平平四字句仄可平平平可仄仄四字句仄可平平平平韻，四字句仄可平仄可平仄仄可平仄平

平七字句仄可平仄仄可平平平仄六字句平可仄仄平平叶，四字句仄可平平可仄平可仄平平仄仄七字句仄可平平可仄仄平平可仄平仄平叶，八字句平可仄平仄仄四字句平可仄平仄可平仄四字句平可仄仄平平叶，四字句〇平可仄平仄可平仄仄可平仄六字句仄可平仄仄平平平可仄仄平叶，八字句仄可平仄可平平平仄五字句仄可平平仄仄四字句平可仄仄平平叶，四字句仄可平仄平平四字句平可仄平平可仄仄四字句平可仄仄平平平可仄仄平叶，七字句平平仄三字句仄可平平可仄平仄可平仄五字句平可仄仄平平叶，四字句

詞

初夏

宋康與之〔一〕

千朵奇峰〔二〕，半軒微雨，曉來初過。漸燕子、引教雛飛，菡萏暗薰芳草，池面凉多。淺斟瓊卮浮緑蟻，展湘簟、雙紋生細波。輕紈舉動，團圓素月〔三〕，仙桂婆娑〔四〕。〇臨風對月恣樂，

〔一〕按：《草堂詩餘・前集》卷下入「夏景」類，未署名；《類編草堂詩餘》卷四、《花草粹編》卷二十三皆署康與之；《全宋詞》録作無名氏詞，注《類編草堂詩餘》誤作康與之。

便好把、千金邀艷娥。幸太平無事，擊壤鼓腹，攜酒高歌。富貴安居，功名天賦，爭柰皆由時命呵。休眉鎖，問朱顏去了，還更來麽。

【校】

［一］平：原本誤注仄聲；兹從《嘯餘譜》及附録本、和刻本校訂。

［二］峰：原本誤作「蜂」；兹從《嘯餘譜》及附録本、和刻本校訂。

［三］「輕紈」二句：《詞譜》卷三十五作「輕紈舉，動團圞素月」。

［四］仙桂：原本作「仙佳」，蓋訛誤；兹從《嘯餘譜》及附録本、和刻本校訂。

西平樂［一］ 雙調○長調

仄可平仄平平四字句仄可平平仄仄四字句平可仄仄仄可平仄平平叶［二］，六字句平可仄仄平平四字句仄可

［一］按：此調始見柳永詞，用仄韻，有晁補之、朱雍詞爲同調；周邦彦詞用平韻，有方千里等人和韻詞，又名《西平樂慢》，與柳詞蓋屬同名異調。

平平平可仄仄四字句平可仄平仄可平仄平平叶，六字句仄可平仄平可仄平仄可平仄六字句平可仄仄平平仄仄六字句平可仄平仄仄平平六字句平可仄平仄可平仄平平叶，六字句平可仄仄平可仄平仄可平仄六字句平可仄仄可平仄仄可平仄仄平平叶，八字句〇仄可平平平仄四字句平可仄平仄仄四字句平可仄仄平平平可仄仄平平叶，八字句平可仄仄可平仄平可仄平仄可平仄七字句平可仄仄平平四字句仄可平仄平平仄可平仄平可仄仄平平十字句平可仄仄平平仄仄平叶，七字句平可仄仄可平平四字句平可仄平仄可平仄四字句平仄平平四字句仄可平仄平平四字句仄可平仄平平四字句平可仄平[二]仄可平仄平平叶，六字句

詞

宋周邦彥

穉柳蘇晴，故溪歇雨，川迴未覺春賒。馳褐寒侵，正憐初日，輕陰抵死須遮。歎事孤鴻盡去[三]，身與塘蒲共晚，爭知向此征途，區區佇立塵沙。追念朱顏翠鬢，曾到處、故地使人嗟。〇道連三楚，天低四野，喬木依前，臨路敧斜[四]。重慕想、東陵晦跡，彭澤歸來，左右琴書自樂、松菊相依[五]，何況風流鬢未華。多謝故人，親馳鄭驛漢鄭當時置驛馬都郊，親謝賓客[六]，時倒融尊後漢孔融拜太中大夫，常歎曰：座上客常滿，尊中酒不空，吾無憂矣[七]，勸此淹留，共過芳時，翻令倦客思家。

【校】

［一］叶：《嘯餘譜》及附録本、和刻本注同。依例起韻當注「韻」字。

［二］平：附録本、和刻本譜注同；據例詞爲「令」字，當注仄；《嘯餘譜》作仄聲。

［三］「歎事」句：原本蓋脱漏一字，故譜注六字句；《片玉集》卷二、《片玉詞》卷下皆作「歎事逐孤鴻盡去」七言句，多一「逐」字。

［四］「喬木」句：《詞譜》卷三十作四言二句。

［五］「左右」句：《詞譜》作六言一句、四言一句。

［六］按：此句《片玉集》陳元龍注云：「《史記》：鄭當時爲太子賓客，置驛馬諸郊，請謝賓客。」此蓋撮録陳注。

［七］按：此句所注，亦撮録《片玉集》陳注引《後漢書·孔融傳》語，唯「後漢」誤作「漢後」；茲從《嘯餘譜》及附録本、和刻本校訂。

長相思　雙調〇小令

平可仄仄可平平韻，三字句仄可平仄可平平叶，三字句仄可平仄平平仄可平仄平叶，七字句平可仄平平可

仄仄平叶，五字句〇後段同，亦有首句末不叶韻者

詞

春閨　南唐馮延巳(一)

紅滿枝。緑滿枝。宿雨厭厭睡起遲。閑庭花影移。〇憶歸期。數歸期。夢見雖多相見稀。相逢知幾時。

又

秋怨　南唐李後主(二)

一重山。兩重山。山遠天高煙水寒。相思楓葉丹。〇菊花開，菊花殘[一]。塞鴈高飛人未還。一簾風月閒。

(一) 按：《草堂詩餘・前集》卷下入「春景・春怨」類，未署名；《類編草堂詩餘》卷一、《花草粹編》卷一皆署馮延巳；《全唐五代詞》録爲馮詞而存疑，《全宋詞》録爲無名氏詞。

(二) 按：《草堂詩餘・前集》卷下未署名；《類編草堂詩餘》卷一作李煜詞；《全宋詞》據《栟櫚先生文集》卷十一録作鄧肅詞，調名作《長相思令》。

【校】

［一］殘：原本作「㱮」，蓋訛誤；兹從《嘯餘譜》及附録本、和刻本校訂。

又

秋怀　　宋黄叔暘〔一〕

天悠悠。水悠悠。月印金樞曉未收。笛聲人倚樓。○蘆花秋。蓼花秋。催得吴霜點鬢稠。香箋莫寄愁。

又

錢塘〔二〕　　唐白居易

汴水流。泗水流。流到瓜州古渡頭。吴山點點愁。○思悠悠。恨悠悠。恨到歸時方始

〔一〕按：原本僅署「宋黄」，附録本、和刻本同；《嘯餘譜》署黄叔暘，《中興以來絶妙詞選》卷十同，題「秋懷」，兹從校訂。

〔二〕按：《花庵詞選》卷一注「此詞上四句皆談錢塘景」；《類編草堂詩餘》卷一題「錢塘」。

休。月明人倚樓。

又

閨怨　　唐白居易（一）

深畫眉。淺畫眉。蟬鬢鬅鬙雲滿衣。陽臺行雨迴。○巫山高，巫山低。暮雨蕭蕭郎不歸。空房獨守時。

又

山驛　　宋万俟雅言（二）

短長亭。古今情。樓外涼蟾一暈生。雨餘秋更清。○暮雲平。暮山橫。幾葉秋聲和鴈

（一）按：《花庵詞選》卷一此首與前首並收爲白居易詞，題「閨怨」；明刻本《吟窗雜録》卷五十作吴二娘詞，略有異文，《全唐五代詞》兩收並存；《樂府雅詞》卷上録作歐陽修詞，亦載《醉翁琴趣外篇》卷六、《近體樂府》卷一，蓋傳訛與誤收。

（二）按：原本署「宋雅言万俟」；《花庵詞選》卷七、《嘯餘譜》、和刻本皆作万俟雅言，兹從校訂。又，此首以下至《望江怨》，附録本皆闕。

聲。行人不要聽。

蕃女怨

單調○小令

仄可平平平可仄仄平仄可平仄韻，七字句仄可平[一]仄可平平可仄仄叶，四字句仄平平三字句平仄仄叶，三字句仄可平平平仄叶，四字句仄可平平平可仄仄仄平平更韻，七字句仄平平叶，三字句

詞二首

唐溫庭筠

萬枝香雪開已遍。細雨雙燕。鈿蟬箏，金雀扇。畫梁相見。鴈門消息不歸來。又飛迴。

磧南沙上驚鴈起。飛雪千里。玉連環，金鏃箭。年年征戰。畫樓離恨錦屏空。杏花紅[二]。

【校】

[一]可平：原本注「可仄」，蓋訛誤；據例詞「細」字本爲仄聲，當注「可平」；《嘯餘譜》於「細」字注

「可平」，兹從校訂。

［二］花：原本作「苑」，與譜注結句第二字平聲不合，蓋訛誤；《花間集》卷二、《嘯餘譜》、和刻本皆作「花」，兹從校訂。

望江怨[一]　單調〇小令

平平仄韻，三字句仄可平仄平平仄可平平可仄仄叶，七字句平可仄平可仄平仄可平仄叶，五字句仄可平平平可仄仄平平仄叶，七字句仄平仄叶，三字句仄可平仄仄平平五字句仄可平平平仄仄叶，五字句

詞　唐牛　嶠

東風急。惜别花時手頻執。羅幃愁獨入。馬嘶殘雨春蕪濕。倚門立。寄語薄情郎，粉香和淚泣。

［一］按：此調僅見五代牛嶠詞，載《花間集》卷四，爲孤調，宋金元皆無作。

昭君怨　雙調○小令

平可仄仄平可仄平平可仄仄韻，六字句平可仄仄仄可平平平仄叶，六字句仄可平仄仄平平更韻，五字句仄平平叶，三字句○後段同，亦更仄平兩韻各叶

詞

豫章寄張守定叟　宋辛棄疾

長記瀟湘秋晚。歌舞橘洲人散。走馬月明中。折芙蓉。○今日西山南浦。畫棟朱簾雲雨。風景不爭多。奈愁何。

清商怨(一)　雙調○小令

平可仄平平可仄仄仄仄可平仄韻，七字句仄可平仄可平平仄可平仄叶，五字句仄可平仄平平四字句平可

(一) 按：《樂府雅詞》卷上收歐陽修詞，調名作《傷情遠》；周邦彥此調別名《關河令》、《傷情怨》，賀鑄又別名《爾汝歌》等。

仄平平仄仄叶，五字句○平可仄平可仄平平仄仄叶，六字句仄可平仄仄仄可平平平可仄仄叶，七字句仄可平仄平平四字句平可仄平平仄仄叶，五字句

詞　宋歐陽脩

關河愁思望處滿。漸素秋向晚。鴈過南雲，行人回淚眼。○雙鸞衾裯悔展。夜又永、枕孤人遠。夢未成歸，梅花聞塞管。

遐方怨　凡二體，有單雙二調

第一體[一]　小令

平可仄仄仄三字句仄平平韻，三字句仄仄平平叶，四字句[二]仄可平平可仄平平平可仄仄平叶，七字句仄可平平平可仄仄仄平平叶，七字句仄可平平平仄仄五字句仄平平叶，三字句

[一] 按：此調第一體譜注第四句以下，至《春雲怨》一調前段譜注，附録本皆殘闕。

詞　　唐温庭筠

憑繡檻，解羅幃。未得君書，斷腸瀟湘春鴈飛。不知征馬幾時歸。海棠花謝也，雨霏霏。

【校】

［一］叶：《嘯餘譜》、和刻本注同，蓋訛誤；《詞律》卷二、《詞譜》卷二皆不注叶韻。四字句：原本誤作「字四句」，茲從《嘯餘譜》、和刻本校訂。

第二體　中調

平可仄仄可平仄三字句仄平平韻，三字句仄可平平可仄平仄可平仄五字句平可仄［一］平平可仄仄平叶，五字句仄可平平平可仄仄平平叶，七字句仄可平平平可仄仄仄平平叶，七字句◯後段同

詞　　唐顧　敻

簾影細，簟紋平。象紗籠玉指，鏤金羅扇輕。嫩紅雙臉似花明。兩條眉黛遠山横。◯鳳簫歇，鏡塵生。遼塞音書絶，夢魂長暗驚。玉郎經歲負娉婷。教人爭不恨無情。

【校】

［一］平可仄：《嘯餘譜》、和刻本譜注皆同；據例詞爲「鏤」字，《詞律》卷二作「縷」，本仄聲，注可平。

春雲怨[一]　雙調○長調

平可仄平仄仄韻，四字句仄可平仄平平仄平平平仄叶，九字句仄可平仄仄可平平四字句平可仄仄仄仄四字句仄可平平平仄仄叶，五字句仄可平仄平平四字句平可仄平平可仄仄四字句仄可平仄平平仄平仄叶，七字句平可仄[二]仄平平四字句平可仄平平可仄仄四字句仄可平仄仄可平平仄叶，五字句○平可仄平仄可平仄平平仄七字句仄可平平平仄可平仄平平平可仄仄叶，九字句平可仄仄平平仄平仄叶，七字句平可仄仄平平四字句仄可平仄平可仄平仄可平平平可仄仄叶，八字句仄可平仄平平四字句仄可平平平仄四字句仄可平仄仄可平平仄可平仄叶，六字句

［一］按：此調僅見宋馮偉壽詞，爲孤調。《詞律》卷十八收此調，注「此係雲月自度曲，平仄當依之」；《詞譜》卷三十一注「調見馮艾子雲月詞，自注黃鍾商」。

上巳

宋馮偉壽〔一〕

春風惡劣。把數枝香錦、和鶯吹折〔二〕。雨重柳腰，嬌困燕子，欲扶扶不得〔三〕。軟日烘煙，乾風收霧，芍藥荼蘼弄顔色。簾幙輕陰，圖書清潤，日永篆香絶。○盈盈笑靨宫黄額〔四〕，試紅鸞小扇、丁香雙結〔五〕。團鳳眉心倩郎貼。教洗金罍，共看西堂、醉花新月。曲水成空，麗人何處，往事暮雲萬葉。

【校】

〔一〕可仄：原本注「可平」，據例詞「簾」字本平聲，當注「可仄」；茲從《嘯餘譜》、和刻本校訂。

〔二〕「把數枝」句：《詞律》卷十八、《詞譜》卷三十二皆作五言一句、四言一句。

〔三〕「雨重」三句：《詞律》、《詞譜》皆作六言一句、七言一句。

〔四〕「盈盈」句：《詞律》、《詞譜》於此句皆注叶韻。

〔五〕「試紅鸞」句：《詞律》、《詞譜》皆作五言一句、四言一句。

〔一〕按：原本僅署「宋馮」，和刻本同；《中興以來絶妙詞選》卷十、《嘯餘譜》皆署馮偉壽，茲從校訂。

文體明辯附録卷之四

大明吴江徐師曾伯魯纂

詩餘二

令字題

如夢令[一]

單調〇小令

平可仄仄仄可平平平仄韻，六字句仄可平仄平可仄平平仄叶，六字句仄可平仄仄平平五字句平可仄仄仄可平平平可仄仄叶，六字句平仄複出二字四字句[二]平可仄仄仄平平仄叶，六字句

〔一〕按：此調蓋始見唐詞，調名《宴桃源》，又名《憶仙姿》、《古記》；至宋蘇軾始雅稱《如夢令》，因成通用名；另有《不見》、《比梅》、《如意令》等別名。

詞

春景[一]

宋秦　觀[二]

門外緑陰千頃。兩兩黄鸝相應。睡起不勝情，行到碧梧金井。人静人静，風弄一枝花影。

【校】

[一] 按：《詞律》卷二、《詞譜》卷二收此調，於此四字皆分作二言疊句，注爲叶韻和疊韻。

又

春晚

宋周邦彦[三]

池上春歸何處。滿目殘花飛絮。孤館悄無人，夢斷月堤歸路。無緒無緒。簾外五更風雨。

[一] 按：《花庵詞選》卷八題「春情」，《草堂詩餘・前集》卷上、《類編草堂詩餘》卷一皆題「春景」。

[二] 按：《樂府雅詞》卷下、《花庵詞選》卷八皆作曹組詞；《草堂詩餘・前集》卷上未署名；《類編草堂詩餘》卷一、汲古閣本《淮海詞》皆作秦觀詞；《全宋詞》録作曹組詞。

[三] 按：《草堂詩餘・前集》卷上未署名；《類編草堂詩詩餘》卷一署周邦彦；《全宋詞》據宋本《淮海居士長短句》卷中收爲秦觀詞。

又

同上（一） 宋婦李清照

昨夜雨踈風驟。濃睡不消殘酒。試問捲簾人，却道海棠依舊。知否知否。應是緑肥紅瘦。

調笑令 單調○小令

平可仄仄仄可平平仄韻，五字句仄可平仄平可仄平平仄仄叶，七字句平可仄平仄可平仄平平仄叶，七字句仄可平仄平可仄平平可仄仄叶，六字句平可仄平仄可平仄平平可仄仄叶，七字句仄可平仄平可仄平平可仄仄叶，六字句

詞

灼灼（二） 宋秦 觀

腸斷繡簾捲［一］。妾願身爲梁上燕。朝朝暮暮長相見。莫遣恩遷情變。紅綃粉淚知何

（一）按：《樂府雅詞》卷下、《花庵詞選》卷十、《草堂詩餘·前集》卷上皆無題，《類編草堂詩餘》卷一題「春晚」。

（二）按：秦觀此調共十首，每首賦詠一人，各題其名，先詩後曲，詩詞遞轉，蓋用於隊舞以演唱故事，屬於「轉踏」體，與唐代《調笑》爲同名異調。

限[二]。萬古空傳遺怨。

【校】

[一]按：《詞律》卷二收此調，以毛滂詞爲「又一體」，於開篇作二言一句、三言一句，分注「韻」、「叶」。

[二]限：原本作「恨」，失叶，蓋訛誤；《百家詞》本《淮海詞》卷下、《彊村叢書》本《淮海居士長短句》卷下皆作「限」，兹從校訂。

又

眄眄[一]　　宋秦　觀

戀戀樓中燕。燕子樓空春日晚。將軍一去音容遠。空鎖樓中深怨。春風重到人不見。十二欄干倚遍。

[一]按：《百家詞》本《淮海詞》作「盻盻」，《彊村叢書》本《淮海居士長短句》作「盼盼」。

伊川令〔一〕　單調○小令

平可仄平仄可平仄平平仄韻，七字句平可仄仄平平仄叶，五字句仄可平仄平可仄平平仄叶，六字句平可仄仄平可仄平仄可平仄叶，六字句平可仄平平仄平仄叶，六字句平可仄平仄可平仄仄平平七字句仄可平平仄平平平仄仄叶，七字句

詞

寄外　宋花仲胤妻〔二〕

西風昨夜穿簾幙。閨院添消索。最是梧桐零落。迤邐秋光過却〔一〕。人情音信難托〔二〕。教奴獨自守空房，淚珠與、燈花共落。

〔一〕按：《詞譜》卷四作《伊州令》，注「唐教坊曲名，一名《伊川令》」。此調宋詞僅見此詞，爲孤調。

〔二〕按：《詞律》卷四作范仲胤妻；《詞譜》卷九據《花草粹編》收作無名氏詞。《全宋詞》據《彤管遺編》後集卷十二收作花仲胤妻詞。

【校】

[一]「最是」二句：《詞譜》卷九作：「纔是梧桐零落時，又迤邐、秋光過却。」

[二] 按：《詞譜》以「人情」句以下爲後段，且於此句下補「鱼鴈成躭閣」一句，注：「此詞坊本俱有脱誤，今從《詞緯》抄本。」

相思兒令(一)　雙調○小令

仄可平仄平可仄[一] 平平仄六字句平可仄仄仄平平韻，五字句平可仄仄仄可平平平仄六字句平可仄仄仄平平叶，五字句○仄可平仄仄可平仄平平叶，六字句平可仄平平可仄仄平平叶，七字句[二] 平可仄平平可仄仄平平六字句仄平平仄平平叶，六字句

詞

宋晏　殊

昨日探春消息，湖上緑波平。無柰繞堤芳草，還向舊痕生。○有酒且醉瑶觥。何坊檀板新

(一) 按：此調蓋始見晏殊、張先詞，黄庭堅詞别名《好女兒》、《繡帶子》，曾覿詞又别名《繡帶兒》。

聲[三]。誰教楊柳千絲，就中牽繫人情。

【校】

[一] 平可仄：《嘯餘譜》、附録本、和刻本譜注皆同；據例詞爲「探」字，《詞譜》卷六注仄聲。

[二] 七字句：《嘯餘譜》、附録本、和刻本譜注皆同；按譜字實爲六字，例詞亦爲六字。

[三] 「何坊」句：各本《珠玉詞》、《詞律》卷四、《詞譜》卷六皆作「更何妨、檀板新聲」，句首多一「更」字。

三字令[一]　雙調○小令

平仄可平仄三字句仄平平韻，三字句仄平平叶，三字句平仄可平仄三字句仄平平叶，三字句仄平平三字句平仄仄三字句仄平平叶，三字句○後段同

(一) 按：此調五代僅見歐陽炯詞一首，皆以三字爲句，故名；宋詞亦僅見向子諲一首，比歐詞前後段各添第三句三字。

詞

唐歐陽炯〔一〕

春欲盡，日遲遲。牡丹時。羅幌卷，翠簾垂。彩牋書，紅粉淚，兩心知。◯人不在，燕空歸。負佳期。香燼落，枕函欹。月分明，花澹薄，惹相思。

探春令

雙調◯小令

仄可平平平可仄仄仄平平七字句仄可平平可仄平平仄韻，五字句仄可平仄可平平平可仄仄平平仄八字句仄可平平可仄仄平平仄叶，六字句◯仄可平平平可仄仄平平仄叶，七字句仄可平平可仄平平可仄仄叶，五字句仄可平仄可平平仄可平仄平平仄仄九字句平可仄仄平平仄叶，六字句〔二〕

〔一〕按：原本誤署牛希濟，《嘯餘譜》及附録本、和刻本皆同；《花間集》卷五録作歐陽炯詞，兹從校訂。

詞

春恨

宋晏幾道（一）

緑楊枝上曉鶯啼，報融和天氣。被數聲、吹入紗窗裏〔二〕，又驚起、嬌娥睡。〇緑雲斜嚲金釵墜。惹芳心如醉。爲少年濕了、鮫鮹帕上，都是相思淚〔三〕。

【校】

〔一〕六字句：《嘯餘譜》及附録本、和刻本皆同；譜注實爲五字，例詞亦五字，當注作五字句。

〔二〕「被數聲」句：《詞律》卷六、《詞譜》卷九皆注叶韻。

〔三〕「爲少年」二句：《詞律》作：「爲少年濕了，鮫綃帕上，都是相思淚。」《詞譜》作：「爲少年、濕了鮫綃帕，上都是、相思淚。」

（一）按：《草堂詩餘・前集》卷下未署名，其前首爲晏幾道《生查子》；《類編草堂詩餘》卷一、《花草粹編》卷九皆署晏幾道；《全宋詞》録爲無名氏詞。

木蘭花令[一]　一名《玉樓春》，雙調○小令

仄可平仄可平仄可平平可仄平可仄仄可平仄韻，七字句仄可平仄平可仄平平可仄仄可平仄叶，七字句仄可平平可仄平可仄仄可平仄可平平可仄平七字句平可仄仄可平仄可平平可仄平可仄仄可平仄叶，七字句○後段同[二]

詞

閨情　　唐顧　夐

月照玉樓春漏促。颯颯風揺庭砌竹。夢驚鴛被覺來時，何處管絃聲斷續。○惆悵少年遊冶去，枕上兩蛾攢細緑。曉鶯簾外語花枝，背帳猶殘紅蠟燭。

【校】

［一］按：《詞譜》以此詞爲「又一體」，注：「此詞後段起句不押韻，顧敻別首『柳映玉樓』詞正與此同。」

㈠　按：《花間集》卷六調名作《玉樓春》；《詞譜》卷十二收《玉樓春》，亦以顧敻詞爲例。唐詞另有韋莊等人《木蘭花》，與《玉樓春》爲異調。宋詞二調多混同。

又（一）

春暮　　唐温庭筠

家臨長信往來道。乳燕雙雙拂煙草。油壁車輕金犢肥，流蘇帳曉春雞報［一］。○籠中嬌鳥暖猶睡，簾外落花閑不掃。衰桃一樹近前池，似惜容顔鏡中老。

【校】

［一］報：《才調集》卷二、《樂府詩集》卷一百、《類編草堂詩餘》卷一、《全唐詩》卷五七七皆作「早」。

又

用韻答傅巖叟、葉仲洽、趙國興（二）　　宋辛棄疾

風前欲勸春光住。春在城南芳草路。未隨流落水邊花，且作飄零泥上絮。○鏡中已有星

（一）按：此首與《木蘭花》、《玉樓春》句讀雖同，但平仄用韻不合，《花間集》不載；四庫本《才調集》卷二、清顧氏刊本《温飛卿詩集》皆作《春曉曲》；《草堂詩餘・前集》卷上始誤作温詞，署調名作《玉樓春》。

（二）按：《稼軒長短句》卷十有此題，調名作《玉樓春》。

星誤。人不負春春自負。夢回人遠許多愁，只在梨花風雨處。

唐一作糖多令（一）　雙調○中調

平可仄仄仄平平韻，五字句平可仄平仄可平仄平〔二〕叶，五字句仄可平仄可平平平可仄仄平平叶，七字句仄可平仄仄可平平平仄仄七字句平可仄仄可平仄仄平平叶，六字句○後段同

詞

重過武昌（二）

宋劉　過

蘆葉滿汀洲。寒沙帶淺流。二十年、重度南樓。柳下繫船一作舟猶未穩，能幾日、又中秋。○黄鶴幾磯頭。故人曾到不。舊江山、都一作渾是新愁。欲買桂花重載酒，終不似、少年遊。

（一）按：此調蓋始名《糖多令》，後多傳作《唐多令》，又因劉過詞句而别名《南樓令》。《詞律》卷九、《詞譜》卷十三皆以《唐多令》爲正名。

（二）按：《中興以來絶妙詞選》卷五題「再過武昌」，《百家詞》本《龍洲詞》卷下有題記：「安遠樓小集，侑觴歌板之姬黄其姓者，乞詞於龍洲道人，爲賦（下略）。」

【校】

［一］仄平：原本注平仄；據例詞爲「淺流」二字，《嘯餘譜》、附録本、和刻本皆注仄平，茲從校訂。

品令　雙調○中調

仄可平仄平平仄韻，五字句仄可平平可仄仄平平仄叶，六字句平可仄平仄可平仄叶，四字句仄可平平仄可平仄仄可平平平仄叶，八字句平可仄仄平平四字句仄可平仄平可仄平仄可平仄叶，六字句○仄可平平平仄叶，四字句仄平仄三字句平平仄叶，三字句仄可平平平可仄仄仄可平平六字句仄可平仄平平仄仄叶，六字句仄可平仄平平四字句平可仄仄可平仄可平仄可平仄可平仄叶，六字句

詞

詠茶〔一〕　宋黄庭堅

鳳舞團團餅。恨分破、教孤另。金渠體淨。隻輪慢碾、玉塵光瑩［二］。湯響松風，早減三分

〔一〕按：《百家詞》本、汲古閣本《山谷詞》皆題「茶詞」。

酒病[二]。◯味濃香永。醉鄉路，成佳境[三]。恰如燈下故人，萬里歸來對影[四]。口不能言，心下快活自省。

【校】

[一]「隻輪」句：《詞譜》卷九作四言二句。

[二]「早減」句：《山谷詞》、《詞譜》皆作「早減了、二分酒病」。

[三]「醉鄉路」二句：《詞譜》作六言折腰一句。

[四]「恰如」二句：《詞譜》作四言三句。

聲聲令[一]　雙調◯中調

平可仄平仄仄四字句平可仄仄平平韻，四字句仄可平平平可仄仄仄平平叶，七字句平可仄平仄可平仄四字句仄可平平仄仄平平叶，六字句仄仄平平仄仄平叶，七字句◯平可仄仄平平叶，四字句平仄可平仄三

[一] 按：曹勛詞調名作《勝勝令》；《詞律》卷十收《聲聲令》，《詞譜》卷十五收《勝勝令》，注「俞克成詞名《聲聲令》」。

字句仄平平叶，三字句仄可平平平可仄仄仄平平叶，七字句平可仄平仄仄四字句仄平平叶，三字句仄平可仄平叶，三字句仄可平仄仄仄可平仄仄可平平叶，七字句

詞

春思　　宋俞克成(一)

簾移碎影，香褪衣襟。舊家庭院嫩苔侵。東風過盡，暮雲鎖、緑窓深[一]。怕對人、閒枕剩衾[二]。◯樓底輕陰。春信斷，怯登臨。斷腸魂夢兩沈沈。花飛水遠，便從今[三]。莫追尋。又怎禁、驀地上心。

【校】

[一]「暮雲」句：《詞律》卷十、《詞譜》卷十五皆作三言二句。

(一) 按：原本僅署「宋俞」，附録本、和刻本同；《嘯餘譜》及《類編草堂詩餘》卷二皆署俞克成；《草堂詩餘・前集》卷上未署名；楊金本《草堂詩餘》後集卷上作章楶詞；《全宋詞》於章楶、無名氏兩收並存。兹姑從《嘯餘譜》校訂。

［二］閒：原本作「間」，《嘯餘譜》及附録本、和刻本同；茲從《詞律》、《詞譜》校訂。剩：和刻本作「剩」，蓋訛誤。

［三］按：此句《嘯餘譜》、附録本、和刻本、《詞譜》皆注叶韻；《詞律》注：「『令』字似乎用韻，然此句同前『暮雲鎖』，不必叶，恐原是『此』字之訛耳。」

解珮令　雙調○中調

仄可平平平仄四字句平可仄平仄仄四字句平可仄［一］平平可仄平可仄仄可平平平仄韻，八字句仄可平仄平平四字句仄可平仄可平仄平可仄平平仄叶，七字句仄可平平平仄平平仄叶，七字句○後段同，唯第三句作七字

詞

宮詞　宋晏幾道

玉階秋感，年華暗去，掩深宮、團扇無情緒［二］。記得當時，自剪下、機中輕素。點丹青、畫成秦女。○涼襟猶在，朱絃當作顔未改，忍霜紈、飄零何處。自古悲涼，是情事、輕如雲雨。

倚么絃、恨長難訴[三]。

【校】

[一]平可仄：《嘯餘譜》、附録本、和刻本譜注皆同；據例詞爲「掩」字，《詞譜》卷十五注本仄可平。

[二]「掩深宫」句：《百家詞》本《小山詞》、《花草粹編》卷七、《詞譜》皆作七言句，無「情」字。

[三]么：《嘯餘譜》、附録本、和刻本皆作「幺」；《嘯餘譜》一作「絲」。

師師令[一] 雙調○中調

平可仄平仄可平仄韻，四字句仄可平平可仄平平可仄仄叶，五字句仄可平平平可仄仄仄平平七字句仄可平仄平可仄平平仄叶，七字句仄可平平可仄平平仄仄叶，七字句仄可平仄可平平平仄叶，五字句○平可仄平平可仄仄平平仄叶，七字句仄可平平可仄平平仄叶，五字句仄可平平平可仄仄仄平平七字句

(一)按：此調宋詞僅見張先一首，載《張子野詞》卷一，題「春興」，注「一作贈美人」；《詞律》卷十一、《詞譜》卷十七收此調，皆不注可平可仄。《詞律》注曰：「後起換頭，餘同。《圖譜》亂注平仄，不可從。」

平可仄仄仄仄可平平平可仄仄叶，七字句仄可平仄平可仄平平仄仄叶，七字句仄可平仄可平平平仄叶，

五字句

詞

宋張　先

香鈿寶珥。拂菱花如水。學粧皆道稱時宜，粉色有、天然春意。蜀綵衣長勝未起[一]。縱亂霞垂地[二]。○都城池苑誇桃李。問東風何似。不須回扇障清歌，脣一點、小於朱蘂。正值殘英和月墜。寄此情千里。

【校】

［一］長：四庫本《安陸集》注「一作裳」。

［二］霞：鮑本《張子野詞》作「雲」，注「一作霞」。

六幺令（一）　雙調〇長調

仄可平平平可仄仄四字句平可仄仄平平仄韻，五字句平可仄平仄可平平平可仄仄六字句仄可平仄平平仄叶，五字句平可仄仄平可仄平仄可平仄六字句仄可平仄平平仄叶，五字句平可仄平平可仄仄叶，四字句平可仄平仄可平仄四字句平可仄仄平平仄平仄叶，七字句〇平可仄平平仄仄可平仄六字句仄可平仄平平仄叶，五字句平可仄仄仄可平仄平平六字句仄可平仄平〔一〕平仄叶，五字句平可仄仄平可仄平仄可平仄六字句〔二〕仄可平仄平可仄平仄叶，五字句平可仄平平仄叶，四字句平可仄平平仄四字句仄可平仄平平仄平仄叶，七字句

詞

重陽（二）　宋周邦彦

快風收雨，亭館清殘燠。池光靜橫秋影，岸柳如新沐。聞道宜城酒美，昨日新醅熟。輕鑣

（一）按：《詞譜》卷二十三收《六幺令》，注引《碧雞漫志》云：「六幺一名綠腰，一名樂世，一名録要。或云，此曲拍無過六字者，故曰六幺。」幺，一作「么」。

（二）按：《片玉集》卷七、《清真集》卷下、《花草粹編》卷十七題「重九」；《草堂詩餘・後集》卷上入「節序・重陽」類。

相逐。衝泥策馬，來折東籬半開菊。◯華堂花艷對列，一一驚郎目。歌韻巧共泉聲，間雜琮琤玉。惆悵周郎已老，莫唱當時曲。幽歡難卜。明年誰健，更把茱萸再三囑。

【校】

[一] 平：原本誤注仄；據例詞爲「琮」字，《嘯餘譜》、附録本、和刻本皆注平聲，兹從校訂。

[二] 六字句：原本注「五字句」，譜字及例詞實爲六字，《嘯餘譜》注六字句，兹從校訂。

凉州令(一)　雙調◯長調

仄可平仄平平仄韻，五字句仄可平仄平可仄平平可仄仄叶，六字句平可仄平平可仄仄仄平平七字句仄可平平平仄四字句仄可平仄平平仄叶，五字句仄可平平仄可平仄平平仄叶，七字句仄可平仄平平仄叶，五字句仄可平平平仄平仄叶，六字句平可仄平仄可平仄平平仄叶，七字句◯仄可平仄平平仄叶，五字句平

(一) 按：唐教坊有《凉州》大曲，以詩入唱。宋詞始見柳永《梁州令》，爲小令體；歐陽修詞名《凉州令》，乃以小令加一疊成長調，晁補之詞名《梁州令疊韻》，仍屬同調異體。

可仄平仄平平仄叶，六字句平可仄平平可仄仄仄平平七字句平可仄平仄可平仄仄可平仄平平仄叶，九字句平可仄平仄可平仄平平仄叶，七字句平可仄仄平平仄叶，五字句平可仄平仄可平仄平平仄七字句平可仄平仄可平仄平平仄叶，七字句

詞

東堂石榴　宋歐陽脩

翠樹芳條颭。的的裙腰初染。佳人攜手弄芳菲，緑陰紅影，共展雙紋簟。插花照影窺鸞鑑。只恐芳容減。不堪零落春晚[一]。青苔雨後深紅點。〇一去門閒掩。重來却尋朱檻。離離秋日弄輕霜[二]，嬌紅脉脉，似見臙脂臉[三]。人非事徃眉空斂。誰把佳期賺。芳心只願長依舊[四]，春風更放明年豔。

【校】

[一]「不堪」句：《詞律》卷六、《詞譜》卷八皆不注叶韻；《詞律》注曰：「『晚』字譜圖俱注叶韻，不知此詞通篇用閉口音甚嚴，豈誤插一旁韻？」

[二] 秋日：景宋本《近體樂府》卷三、景宋本《醉翁琴趣外篇》卷二、《六一詞》皆作「秋實」。

[三] 「嬌紅」句：《詞律》、《詞譜》皆作四言一句、五言一句。

[四] 「芳心」句：《詞譜》作六言句，無「長」字；《詞律》注：「前後段同，只『芳心』句七字，恐『長』字是誤多耳。」

詩餘三[一]

慢字題

聲聲慢　凡五體，竝雙調◯長調

第一體

平可仄平仄可平仄四字句平可仄仄平平四字句仄可平仄仄可平仄平平韻，六字句仄可平仄平平四字句

[一] 按：原本未題「詩餘三」，《嘯餘譜》同，蓋脱漏；兹從附録本、和刻本校訂。

仄可平平平可仄仄平平叶，六字句仄可平平平可仄仄可平平可仄仄六字句仄可平平可仄平平可仄仄平平叶，七字句仄可平平可仄仄三字句仄可平平可仄平仄可平仄五字句平可仄仄平平叶，四字句◯仄可平仄平可仄平仄可平仄六字句仄可平平可仄平仄仄仄可平仄平平叶，九字句仄可平仄平平仄可平仄六字句平可仄仄平平叶，四字句仄可平平仄可平仄可平平可仄仄六字句仄可平仄可平平平可仄仄平平叶，七字句仄可平仄可平仄三字句仄平平平仄仄平叶，六字句

詞

嘲紅木犀◯自注云：余兒時嘗入京師禁中凝碧池，因書當時所見〔一〕　宋辛棄疾

開元盛日，天上栽花，月殿桂影重重。十里芬芳，一枝金粟玲瓏。管絃凝碧池上，記當時、風月愁儂。翠華遠，但江南草木，煙鎖深宮。◯只爲天姿冷澹，被西風醞釀、徹骨香濃〔二〕。枉學丹蕉葉底，偷染妖紅〔三〕。道人取次裝束，是自家、香底家風。又怕是，爲凄凉、長在醉中。

〔一〕按：《稼軒長短句》卷五題「嘲紅木犀」，其下以小字作注；《稼軒詞》甲集亦有此題注，唯「嘲」作「賦」。

【校】

［一］「被西風」句：《詞律》卷十、《詞譜》卷二十七所收此調各體多作五言一句、四言一句。

［二］「枉學」二句：《詞律》、《詞譜》所收此調各體多作四言一句、六言一句。

第二體

前段與第一體同○後段亦與第一體同，唯第二句分作一句三字、一句六字，第三句作四字，四句作六字［二］

詞

隱括淵明停雲詩　　宋辛棄疾

停雲靄靄，八表同昏，盡日時雨濛濛。搔首良朋，門前平陸成江。春醪湛湛獨撫，恨彌襟、閑飲東窗。空延佇，恨舟車南北，欲往何從。○嘆息東園佳樹，列初榮。枝葉再競春風［二］。日月于征，安得促席從容。翩翩何處飛鳥，息庭柯、好語和同。當年事，問幾人、親友似翁。

【校】

[一]六字：原本注「四字」，蓋訛誤；據例詞此句實爲六字句。《嘯餘譜》及附録本、和刻本皆注「六字」，兹從校訂。

[二]「列初榮」二句：乃誤以「榮」字爲叶韻。《詞律》卷十注當作五言一句、四言一句，「榮」字非叶韻；《全宋詞》作五、四句式。

第三體

平可仄平平可仄仄四字句平可仄仄平平四字句仄可平[二]仄仄可平仄平平韻，六字句仄可平仄平可仄平平可仄仄六字句仄可平仄平平叶，四字句平可仄平仄可平平仄可平仄六字句仄可平平可仄平平可仄仄平平叶，七字句平可仄平可仄仄三字句仄可平平可仄平平可仄仄五字句平可仄仄平平叶，四字句〇平可仄仄平可仄平平可仄仄六字句平可仄仄可平仄平可仄仄仄可平仄平平叶，九字句仄可平仄平平四字句仄可平仄平可仄仄平平叶，六字句平可仄平仄可平平可仄仄可平仄六字句仄可平平可仄平仄可平仄平平叶，七字句平可仄平仄三字句仄可平平可仄平平可仄仄仄可平平叶，七字句

旅次登樓作〔一〕

宋辛棄疾

征埃成陣，行客相逢，都道幻出層樓。指點簷牙高處，浪湧雲浮。今年太平萬里〔二〕，罷長淮、千騎臨秋。凭欄望，有東南佳氣，西北神州。◯千古懷嵩人去，還笑我、身在楚尾吴頭〔三〕。看取弓刀，陌上車馬如流。從今賞心樂事，剩安排、酒令詩籌。華胥夢，願年年、人似舊遊。

【校】

〔一〕仄可平：《嘯餘譜》及附録本、和刻本皆同，蓋訛誤；據例詞爲「都」字，當注平可仄。

〔二〕太平：《中興以來絶妙詞選》卷三作「太守」。

〔三〕還笑：《稼軒詞》甲集作「應笑」，《嘯餘譜》、和刻本作「長笑」。

（一）按：《稼軒長短句》卷五題「滁州作奠枕樓和李清宇韻」；《中興以來絶妙詞選》卷三題「滁州作奠枕樓」。

第四體　用仄韻

前段與第三體同○後段與第一體同，唯第三句作四字，四句作六字

詞

送上饒黄倅職滿赴調　宋辛棄疾

東南形勝，人物風流，白頭見君恨晚。便覺君家叔度，去人未遠。長憐士元驥足，道直須、别駕方展。問箇裏，待怎生銷殺，胸中萬卷。○況有星辰劍履，是傳家合在、玉皇香案。零落新詩，我欠可人消遣。留君再三不住，便直饒、萬家淚眼。怎抵得，這眉間、黄色一點。

第五體　亦用仄韻

前段與第一體同○後段與第二體同，唯第七句作六字，末句作四字

宋劉巨濟(一)

梅黃金重，雨細絲輕，園林霧煙如織。殿閣風微，簾外燕喧鶯寂。池塘彩鴛戲水，霧荷翻、千點珠滴。閒晝永，稱瀟湘竿叟，爛柯仙客。〇日午槐陰低轉，茶甌罷、清風頓生雙腋。碾玉盤深，朱李靜沈寒碧。朋儕閑歌白雪，卸巾紗、樽俎狼籍。有皓月、照黃昏，眠又未得。

慶清朝慢(二)

雙調〇長調

平可仄仄平平四字句平可仄平仄可平仄四字句平可仄平平可仄仄平平韻，六字句平可仄平仄平平仄六字句仄可平仄平平叶，四字句仄可平仄仄可平平仄五字句仄可平平可仄平平可仄仄仄平平叶，八字句平可仄仄可平仄三字句仄可平平仄可平仄四字句平可仄仄平平叶，四字句〇平可仄仄可平仄三字句平可仄

(一) 按：原本僅署「宋劉」，附録本、和刻本同；《嘯餘譜》署劉巨濟；《草堂詩餘·前集》卷下入「夏景」類，未署名，其前爲劉巨濟《夏初臨》，《類編草堂詩餘》卷三、《花草粹編》卷十八因署此詞亦劉巨濟作；《全宋詞》收作無名氏詞。兹姑從《嘯餘譜》校訂。

(二) 按：《花庵詞選》卷五調名作《慶清朝慢》，《詞律》卷十四、《詞譜》卷二十五收《慶清朝》，注「或加慢字」，「一名《慶清朝慢》」。

仄可平仄三字句仄可平仄可平仄平可仄仄仄仄平平叶，九字句平可仄仄平可仄平仄可平仄六字句平可仄仄平平叶，四字句仄可平仄平可仄平仄可平仄六字句平可仄平平可仄仄仄平平叶，七字句平可仄平可仄仄三字句仄可平平仄可平仄平可仄仄平平叶，八字句

詞

宋王　觀(一)

調雨爲酥，催冰作水，東風分付春還。何人便將輕暖，點破殘寒。結伴踏青去，好平頭鞋子小雙鸞[一]。煙柳外[二]，望中秀色，如有無間。◯晴則个，陰則个[三]，餖飣得天氣、有許多般[四]。須教撩花撥柳[五]，爭要先看。不道吴綾繡襪，香泥斜沁幾行斑。東風巧，盡收翠緑、吹在眉山[六]。

(一) 按：原本署王冠，《嘯餘譜》及附録本、和刻本同。《花庵詞選》卷五録作王通叟詞，題「踏青」，注：「名觀，著有《冠柳集》，序者稱其高於柳詞，故曰《冠柳》。」《類編草堂詩餘》卷三、《花草粹編》卷十九皆署王通叟，《全宋詞》録作王觀詞，兹從校訂。

【校】

[一]「結伴」二句：《詞律》、《詞譜》皆作六言一句、七言一句，以「好」字屬上句。

[二]煙柳：《花庵詞選》、《詞律》、《詞譜》皆作「煙郊」。

[三]「晴則」二句：《詞譜》作六言折腰句，於三字下注「讀」。

[四]「餖飣」句：《詞律》、《詞譜》皆作五言一句、四言一句。飣，《詞譜》注平聲。

[五]教：《嘯餘譜》及附録本、和刻本皆作「放」。撥，附録本、和刻本作「發」。

[六]「盡收」句：《詞律》、《詞譜》皆作四言二句。

雨中花慢　凡二體，竝雙調◯長調

第一體

仄可平仄平平四字句仄可平仄平平四字句仄可平平平可仄仄平平韻，六字句仄可平平平仄可平仄平可仄仄平平叶，九字句平可仄仄平平仄可平仄六字句仄可平平仄可平仄平平叶，六字句仄可平平平仄可平仄五字句仄可平仄平平四字句仄可平仄平平叶，四字句◯平可仄平仄仄四字句仄可平仄可平平平可仄，四字句平可仄平可仄平可仄仄平平叶，六字句平仄可平仄三字句平可仄平仄可平仄仄可平仄平平叶，八

字句平可仄仄平可仄平仄可平仄六字句平可仄平仄可平仄平平叶，六字句仄可平平平可仄仄仄可平平

平仄八字句平可仄仄平平叶，四字句

詞

登新樓有懷吴子似輩，子似見和，再用韻爲別[一]　宋辛棄疾

馬上三年[二]，醉帽吟鞍，錦囊詩卷長留。悵溪山舊管、風月新收[三]。明便關河杳杳，去應日月悠悠。笑千篇索價，未抵蒲桃，五斗凉州。○停雲老子，有酒盈尊，琴書端可消憂。渾未解，傾身一飽、淅米矛頭[三]。心似傷弓塞鴈，身如喘月吴牛。曉天凉夜、月明誰伴[四]，吹笛南樓。

【校】

[一] 年：原本作「平」，蓋訛誤，兹從《稼軒長短句》、《嘯餘譜》及附録本、和刻本校訂。

[二]「悵溪山」句：《詞律》卷七、《詞譜》卷二十六所收此調各體多作五言一句、四言一句。

(一) 按：《稼軒長短句》卷六收此調，首列「舊雨常來」詞，題「登新樓有懷趙昌甫徐斯遠韓仲止吴子似楊民瞻」；次録此詞，題「吴子似見和再用韻爲別」。此乃撮録二詞題序。

〔三〕「渾未解」二句：《詞律》、《詞譜》所收各體多作七言一句、四言一句。淅，原本作「浙」，茲從《稼軒長短句》、《嘯餘譜》及附録本、和刻本校訂。

〔四〕「曉天」句：《詞律》、《詞譜》所收各體多作四言二句。

第二體

平可仄仄平可仄平平仄六字句仄可平仄平平仄可平仄平平韻，八字句仄可平仄仄可平平平可仄仄仄

可平仄平平叶，十字句平可仄仄平平四字句平可仄平仄可平仄四字句仄可平仄平平叶，四字句仄可平仄

可平仄可平仄仄五字句平可仄平仄可平仄四字句仄可平仄平平叶，四字句○後段與第一體同

詞

牡丹菊〔一〕

宋蘇　軾

今歲花時深院，盡日東風、蕩颺茶煙〔二〕。但有緑苔芳草、柳絮榆錢〔三〕。聞道城西，長廊古

〔一〕按：傅幹注本《東坡詞》卷十一收此調，名《雨中花》，詞文佚失，注曰：「公初至密州，以累歲旱蝗，齋素累月。方春牡丹盛開，遂不獲一賞。至九月忽開千葉一朵，雨中特爲置酒，遂作此詞。」汲古閣本調名作《雨中花慢》，有題序，實括改傅幹注語而成。

寺，甲第名園。有國艷帶酒，天香染袂，爲我留連。○清明過了，殘紅無處，對此淚灑樽前。秋向晚，一枝何事，向我依然。高會聊追短景，清商不假餘妍[三]。不如留取，十分春態，付與明年。

【校】

[一]「盡日」句：《詞律》卷七、《詞譜》卷二十六皆作四言二句。蕩颺，《百家詞》本《東坡詞》作「颺漾」，汲古閣本作「蕩漾」。

[二]「但有」句：《詞律》、《詞譜》皆作六言一句、四言一句。

[三]假：《詩餘圖譜》卷一、《嘯餘譜》及附録本、和刻本皆作「暇」。

石州慢　雙調○長調

平可仄仄平平四字句平可仄仄仄可平平四字句平可仄仄可平平仄韻，四字句平可仄平平可仄仄平可仄

平仄可平仄八字句仄可平平平仄叶，四字句平可仄平仄可平仄四字句仄可平仄可平仄可平仄平平六字句

平可仄平平可仄仄平平仄叶，七字句仄可平仄仄平平五字句仄平平平仄叶，五字句○平仄叶，二字句仄

可平平平可仄仄四字句仄可平仄平平四字句仄可平平平仄叶，四字句平可仄仄仄可平平平仄六字句平可仄平平仄叶，四字句平可仄平仄可平仄四字句仄可平仄平可仄仄平平叶[二]，六字句平可仄平平可仄仄平平仄叶，七字句仄可平仄仄平平五字句仄可平平可仄平平仄叶，五字句

詞

早春感舊[一]

宋張元幹

寒水依痕，春意漸回，沙際煙闊。溪梅晴照、生香冷蘂，數枝爭發[二]叶，方月反。天涯舊恨，試眉幾許銷魂[三]，長亭門外山重疊。不盡眼中青，怕黃昏時節[四]。◯情切。畫樓深閉，想見東風，暗消肌雪。辜負枕前雲雨，樽前花月。心期切處，更有多少淒涼，殷勤留與歸時說。到得再相逢，恰經年離別。

〔一〕按：景宋本《蘆川詞》無題；《中興以來絶妙詞選》卷一、《草堂詩餘·前集》卷上皆題「初春感舊」，《詩餘圖譜》卷三題「早春」。

【校】

[一] 叶：據例詞此句「凉」字實不叶韻；《嘯餘譜》及附録本、和刻本皆未注叶韻。

[二] 「溪梅」二句：《詞譜》卷三十作六言二句。晴照，《詩餘圖譜》卷三作「清照」。

[三] 試眉：《蘆川詞》、《中興以來絶妙詞選》、《草堂詩餘・前集》、《嘯餘譜》等各本皆作「試看」。

[四] 怕黄昏：《蘆川詞》作「是愁來」。

木蘭花慢 雙調○長調

仄可平平平可仄仄仄五字句平可仄仄仄三字句仄平平韻，三字句仄可平仄可平仄仄可平平五字句平可仄平仄可平[二]仄四字句仄可平仄平平叶，四字句仄可平平可仄平可仄平仄可平仄六字句仄可平平平仄可平仄仄平平叶，八字句仄可平仄平可仄平平可仄仄六字句仄可平平仄可平仄平平叶，六字句○平可仄平仄可平仄仄平平叶，七字句平可仄仄仄平平叶，五字句仄可平平可仄仄平平五字句平可仄平仄可平仄四字句仄可平仄平平叶，四字句平可仄平仄可平平仄可平仄叶，六字句仄可平仄可平平仄可平仄仄平平叶，八字句仄可平仄平可仄平仄可平仄六字句平可仄平仄可平仄平平叶，六字句

詞

重陽(一)

宋　京鏜

算秋來景物，皆勝賞，况重陽[二]。正露冷欲霜，輕煙不雨，玉宇開張。蜀人從來好事，遇良辰、不肯負時光。藥市家家簾幙，酒樓處處絲簧。○婆娑老子興難忘。聊復與平章。也隨分登高，茱萸綴席，菊蕊浮觴。明年未知健否[三]，笑杜陵、底事獨凄涼。不道頻開笑口，年年落帽何妨。

【校】

[一] 仄可平：原本誤注「平可平」，例詞「不」字本仄聲；兹從《嘯餘譜》及附録本、和刻本校訂。

[二] 「算秋來」三句：《詞譜》卷二十九所列各體皆作五言一句、六言一句，六言句作折腰句法。

[三] 「明年」句：譜注叶韻，《嘯餘譜》及附録本、和刻本同，蓋訛誤。健否，《中興以來絶妙詞選》、《詩餘圖譜》卷三皆作「誰健」。

(一) 按：《百家詞》本《松坡居士詞》、《中興以來絶妙詞選》卷三題「重九」，《草堂詩餘・後集》卷上入「節序・重陽」類。

又

席上送張仲固帥興元(一)　　宋辛棄疾

漢中開帝業，問此地，是邪非。想劍指三秦，君王得意，一戰東歸。興亡事今不見，但山川滿目淚沾衣。落日邊塵未斷，西風塞馬空肥。◯一篇書是帝王師。小試去征西。更草草離筵，匆匆去路，愁滿旌旗。君思我回首處，正江涵秋影鴈初飛。安得車輪四角，不堪帶減腰圍。

拜星月慢(二)　雙調◯長調

仄可平仄平平四字句平可仄平平可仄仄四字句仄〔二〕可平仄平可仄平仄仄韻，六字句仄可平仄平平四字句仄可平平可仄平平仄叶，五字句仄平仄三字句仄可平仄平可仄平仄可平仄六字句仄可平仄平可仄平

(一) 按：《稼軒詞》甲集、《稼軒長短句》卷四皆有此題，唯「送」一作「呈」；《中興以來絶妙詞選》卷三題中無「席上」二字。

(二) 按：《片玉集》卷九調名無「慢」字，《百家詞》本、汲古閣本皆加「慢」字。《詞律》卷十八、《詞譜》卷三十三皆收《拜星月慢》，注「或無慢字」，「星或作新」。

平仄叶，六字句仄可平仄平平四字句仄可平平可仄平平仄叶，五字句◯仄平平三字句仄可平仄平平仄叶，五字句平可仄平仄仄可平仄平平仄叶，八字句仄可平仄仄可平仄平平六字句仄可平平可仄平平仄叶，五字句仄可平平平仄可平仄平平仄叶，八字句平可仄平可仄仄三字句仄可平仄平平仄叶，五字句仄可平仄仄可平仄平平仄八字句平可仄平仄可平仄叶，四字句

詞

秋怨[一]

宋周邦彦

夜色催更，清塵收露，小曲幽坊月暗。竹檻燈窗[二]，識秋娘庭院。笑相遇，似覺瓊枝玉樹，暖日明霞光爛[三]。水盻蘭情，總平生稀見。◯畫圖中，舊識春風面[四]。誰知道、自到瑶臺畔。眷戀雨潤雲温，苦驚風吹散。念荒寒、寄宿無人館。重門閉，敗壁秋蟲歎。怎柰向、一縷相思隔，溪山不斷[五]。

[一] 按：《片玉集》卷九、《清真集》卷下入「雜賦」類，題「秋思」，《草堂詩餘·前集》卷下入「秋景·秋怨」類。

【校】

[一]仄：原本注「平」，蓋訛誤；例詞「小」字實仄聲，《嘯餘譜》及附録本、和刻本皆注「仄」，茲從校訂。

[二]竹：原本作「山」，與譜注仄聲不合；《片玉集》各本、《嘯餘譜》及附録本、和刻本皆作「竹」，茲從校訂。

[三]「似覺」二句：汲古閣本《片玉詞》卷上於「玉樹」下有「相倚」二字，《詞譜》卷三十三亦同，且於「似覺」二字下注「讀」。

[四]「畫圖中」二句：《詞譜》作八字一句，於三字下注「讀」。

[五]「怎柰」二句：《詞譜》作七言折腰一句、五言一句，以「隔」字屬下句。

瀟湘逢故人慢(一)　雙調〇長調

平可仄平平可仄仄四字句平可仄平可仄平仄可平仄平可仄仄平平韻，九字句仄可平平仄三字句平

(一) 按：此調宋詞僅見王安禮一首，爲孤調；金元詞亦無此調之作。

可仄平仄三字句平可仄仄可平平可仄仄仄可平仄平平叶，八字句平可仄平仄可平仄四字句仄可平平平仄可平仄平平叶，七字句仄可平平仄仄可平平平可仄仄七字句仄可平平仄可平仄平平叶，六字句◯平可仄平仄三字句平可仄仄可平仄三字句仄可平平可仄平仄可平平平可仄仄平平叶，九字句仄可平仄可平仄平平叶，五字句仄可平平可仄仄平平平可仄仄平平叶，九字句平可仄平仄可平仄四字句仄可平平仄平可仄仄平平叶，七字句平可仄平仄仄可平平平仄七字句仄可平平仄可平仄平平叶，六字句

詞

初夏

宋王安禮

薰風微動，方榴花弄色、萱草成窩[一]。翠幃敞，輕羅試，冰簟初展、幾尺湘波[二]。疎簾廣廈，稱瀟湘、一枕南柯。引多少、夢魂歸緒，洞庭雨棹煙蓑。◯驚回處，閑晝永，更時時、燕雛鶯友相過。正緑影婆娑。况庭有幽花、池有新荷[三]。青梅煑酒，幸隨分、贏取高歌。功名事、到頭終在，歲華忍負清和。

【校】

〔一〕「方榴花」句：《詞律》卷十八、《詞譜》卷三十三皆作五言一句、四言一句。

〔二〕「翠幃」三句：《詞律》、《詞譜》皆作：「翠幃敞輕羅。試冰簟初展，幾尺湘波。」

〔三〕「況庭有」句：《詞律》、《詞譜》皆作五言一句、四言一句。

鼓笛慢〔一〕　雙調○長調

仄可平平平可仄仄平平仄七字句平可仄仄仄可平平平仄韻，六字句仄可平平可仄平平可仄仄平平仄八字句仄可平仄平可仄平平仄叶，六字句仄可平仄平平仄五字句平可仄平仄仄可平平平仄叶，七字句仄可平平平仄仄五字句平可仄平仄仄四字句平平仄三字句平平仄叶，三字句○仄可平仄平平仄仄六字句仄可平仄可平平仄平平仄叶，七字句平可仄平仄可平仄四字句仄可平平平可仄仄四字句仄可平平可仄平平仄叶，五字句仄可平仄平平仄五字句平可仄平仄可平仄平平仄叶，七字句仄可平平平仄可平仄平

〔一〕按：《詞譜》卷三十收《水龍吟》，以《鼓笛慢》爲其異名，列秦觀此詞爲「又一體」；《詞律》卷八、卷十六則分列爲二調。

平仄平九字句仄平平仄仄叶，五字句

詞

宋秦　觀

亂花叢裏曾携手，窮艷景、迷歡賞[一]。到如今、誰把雕鞍鎖，定阻遊人來往[二]。好夢隨春遠，從前事、不堪思想。念香閨正杳，佳歡未偶，難留戀，空惆悵[三]。○永夜嬋娟未滿，歎玉樓、幾時重上。那堪萬里，却尋歸路，指陽關孤唱。苦恨東流水，桃源路、欲回雙槳。仗何人、細與叮嚀問呵[四]，我如今怎向。

【校】

[一]「窮艷景」句：《詞律》卷八作三言二句，《詞譜》作六言折腰句。

[二]「到如今」二句：《詞律》作五、四、五句式，《詞譜》作九言一句、五言一句，九言句於三字下注「讀」。

[三]「難留戀」二句：《詞律》、《詞譜》皆作六言折腰句。

[四]「仗何人」句：《詞律》作五言一句、四言一句，《詞譜》於三字下注「讀」。

惜餘春慢(一) 雙調○長調

仄可平仄平平四字句平可仄平平可仄仄四字句仄可平仄平可仄平平可仄仄韻，六字句平可仄平仄仄四字句仄可平仄平平四字句平可仄仄仄可平平平可仄仄叶，六字句平可仄仄平平仄平六字句平可仄仄平平四字句仄可平平平仄叶，四字句仄可平平平平可仄仄平可仄平平仄九字句仄可平平平仄叶，四字句○平可仄仄可平仄平可仄仄平平七字句平可仄平平可仄仄四字句仄可平仄平可仄平平可仄仄叶，六字句平可仄平仄可平仄四字句仄可平仄平平四字句平可仄仄仄可平平平可仄仄叶，六字句平可仄仄平平仄平六字句平可仄仄平四字句平可仄平平可仄仄叶，四字句仄可平平可仄平平可仄仄平平七字句平可仄仄仄可平平平可仄仄叶，六字句

(一) 按：《詞律》卷十九收此調，注「或無慢字」；《詞譜》卷三十五收《選冠子》，注「一名《選官子》」，「魯逸仲詞名《惜餘春慢》」等。

詞

春情

宋魯逸仲[一]

弄月餘花，團風輕絮，露濕池塘春草。鶯鶯戀友，燕燕將雛，惆悵睡殘清曉。還似初相見時[一]，携手旗亭，酒香梅小。向登臨長是、傷春滋味[二]，淚彈多少。○因甚却、輕許風流，終非長久，又説分飛煩惱。羅衣瘦損，綉被香消，那更亂紅如掃。門外無窮路岐，天若有情，和天須老。念高唐歸夢凄凉，何處水流雲遶。

【校】

［一］還似：《嘯餘譜》、《詞律》卷十九、《詞譜》卷三十五皆作「還是」。

［二］「向登臨」句：《詞律》、《詞譜》皆作五一句、四言一句。

（一）按：原本僅署「宋魯」，附録本同；《嘯餘譜》誤署「魯仲逸」；《花庵詞選》卷八、《草堂詩餘·前集》卷上、和刻本皆作魯逸仲，爲孔夷隱名，兹從校訂。

浪淘沙慢(一)　雙調○長調

仄可平平可仄仄可平平可仄平仄可平仄七字句仄可平仄可平平仄韻，四字句平可仄仄平平仄可平仄叶，六字句平可仄平仄可平仄仄仄叶，六字句仄可平仄可平仄平平平仄仄叶，八字句仄可平平仄三字句仄可平仄可平平仄叶，四字句仄可平仄可平仄平可仄平仄可平平可仄仄八字句平可仄平仄可平平可仄仄叶，五字句○平可仄仄叶，二字句仄可平平可仄仄仄可平平仄叶，六字句仄可平仄可平仄可平平可仄平可仄平平仄八字句仄可平仄平仄可平仄叶，五字句平可仄仄可平仄平平五字句平可仄仄平仄叶，四字句仄平仄仄叶，四字句平可仄仄平平可仄仄平可仄平平仄叶，九字句平可仄仄平平平可仄仄叶，七字句平可仄平仄三字句仄可平平仄可平仄叶，四字句仄可平平仄三字句平可仄平平仄仄叶，五字句仄可平平可仄仄仄可平仄平平七字句仄可平仄仄三字句平可仄平仄可平仄平平仄叶，七字句

(一) 按：《片玉集》卷二調名作《浪淘沙》，《清真集》卷上作《浪濤沙》；此調首見柳永詞，實與《浪淘沙》小令爲異調；吴文英等人詞於調名加「慢」字。

春別〔一〕

宋周邦彦

晝陰重、霜凋岸草〔一〕，霧隱城堞。南陌脂車待發〔二〕。東門帳飲乍闋〔三〕。正拂面垂楊堪攬結。掩紅淚，玉手親折。念漢浦離鴻去何許，經時信音絶〔四〕。○情切。望中地遠天闊。向露冷風清無人處，耿耿寒漏咽〔五〕。嗟萬事難忘，唯是輕別。翠樽未竭。憑斷雲留取、西樓殘月〔六〕。羅帶光綃紋衾疊。連環解，舊香頓歇。怨歌永，瓊壺敲盡缺〔七〕。恨春去、不與人期，弄夜色，空餘滿地梨花雪。

【校】

〔一〕「晝陰」句：《詞譜》卷三十七作三言一句、四言一句。

〔二〕脂：《嘯餘譜》作「指」。

〔三〕帳：《片玉詞》作「悵」，《嘯餘譜》及附録本、和刻本皆作「情」。

〔一〕按：《片玉集》卷二、《清真集》卷上、《草堂詩餘·前集》卷上皆入「春景」類，無題；《類編草堂詩餘》卷四題「春別」，汲古閣本《片玉詞》卷下題「恨別」。

［四］信音：《嘯餘譜》作「音信」，注可平、可仄，蓋訛誤。

［五］「向露冷」二句：《詞譜》作：「向露冷風清，無人處、耿耿寒漏咽。」

［六］「憑斷雲」句：《詞譜》作五言一句、四言一句。

［七］「連環」四句：《詞律》卷一、《詞譜》皆作七言一句、八言一句，於三字下注「豆」或「讀」。

詩餘四（一）

近字題

好事近　雙調○小令

仄可平仄仄平平五字句平可仄仄仄可平平平仄韻，六字句平可仄仄仄可平平平仄六字句仄可平平可仄

平平可仄仄叶，五字句○平可仄平平可仄仄仄平平七字句仄可平仄仄可平平仄叶，五字句平可仄仄仄可

（一）按：原本未題「詩餘四」，《嘯餘譜》同，蓋脱漏，兹從附録本、和刻本校訂。

平平平可仄仄六字句仄可平平可仄平平可仄仄叶，五字句

詞

夏初[一]

宋蔣元龍[二]

葉暗乳鴉啼，風定老紅猶落。蝴蝶不隨春去，入薰風池閣。○休歌金縷勸金巵，酒病煞如昨。簾捲日長人静，任楊花飄泊。

訴衷情近[三]

雙調○中調

仄可平平仄可平仄四字句仄可平仄平可仄平仄可平仄六字句平可仄平平可仄仄平平六字句平可仄仄仄

[一] 按：《草堂詩餘·前集》卷下、《嘯餘譜》及附録本、和刻本皆題「初夏」；《花庵詞選》卷六題「春晚」。

[二] 按：原本署「宋蔣」，《嘯餘譜》及附録本、和刻本同。《樂府雅詞·拾遺》卷上署蔣元龍；《花庵詞選》卷六署蔣元龍，注「名子雲」；《全宋詞》作蔣元龍，字子雲，兹從校訂。

[三] 按：此調蓋柳永依舊曲翻新聲，與《訴衷情》令詞爲同名異調；僅見柳詞二首及晁補之詞一首，《百家詞》本《樂章集》仍名《訴衷情》，晁詞亦同。

可平平仄可平仄韻，六字句平可仄仄仄可平平平可仄仄六字句平可仄仄平平四字句仄可平仄平平仄叶，五字句〇平平仄叶，三字句仄可平仄平平仄可平仄叶，六字句仄可平平平仄四字句仄可平仄平平仄叶，五字句平平仄叶，三字句仄可平平仄可平仄平平六字句仄可平仄仄可平平平可仄仄叶，六字句仄可平仄平平仄叶，五字句

詞

夏景(一)　宋柳永

景闌晝永[一]，漸入清和氣序[二]，榆錢飄滿閑堦，蓮葉嫩生翠沼。遥望水邊幽徑，山崦孤村，是處園林好。〇閑情悄。綺陌遊人漸少[三]。少年風韻，自覺隨春老。追前好韻重。帝城信阻天涯，目斷暮雲芳草[四]。竚立空殘照。

【校】

[一]景闌：《樂章集》一作「幽閨」。

(一)按：《樂章集》各本無題，《花草粹編》卷十五題「首夏」。

［二］按：《詞譜》卷十七收此調，以柳永「雨晴氣爽」一詞爲正體，列此詞爲「又一體」，注「前段第二句不用韻異」。

［三］遊人：《嘯餘譜》作「人遊」。

［四］「帝城」二句：《詞譜》卷十七作四言三句；《詞律》卷二收柳永「雨晴氣爽」一詞句式亦同。

祝英臺近㈠　雙調○中調

仄平平三字句平仄仄三字句平可仄仄仄可平平仄韻，五字句仄可平仄平平四字句仄可平仄仄可平平仄叶，五字句仄可平平仄可平仄平平六字句平可仄平平仄四字句仄可平平仄平可仄平平仄叶，七字句○仄可平平仄叶，三字句仄可平仄可平平可仄仄平平六字句平可仄平仄平仄叶，五字句平可仄仄平平四字句仄可平仄仄可平平仄叶，五字句仄可平平平可仄仄平平六字句平可仄平平可仄仄四字句仄可平仄可平仄仄平平仄叶，七字句

㈠ 按：《稼軒詞》甲集調名作《祝英臺令》。《詞律》卷十一收此調，注「或無近字」。王琪、吕渭老、曹勛等人詞調名皆無「近」字。

詞

晚春㈠　宋辛棄疾

寶釵分，桃葉渡〔一〕，煙柳暗南浦。陌上層樓〔二〕，十日九風雨。斷腸點點飛紅，都無人管，倩誰勸一作喚、流鶯聲住。○鬢邊覷。試把花卜歸期，纔簪又重數。羅帳燈昏，哽咽夢中語。是他春帶愁來，春歸何處，又不解、帶將愁去。

【校】

〔一〕按：此句《詞譜》卷十八注起韻，後段「春歸」句亦注叶韻。

〔二〕陌上：《稼軒詞》、《中興以來絶妙詞選》、《草堂詩餘・前集》皆作「怕上」。

紅林檎近　雙調○中調

平可仄仄平平仄五字句仄可平平平可仄仄平韻，五字句仄可平仄仄可平平仄五字句仄可平平可仄仄平

㈠ 按：《中興以來絶妙詞選》卷三、《草堂詩餘・前集》卷上、《類編草堂詩餘》卷二皆題「春晚」。

平叶，五字句平可仄平平可仄平仄可平仄六字句仄可平仄仄可平仄平平叶，六字句仄可平仄可平仄可平平仄[二]叶，六字句平可仄仄仄平平叶，五字句◯仄可平仄仄可平仄平平叶，五字句[三]平可仄仄仄平平叶，五字句平可仄平仄可平仄四字句平可仄平平可仄仄平平叶，六字句仄可平平可仄平平可仄仄五字句平可仄平仄仄四字句仄可平平仄可平仄平可仄仄可平平叶，七字句

詞

冬雪(一)

宋周邦彥

高柳春纔軟，凍梅寒更香。暮雪助清峭，玉塵散林塘。那堪飄風遞冷，故遣度幙穿窻古韻通用。似欲料理新粧。呵手弄絲簧。◯冷落詞賦客，蕭索水雲鄉。援毫授簡，風流猶憶東梁。望虛簷徐轉，回廊未掃，夜長莫惜空酒觴。

【校】

[一]按：此句脱一譜字，平仄亦有誤注；例詞爲「似欲料理新粧」，《嘯餘譜》及附録本、和刻本皆

(一) 按：《片玉集》卷六、《清真集》卷下入「冬景」類；《片玉詞》卷下題「詠雪」；《草堂詩餘·前集》卷下題「冬雪」。

作仄仄仄仄平平，於第一、三字注可平。

[二] 按：此句譜注有誤，實爲「似欲」句之譜；例詞爲「冷落詞賦客」，《嘯餘譜》及附録本、和刻本皆注仄仄平仄仄，於第一、二、四字注可平。

醜奴兒近　三疊〇長調(一)

平可仄平平可仄仄四字句仄可平仄仄可平仄平仄韻，六字句仄可平仄可平仄平平五字句平可仄仄仄平平仄叶，六字句平可仄平仄可平仄四字句平可仄仄可平仄仄可平仄平平七字句仄可平平平可仄仄平可仄平平仄八字句仄可平仄仄仄叶，四字句〇仄可平仄平平四字句平可仄平仄可平仄仄可平平平仄八字句仄可平仄平平四字句仄可平仄仄可平平平仄仄七字句仄可平平可仄平平仄更韻，五字句平可仄仄平平仄平仄七字句仄可平平平仄仄可平仄平平八字句平可仄仄仄仄可平仄平平平仄叶，九字句〇平可仄平平仄仄五字句平可仄仄平平四字句平可仄仄平平仄平仄更韻，七字句仄可平仄可平仄仄平平六

(一) 按：《稼軒詞》甲集調名作《醜奴兒》。蔡伸、潘汾等有《醜奴兒慢》，吳文英詞又名《采桑子慢》，辛詞實與之爲同調。《詞律》卷四收《醜奴兒慢》，以潘汾詞爲例；《詞譜》卷二十二收《采桑子慢》，以辛詞爲「又一體」，詞爲兩段。汲古閣本《稼軒詞》卷二作三疊，乃以《醜奴兒近》殘篇與其後《洞仙歌》詞誤合而成。

字句仄可平仄平平四字句仄可平仄可平仄平平仄仄叶，七字句仄平仄三字句仄可平仄仄平平五字句仄可平平可仄仄平平仄平平仄叶，九字句

詞

博山道中效李易安體

宋辛棄疾

千峰雲起，驟雨一霎兒價。更遠樹斜陽，風景怎生圖畫。青旗賣酒，山那畔、別有人家[一]，只消山水光中無事，過者一霎[二]。○午睡醒時，松窗竹戶，萬千瀟灑[三]，野鳥飛來，又是一飛流萬壑[四]，共千巖争秀。孤負平生弄泉手，歎輕衫帽，幾許紅塵，還自喜、濯髮滄浪依舊。○人生行樂耳，身後虛名，何似生前一杯酒。便此地結吾廬，待學淵明，更手種門前五柳。且歸去，父老約重來，問如此青山、定重來否[五]。

【校】

[一]「山那畔」句：《詞譜》注夾叶平韻。人家，《稼軒詞》甲集作「人間」。

[二]「只消」二句：《詞譜》作六言二句。者一霎，《稼軒詞》、《稼軒長短句》卷六、《詞譜》皆作「這一夏」。

［三］「松窓」句：《詞譜》作四言二句，注叶韻。

［四］按：「又是一」以下，《稼軒詞》、《稼軒長短句》原文爲：「又是一般閒暇。却怪白鷗，覷著人、欲下未下。舊盟都在，新來莫是，别有説話。」

［五］按：「飛流萬壑」以下，實爲辛棄疾《洞仙歌》詞全文，第三句「手」字叶韻。歎輕衫帽，《稼軒詞》、《稼軒長短句》皆作「歎輕衫短帽」。

詩餘五(一)

犯字題

側犯(二)　雙調○中調

仄可平平仄可平仄四字句仄可平平仄可平仄平平仄韻，七字句平仄叶，二字句仄可平仄可平仄平平仄可

(一)按：原本未題「詩餘五」，《嘯餘譜》同，蓋脱漏，茲從附録本、和刻本校訂。

(二)按：《詞譜》卷十八收此調，注曰：「姜夔詞注云：唐人樂書，以宮犯羽者爲側犯。此調創自周邦彦，調名或本於此。」

平平可仄仄叶，八字句平可仄平仄可平仄仄五字句仄可平仄平平仄叶，五字句平仄叶，二字句平可仄仄可平仄平平仄平仄叶，八字句◯平可仄平仄可平仄四字句仄可平仄平平仄叶，五字句平可仄仄可平仄仄平平六字句平可仄仄仄可平平仄叶，五字句仄可平仄平平仄可平平仄可平仄叶，八字句平可仄仄可平仄仄仄可平平平可仄仄叶，八字句

詞

夏景㈠　　宋周邦彦

暮霞霽雨，小蓮出水紅粧靚。風定。看步韈江妃照明鏡。飛螢度暗草，秉燭遊花徑。人靜。携艷質、追涼就槐影〔一〕。◯金環皓腕，雪藕清泉瑩。誰念省滿身香，猶是舊荀令〔二〕。見説胡姬、酒壚寂靜〔三〕。煙鎖漠漠、藻池苔井〔四〕。

【校】

〔一〕「携艷質」句：《詞譜》卷十八作三言一句、五言一句。《詞律》卷十一以方千里詞爲例，亦作

㈠ 按：《片玉集》卷四、《清真集》卷上、《草堂詩餘·前集》卷下皆入「夏景」類，《花庵詞選》卷七題「荷花」。

三、五句式。

[二]「誰念省」二句：《詞譜》作「誰念省。滿身香，猶是舊荀令」，《詞律》亦作三、三、五句式。

[三]「見説」句：《詞譜》作「見説胡姬，酒壚深迥」，《詞律》亦作四言二句。

[四]「煙鎖」句：《詞譜》作四言二句；《詞律》作二言一句、六言一句，以方千里詞二字句叶韻，謂周詞「鎖」字失叶。

尾犯

一名《碧芙蓉》(一)，雙調○長調

仄可平仄仄平平五字句平可仄仄仄可平平四字句平可仄仄平仄韻，四字句仄可平仄平平四字句仄可平平平平仄[二]叶，五字句平可仄仄可平仄平可仄平仄可平仄七字句仄可平平平平可仄平仄可平仄叶，七字句仄可平平平可仄仄四字句仄可平仄平平四字句仄可平仄平平仄叶，五字句○仄可平平平仄仄五字句仄可平仄可平仄平仄叶，六字句仄可平仄平平四字句仄可平平可仄平平仄叶，五字句仄可平平可

(一) 按：《類編草堂詩餘》卷三、《花草粹編》卷十七收柳永《尾犯》「夜雨滴空堦」詞，注一名《碧芙蓉》；《花草粹編》卷十九收柳永《碧芙蓉》「晴煙冪冪」詞，注亦名《尾犯》。

仄仄平可仄平平可仄仄七字句仄可平平可仄平平可仄平仄可平仄叶，七字句仄可平平平可仄仄四字句仄可平仄可平平可仄仄平平仄叶，七字句

詞

秋懷（一）

宋柳　永

夜雨滴空堦，孤館夢回，情緒蕭索。一片閒愁，想丹青難貌〔二〕叶未詳，疑從卜各反；一作邈，非。秋漸老、蛩聲正苦，夜將闌、燈花旋落。最無端處，總把良宵，祇恁孤眠却。○佳人應恠我，别後寡信輕諾。記得當初，剪香雲爲約。甚時向、深閨幽處〔三〕，按新詞、流霞共酌〔四〕。再同懽笑，肯把金玉珠珍博。

【校】

〔一〕仄：原本譜注「平」，蓋訛誤；例詞爲「貌」字，《嘯餘譜》及附録本、和刻本皆作仄聲，茲從

（一）按：《樂章集》無題，《草堂詩餘·前集》卷下入「秋景·秋怨」類，《類編草堂詩餘》卷三題「秋怨」。

校訂。

[二] 貌：《百家詞》本《樂章集》卷上、《詩餘圖譜》卷三作「邈」。

[三] 深閨幽處：《百家詞》本《樂章集》作「幽閨深處」。

[四] 酌：原本作「配」，蓋訛誤；茲從《樂章集》、《嘯餘譜》及附録本、和刻本校訂。

玲瓏四犯(一)　雙調○長調

平可仄仄平平四字句仄可平仄平平平可仄仄平仄韻，九字句仄可平仄平平四字句平可仄仄仄平平仄叶，六字句平可仄仄仄可平仄平平六字句仄可平仄仄可平平平仄叶，六字句仄可平仄可平平仄可平仄平仄叶，七字句平可仄仄仄平平仄叶，六字句○仄可平平平可仄仄平平仄叶，七字句仄可平平平仄平平仄叶，七字句平可仄平仄可仄仄平平仄七字句平可仄仄平平仄叶，五字句平可仄仄仄可平仄仄可平平六字句仄可平仄可平仄平平仄仄七字句仄可平仄可平平仄可平仄五字句平可仄仄仄可

(一) 按：《詞譜》卷二十七收此調，注：「此調創自周邦彦《清真集》，方千里、楊澤民、陳允平俱有和詞。姜夔又有自度黄鍾商曲，與周詞句讀迥别。」

平平平仄叶，六字句

詞

春思[一]

宋周邦彦

穠李夭桃，是舊日潘郎、親試春艷[二]。自别河陽，長負露房煙臉。憔悴鬢點吴霜，念想夢魂飛亂[三]。嘆畫欄玉砌都换。纔始有緣重見。〇夜深偷展香羅薦。暗窗前、醉眠葱蒨。浮花浪蘂都相識，誰更曾擡眼[三]。休問蒨色舊香[四]，但認取、芳心一點。又片時一陣，風雨惡、吹分散[五]。

【校】

[一]「是舊日」句：《詞律》卷十五、《詞譜》卷二十七皆作五言一句、四言一句。

[二]「念想」句：《百家詞》本《片玉集》卷二、《片玉詞》卷上及《詞律》、《詞譜》於句首皆有「細」字。

(一) 按：《片玉集》卷二、《清真集》卷上入「春景」類，《類編草堂詩餘》卷三、《花草粹編》卷十九題「春思」。

[三] 擡眼：《嘯餘譜》作「臺眼」，蓋訛誤。

[四] 休問：《嘯餘譜》及附録本作「休門」，蓋訛誤。 蒨色舊香：《片玉集》各本皆作「舊色舊香」。

[五] 「風雨」句：《詞律》、《詞譜》皆作三言二句。

花犯(一)　雙調○長調

仄可平平平三字句平可仄平仄可平仄四字句平可仄平仄平仄韻，五字句仄可平平平仄四字句平可仄仄可平仄平平五字句平可仄仄平仄叶，四字句仄可平平仄可平仄四字句平可仄平可仄仄平平仄可平仄仄叶，八字句仄可平仄可平仄仄可平平平仄七字句平可仄平平仄仄叶，五字句○平可仄平可仄仄可平平仄平平可仄平平九字句仄可平仄可平仄平平平可仄仄叶，七字句平可仄仄可平仄三字句平可仄平仄仄可平平平仄叶，七字句平可仄平仄仄可平平仄可平仄七字句平可仄仄可平仄平平平仄仄叶，八字句仄可平仄可平仄仄平平仄七字句平可仄平平仄仄叶，五字句

(一) 按：《詞譜》卷三十收此調，注「調始清真樂府，周密詞名《繡鸞鳳花犯》」。

詞

梅花(一)

宋周邦彦

粉牆低，梅花照眼，依然舊風味。露痕輕綴[一]，疑淨洗鉛華，無限佳麗。去年勝賞，曾孤倚冰盤共燕喜[二]。更可惜、雪中高樹，香篝薰素被。○今年對花、最匆匆相逢，似有恨、依依愁悴[三]。凝望久，青苔上、旋看飛墜[四]。相將見、脆圓薦酒，人正在、空江煙浪裏。但夢想、一枝瀟灑，黄昏斜照水。

【校】

[一]「露痕」句：《詞譜》卷三十注叶韻。《詞律》卷十七以王沂孫詞爲例，於此句亦注叶韻。

[二]「去年」二句：《詞譜》作七言一句、五言一句，於「倚」字注叶韻。《詞律》亦作七、五句式，兩句皆叶韻。

[三]「今年」二句：《詞譜》作七言一句、五言一句、四言一句，《詞律》作七言一句、九言一句。

(一) 按：《片玉集》卷七入「單題·梅花」類；《百家詞》本《片玉集》卷七、《片玉詞》卷上、《花庵詞選》卷七皆題「梅花」。

［四］「青苔」句：四庫本《梅苑》卷二作「青苔一簇春飛墜」。

詩餘六(一)

遍字題

甘州遍(二)　雙調◯中調

平可仄平仄三字句平可仄仄仄平平韻，五字句仄平平叶，三字句平可仄平仄可平仄四字句平可仄平仄可平仄四字句平可仄平仄可平仄仄平平叶，七字句◯平仄可平仄三字句仄平平叶，三字句平可平平仄可平仄平仄六字句平可仄仄仄平平叶，五字句仄可平平仄三字句仄可平仄仄平平叶，五字句仄平平叶，三字句平可仄平仄可平仄四字句仄可平仄仄平平叶，五字句

(一) 按：原本未題「詩餘六」，《嘯餘譜》同，蓋脱漏，兹從附録本、和刻本校訂。

(二) 按：《詞譜》卷十四注曰：「按唐教坊大曲有《甘州》。凡大曲多遍，此則《甘州》曲之一遍也。」此調僅見五代毛文錫詞二首，載《花間集》卷五，宋無作。五代另有《甘州曲》、《甘州子》小令詞；宋柳永《甘州令》爲另翻新調。

詞　　唐毛文錫

春光好，公子愛閑遊。足風流。金鞍白馬，雕弓寶劍，紅纓錦襜出長鞦。○花蔽膝，玉銜頭。尋芳逐勝歡宴，絲竹不曾休。美人唱，揭調是甘州[一]。醉紅樓。堯年舜日，樂聖永無憂。

【校】

[一]「美人唱」二句：《詞譜》卷十四作八言一句，於三字下注「讀」。

哨遍[一]

凡二體，並雙調○長調

第一體

仄可平仄仄可平平四字句平可仄仄仄可平平四字句仄可平仄平平仄韻，五字句平可仄仄可平平平

（一）按：汲古閣本《東坡詞》調名作《稍遍》。《詞律》卷二十收《稍遍》，注「稍」一作「哨」。《詞譜》卷三十九收《哨遍》，注又名《稍遍》。

可仄仄仄可平平平可仄，八字句仄可平平平可仄平可仄平平仄叶，七字句仄可平仄可平平可仄平可仄平仄平平仄九字句平可仄平仄可平仄平可仄平仄叶，七字句平可仄仄可平仄平平五字句平可仄平可仄平可仄仄[二]可平，四字句平可仄平可仄平可仄仄可平平可仄仄可平，六字句仄可平仄可平平平可仄仄仄平平八字句仄可平仄可平仄平平仄可平平可仄平可仄，八字句平可仄仄平平四字句仄可平仄可平平可仄，四字句仄可平平仄可平仄叶，四字句○平可仄平可仄仄可平平平五字句仄可平平平可仄仄平可仄平仄叶，七字句平可仄仄平仄可平仄五字句平可仄平平仄平仄叶，六字句仄可平仄可平仄平平五字句仄可平平仄可平仄四字句平可仄平仄可平仄平平仄七字句平可仄仄可平仄平平五字句平可仄平仄仄四字句平可仄平平可仄仄平仄六字句仄可平仄平仄可平仄仄可平仄可平平可仄，八字句仄可平仄可平仄平平可仄仄平可仄平可仄，八字句仄可平平平仄平可仄平仄叶，七字句平可仄平平可仄仄平仄六字句仄可平仄平平仄五字句仄可平平平可仄仄平平仄仄八字句仄可平仄平平仄可平仄叶，六字句仄可平平平可仄仄仄平平七字句仄可平平平仄可平仄平仄叶，七字句

歸去來辭〔一〕

宋蘇　軾

爲米折腰，因酒棄家，口體交相累。歸去來、誰不遣君歸〔二〕，覺從前皆非今是。露未晞、征夫指予歸路〔三〕，門前笑語喧童稚。嗟舊菊都荒，新松暗老，吾年今已如此〔四〕，但小窻容膝閉柴扉，策杖看孤雲暮鴻飛，雲出無心，鳥倦知還，本非有意。○噫、歸去來兮〔五〕，我今忘我兼忘世。親戚無浪語，琴書中有真味。步翠麓崎嶇，泛溪窈窕，涓涓暗谷流春水。觀草木欣榮，幽人自感，吾生行且休矣，念寓形宇内復幾時，不自覺皇皇欲何之，委吾心、去留誰計。神僊知在何處，富貴非吾願，但知臨水登山嘯詠，自引壺觴自醉。此生天命更何疑，且乘流、遇坎還止。

【校】

〔一〕按：此句第三字譜注「平可仄」，《嘯餘譜》及附録本、和刻本皆同，蓋訛誤；據例詞爲「暗」字，《詞譜》注仄聲。

〔一〕按：《花庵詞選》卷二題「歸去來詞」；傅幹注本、《百家詞》本、汲古閣本《東坡詞》等皆有東坡題序，敘此詞隱括陶淵明《歸去來辭》之緣起。

[二]「歸去來」句：《詞律》、《詞譜》皆作三言一句、五言一句，以「歸」字換叶平韻，以下「晞」、「扉」、「飛」、「噫」、「兮」、「時」、「之」、「疑」，皆注叶平韻。

[三]「露未晞」句：《詞律》、《詞譜》皆作三言一句、六言一句。

[四]按：《詞律》、《詞譜》於此句皆注叶仄韻；於後段「吾生行且休矣」句亦注叶仄韻。

[五]按：《詞律》、《詞譜》於此句皆作一言一句、四言一句，以「噫」、「兮」二字皆叶平韻。

第二體

前段與第一體同，唯第六句作八字○後段亦與第一體同，唯首句至第六句用平韻，又第十三句至第十七句改作第十三句、十四句皆五字，十五句七字[一]，十六句六字，十七句八字

詞

題趙成父魚計亭○魚計出《莊子》：於蟻棄知，於魚得計，於羊棄意[一]　宋辛棄疾

池上主人，人適忘魚，魚適還忘水。洋洋乎、翠藻青萍裏，相魚兮、無便於此。嘗試思、莊周談

[一] 按：此題注乃撮取辛棄疾此詞題序而成。原作載《稼軒長短句》卷一，有長序敘創作之緣起。

兩事[二]，一明豖虱一羊蟻。說蟻慕於羶，於蟻棄知，又說於羊棄意，甚虱焚於豖獨忘之，却驟說於魚爲得計[三]，千古遺文，我不知言，以我非子。○子固非魚噫[四]。魚之爲計子焉知。河水深且廣，風濤萬頃堪依。有網罟如雲，鵜鶘成陣，過而留泣計應非。其外海茫茫，下有龍伯，飢時一啖千里，更任公五十犗爲餌，使海上人人厭腥味，似鵾鵬變化，幾東遊入海[五]，此計直以命爲嬉，古來謬算狂圖，五鼎烹死、栢爲平地[六]。嗟魚欲事遠遊時，請三思而行可矣[七]。

【校】

[一] 按：原本此注無「字」字，蓋脱漏，兹從《嘯餘譜》及附録本、和刻本校訂。

[二] 按：《詞譜》卷三十九於「洋洋乎」、「相魚兮」、「嘗試思」皆作三言句。相，《稼軒長短句》作「想」。

[三] 按：《詞譜》於「裏」、「事」、「意」、「計」四尾字皆注叶仄韻，又以「之」字叶平韻。

[四] 「子固」句：汲古閣本《稼軒詞》以「噫」字冠句首。《詞譜》作「噫子固非魚」，且以「噫」字爲一言句，叶平韻。

[五] 「似鯤鵬」二句：《稼軒長短句》作「似鵾鵬變化能幾，東遊入海」，《詞譜》作「似鵾鵬，變化有幾，東遊入海」。

［六］「五鼎」句：《詞譜》作四言二句。栢，《稼軒長短句》作「指」。

［七］按：《詞譜》於後段注平仄韻通叶，以「噫」、「知」、「依」、「非」、「嬉」、「時」各字叶平韻，以「里」、「餌」、「味」、「幾」、「地」、「矣」各字叶仄韻。

詩餘七[一]

兒字題

胡蝶兒[二]　雙調〇小令

平仄平三字句仄平平韻，三字句仄可平平平可仄仄仄平平叶，七字句仄可平平仄可平仄平叶，五字句〇平可仄仄平平仄五字句平平仄仄平叶，五字句平可仄平平可仄仄仄平平叶，七字句仄可平平平平仄平

[一] 按：原本未題「詩餘七」，《嘯餘譜》同，蓋脱漏；茲從附録本、和刻本校訂。

[二] 按：原本兒字題卷首，《胡蝶兒》一首及《醜奴兒》二首譜注及例詞皆缺失，茲據《嘯餘譜》及附録本、和刻本補録並校訂。

叶，五字句

詞　　　　唐張　泌

胡蝶兒[一]，晚春時。阿嬌初著淡黄衣。倚窗學畫伊。○還似花間見，雙雙對對飛。無端和淚拭燕脂。惹教雙翅垂。

【校】

[一] 按：《詞律》卷三、《詞譜》卷三於首句「兒」字皆注叶韻。

醜奴兒　一名《採桑子》，一名《羅敷媚》[一]，雙調○小令

平可仄平仄可平仄平平仄七字句仄可平仄平平韻，四字句平可仄仄平平叶，四字句仄可平仄平平仄可

[一] 按：《詞律》卷四收此調，注「又名《羅敷媚》、《羅敷艷歌》、《采桑子》」；《詞譜》卷五收《采桑子》，注「唐教坊曲有《楊下采桑》，調名本此」。唐五代詞多名《采桑子》，宋詞始别名《醜奴兒》、《醜奴兒令》等。此詞原載《花間集》卷六，調名作《采桑子》。

平仄平叶，七字句○後段同

詞

石晉和凝

蝤蠐領上訶梨子[一]，繡帶雙垂。椒戶閑時。競學樗蒲賭荔枝。○叢頭鞋子紅編細，裙窣金絲。無事嚬眉。春思飜教阿母疑。

【校】

[一] 領：《嘯餘譜》作「嶺」，蓋訛誤。《花間集》卷六、《花庵詞選》卷一、附録本、和刻本皆作「領」。

又

秋怨[一]

南唐李後主

轆轤金井梧桐晚，幾樹驚秋。晝雨和愁。百尺蝦鬚上玉鈎。○瓊窻春斷雙蛾皺，回首邊

(一) 按：《百家詞》本《南唐二主詞》無此題，注「二詞墨迹在王季宫判院家」；《類編草堂詩餘》卷一、《花草粹編》卷四皆題「春怨」。

頭。欲寄鱗遊。九曲寒波不泝流[一]。

【校】

[一] 按：原本此詞僅存「九曲寒波不泝流」一句。

又

詠雪(一)　　宋康與之

馮夷剪碎澄溪一作江練，飛下同雲一作吹下紛紛。著地無痕[一]。柳絮梅花處處春。◯山陰此夜明如晝，月滿前村。莫掩溪門。恐有扁舟乘興人。

【校】

[一] 著：原本作「看」，蓋訛誤；茲從《草堂詩餘·後集》、《嘯餘譜》及附録本、和刻本校訂。

(一) 按：《草堂詩餘·後集》卷上入「節序·詠雪」類；《中興以來絶妙詞選》卷一題「促養直赴雪夜溪堂之約」，《嘯餘譜》及附録本、和刻本皆題「求雪」。

促拍醜奴兒（一）　雙調◯中調

平可仄仄仄平平韻，五字句仄可平平平可仄平可仄仄平平叶，七字句平可仄平仄可平仄平仄可平仄七字句平可仄平平仄平可仄平仄仄八字句平仄平平叶，四字句◯平可仄仄仄平平叶，五字句仄可平平平仄可平仄平平叶，七字句平可仄平仄可平仄平平仄七字句平可仄平仄仄平可仄平仄可平仄八字句仄可平仄平平叶，四字句

詞　　元元好問（二）

朱麝室中香。可憐兒、初浴蘭湯。靈椿未老丹桂秀[一]，東鄰西舍、排家助喜[二]，沽酒牽羊。◯天與讀書郎。便安排、富貴文章。高門自有容車日，明年且看、青衫竹馬[三]，鴈鴈成行。

（一）按：《詞律》卷四收《促拍醜奴兒》，以黄庭堅詞爲例；《詞譜》卷八收《促拍采桑子》，以朱敦儒詞爲例，注一名《促拍醜奴兒》。二調體式有所不同，元好問詞與山谷詞體同。

（二）按：《嘯餘譜》及附録本、和刻本皆署作者爲元人；《全金元詞》收録爲金朝詞人。

【校】

[一] 桂：景明弘治本《遺山樂府》卷中、《花草粹編》卷十四作「枝」。

[二] 「東鄰」句：《全金元詞》作四言二句。

[三] 「明年」句：《全金元詞》作四言二句。看，《遺山樂府》作「春」。

粉蝶兒(一)　凡二體，並雙調○中調

第一體

仄可平仄平平四字句仄可平平平可仄仄平仄韻，六字句仄可平平平可仄仄可平平平可仄仄叶，七字句仄可平平平可仄平仄可平仄六字句平可仄平平可仄仄叶，四字句仄可平平可仄平平可仄仄可平仄可平平平可仄仄叶，九字句○仄可平平可仄仄可平平四字句平可仄平仄可平平可仄平仄叶，六字句仄可平平平仄可平平仄可平仄叶，七字句仄可平平平平仄仄六字句平可仄平仄可平仄叶，四字句仄可平仄可平平仄可平平可仄仄可平平平仄叶，九字句

(一) 按：《詞譜》卷十六注：「調見毛滂《東堂詞》，因詞有『粉蝶兒、這回共花同活』句，取以爲名。」

詞　宋毛　滂

雪徧梅花，素光都共奇絶。到窗前、認君時節。下重幃、香篆冷[一]，蘭膏明滅。夢悠揚、空遶斷雲殘月[二]。○沈郎帶寬，同心放開重結。褪羅衣、楚腰一捻。正春風、新著音灼摸，花花葉葉。粉蝶兒、這回共花同活。

【校】

[一]「下重幃」句：《詞律》卷十、《詞譜》卷十六皆作三言二句；後段「正春風」句亦同。

[二]「夢悠揚」句：《詞譜》作三言一句、六言一句；後結「粉蝶兒」句亦同。

第二體

仄可平仄可平平平可平仄可平平可仄仄平可仄仄可平仄韻，十字句仄可平平平仄平平仄叶，七字句仄可平平可仄平仄可平仄仄可平平平可仄仄叶，九字句[一]仄平平平可仄仄仄平平仄叶，九字句○後段同

和趙晉臣敷文賦落梅[一]

宋辛棄疾

昨日春如、十三女兒學繡[二]。一枝枝、不教花瘦。甚無情、便下得雨僝風僽[三]。向園林、鋪作地衣紅縐。○而今春似、輕薄蕩子難久。記前時、送春歸後。把春波、都釀作一江醇酎[四]。約清愁、楊柳岸邊相候。

【校】

[一]按：此句譜注九字句，據例詞實爲十字句，譜注於第六字下脱漏一「仄」字；附録本、和刻本譜注亦脱漏，《嘯餘譜》誤以「僽」字屬下句。

[二]按：《詞律》卷十、《詞譜》卷十六所收此調於兩段開頭皆作四言一句、六言一句。

[三]「甚無情」句：《全宋詞》作三、三、四句式；後段「把春波」句亦同。

[四]都：《嘯餘譜》作「却」。

(一) 按：《稼軒長短句》卷七同此題，《稼軒詞》丙集題「和晉臣賦落花」。

黃鶯兒　雙調○長調

平可仄平平可仄仄平平仄韻，七字句仄可平仄平平平可仄仄平平八字句平可仄平可仄平平仄平平仄叶，八字句平可仄仄仄仄平平六字句仄可平仄平平仄叶，五字句仄可平平平可仄仄平平六字句仄可平仄平平平仄平仄叶，八字句○平仄叶，二字句仄可平仄仄平平五字句仄可平仄平平仄叶，五字句仄可平平平可仄仄仄可平仄平平八字句平可仄平仄可平平可仄平仄叶，六字句平可仄仄可平仄仄平平六字句仄可平仄平平仄叶，五字句仄可平仄仄可平仄平平六字句平可仄仄平平仄叶，五字句

詞

詠鶯(一)　　宋柳　永

園林晴晝春誰主[一]。暖律潛催、幽谷暄和，黃鸝翩翩、乍遷芳樹[二]。觀露濕縷金衣，葉映如簧語。曉來枝上綿蠻，似把芳心、深意低訴[三]。○無據。乍出暖煙來，又趂遊蜂去。恣狂蹤跡、兩兩相呼，黃昏霧吟風舞。當上苑柳濃時，別館花深處。此際海燕偏饒，都把韶光與。

(一) 按：汲古閣本《樂章集》、《類編草堂詩餘》卷三皆有此題；《草堂詩餘・後集》卷下入「花柳禽鳥・詠鶯」類。

【校】

[一]春誰主：汲古閣本《樂章集》、《詞律》卷十四、《詞譜》卷二十四皆作「誰爲主」。

[二]「暖律」、「黄鸝」二句：《詞律》作六、四、六句式，以「谷」字叶韻；《詞譜》作四言四句。

[三]「似把」句：《詞譜》作四言二句；後段「恣狂」句亦同。

摸魚兒 雙調○長調

仄可平平平可仄仄可平平平可仄仄七字句平可仄平可仄平可仄仄可平平仄韻，六字句仄可平平平可仄仄平平仄七字句平可仄仄仄可平平平仄叶，六字句平仄可平仄叶，三字句仄可平仄可平仄平可仄平平可仄仄平平仄叶，十字句仄可平平仄可平仄叶，四字句仄可平仄可平仄平平五字句仄可平平平可仄仄四字句仄可平仄仄可平平仄叶，五字句○平可仄平仄仄可平仄平平仄可平仄九字句平可仄平平可仄仄可平平仄叶，六字句平可仄平仄可平仄平平仄七字句仄可平仄仄可平平平仄叶，六字句平仄可平仄叶，三字句平可仄仄可平仄仄可平平平可仄仄平平仄叶，十字句平可仄平仄仄叶，四字句平可仄仄仄平平五字句平可仄平仄可平仄四字句平可仄仄仄可平平仄叶，五字句

詞

淳熙己亥，自湖北漕移湖南，同官王正之置酒小山亭賦㈠　宋辛棄疾

更能消、幾番風雨〔一〕，匆匆春又歸去。惜春長怕花開早，何況落紅無數。春且住。且説道、天涯芳草迷一作無歸路。怨春不語。算只有殷勤，畫簷蛛網，盡日惹飛絮。○長門事、準擬佳期又誤〔二〕，蛾眉曾有人妬。千金縱一作曾買相如賦，脉脉此情誰訴〔三〕。君莫舞。君不見、玉環唐楊貴妃小字飛燕漢趙婕妤名皆塵土。閑愁最苦。休出倚危欄，斜陽正在，煙柳斷腸處。

【校】

〔一〕按：《詞譜》卷三十六收此調，於兩片首句皆注用韻。

〔二〕「長門」句：《詞譜》作三言一句、六言一句，注叶韻。

〔三〕脉脉：《嘯餘譜》作「詠詠」，蓋訛誤。

㈠ 按：《稼軒詞》甲集、《稼軒長短句》卷五皆有此題，唯「賦」字前多一「爲」字。《中興以來絶妙詞選》卷三題「暮春」，《草堂詩餘・前集》卷上題「春晚」。

又

退居[一]　　宋晁補之

買陂塘、旋栽楊柳，依稀淮岸湘浦。東皋雨過新痕漲[一]，沙嘴鷺來鷗聚。堪愛處。最好是、一川夜月光流注[二]。無人自舞。任翠幄張天，柔裀藉地，酒盡未能去。○青綾被、休憶金閨故步。儒冠曾把身誤。弓刀千騎成何事，荒了邵平瓜圃。君試覷。滿青鏡、星星鬢影今如許。功名浪語。便似得班超，封侯萬里，歸計恐遲暮。

【校】

［一］雨過：《晁氏琴趣外篇》作「嘉雨」，《樂府雅詞》作「新雨」，《花庵詞選》作「雨足」。

［二］注：《晁氏琴趣外篇》、《花庵詞選》皆作「渚」。

（一）按：景宋本《晁氏琴趣外篇》卷一題「東皋寓居」，《花庵詞選》卷五題「幽居」；《草堂詩餘・後集》卷下入「人物・隱逸」類，題「退居」。

文體明辯附録卷之五

大明吴江徐師曾伯魯纂

詩餘八

子字題

搗練子 單調○小令

平仄仄三字句仄平平韻，三字句仄可平仄平平仄仄平叶，三字句平可仄仄平平平仄仄七字句仄可平平平可仄仄仄平平叶，七字句

詞

秋閨 宋秦　觀(一)

心耿耿，涙雙雙。皓月清風冷透窻。人去秋來宫漏永，夜深無語對銀缸。

(一) 按：《草堂詩餘·前集》卷下入「秋景·秋閨」類，未署名；《全宋詞》作無名氏詞，注《類編草堂詩餘》卷一誤作秦觀詞。

甘州子〔一〕　單調○小令

仄可平平平可仄仄仄平平韻，七字句平仄可平仄三字句仄平平叶，三字句平可仄平仄可平仄仄平平叶，七字句仄可平仄仄平平叶，五字句平仄仄三字句仄可平仄仄平平叶，五字句

詞二首

唐顧　敻

每逢清夜與良晨。多悵望，足傷神。雲迷水隔意中人。寂寞繡羅茵。山枕上，幾點淚痕新。

曾如劉阮訪仙蹤。深洞客，此時逢。綺筵散後繡衾同。款曲見韶容。山枕上，長是怯晨鐘。

〔一〕按：此調僅見五代顧敻詞五首，俱載《花間集》卷六。《詞律》卷一分列《甘州曲》、《甘州子》二調，《詞譜》卷二列顧敻《甘州子》詞爲《甘州曲》「又一體」。

西溪子(一) 凡二體，並單調○小令

第一體

仄可平仄平可仄平平仄韻，六字句平可仄仄仄可平平平仄叶，六字句仄平平三字句平仄可平仄更韻，三字句平仄仄叶，三字句平可平仄平平仄仄叶，六字句仄平平更韻，三字句仄平平叶，三字句

詞

唐牛　嶠

捍撥雙盤金鳳。蟬鬢玉釵摇動。畫堂前，人不語。絃解語重韻。彈到昭君怨處。翠蛾愁。不擡頭。

第二體

仄可平仄平可仄平平仄韻，六字句平可仄仄平可仄平平仄叶，六字句仄平平三字句平仄可平[二]仄更韻，

(一) 按：此調蓋始見五代牛嶠詞，另有毛文錫一首、李珣二首，俱載《花間集》卷四、卷五、卷十，《尊前集》亦選録二首；宋無作。

三字句平[二]平可仄仄叶，三字句平可仄仄仄可平平平仄叶，六字句仄可平仄仄平平更韻，五字句仄平平叶，三字句

詞

唐毛文錫

昨日西溪遊賞。芳樹奇花千様。瑣春光，金罇滿。聽絃管。嬌妓舞衫香暖。不覺到斜暉。馬馱歸。

【校】

[一]仄可平：附録本、和刻本譜注同；據例詞爲「罇」字，《嘯餘譜》作平聲，而誤注可平，《詞譜》卷二注本平可仄。

[二]平：據例詞爲「聽」字，《嘯餘譜》注仄聲，《詞譜》注本平可仄。

又

唐李　珣

金縷翠鈿浮動。粧罷小窗圓夢。日高時，春已老。人來到。滿地落花慵掃。無語倚屏風。

泣殘紅。

醉公子㈠　雙調〇小令

仄可平仄可平平平可仄仄韻，五字句仄可平平平仄仄叶，五字句平可仄仄仄平平更韻，五字句仄可平平平可仄仄平叶，五字句〇後段同，亦更仄平兩韻各叶

詞　　唐顧　敻

岸柳垂金綫。雨晴鶯百囀。家住緑楊邊。往來多少年。〇馬嘶芳草遠。高樓簾半捲。斂袖翠蛾攢。相逢爾許難。

㈠ 按：《嘯餘譜》作《醉翁子》，「翁」字蓋訛誤。《詞譜》卷三注：「唐教坊曲名，薛昭蘊、顧敻詞俱四換韻，一名《四換頭》。」宋史達祖有長調詞，爲同名異調。

生查子　凡四體，並雙調○小令○與《醉花間》相近(一)

第一體

平可仄仄可平仄可平平可仄平五字句平可仄仄平平仄韻，五字句平可仄仄仄平平五字句平可仄仄平平仄叶，五字句○後段同

詞

唐魏承班

煙雨晚晴天，零落花無語。難話此時心，梁燕雙來去。○琴韻對薰風，有恨和情撫。腸斷斷絃頻，淚滴黃金縷。

(一) 按：《詞律》卷三於《醉花間》注云：「按《嘯餘》注云：《生查子》與《醉花間》相近。不知《生查子》正體前後皆五字起，間有用六字兩句者；《醉花間》正體則前必六字，後必五字也。」《詞譜》卷四所注略同，皆分列《生查子》與《醉花間》爲二調。

又

春恨〔一〕　　宋晏幾道

金鞍美少年，去躍青驄馬。牽繫玉樓人，繡被春寒夜。○消息未歸來，寒食梨花謝。無處說相思，背面鞦韆下。

又

山行寄楊民瞻　　宋辛棄疾

昨宵醉裹行，山吐三更月。不見可憐人，一夜頭如雪。○今宵醉裹歸，明月關山笛。收拾錦囊詩，要寄揚雄宅。

第二體

平可仄平可仄平可仄仄可平平五字句平可仄仄平平仄韻，五字句平可仄仄仄平平五字句仄仄平平仄

〔一〕按：《小山詞》無題，《花庵詞選》卷三題「閨思」，《草堂詩餘・前集》卷下入「春景・春恨」類，《類編草堂詩餘》卷一題「春恨」。

叶，五字句○仄仄可平平三字句平仄仄叶，三字句平仄平平仄叶，五字句仄仄仄平平五字句仄可平仄平平仄叶，五字句

詞

唐牛希濟

春山煙欲收，天澹稀星小。殘月臉邊明，別淚臨清曉。○語已多，情未了。廻首猶重道。記得緑羅裙，處處憐芳草。

又

唐孫光憲

金井墮高梧，玉殿籠斜月。永巷寂無人，斂態愁堪絶。○玉爐寒，香燼滅。還似君恩歇。翠輦不歸來，幽恨將誰説。

第三體

仄可平仄仄平平五字句仄可平仄平平仄韻，五字句平可仄仄仄平平五字句仄可平仄平平仄叶，五字句○平平仄仄仄平平七字句仄仄平平仄叶，五字句仄可平仄仄平平五字句仄仄平平仄叶，五字句

詞　唐孫光憲

暖日策花驄，𨎮鞚垂楊陌。芳草惹煙青，落絮隨風白。○誰家繡轂動香塵，隱映神仙客。枉殺玉鞭郎[一]，咫尺音容隔。

【校】

［一］枉：《花間集》卷八作「狂」。

第四體

平仄平三字句仄平平[二]三字句平可仄仄平平仄韻，五字句平可仄仄仄平平五字句平可仄仄平平仄叶，五字句○後段同

詞　唐張泌

相見稀，喜相見，相見還相遠。檀畫荔枝紅，金蔓蜻蜓軟。○魚鴈疎，芳信斷，花落庭陰晚。可惜玉肌膚，銷瘦成慵懶。

【校】

［一］平：據例詞爲「見」字，實仄聲；《嘯餘譜》作仄聲，未注叶韻；《詞律》卷三、《詞譜》卷三皆注叶韻，後段第二句同。

酒泉子 凡十三體，並雙調○小令

第一體

仄可平仄仄可平平韻，四字句仄可平仄仄可平平平仄六字句仄平平三字句平仄仄三字句仄平平叶，三字句○仄可平平平可仄仄平平仄更韻，七字句仄可平平平仄仄叶，五字句仄平平三字句平仄仄叶，三字句仄平平不叶韻，三字句○按末句未有不叶韻者，此詞獨不叶，不知何謂，今姑闕之。後第九體及《上行盃》第一體放此

詞

唐毛熙震

鈿匣舞鸞。隱映艷紅脩碧，月梳斜，雲鬢膩，粉香寒。○曉花微斂輕呵展。裹釵金燕軟。日初昇，簾半捲。對殘粧［二］。

【校】

［一］對殘粧：《嘯餘譜》及附録本、和刻本皆同，《花間集》宋明各本亦同。《詞律》卷三於毛熙震「閒卧繡幃」詞後注云：「舊譜收『鈿匣舞鸞』一首，本鸞寒韻，末三字『對殘粧』不叶韻，注云不知何謂。余謂此蓋『粧殘』倒寫傳訛耳。詞豈有末字不叶者乎？其第二句『隱映艷紅修碧』，三句『月梳斜』，四句『雲鬢膩』，『膩』字應叶『碧』字。」

第二體

平可仄仄平平四字句仄可平仄平平仄可平仄韻，六字句仄平平三字句平仄仄叶，三字句仄平平更韻，三字句〇平可仄平仄可平仄平平仄更韻，七字句平可仄平平仄仄叶，五字句仄平平三字句平仄仄叶，三字句仄平平叶前段末句韻，三字句

詞

唐孫光憲

空磧無邊，萬里陽關道路。馬蕭蕭，人去去。隴雲愁。〇香貂舊製戎衣窄。胡霜千里白。綺羅心，魂夢隔。上高樓。

第三體

平可仄仄仄可平平韻，四字句平可仄仄仄可平平平仄更韻，六字句仄平平三字句平仄仄叶第二句韻，三字句仄平平叶首句韻，三字句○仄可平平平可仄仄仄平平叶前段首句韻，七字句平可仄仄仄可平平平仄更韻，六字句仄平平三字句平仄仄叶後段第三句韻，三字句仄平平叶前段首句韻，三字句

詞

唐温庭筠

羅帶惹香。猶繫別時紅豆。淚痕新，金縷舊。斷離腸。○一雙嬌燕語雕梁[一]。還是去年時節。緑陰濃，芳草歇。柳花狂。

【校】

[一] 一雙：《嘯餘譜》及附録本作「二雙」，蓋訛誤。

第四體

前段本與第三體同，今以後段首句更韻，故復注之

仄可平仄平平韻，四字句平可仄仄仄可平平平仄更韻，六字句仄平平三字句平仄仄叶第二句韻，三字句仄

平平叶首句韻，三字句〇仄可平平平可仄仄平平仄更韻，七字句仄可平仄平可仄平平仄叶，六字句仄平平三字句平仄仄叶，三字句仄平平叶前段首句，三字句

詞　唐韋　莊

月落星沈。樓上美人春睡。緑雲傾，金枕膩。畫屏深。〇子規啼破相思夢。曙色東方纔動。柳煙輕，花露重。思難任。

第五體

仄可平仄仄可平平四字句平可仄仄仄可平平平仄仄七字句仄平平三字句[一]平仄仄三字句仄平平韻，三字句〇平可仄平平可仄仄仄可平平仄更韻，七字句平可仄仄平平仄叶，五字句[二]仄可平平平可仄仄仄可平平仄叶，七字句仄平平叶前段韻，三字句

詞　唐牛　嶠

記得去年，煙暖杏園花正發，雪飄香，江草緑，柳絲長。〇鈿車纖手卷簾望。眉學春山樣。

鳳釵低裹翠鬟上[三]。落梅糊。

【校】

[一] 按：《詞律》卷三、《詞譜》卷三皆以此句爲起韻。例詞此句爲「雪飄香」，「香」字實用韻。

[二] 五字句：原本僅注「五字」，蓋脱「句」字，兹從《嘯餘譜》及附録本、和刻本校訂。

[三] 鬟：原本作「寰」，兹從《花間集》卷四校訂。

第六體

平可仄仄平平仄仄六字句仄可平平平仄四字句仄可平平可仄仄仄平平韻，七字句仄平平叶，三字句

○平仄可平仄三字句仄平平叶，三字句平可仄仄可平平平可仄仄六字句仄可平平平可仄仄仄平平更韻，七字句仄平平叶，三字句

詞

唐李　珣

秋月嬋娟皎潔，碧紗窗外[二]，照花穿竹冷沈沈。印池心。○凝露滴，砌蛩吟。驚覺謝娘殘

夢，夜深斜傍枕前來。影徘徊。

【校】

［一］「秋月」二句：《詞律》卷三、《詞譜》卷三皆作四、六句式；《詞律》注：「舊譜注首句六字，次句四字，誤。此調俱首四次六，無首用六字者。」

第七體

平可仄仄仄可平平韻，四字句平可仄仄仄平平仄仄韻［一］，七字句仄平平三字句平仄仄叶，三字句仄平平叶，三字句〇仄可平平仄可平仄仄平平即用前段末句韻爲叶，七字句平可仄仄仄平平仄仄七字句仄平平三字句平仄仄三字句仄平平叶，三字句

詞　　　唐張　泌

春雨打窻。驚夢覺來天氣曉。畫堂深，紅焰小。背蘭缸。〇酒香噴鼻懶開缸重韻。惆悵更無人共醉［二］，舊巢中，新燕子，語雙雙。

【校】

[一]按：據例詞此句換用仄韻，依例當注「更韻」。《詞律》卷三此句即注「換仄」；《詞譜》卷三亦注換用仄韻。

[二]按：《詞律》於此句注「三換仄」，於隔句「新燕子」注「叶三仄」；《詞譜》亦於「醉」、「子」注換叶仄韻。

第八體

仄可平仄平平韻，四字句仄可平仄仄可平平平仄仄韻[一]，七字句平可仄平平可仄仄仄平平叶，七字句仄平平叶，三字句◯平可仄平平仄平平仄叶，七字句仄可平仄平平平仄仄七字句仄平平三字句平仄仄叶，三字句仄平平叶，三字句

詞

唐顧夐

黛怨紅羞。掩映畫堂春欲暮。殘花微雨隔青樓[二]。思悠悠。◯芳菲時節看將度。寂寞無人還欲語[三]，畫羅濡，香粉汙去聲。不勝愁。

【校】

[一]按：此句《詞律》卷三、《詞譜》卷三皆注換叶仄韻。

[二]按：此句《詞譜》作四言一句、三言一句，以「雨」字叶仄韻。

[三]「寂寞」句：《詞律》、《詞譜》皆注叶仄韻。欲語，《花間集》卷七作「獨語」。

第九體

平可仄仄平平四字句平可仄仄仄平平仄六字句平可仄平平可仄仄仄平平韻，七字句仄平平叶，三字句

○平可仄平仄可平仄仄平平叶，七字句仄可平仄平可仄平平仄仄七字句仄平平三字句仄仄平三字句

仄平平不叶韻，三字句

詞　　唐李　珣

秋雨聯綿[一]，聲散敗荷叢裏，那堪深夜枕前聽平聲。酒初醒。○牽愁惹思更無停。燭暗香

凝天欲曉[二]，細和煙，冷和雨[三]，透簾中[四]。

【校】

［一］綿：原本作「錦」，《花間集》卷十、《嘯餘譜》及附録本、和刻本皆作「綿」，兹從校訂。

［二］曉：《詞律》作「曙」，注「换仄」，於隔句「冷和雨」注「叶仄」。

［三］和：原本譜注於上句「和」字注平，此句注仄，蓋衍誤；《嘯餘譜》、《詞譜》及附録本、和刻本皆注平聲。

［四］中：《詞律》、《詞譜》皆作「旌」，注叶平韻。

第十體

前段與第九體同◯平可仄平平可仄仄仄平平叶，七字句仄可平仄仄可平平平仄六字句仄可平平仄可平仄仄平平叶，七字句仄平平叶，三字句

詞

唐張　泌

紫陌青門，三十六宫春色，御溝輦路暗相通。杏花風［一］。◯咸陽沽酒寶釵空。笑指未央歸去，插花走馬落殘紅。月明中。

【校】

[一] 杏花：《花間集》卷四及《詞律》、《詞譜》皆作「杏園」。

第十一體

前段亦與第九體同，唯第二句作七字[一]○後段與第十體同，唯第二句作五字

詞

唐顧夐

掩却菱花，收拾翠鈿休上面，金蟲玉燕瑣香奩[二]。恨厭厭。○雲鬟半墜懶重簪。淚侵仙枕濕，銀燈背帳夢方酣。鴈飛南。

【校】

[一] 七字：原注「七句」，蓋訛誤；例詞第二句即爲七字，兹從校訂。

[二] 按：《詞譜》此句作四言一句、三言一句，以「燕」字與上句「面」字爲换叶仄韻。

第十二體

前段與第十一體同〇平可仄平仄可平仄仄平平叶，七字句仄可平平平仄仄五字句仄可平平仄可平仄仄平平更韻，七字句仄平平叶，三字句

詞

唐顧　敻

水碧風清，入檻細香紅藕膩，謝娘斂翠恨無涯。小屏斜。〇堪憎蕩子不還家。謾留羅帶結，帳深枕膩炷沈煙。負當年。

第十三體

前段亦與第十一體同〇後段與第十體同，唯第二句作七字

詞

唐毛文錫

緑樹春深，燕語鶯啼聲斷續，蕙風飄蕩入芳叢。惹殘紅。〇柳絲無力裊煙空。金盞不辭須滿酌，海棠花下思朦朧。醉春風。

女冠子〔一〕　凡五體，並雙調

第一體　小令

仄可平仄可平仄可平仄四字句仄可平仄仄可平平平可仄仄仄平平韻，九字句〔二〕仄可平仄平平仄五字句平可仄仄仄平平〔三〕叶，五字句◯仄可平平平仄仄五字句平可仄仄仄平平叶，五字句平可仄仄平平仄五字句仄平平叶，三字句

詞　　唐韋莊

四月十七，正是去年今日，別君時。忍淚佯低面，含羞半斂眉。◯不知魂已斷，空有夢相隨。除却天邊月，没人知。

〔一〕按：此調蓋源於唐教坊曲，唐五代詞皆爲小令，屬同調異體；宋詞皆爲長調，與唐小令詞屬同名異調；柳永詞蓋另翻新聲，李邴等作與柳詞屬同調異體。

【校】

［一］按：《詞律》卷三、《詞譜》卷四收此調，皆以温庭筠「含嬌含笑」詞爲例，前段第二句皆作六、三句式，注首二句叶二仄韻，第三句以下叶平韻。

［二］按：此句第二、四字譜注有誤；例詞爲「含羞半斂眉」，《嘯餘譜》及附録本、和刻本皆注平平仄仄平，於第一字注可仄。

又

唐薛昭藴

求仙去也。翠鈿金篦盡捨。入喦巒。霧捲黄羅帔，雲雕白玉冠。○野煙溪洞冷，林月石橋寒。靜夜松風下，禮天壇。

又

唐毛熙震

碧桃紅杏。遲日媚籠光影。綵霞深。香暖薰鶯語，風清引鶴音。○翠鬟冠玉葉，霓袖捧瑶琴。應共吹簫侶，暗相尋。

第二體　長調

仄可平平平可仄仄韻，四字句平可仄平仄仄平仄六字句平平平仄叶，四字句平可仄平仄可平仄四字句仄可平平仄仄四字句平可仄平平仄仄叶，四字句平可仄平平仄仄五字句仄可平仄平平四字句仄可平平平可仄仄叶，四字句仄可平平仄可平仄仄可平仄平平八字句平可仄平仄可平仄叶，四字句〇仄可平平平可仄平可仄仄平平仄叶，八字句仄可平平可仄平平可仄仄可平平平平可仄仄叶，十字句仄可平平平可仄仄四字句仄仄平平仄五字句平可仄平平仄叶，四字句仄平平仄仄五字句仄可平平平可仄仄四字句仄可平平平可仄仄叶，四字句仄可平平平可仄仄仄可平平六字句仄可平仄平可仄平平仄叶，六字句

詞

宋康與之[一]

火雲初布。遲遲永日炎暑[二]，濃陰高樹。黄鸝葉底，羽毛學整，方調嬌語。薰風時漸動，峻閣池塘，芰荷爭吐。畫梁紫燕、對對銜泥[三]，飛來又去。〇想佳期、容易成辜負。共人

[一] 按：《全宋詞》據《類編草堂詩餘》卷四作柳永詞，注「此首或作康與之詞，見沈際飛《草堂詩餘正集》卷六」。《花草粹編》卷二十三署康與之，《詞律》卷三、《詞譜》卷四同。

人、同上畫樓斟香醑。恨花無主，卧象牀犀枕，成何情緒。有時魂夢斷，半窻殘月，透簾穿戸。去年今夜扇兒，掮我情人何處[三]。

【校】

[一]「遲遲」句：《詞律》卷三、《詞譜》卷四皆於此句注叶韻；後段「恨花」句亦注叶韻。

[二]「畫梁」句：《詞律》、《詞譜》皆作四言二句。

[三]「去年」二句：《詞律》、《詞譜》皆作四言三句。

第三體　長調

仄可平平平可仄仄四字句平平可仄平可仄仄可平平仄韻，六字句平可仄平平仄四字句仄可平平平可仄仄仄可平仄平平八字句平可仄平平仄叶，四字句平可仄平平仄仄五字句仄可平仄仄可平平仄仄仄可平平仄仄叶，十字句仄可平仄平平仄可平仄仄七字句平可仄仄仄平平仄叶，六字句〇平可仄平平仄平平仄叶，七字句仄可平仄平平仄五字句仄可平仄平平仄叶，五字句仄平平仄叶，四字句仄可平仄可平仄仄可平仄可平平平平仄叶，九字句仄可平平可仄平仄可平仄五字句仄可平平仄仄仄仄可平平仄叶，八字

句仄可平仄平平仄五字句仄平仄仄仄平平仄叶，八字句

詞

上元　宋李邴

帝城三五，燈光花市盈路。天街遊處[一]，此時方信、鳳闕都民[二]，奢華豪富。紗籠纔過處[三]，喝道轉身、一壁小來且住[四]。見許多才子艷質，携手並肩低語。○東來西往誰家女。買玉梅爭戴，緩步香風度。北觀南顧。見畫燭影裏、神仙無數[五]。引人魂似醉，不如趁早、步月歸去。這一雙情眼，怎生禁得、許多胡覷。

【校】

[一]「帝城」、「天街」二句：《詞譜》皆注叶韻。

[二]「此時」句：《詞譜》作四言二句。後段「不如」句、「怎生」句亦同。

[三]纔：《嘯餘譜》作「帷」，附録本、和刻本作「維」。

[四]「喝道」句：《詞譜》作四言一句、六言一句。

〔五〕「見畫燭」句：《詞譜》作五言一句、四言一句。

第四體 長調

仄可平平平仄韻，四字句平平仄三字句平可仄平仄可平仄叶，四字句仄可平平仄仄可平仄可平平仄叶，七字句仄可平平仄仄四字句仄可平平仄可平仄平平仄可平平可仄仄叶，九字句平可仄仄平平仄五字句平可仄平可仄仄可平平仄叶，五字句仄可平平可仄平平仄五字句平可仄平仄可平仄仄可平平平仄叶，八字句○仄可平仄可平仄平平五字句平可仄平仄可平仄四字句仄可平仄平平仄仄叶，六字句平平仄平平仄仄叶，七字句仄可平平仄仄四字句平可仄仄平平仄可平平可仄仄叶，七字句仄可平仄平平四字句仄平可仄平仄可平平平仄叶，七字句仄平平平仄仄可平平仄可平仄九字句仄可平平平仄叶，四字句

詞

夏景

宋柳　永

淡煙飄薄。鶯花謝，清和院落〔一〕。樹陰翠、密葉成幄。麥秋霽景，夏雲忽變奇峯、倚寥廓。波暖銀塘漲，新萍緑魚躍〔二〕。想憂端多暇，陳王是日、嫩苔生閣。○正鑠石天高，流金晝

永，楚榭風光轉惡。披襟處、波翻翠幕[三]。以文會友，沈李浮瓜忍輕諾。別館清閒，避炎蒸、豈須河朔。但樽前隨分、雅歌艷舞[四]，盡成懽樂。

【校】

[一]「鶯花」二句：《詞律》卷三、《詞譜》卷四皆作七言一句，於三字下注「豆」或「讀」。

[二]「波暖」二句：《詞譜》作四言一句、六言一句。

[三]波：《嘯餘譜》及附録本、和刻本皆作「汲」。

[四]「但樽前」句：《詞律》、《詞譜》皆作五言一句、四言一句。

第五體　長調

平可仄平仄可平仄韻，四字句仄可平平可仄平仄可平仄叶，五字句平可仄仄平可仄平仄可平仄仄叶，七字句仄可平平可仄平仄可平仄五字句仄可平仄平平四字句仄可平平平仄叶，四字句平平可仄平可仄平仄仄六字句仄可平仄平可仄平仄平平仄叶，八字句仄可平平平仄四字句仄可平仄平平四字句仄平平仄叶，四字句〇仄可平平可仄平平可仄仄平平仄叶，八字句仄可平平可仄平平可仄平可仄仄可平仄可平平

平可仄仄叶，十字句仄可平平仄仄四字句仄可平平可仄平仄可平仄五字句平可仄仄仄平平仄叶，六字句
平可仄平平仄仄五字句仄可平仄平可仄平四字句仄可平平平仄叶，四字句仄仄可平平平仄仄仄七字句
仄仄平平平可仄仄叶，六字句

詞

詠雪

宋周邦彦（一）

同雲密布。撒梨花柳絮。飛舞樓臺俏似玉〔一〕。向紅爐煖閣，院宇深沈，廣排筵會〔二〕。聽笙歌猶未徹，漸覺輕寒、透簾穿戶〔三〕。亂飄僧舍，密灑歌樓，酒帘如故。○想樵人、山徑迷蹤路。料漁人、收綸罷釣歸南浦。路無伴侶，見孤村寂寞，招颭酒旗斜處。南軒孤鴈過，嚦嚦聲聲，又無書度。見臘梅、枝上嫩蘂，兩兩三三微吐。

（一）按：《草堂詩餘・前集》卷下入「冬景」類，未署名，其前首爲周邦彦《紅林檎近》；《類編草堂詩餘》卷四署周邦彦，汲古閣本《片玉詞・補遺》題「雪景」；《詞律》卷三作柳永詞；《詞譜》卷四據《花草粹編》署無名氏作，《全宋詞》亦收爲無名氏詞。

【校】

[一]「撒梨花」二句：《詞律》、《詞譜》皆作七言一句、五言一句，以「舞」字叶韻；《詞律》於「玉」字未注叶韻。

[二]「向紅爐」三句：《全宋詞》作：「向紅爐煖閣院宇。深庭廣排筵會。」以「宇」字叶韻。《詞律》不注「會」字叶韻。

[三]「漸覺」句：《詞律》、《詞譜》皆作四言二句。

贊浦子[一]　雙調○小令

仄可平仄平平仄五字句平平仄仄平韻，五字句仄可平仄平平仄五字句平平仄仄平叶，五字句○仄可平仄平可仄平仄可平仄六字句平可仄平仄可平仄平平叶，六字句仄可平仄平平仄五字句平平仄仄平叶，五字句

詞

唐毛文錫

錦帳添香睡，金鑪換夕薰。懶結芙蓉帶，慵拖翡翠裙。○正是桃夭柳媚，那堪暮雨朝雲。

[一] 按：此調爲唐教坊曲名，一名《贊普子》，唐五代詞僅見敦煌寫本無名氏詞及毛文錫詞各一首，宋無作。

宋玉高唐意，裁瓊欲贈君。

繡帶子〔一〕　雙調○小令

仄可平仄仄平平韻，五字句平可仄仄仄平平叶，五字句仄可平仄平可仄平平可仄仄六字句仄可平仄仄平平叶，五字句○仄可平仄仄平平叶，五字句仄可平仄可平仄平可仄仄平平叶，七字句平可仄平平可仄仄四字句平可仄平仄可平仄四字句仄可平仄平平叶，四字句

詞

詠梅〔二〕　宋黄庭堅

小院一枝梅。衝破曉寒開。晚到芳園遊戲〔一〕，滿袖帶香回〔二〕。○玉酒覆銀盃。盡醉去、猶待重來。東鄰何事，驚吹怨笛，雪片成堆。

〔一〕按：此調又名《繡帶兒》、《好女兒》，實皆與《相思兒令》爲同調異名；前卷「令字題」已收《相思兒令》，此卷又收《繡帶子》，乃同調重出。

〔二〕按：景宋本《山谷琴趣外篇》卷一題「梅」；四庫本《山谷詞》調名作《好女兒》，題「張寬夫園賞梅」；《梅苑》卷六亦名《好女兒》，題「戎州賞梅」。

【校】

［一］晚到芳園：《山谷詞》、《梅苑》皆作「偶到張園」。

［二］滿袖：《山谷詞》、《梅苑》皆作「沾袖」。

更漏子［一］　雙調○小令

仄可平平可仄平可仄，三字句平可仄仄可平仄韻，三字句平可仄仄仄可平平平可仄仄叶，六字句平可仄仄仄三字句仄平平更韻，三字句仄可平平平可仄仄平叶，五字句○後段同，亦更仄平兩韻各叶

詞　唐温庭筠

玉鑪香，紅蠟淚。偏照畫堂秋思。眉翠薄，鬢雲殘。夜長衾枕寒。○梧桐樹［二］，三更雨。不道離情正苦。一葉葉，一聲聲。空堦滴到明。

［一］按：此調蓋用唐教坊曲《更漏長》，敦煌寫本載温庭筠、歐陽炯詞即作《更漏長》。宋詞另有杜安世、賀鑄《更漏子》，爲長調慢詞。

【校】

［一］按：《詞律》卷四、《詞譜》卷六於此句皆注换叶仄韻。

又

唐毛文錫

春夜闌，春恨切。花外子規啼月。人不見，夢難憑。紅紗一點燈。◯偏怨别。是芳節。庭下丁香千結。宵霧散，曉霞輝。梁間雙燕飛。

山花子（一）　凡二體，並雙調◯小令

第一體

平可仄仄平平仄仄平韻，七字句平可仄平仄可平仄仄平平叶，七字句仄可平仄平可仄平仄仄六字句仄平平叶，三字句◯仄可平仄仄可平平平仄仄七字句仄可平平平可仄仄仄平平叶，七字句平可仄仄平可

（一）按：《教坊記》並列《浣溪沙》、《山花子》二曲，皆用爲詞調。唐詞《浣溪沙》有七言六句雙片體，亦有兩片末尾各添三字短句雜言體，後者又有《添字浣溪沙》、《攤破浣溪沙》等别名；《山花子》則僅見和凝詞二首及敦煌寫本無名氏詞一首，和凝詞實爲《浣溪沙》雜言體，敦煌詞句式雖同，而用仄韻，平仄亦異，蓋與《浣溪沙》爲異調。

仄平平仄仄七字句仄平平叶，三字句

詞 石晉和凝

銀字笙寒調正長。冰紋簟冷畫屏凉[一]。玉腕重金扼臂[二]，澹梳粧。○幾度試香纖手暖，一迴嘗酒絳唇光。佯弄紅絲蠅拂子，打檀郎。

【校】

[一] 冰：《花間集》卷六作「水」。

[二] 按：此句《花間集》亦作六字；《詞譜》卷七校作「玉腕重因金扼臂」，注「重」字仄聲。

第二體 一名《添字浣溪沙》

平可仄仄平可仄仄可平仄仄平韻，七字句平可仄平平仄仄平平叶，七字句平可仄仄仄可平平平可仄仄可平仄七字句仄平平叶，三字句○後段同

詞

石晉和凝

鶯錦蟬縠馥麝臍。輕裾花草曉煙迷。鸂鶒鸂金紅掌墜[一]，翠雲低。○星壓笑隈霞臉畔[二]，蹙金開襜襯銀泥。春思半和芳草嫩，緑萋萋。

【校】

[一] 鸂：《花間集》卷六作「顫」，一作「戰」。

[二] 壓：《花間集》作「靨」。

又

秋思

南唐李璟[一]

菡萏香消翠葉殘。西風愁起緑波間。還與韶光共憔悴，不堪看。○細雨夢回雞塞遠，小樓

(一) 按：原本署「南唐李後主」；四庫本《尊前集》卷下署「李王」，《花庵詞選》卷一作李後主詞。王仲聞校訂本《南唐二主詞》作李璟詞，兹從校訂。

吹徹玉笙寒。多少淚珠何限恨，倚欄干。

又

春恨　南唐李　璟(一)

手捲真珠上玉鉤。依前春恨鎖重樓。風裏落花誰是主，思悠悠。○青鳥不傳雲外信，丁香空結雨中愁。回首緑波三峽暮，接天流。

漁歌子　雙調○小令

仄平可仄平三字句平仄仄韻，三字句仄可平平平可仄仄平平仄叶，七字句仄可平平可仄平可仄，三字句平可仄平可仄仄可平，叶，三字句仄可平仄平可仄平仄可平仄叶，六字句○後段同

(一) 按：原本署「李景」，《嘯餘譜》署「宋李景」，《草堂詩餘・前集》卷下亦署李景作；《尊前集》、《花庵詞選》誤作李煜詞；茲從《南唐二主詞》校訂。

詞

唐顧　敻

曉風清，幽沼緑。倚欄凝望珍禽浴。畫簾垂，翠屏曲[一]。滿袖荷香馥郁。○好攄懷，堪寓目。身閒心静平生足。酒盃深，光影促。名利無心較逐。

【校】

[一]翠：譜注「平可仄」，附録本、和刻本同，蓋訛誤；《嘯餘譜》作仄聲，注可平。

又

唐孫光憲

泛流螢，明又滅。夜凉水冷東灣闊。風浩浩，笛寥寥，萬頃金波澄澈。○杜若洲，香郁烈。一聲宿鴈霜時節。經霅水，過松江，盡屬儂家日月。

又

唐魏承班

柳如眉，雲似髮。蛟綃霧縠籠香雪[一]。夢魂驚，鐘漏歇。窻外曉鶯殘月。○幾多情，無處説。落花飛絮清明節。少年郎，容易别。一去音書斷絶。

【校】

［一］蛟蛸：《花間集》卷九作「蛟綃」，一作「鮫綃」。

採蓮子　單調○小令

即七言絕句二首，各用一韻㈠

詞　唐皇甫松

菡萏香連十頃陂舉棹。小姑貪戲採蓮遲年少。晚來弄水船頭濕舉棹，更脱紅裙裹鴨兒年少。

船動湖光灧灧秋舉棹。貪看年少信船流年少。無端隔水抛蓮子舉棹，遥被人知半日羞年少。

㈠ 按：原本未分段；各本《花間集》卷二亦合爲一首；《花草粹編》卷一録作二首；《詞律》卷一、《詞譜》卷一收此調，亦以四句爲一首。兹姑從原本。

七娘子　雙調○小令

平可仄平平可仄仄平平仄韻，七字句仄可平平仄仄平平仄叶，七字句平可仄仄平平四字句仄可平平
仄叶，四字句仄可平平平可仄仄平平仄叶，七字句○後段同

詞

賀人子晬　　宋吴　申[一]

君家諸子燕山盛。去年兩見門弧慶。銀蠟燒花，寶香熏燼。晬盤珠玉還相暎。○耳邊好語憑君聽。此兒不與羣兒並。右執金戈，左持金印。功名當似王文正。

破陣子　雙調○中調

仄可平仄平可仄平仄可平仄六字句平可仄仄可平仄可平仄平平韻，六字句仄可平仄平可仄平平仄仄七

[一] 按：原本未題朝代，《嘯餘譜》、附録本、和刻本同；《全宋詞》據《翰墨大全》丙集卷三收録，小傳疑爲宋理宗時人，兹從校訂，補題「宋」字。

字句仄可平仄平平仄可平仄平叶，七字句仄可平平平仄平叶，五字句○後段同

詞

峽石道中有懷吴子似縣尉〔一〕　宋辛棄疾

宿麥畦中雉雊，桑葉陌上蠶生。騎火須防花月暗，玉唾長携綵筆行。隔牆人笑聲。○莫説弓刀事業，依然詩酒功名。千載圖中今古事時脩圖經，故云〔二〕，萬石溪頭長短亭。小塘風浪平。

【校】

［一］按：《稼軒長短句》此詞後注云：「時修圖經，築亭堠。」

行香子　雙調○中調

仄可平仄平平韻，四字句仄可平仄平平叶，四字句仄可平平平可仄平可仄仄平平叶，七字句平可仄平平

〔一〕按：《稼軒詞》丙集「峽」作「硤」，無「吴」、「縣尉」三字。

可仄[一]仄四字句平仄平平叶，四字句仄仄可平平仄四字句平仄仄三字句仄平平叶，三字句○後段同，唯首句及第二句無韻，亦有有韻同前者

詞

與泗守過南山晚歸作(一)

宋蘇　軾

北望平川。野水荒灣。共尋春、飛步孱顔。和風弄袖，香霧縈鬟。正酒酣□[二]，人語笑，白雲間。○飛鴻落照，相將歸去，澹娟娟、玉宇清閒[三]。何人無事，宴坐空山。望長橋上，燈火亂，使君還。

【校】

[一]平可仄：據例詞「弄」字實爲仄聲，蓋誤注；《嘯餘譜》作仄聲，而誤注可仄。

(一)按：此詞傅幹注本、《百家詞》本《東坡詞》皆不收，元本《東坡樂府》卷上收録，無題；汲古閣本《東坡詞》有此題。泗，《嘯餘譜》作「白」。

〔二〕□：原本空缺，《嘯餘譜》及附録本同，和刻本作「酣」；汲古閣本《東坡詞》作「適」，屬下句；《彊村叢書》本《東坡樂府》卷二作「時」。

〔三〕娟娟：《嘯餘譜》作「涓涓」。

八六子　雙調〇中調

仄平平韻，三字句仄可平平平可仄仄平平六字句仄可平仄平平叶，四字句仄可平仄可平仄平平仄可平仄七字句仄可平平平可仄仄平平六字句仄可平平仄平叶，四字句〇平可仄平平可仄仄平平叶，六字句仄可平仄仄可平平平仄六字句平可仄平仄可平仄平平叶，六字句仄可平仄仄平平仄可平平平可仄仄九字句仄可平平平可仄仄四字句仄可平平平可仄仄四字句平可仄平仄可平仄平可仄平仄可平仄八字句平可仄平平可仄仄平平叶，六字句仄平平叶，三字句平可仄平仄可平平可仄仄可平平叶，六字句

詞

春怨　宋秦觀

倚危亭。恨如芳草萋萋，刬盡還生〔一〕。念柳外青驄別後，水邊紅袂分時，愴一作悽然暗驚。

○無端天與娉婷。夜月一簾幽夢，春風十里柔情。怎奈向、歡娛漸隨流水[二]，素絃聲斷，翠綃香減，那堪片片飛花弄晚，濛濛殘雨籠晴。正銷凝。黄鸝又啼數聲。

【校】

[一]「恨如」二句：《詞律》卷十三、《詞譜》卷二十二皆作四言一句、六言一句。萋萋，汲古閣本《淮海詞》作「淒淒」。

[二]「怎奈向」句：《詞譜》作五言一句、四言一句。怎奈向，《詞律》、汲古閣本《淮海詞》皆作「怎奈何」，《詞譜》作「奈回首」。

南歌子　一名《南柯子》，凡三體，有單雙二調

第一體　單調○小令

仄可平仄平平仄五字句平平仄仄平韻，五字句平可仄仄仄平平叶，五字句仄可平平平仄仄五字句仄平平叶，三字句

詞　唐温庭筠

轉眄如波眼[一]，娉婷似柳腰。花裏暗相招。憶君腸欲斷，恨春宵。

【校】

[一] 轉眄：明湯顯祖評點本《花間集》卷一作「轉盻」，《百家詞》本《花間集》卷一作「轉盼」。

第二體　單調〇小令

仄可平仄平平可仄仄五字句平平仄仄平韻，五字句仄可平平仄可平仄仄平平叶，七字句平可仄仄仄可平平平仄仄平平叶，九字句

詞二首　唐張　泌

岸柳拖煙緑，庭花照日紅。數聲蜀魄入簾櫳。驚斷碧窗殘夢、畫屏空。

錦薦紅鸂鶒，羅衣繡鳳皇。綺疏飄雪北風狂。簾幕盡垂無事、鬱金香[二]。

【校】

［一］按：《詞律》卷一以張泌「柳色遮樓暗」一詞爲「又一體」，《詞譜》卷一以張泌「錦薦紅鸂鶒」詞爲「又一體」，於結句皆作六言一句、三言一句。

第三體　雙調○中調(一)

前段與第二體同○後段同

詞　唐毛熙震

遠山愁黛碧，横波慢臉明。膩香紅玉茜羅輕。深院晚堂人靜、理銀箏。○鬢動行雲影，裙遮點屐聲。嬌羞愛問曲中名。楊柳杏花時節、幾多情。

(一) 按：《南歌子》雙片體以五十二字爲正體和多數，此體即五十二字，屬小令；此注「中調」，《嘯餘譜》及附録本、和刻本同，蓋訛誤。

又

端午〔一〕　宋蘇　軾

山與歌眉斂，波同碧眼流〔二〕。遊人都上十三樓。不羨竹西歌吹、古揚州。○菰黍連昌歜，瓊彝倒玉舟。誰家水調唱歌頭。聲遶碧山飛去、晚雲留。

【校】

〔二〕碧眼：傅幹注本、《百家詞》本、汲古閣本《東坡詞》皆作「醉眼」。

又

獨坐蔗菴　宋辛棄疾

玄入參同契，禪依不二門。細看斜日隙中塵。始覺人間、何處不紛紛。○病笑春先到，閒知懶是真。百般啼鳥苦撩人。除却提壺、此外不堪聞。

〔一〕按：傅幹注本《東坡詞》卷五題「錢塘端午」，《百家詞》本、汲古閣本皆題「遊賞」；《草堂詩餘・後集》卷上入「節序・端午」類。

又

秋日[一]　　宋僧仲殊[二]

十里青山遠，潮平路帶沙。數聲啼鳥怨年華。又是淒涼時候、在天涯。○白露收殘月，清風散曉霞[一]。緑楊堤畔鬧荷花。記得年時沽酒、那人家。

【校】

[一] 散曉霞：《樂府雅詞·拾遺》作「襯晚霞」；霞，《嘯餘譜》作「霜」，失叶，蓋訛誤。

南鄉子　凡四體，有單雙二調○並小令

第一體　單調

仄可平仄平平韻，四字句仄可平平平可仄仄仄平平叶，七字句仄可平仄仄平平仄仄更韻，七字句平仄

(一) 按：《花庵詞選》卷九題「懷舊」，《類編草堂詩餘》卷一題「秋日」。

(二) 按：原本僅署「宋僧」，附録本、和刻本同；《樂府雅詞·拾遺》卷上、《花庵詞選》卷九、《嘯餘譜》皆作僧仲殊，兹從校訂。

叶，二字句仄可平仄平可仄平平仄仄叶，七字句

詞　　唐歐陽炯

岸遠沙平。日斜歸路晚霞明。孔雀自憐金翠尾。臨水。認得行人驚不起。

第二體　單調

仄可平仄平平韻，四字句仄可平平平可仄仄仄平平叶，七字句仄可平仄平可仄平平仄仄更韻，七字句平平仄叶，三字句仄可平仄平可仄平平仄仄叶，七字句

詞　　唐歐陽炯

嫩草如煙。石榴花發海南天。日暮江亭春影淥。鴛鴦浴。水遠山長看不足。

第三體　單調

平仄仄三字句仄平平韻，三字句仄可平平平可仄仄仄平平叶，七字句仄可平仄平平平仄仄更韻，七字句

平平仄叶，三字句平可仄仄仄可平平平仄仄叶，七字句

詞　　唐李珣

煙漠漠，雨淒淒。岸花零落鷓鴣啼。遠客扁舟臨野渡。思鄉處。潮退水平春色暮。

第四體　雙調

平可仄仄仄平平韻，五字句仄可平仄平平仄仄平叶，七字句仄可平仄仄可平平平仄仄七字句平平叶，二字句仄仄平平仄仄平[二]叶，七字句○後段同

詞

重陽[一]　宋蘇軾

霜降水痕收。淺碧鱗鱗露遠洲。酒力漸消風力軟，颼颼。破帽多情却戀頭。○佳節若爲

[一] 按：傅幹注《東坡詞》等各本皆題「重九涵輝樓呈徐君猷」；《花庵詞選》卷二題「九日」，《草堂詩餘·後集》卷上入「節序·重陽」類。

酬。但把清樽斷送秋。萬事到頭都是夢，休休。明日黄花蝶也愁。

【校】

［一］平：原本注仄，蓋訛誤；據例詞「頭」字平聲，叶韻；《嘯餘譜》、附録本、和刻本皆注平聲，兹從校訂。

又

閨情　　宋孫夫人（一）

曉日壓重簷。斗帳猶寒起未忺虚嚴反，意所欲也［一］。天氣困人梳洗懶，眉尖。淡畫春山不喜添。◯閒把繡絲撏。認得金針又倒拈。陌上遊人歸也未，厭厭。滿院楊花不捲簾。

【校】

［一］反：《嘯餘譜》作「仄」，蓋訛誤。

（一）按：《全宋詞》據《樂府雅詞・拾遺》卷下收作無名氏詞，注：「案此首別作孫夫人詞，見《草堂詩餘》後集卷下。別又誤作鄭文妻詞，見《彤管遺編》後集卷十二。」

又

舟中紀夢(一)　宋辛棄疾

欹枕艣聲邊。貪聽咿啞聒醉眠。夢裏笙歌花底去，依然。翠袖盈盈在眼前。○别後兩眉尖。欲説還休夢已闌。只記埋寃前夜月，相看。不管人愁獨自眠。

又

登京口北固亭有懷　宋辛棄疾

何處望神州。滿眼風光北固樓。千古興亡多少事，悠悠。不盡長江滚滚流。○年少萬兜鍪。坐斷東南戰未休。天下英雄誰敵手，曹劉。生子當如孫仲謀。

天仙子　凡二體，有單雙二調

第一體　小令

平可仄仄仄仄可平平平仄仄韻，七字句仄可平平可仄平可仄仄可平平平可仄仄叶，七字句平可仄平仄可平

(一) 按：《稼軒長短句》卷八題「舟行記夢」。

仄仄平平七字句平仄可平仄叶，三字句仄可平平仄叶，三字句仄可平仄仄可平平平仄仄叶，七字句

詞　　唐皇甫松

晴野鷺鷥飛一隻。水葓花發秋江碧。劉郎此日別天仙，登綺席。淚珠滴。十二晚峯高歷歷。

第二體　雙調○中調

前段與第一體同○後段同

詞

送春〔一〕　　宋張　先

水調數聲持酒聽。午睡醒來愁未醒〔二〕。送春春去幾時回，臨晚鏡。傷流景。往事後期空

〔一〕按：《花庵詞選》卷五題「春恨」，《草堂詩餘・前集》卷上入「春景・春暮」類；《張子野詞》序云「時爲嘉禾小倅，以病眠不赴府會」。

記省。○沙上並禽池上暝。雲破月來花弄影。重重翠幙密遮燈[二]，風不定。人初靜。明日落紅應滿逕。

【校】

[一] 睡：《張子野詞》卷二、《樂府雅詞》卷一及《花庵詞選》、《草堂詩餘·前集》皆作「醉」。

[二] 翠：《張子野詞》作「簾」。

風流子(一)

一名《内家嬌》，凡二體，有單雙二調

第一體

單調○小令

平可仄仄仄可平平平仄韻，六字句平可仄仄仄可平平仄可平仄叶，六字句仄可平仄仄[一]三字句仄平平三字句平可仄仄平可仄平仄可平仄叶，六字句仄可平仄平仄叶，四字句仄可平仄平可仄平平仄叶，六字句

(一) 按：《風流子》實有二調，小令單片體僅見五代孫光憲詞三首，載《花間集》卷八，蓋用唐教坊曲名；宋詞此調皆爲長調慢詞，蓋另翻新聲，别名《内家嬌》。另有唐敦煌寫本無名氏及宋柳永《内家嬌》詞，又與宋詞《風流子》之别名《内家嬌》者爲同名異調。

詞二首

唐孫光憲

茅舍槿籬溪曲。雞犬自南自北。菰葉長，水葓開，門外春波漲淥。聽織聲促[二]。軋軋鳴梭穿屋。

金絡玉銜嘶馬[三]。繫向緑楊陰下。朱戶掩，綉簾垂，曲院水流花榭[四]。歡罷歸也。猶在九衢深夜。

【校】

[一] 按：《詞譜》卷二以孫光憲「樓倚長衢欲暮」詞爲例，此句注平仄仄，《詞律》卷二同；例詞第三字爲「長」，《嘯餘譜》注平聲。

[二] 按：《詞律》、《詞譜》於第六句作二言二句，皆注叶韻，且注孫詞三首皆然，謂「《嘯餘譜》注作四字句者誤」。

[三] 銜：原本作「御」，茲據《花間集》、《嘯餘譜》及和刻本校訂。

[四] 榭：《花間集》作「謝」。

第二體 雙調○長調

平可仄平平可仄仄仄五字句平平仄平可仄仄仄平平韻，八字句仄平可仄仄仄平五字句仄可平平平仄四字句仄可平平平可仄仄四字句平可仄仄平平叶，四字句仄可平平仄三字句仄可平平平仄仄五字句平可仄仄仄平平叶，五字句平可仄仄仄平四字句仄可平平仄可平仄四字句仄可平平平仄四字句仄可平仄平平叶，四字句○平可仄平平平可仄仄五字句平可仄平仄仄可平仄可平仄仄平平叶，九字句平可仄仄仄可平平平仄六字句平可仄仄平平叶，四字句仄平平仄仄五字句平可仄[二]平仄仄四字句仄可平平可仄平可仄平可仄，四字句平可仄[二]仄平平叶，四字句仄可平仄仄可平平仄可平仄六字句平仄平平叶，四字句

詞

春初[一]

宋秦　觀

東風吹碧草，年華換、行客老滄洲。見梅吐舊英，柳摇新緑，惱人春色，還上枝頭。寸心亂[三]，北隨雲黯黯，東逐水悠悠。斜日半山，暝煙兩岸，數聲横笛，一葉扁舟。○青門同携

[一] 按：《淮海詞》、《花庵詞選》卷四、《草堂詩餘・前集》卷上、《嘯餘譜》皆題「初春」。

手，前歡記、渾似夢裏揚州。誰念斷腸南陌，回首西樓。算天長地久，有時有盡，奈何綿綿，此恨無休。擬待倩人説與，生怕伊愁。

【校】

［一］平可仄：《嘯餘譜》及附録本、和刻本譜注皆同，蓋訛誤；據例詞此句首字爲「有」，乃仄聲。

［二］平可仄：《嘯餘譜》及附録本、和刻本譜注皆同，蓋訛誤；據例詞此句首字爲「此」，乃仄聲。

［三］「寸心」句：《詞譜》卷二所收此調長調各體，此句皆連下句作八字一句，於三字下注「讀」。

又

秋思〔一〕　宋張　耒

亭皋木葉下〔二〕，重陽近、又是擣衣秋。柰愁入庾腸，老侵潘鬢〔三〕，謾簪黄菊，花也應羞。楚天晚，白蘋煙盡處，紅蓼水邊頭。芳草有情，夕陽無語，鴈横南浦，人倚西樓。○玉容知安

〔一〕按：《草堂詩餘・前集》卷上入「秋景・秋怨」類。

否，香箋共錦字，兩處悠悠。空恨碧雲離合，青鳥沈浮。向風前懊惱，芳心一點，寸眉兩葉，禁甚閑愁。情到不堪言處，分付東流。

【校】

［一］亭皋木葉：《樂府雅詞·拾遺》卷下作「木葉亭皋」；亭，一作「庭」。

［二］潘：原本作「藩」，蓋訛誤，茲從《花庵詞選》卷三、《嘯餘譜》及附録本、和刻本校訂。

江城子 一名《江神子》，凡四體[一]，有單雙二調

第一體 單調○小令

平可仄平平可仄仄仄平平韻，七字句仄平平叶，三字句仄平平叶，三字句仄可平平可仄平可仄仄可平平可仄仄仄平平叶，九字句平可仄仄仄可平平平仄仄七字句平仄仄仄平平叶，六字句

詞 唐牛嶠

鵁鶄飛起郡城東。碧江空。半灘風。越王宮殿、蘋葉藕花中[二]。簾捲水樓魚浪起，千片

雪、雨濛濛[三]。

【校】

[一] 凡四體：《嘯餘譜》及附録本、和刻本皆作「凡三體」，蓋訛誤。

[二] 「越王」句：《詞律》卷二作四言一句、五言一句。

[三] 「千片」句：《詞律》及《詞譜》卷二皆作三言二句。

第二體　單調〇小令[一]

仄可平仄可平平平可仄仄仄平韻，七字句仄平平叶，三字句仄平平叶，三字句仄可平仄可平平可仄平可仄仄可平仄仄平平叶，九字句平可仄仄平可仄平平仄仄七字句平可仄平仄仄仄平平叶，七字句

詞　　唐歐陽炯

晚日金陵岸草平。落霞明。水無情。六代繁華、暗逐逝波聲。空有姑蘇臺上月，如西子鏡照江城[二]。

【校】

[一]按：原本僅注小令，漏注單調；兹從《嘯餘譜》及附録本、和刻本校訂。

[二]按：此句《詞譜》卷二作四言一句、三言一句。

第三體 單調○小令

仄可平仄平平仄可平仄平韻，七字句平可仄平平仄平可仄仄平平叶，八字句仄可平仄平平平可仄仄仄平平叶，九字句仄可平仄平可仄平平仄仄七字句平可仄仄可平仄可平仄平平叶，六字句

詞

唐牛　嶠

極浦煙消水鳥飛。離筵分手時、送金巵[一]。渡口楊花、狂雪任風吹。日暮空江波浪急，芳草岸、雨如絲[二]。

【校】

[一]「離筵」句：《詞譜》卷二作五言一句、三言一句，以「時」字叶韻。

[二]「芳草」句：《詞譜》作三言二句。

第四體　雙調○中調

前段與第一體同○後段同

詞

春思　宋謝　逸

杏花村舘酒旗風。水溶溶。颺殘紅。野渡舟横、楊柳緑陰濃。望斷江南山色遠，人不見、草連空。○夕陽樓外晚煙籠。粉香融。淡眉峯。記得年時、相見畫屏中。只有關山今夜月，千里外、素光同。

又

春别(一)　宋蘇　軾

天涯流落思無窮。既相逢。却匆匆。携手佳人、和淚折殘紅。爲問東風餘幾許，春縱在、與誰同。○隋堤三月水溶溶。背歸鴻。去吴中。回望彭城、清泗與淮通。寄我相思千點

(一) 按：傅幹注本《東坡詞》卷六題「别徐州」，《百家詞》本、汲古閣本皆題「恨别」。

淚，流不到、楚江東。

又

離别㈠

宋秦　觀

西城楊柳弄春柔。動離憂。淚難收。猶記多情、曾爲繫歸舟。碧野朱橋當日事，人不見、水空流。◯韶華不爲少年留。恨悠悠。幾時休。飛絮落花時候、一登樓。便做春江都是淚，流不盡、許多愁。

河滿子㈡　凡三體，有單雙二調

第一體　單調◯小令

平可仄仄平平仄可平仄六字句仄可平平平可仄仄平平韻，六字句仄可平仄平可仄平平仄六字句平可仄

㈠ 按：《花庵詞選》卷四題「春别」，《草堂詩餘·後集》卷下入「人事·離别」類；《詩餘圖譜》題「春恨」。

㈡ 按：此調正名當作《何滿子》。《詞律》卷二收《何滿子》，注此曲因歌者何滿子而得名；《詞譜》卷三收《河滿子》，注「一名何滿子」。

平仄可平仄平平叶，六字句仄可平仄仄可平平平可仄仄六字句平可仄平仄可平仄平平叶，六字句

詞

唐毛文錫

紅粉樓前月照，碧紗牕外鶯啼。夢斷遼陽音信，那堪獨守空閨。恨對百花時節，王孫綠草萋萋。

又

石晉和　凝

寫得魚牋無限，其如花鎖春輝。目斷巫山雲雨，空教殘夢依依。却愛薰香小鴨，羨他長在屏幃。

第二體　單調○小令

平可仄仄仄可平平平可仄仄六字句平可仄平平可仄仄平平韻，六字句平可仄仄仄可平平平仄仄七字句仄可平平仄可平仄平平叶，六字句平可仄仄平可仄平仄可平仄六字句仄可平平平可仄仄平平叶，六字句

詞　　唐孫光憲

冠劍不隨君去，江河還共恩深。歌袖半遮眉黛慘，淚珠旋滴衣襟。惆悵雲愁雨怨，斷魂何處相尋。

第三體　雙調○中調

前段與第二體同○後段同

詞　　唐毛熙震

寂寞芳菲暗度，歲華如箭堪驚。緬遠也想舊歡多少事，轉添春思去聲難平。曲檻絲垂金柳，小窗絃斷銀箏。○深院空聞燕語，滿園閑落花輕。一片相思休不得[一]，忍教長日愁生。誰見夕陽孤夢，覺音教來無限傷情。

【校】

[一]一片：《嘯餘譜》及附録本、和刻本皆作「二片」，蓋訛誤。

又

秋怨(一)　宋孫　洙

悵望浮生急景，凄涼寶瑟餘音。楚客多情偏怨別，碧山遠水登臨。目送連天衰草，夜闌幾處踈砧。○黃葉無風自落，秋雲不雨長陰。天若有情天亦老，搖搖幽恨難禁。惆悵舊歡如夢，覺來無處追尋。

卜算子

凡二體，並雙調○小令○用平韻即《巫山一段雲》(二)

第一體

平可仄仄可平仄可平平可仄平五字句平可仄仄平平仄韻，五字句仄可平仄平平仄仄平七字句平可仄仄平平仄叶，五字句○後段同

(一) 按：《嘯餘譜》題「秋思」，《詩餘圖譜》一題「傷怨」。

(二) 按：《卜算子》與《巫山一段雲》二調雖句讀相同，然創調各有淵源，且用韻不同，聲情各異，實非同調。

詞

春恨

宋秦　湛（一）

春透水波明，寒峭花枝瘦。極目煙中百尺樓，人在樓中否。○四和裊金鳬，雙陸思纖手。擬倩東風浣此情，情更濃如酒。

又

孤鴻（二）

宋蘇　軾

缺月掛踈桐，漏斷人初靜。時見幽人獨往來，縹緲孤鴻影。○驚起却回頭，有恨無人省。揀盡寒枝不肯棲，楓落吴江冷〔一〕。

（一）按：原本署「宋秦」，《嘯餘譜》署秦觀；《花庵詞選》卷四作秦湛詞，題「春情」；《草堂詩餘・前集》卷下「春景・春恨」類、《全宋詞》皆作秦湛，兹從校訂。

（二）按：傅幹注本《東坡詞》卷十二題「黄州定惠院寓居作」；《草堂詩餘・後集》卷下入「花柳禽鳥・孤鴻」類。

【校】

［一］「楓落」句：傅幹注本《東坡詞》、汲古閣本《東坡詞》皆作「寂寞沙洲冷」。

第二體

前段與第一體同○後段同，唯首句末用仄字不叶韻［一］，末句作六字

詞

春怨（一）　宋徐　俯

胷中千種愁［二］，掛在斜陽樹。緑葉陰陰自得春，草滿鶯啼處。○不見凌波步，空想如簧語。門外重重疊疊山［三］，遮不斷、愁來路。

【校】

［一］按：《詞律》卷三、《詞譜》卷五皆以此詞爲「又一體」，於後段首句皆注叶韻。

（一）按：《花庵詞選》卷六題「春愁」。

［二］「胷中」句：《樂府雅詞》卷中、《花庵詞選》卷六、《花草粹編》卷四皆作「天生百種愁」。
［三］門外：《樂府雅詞》、《花庵詞選》皆作「柳外」。

詩餘九

天文題　以末字爲主，地理、時令、人物皆放此

鶴沖天(一)　雙調○小令

平仄仄三字句仄平平韻，三字句平可仄仄仄平平叶，五字句仄可平平平可仄仄仄平平叶，七字句平仄仄
平平叶，五字句○平可仄平仄更韻，三字句平可仄平仄叶，三字句平可仄仄仄平平仄叶，六字句仄可平平
平可仄仄仄平平更韻，七字句平仄仄平平叶，五字句

（一）按：此調本名《喜遷鶯》，始見晚唐韋莊詞，南唐馮延巳詞别名《鶴沖天》；宋歐陽修等《鶴沖天》即《喜遷鶯》，宋詞另有柳永等《鶴沖天》，蓋慢詞，與此爲異調。

詞　宋歐陽脩

梅謝粉，柳拖金。香滿舊園林。養花天氣半晴陰。花好却愁深。〇花無數。愁無數。花好却愁春去。戴花持酒祝東風。千萬莫匆匆。

杏花天　雙調〇小令

仄可平平可仄平可平仄平平仄韻，七字句仄可平仄仄平平平可仄仄叶，七字句平可仄平仄可平仄平平仄叶，七字句平可仄仄仄可平平仄可平仄叶，六字句〇後段同

詞　宋朱敦儒

淺春庭院東風曉[一]。細雨打、鴛鴦寒峭。花尖望見鞦韆了。無路踏青鬭草。〇人別後、碧雲信杳。對好景、愁多歡少。等他燕子傳音耗。紅杏開未到[二]。

【校】

[一] 淺：《百家詞》本《樵歌》卷上、四印齋本《樵歌》卷中皆作「殘」。

[二]「紅杏」句：《樵歌》、《詩餘圖譜》作「紅杏開也未到」，《嘯餘譜》及附録本、和刻本作「紅杏開時未到」，《詞譜》卷十作「紅杏開還未到」。

鷓鴣天　雙調○小令

前段即七言絶句，首句末用平韻○平仄仄三字句仄平平叶，三字句平可仄平平可仄仄仄平平叶，七字句仄可平平仄可平仄平平仄七字句仄可平仄平平平可仄仄平叶，七字句

詞

春閨　宋秦　觀(一)

枝上流鶯和淚聞[一]。新啼痕間舊啼痕。一春魚鳥無消息[二]，千里關山勞夢魂。○無一語，對芳樽。安排腸斷到黃昏。甫能炙得燈兒了，雨打梨花深閉門。

(一) 按：《草堂詩餘·前集》卷下未署名；《類編草堂詩餘》卷一、《花草粹編》卷十署秦觀；汲古閣本《淮海詞》注「舊刻逸」；《全宋詞》録爲無名氏詞。

【校】

〔一〕枝上：《類編草堂詩餘》卷一、《詞律》卷八作「枕上」。

〔二〕魚鳥：《嘯餘譜》作「魚鴈」。

又(一)　宋晏幾道

綵袖慇懃捧玉鍾。當年拚却醉顔紅。舞低楊柳樓心月，歌盡桃花扇底風〔一〕。◯從別後，憶相逢。幾回魂夢與君同。今朝剩把銀釭照〔二〕，猶恐相逢是夢中。

【校】

〔一〕扇底風：汲古閣本及《彊村叢書》本《小山詞》、《類編草堂詩餘》卷一、《詞譜》卷十一皆作「扇影風」。

〔二〕今朝：《小山詞》、《花庵詞選》卷三、《草堂詩餘・後集》卷下、《花草粹編》卷十皆作「今宵」。

(一) 按：《花庵詞選》卷三題「佳會」，《草堂詩餘・後集》卷下入「飲饌器用・詠酒」類，題「勸酒」。

詩餘十

地理題(一)

浪淘沙(二) 凡二體，有單雙二調

第一體 單調○小令

即七言絶句，首句末用平韻

詞二首 唐皇甫松

灘頭細草接疎林。浪惡罾船半欲沈。宿鷺眠鷗非舊浦，去年沙觜是江心。

(一) 按：原本未題「地理題」，蓋脱漏；兹據目録及《嘯餘譜》、附録本、和刻本校訂。

(二) 按：此調當源於唐教坊曲，始見中唐詞，皆七言絶句體；兩段雜言體始見南唐李煜詞，宋詞沿用其調，或加「令」、「近」，別名《賣花聲》；宋詞另有《浪淘沙慢》，爲長調。

戀歌荳蔻北人愁[一]。蒲雨杉風野艇秋。浪起鵁鶄眠不得，寒沙細細入江流。

【校】

[一] 戀歌：《花間集》卷二作「蠻歌」。

第二體 一名《賣花聲》，雙調○小令

仄可平仄仄平平韻，五字句平可仄仄平平叶，四字句平可仄平仄可平仄仄平平叶，七字句仄可平仄平可仄平平仄仄七字句平可仄仄平平叶，四字句○後段同

詞

閨情(一)　宋康與之

蹙損遠山眉。幽怨誰知。羅衾滴盡淚臙脂。夜過春寒愁未起，門外鵶啼。○惆悵阻佳期[一]。人在天涯。東風頻動小桃枝。正是銷魂時候也，撩亂花飛。

(一) 按：《中興以來絶妙詞選》卷一調名作《賣花聲》，題「閨思」；《草堂詩餘・後集》卷下入「人事・閨情」類；《花草粹編》卷九題「春情」。

【校】

［一］按：原本分段符號「○」置於「惆」字下、「悵」字上，蓋訛誤；《嘯餘譜》及附録本、和刻本不誤，兹從校訂。

又

閨思〔一〕　　宋康與之

愁撚斷釵金。遠信沈沈。秦箏調怨不成音。郎馬不知何處也，樓外春深。○好夢已難尋。夜夜餘衾。目窮千里正傷心。記得當初郎去路，緑樹陰陰。

又

春暮懷舊〔二〕　　南唐李後主

簾外雨潺潺。春意闌珊。羅衾不煖五更寒。夢裏不知身是客，一餉貪歡。○獨自莫凭欄。

〔一〕按：《中興以來絶妙詞選》卷一此詞與前首並收，皆名《賣花聲》，同題「閨思」；《花草粹編》卷九與前首同題「春情」。

〔二〕按：《南唐二主詞》調名作《浪淘沙令》，無題；《草堂詩餘·前集》卷上入「春景·懷舊」類；《詩餘圖譜》題「春暮」。

無限江山。别時容易見時難。流水落花春去也，天上人間。

浣溪沙（一） 凡二體，並雙調○小令

第一體

仄可平仄平平仄可平仄平韻，七字句仄可平平平可仄仄仄平平叶，七字句仄可平平平可仄仄仄平平叶，七字句○仄可平仄仄可平平平仄仄七字句平可仄平平可仄仄仄平平叶，七字句仄可平平平可仄仄仄平平叶，七字句

詞二首

唐薛昭藴

粉上依稀有淚痕。郡庭花落斂黄昏。遠情深恨與誰論。○記得去年寒食日，延秋門外卓金輪。日斜人散暗銷魂。

（一）按：此調五代和凝詞别名《山花子》。前卷「子字題」已收《山花子》二體，以和凝及李璟詞爲例，即《浣溪沙》雜言體；此卷所收爲齊言體，實屬同調異體。

握手河橋柳似金。蜂鬚輕惹百花心。蕙風蘭思寄清琴。◯意滿便同春水滿，情深還似酒盃深。楚煙湘月兩沈沈。

又

春景

宋歐陽脩(一)

小院閑牕春色深。重簾未捲影沈沈。倚樓無語理瑶琴。◯遠岫出雲催薄暮，細風吹雨弄輕陰。梨花欲謝恐難禁。

第二體

前段與第一體同，唯首句用仄字，不用韻◯後段同

(一) 按：《草堂詩餘·前集》卷上未署名；《類編草堂詩餘》卷一作歐陽修詞；《樂府雅詞》卷下、《花草粹編》卷三皆署李易安，《全宋詞》據以收作李清照詞。

詞(一)　唐薛昭藴

紅蓼渡頭秋正雨，印沙鷗跡自成行。整鬟飄袖野風香。○不語含嚬深浦裏，幾廻愁煞棹船郎。燕歸帆盡水茫茫。

(一) 按：《詞譜》卷四收此調，以薛昭藴此詞爲「又一體」，注首句不起韻，少押一韻，故爲「變體」。

文體明辯附録卷之六

大明吴江徐師曾伯魯纂

詩餘十一

時令題

洛陽春(一)

一名《一絡索》，雙調○小令

仄可平仄平可仄平平仄韻，六字句平可仄平平仄叶，四字句仄可平平平可仄仄仄平平七字句仄可平仄可平仄平平平仄叶，六字句○後段同

詞　宋陳師道

素手拈花纖軟。生香相亂。却須詩力與丹青，恐俗手、難成染。○一顧教人微倩。那堪親

(一) 按：此調當首見張先詞，名《玉聯環》；歐陽修等又名《洛陽春》、《一落索》、《一絡索》、《玉連環》、《上陽春》。《詞律》卷四、《詞譜》卷五皆以《一落索》爲正名。

見。不辭紫袖拂清塵，也要識、春風面。

又

閨思（一）　宋辛棄疾

羞見鑑鸞孤却。倩人梳掠。一春長是爲花愁，甚夜夜、東風惡。○行遶翠簾珠箔。錦牋誰託。玉觴淚滿却停觴，怕酒似、郎情薄。

畫堂春　雙調○小令

仄可平平平可仄仄仄平平韻，七字句仄可平平仄可平仄平平叶，六字句仄可平平平可仄仄仄平平叶，七字句平可仄仄平平叶，四字句○仄可平仄仄可平平仄可平仄六字句平可仄平仄可平仄平平叶，六字句仄可平平平可仄仄仄平平叶，七字句仄可平仄平平叶，四字句

（一）按：《稼軒詞》甲集調名作《一落索》，題「閨思」；《稼軒長短句》卷十二調名《一絡索》，無題。

詞

春怨

宋徐　俯[一]

落紅鋪徑水平池。弄晴小雨霏霏。杏花憔悴杜鵑啼。無奈春歸。○柳外畫樓獨上，凭欄手撚花枝。放花無語對斜暉。此恨誰知。

又

春怨

宋秦　觀[二]

東風吹柳日初長。雨餘芳草斜陽。杏花零落燕泥香。睡損紅粧。○香篆暗銷鸞鳳，畫屏縈遶瀟湘。暮寒輕透薄羅裳。無限思量。

[一] 按：《草堂詩餘·前集》卷下入「春景·春怨」類，未署名；《花草粹編》卷七署徐俯，注「少游集有」；《全宋詞》收作秦觀詞，注「《類編草堂詩餘》卷一此首誤作徐俯詞」。

[二] 按：此詞載汲古閣本《淮海詞》，注「或刻山谷年十六作」；《花庵詞選》卷四、《草堂詩餘·前集》卷下皆作秦觀詞；《全宋詞》於黄庭堅、秦觀兩收並存。

海棠春　雙調○小令

平可仄平平可仄仄平平仄韻，七字句仄可平仄仄仄可平平平仄叶，七字句仄可平仄仄平平五字句仄可平仄平平仄叶，五字句○後段同

詞

春曉　　宋秦　觀（一）

流鶯牕外啼聲巧[一]。睡未足、把人驚覺。翠被曉寒輕，寶篆沈煙裊。○宿酲未解宮娥報。道别院、笙歌會早[二]。試問海棠花，昨夜開多少。

【校】

[一]「流鶯」句：《樂府雅詞·拾遺》卷下作「曉鶯窗外啼春曉」。

（一）按：《草堂詩餘·前集》卷下未署名，《樂府雅詞·拾遺》卷下亦闕名；《詩餘圖譜》未署名，注據《詩餘》，《類編草堂詩餘》卷一署秦觀作；《全宋詞》録爲無名氏詞。

〔二〕「宿酲」二句：《全宋詞》作：「宿酲未解，雙娥報道。别院笙歌宴早。」

洞天春〔一〕　雙調○小令

平可仄平可仄仄可平平可仄仄韻，六字句仄可平仄平可仄平仄可平仄叶，六字句仄可平仄平平仄可平平可仄仄叶，七字句仄可平平可仄平平仄叶，五字句○平可仄平仄可平仄仄可平仄叶，六字句仄可平仄平可仄平仄可平仄叶，六字句仄可平仄平平四字句仄可平平平仄四字句平可仄平平可仄仄叶，四字句

詞

宋歐陽脩

鶯啼緑樹聲早。檻外殘紅未掃。露點珍珠遍芳草。正簾幃清曉。○鞦韆宅院悄悄。又是清明過了。燕蝶輕狂，柳絲撩亂，春心多少。

〔一〕按：此調宋詞僅見歐陽修一首，《近體樂府》卷三、《六一詞》並收，爲孤調。《詞律》卷五、《詞譜》卷七於此調皆不注可平可仄。

月宫春[一]　雙調○小令

仄可平平平仄仄平平韻，七字句平可仄平仄可平仄平叶，五字句平可仄平平可仄仄仄平平叶，七字句平可仄平仄可平仄平叶，五字句○仄可平仄平平平仄仄七字句平可仄平仄可平仄仄平平叶，七字句平可仄仄平平仄可平仄六字句仄平平仄平叶，五字句

詞　唐毛文錫

水精宫裏桂花開。神仙探幾廻。紅芳金蘂綉重臺。低傾瑪瑙盃[一]。○玉兔銀蟾爭守護，姮娥姹女戲相隈[二]。遥聽鈞天九奏，玉皇親看來。

【校】

[一] 瑪瑙：原本作「瑙瑪」，兹從《花間集》、《嘯餘譜》及附録本、和刻本校訂。

[二] 姮娥：《嘯餘譜》作「嫦娥」。

(一) 按：此調唐五代詞僅見毛文錫一首，宋詞有周邦彦等四人各一首。

武陵春　凡二體，並雙調○小令

第一體

平可仄仄平可仄平平仄仄七字句仄可平仄仄平平韻，五字句仄可平仄平平仄可平仄平叶，七字句仄可平仄仄平平[二]叶，五字句○後段同

詞

燈夜觀雪既而月復明(一)　宋毛　滂

風過氷簷環珮響，宿霧在華茵。賸落瑶花襯月明。嫌怕有纖塵。○鳳口銜燈金炫轉，人醉覺寒輕。但得清光解照人。不負五更春。

【校】

[二]按：據例詞此句首字爲「嫌」，平聲，此注仄可平，《嘯餘譜》及附録本、和刻本皆同，蓋訛誤；

(一)按：《百家詞》本、汲古閣本《東堂詞》皆題「正月十四夜孫使君席上觀雪既而月復明」。

《詞譜》卷七注本平可仄。

第二體

前段與第一體同○後段同，唯末句作六字

詞

春晚〔一〕 宋婦李清照

風住塵香花已盡，日晚倦梳頭。物是人非事事休。欲語淚先流。○聞説雙溪春尚好〔二〕，也擬泛輕舟。只恐雙溪舴艋舟，載不動、許多愁。

【校】

〔一〕尚：《漱玉詞》等各本同；《嘯餘譜》作「向」。

〔一〕按：《草堂詩餘・前集》卷上入「春景・春暮」類，未署名；《漱玉詞》、《類編草堂詩餘》卷一皆作李清照詞，題「春晚」。

錦堂春(一)　雙調○小令

平可仄仄平可仄平仄可平仄六字句平可仄平仄可平仄平平韻，六字句平可仄平平可仄仄平平仄七字句平可仄仄仄平平叶，五字句○後段同

詞

閨怨(二)　宋趙令時

樓上縈簾弱絮，牆頭礙月低花。年年春事關心事，腸斷欲棲鴉。○舞鏡鸞衾翠減，啼珠鳳蠟紅斜。重門不鎖相思夢，隨意遶天涯。

錦帳春　雙調○中調

平可仄仄平平四字句仄可平平平仄韻，四字句仄可平仄可平仄平可仄平平可仄仄叶，七字句仄平平三字

(一)按：此調正名實爲《烏夜啼》，唐五代詞僅見李煜一首，與《相見歡》別名《烏夜啼》爲異調。此調宋詞別名《聖無憂》、《烏啼月》、《錦堂春》。宋詞另有《錦堂春》慢詞。

(二)按：《草堂詩餘・前集》卷下入「春景・春怨」類，《花庵詞選》卷六、《花草粹編》卷八皆題「春思」。

句平仄仄三字句仄可平平可仄平仄仄叶，五字句仄可平平平仄叶，四字句〇後段同

詞

杜叔高席上作(一)　宋辛棄疾

春色難留，酒杯常淺。更舊恨新愁相間。五更風，千里夢，看飛紅幾片。這般庭院。〇幾許風流，幾般嬌嬾。問相見何如不見。燕飛忙，鶯語亂。恨重簾不捲。翠屏平遠。

玉堂春(二)　雙調〇中調

仄可平平平仄韻，四字句仄可平仄平可仄平平可仄仄叶，六字句仄可平仄平平四字句仄可平仄平平更韻，四字句仄可平仄平平四字句平可仄仄平平仄五字句仄可平仄平平仄仄平叶，七字句〇仄可平仄平平平可仄仄六字句平可仄平平可仄仄平叶，五字句仄可平仄平平四字句仄可平仄平平仄五字句平可仄

(一) 按：《稼軒詞》丙集題「席上和叔高韻」，《稼軒長短句》卷十二題「席上和杜叔高」。

(二) 按：此調宋詞僅見晏殊詞三首，俱載《珠玉詞》。

仄平平仄仄平叶，七字句

詞　　宋晏殊

斗城池館。二月風和煙煖。繡戶珠簾，日影初長。玉轡金鞍，繚繞沙堤路，幾處行人映緑楊。○小檻朱闌回倚，千花濃露香。脆管清絃，欲奏新翻曲，依約林間坐夕陽。

謝池春(一)　凡二體，並雙調○中調

第一體

仄可平仄平平四字句平可仄仄仄可平平平仄韻，六字句仄可平平平可仄平可仄平仄可平仄叶，七字句平可仄平平可仄仄四字句仄可平平可仄平平仄叶，五字句仄可平平平可仄仄可平平平可仄仄叶，七字句○

後段同，唯首句末用仄字不叶韻

(一) 按：此調當以《風中柳》爲正名，始見《高麗史·樂志》無名氏詞，注「令」；陸游等多別名《謝池春》，陳著詞又別名《賣花聲》。張先等《謝池春慢》與此爲異調。

詞　宋陸　游

賀監湖邊，初繫放翁歸棹。小園林、時時醉倒。春眠驚起，聽啼鶯催曉。嘆功名、誤人堪笑。○朱橋翠徑，不許京塵飛到。掛朝衣、東歸欠早。連宵風雨，卷殘紅如掃。恨尊前、送春人老。

第二體

仄可平平平可仄仄四字句平可仄平可仄仄平平仄韻，六字句仄可平仄仄可平平平可仄，五字句仄可平仄平平仄叶，五字句平可仄仄平平仄五字句平可仄仄仄可平平仄叶，五字句仄可平平平可仄，三字句平仄仄叶，三字句仄可平平平仄四字句平可仄仄平平仄叶，五字句○後段同

詞[一]　宋張　先

繚牆重院，時聞有、啼鶯到。繡被掩餘寒[二]，畫幕明新曉。朱檻連空闊，飛絮舞多少[三]。

[一] 按：鮑本《張子野詞》卷一調名作《謝池春慢》，題「玉仙觀道中逢謝媚卿」，與陸游《謝池春》迥異；《詞律》卷十、《詞譜》卷十五及卷二十二皆分列爲二調。

徑沙平，池水渺。日長風靜，花影閑相照。○塵香拂馬，逢謝女、城南道。秀艷過施粉，多媚生輕笑。鬬色鮮衣薄，碾玉雙蟬小。歡難偶，春過了。琵琶流怨，都入相思調。

【校】

[一] 掩：《張子野詞》注「一作堆」；《花草粹編》卷十六作「堆」。

[二] 舞：《張子野詞》作「無」，注「一作知」；《花草粹編》作「知」。

越溪春[一]　雙調○中調

平可仄仄仄可平平平仄仄七字句平可仄仄仄平平韻，五字句仄可平平仄可平仄平平仄七字句仄可平仄平可仄平可仄仄平平叶，七字句平可仄仄平平四字句平可仄平仄可平仄四字句平可仄仄平平叶，四字句○平可仄平仄可平仄平平叶，六字句平可仄仄仄平平叶，五字句仄可平平平可仄仄仄可平仄仄仄八字句平可仄平仄可平仄平平叶，六字句平可仄仄仄可平平平仄仄[二]七字句平仄仄平平叶，五字句

[一] 按：此調僅見歐陽修詞一首，爲孤調。《詞律》卷十二、《詞譜》卷十七收此調，皆不注可平可仄。

詞

宋歐陽脩

三月十三寒食日，春色遍天涯。越溪閬苑繁華地，傍禁垣、珠翠煙霞。紅粉墻頭，鞦韆影裏，臨水人家。○歸來晚駐香車。銀箭透窗紗。有時三點兩點雨霽，朱門柳細風斜。沈麝不燒金鴨冷，籠月照梨花[二]。

【校】

[一] 按：原本此句譜注作「平仄仄平平仄」，附録本、和刻本同，蓋脱句末一「仄」字；兹據《嘯餘譜》及例詞校訂。

[二]「沈麝」二句：四庫本《六一詞》、《花草粹編》卷十五、《詞律》卷十一皆作：「沈麝不燒金鴨，玲瓏月照梨花。」

鳳樓春[一]

雙調○中調

仄可平仄仄平平韻，五字句平可仄仄平平叶，四字句仄平平叶，三字句仄可平平平可仄仄仄平平叶，七字

[一] 按：此調僅見五代歐陽炯詞一首，爲孤調。《詞律》卷十一、《詞譜》卷十八收此調，皆不注可平可仄。

句平可仄仄仄仄平平叶，六字句平可仄仄仄可平平平仄仄七字句仄可平仄仄平平叶，五字句◯仄平平叶，三字句平可仄仄平平叶，四字句仄可平平平仄四字句仄可平平平仄四字句仄可平平平可仄仄平平叶，六字句平可仄仄可平平四字句平可仄仄可平平可仄仄仄平平叶，七字句仄可平平平仄四字句平可仄仄平平叶，四字句

詞

唐歐陽炯

鳳髻緑雲叢。深掩房櫳。錦書通。夢中相見覺來慵。匀面淚臉珠融[一]。因想玉郎何處去，對淑景誰同。◯小樓中。春思無窮。倚欄顒望，闇牽愁緒，柳花飛起東風。斜日照簾，羅幌香冷粉屏空[二]。海棠零落，鶯語殘紅。

【校】

[一]「匀面」句：《詞律》卷十一、《詞譜》卷十八皆作三言二句。

[二]「斜日」二句：《詞譜》注：「『斜日照簾』，《花草粹編》作『簾櫳』（略）。至第七句用平仄平仄仄平平，句法微拗，當是音律宜然。」

塞垣春　雙調○長調

仄可平仄平平仄韻，五字句仄可平仄可平仄平平仄叶，六字句平可仄平仄可平仄四字句仄可平平平可仄仄四字句平可仄仄可平平仄叶，四字句仄可平仄平仄可平仄平平仄叶，八字句仄可平仄仄平平仄叶，六字句仄平可仄平平平可仄仄六字句仄可平平平可仄仄平仄叶，六字句○平可仄仄仄平平五字句平可仄平仄可平平仄可平平仄叶，七字句仄可平仄仄平平五字句仄可平平仄可平平可仄仄叶，五字句仄可平平可仄平可仄仄可平仄可平平可仄仄平平九字句仄可平仄可平平可仄平平仄叶，六字句仄可平仄仄可平平仄五字句仄可平平平仄仄叶，五字句

詞

秋怨(一)　　宋周邦彦

暮色分平野。傍葦岸、征帆卸。煙深極浦，樹藏孤館，秋景如畫。漸別離、氣味難禁也。更

(一) 按：《片玉集》卷五、《清真集》卷下入「秋景」類；《類編草堂詩餘》卷三、《花草粹編》卷十八皆題「秋怨」；《嘯餘譜》題「秋思」。

物象、供瀟灑[一]。念多才、渾衰減，一懷幽恨難寫。○追念綺窻人，天然自、風韻嫻雅。竟夕起相思，謾嗟怨遥夜。又還將、兩袖珠淚沈吟，向寂寥寒燈下[二]。玉骨爲多感，瘦來無一把。

【校】

[一]「更物象」句：《詞律》卷十四作三言二句，《詞譜》卷二十五作六言折腰句。

[二]「又還將」二句：《詞律》、《詞譜》皆作：「又還將、兩袖珠淚，沈吟向、寂寥寒燈下。」

漢宮春　凡三體，並雙調○長調

第一體

仄可平仄平平韻，四字句仄可平平可仄平仄可平仄五字句仄可平仄平平叶，四字句平可仄平可仄平平仄可平仄六字句仄可平仄平平叶，四字句平可仄平仄可平仄仄平平七字句仄可平仄平平叶，四字句平可仄仄可平仄仄可平平仄可平仄七字句仄可平平平可仄仄平平叶，六字句○仄可平仄平平仄可平仄六字句仄可平仄可平平仄仄五字句仄可平仄平平叶，四字句平可仄平仄可平平仄可平仄六字句仄可平仄平平叶，四字句平可仄平仄可平仄四字句仄可平平可仄平仄可平仄平平叶，七字句平可仄仄仄平可仄平仄可平仄七字句平可仄平仄可平仄平平叶，六字句

詞

上元前一日立春（一）

宋　京　鏜

暖律初回。又燒燈市井，賣酒樓臺。誰將星移萬點，月滿千街。輕車細馬隘通衢，蹴起香埃〔一〕。今好歲、土牛作伴〔二〕，挽留春色同來。○不是天公省事，要一時壯觀，特地安排。何妨綵樓鼓吹，綺席樽罍。良宵勝景，語邦人、莫惜徘徊。休笑我、痴頑不去，年年爛醉金釵。

【校】

〔一〕「輕車」二句：《詞譜》卷二十四作：「輕車細馬，隘通衢、蹴起香埃。」

〔二〕今好歲：《松坡居士詞》、《中興以來絶妙詞選》卷三、《草堂詩餘・後集》卷上、《嘯餘譜》及附

（一）按：《百家詞》本《松坡居士詞》題「元宵十四夜作，是日立春」。

録本、和刻本皆作「今歲好」。

第二體

仄可平仄平平四字句仄可平平平可仄仄可平平可仄，五字句仄可平平平可仄仄韻，四字句平可仄平仄可平仄四字句仄可平仄仄可平平平仄叶，六字句平可仄平仄可平仄仄平平七字句仄可平平平仄叶，四字句平可仄仄可平仄平可仄平仄可平仄可平平可仄平可仄，九字句仄可平平平仄叶，四字句〇平可仄平可仄仄可平平平仄叶，六字句仄可平平可仄平仄可平仄五字句平可仄平仄可平仄叶，四字句平可仄平仄可平仄四字句仄可平仄仄可平平平仄叶，六字句平可仄平仄可平仄仄平平七字句平可仄平平仄叶，四字句平可仄仄可平仄平可仄平仄可平仄七字句仄可平仄仄可平平平仄叶，六字句

詞

元宵（一） 宋康與之

雪海沈沈（二），峭寒收建章，雪殘鳷鵲。華燈照夜，萬井禁城行樂。春隨鬢影映參差，柳絲

（一）按：《中興以來絕妙詞選》卷一題「慈寧殿元夕被旨作」，《草堂詩餘·後集》卷上入「節序·上元」類，《類編草堂詩餘》卷三題「元宵」。

梅萼[二]。丹禁杳、鰲峯對聳三山，上通寥廓[三]。○春衫繡羅香薄。步金蓮影下，三千綽約。冰輪桂滿，皓色冷侵樓閣[四]。霓裳帝樂奏昇平，天風吹落[五]。留鳳輦、通宵宴賞[六]，莫放漏聲閑却。

【校】

[一]雪海：《中興以來絶妙詞選》、《草堂詩餘・後集》、《類編草堂詩餘》、《花草粹編》皆作「雲海」。

[二]「春隨」二句：《詞律》卷十四、《詞譜》卷二十四皆作「春隨鬢影，映參差、柳絲梅萼」。

[三]「丹禁」二句：《詞律》作三言一句、四言一句、六言一句，《詞譜》作七、六句式。杳，《嘯餘譜》及附録本、和刻本皆作「香」。

[四]侵：《中興以來絶妙詞選》、《草堂詩餘・後集》、《花草粹編》、《詩餘圖譜》皆作「浸」。

[五]「霓裳」二句：《詞律》、《詞譜》皆作「霓裳帝樂，奏昇平、天風吹落」。

[六]「留鳳輦」句：《詞律》作三言一句、四言一句。

燕臺春(一)　雙調○長調

仄可平仄平平四字句仄可平平平可仄仄四字句平可仄平仄可平仄平平韻，六字句仄可平仄平平四字句平可仄平仄可平仄平平叶，六字句仄可平平平可仄仄平平叶，六字句仄可平平可仄平仄可平仄五字句平可仄平平可仄仄四字句平可仄平平可仄仄四字句仄可平仄平平叶，四字句○平可仄平平可仄仄四字句仄可平仄平平四字句仄可平平仄可平仄四字句平可仄仄平平叶，四字句平可仄平仄可平仄四字句平可仄平仄可平仄平平叶，六字句仄可平仄平平四字句平可仄平仄可平仄四字句平可仄仄平平叶，四字句仄平平叶，三字句平可仄仄平仄可平仄五字句平可仄仄平平叶，四字句

(一)按：鮑本《張子野詞》卷一調名作《燕春臺慢》，或訛作《燕臺春》；宋詞多名《宴春臺》，又別名《夏初臨》。《詞律》卷十五並列《燕春臺》、《夏初臨》，而注爲同調。

詞

春景〔一〕

宋張　先

麗日千門，紫煙雙闕，瓊林又報春回。殿閣風微，當時去燕還來。五侯池館屏開。探芳菲走馬〔一〕，重簾人語，轔轔車幰，遠近輕雷。○雕觴霞灩，翠幕雲飛，楚腰舞柳，宮面粧梅。金猊夜煖，羅衣暗裛香煤。洞府人歸，笙歌院落，燈火樓臺。下蓬萊〔二〕。猶有花上月，清影徘徊。

【校】

〔一〕「探芳菲」句：《張子野詞》卷一、《樂府雅詞》卷上、《草堂詩餘・前集》卷上皆作「探芳菲走馬天街」，《詞譜》卷二十六同，注叶韻。

〔二〕「笙歌」三句：《張子野詞》作：「放笙歌燈火，下樓臺蓬萊。」《樂府雅詞》作：「放笙歌、燈火樓臺。下蓬萊。」《花草粹編》無「放」字。

〔一〕按：鮑本《張子野詞》卷一題「東都春日李閣使席」，《百家詞》本題末有「上」字；《草堂詩餘・前集》卷上入「春景・春思」類，《類編草堂詩餘》卷三題「春思」。

帝臺春（一）　雙調○長調

平可仄仄仄韻，三字句仄平平三字句仄可平平可仄仄叶，三字句平可仄仄仄可平平四字句仄可平仄平平四字句平可仄平平仄叶，四字句仄可平仄平平仄可平仄仄七字句仄可平平可仄仄仄可平平平仄叶，七字句仄平平三字句仄可平仄平平四字句平可仄平平仄叶，四字句○平平仄叶，三字句平仄仄叶，三字句仄可平仄仄叶，三字句仄可平平仄叶，三字句仄可平仄可平仄平平五字句仄可平平平仄四字句仄可平仄仄可平平平仄叶，六字句平可仄仄平可仄平仄平可仄仄七字句平可仄仄可平仄可平平可仄仄可平平仄叶，七字句仄可平平可仄仄平平五字句仄可平平可仄平平仄叶，五字句

詞

宋李景元（二）

芳草碧。色萋萋，遍南陌[一]。飛絮亂紅[二]，也似知人，春愁無力。憶得盈盈拾翠侶，共携

（一）按：唐教坊曲有此名，無唐詞；《宋史・樂志》載爲琵琶曲，蓋屬新聲。此調宋詞僅見李甲詞一首，《詞律》卷十五、《詞譜》卷二十五收此詞，皆不注可平可仄。

（二）按：原本僅署「宋李」，附録本、和刻本同；《樂府雅詞》卷下、《花庵詞選》卷三、《草堂詩餘・前集》卷上、《嘯餘譜》皆署李景元，兹從校訂。《全宋詞》收作李甲詞。

賞、鳳城寒食。到今來，海角逢春，天涯行客[三]。○愁旋釋[四]。還似纖。淚暗拭。又偷滴。謾倚遍危欄，儘黄昏也，只是暮雲凝碧[五]。拚則而今已拚了，忘則怎生便忘得。又還問鱗魚也鴻，試重尋消息。

【校】

[一]「芳草」三句：《詞律》卷十五、《詞譜》卷二十五皆作四、五句式，以「色」字叶韻。

[二]飛絮：《樂府雅詞》卷下、《花庵詞選》卷三、《詞譜》皆作「暖絮」。

[三]行客：《樂府雅詞》作「爲客」，《花庵詞選》、《詞譜》皆作「倦客」。

[四]旋：譜注平聲，《嘯餘譜》及附録本、和刻本皆同；《詞譜》注仄聲。

[五]「儘黄昏」二句：《詞譜》作：「儘黄昏，也只是、暮雲凝碧。」

絳都春　雙調○長調

平可仄平仄可平仄韻，四字句仄可平仄仄可平仄可平平可仄平平仄叶，九字句仄可平仄仄可平平四字句仄可平仄平平四字句平平仄叶，三字句平可仄平仄可平仄平平仄叶，七字句仄可平仄可平仄平可仄平平仄叶，七字句仄可平平平仄四字句平可仄平仄可平仄四字句仄可平平平仄叶，四字句〇平仄叶，二字句平可仄平仄可平仄四字句仄可平平仄可平仄可平仄可平平可仄平平仄叶，九字句平可仄仄仄可平平四字句平可仄仄平可仄平平平可仄仄叶，七字句平可仄平仄可平仄平平仄叶，七字句仄可平仄仄平可仄平平仄叶，七字句平可仄平仄可平仄平平六字句仄可平平仄可平仄叶，四字句

詞

上元

宋丁仙現[一]

融和又報。乍瑞靄霽色、皇州春早[二]。翠幰競飛，玉勒爭馳，都門道[三]。鰲山綵結蓬萊島。向晚色、雙龍啣照。絳綃樓上，彤芝蓋底，仰瞻天表。〇縹緲。風傳帝樂，慶三殿共賞，羣仙同到。迤邐御香，飄滿人間聞嬉笑。須臾一點星毬小。漸隱隱、鳴梢聲杳。遊人月下歸來，洞天未曉。

[一] 按：原本僅署「宋丁」，附録本、和刻本同；《草堂詩餘·後集》卷上入「節序·上元」類，署丁仙現，《花草粹編》卷二十、《嘯餘譜》皆同，兹從校訂。

【校】

[一]「乍瑞靄」句：《詞律》卷十六、《詞譜》卷二十八所收此調各體，皆作五言一句、四言一句，僅趙彦端一首作九言一句。

[二]「玉勒」二句：《詞譜》作七言一句；《詞律》作四言一句、三言一句，注三字句「用平平仄，是定格」，後段「飄滿」句亦同此。

沁園春 凡二體，並雙調○長調

第一體

平可仄仄平平四字句仄可平仄可平平平可仄，四字句仄可平平可仄仄可平平韻，四字句仄可平平可仄平仄可平仄五字句平可仄平仄可平仄四字句平可仄平平仄四字句仄可平仄平平叶，四字句仄可平仄平平四字句平可仄平仄可平仄四字句仄可平仄平平可仄仄平叶，七字句平平仄三字句仄可平平可仄平仄可平仄五字句仄可平仄平平叶，四字句○平可仄平仄可平仄平平叶，六字句仄可平平可仄仄平平平可仄仄平叶，八字句仄可平仄可平平平可仄仄五字句平可仄平仄可平仄四字句平可仄平仄可平仄四字句仄可平仄平平叶，四字句平可仄仄平平四字句平可仄平仄可平仄四字句平可仄仄平平仄可平仄平叶，七字句平

平仄三字句仄可平平可仄平仄可平仄五字句仄可平仄平平叶，四字句

詞

帶湖新居將成(一)　宋辛棄疾

三徑初成，鶴怨猿驚，稼軒棄疾自號未來。甚雲山自許，平生意氣，衣冠人笑，抵死塵埃。意倦須還，身閑貴早，豈爲蓴羹鱸鱠哉。秋江上，看驚弦鴈避，駭浪船回。〇東岡更葺茅齋。好都把軒窗臨水開。要小舟行釣，先應種柳，疎籬護竹，莫礙觀梅。秋菊堪餐，春蘭可佩，留待先生手自栽。沈吟久，怕君恩未許，此意徘徊。

第二體

前段與第一體同，唯第八句作七字，九句作八字〇平可仄平仄平仄可平仄六字句仄可平平可仄平仄可平仄平可仄仄平平叶，九字句仄可平仄可平平平可仄仄五字句平可仄平仄可平仄四字句仄可平

(一) 按：《中興以來絶妙詞選》卷三、《草堂詩餘·後集》卷下、《類編草堂詩餘》卷四皆題「退閑」，《詩餘圖譜》卷三題「恬退」。

平平可仄仄四字句平可仄仄平平叶，四字句仄可平仄平可仄平平仄仄七字句仄可平平可仄仄平平平可仄仄平叶，八字句平仄仄三字句仄可平平可仄平仄可平仄五字句平可仄仄平平叶，四字句

詞

春思　　宋秦　觀

宿靄迷空，膩雲籠日，晝景漸長。正蘭皋泥潤[一]，誰家燕喜，蜜脾香少，觸處蜂忙。盡日無人簾幙挂，更風遞遊絲時過牆。微雨後，有桃愁杏怨，紅淚淋浪。○風流寸心易感，但依依竚立，回盡柔腸[二]。念小奩瑶鑑，重勻絳蠟，玉籠金斗，時熨沈香。柳下相將遊冶處，便回首青樓成異鄉。相憶事，縱鸞牋萬疊[三]，難寫微茫。

【校】

[一] 蘭皋泥潤：《淮海長短句》卷上、《花草粹編》卷二十四、《詩餘圖譜》卷三皆作「蘭泥膏潤」。

[二]「但依依」句：《詞譜》卷三十六作五言一句、四言一句。

[三] 鸞牋：《淮海長短句》、《淮海詞》、《花草粹編》、《詩餘圖譜》皆作「鸞牋」。

詩餘十二

人物題(一)

河瀆神(二)　雙調○小令

平可仄仄仄平平韻，五字句平可仄平平可仄仄平平叶，六字句仄可平平平可仄仄仄平平叶，七字句仄可平平仄可平仄平平叶，六字句○仄可平平平可仄仄平平仄更韻，七字句仄可平平平可仄仄平仄叶，六字句平可仄仄仄可平平平仄叶，六字句平可仄平平仄平仄叶，六字句

詞　唐温庭筠

孤廟對寒潮。西陵風雨蕭蕭。謝娘惆悵倚蘭橈。淚流玉筯千條。○暮天愁聽思歸樂。早

(一)按：原本僅有「題」字，與「詩餘十二」同行相連；兹從目録及《嘯餘譜》、附録本、和刻本校訂，依例另行低一格排列。

(二)按：此調蓋源於唐教坊曲，始見晚唐温庭筠詞三首，另有五代張泌一首、孫光憲二首，俱載《花間集》；宋詞僅見辛棄疾一首，題「效花間體」。

梅香滿山郭。迴首兩情蕭索。離魂何處飄泊。

二郎神(一)　凡二體，並雙調○長調

第一體

平可仄平仄可平仄四字句仄可平仄平可仄平平可仄仄韻，六字句仄可平仄可平仄平可仄平五字句平可仄仄仄可平平平仄仄可平平平仄叶，十字句平可仄仄平可仄平平仄仄七字句仄可平仄可平仄平可仄平仄可平仄叶，七字句仄可平仄仄平可仄平仄可平仄七字句仄可平仄平可仄平平仄叶，六字句○平仄叶，二字句平可仄平仄可平仄仄平平仄叶，八字句仄可平仄仄平平平仄仄八字句平可仄仄仄平可仄平平仄叶，七字句仄可平仄平可仄平平仄仄七字句仄可平平仄平平仄仄叶，七字句仄可平平可仄仄平平仄可平仄平平九字句平平平仄叶，四字句

(一) 按：唐教坊曲有此名，無唐詞；宋詞始見柳永詞，一名《二郎神慢》，蓋另創新聲；徐伸詞別名《轉調二郎神》，吴文英詞又名《十二郎》。

七夕[一]

宋柳　永

炎光謝過，暮雨芳塵輕灑[二]。乍露泠風清，庭戶爽天如水、玉鉤遥掛[三]。應是星娥嗟久阻，叙舊約、飈輪欲駕。極目處、微雲暗度，耿耿銀河高瀉。○閒雅。須知此景、古今無價[三]。運巧思、穿針樓上女，擡粉面、雲鬟相亞。鈿合金釵私語處，算誰在、回廊影下。願天上人間、占得歡娱[四]，年年今夜。

【校】

［一］「炎光」二句：《詞律》卷十五、《詞譜》卷三十二皆作：「炎光謝。過暮雨、芳塵輕灑。」以「謝」字爲起韻。

［二］「乍露泠」二句：《詞律》作：「乍露泠、風清庭户爽，天如水、玉鈎遥掛。」《詞譜》同，唯於「泠」字未注「讀」。

［一］按：汲古閣本《樂章集》、《花庵詞選》卷五皆有此題；《草堂詩餘·後集》卷上入「節序·七夕」類。

[三]「須知」句：《詞律》、《詞譜》皆作四言二句。

[四]「願天上」句：《詞律》、《詞譜》皆作五言一句、四言一句。

第二體

仄可平平平可仄仄四字句仄可平仄可平仄仄平平仄韻，七字句仄可平仄仄平平五字句平可仄平平可仄仄平可仄仄平可仄平仄可平仄叶，十字句仄可平仄平平平可仄仄七字句仄可平仄可平仄平可仄平平仄叶，七字句平可仄仄可平仄仄可平平五字句平可仄平平可仄仄仄可平平平仄叶，八字句〇平仄叶，二字句仄可平平仄可平仄平可仄平平仄叶，八字句仄可平仄可平仄平平仄可平平平可仄仄九字句平可仄仄平平仄仄叶，六字句仄可平仄仄可平平四字句仄可平平平仄四字句平可仄仄仄可平平平仄叶，六字句平可仄仄可平仄仄可平仄平平仄可平仄九字句仄可平平平仄叶，四字句

詞

春怨(一)

宋徐幹臣(二)

悶來彈鵲，又攪碎、一簾花影〔一〕。謾試着春衫，還思纖手、熏徹金虬燼冷〔二〕。動是愁端如何向，更恠得、新來多病。嗟舊日沈腰，而今潘鬢，怎堪臨鏡〔三〕。○重省。別時淚漬，羅襟猶凝〔四〕讀作去聲。料爲我厭厭，日高慵起〔五〕，長託春酲未醒。鴈足不來，馬蹄難駐，門掩一庭芳景。空竚立，盡日欄干遍倚，晝長人靜。

【校】

〔一〕「又攪碎」句：《樂府雅詞·拾遺》卷上作「又攪破、一簾風花影」。

〔二〕「還思」句：《詞譜》卷三十二作四言一句、六言一句。

(一) 按：《樂府雅詞·拾遺》卷上調名作《轉調二郎神》，無題；《花庵詞選》題「春詞」；《草堂詩餘·前集》卷下入「春景·春怨」類。

(二) 按：原本僅署「宋徐」；《樂府雅詞·拾遺》卷上、《花庵詞選》卷八、《草堂詩餘·前集》卷下、《嘯餘譜》皆作徐幹臣，茲從校訂。

［三］「而今」句：《詞譜》作四言二句。怎，《樂府雅詞》作「不」。

［四］「別時」句：《樂府雅詞》作「別來淚滴、羅衣猶凝」，《花庵詞選》作「別時淚濕、羅衣猶凝」；《詞譜》作四言二句。

［五］「料爲」句：《詞譜》作五言一句、四言一句。

鵲橋仙　雙調○小令

平可仄平仄可平仄四字句平可仄平平可仄仄四字句平可仄仄平可仄平仄可平仄韻，六字句平可仄平仄可平仄平平七字句仄可平仄可平仄平可仄平平可仄仄叶，七字句○後段同

詞

七夕（一）　　宋秦觀

纖雲弄巧，飛星傳恨，銀漢迢迢暗度。金風玉露一相逢，便勝却、人間無數。○柔情似水，

（一）按：《淮海長短句》、《淮海詞》皆無題；《草堂詩餘・後集》卷上入「節序・七夕」類，《類編草堂詩餘》卷一題「七夕」。

佳期如夢，忍顧鵲橋歸路。兩情若是久長時，又豈在、朝朝暮暮。

臨江仙　凡七體，並雙調

第一體　小令

仄可平平可仄平可仄仄可平平平仄七字句仄可平平仄可平仄平平韻，六字句仄可平平平可仄仄仄平平叶，七字句仄可平平平可仄仄仄平平叶，七字句○後段同

詞　石晉和凝

海棠香老春江晚，小樓霧縠涳濛。翠鬟初出繡簾中。麝煙鸞珮惹蘋風。○碾玉釵搖鸂鶒戰，雪肌雲鬢將融。含情遥指碧波東。越王臺殿蓼花紅。

第二體　小令

仄可平仄平可仄平平可仄仄平韻，七字句仄可平平平可仄仄平平叶，六字句仄可平平平可仄仄仄平平

叶，七字句平可仄[一]平平可仄仄四字句平可仄仄仄平平叶，五字句○後段同，唯首句末用仄字，不叶韻[二]

詞　　唐閻選

十二高峯天外寒。竹梢輕拂仙壇。寶衣行雨在雲端。畫簾深殿，香霧冷風殘。○欲問楚王何處去，翠屏猶掩金鸞。猿啼明月照空灘。孤舟行客，驚夢亦艱難。

【校】

[一]平可仄：《嘯餘譜》及附録本、和刻本同，皆誤；例詞「畫」字實仄聲，當注「仄可平」。

[二]不叶韻：原本作「叶不韻」，蓋訛誤；兹從《嘯餘譜》及附録本、和刻本校訂。

第三體　小令

前段與第二體同，唯首句末用仄字，不用韻○後段同

詞　唐鹿虔扆

金鏁重門荒苑靜，綺窗愁對秋空。翠華一去寂無蹤。玉樓歌吹，聲斷已隨風。○煙月不知人事改，夜闌還照深宫。藕花相向野塘中。暗傷亡國，清露泣香紅。

第四體　小令

前後段並與第三體同，唯首句皆作六字，第四句皆作五字

詞

憶舊　宋晏幾道

鬬草階前初見，穿針樓上曾逢。羅裙香露玉釵風。靚粧眉沁緑，羞艷粉生紅。○流水便隨春遠，行雲終與誰同。酒醒長恨錦屏空[一]。相尋夢裏路，飛雨落花中。

【校】

[一] 恨：《嘯餘譜》作「悵」，蓋訛誤。

第五體　中調

前後段並與第三體同，唯第四句皆作五字

詞

立春〔一〕　宋賀鑄

巧剪合歡羅勝子，釵頭春意翩翩。艷歌淺笑拜嫣然〔二〕。願郎宜此酒，行樂駐華年。○未至文園多病客，幽襟凄斷堪憐。舊遊夢掛碧雲邊。人歸落鴈後，思發在花前。

【校】

〔二〕淺笑拜嫣然：《彊村叢書》本《賀方回詞》卷二作「淺拜笑嫣然」。

〔一〕按：《彊村叢書》本《賀方回詞》卷二別名《雁後歸》，題「人日席上作」；《草堂詩餘・後集》卷上入「節序・立春」類；《花庵詞選》卷四題「立春」。

又

春暮　宋晁補之[一]

緑暗汀洲三月暮，落花風静帆收。垂楊低映木蘭舟。半篙春水滑，一段夕陽愁。○灞水橋東回首處，美人親上簾鈎。青鸞無計入紅樓。行雲歸楚峽，飛夢到揚州。

又

送祐之弟歸浮梁[二]　宋辛棄疾

鍾鼎山林都是夢，人間寵辱休驚。只消閒處過平生。酒杯秋吸露，詩句夜裁冰。○記取小窻風雨夜，對牀燈火多情。問誰千里伴君行。曉山眉様翠，秋水鏡般明。

[一] 按：《草堂詩餘·前集》卷上入「春景·春暮」類，未署名；《類編草堂詩餘》卷二、《花草粹編》卷十三皆署晁无咎，題「春暮」；《全宋詞》録作無名氏詞。

[二] 按：《稼軒長短句》卷八有此題，唯首有「再用韻」三字；《稼軒詞》甲集題「和前韻」。

又

戲爲期思詹老壽　宋辛棄疾

手種門前烏桕樹，而今千尺蒼蒼。田園只是舊耕桑。杯盤風月夜，簫鼓子孫忙。○七十五年無事客，不妨兩鬢如霜。緑窗剗地調紅粧。更從今日醉，三萬六千場。

第六體　中調

前後段並與第三體同，唯末句皆作六字[一]

詞　唐顧敻

碧染長空池似鏡，倚樓閒望凝情。滿衣紅藕細香清。象床珍簟，山障掩、玉琴横。○暗想昔時歡笑事，如今贏得愁生。博山鑪暖澹煙輕。蟬吟人静，殘日傍、小窗明。

【校】

[一]按：《詞律》卷八、《詞譜》卷十收此調，俱以顧敻詞爲「又一體」，於兩結皆作三言二句。

第七體　中調

前後段並與第四體同，唯第二句皆作七字

詞

宋晏　殊〔一〕

東野亡來無麗句，于君去後少交親。追思往事好沾巾。白頭王建在，猶見詠詩人。○學道深山空自老，留名千載不干身。酒筵歌席莫辭頻〔二〕。爭如南陌上，占取一年春。

【校】

〔一〕莫：原本作「草」，蓋訛誤；兹從《小山詞》、《嘯餘譜》及附録本、和刻本校訂。

瑞鶴仙　雙調○長調

仄可平平平仄仄韻，五字句仄可平仄可平仄平平五字句平可仄平平仄叶，四字句平可仄平可仄仄可平平

〔一〕按：《全宋詞》據《小山詞》收作晏幾道詞，注「此首別誤作晏殊詞，見《嘯餘譜》卷二」；《花草粹編》卷十三及《詞律》、《詞譜》皆署晏幾道。

仄叶，五字句仄可平平可仄平平可仄仄五字句平可仄平平可仄仄叶，四字句平可仄平仄可平仄叶，四字句仄可平平可仄仄平平仄可平仄叶，八字句[二]仄可平平可仄平仄可平仄平平七字句仄可平仄仄可平平平可仄仄叶，六字句〇平仄叶，二字句仄可平平平仄四字句平可仄仄平平四字句仄可平平平可仄仄叶，四字句平可仄平仄可平仄四字句平仄仄三字句仄可平平仄叶，三字句仄平平三字句仄可平仄平可仄平仄可平仄六字句仄可平仄平平仄仄叶，六字句仄可平平可仄平仄可平仄平平七字句仄可平平仄可平仄叶，四字句

詞[一]

宋康與之

瑞煙浮禁苑。正絳闕春回，新正方半。冰輪桂華滿。溢花衢歌市，芙蓉開遍。龍樓兩觀。見銀燭、星毬有爛。捲珠簾、盡日笙歌，盛集寶釵金釧。〇堪羡。綺羅叢裏，蘭麝香中，正宜遊翫。風柔夜暖[二]，花影亂，笑聲喧去聲。鬧蛾兒，滿路成團打塊，簇着冠兒鬬轉。喜皇

[一] 按：此詞《中興以來絶妙詞選》卷一、《草堂詩餘・後集》卷上「節序・上元」類皆題「上元應制」；《類編草堂詩餘》卷四、《花草粹編》卷二十二皆題「上元」。

都、舊日風光，太平再見。

【校】

〔一〕八字句：《嘯餘譜》及附録本、和刻本注同，蓋訛誤；譜字只有七字，例詞亦爲七字，當注爲七字句。

〔二〕按：《詞譜》卷三十一所收此調各體於此句多用韻，此詞「暖」字當爲叶韻。

又

春情　　宋歐陽脩〔一〕

臉霞紅印枕。睡覺來，冠兒還是不整〔二〕。屏間麝煤冷。但眉山壓翠，淚珠彈粉。堂深晝永。燕雙飛、風簾露井。恨無人與説相思，近日帶圍寬盡。○重省。殘燈朱幌，淡月紗窗，那時風景。陽臺路遠，雲雨夢，便無準。待歸來，先指花梢教看，却把心期細問。問因循、

〔一〕按：《草堂詩餘・前集》卷上入「春景・春情」類，署歐陽脩，《類編草堂詩餘》卷四同；《花草粹編》卷二十二署陸子逸，《全宋詞》據《絶妙好詞》卷一録作陸淞詞。

過了青春，怎生意隱。

【校】

［一］「睡覺來」二句：《詞律》卷十七作九言一句，於第三字注「豆」。茲據《詞譜》卷三十一作三言一句、六言一句。

八拍蠻[一]　凡二體，並單調○小令

第一體

即七言絶句，第三句拗

詞　唐孫光憲

孔雀尾拖金綫長。怕人飛起入丁香。越女沙頭爭拾翠，相呼歸去背斜陽。

［一］按：此調唐五代詞有閻選二首、孫光憲一首，俱載《花間集》；宋詞僅見仇遠一首。《詞譜》卷一注：「唐教坊曲名。按孫光憲詞所詠俱越中事，或即八拍之蠻歌也。」

第二體

與第一體同，唯首句末用仄字，不用韻

詞二首　　唐　闕　選

雲鎖嫩黄煙柳細，風吹紅蔕雪梅殘。光影不勝閨閤恨，行行坐坐黛眉攢。

愁鎖黛眉煙易慘，淚飄紅臉粉難勻。憔悴不知緣底事，遇人推道不宜春。

菩薩蠻

一名《重疊金》，一名《子夜歌》，又與《醉公子》相近(一)，並雙調○小令

平可仄平仄可平仄平平仄韻，七字句平可仄平仄可平仄平平仄叶，七字句仄可平仄仄平平更韻，五字句仄可平平平可仄仄平叶，五字句○仄可平平平仄仄更韻，五字句仄可平仄平平仄叶，五字句平可仄仄仄平平更韻，五字句平可仄平平可仄仄平叶，五字句

(一) 按：此調宋趙善扛等人詞别名《重疊金》，南唐李煜詞别名《子夜歌》。唐詞有薛昭藴等《醉公子》，體式雖與《菩薩蠻》相近，而實爲異調。

詞

唐李　白

平林漠漠煙如織。寒山一帶傷心碧。暝色入高樓。有人樓上愁。○玉階空佇立[一]。宿鳥歸飛急。何處是歸程。長亭連短亭[二]此詞乃百代詞曲之祖(一)。

【校】

[一] 玉階：四庫本《湘山野録》卷上、《花草粹編》卷五作「玉梯」；《草堂詩餘・後集》卷下、《類編草堂詩餘》卷一作「欄干」。

[二] 連：《彊村叢書》本《尊前集》作「接」，《類編草堂詩餘》、《花草粹編》作「更」。

又

唐温庭筠

玉樓明月長相憶。柳絲裊娜春無力。門外草萋萋。送君聞馬嘶。○畫羅金翡翠。香燭銷成淚。花落子規啼。緑窻殘夢迷。

(一) 按：《花庵詞選》卷一首録李白《菩薩蠻》、《憶秦娥》，評曰「二詞爲百代詞曲之祖」；此注乃摘録其評語，《嘯餘譜》移注於調名之後。

又　　　　唐韋　莊

洛陽城裏春光好。洛陽才子他鄉老。柳暗魏王堤。此時心轉迷。○桃花春水渌。水上鴛鴦浴。凝恨對殘暉。憶君君不知。

又　　　　唐李　珣

廻塘風起波紋細。刺桐花裏門斜閉。殘日照平蕪。雙雙飛鷓鴣。○征帆何處客。相見還相隔。不語欲魂消。望中煙水遥。

又　　　　宋張　先[一]

哀箏一弄湘江曲。聲聲寫盡湘波緑。纖指十三絃。細將幽恨傳。○當筵秋水慢。玉柱斜飛鴈。彈到斷腸詩[二]。春山眉黛低。

[一] 按：《草堂詩餘·後集》卷下入「飲饌器用·詠箏」類，未署名；《類編草堂詩餘》卷一署張先，《彊村叢書》本《張子野詞補遺》卷下據以補録；又載《小山詞》，汲古閣本注「或刻張子野」；《花草粹編》卷五署晏幾道；《全宋詞》收作晏幾道詞。

【校】

[一] 詩：《小山詞》、《草堂詩餘・後集》、《類編草堂詩餘》、《花草粹編》皆作「時」。

又

此下二首並廻文○次圭父韻(一)　宋朱熹

暮江寒碧縈長路。路長縈碧寒江暮。花塢夕陽斜。斜陽夕塢花。○客愁無勝集。集勝無愁客。醒似醉多情。情多醉似醒。

又

呈秀野　宋朱熹

晚紅飛盡春寒淺。淺寒春盡飛紅晚。樽酒緑陰繁。繁陰緑酒樽。○老仙詩句好。好句詩仙老。長恨送年芳。芳年送恨長。

(一) 按：四庫本《晦庵集・詩餘》收《菩薩蠻》回文詞二首，下首居前，題「回文」，此首題「又次圭父回文韻」。

文體明辯附録卷之七

大明吴江徐師曾伯魯纂

詩餘十三

人事題 首末二字皆爲主

思帝鄉(一) 凡三體，並單調○小令

第一體

平仄仄三字句仄平平韻，三字句仄可平仄平平平仄六字句仄平平叶，三字句仄可平仄平平仄仄六字句仄平平叶，三字句仄可平仄平平平平仄六字句仄平平叶，三字句

(一) 按：此調蓋源於唐教坊曲，始見晚唐温庭筠、韋莊詞，五代孫光憲詞爲同調異體，俱載《花間集》；另有李曄詞，體式迥異，蓋屬同名異調。宋無作。

詞　唐韋　莊

雲髻墜，鳳釵垂。髻墜釵垂無力，枕函欹。翡翠屏深月落，漏依依。説盡人間天上，兩心知。

第二體

平可仄仄平韻，三字句仄可平平平仄平叶，五字句仄可平仄平可仄平平可仄仄六字句仄平平叶，三字句仄可平仄平平仄仄六字句仄平平叶，三字句仄可平仄平平仄五字句仄平平叶，三字句

詞　唐韋　莊

春日遊。杏花吹滿頭。陌上誰家年少，足風流。妾擬將身嫁與，一生休。縱被無情弃，不能羞。

第三體

平平韻，二字句仄可平平平仄平叶，五字句仄可平仄仄可平平平可仄仄六字句仄平平叶，三字句仄可平

仄平平仄仄六字句平可仄平仄仄平叶，五字句仄可平仄仄可平平[一]平可仄仄六字句仄平平叶，三字句

詞　　唐孫光憲

如何。遣情情更多。永日水晶簾下，歛羞蛾。六幅羅裙窣地，微行曳碧波。看盡滿地疎雨，打團荷。

【校】

[一]平：附録本、和刻本譜注皆同，據例詞爲「地」字，乃仄聲；此字晁謙之跋本《花間集》卷八、《嘯餘譜》皆作「池」。

思越人(一)　雙調○小令

仄平平三字句平仄仄三字句仄可平平平可仄仄平平韻，六字句仄可平仄平可仄平平仄仄七字句平可仄

(一) 按：此調當始見敦煌寫本無名氏詞二首，蓋晚唐之作，另有五代張泌、鹿虔扆、孫光憲三人詞。宋詞《思越人》乃《鷓鴣天》之異名。

平平可仄仄平平叶，六字句◯仄可平平平可仄仄平平仄更韻，七字句[一]仄平仄三字句仄平仄叶，三字句
平仄平平平仄仄七字句平可仄平仄可平仄平仄叶，六字句

詞

唐孫光憲

古臺平，芳草遠，館娃宮外春深[二]。翠黛空留千載恨，教人何處相尋。◯綺羅無復當時事。露花點，滴香淚[三]。惆悵遥天横淥水[四]，鴛鴦對對飛起。

【校】

[一]七字句：原本注爲十字句，《嘯餘譜》及附録本、和刻本皆同，蓋訛誤；據例詞此句實爲七字，茲從校訂。

[二]春：《嘯餘譜》作「仄」，蓋訛誤。

[三]「露花」二句：《詞律》卷六、《詞譜》卷九皆作六言一句。

[四]按：此句《詞律》、《詞譜》皆注叶韻。

憶江南[一]　一名《謝秋娘》，單調〇小令

平平仄三字句平可仄仄仄平平韻，五字句仄可平仄平可仄平平仄仄七字句平可仄平平可仄仄仄平平叶，七字句平可仄仄仄平平叶，五字句

詞三首　唐白居易

江南好，風景舊曾諳。日出江花紅勝火，春來江水緑如藍。能不憶江南。

江南憶，最憶是杭州。山寺月中尋桂子，郡亭枕上看潮頭。何日更重遊。

江南憶，其次憶吴宫。吴酒一盃春竹葉，吴娃雙舞醉芙蓉。早晚復相逢。

[一]　按：此調以《望江南》爲通用名，當源於唐教坊曲，蓋始見敦煌寫本無名氏詞，多爲雙片體；中唐李德裕别名《謝秋娘》，其詞已佚；白居易詞又名《憶江南》，晚唐五代温庭筠、李煜等又别名《夢江南》、《望江梅》，多屬單片體；宋詞此調以雙片體爲主，又有《江南柳》、《江南好》等多種異名。

憶王孫(一)

一名《豆葉黃》，單調○小令○改用仄韻後加一疊即《漁家傲》

平可仄平平可仄仄仄平平韻，七字句仄可平仄平平平可仄仄平叶，七字句仄可平仄平平仄仄平叶，七字句仄平平叶，三字句仄可平仄平平平可仄仄平叶，七字句

詞

春景　宋秦　觀(二)

萋萋芳草憶王孫。柳外樓高空斷魂。杜宇聲聲不忍聞。欲黃昏。雨打梨花空掩門[一]。

【校】

[一]空掩：《花庵詞選》卷七、《類編草堂詩餘》卷一、《花草粹編》卷一皆作作「深閉」，《草堂詩餘・

(一) 按：此調蓋首見謝克家詞，調名《憶君王》；又別名《豆葉黃》、《怨王孫》等，而以《憶王孫》爲通用名；多爲單片，故別名《獨脚令》；雙片體蓋加一疊並攤破句法而成。

(二) 按：《草堂詩餘・前集》卷上入「春景」類，未署名；《花庵詞選》卷七署李重元，題「春詞」，《全宋詞》據以收作李重元詞，注「又誤作秦觀詞，見《類編草堂詩餘》卷一」。

前集》卷上作「空閉」。

又

冬景　　宋歐陽脩〔一〕

同雲風掃雪初晴。天外孤鴻三兩聲。獨擁寒衾不忍聽。月籠明。窗外梅花瘦影横。

憶秦娥〔二〕

一名《秦樓月》，雙調○小令○亦有用平韻者

平可仄平可仄仄韻，三字句平可仄平仄可平仄平平仄叶，七字句複出三字平可仄平仄可平仄四字句仄可平平平仄叶，四字句○仄可平平平平可仄仄平平仄叶，七字句平可仄平仄可平仄平平仄叶，七字句複出三字平可仄平平平可仄仄四字句仄可平平平仄叶，四字句

〔一〕按：《花庵詞選》卷七收李重元詞爲一組四首，此首題「冬詞」，《全宋詞》亦據以録爲李重元詞，注《類編草堂詩餘》卷一誤作歐陽修詞。

〔二〕按：此調蓋始見李白詞，汲古閣本《邵氏聞見後録》卷十九、《花庵詞選》卷一皆載録；另見南唐馮延巳一首，蓋爲同名異調；宋詞多用李白詞調，又别名《秦樓月》等。

詞　唐李　白

簫聲咽。秦娥夢斷秦樓月。秦樓月。年年柳色。灞陵傷别。○樂遊原上清秋節。咸陽古道音塵絶。音塵絶。西風殘照，漢家陵闕。

又

春思　宋康與之

春寂寞。長安古道東風惡。東風惡。臙脂滿地，杏花零落。○臂銷不柰黄金杓[一]。天寒尚怯春衫薄。春衫薄。不禁揾淚[二]，爲君彈却。

【校】

[一] 杓：《中興以來絶妙詞選》卷一、《草堂詩餘·前集》卷上皆作「約」，《花草粹編》卷七作「鐲」。

[二] 揾：《中興以來絶妙詞選》作「珠」。

又

詠雪　　　　宋張孝祥(一)

雲垂幕。陰風慘淡天花落。天花落。千林瓊玖，滿空鸞鶴。○征車渺渺穿華薄。路迷迷路增離索。增離索。楚溪山水，碧湘樓閣。

又

佳人　　　　宋周邦彦(二)

香馥馥。樽前有個人如玉。人如玉。翠翹金鳳，内家粧束。○嬌羞愛把眉兒蹙。逢人只唱相思曲。相思曲。一聲聲是，怨紅愁緑。

(一) 按：汲古閣本《于湖詞》收録，題「雪」；《草堂詩餘·後集》卷上入「天文氣候·詠雪」類，未署名；《中興以來絶妙詞選》卷二與另首皆録作張孝祥詞，分别題「雪」、「梅」；《全宋詞》據《宋元十五家詞》本《晦庵詞》録作朱熹詞，題「雪、梅二闋懷張敬夫」。

(二) 按：《草堂詩餘·後集》卷下入「人物·佳人」類，未署名；《類編草堂詩餘》卷一、《花草粹編》卷七、汲古閣本《片玉詞補遺》皆作周邦彦詞；《全宋詞》録作無名氏詞。

又

閨情　　宋孫夫人(一)

花深深。一鈎羅襪行花陰。行花陰。閑將柳帶，試結同心。○耳邊消息空沈沈[一]。畫眉樓上愁登臨。愁登臨。海棠開後，望到如今。

【校】

[一]耳邊：《詞律》卷四、《全宋詞》皆作「日邊」。

憶漢月(二)

雙調○小令

平可仄仄仄可平平平仄韻，六字句仄可平仄平平平可仄仄叶，六字句仄可平平平可仄仄仄平平七字句

(一) 按：《草堂詩餘・後集》卷下入「人事・閨情」類，未署名；《花草粹編》卷七題「閨情」，署孫夫人，注「鄭文妻」；《全宋詞》據《古杭雜記》録作鄭文妻詞。

(二) 按：此調蓋源於唐教坊曲，無唐詞；宋詞始見李遵勗、柳永、晏殊詞，皆名《望漢月》；歐陽修、杜安世詞則名《憶漢月》，當屬同調異名。

仄可平仄仄可平平平可仄仄叶，六字句〇平可仄平平仄仄五字句平可仄仄仄仄可平平平仄叶，七字句
仄可平平平可仄仄仄平平七字句平可仄仄仄平平仄叶，六字句

詞

宋歐陽脩

紅艷幾枝輕裊。早被東風開了[二]。倚煙啼露爲誰嬌，故惹蝶憐蜂惱。〇多情遊賞處，留戀向、緑叢千繞。酒闌歡罷不成歸，腸斷月斜春老。

【校】

[二] 早：《近體樂府》卷三、《醉翁琴趣外篇》卷四、《六一詞》卷四、《花草粹編》卷八皆作「新」。

憶帝京

雙調〇中調

平可仄平仄可平仄平平仄韻，七字句仄可平仄仄可平平平可仄仄叶，六字句仄可平仄仄平平五字句
平可仄仄平平仄叶，五字句仄可平仄仄平平五字句仄可平仄平平仄叶，五字句〇仄可平仄可平仄仄

可平平平可仄仄叶，七字句仄可平仄可平仄平仄可平平仄叶，七字句仄可平仄平平四字句平可仄平平
可仄仄四字句仄可平仄仄可平仄可平平平可仄仄叶，七字句仄可平仄仄平平五字句仄可平仄平平仄
叶，五字句

詞(一)　宋黄庭堅

鳴鳩乳燕春閒暇。化作緑陰槐夏。壽酒舞紅裳[一]，羅鴨飄香麝[二]。醉此洛陽人，佐郡深儒雅。○況坐上、玉麟金馬。更莫問、鶯老花謝。萬里相依，千金爲壽，未厭玉燭傳深夜。不醉欲言歸，笑殺高陽社。

【校】

[一] 壽酒：《山谷詞》、《花草粹編》及《詞律》卷十皆作「壽斝」。

[二] 羅鴨：《山谷詞》、《花草粹編》、《詞律》皆作「睡鴨」。

(一) 按：《嘯餘譜》及附録本、和刻本皆題「慶壽」，《花草粹編》卷十五同題；《山谷詞》卷一題「黔州張倅生日」。

憶舊遊(一)　雙調○長調

仄可平平可仄平仄可平仄五字句仄可平仄平平四字句平仄平平韻，四字句仄可平仄平平仄五字句仄可平平平仄仄五字句仄可平仄平平叶，四字句仄可平平仄仄可平平仄六字句平可仄仄仄平平叶，五字句仄可平仄可平仄平平五字句平可仄平仄可平仄四字句仄可平仄平平叶，四字句○平可仄平可仄仄可平平仄五字句仄可平仄可平仄平平可仄仄平平叶，九字句仄可平仄平平仄五字句仄可平平可仄平平仄五字句平可仄仄平平叶，四字句仄可平平仄可平仄平可仄仄六字句平可仄仄仄平平叶，五字句仄可平仄可平仄平平五字句平可仄平仄可平仄平可仄仄可平平叶，七字句

詞

春恨(二)　宋周邦彦

記愁横淺黛，淚洗紅鉛，門掩秋宵。墜葉驚離思，聽寒螿夜泣，亂雨瀟瀟。鳳釵半脱雲鬢，

(一) 按：《詞譜》卷三十收此調，注「調始清真樂府，一名《憶舊遊慢》」。
(二) 按：《片玉集》卷二、《清真集》卷上入「春景」類，無題；《草堂詩餘·前集》卷上入「春景·春思」類；《類編草堂詩餘》卷三題「春恨」。

窗影燭花搖。漸暗竹敲凉，踈螢照曉[一]，兩地魂銷。○迢迢問音信[二]，道徑底花陰、時認鳴鑣[三]。也擬臨朱戶，嘆因郎憔悴，羞見郎招。舊巢更有新燕，楊柳拂河橋。但滿眼京塵，東風竟日吹露桃。

【校】

[一] 曉：《片玉集》卷二、《清真集》卷上皆作「晚」。

[二] 按：《詞譜》卷三十以「迢迢」作二字句，注叶韻。《詞律》卷十七以張炎詞爲例，換頭「留連」二字亦作一句，注用韻。

[三] 「道徑底」句：《詞譜》作五言一句、四言一句。

望梅花(一)　凡二體，有單雙二調○並小令

第一體　單調

平可仄仄平可仄平平可仄仄韻，六字句仄可平仄平可仄平平仄叶，六字句仄可平仄平可仄平平仄仄叶，

(一) 按：此調蓋源於唐教坊曲，唐五代詞僅見和凝、孫光憲各一首，皆詠梅，屬同調異體。宋詞另有蒲宗孟等作，爲七十二字、七十字體，蓋與唐詞爲同名異調。

七字句仄可平仄平可仄平平仄叶，六字句平可仄仄仄可平平平仄仄叶，七字句平可仄仄平可仄平平仄叶，六字句

詞　　石晉和　凝(一)

春草全無消息。臘雪猶餘蹤跡。越嶺寒枝香自拆[一]。冷艷奇芳堪惜。何事壽陽無處覓。吹入誰家横笛。

【校】

[一] 拆：《嘯餘譜》作「折」，《梅苑》卷五、《詞律》卷二同；《花草粹編》卷二、《詞譜》卷三作「坼」。

第二體　雙調

仄可平平平可仄仄仄平平韻，七字句仄可平仄可平仄平可仄平平仄七字句仄可平仄平平平可仄

(一) 按：此詞《花間集》卷六載爲和凝詞；《梅苑》卷五署歐陽修作，蓋誤題。《詞譜》卷三注：「此詞若照孫光憲平韻體，亦宜上下各三句分段，但《花間集》舊本刻作單調。」

仄平叶，七字句〇平可仄仄仄平平叶，五字句平可仄仄平平仄仄平叶，七字句平可仄仄仄平平叶，五字句

詞

唐孫光憲

數枝開與短墻平。見雪蕚紅跗相映，引起誰人邊塞情。〇簾外欲三更。吹斷離愁月正明。空聽隔江聲。

望仙門(一)

雙調〇小令

仄可平平平可仄仄仄平平韻，七字句仄平平叶，三字句平可仄平仄可平仄仄平平叶，七字句仄平平叶，三字句〇仄可平仄平平仄五字句平可仄平仄可平仄平平叶，六字句仄可平平平可仄仄仄平平叶，七字句複出三字平可仄仄仄平平叶，五字句

(一) 按：此調宋詞僅見晏殊、張掄詞，各三首。《詞譜》卷六注「調見《珠玉詞》，取詞中結句爲名」。

詞

宋晏　殊

玉池波浪碧如鱗。露蓮新。清歌一曲翠眉嚬。舞華茵。◯滿酌蘭英酒，須知獻壽千春。太平無事荷君恩。荷君恩。齊唱望仙門。

望江南[一]

一名《望江梅》，即《夢江南》後加一疊，雙調◯小令

平仄可平仄三字句平可仄仄仄平平〔一〕韻，五字句平可仄仄仄可平平平仄仄七字句平可仄平平可仄仄仄平平叶，七字句平可仄仄仄平平叶，五字句◯後段同，唯更前韻[二]

詞

南唐李後主

多少恨，昨夜夢魂中。還似舊時遊上苑，車如流水馬如龍。花月正春風。◯多少淚，斷臉

[一] 按：此調有單片、雙片二體，別名《憶江南》、《夢江南》、《望江梅》、《江南好》等。此卷前收《憶江南》，此收《望江南》，乃同調重出。

[二] 按：此詞《南唐二主詞》及《詩餘圖譜》卷一、《花草粹編》卷十皆作雙片一首。實則兩片用韻不同，且唐宋詞此調雙片體無換韻者，當爲單片二首，《尊前集》即分作二首。

復橫頤。心事莫將和淚説，鳳笙休向淚時吹。腸斷更無疑。

【校】

［一］按：據例詞此句首字「昨」乃仄聲，此注平可仄，《嘯餘譜》及附録本、和刻本皆同，蓋訛誤。

望海潮　凡二體，並雙調〇長調

第一體

平可仄平平可仄仄四字句平可仄平平仄四字句平可仄平仄可平仄平平韻，六字句平可仄仄仄可平平四字句平可仄平仄可平仄四字句平可仄平仄可平仄平平叶，六字句平可仄仄仄平平叶，五字句仄可平平可仄仄可平平可仄仄五字句平可仄仄平平叶，四字句仄可平仄平平四字句仄可平平平可仄仄仄平平叶，七字句〇平可仄平仄可平仄平平叶，六字句仄可平平可仄平仄可平仄五字句仄可平仄平平叶，四字句平可仄仄仄可平平四字句平可仄平仄可平仄四字句平可仄平仄可平仄平平叶，六字句平可仄仄仄平平叶，五字句平可仄平仄可平平可仄仄五字句平可仄仄平平叶，四字句仄可仄仄平平仄可平仄仄平平叶，九字句

詞

錢塘(一)

宋柳　永

東南形勝，三吳都會，錢塘自古繁華。煙柳畫橋，風簾翠幙，參差十萬人家。雲樹繞堤沙。怒濤卷霜雪，天塹無涯。市列珠璣，戶盈羅綺競豪奢。○重湖疊巘清佳。有三秋桂子，十里荷花。羌管弄晴，菱歌泛夜，嬉嬉釣叟蓮娃。千騎擁高牙。乘時聽簫鼓[一]，吟賞煙霞。異日圖將好景鳳池誇[二]。

【校】

[一] 乘時：《樂章集》、《花草粹編》、《詞譜》皆作「乘醉」。

[二]「異日」句：《樂章集》、《草堂詩餘》、《花草粹編》、《詞譜》於「鳳」字前皆有「歸去」二字，《詞譜》作六言一句、五言一句。

(一) 按：《草堂詩餘·後集》卷上入「地理宮室·錢塘」類；《類編草堂詩餘》卷四題「錢塘」，《花草粹編》卷二十三題「京都」。

第二體

前段與第一體同〇後段亦與第一體同，唯末句分作一句四字、一句七字

詞

春景(一)　宋秦觀

梅英疏淡，冰澌溶洩，東風暗換年華。金谷俊游，銅駝巷陌，新晴細履平沙。長記誤隨車。正絮翻蝶舞，芳思交加。柳下桃蹊，亂分春色到人家。〇西園夜飲鳴笳。有華燈礙月，飛蓋妨花。蘭苑未空，行人漸老，重來是事堪嗟。煙暝酒旗斜。但倚樓極目，時見棲鴉。無奈歸心，暗隨流水到天涯。

(一) 按：張綖刻本《淮海長短句》、汲古閣本《淮海詞》、《花草粹編》卷二十三皆題「洛陽懷古」；《草堂詩餘・前集》卷上入「春景」類。

望梅〔一〕 雙調○長調

仄可平平平仄韻，四字句仄可平平平仄可平仄五字句仄可平平平仄叶，四字句仄可平仄可平平平可仄
仄平平七字句仄可平仄仄平平仄平平仄叶，九字句平可仄仄平平四字句仄可平平可仄仄平可仄平
平仄叶，七字句仄可平平可仄平仄可平仄可平仄仄仄平九字句仄可平平平仄叶，四字句○平可仄平
仄平仄可平仄叶，六字句仄可平平可仄平仄可平仄五字句平可仄仄可平平仄叶，四字句仄可平仄可平
平平可仄仄平平七字句仄可平仄仄平可仄仄仄可平平平仄叶，九字句平可仄仄平平四字句仄可平仄
仄平可仄平平仄叶，七字句仄可平仄可平仄可平平仄可平仄五字句〔二〕仄可平仄仄可平平仄可平仄叶，
六字句

〔一〕按：此調正名當爲《解連環》，蓋創始於周邦彦，《梅苑》卷四載無名氏詠梅詞，別名《望梅》；《詞譜》卷三十四收《解連環》，以柳永詞爲創始，注本名《望梅》，後改名。

詞

小春

宋柳　永[一]

小寒時節。正同雲暮慘，勁風朝冽。信早梅、偏占陽和，向日處、凌晨數枝先發[二]。時有香來，望明艶、遥知非雪。展礲金嫩蘂、弄粉素英[三]，旖旎清徹。○仙姿更誰並列。有幽光映水，踈影籠月。且大家、留倚欄干，鬬緑醑飛看、錦牋吟閲[四]。桃李春花，料比此、芬芳俱别。見和羹大用，休把翠條謾折。

【校】

[一] 按：此句注「五字句」，圖譜有六字，據例詞爲「見和羹大用」，蓋句首衍誤一「仄」字；「和」，此注「仄可平」，《嘯餘譜》作平聲，注可仄。

[二] 「向日處」句：《詞譜》卷三十四作三言一句、六言一句。

[三] 「展礲金」句：《詞譜》作「想玲瓏嫩蕊，弄粉素英」。

(一) 按：《梅苑》卷四載此詞未署名，其前爲同調「畫闌人寂」詞，署王聖與作；《類編草堂詩餘》卷四、《花草粹編》卷二十三皆署柳永；《全宋詞》收爲無名氏詞。

[四]「鬬緑醅」句：《詞譜》作「對緑醅飛觥，錦箋吟鬮」。

望湘人〔一〕 雙調〇長調

仄可平平平仄可平仄五字句平可仄仄仄可平平四字句仄平平仄平仄韻，六字句仄可平仄平平四字句仄可平平仄可平仄四字句仄可平仄平可仄平平可仄仄叶，六字句仄可平仄平平四字句仄可平平平仄四字句平可仄平平可仄仄叶，四字句仄可平仄可平平平可仄仄平平七字句仄可平仄平可仄平平仄叶，六字句〇平可仄仄平平可仄平仄可平仄叶，六字句仄可平平可仄平仄可平仄五字句仄可平平平仄叶，四字句仄可平平可仄仄平平五字句仄可平仄仄可平平平可仄仄叶，六字句平可仄平仄仄可平平平仄叶，八字句仄可平仄平可仄平平仄叶，六字句仄可平仄可平仄仄可平仄平平七字句仄可平仄平可仄平平可仄仄叶，六字句

詞

春思

宋賀　鑄

厭鶯聲到枕，花氣動簾，醉魂愁夢相半。被惜餘薰，帶驚剩眼，幾許傷春春晚。淚竹痕鮮，

〔一〕按：此調宋詞僅見賀鑄一首，爲孤調。《詞律》卷十九、《詞譜》卷三十四收此調，皆不注可平可仄。

佩蘭香老，湘天濃暖。記小江、風月佳時，屢約非煙遊伴。○須信鸞絃易斷。奈雲和再鼓，曲終人遠。認羅襪無蹤，舊處弄波清淺。青翰棹艤、白蘋洲畔[一]。儘目臨皐飛觀[二]。不解寄、一字相思，幸有歸來雙燕。

【校】

[一]「青翰」句：《詞譜》卷三十四作「青翰棹，檥白蘋洲畔」。翰，譜注平聲，附録本、和刻本同，蓋衍誤；《嘯餘譜》、《詞譜》皆作仄聲。

[二]目：《嘯餘譜》作「日」。

夢江南[一]　單調○小令○後加一疊爲《望江南》，亦名《望江梅》

平仄可平仄三字句平可仄[二]仄仄平平韻，五字句平可仄仄仄可平平平仄仄七字句平可仄平平可仄仄

[一]按：此調即《望江南》之别名，又名《憶江南》等；《嘯餘譜》及附録本、和刻本皆作《夢江口》。此卷前收《憶江南》、《望江南》，又收《夢江南》，乃同調重出。

仄平平叶，七字句平可仄仄仄平平叶，五字句

詞　唐温庭筠

千萬恨，恨極在天涯。山月不知心裏事，水風空落眼前花。摇曳碧雲斜。

【校】

［一］平可仄：附録本、和刻本譜注同；例詞「恨」字實仄聲，《嘯餘譜》作仄聲，注可平。

又　唐皇甫松

蘭燼落，屏上暗紅蕉。閑夢江南梅熟日，夜船吹笛雨蕭蕭。人語驛邊橋。

夢揚州〔一〕　雙調、〇長調

仄平平韻，三字句仄可平仄可平平平可仄仄平平叶，七字句仄可平仄仄可平平四字句仄可平仄平平可仄

〔一〕按：此調僅見秦觀詞一首，並載《淮海長短句》和《淮海詞》，爲孤調。《詞譜》卷二十六注「宋秦觀自製詞，取詞中結句爲名」。

平平叶，六字句仄可平平仄平可仄平仄可平仄七字句仄可平平平可仄仄平平叶，六字句平平仄三字句平平仄三字句仄平平仄平平叶，六字句○平可仄仄平平仄平叶，六字句平可仄仄仄平平五字句仄可平仄平平叶，四字句仄可平仄仄可平平四字句仄可平仄平平可仄平平叶，六字句仄可平仄仄可平仄平平仄七字句仄可平仄平平可仄仄平平叶，七字句平仄仄三字句平可仄平仄可平仄四字句平可仄仄平平叶，五字句[一]

詞

宋秦　觀

晚雲收。正柳塘、煙雨初休[二]。燕子未歸，惻惻輕寒如秋。小欄外東風軟透，繡幃花密香稠[三]。江南遠，人何處，鷓鴣啼破春愁。○長記曾陪燕遊。酬妙舞清歌，麗錦纏頭。殢酒困花，十載因誰淹留。醉鞭拂面歸來晚，望翠樓、簾捲金鈎。佳會阻，離情正亂，頻夢揚州。

【校】

[一]五字句：《嘯餘譜》及附録本、和刻本皆同，蓋訛誤；譜注只有四字，例詞亦爲四字句。

〔二〕「正柳塘」句：《詞譜》卷二十六作「正柳塘花塢，煙雨初休」。

〔三〕「小欄」二句：《詞律》卷十四作「小闌干外東風軟，透繡幃、花密香稠」。

賀聖朝〔一〕　雙調○小令

仄可平平仄可平仄平平仄韻，七字句仄可平平可仄平平可仄仄叶，五字句平可仄平平可仄仄四字句仄可平平平仄四字句仄可平平平仄叶，四字句○後段同，唯第二句作六字

詞　　宋葉清臣

滿斟緑醑留君住。莫匆匆歸去。三分春色，二分愁悶，一分風雨〔二〕。○花開花謝都來幾，日且高歌休訴〔三〕。知他來歲，牡丹時候，相逢何處〔三〕。

〔一〕按：此調唐五代僅見馮延巳詞一首，宋有張先等人詞。《詞譜》卷三注：「唐教坊曲名。《花間集》有歐陽炯詞本名《賀明朝》，《詞律》混入《賀聖朝》，誤。」

【校】

[一]「三分」三句：《花庵詞選》卷六、《詞譜》卷六皆作：「三分春色二分愁，更一分風雨。」

[二]「花開」二句：《詩餘圖譜》卷一以「日」字屬上句，《詞譜》作四言二句、五言一句。幾日，《花庵詞選》、《詞譜》皆作「幾許」。

[三]「知他」三句：《花庵詞選》、《詞譜》皆作：「不知來歲牡丹時，再相逢何處。」

賀明朝[一]　凡二體，並雙調〇中調

第一體

仄可平仄平可仄平平仄仄韻，七字句仄可平平平可仄仄可平仄平平仄叶，八字句平可仄平仄可平仄仄平平仄八字句仄可平平平仄平仄平仄叶，八字句〇仄可平平平可仄仄仄可平平仄叶，七字句仄可平仄平平四字句平可仄仄仄可平平仄叶，五字句仄可平平可仄平平可仄仄五字句平可仄仄仄可平平仄可平

[一] 按：此調僅見五代歐陽炯詞二首，載《花間集》卷六；《詞律》卷五收《賀聖朝》，附列歐陽炯詞爲「又一體」，注：「此調一作《賀聖朝》，而汲古刻《花間集》以此調作《賀明朝》，似可另列一調。」《詞譜》卷十三收作《賀熙朝》，注：「此唐詞也，宋人無填之者。」《嘯餘譜》作《賀聖朝》，蓋衍誤。

仄平仄叶，八字句

詞

唐歐陽炯

憶昔花間相見後。只憑纖手、暗抛紅荳[一]。人前不解、巧傳心事，别來依舊、辜負春晝。○碧羅衣上蹙金繡。覩對鴛鴦[二]，空裛淚痕透。想韶顔非久，終是爲伊、只恁偷瘦[三]。

【校】

[一]按：此句以下凡三個八字句，《詞譜》卷十三作四言六句，以「手」、「舊」叶韻；《詞律》卷五同，唯「人前」句作八言句，於第四字旁注「豆」。

[二]覩對鴛鴦：《詞律》、《詞譜》皆作「覩對對鴛鴦」。

[三]「終是」句：《詞律》、《詞譜》皆作四言二句。

第二體(一)

仄可平仄平可仄平平仄仄韻，七字句平可仄仄仄可平平平仄叶，六字句平可仄仄仄可平平平仄六字句仄可平平可仄平平仄仄六字句平可仄仄平仄可平平仄叶，六字句○仄可平平平可仄仄平平仄叶，七字句平可仄仄可平仄仄可平平平可仄仄平仄可平仄叶，十字句仄可平平可仄平平可仄仄叶，五字句平可仄仄仄可平平平可仄仄平仄叶，八字句

詞

唐歐陽炯

憶昔花間初識面。紅袖半遮粧臉。輕轉石榴裙帶，故將纖纖玉指，偷撚雙鳳金綫[一]。○碧梧桐鎖深深院。誰料得兩情、何日教繾綣[二]。羡春來雙燕。飛到玉樓、朝暮相見[三]。

【校】

[一] 按：「紅袖」以下四句，《詞譜》卷十三作四言六句，以「轉」、「撚」二字叶韻。

(一) 按：《詞譜》卷十三以歐陽炯詞爲「又一體」，注「此與前詞同，惟前段第二句不押韻異」。

〔二〕「誰料」句：《詞譜》作五言二句。
〔三〕「飛到」句：《詞譜》作四言二句。

賀新郎　凡三體，並雙調〇長調

第一體

仄可平仄平平仄韻，五字句仄可平平平平可仄平仄可平仄七字句仄可平平平仄叶，四字句仄可平仄平平仄可平平可仄仄七字句仄可平仄仄可平平仄可平仄叶，六字句仄可平仄可平仄平可仄平平仄叶，七字句平可仄仄平可仄平平仄仄七字句仄可平平可仄平仄可平仄平平仄叶，八字句仄可平仄可平仄三字句平可仄平仄叶，三字句〇仄可平平仄可平〔二〕仄平平仄叶，七字句仄可平平可仄平仄可平仄可平平可仄仄七字句仄可平平平可仄仄叶，四字句平可仄仄仄可平平四字句仄可平仄可平仄三字句平可仄平可仄平可仄平仄可平仄叶，六字句仄可平仄可平仄平可仄平平可仄仄叶，七字句仄可平仄可平平平仄仄七字句平可仄平仄可平仄仄可平仄可平仄叶，七字句仄可平仄仄三字句仄可平仄可平仄叶，三字句

詞

夏景〔一〕

宋蘇　軾

乳燕飛華屋。悄無人、槐陰轉午，晚凉新浴。手弄生綃白團扇，扇手一時似玉。漸困倚、孤眠清熟。簾外誰來推繡戶，枉教人、夢斷瑶臺曲。又却是，風敲竹。○石榴半吐紅巾蹙。待浮花浪蘂都盡，伴君幽獨。穠艷一枝，細看取〔二〕，芳心千重似束〔三〕。又恐被、秋風驚緑。若待得君來向此，花前對酒不忍觸。共粉淚，兩蔌蔌。

【校】

〔一〕可平：原本注可仄，蓋訛誤。譜注本字爲仄，例詞「半」字亦仄聲，《嘯餘譜》及附録本、和刻本皆注「可平」，兹從校訂。

〔二〕「穠艷」二句：《詞譜》卷三十六作七言一句。細，《花庵詞選》卷二作「君」。

〔三〕芳心：《草堂詩餘・前集》卷下、《類編草堂詩餘》卷四、《詞譜》皆作「芳意」。

〔一〕按：傅幹注本《東坡詞》卷三無此題；《草堂詩餘・前集》卷下入「夏景」類。

第二體

前段與第一體同○後段亦與第一體同，唯第九句作八字[一]

詞

春情　　宋李　玉(一)

篆縷銷金鼎。醉沈沈、庭陰轉午，畫堂人静。芳草王孫知何處，唯有楊花糝徑。漸玉枕、騰騰春醒[二]。簾外殘紅春已透，鎮無聊、殢酒厭厭病。雲鬢亂，未欣整[三]。○江南舊事休重省。遍天涯、尋消問息，斷鴻難倩。月滿西樓，憑欄久，依舊歸期未定。又只恐、缾沈金井。嘶騎不來銀燭暗，枉教人、立盡梧桐影。誰伴我，對鸞鏡。

【校】

［一］第九句：據例詞，當是第八句，即「枉教人」一句作八字，比第一體此句多一字。

(一) 按：原本未題朝代，兹據和刻本校訂。《全宋詞》據《花庵詞選》卷八收作李玉詞，又據《陽春白雪》卷一收作潘汾詞，互見兩存。

〔二〕「漸玉枕」句：《陽春白雪》作「正玉枕、瞢騰初醒」。

〔三〕「雲鬟」二句：《陽春白雪》作「雲髻彈，未忺整」；欣，《花庵詞選》、《草堂詩餘》皆作「忺」。

第三體

前段亦與第一體同○後段亦與第一體同，唯第四句作七字，八句作八字，末句作五字

詞

端午 宋劉潛夫〔一〕

深院榴花吐。畫簾開、綵衣紈扇〔二〕，午風清暑。兒女紛紛新結束，時樣釵符艾虎。早已有、遊人觀渡。老大逢場慵作戲，任白頭、年少爭旗鼓。溪雨急，浪花舞。○靈均屈平字標致高如許。憶生平、既紉蘭佩，又懷椒糈。誰信騷魂千載後，波底垂涎角黍。又說是、蛟饞龍怒。把似而今醒到了，料當年、醉死差無苦。一笑弔千古〔三〕。

〔一〕按：原本僅署「宋劉」，《嘯餘譜》及和刻本皆署劉潛夫，茲從校訂。《全宋詞》收作劉克莊詞。

【校】

[一]綵衣：景宋本《後村居士詩餘》作「練衣」，《百家詞》本作「練衣」。

[二]「一笑」句：《後村居士詩餘》、《中興以來絶妙詞選》卷七、《草堂詩餘・後集》卷上皆作三言二句，上句作「聊一笑」。

醉太平(一)　雙調◯小令

平可仄平仄平韻，四字句平可仄平仄平叶，四字句平可仄[一]平平可仄仄平平叶，六字句仄可平平平仄平叶，五字句◯後段同

詞

宋劉　過(二)

情高意真。眉長鬢青。小樓明月調箏。寫春風數聲。◯思君憶君[二]。魂牽夢縈。翠綃

(一)按：四庫本《龍洲集》卷十二、《粤雅堂叢書》本《陽春白雪》卷五調名皆作《四字令》。宋詞此調又别名《醉思凡》等，《詞律》卷二、《詞譜》卷三皆收《醉太平》一調爲正名。

(二)按：原本僅署「宋劉」，《嘯餘譜》及和刻本誤署劉潛夫，《詩餘圖譜》卷一署劉龍洲；汲古閣本《龍洲詞》收此詞，注「時刻誤潛夫」；《全宋詞》收爲劉過詞，茲從校訂。

香暖雲屏。更那堪酒醒。

【校】

［一］平可仄：附録本、和刻本譜注同，《嘯餘譜》作仄聲，誤注可仄。例詞「小」字仄聲，當注「仄可平」。

［二］思君憶君：原本「君」皆作「唐」，失叶，蓋訛誤；兹從《龍洲集》、《龍洲詞》、《嘯餘譜》及附録本、和刻本校訂。

醉花間［一］

雙調○小令○與《生查子》相近

平可仄平仄韻，三字句仄可平平仄叶，三字句平可仄仄平平仄叶，五字句平可仄仄仄平平五字句仄可仄仄平平仄叶，五字句◯平可仄平平仄仄叶，五字句仄可平仄平平仄叶，五字句平可仄平仄仄平五字句平可仄仄平平仄叶，五字句

［一］按：此調蓋源於唐教坊曲，始見五代毛文錫詞二首，另有馮延巳等人詞，蓋屬同調異體。宋詞無此調之作。

詞　　唐毛文錫

深相憶。莫相憶。相憶情難極。銀漢是紅牆，一帶遥相隔。○金盤珠露滴。兩岸榆花白。風摇玉佩清，今夕爲何夕。

醉桃源[一]

一名《阮郎歸》，雙調○小令

平可仄平平可仄仄仄平平韻，七字句平可仄平平仄平叶，五字句平可仄平平可仄仄仄平平叶，七字句仄可平平平仄平叶，五字句○平可仄仄仄三字句仄平平叶，三字句平可仄平平可仄仄平叶，五字句平可仄平平可仄仄仄平平叶，七字句仄可平平平可仄仄平叶，五字句

詞　　宋歐陽脩[二]

南園春半踏青時[二]。風和聞馬嘶。青梅如豆柳如眉。日長蝴蝶飛。○花露重，草煙低。

[一] 按：此調蓋始見南唐馮延巳詞，至宋代以《阮郎歸》爲通用名；《詞律》卷四、《詞譜》卷六皆收《阮郎歸》爲正名。

[二] 按：《近體樂府》卷一、《醉翁琴趣外篇》卷五並收此詞，《樂府雅詞》卷上、《花庵詞選》卷二、《草堂詩餘·前集》卷上皆作歐詞；另見晏殊《珠玉詞》。《全宋詞》於歐、晏皆不收。又載馮延巳《陽春集》，《全唐五代詞》録作馮詞。

人家簾幙垂。鞦韆慵困解羅衣。畫梁雙燕棲[二]。

【校】

[一] 半：《近體樂府》卷一、《醉翁琴趣外篇》卷五皆作「早」。踏：《詩餘圖譜》卷一作「路」。

[二] 「畫梁」句：四印齋本《陽春集》作「畫梁雙燕歸」；《詩餘圖譜》作「畫堂雙燕飛」。

醉花陰　雙調◯小令

仄可平仄可平平可仄平可仄平仄可平仄韻，七字句仄可平仄仄可平平仄叶，五字句平可仄仄仄平平五字句仄可平仄平可仄平仄可平仄平平仄叶，九字句◯後段同

詞

重陽（一）　　宋婦李清照

薄霧濃雲愁永晝。瑞腦噴金獸[一]。佳節又重陽，寶枕紗厨、半夜秋初透[二]。◯東籬把酒

（一）按：《漱玉詞》、《花庵詞選》卷十、《花草粹編》卷九皆題「九日」，《草堂詩餘・後集》卷上入「節序・重陽」類。

黄昏後。有暗香盈袖。莫道不銷魂，簾捲西風，人事黄花瘦[三]。

【校】

[一] 噴：《樂府雅詞》卷下、《花庵詞選》卷十皆作「銷」。

[二] 「寶枕」句：《詞律》卷七作四言一句、五言一句。寶，《樂府雅詞》、《花庵詞選》作「玉」。秋初，《花庵詞選》作「凉初」，《詩餘圖譜》作「秋自」。

[三] 「簾捲」句：《詞律》作四言一句、五言一句。事，《樂府雅詞》、《花庵詞選》、《嘯餘譜》皆作「似」，《漱玉詞》、《詞律》作「比」。

醉紅粧[一]

雙調〇小令

平可仄平仄可平仄仄平平韻，七字句仄平平可仄，三字句仄仄可平平叶，三字句仄可平平平可仄仄仄平平叶，七字句平仄仄三字句仄平平叶，三字句〇平可仄平平可仄仄仄平平叶，七字句仄平仄三字句仄平平叶，三字句仄可平仄平可仄平平仄仄七字句平仄可平仄三字句仄平平叶，三字句

[一] 按：此調《嘯餘譜》誤作《醉紅樓》。宋詞僅見張先一首，爲孤調。

詞　宋張　先

瓊林玉樹不相饒。薄雲衣，細柳腰。一般妝樣百般嬌。眉眼秀，總如描[一]。○東風摇草雜花飄。恨無計，上青條。更起雙歌郎且飲，郎未醉，有金貂。

【校】

[一]「眉眼」二句：鮑本《張子野詞》卷二作「眉眼細，好如描」。眉眼，《嘯餘譜》作「眉兒」。

醉落魄[一]　雙調○小令

平可仄平仄仄韻，四字句平可仄平仄仄可平平平仄叶，七字句仄可平平仄可平仄平平仄叶，七字句仄可平仄平平四字句仄可平仄仄可仄平仄叶，五字句○平可仄平仄可平仄平平仄叶，七字句仄可平平平可仄仄仄可平平仄可平仄平平仄叶，七字句仄可平平仄可平仄平平仄叶，七字句仄可平仄平平四字句仄可平仄仄可平平

(一) 按：此調始見南唐李煜詞一首，名《一斛珠》；宋詞多別名《醉落魄》，又名《怨春風》、《章臺月》。《詞律》卷八、《詞譜》卷十二皆以《一斛珠》爲正名。

仄叶，五字句

詞

詠茶　　宋黄庭堅(一)

紅牙板歇。韶聲斷、六么初徹。小槽酒滴珍珠竭。紫玉甌圓，淺浪泛春雪。○香牙嫩蘂清心骨叶，紀劣反。醉中襟量與天闊。夜闌似覺歸仙闕。走馬章臺，踏碎滿街月。

又

詠佳人吹笛(二)　　宋張　先

雲輕柳弱。内家髻子新梳掠。生香真色人難學。横管孤吹，月淡天垂幕。○朱脣淺破櫻桃萼。倚樓人在闌干角。夜寒指冷羅衣薄。聲入霜林，簌簌驚梅落。

(一)按：《草堂詩餘·後集》卷下入「飲饌器用·詠茶」類，未署名；《類編草堂詩餘》卷一、《花草粹編》卷十二皆署黄庭堅；《山谷詞》各本不載，《全宋詞》録爲無名氏詞。

(二)按：《花庵詞選》卷五題「美人吹笛」，《詩餘圖譜》卷一題「佳人吹笛」。

醉春風 雙調〇中調

仄可平仄平平仄韻，五字句平可仄平可仄平仄可平仄叶，五字句平可仄平平可仄仄仄平平七字句仄仄仄叶，此句連疊三字平可仄仄平平四字句仄可平平平可仄仄四字句仄可平平平仄叶，四字句〇後段同

詞

春閨　宋無名氏(一)

陌上清明近。行人難借問。風流何處不歸來，悶悶悶[一]。回鴈峯前，戲魚波上，試尋芳信。〇夜永蘭膏燼。春睡何曾穩。枕邊珠淚幾時乾，恨恨恨。惟有窗前，過來明月，照人方寸。

【校】

[一]按：此句及後段「恨恨恨」句，《詞律》卷九、《詞譜》卷十四皆作三疊句，於第一字注叶韻，後二字注疊韻。

(一)按：原本署「宋趙」，附録本、和刻本同；《樂府雅詞・拾遺》卷下、《草堂詩餘・前集》卷下「春景・春恨」類皆未署名；《類編草堂詩餘》卷二署趙德仁，題「春閨」，《嘯餘譜》同；《全宋詞》收作無名氏詞，注《類編草堂詩餘》爲誤收，兹從校訂。

醉蓬萊 雙調○長調

仄可平平可仄平平可仄仄五字句仄可平仄平平四字句仄可平平平仄韻，四字句平可仄仄平平四字句仄可平平可仄平平可仄仄叶，五字句仄可平仄平平四字句仄可平平平可仄仄四字句仄可平仄平平仄叶，五字句仄可平仄平平四字句仄可平平平可仄仄四字句平可仄平平可仄仄叶，四字句○平可仄仄平可仄平仄可平平平可仄仄八字句平可仄仄平平四字句仄可平平平仄叶，四字句仄可平仄平可仄平四字句仄可平平可仄平平仄叶，五字句仄可平仄平可仄平四字句仄可平平平仄四字句仄可平仄可平平平可仄仄叶，五字句仄可平仄平平四字句平可仄平仄可平仄四字句平可仄平平仄叶，四字句

詞

上巳(一)

宋葉夢得

問春風何事，斷送繁紅，便擠歸去。牢落征途，笑行人羈旅。一曲陽關，斷雲殘靄，做渭

(一) 按：《百家詞》本及汲古閣本《石林詞》、《樂府雅詞》卷中皆有長題，略有異文；《中興以來絶妙詞選》卷一、《草堂詩餘·後集》卷上皆題「上巳日有懷許下西湖」。

城朝雨。欲寄離愁，緑陰千囀，黄鸝空語。○遥想湖邊、浪摇空翠，絃管風高，亂花飛絮。曲水流觴，有山翁行處。翠袖朱欄，故人應也，弄畫船煙浦。會寫相思，尊前爲我，重翻新句。

相見歡　一名《上西樓》，雙調○小令

平可仄平仄可平仄平平韻，六字句仄平平叶，三字句仄可平仄平可仄平平可仄仄六字句仄平平叶，三字句○仄可平平可仄仄三字句平可仄平仄三字句仄平平叶，三字句仄可平仄平平四字句平可仄仄仄平平叶，五字句

詞　唐薛昭藴

羅襦繡袂香紅。畫堂中。細草平沙蕃馬，小屏風[一]。○卷羅幕，凭粧閣[二]，思無窮。暮雨輕煙，魂斷隔簾櫳。

【校】

[一]按：《詞律》卷二收此調以李煜詞爲例，於兩段結句皆作九言一句，注可於四字略斷；《詞譜》卷三收此詞，兩結亦作九字句，於第六字注「讀」。

[二]按：《詞律》、《詞譜》於後段换頭二句皆注「换仄韻」、「間入兩仄韻」。

萬年歡　雙調○長調

平可仄仄平平四字句仄可平平可仄平仄可平仄五字句平可仄仄可平平仄韻，四字句平可仄仄平平四字句仄可平仄仄可平平可仄平仄叶，六字句平可仄仄平可仄平仄可平仄叶，六字句仄可平平可仄仄平可仄仄叶，七字句平可仄平仄仄可平仄平平七字句仄可平平平可仄仄平仄叶，六字句○平可仄平仄可平仄叶，四字句平可仄平仄可平平可仄平仄可平仄七字句平可仄仄平仄叶，四字句仄可平仄平平四字句平可仄仄仄可平平平仄叶，六字句仄可平仄平可仄平仄可平仄叶，六字句仄可平平仄平可仄平平仄叶，七字句平可仄平可仄仄仄可平仄平平七字句仄可平平平可仄仄平仄叶，七字句

詞

元宵　宋胡浩然（一）

燈月交光，漸輕風布煖，先到南國。羅綺嬌容，十里絳紗籠燭。花艷驚郎醉目。有多少、佳人如玉。春衫袂、整整齊齊，内家新樣粧束。◯歡情未足。更闌謾句牽舊恨，縈亂心曲。悵望歸期，應是紫姑頻卜。暗想雙眉對蹙。斷絃待、鸞膠重續。休迷戀、野草閑花，鳳簫人在金谷。

歸朝歡　雙調◯長調

仄可平仄可平平可仄平可仄平仄可平仄韻，七字句平可仄仄仄可平平平仄仄叶，七字句仄可平平平可仄仄平平七字句仄可平平平可仄仄平平仄叶，七字句仄可平平可仄平仄仄叶，五字句平可仄平平可仄仄平平仄叶，七字句仄可平平平三字句仄可平平仄可平仄四字句仄可平仄仄可平平仄叶，五字句◯後段同

（一）按：原本署「宋胡」，附録本、和刻本同；《草堂詩餘・後集》卷上「節序・上元」類署胡浩然，《類編草堂詩餘》卷三、《花草粹編》卷二十、《嘯餘譜》皆同，茲從校訂。

詞

春遊

宋馬莊父(一)

聽得提壺沽美酒。人道杏花深處有。杏花狼籍鳥啼風，十分春色今無九。麝煤銷永晝。青煙飛上庭前柳。畫堂深，不寒不煖，正是好時候。○團團寶月憑纖手。暫借歌喉招舞袖。珍珠滴破小槽紅，香肌縮盡纖羅瘦。投分須白首。黃金散與親和舊。且銜盃，壯心未落，風月長相守。

詩餘十四

宮室題　以末字爲主，器用、花木、珍寶皆放此

夜遊宮　雙調○小令

仄可平仄平可仄平仄可平仄韻，六字句仄可平平可仄仄仄可平平平可仄仄叶，七字句仄可平仄平可仄平

(一) 按：原本署「宋馬」，附録本、和刻本同；《中興以來絶妙詞選》卷六、《草堂詩餘·前集》卷上、《嘯餘譜》皆署馬莊父，茲從校訂。《全宋詞》録作馬子嚴詞。

仄可平仄仄叶，七字句仄平平三字句仄可平平可仄平平仄仄叶，六字句〇仄可平仄平平仄叶，五字句仄可平仄可平仄仄可平平平仄叶，七字句仄可平仄平可仄平平[一]仄仄叶，七字句仄可平平平可仄仄平平六字句平仄仄叶，三字句

詞

宮詞　　宋陸　游

獨夜寒侵翠被。奈幽夢、不成還起。欲寫新愁淚濺紙。憶承恩，嘆餘生、今至此[二]。〇蔌蔌燈花墜。問此際、報何人事[三]。咫尺長門過萬里。恨君心、似危欄，難久倚。

【校】

[一]平：附録本、和刻本譜注同，蓋訛誤；例詞「過」字實仄聲，《嘯餘譜》作仄聲。

[二]按：《詞律》卷八以周邦彦詞爲例，《詞譜》卷十一收毛滂、賀鑄詞，兩段結尾皆作三言三句。

[三]報何人事：《渭南詞》、《放翁詞》皆作「報人何事」。

慶春宮（一）　雙調○長調

平可仄仄仄可平平四字句平可仄平平可仄仄四字句仄可平平仄可平仄平平韻，六字句平可仄仄平平四字句平可仄平平可仄仄四字句仄可平平仄可平仄平平叶，六字句仄可平平平可仄仄四字句仄可平平可仄仄平可仄平可仄仄可平平叶，七字句平可仄平平可仄仄四字句平可仄仄平平平可仄仄平平叶，八字句○平可仄平仄可平仄平平叶，六字句平仄可平平平四字句平仄可平平平叶，四字句平仄可平平平四字句平可仄平平可仄仄四字句仄可平平平可仄仄平平叶，六字句仄可平平平仄四字句仄可平仄可平仄平可仄平可仄仄可平平叶，七字句仄可平平平仄四字句仄可平仄平平仄可平仄平平叶，八字句

詞（二）

宋周邦彦

雲接半岡[一]，山圍寒野，路回漸轉孤城。衰柳啼鴉，驚風驅鴈，動人一片秋聲。倦途休駕，

（一）按：此調蓋首見周邦彦，載《片玉集》卷六、《清真集》卷下，入「秋景」類，爲平韻體；姜夔、張樞等人詞別名《慶宮春》；姜夔、周密、王沂孫等人詞爲仄韻體。

（二）按：《嘯餘譜》及附録本、和刻本皆題「秋怨」。《草堂詩餘・前集》卷下入「秋景・秋怨」類，署「前人」，即柳永；汲古閣本《片玉詞》卷下題「悲秋」，注「或刻柳耆卿」。

淡煙裏、微茫見星。塵埃憔悴，生怕黃昏、離思牽縈[二]。○華堂舊日逢迎。花艷參差，香霧飄零。絃管當頭，偏憐嬌鳳，夜深簧暖笙清。眼波傳意，恨密約、匆匆未成。許多煩惱，只爲當時、一餉留情。

【校】

[一] 半：《片玉集》、《片玉詞》、《清真集》、《草堂詩餘》皆作「平」。

[二]「生怕」句：《詞譜》卷三十作四言二句，後段結句同；《詞律》卷十七收陳允平、王沂孫詞，兩段結尾亦皆作四言二句。

最高樓　雙調○中調

平平可仄仄三字句平可仄仄仄平平韻，五字句仄可平仄仄平平叶，五字句仄可平平仄可平仄平平仄七字句仄可平平平可仄仄仄平平叶，七字句仄平平叶[一]，三字句平仄仄三字句仄平平叶，三字句○仄可平仄可平仄仄可平平平仄仄[二]八字句仄可平仄可平仄仄可平平平仄仄八字句平可仄仄仄仄平平叶，六字句仄可平平仄可平仄平平仄七字句仄可平平平可仄仄仄平平叶，七字句仄平平三字句平仄仄三字句

仄平平叶，三字句

詞

醉中有索四時歌爲賦　　宋辛棄疾

長安道，投老倦遊歸[三]。七十古來稀。藕花雨濕前湖夜，桂枝風澹小山時。怎消除，須殢酒，更吟詩。〇也莫向竹邊辜負雪，也莫向柳邊辜負月，閒過了總成癡。種花事業無人問，惜花情緒只天知。笑山中，雲出早，鳥歸遲。

【校】

[一]按：此句《嘯餘譜》及附録本、和刻本皆誤注叶韻。據例詞，此句實不用韻；《詞律》卷十二、《詞譜》卷十九此句皆不注叶韻。

[二]按：《詞律》、《詞譜》所收此調各體，後段起二句多换叶兩仄韻；據例詞，此詞换頭二句實叶仄韻，依例當注「更韻」和叶韻。

[三]遊歸：原本作「歸遊」，失叶；兹從《稼軒詞》甲集、《稼軒長短句》卷六、《嘯餘譜》及附録本、和

刻本校訂。

過秦樓(一)　雙調○長調

仄可平仄平平四字句仄可平平平可仄仄四字句仄可平仄仄可平平平仄韻，六字句平可仄平仄可平仄四字句仄可平仄平平四字句仄可平仄仄可平平平可仄仄叶，六字句平可仄仄仄可平仄平平六字句平可仄仄平平四字句仄可平平平仄叶，四字句仄可平平平仄仄五字句平可仄平平仄四字句仄可平平平仄叶，四字句○平可仄仄可平仄仄可平仄平平七字句平可仄平平仄四字句仄可平仄仄可平平平仄叶，六字句平可仄平仄仄四字句平可仄仄平平四字句仄可平仄仄可平平平仄叶，六字句平可仄仄平平仄平平仄叶，八字句平可仄平可仄平可平平平仄叶，六字句仄可平平可仄平仄仄五字句平可仄仄平平仄仄叶，六字句

(一) 按：《詞律》卷十九收《過秦樓》，以李甲、周邦彥詞爲例，注又名《惜餘春慢》、《蘇武慢》、《選冠子》；《詞譜》卷三十五收《過秦樓》，又收《選冠子》，列多種別名和異體。

夏景（一）

宋周邦彦

水浴清蟾，葉喧涼吹，巷陌雨聲初斷。閒依露井，笑撲流螢，惹破畫羅輕扇[一]。人靜夜久凭欄，愁不歸眠，立殘更箭。嘆年華一瞬，人今千里，夢沈書遠。○空見説、鬢怯瓊梳，容銷金鏡，漸懶趂時勻染。梅風地溽，虹雨苔滋，一架舞紅都變。誰信無憀、爲伊才減。江淹情傷荀倩[二]。但明河影下，還看稀星數點。

【校】

[一] 輕扇：《嘯餘譜》及附録本、和刻本皆作「陘扇」。

[二]「誰信」二句：《詞律》卷十九作六言一句、四言二句，《詞譜》卷三十五作四言一句、六言一句、四言一句。

（一）按：此詞載《片玉集》卷四，入「夏景」類；汲古閣本《片玉詞》卷下無題，注「《清真集》作《選冠子》，或作《惜餘春慢》」；《花庵詞選》卷七題「夜景」。

燕春臺〔一〕　雙調○長調

仄可平仄平平四字句仄可平平平可仄仄四字句平可仄平仄可平仄平平韻，六字句仄可平仄平平四字句平可仄平仄可平仄平平叶，六字句仄可平平平可仄仄平平叶，六字句仄可平平〔二〕平仄可平仄五字句平可仄平平可仄仄四字句平可仄平平可仄仄四字句仄可平仄平平叶，四字句○平可仄平平可仄仄四字句仄可平仄平平四字句仄可平平仄可平仄四字句平可仄仄平平叶，四字句平可仄平仄可平仄四字句平可仄平仄可平仄平平叶，六字句仄可平仄平平四字句平可仄平平可仄仄平平叶，六字句仄平平叶，三字句平可仄仄平仄可平仄五字句平可仄仄平平叶，四字句

詞

春景　　宋張　先

麗日千門，紫煙雙闕，瓊林又報春回。殿閣風微，當時去燕還來。五侯池館屏開。探芳菲

〔一〕按：此調首見張先詞，名《宴春臺慢》，或訛爲《燕臺春》，又別名《夏初臨》。前卷時令題已收張先《燕臺春》，此卷又收其《燕春臺》，實爲同調異名，且同詞重出。

走馬[二]，重簾人語，轔轔車幰，遠近輕雷。○雕觴霞灩，翠幕雲飛，楚腰舞柳，宮面粧梅。金猊夜煖，羅衣暗裛香煤。洞府人歸，笙歌燈火樓臺[三]。下蓬萊。猶有花上月，清影徘徊。

【校】

[一] 平：時令題此調譜注「可仄」，《嘯餘譜》及附録本、和刻本同。

[二] 「探芳菲」句：《張子野詞》卷一、《樂府雅詞》卷上、《草堂詩餘・前集》卷上皆作「探芳菲走馬天街」，《詞譜》卷二十六同，注「街」字叶韻。

[三] 「笙歌」句：時令題所録例詞此句作「笙歌院落，燈火樓臺」，多「院落」二字，且分作四言二句。

高陽臺[一] 雙調○長調

平可仄仄平平四字句平可仄平仄可平仄四字句平可仄平仄可平仄平平韻，六字句平可仄仄平平四字句

[一] 按：《詞譜》卷二十八收此調，注「劉鎮詞名《慶春澤慢》，王沂孫詞名《慶春宮》」。宋詞另有張先等《慶春澤》、周邦彥等《慶春宮》，皆與此爲異調。

平可仄平仄可平仄平平叶，六字句平可仄平仄可平仄平平仄七字句仄可平仄可平平平可仄仄平平叶，七字句仄可平平平平可仄仄五字句平可仄平仄可平仄平平叶，六字句◯平可仄平仄可平仄平平叶，六字句仄可平平平可仄平仄可平仄五字句仄可平仄平平叶，四字句仄可平仄平平四字句仄可平平仄可平仄平平叶，六字句平可仄平仄可平仄平平仄七字句仄可平仄平仄可平仄平平叶，七字句仄平平仄可平仄平平七字句仄可平仄平平叶，四字句

詞

春思

宋僧　皎(一)

紅入桃腮，青回柳眼，韶華已破三分。人不歸來，空教草怨王孫。平明幾點催花雨，夢半闌、欹枕初聞。問東君因甚，將春老却閑人[二]。◯東郊十里香塵[三]，旋安排玉勒，整頓雕輪。趁取芳時，共尋島上紅雲。朱衣引馬黃金帶，算到頭、總是虛名。莫閑愁、一半悲秋，

(一) 按：《草堂詩餘・前集》卷上未署名；《類編草堂詩餘》卷三、《花草粹編》卷二十皆署僧皎如晦，《嘯餘譜》署僧皎然；《全宋詞》録作王觀詞。茲姑從原本，補題朝代。

一半傷春。

【校】

［一］「問東君」二句：與下片「莫閑愁」二句，《詩餘圖譜》卷三皆作七言一句、四言一句，《詞律》卷十、《詞譜》卷二十八皆作三言一句、四言二句。

［二］「東郊」句：《陽春白雪》卷二作「東郊十里香塵滿滿」，句末多一「滿」字。

鳳凰閣　雙調○中調

仄可平平可仄平仄可平仄五字句平可仄平仄可平仄韻，四字句仄可平平仄可平仄仄可平平仄叶，七字句仄可平仄平可仄平仄可平仄六字句仄可平仄平仄叶，四字句仄可平仄仄平可仄平仄可平仄叶，七字句○平可仄平平仄四字句仄可平仄平可仄平仄可平仄叶，六字句仄可平平平可仄仄仄可平平仄叶，七字句平仄仄三字句仄可平平平仄可平仄平仄叶，七字句仄可平仄可平仄平可仄平仄可平仄叶，七字句

詞

傷春

宋葉清臣(一)

遍園林緑暗，渾如翠幄。下無一片是花萼。可恨狂風横雨，忒煞情薄。盡底把、韶華送却。○楊花無柰，是處穿簾透幙。豈知人意正蕭索。春去也，這般愁、没處安着[一]。怎柰向、黄昏院落[二]。

【校】

[一]「春去」二句：《詞譜》作：「春去也、這般愁，没處安著。」

[二]向：《詞律》卷十作「何」。

遶佛閣　雙調○長調

仄可平平仄可平仄韻，四字句平可仄仄可平仄可平仄平仄平仄叶，八字句平可仄仄平仄叶，四字句仄可平

(一)按：《草堂詩餘・前集》卷上「春景・春暮」類未署名，其前首爲葉清臣《賀聖朝》；《類編草堂詩餘》卷二、《花草粹編》卷十四皆署葉清臣；《全宋詞》收作無名氏詞。

平仄可平仄平平仄平仄叶，九字句仄可平平仄仄叶，四字句平可仄仄可平仄可平仄平仄可平平可仄仄叶，八字句平可仄仄可平平仄叶，四字句仄可平平平仄四字句平可仄平仄可平平可仄仄叶，五字句◯仄可平仄仄可平平仄五字句仄可平仄平可仄平平仄仄叶，七字句平可仄仄仄可平平平可仄平平仄仄叶，九字句仄可平仄可平仄平平五字句平可仄仄平仄叶，四字句仄可平平平可仄仄叶，四字句仄可平仄可平仄平平五字句平可仄仄平仄叶，四字句仄可平平平仄平平仄叶，七字句

詞

旅況〔一〕

宋周邦彦

暗塵四斂。樓觀迥出、高暎孤館〔二〕。清漏將短。厭聞夜久、籤聲動書幔。桂華又滿。閒步露草、偏愛幽遠。花氣清婉。望中迤邐，城陰度河岸〔三〕。◯倦客最蕭索，醉倚斜橋穿柳綫。還似汴堤、虹梁横水面。看浪颭春燈，舟下如箭。此行重見。歎故友難逢，羈思空亂。

〔一〕按：《片玉集》卷九題「旅情」，《片玉詞》卷下、《類編草堂詩餘》卷三皆題「旅況」；《草堂詩餘・後集》卷下入「人事・旅況」類。又誤入《夢窗稿》，題「旅思」。

兩眉愁，向誰舒展。

【校】

〔一〕「樓觀」句：及下「閑步」句，《詞律》卷十六、《詞譜》卷二十八皆作四言二句。

〔二〕「望中」二句：與後段「還似」句實句法相同，《詞律》皆作九言一句。

詩餘十五

器用題

荷葉盃〔一〕　凡三體，有單雙二調○並小令

第一體　單調

仄可平仄仄可平平平仄韻，六字句平仄叶，二字句仄平平更韻，三字句仄可平平平可仄仄仄可平平仄七

〔一〕按：此調蓋源於唐教坊曲，始見晚唐溫庭筠、韋莊詞，又有五代顧敻詞；宋詞僅見許棐一首。

字句平可仄仄仄平平叶，五字句

詞　　唐温庭筠

楚女欲歸南浦。朝雨。濕愁紅。小船摇漾入花裏，波起隔西風[一]。

【校】

[一]「小船」二句：《詞律》卷一、《詞譜》卷一各以温詞另首爲例，結尾二句皆作七、二、三句式，皆注前二句换叶兩仄韻。

第二體　單調

平可仄仄平平平仄韻，六字句平仄叶，二字句仄可平仄仄平平更韻，五字句平可仄平仄可平仄仄平平叶，七字句平可仄平平叶，三字句複出一句

詞　唐顧夐

歌發誰家筵上。寥亮。別恨正悠悠。蘭釭背帳月當樓。愁麼愁。愁麼愁。

又　唐顧夐

一去又乖期信。春盡。滿院長莓苔。手挼裙帶獨徘徊。來麼來。來麼來。

第三體　雙調

仄可平仄平可仄平平可平仄韻，六字句平仄叶，二字句平可仄仄仄平平更韻，五字句仄可平平平可仄仄仄平平叶，七字句仄可平仄仄平平叶，五字句○後段同，亦更仄平兩韻各叶

詞　唐韋莊

絕代佳人難得。傾國。花下見無期。一雙愁黛遠山眉。不忍更思惟。○閑掩翠屏金鳳。殘夢。羅幕畫堂空。碧天無路信難通。惆悵舊房櫳。

上行盃[一] 凡三體，並雙調○小令

第一體

仄可平仄平可仄平平可仄仄六字句平可仄仄可平仄仄可平仄平平韻，七字句平可仄仄平可仄平平仄仄不叶韻[二]，七字句○平可仄平仄仄四字句仄平平三字句平仄仄更韻，三字句仄可平仄叶，二字句平可仄仄叶，二字句平可仄仄平平叶前段韻，四字句

詞

唐孫光憲

草草離亭鞍馬，從遠道、此地分襟。燕宋秦吴千萬里。○無辭一醉，野棠開，江草濕。佇立。沾泣。征騎駸駸。

【校】

[一]按：《詞律》卷二、《詞譜》卷三皆以此句與下句換叶仄韻；據例詞，此二句末字「里」與「醉」實

(一) 按：唐教坊曲有此名，始見晚唐韋莊詞，另有孫光憲詞爲同調，無宋詞。《詞譜》卷三收此調共分三體，以孫光憲二詞及韋莊詞爲例，俱作單片體，不分段。

叶韻，依例當注更韻與叶韻。

第二體

平可仄仄平可仄平仄可平仄韻，六字句平可仄仄可平仄可平仄可平平平仄叶，七字句仄可平仄平平平仄仄叶，七字句○平可仄平可仄仄可平仄[一]四字句仄平平三字句平仄仄更韻，三字句仄可平仄叶，二字句平可仄仄仄叶，三字句平可仄仄可平平可仄仄叶，四字句

詞

唐孫光憲

離棹逡巡欲動。臨極浦、故人相送。去住心情知不共。○金船滿捧，綺羅愁，絲管咽。迴別[二]。帆影滅。江浪如雪。

【校】

[一]按：《詞律》卷二、《詞譜》卷三此句皆注叶韻；據例詞此句末字爲「捧」，實與前段同韻，當注叶韻。

［二］迴：《花間集》卷八、《詞律》皆作「迴」。

第三體

前段與第二體同〇後段同，唯末句作八字

詞

唐韋　莊

芳草灞陵春岸。柳煙深、滿樓絃管。一曲離聲腸寸斷。〇今日送君千萬。紅鏤玉盞金鏤盞[一]。須勸珍重意、莫辭滿[二]。

【校】

［一］「紅鏤」句：《花間集》卷三作「紅鏤玉盤金鏤盞」，《嘯餘譜》及附録本、和刻本作「紅鏤玉盞金樓盞」，《詞律》、《詞譜》作「紅縷玉盤金鏤盞」。

［二］「須勸」句：《詞律》、《詞譜》皆作：「須勸。珍重意，莫辭滿。」於「勸」字注叶韻。

鳳啣盃　雙調○中調

平可仄仄平平平平可仄仄韻，七字句平可仄平可仄仄仄可平平平仄叶，七字句仄可平仄可平仄平平五字句仄可平平平可仄仄平平仄叶，七字句仄可平仄可平仄平平仄叶，六字句○仄平平三字句仄可平平可仄仄叶，三字句平可仄平平可仄仄平平仄叶，七字句仄可平平可仄仄平平五字句仄可平平平可仄仄平平仄叶，七字句仄可平平可仄仄平平仄叶，六字句

詞

宋柳　永

追悔當初孤深願。經年價、兩成幽怨。任越水吳山，似屏如障堪遊翫。奈獨自、慵擡眼。○賞煙花，聽絃管。圖歡娛、轉加腸斷。縱時展丹青[一]，強拈書信頻頻看。又爭似、親相見。

【校】

［一］縱：原本作「蹤」，蓋訛誤。《樂章集》一作「總」；茲從《嘯餘譜》及附録本、和刻本校訂。

尉遲盃　雙調○長調

平平仄韻，三字句仄可平仄可平仄仄可平仄平平仄叶，八字句平可仄平仄可平仄平平六字句平可仄仄

平可仄平平可仄仄叶，六字句平可仄平仄可平仄四字句平可仄仄可平仄平平仄可平平可仄仄叶，八字句

仄可平平平仄可平仄平平七字句仄可平平平仄平仄叶，六字句○平可仄仄可平仄可平仄平平六字句

平可仄平可仄仄平可仄平仄可平仄平仄叶，九字句仄可平仄平平平可仄仄七字句平可仄仄仄平可仄

平仄可平仄叶，七字句平可仄平仄平可仄平仄可平仄七字句仄可平平仄平平仄仄仄叶，八字句仄可平

平可仄平仄可平仄平平七字句仄可平平平可仄仄平仄叶，六字句

詞

離別(一)　　宋周邦彦

隋堤路。漸日晚、密靄生深樹。陰陰淡月籠沙，還宿河橋深處。無情畫舸，都不管、煙波隔

(一) 按：《片玉集》卷九題「離恨」；《片玉詞》卷下、《類編草堂詩餘》卷四題「離別」；《草堂詩餘·後集》卷下入「人事·離別」類；《花草粹編》卷二十二題「離情」。

前浦。等行人、醉擁重衾，載將離恨歸去。○因思舊客京華，長偎傍、疎林小檻歡聚。冶葉倡條俱相識，仍慣見、珠歌翠舞。如今向、漁村水驛，夜如歲、焚香獨自語。有何人、念我無憀，夢魂疑想鴛侶[一]。

【校】

[一]疑：《片玉詞》卷下、《類編草堂詩餘》卷四、《詞譜》卷三十三皆作「凝」。

文體明辯附録卷之八

大明吴江徐師曾伯魯纂

詩餘十六

花木題

後庭花(一)　凡三體，並雙調○小令

第一體

平可仄平仄可平仄平平仄韻，七字句仄可平平平仄叶，四字句仄可平平可仄平可仄仄可平平平可仄仄叶，七字句仄可平平可仄平仄叶，四字句○後段同

(一) 按：唐教坊曲有《玉樹後庭花》，或淵源於南朝陳後主所造艷曲，五代毛熙震等人作詞，調名作《後庭花》；宋詞又名《玉樹後庭花》。

詞　唐毛熙震

鶯啼燕語芳菲節。瑞庭花發。昔時懽宴歌聲揭。管絃清越。○自從陵谷追遊歇。畫梁塵黦音謁。傷心一片如珪月〔一〕。閑鎖宮闕。

【校】

〔一〕如珪月：原本作「月如珪」，失叶，蓋訛誤；兹從《花間集》卷十、《嘯餘譜》及附録本、和刻本校訂。

第二體

前段與第一體同○仄可平平平仄仄五字句平平仄叶，三字句仄可平仄平平仄叶，五字句平可仄平仄可平仄平平仄叶，七字句仄平平仄叶，四字句

詞　唐孫光憲

景陽鐘動宮鶯囀。露涼金殿。輕一作鮮飆吹起瓊花旋〔一〕。玉葉如剪。○晚來高閣上，珠簾

卷[一]。見墜香千片。脩蛾慢臉陪雕輦。後庭新宴。

【校】

[一]按：《花間集》卷八原本注：「輕飈，一作鮮飈。」旋，《花間集》一作「綻」。

[二]「晚來」二句：《詞律》卷四、《詞譜》卷五皆作八字一句，於第五字注「讀」。

第三體

前段亦與第一體同〇平可仄平平仄仄五字句仄可平平平仄叶，四字句仄可平平平可仄仄叶，四字句仄可叶仄平可仄平平仄仄叶，七字句仄可平仄平仄叶，四字句

詞

唐孫光憲

石城依舊空江國。故宫春色。七尺青絲芳草緑[一]。絶世難得。〇玉英凋落盡，更何人識[二]。野棠如織。只是教人添怨憶。悵望無極。

【校】

[一] 綠：《詞律》卷四、《詞譜》卷五皆作「碧」。

[二] 「玉英」二句：《詞律》、《詞譜》皆作九字一句。玉，譜注誤作「平可仄」，當注「仄可平」。

滿宮花(一)　凡二體，雙調○小令[二]

第一體

仄可平平可仄平三字句平仄仄韻，三字句仄可平仄仄可平平平仄叶，六字句平可仄平仄可平仄仄平平七字句仄可平仄仄可平平平仄叶，六字句○後段同

詞　唐尹　鶚

月沈沈，人悄悄。一炷後庭香裊。風流帝子不歸來，滿地禁花慵掃。○離恨多，相見少。何處醉迷三島。漏清宮樹子規啼，愁鎖碧窗春曉。

(一) 按：此調蓋始見五代尹鶚詞，另有魏承班二首、張泌一首；宋詞僅見許棐一首，別名《滿宮春》。

【校】

［一］按：原本此行下端署「唐張泌」，附録本、和刻本同，蓋衍誤。

第二體

前段與第一體同○平可仄仄平平平仄仄叶，七字句仄可平仄平可仄平平可仄仄［一］六字句平可仄平平可仄仄仄平平七字句平仄平平平仄叶，六字句

詞

唐張　泌

花正芳，樓似綺。寂寞上陽宮裏。鈿籠金瑣睡鴛鴦，簾冷露華珠翠。○嬌艷輕盈香雪膩。細雨黄鶯雙起，東風惆悵欲清明，公子橋邊沈睡［二］。

【校】

［一］按：此句《嘯餘譜》及附録本、和刻本皆未注叶韻；《詞律》卷六、《詞譜》卷八皆注叶韻。

［二］睡：《花間集》卷四、《花庵詞選》卷一皆作「醉」。

木蘭花(一) 凡三體〔一〕，並雙調○小令

第一體

仄平平三字句平仄仄韻，三字句仄可平仄平可仄平平仄仄叶，七字句平可仄仄仄三字句仄平平三字句仄可平仄可平仄可平平可仄平仄可平仄叶，七字句○後段同

詞

唐毛熙震

掩朱扉，鈎翠箔。滿院鶯聲春寂寞。匀粉淚，恨檀郎，一去不歸花又落。○對斜暉，臨小閣。前事豈堪重想着。金帶冷，畫屏幽，寶帳慵薰蘭麝薄。

【校】

〔一〕凡三體：原本注「凡二體」，《嘯餘譜》及附録本、和刻本同；據例詞，實列三體，兹從校訂。

(一) 按：此調蓋源於唐教坊曲，晚唐五代有韋莊、歐陽炯等人作詞，與《花間集》所載歐陽炯、顧敻等《玉樓春》體式雖相近，實分屬二調；宋詞二調多相混同。

第二體

前段與第一體同○平可仄平可仄仄可平仄可平平平可仄仄叶，七字句仄可平仄平可仄平平仄仄叶，七字句平可仄平平可仄仄仄平平七字句仄可平平可仄仄可平仄可平平平仄叶，七字句

詞

唐魏承班

小芙蓉，香旖旎。碧玉堂深清似水。閉寶匣，掩金鋪，倚屏拖袖愁如醉。○遲遲好景煙花媚。曲渚鴛鴦眠錦翅。凝然愁望靜相思，一雙笑靨嚬香蘂。

第三體

仄可平仄仄可平平平仄仄韻，七字句平可仄仄仄可平平平仄仄叶，七字句平仄仄三字句仄平平三字句仄可平仄仄可平平平仄仄叶，七字句○後段與第二體同，唯更前韻

詞

唐韋　莊

獨上小樓春欲暮。愁望玉關芳草路。消息斷，不逢人，却歛細眉歸繡戶。○坐看落花空歎

息。羅袂濕斑紅淚滴。千山萬水不曾行，魂夢欲教何處覓。

減字木蘭花　雙調○小令

平可仄平仄可平仄韻，四字句仄可平仄平可仄平平仄仄叶，七字句平可仄仄平平更韻，四字句平可仄仄平平仄仄平叶，七字句○後段同，亦更仄平兩韻各叶[一]

詞

長沙道中壁上有婦人題字若有恨者，用其意爲賦(一)　宋辛棄疾

盈盈淚眼。往日青樓天樣遠。秋月春花。輸與尋常姊妹家。○水村山驛。日暮行雲無氣力。錦字偷裁。立盡西風鴈不來。

【校】

[一]兩韻：原本作「爾韻」，蓋訛誤，兹從《嘯餘譜》及附録本、和刻本校訂。

(一)按：《稼軒詞》甲集題「紀壁間題」；《嘯餘譜》目録題中「長沙道」作「長沙府」。

偷聲木蘭花〔一〕　雙調◯小令

平可仄平平可仄仄平平仄韻，七字句仄可平仄平可仄平平仄仄叶，七字句仄可平仄平平更韻，四字句仄可平仄平可仄平仄可平仄平叶，七字句◯後段同，亦更仄平兩韻各叶

詞

宋張　先

雲籠瓊苑梅花瘦〔一〕。外院重扉聯寶獸。海月新生。上得高樓沒柰情〔二〕。◯簾波不動銀缸小〔三〕。今夜夜長爭得曉。欲夢高唐。秪恐覺來添斷腸。

【校】

〔一〕梅花瘦：原本作「梅花外」，以「瘦」字屬下句，蓋衍誤，兹從《張子野詞》卷二、《嘯餘譜》及附録本、和刻本校訂。

〔二〕没：《張子野詞》作「無」，注「一作没」。

〔一〕按：此調宋詞僅見張先三首、謝邁一首；另有南唐馮延巳《上行杯》一首爲同調；《詞譜》卷八收此調，以馮延巳詞爲例，注「《陽春集》刻《上行杯》，今從張先集改定」。

[三] 銀釭：《張子野詞》作「凝釭」，注「凝」字「一作銀」。

雨中花(一)　凡二體，並雙調○小令

第一體

平可仄仄平可仄平平可仄仄韻，六字句平可仄仄平可仄平平可仄仄叶，六字句仄可平仄平平四字句平可仄平平可仄仄四字句仄可平仄平平仄[二]○仄可平仄仄可平平平仄仄叶，七字句平可仄仄仄可平平平仄叶，六字句仄可平平可仄仄平平五字句平可仄平仄可平仄四字句平可仄仄平平仄叶，五字句

詞

餞別　宋歐陽脩

千古都門行路。能使離歌聲苦。送盡行人，花殘春晚，又到君東去。○醉藉落花吹暖絮。多少曲堤芳樹。且携手留連，良辰美景，留作相思處。

(一) 按：此調有令、慢二調，張先等人詞皆名《雨中花令》，別名《夜行船》等；蘇軾詞始名《雨中花慢》；另有晏殊等《雨中花》皆令詞，沈唐等《雨中花》爲慢詞。

【校】

［一］按：原本前段結句譜下未注叶韻與字數，《嘯餘譜》及附録本、和刻本同，蓋脱漏；依例當注「叶，五字句」。

第二體

仄可平仄平可仄平平仄仄韻，七字句仄可平平可仄仄仄可平平仄可平仄叶，七字句仄可平平可仄仄平平五字句平可仄平平可仄仄四字句仄可平仄平平仄叶，五字句〇後段同

詞

夏夜〔一〕　　宋王　觀〔二〕

百尺清泉聲陸續。映瀟洒、碧梧翠竹。面千步回廊，重重簾幙，小枕攲寒玉。〇試展鮫綃

〔一〕按：《草堂詩餘·前集》卷下、《類編草堂詩餘》卷一題「夏景」；《花庵詞選》卷五題「呈元厚之」；《花草粹編》卷十一據《漫叟詩話》調名作《送將歸》，題「夏」。

〔二〕按：原本署「宋王」，《嘯餘譜》及附録本、和刻本同；《花庵詞選》卷五作王通叟，注「名觀」；《類編草堂詩餘》卷一署王逐客；《全宋詞》録作王觀詞，兹從校訂。

看畫軸。見一片、瀟湘凝緑。待玉漏穿花，銀河垂地，月上闌干曲。

蝶戀花(一)

一名《鳳棲梧》，一名《鵲踏枝》，雙調○中調

平可仄仄平可仄平平仄仄韻，七字句仄可平仄平平四字句仄可平仄平平仄叶，五字句仄可平仄平可仄平平仄仄叶，七字句仄可平平仄可平仄平平仄叶，七字句○後段同

詞

離別　宋蘇軾(二)

春事闌珊芳草歇。客裏風光，又過清明節。小院黄昏人憶別。落紅處處聞啼鴂。○咫尺江山分楚越。目斷魂銷，應是音塵絶。夢破五更心欲折。角聲吹落梅花月。

(一) 按：此調蓋源於唐教坊曲，始見敦煌寫本無名氏詞二首，又有南唐馮延巳詞十四首，皆名《鵲踏枝》；宋詞別名《鳳棲梧》等，而以《蝶戀花》爲通用名。

(二) 按：傅幹注本、《百家詞》本《東坡詞》未收此詞；《草堂詩餘・後集》卷下入「人事・離別」類，未署名，其前首爲蘇軾《虞美人》；汲古閣本《東坡詞》收録，題「離別」。

又

感舊

宋秦　觀(一)

鐘送黄昏雞報曉。昏曉相催，世事何時了。萬恨千愁人自老。春來依舊生芳草。○忙處人多閒處少。閒處光陰，幾箇人知道。獨上高樓雲杳杳。天涯一點青山小。

又

春暮

宋晏　殊(二)

簾幙風輕雙語燕。午醉醒來，柳絮飛撩亂。心事一春猶未見。餘花落盡青苔院。○百尺朱樓閒倚遍。薄雨濃雲，抵死遮人面。消息未知歸早晚。斜陽只送平波遠。

(一) 按：《草堂詩餘·後集》卷下「人事·感舊」類、《花草粹編》卷十三皆署秦觀；《全宋詞》據《花庵詞選》卷三收作王詵詞。

(二) 按：《草堂詩餘·前集》卷上「春景·春暮」類署晏殊作；《珠玉詞》各本皆收録；又載《近體樂府》卷二，多有異文；《全宋詞》於晏、歐兩收並存。

一叢花　雙調○中調

平可仄平平可仄仄仄平平韻，七字句平可仄仄仄平平叶，五字句平可仄平仄可平仄平平仄七字句仄可平平可仄仄平平叶，七字句平可仄仄仄可平平四字句平可仄平仄可平仄四字句平可仄仄仄平平叶，五字句○後段同

詞　宋張　先[一]

傷高懷遠幾時窮。無物似情濃。離心正引千絲亂[二]，更南陌、飛絮濛濛。嘶騎漸遥，征塵不斷，何處認郎蹤。○雙鴛池沼水溶溶。南北小橈通。梯横畫閣黄昏後，又還是、斜月簾櫳。沈恨細思[三]，不如桃杏，猶解嫁春風[三]。

(一) 按：《張子野詞》卷一調名作《一叢花令》，注「此闋又載《六一詞》」；《近體樂府》卷三收此詞，注「此篇世傳張子野詞」；《全宋詞》作張先詞，注誤入《近體樂府》。

【校】

[一]「離心」句：《張子野詞》作「離愁正引千絲亂」；《近體樂府》作「離愁正恁牽絲亂」。

[二]沈恨細思：《張子野詞》作「沈思細恨」，注「一作沈恨細思」。

[三]「不如」二句：《近體樂府》作：「不如桃李，還解嫁春風。」春風，《張子野詞》作「東風」。

鬭百花[一] 雙調◯中調

仄可平仄平可仄平平可仄仄韻[二]，六字句平可仄仄平可仄平平仄叶，六字句平可仄平仄可平仄平平六字句平可仄仄平可仄平平仄叶，六字句平可仄仄平平四字句平可仄仄仄可平仄平平六字句仄可平仄仄平平仄叶，六字句平可仄仄平平仄叶，五字句◯仄可平仄平平四字句仄可平仄平可仄平平可仄仄叶，六字句平可仄仄可平仄可平仄四字句平可仄平仄平平仄叶，六字句平可仄仄平平四字句平可仄平仄可平仄平平六字句平可仄仄仄可平平平仄叶，六字句

[一]按：此調仲殊詞名《鬭百花近拍》；汲古閣本《樂章集》注「亦名《夏州》」；《詞譜》卷十九注「晁補之詞一名《夏州》」。

詞

春恨〔一〕

宋柳　永

煦色韶光明媚。輕靄低籠芳樹。池塘淺蘸煙蕪，簾幙閒垂風絮。春困厭厭，抛擲鬬草工夫，冷落踏青心緒。終日扃朱戶。○遠恨綿綿，淑景遲遲難度。年少傅粉，依前醉眠何處。深院無人，黄昏乍拆鞦韆〔二〕，空鎖滿庭花雨。

【校】

〔一〕韻：《嘯餘譜》及附録本、和刻本皆注首句起韻，《詞譜》卷十九同；據例詞首句末字爲「媚」，與「樹」等韻字相叶，蓋四寘與七遇通押。

〔二〕拆：《嘯餘譜》作「折」，蓋訛誤；《樂章集》、《草堂詩餘》等各本皆作「拆」。

〔一〕按：《樂章集》無題；《草堂詩餘・前集》卷上入「春景・春思」類，《類編草堂詩餘》卷二題「春恨」。

滿路花[一]

「滿」上一有「促拍」二字，雙調◯中調

平可仄平可仄仄可平平可仄，五字句平可仄仄平平仄韻，五字句平可仄平可仄平仄可平仄五字句平可仄平仄叶，三字句平可仄平仄仄四字句仄可平仄平平仄叶，五字句仄可平平可仄平仄可平仄叶，五字句仄可平仄平平四字句仄可平平仄可平仄平仄叶，六字句◯平可仄平平可仄仄四字句仄可平仄平仄叶，五字句平可仄平可仄平仄可平仄五字句平平仄叶，三字句平可仄平仄可平仄四字句平可仄仄平平仄叶，五字句平可仄仄平平仄叶，五字句仄可平平可仄仄可平平可仄仄可平平平可仄仄平可仄仄叶，十字句

詞[二]

宋周邦彦

金花落燼燈，銀礫鳴窗雪。庭深微漏斷，行人絶[一]。風扉不定，竹圃琅玕折。玉人新間闊。着甚悰情，更當恁地時節。◯無言欹枕，帳底流清血[二]。愁如春後絮，來相接。知他那裏，爭信人心切。除共天公説。不成也還、似伊無箇分別[三]。

[一] 按：此調首見柳永詞，調名作《促拍滿路花》，用平韻；秦觀詞改叶仄韻，又别名《滿園花》、《歸去難》、《一枝花》等。

[二] 按：《片玉集》卷六入「冬景」類，無題；汲古閣本《片玉詞》卷下題「詠雪」；《草堂詩餘·前集》卷下入「冬景」類。

【校】

〔一〕「庭深」二句：《詞譜》卷二十作八字一句，於五字下注「讀」，後段「愁如」二句亦同。

〔二〕清：《嘯餘譜》作「情」，蓋訛誤。

〔三〕「不成」句：《詞譜》作四言一句、六言一句。

又

宋秦　觀

露顆添花色，月彩投窓隙。春思如中酒，恨無力。洞房咫尺，曾寄青鸞翼。雲散無蹤跡。羅帳薰殘，夢回無處尋覔。○輕紅膩白，步步薰蘭澤。約腕金環重，宜裝飾。未知安否，一向無消息。不似尋常憶。憶後教人、片時存濟不得。

滿園花〔一〕

雙調○中調〔二〕

仄可平仄平平仄韻，五字句仄可平平可仄平平可仄仄叶，五字句仄可平平平仄可平仄仄可平仄可平仄

〔一〕按：《詞律》卷十二以此調附列於《滿路花》下，疑爲同調。《詞譜》卷二十收《促拍滿路花》，注：「或名《滿路花》，無『促拍』二字，秦觀詞一名《滿園花》。」訂爲同調。

叶，八字句仄可平仄可平仄仄可平平五字句仄可平仄平平仄叶，五字句平可仄仄平平仄叶，五字句仄可平仄仄可平仄仄五字句仄仄平平平仄叶，六字句◯仄可平仄平平可仄平平仄仄叶，八字句仄可平仄平平仄叶，五字句仄可平仄仄仄可平平仄叶，六字句仄可平平仄仄可平平五字句仄可平仄平平仄叶，五字句平平仄叶，三字句平可仄仄仄可平仄可平仄仄仄七字句仄可平平仄仄叶，四字句

詞

宋秦　觀

一向沈吟久。淚珠盈襟袖。我當初不合、苦撋就。慣縱得軟頑，見底心先有。行待癡心守。甚捻著脉子，倒把人來僝僽。◯近日來、非常羅皂醜。佛也須眉皺。怎掩得衆人口。待收了孛羅，罷了從來斗。從今後。休道共我夢見也，不能得勾[二]去聲。

【校】

[一]中調：原本目録及譜注皆作小令，《嘯餘譜》及附録本、和刻本同，蓋訛誤；據例詞實爲中調，茲據律校訂。

[二]「休道」二句：《詞律》卷十二作：「休道共我，夢見也、不能得勾。」

一枝花[一] 雙調○中調

平可仄仄平平仄韻，五字句仄可平仄平平仄叶，五字句平可仄平平可仄仄仄可平仄平仄叶，八字句仄可平平可仄仄平平五字句平可仄仄平平仄叶，五字句仄可平仄平平仄叶，五字句仄可平仄平平五字句平可仄仄平平可仄仄叶，六字句○仄可平仄仄平可仄平平可仄仄叶，七字句仄可平仄平平仄叶，五字句仄可平平平可仄仄平平仄叶，八字句仄可平平可仄仄平平五字句仄可平仄平平仄叶，五字句仄可平平仄平平仄叶，五字句仄可平仄平平四字句仄可平仄可平仄平平平可仄仄叶，七字句

詞

醉中戲作　宋辛棄疾

千丈擎天手。萬卷懸河口。黄金腰下印、大如斗。更千騎弓刀，揮霍遮前後。百計千方久。似鬭草兒童，贏箇他家偏有。○算枉了、雙眉長皺[二]。白髮空回首。那時閒説向、山

[一] 按：《詞律》卷十二以此調附列《滿路花》後，注爲同調；《詞譜》卷二十亦以辛詞爲《滿路花》異體。此卷以《一枝花》與《滿路花》、《滿園花》並列，皆同調重出。

中友[二]。看丘隴牛羊，更辨賢愚否。且自栽花柳。怕有人來，但只道、今朝中酒。

【校】

[一] 長皺：《稼軒詞》乙集、《稼軒長短句》卷五皆作「長恁皺」。

[二]「那時」句：《詞譜》卷二十作「那時間、説向山中友」。閒，《稼軒詞》、《稼軒長短句》皆作「閑」。

掃地花[一]　雙調○長調

仄可平平仄可平仄四字句仄可平仄可平仄可平平平仄可平平平仄韻，九字句仄可平平仄可平仄[一]四字句仄可平平可仄平仄可平仄五字句仄可平平仄可平仄叶，四字句仄可平仄平平四字句仄可平仄平平仄可平仄叶，六字句仄可平平仄叶，三字句仄可平仄仄可平平平仄平仄叶，八字句○平可仄仄可平平仄仄叶，五字句仄可平仄仄平平五字句仄可平平平可仄仄叶，四字句仄可平平仄可平仄[二]四字句仄可平平平

[一] 按：《片玉集》卷一作《掃花遊》，《清真集》卷上作《掃地花》；《詞律》卷十四收《掃花遊》，注又名《掃地花》、《掃地遊》；《詞譜》卷二十四收《掃地遊》，注又名《掃花遊》。

仄仄五字句仄可平平平仄叶，四字句仄可平仄平平四字句仄可平仄平可仄平仄可平仄叶，六字句仄可平平仄叶，三字句仄可平平可仄平仄平平仄叶，七字句

詞

春恨(一)　宋周邦彦

曉陰翳日，正霧靄煙横、遠迷平楚[三]。暗黄萬縷，聽鳴禽按曲，小腰欲舞。細遶回堤，駐馬河橋避雨。信流去。一葉怨題、今在何處[四]。◯春事能幾許。任占地持盃，掃花尋路。淚珠濺俎，嘆將愁度日，病傷幽素。恨入金徽，見説文君更苦。黯凝竚。掩重關、遍城鐘鼓。

【校】

[一]按：此句《嘯餘譜》及附録本、和刻本皆未注叶韻；《詞譜》注叶韻，《詞律》以方千里詞爲例，

(一) 按：《片玉集》、《清真集》皆入「春景」類，無題；《片玉詞》亦無題；《類編草堂詩餘》卷二題「春恨」。

亦注叶韻。

[二] 按：此句《嘯餘譜》及附録本、和刻本亦未注叶韻；《詞律》、《詞譜》此句皆注叶韻。

[三]「正霧靄」句：《詞譜》作五言一句、四言一句。

[四]「一葉」句：《片玉集》句首有「想」字；《詞譜》作「問一葉怨題，今到何處」。

解語花 雙調○長調

平可仄平仄可平仄四字句仄可平仄平平四字句平可仄仄平平仄韻，五字句仄可平平平仄叶，四字句平可仄平仄三字句仄可平仄仄可平平仄可平仄叶，六字句平可仄平仄可平仄叶，四字句仄可平仄平平仄可平仄叶，七字句平可仄仄可平平平可仄仄平平七字句仄可平仄平平仄叶，五字句○平可仄仄仄可平平仄可平仄叶，六字句仄可平平可仄平平可仄仄五字句平可仄仄平仄叶，四字句仄可平平平可仄仄叶，四字句平平仄三字句仄可平仄仄可平平平仄叶，六字句平可仄平仄可平仄叶，四字句平可仄仄可平仄仄可平平平仄叶，七字句平可仄仄平平可仄仄平平七字句平可仄仄平平仄叶，五字句

詞

元宵〔一〕 宋周邦彦

風銷焰蠟，露浥烘爐，花市光相射。桂華流瓦。纖雲散，耿耿素娥欲下〔二〕。衣裳淡雅。看楚女、纖腰一把。簫鼓喧、人影參差，滿路飄香麝。◯因念帝城放夜。望千門如晝，嬉笑遊冶。鈿車羅帕。相逢處，自有暗塵隨馬。年光是也。唯只見、舊情衰謝。清漏移、飛蓋歸來，從舞休歌罷。

【校】

〔二〕「纖雲散」二句：與後段「相逢處」二句，《詞律》卷十六皆作九言句，於三字旁注「豆」；《詞譜》卷二十八同，另有作三、六句式者。

〔一〕按：《片玉詞》題「上元」；《草堂詩餘・後集》卷上入「節序・上元」類。

御帶花〔一〕　雙調○長調

平可仄平平可仄仄平平仄七字句仄可平仄平仄可平平仄韻，六字句仄可平平平可仄仄四字句仄可平仄可平平平可仄仄仄平平仄叶，九字句仄可平平可仄平平仄可平仄仄七字句平可仄仄可平平仄叶，四字句平平仄三字句平可仄平仄可平仄四字句平可仄仄仄可平平仄叶，五字句○平可仄平可仄平平四字句仄可平仄可平仄仄可平仄平平七字句仄可平仄可平平仄叶，四字句仄可平平平可仄仄四字句仄可平仄可平仄平平仄可平平平可仄仄叶，九字句仄可平仄平平四字句仄可平仄可平仄仄可平平仄仄叶，七字句平可仄平仄平平仄仄七字句仄可平仄仄可平平仄叶，五字句

詞

元宵

宋歐陽脩

青春何處風光好，帝里偏愛元夕。萬重繒綵，構一屏峯嶺、半空金碧〔一〕。寶檠銀釭耀絳幕，龍虎騰擲〔二〕。沙堤遠，雕輪繡轂〔三〕，爭走五王宅。○雍容熙熙，作晝會樂府神姬，海洞

〔一〕按：此調宋詞僅見歐陽修詞一首，爲孤調；《近體樂府》卷三、《六一詞》並載，無題。

仙客[四]。拽香摇翠，稱執手行歌，錦街天陌[五]。月淡寒輕，漸向曉、漏聲寂寂。當年少、狂心未已，不醉怎歸得。

【校】

［一］「構一屏」句：《詞律》卷十六、《詞譜》卷二十八皆作五言一句、四言一句。

［二］「寶檠」二句：《詞律》、《詞譜》皆作四言一句、七言折腰一句。龍虎騰擲，《詞譜》作「龍騰虎擲」。

［三］「沙堤」二句：《詞律》、《詞譜》皆作七言折腰一句。

［四］「雍容」三句：《詞律》作四、三、四、四句式，《詞譜》作六、五、四句式。雍容，《嘯餘譜》、《詞律》、《詞譜》皆作「雍雍」。

［五］「稱執手」句：《詞律》、《詞譜》皆作五言一句、四言一句。

楊柳枝㈠　一名《柳枝》，凡二體，有單雙二調○並小令

第一體　單調

即七言絶句

詞二首㈡　唐劉禹錫

煬帝行宫汴水濱。數株殘柳不勝春。晚來風起花如雪，飛入宫牆不見人。

城外春風吹酒旂。行人揮袂日西時。長安陌上無窮樹，唯有垂楊管别離。

㈠ 按：《詞律》卷一收《楊柳枝》單片體，以雙片體爲「又一體」，卷三收《太平時》；《詞譜》卷一收《楊柳枝》，卷三收《添聲楊柳枝》，注别名《柳枝》、《賀聖朝影》、《太平時》。

㈡ 按：四庫本《劉賓客文集》卷二十七《樂府下》收《楊柳枝》詞共九首；又載《樂府詩集》卷八十一《近代曲辭》，《尊前集》亦收録。

又　唐温庭筠

舘娃宫外鄴城西。遠映征帆近拂堤。繫得王孫歸意切，不關春草緑萋萋。

又　唐孫光憲

閶門風暖落花乾。飛徧江城雪不寒。獨有晚來臨水驛，閑人多凭去聲赤闌干。

第二體　雙調

平可仄仄平平仄仄平韻，七字句仄平平叶，三字句平可仄平平可仄仄平平叶，七字句仄平平叶，三字句○仄可平仄仄可平平平仄仄更韻，七字句平平仄叶，三字句仄平平可仄仄仄平平叶，七字句仄平平叶，三字句

詞　唐顧敻

秋夜香閨思寂寥。漏迢迢。鴛幃羅幌麝煙銷。燭光摇。○正憶玉郎遊蕩去。無尋處。更聞簾外雨蕭蕭。滴芭蕉。

竹枝 即拗體七言絶句，亦有不拗者

詞

本九首，今取四首〔一〕　　唐劉禹錫

白帝城頭春草生。白鹽山下蜀江清〔二〕。南人上來歌一曲，北人莫上動鄉情。

日出三竿春霧銷。江頭蜀客駐蘭橈。憑寄狂夫書一紙，住在成都萬里橋。

瞿塘嘈嘈十二灘。此中道路古來難。長恨人心不如水，等閑平地起波瀾。

楊柳青青江水平。聞郎江上唱歌聲。東邊日出西邊雨，道是無晴還有晴。宋黄庭堅曰：劉夢得《竹枝詞》辭意高妙，在元和間誠可獨步，道風俗而不俚，追古昔而不愧，比之子美《夔州歌》，所謂同工而異曲也。〔三〕

〔一〕按：其詞載《劉賓客文集》卷二十七《樂府下》，共九首，有序引；又載《樂府詩集》卷八十一《近代曲辭》，《尊前集》亦收録。

〔三〕按：此段文字蓋節録黄庭堅《跋劉夢得竹枝歌》，《嘯餘譜》及附録本、和刻本皆同。原文見四庫本《山谷集》卷二十六，《詩人玉屑》卷十五等皆有引録。

【校】

［一］白鹽山：《嘯餘譜》及附録本、和刻本作「白監山」，蓋訛誤。

又㈠　唐白居易

瞿塘峽口冷煙低。白帝城頭月向西。唱到竹枝聲咽處，寒猿晴鳥一時啼。

又三首㈡　唐李涉

十二峰頭月欲低。空濛灘上子規啼。孤舟一夜東歸客，泣向東風憶建溪。

荆門灘急水潺潺。兩岸猿啼煙滿山。渡頭年少應官去，月落西陵望不還。

㈠　按：四庫本《白氏長慶集》卷十八收《竹枝詞四首》；又載《樂府詩集》卷八十一《近代曲辭》，《尊前集》亦收録。

㈡　按：四庫本《才調集》卷六收李涉《竹枝詞》共四首，又載《樂府詩集》卷八十一《近代曲辭》，《尊前集》未收録。

石壁千重樹萬重。白雲斜掩碧芙蓉。昭君溪上年年月，獨自嬋娟色最濃。

連理枝(一) 雙調○中調

仄可平仄平平仄韻，五字句平可仄仄平平仄叶，五字句仄可平平可仄仄可平仄可平，四字句平可仄平仄可平仄四字句平可仄平仄可平仄叶，四字句仄可平平可仄平平可仄仄仄平平八字句仄可平平可仄平平可仄仄叶，五字句○後段同

詞

慶壽

宋晏　殊

緑樹鶯聲老。金井生秋早。不寒不暖，裁衣按曲，天時正好。況蘭堂逢著壽筵開，見爐香縹緲。○組繡呈纖巧。歌舞誇年妙。玉酒頻傾，朱絃翠管，移宮易調。獻金盃重疊祝長生，永逍遥奉道。

(一) 按：此調始見唐李白詞，宋程垓、劉過詞别名《小桃紅》、《紅娘子》。

金蕉葉(一)　雙調〇中調

平可仄平仄可平仄平平仄韻，七字句平可仄平仄可平仄可平平平仄叶，七字句仄可平仄可平平可仄平可仄，四字句仄可平平平可仄仄平平仄叶，七字句仄可平仄仄可平平仄可平仄叶，六字句〇後段同

詞

夜宴　宋柳　永

厭厭夜飲平陽第。添銀燭、旋呼佳麗。巧笑難禁，艷歌無間聲相繼[一]。準擬幕天席地。

〇金蕉葉泛金波霽。未更闌、已盡狂醉。就中有箇，風流暗向燈光底[二]。惱遍兩行珠翠。

【校】

[一]繼：《嘯餘譜》及附録本、和刻本作「紀」。

[二]「就中」二句：《詞律》卷四作六言一句、五言一句，「就」作「袖」。

(一) 按：《詞律》卷四注：「後起句有『金蕉葉』字，或因句立名，或取名入句，此類甚多。」《詞譜》卷十四注：「此調始自柳永，因詞有『金蕉葉泛金波霽』句，取以爲名。」

新荷葉[一]　雙調○中調

仄可平仄平平四字句平可仄平仄可平仄平平韻，六字句仄可平仄平平四字句仄可平平仄可平仄平平叶，六字句平平仄三字句仄可平平平可仄仄仄可平仄平平叶，八字句平可仄平仄可平仄四字句仄可平平平可仄仄平平叶，六字句○平可仄仄平平四字句平可仄平平可仄仄平平叶，六字句仄可平仄平平仄可平平仄可平仄平平叶，十字句平可仄平仄可平仄四字句平可仄平仄仄可平仄平平叶，七字句平可仄仄可平仄仄仄平仄可平仄平平叶，十字句

詞

採蓮

宋趙　抃[二]

雨過回塘，圓荷嫩緑新抽。越女輕盈，畫橈穩泛蘭舟。波光艷，粉紅相間、脉脉嬌羞[一]。

[一] 按：《詞譜》卷十九收此調，注「趙抃詞名《折新荷引》」，「或名《泛蘭舟》」，然與仄韻《泛蘭舟》調迥別」，以黄裳詞爲正格，列趙抃詞爲「又一體」。

[二] 按：原本署「宋僧」，《嘯餘譜》及附録本、和刻本同；《樂府雅詞·拾遺》卷上署趙抃；《類編草堂詩餘》卷二署僧仲殊；《全宋詞》據《樂府雅詞》收作趙抃詞，兹從校訂。

菱歌隱隱，漸遠依約凝眸[二]。◯堤上郎心，波間粧影遲留。不覺歸時、暮天碧襯蟾鈎[三]。風蟬噪晚，餘霞暎、幾點沙鷗。漁笛不道有人、獨倚危樓[四]。

【校】

[一]「波光」二句：《詞譜》作：「波光艷粉，紅相間、脈脈嬌羞。」

[二]「菱歌」二句：《詞譜》作六言一句、四言一句。遠，《樂府雅詞・拾遺》、《嘯餘譜》及附録本、和刻本皆作「遥」；譜注平聲，應作「遥」。

[三]「不覺」句：《詞譜》作四言一句、六言一句。

[四]「漁笛」句：《詞譜》作六言一句、四言一句。

風中柳[一]　雙調◯中調

平可仄仄平平四字句平可仄仄仄可平平平可仄仄韻，六字句仄可平平平可仄平平可仄平仄可平仄叶，七字句仄可

[一] 按：《高麗史・樂志》載無名氏詞於調名注「令」字。此調實與《謝池春》爲同調異名，前卷時令題已收《謝池春》，以陸游詞爲例，此卷花木題又收《風中柳》，乃同調重出。

平平平可仄仄四字句仄可平平可仄平平仄叶，五字句仄可仄平可仄平可仄仄平平仄叶，七字句〇後段同

詞

閨情　宋孫夫人

銷減芳容，端的爲郎煩惱。鬢慵梳、宫粧草草。别離情緒，待歸來都告。怕傷郎、又還休道。〇利鎖名韁，幾阻當年歡笑。更那堪、鱗鴻信杳。蟾枝高折，願從今須早。莫辜負、鳳幃人老。

山亭柳(一)　雙調〇中調

平可仄仄平平韻，四字句仄可平仄仄平平叶，五字句平可仄仄仄仄平平叶，六字句仄可平仄仄可平平平仄六字句仄可平平平可仄仄平平叶，六字句仄可平仄平可仄平平可仄仄六字句仄可平仄平平叶，四字句〇仄可平平平可仄仄平平仄七字句平可仄平仄可平仄仄平平叶，七字句平可仄平仄仄平平叶，六字句仄可平仄平可仄平仄可平仄六字句仄可平平仄可平仄平平叶，六字句仄可平仄平可仄平仄可平仄六字

(一) 按：此調宋詞僅見晏殊、杜安世各一首，一用平韻，一用仄韻；晏殊詞載《珠玉詞》，題「贈歌者」。

句平可仄仄平平叶，四字句

詞

贈歌者　宋晏　殊

家住西秦。賭博藝隨身。花柳上、鬬尖新。偶學念奴聲調，有時高遏行雲。蜀錦纏頭無數，不負辛勤。○數年來往咸京道，殘盃冷炙謾銷魂。衷腸事、託何人。若有知音見採，不辭遍唱陽春。一曲當筵淚落，重掩羅巾。

詩餘十七

珍寶題

滴滴金　雙調○小令

平可仄平仄可平仄平平仄韻，七字句仄平平三字句仄可平平仄叶，三字句仄可平仄平平仄可平平可仄仄叶，七字句仄可平平可仄平平仄叶，五字句○後段同

詞

宋晏　殊

梅花漏泄春消息。柳絲長，草芽碧[一]。不覺星霜鬢邊白。念時光堪惜。○蘭堂把酒留嘉客[二]。對離筵，駐行色。千里音塵便踈隔。合有人相憶。

【校】

[一]「柳絲長」二句：與後段「對離筵」二句，《詞譜》卷八皆作六言折腰句，於三字下注「讀」。

[二]酒：《嘯餘譜》及附録本、和刻本作「家」，蓋訛誤。

一籮金[一]

雙調○中調

仄可平平可仄平可仄仄可平平平可仄仄韻，七字句平可仄仄平平四字句平可仄仄平平仄叶，五字句仄可平仄仄可平平平仄仄叶，七字句平可仄平仄可平仄平平仄叶，七字句○後段同

[一]按：《詞譜》卷十三收《蝶戀花》，注「李石詞名《一籮金》」；另有無名氏《一籮金》，乃《菩薩蠻》異名。前卷花木題已收《蝶戀花》，此卷又收《一籮金》，爲同調重出。

詞　宋李石才(一)

武陵春色濃如酒。遊冶才郎，初試花間手。絳蠟燭殘人靜後[一]。眉峯便作傷春皺。○一霎風狂和雨驟。柳嫩花柔，渾不禁僝僽。明日餘香知在否。粉羅猶有殘紅透。

【校】

[一] 燭：《花草粹編》卷十三作「燒」。

詩餘十八

聲色題　首末二字皆爲主

杏園芳(二)　雙調○小令

平可仄平仄可平仄平平韻，六字句平可仄平仄可平仄平平叶，六字句平可仄平仄可平仄仄平平叶，七字

(一) 按：原本僅署「朱」字，《嘯餘譜》及附録本、和刻本同；《花草粹編》卷十三署李石才；《全宋詞》據《翰墨大全》乙集卷十七收作李石才詞，注別本誤作朱秋娘，玆從校訂。

(二) 按：此調唐五代詞僅見尹鶚一首，載《花間集》卷九，宋無作，爲孤調。

句仄平平叶，三字句○後段同，唯首句作七字，又末用仄字不叶韻

詞

唐尹　鶚

嚴粧嫩臉花明。教人見了關情。含羞舉步越羅輕[一]。稱娉婷。○終朝咫尺窺香閣，迢遥似隔層城。何時休遣夢相縈。入雲屏。

【校】

［一］舉：原本作「與」，蓋訛誤；兹從《花間集》卷九、《嘯餘譜》及附録本、和刻本校訂。

早梅芳[一]

雙調○中調

平可仄仄可平平三字句平可仄平可仄仄韻，三字句仄可平仄平平仄叶，五字句仄可平平平可仄仄四字句仄

[一] 按：汲古閣本《片玉詞》卷上調名作《早梅芳近》，有李之儀、吕渭老等人詞爲同調。另有長調慢詞，僅見柳永詞一首，《詞譜》卷三十三收作《早梅芳慢》。

可平仄平平仄可平平可仄仄叶，七字句仄可平平平仄仄五字句仄可平仄平平仄叶，五字句仄平可仄平仄可平仄五字句平可仄仄可平仄可平平可仄仄叶，五字句〇後段同，唯第九句作三字[一]

詞

宋周邦彥

花竹深，房櫳好。夜闃無人到。隔窻寒雨，向壁孤燈弄餘照。淚多羅袖重，意密鶯聲小。正魂驚夢怯，門外已知曉。〇去難留，話未了。早促登長道。風披宿霧，露洗初陽射林表。亂愁迷遠覽，苦語縈懷抱。謾回頭，更堪歸路杳。

【校】

[一]第九句：《嘯餘譜》及附録本、和刻本注同，蓋訛誤；據例詞，應爲後段第八句，乃三字句，比前段此句少二字。

滿庭芳

雙調〇長調

平可仄仄平平四字句平可仄平平可仄仄四字句仄可平仄可平平可仄仄平平韻，六字句仄可平平平可仄仄四字句平可仄仄仄平平叶，五字句平可仄仄平可仄平仄可平仄六字句平可仄平可仄仄平可仄仄平平叶，七字句平可仄平仄可平平可仄平仄可平仄七字句平可仄仄仄平平叶，五字句◯平平叶，二字句平可仄仄仄平可仄平仄可平仄七字句平可仄仄平平叶，四字句仄可平平可仄仄可平平可仄，五字句仄可平仄平平叶，四字句仄可平仄平可仄平仄可平仄六字句平可仄仄可平仄平可仄仄平平叶，七字句平可仄平仄平可仄平仄可平仄七字句平可仄仄仄平平叶，五字句

詞

晚景　　宋秦　觀

山抹微雲，天連衰草[一]，畫角聲斷譙門。暫停征棹，聊共引離樽。多少蓬萊舊事，空回首、煙靄紛紛。斜陽外、寒鴉數點[二]，流水遶孤村。◯銷魂。當此際、香囊暗解[三]，羅帶輕分。謾贏得秦樓，薄倖名存。此去何時見也，襟袖上、空染啼痕。傷情處、高城望斷，燈火已黃昏。

【校】

[一]連：汲古閣本《淮海詞》作「粘」，詞末注：「『天粘衰草』，今本改『粘』作『連』，非也。」

〔二〕「斜陽」句：與後段「傷情」句，《詞律》卷十三、《詞譜》卷二十四所收此調各體皆作三言一句、四言一句。

〔三〕「銷魂」二句：《詞律》、《詞譜》所收各體多作二言短韻一句、三言一句、四言一句，換頭不藏短韻者則作五言一句、四言一句。

又

夏景〔一〕　宋周邦彦

風老鶯雛，雨肥梅子，午陰嘉樹清圓。地卑山近，衣潤費爐煙。人静烏鳶自樂，小橋外、新緑濺濺。凭闌久，黄蘆苦竹，擬泛九江船。○年年。如社燕，飄流瀚海，來寄脩椽。且莫思身外，長近樽前。憔悴江南倦客，不堪聽、急管繁絃。歌筵畔，先安枕簟，容我醉時眠。

〔一〕按：《片玉集》卷四、《草堂詩餘・前集》卷下入「夏景」類；《清真集》卷上、《片玉詞》卷上題「夏日溧水無想山作」。

倦尋芳(一)　雙調○長調

仄可平平仄可平仄四字句平可仄仄平平四字句仄可平仄可平平仄韻，四字句仄可平仄平平四字句平可仄仄仄可平平平可仄仄叶，六字句仄平平三字句平平可仄仄三字句仄可平平仄可平仄平平仄叶，七字句仄可平平平仄平平仄仄八字句平可仄平平仄叶，四字句○仄可平平仄可平平平仄仄七字句仄可平仄平平四字句平可仄仄平仄叶，四字句仄可平仄平平四字句仄可平仄仄可平平平仄叶，六字句仄可平仄平可仄平平仄仄七字句仄可平平平可仄仄平平仄叶，七字句仄可平平平仄平平六字句仄可平平平仄叶，四字句

詞

春景

宋王元澤(二)

露晞向曉，簾幙風輕，小院閑晝。翠逕鶯來，驚下亂紅鋪繡。倚危樓，登高榭，海棠著雨胭

(一) 按：《樂府雅詞·拾遺》卷上調名作《倦尋芳慢》。

(二) 按：原本署「宋王」，附録本、和刻本同；《樂府雅詞·拾遺》卷上、《花庵詞選》卷二、《嘯餘譜》皆署王元澤，兹從校訂。《全宋詞》録作王雱詞。

脂透。算韶華、又因循過了[一]，清明時候。◯倦遊燕、風光滿目，好景良辰，誰共携手。恨被榆錢，買斷兩眉長鬭。憶得高陽人散後，落花流水仍依舊。這情懷、對東風[二]，盡成消瘦。

【校】

[一]按：此句《詞律》卷十四、《詞譜》卷二十四皆作三言一句、五言一句。

[二]按：此句《詞律》、《詞譜》皆作三言二句。

秋蕊香[一]　雙調◯小令

平可仄仄平可仄平仄可平仄韻，六字句平可仄仄仄可平平平仄叶，六字句仄可平平平可仄仄平平仄叶，七字句平可仄仄仄可平平平可仄仄叶，六字句◯平可仄平仄可平仄平平仄叶，七字句仄可平平平仄叶，三字句仄可平平仄可平仄仄可平平仄叶，七字句平可仄仄平可仄平平可仄仄叶，六字句

[一]按：此調黃鑄詞名《秋蕊香令》。宋詞另有柳永《秋蕊香引》；又有曹勛、史浩等《秋蕊香》，乃慢詞。

詞　宋晏幾道

池苑清陰欲就。還傍送春時候。眼中人去難歡偶。誰共一杯芳酒。○朱欄碧砌皆如舊。記攜手。有情不管別離久。情在相逢終有。

天香　凡二體，並雙調○長調

第一體

平可仄仄平平四字句平可仄平仄可平仄四字句平可仄平仄可平仄可平平仄韻，六字句仄可平仄平平四字句仄可平平平仄四字句仄可平仄仄可平平平仄叶，六字句平可仄仄可平仄可平仄四字句平可仄仄仄平平仄可平仄叶，七字句平可仄仄平平四字句仄可平仄平仄平平仄叶，七字句○平可仄平可仄仄平仄可平仄叶，六字句仄可平平可仄平仄可平平平可仄仄叶，七字句仄可平仄可平仄平仄仄可平平平仄叶，九字句仄可平仄平可仄平仄可平仄六字句仄可平仄可平仄平平仄可平平可仄仄叶，八字句仄可平仄平平四字句平可仄平仄可平仄叶，四字句

詞

冬景

宋王　觀(一)

霜瓦鴛鴦，風簾翡翠，今年早是寒少。矮釘明窗，側開朱戶，斷莫亂教人到。重冷未解[一]，雲共雪、商量不少重韻。青帳垂氊，要密縫、放圍宜小[二]。○呵梅弄粧試巧。繡羅衣、瑞雲芝草。伴我語同語、笑時同笑[三]。已被金樽勸酒，又唱箇新詞故相惱。盡道窮冬，元來怎好。

【校】

[一]重冷：《樂府雅詞・拾遺》卷下、《花草粹編》卷十八、《詞律》卷十四、《詞譜》卷二十四皆作「重陰」。

[二]「青帳」二句：《樂府雅詞》作：「青帳垂氈要密，紅爐收圍宜小。」《花草粹編》、《詞譜》皆作：

「青帳垂氈要密，紅爐圍炭宜小。」

[三]「伴我」句：《詞律》作五言一句、四言一句；《樂府雅詞》、《詞譜》皆作「伴我語時同語，笑時同

(一)按：原本署「宋王充」，《嘯餘譜》及附録本、和刻本同；《草堂詩餘・前集》卷下「冬景」類未署名，《花草粹編》卷十八署王通叟；《全宋詞》據《樂府雅詞・拾遺》卷下録作王觀詞，注「《類編草堂詩餘》卷三誤作王充詞」，兹從校訂。

笑」，「語」下多一「時」字。

第二體

前段與第一體同，唯末二句皆作六字〇後段亦與第一體同，唯第二句作六字，第三句作十字

詞

對梅花懷王侍御　　宋劉方叔〔一〕

漠漠江臯，迢迢驛路，天教爲春傳信。萬木叢邊，百花頭上，不管雪飛風緊。尋文訪舊，唯翠竹寒松相認。不意牽詩動興，何心襯粧添暈。〇孤標最甘冷落，不許蝶親蜂近。直自從來潔白，箇中清韻〔二〕。儘做重聞塞管，也何害、香銷粉痕盡。待到和羹，纔明底藴。

〔一〕按：原本署「宋劉」，附録本、和刻本同；《嘯餘譜》及《類編草堂詩餘》卷三、《花草粹編》卷十八皆署劉方叔，兹從校訂。《詞譜》卷二十四署劉儗；《全宋詞》録作劉鎮詞。

【校】

[二]「直自」句：《詞譜》作六言一句、四言一句。

雪梅香　雙調○長調

仄可平平仄三字句平可仄平仄可平仄仄平平韻，七字句仄可平平可仄平平可仄仄五字句平可仄平仄可平仄平平叶，六字句平可仄仄平可仄平仄可平平可仄仄七字句仄可平平平可仄仄仄平平叶，七字句仄可平平仄可平仄仄平平七字句平可仄仄平平叶，四字句○平可仄平仄可平平可仄仄五字句仄可平仄平平四字句仄可平仄平平叶，四字句仄可平仄平平四字句仄可平平仄仄可平平平叶，六字句仄可平仄平平仄可平平可仄仄七字句仄可平平平可仄仄仄平平叶，七字句平可仄平可仄仄平平仄仄七字句平可仄仄平平叶，四字句

詞

秋思　　宋柳永

景蕭索，危樓獨立面晴空。動悲秋情緒，當時宋玉應同。漁市孤煙裊寒碧，水村殘葉舞愁

紅。楚天闊、浪浸斜陽，千里溶溶。◯臨風想佳麗[一]，别後愁顔，鎮斂眉峯。可惜當年，頓乖雨跡雲蹤。雅態妍姿正歡洽，落花流水忽西東。無憀恨、相思意盡，分付征鴻[二]。

【校】

[一]「臨風」句：《詞律》卷十四、《詞譜》卷二十三皆作二字一句、三字一句，於「風」字注「韻」。

[二]「無憀」二句：《詞譜》作：「無憀意，盡把相思，分付征鴻。」《全宋詞》作：「無憀恨、相思意，盡分付征鴻。」

桂枝香[一]

一名《踈簾淡月》，凡二體，並雙調◯長調

第一體

平可仄平仄可平仄韻，四字句仄可平仄可平仄平可仄平五字句仄可平平可仄平可仄仄叶，四字句仄可平仄

[一] 按：《中興以來絶妙詞選》卷九、《草堂詩餘·前集》卷下、《彊村叢書》本《東澤綺語》調名皆作《踈簾淡月》，注「寓《桂枝香》」。《高麗史·樂志》調名注「慢」字。

平可仄平仄可平仄六字句仄可平平平可仄仄叶，四字句平可仄平仄可平仄平平仄叶，七字句仄可平平平仄可平平平仄叶，七字句仄可平平平仄四字句仄可平平仄可平仄四字句仄可平平可仄平仄叶，四字句◯仄可平平可仄仄平可仄平仄可平仄叶，七字句仄可平平可仄平仄可仄，四字句仄可平平可仄平仄叶，四字句仄可平仄平可仄平平可仄仄六字句仄可平平平仄叶，四字句平可仄平平可仄仄平平仄叶，七字句仄可平平可仄平平可仄仄可平平仄叶，七字句[二]仄可平平仄可平仄四字句平平可仄仄可平仄可平，四字句仄可平平平仄叶，四字句

詞

秋旅[一]

宋張　辑[二]

梧桐雨細。漸滴作秋聲，被風驚碎。潤逼衣篝綫裊，蕙爐沈水[三]。悠悠歲月天涯醉。一

[一] 按：原本目録題「秋旅」，正文無題，蓋脱漏，兹據補。《中興以來絶妙詞選》卷九題「秋思」，《草堂詩餘・前集》卷下入「秋景」類。

[二] 按：原本僅署「宋張」，附録本、和刻本同；《中興以來絶妙詞選》署張宗瑞，注名輯；《嘯餘譜》誤署張宗端。《全宋詞》據《東澤綺語》録爲張輯詞，兹從校訂。

分秋、一分憔悴。紫簫吟斷，素牋恨切，夜寒鴻起。○又何苦、淒凉客裏。草堂春緑[三]，竹溪空翠。落葉西風吹老，幾番塵世。從前諳盡江湖味。聽商歌、歸興千里。露侵宿酒，踈簾淡月，照人無寐。

【校】

[一]七字句：原本注六字句，附録本、和刻本同，蓋訛誤；據例詞此句實爲七字句，《嘯餘譜》即注七字句，玆從校訂。

[二]「潤逼」二句：與後段「落葉」二句，《詞譜》卷二十九、《全宋詞》皆作四言一句、六言一句。

[三]「草堂」句：《東澤綺語》、《中興以來絶妙詞選》皆作「負草堂春緑」，句首多「負」字。

第二體

前段與第一體同○後段亦與第一體同，唯第二句作五字[一]

詞

金陵懷古〔一〕

宋王安石

登臨送目。正故國晚秋，天氣初肅。瀟洒澄江似練〔二〕，翠峯如簇。征帆去棹殘陽裏，背西風、酒旗斜矗。綵舟雲淡，星河鷺起，畫圖難足。○念自昔、豪華競逐。歎門外樓頭，悲恨相續。千古憑高對此，謾嗟榮辱。六朝舊事隨流水，但寒煙、衰草凝綠。至今商女，時時尚歌〔三〕，後庭遺曲。

【校】

〔一〕第二句：《嘯餘譜》誤作「第三句」；據例詞後段「歎門外樓頭」實爲第二句。

〔二〕瀟洒：《臨川先生歌曲》及《樂府雅詞》卷上、《花庵詞選》卷二皆作「千里」。

〔三〕尚歌：《臨川先生歌曲》作「猶歌」；《樂府雅詞》、《花庵詞選》皆作「猶唱」。

〔一〕按：《彊村叢書》本《臨川先生歌曲》無此題，《草堂詩餘·後集》卷上、《花庵詞選》卷二皆同此題。

綺羅香 雙調○長調

仄可平仄平平四字句平可仄平仄仄四字句仄可平仄平可仄平平仄韻，六字句仄可平仄平平四字句平可仄仄仄可平平平可仄仄叶，六字句平可仄仄可平仄可平仄可平仄平平七字句仄可平平可仄仄仄可平平平可仄仄叶，七字句仄可平平平平可仄仄平平七字句仄可平平仄可平仄仄可平平仄叶，七字句○平可仄平平可仄仄仄仄六字句平可仄仄平平仄五字句平可仄平平仄叶，四字句仄可平仄平平四字句平可仄仄仄可平平平仄叶，六字句平可仄仄可平仄平可仄仄平平七字句仄可平仄可平平可仄仄可平平平可仄仄叶，七字句仄可平平可仄仄可平平可仄仄平平七字句仄可平平平仄仄叶，五字句

詞

春雨(一)

宋史達祖

做冷欺花，將煙困柳，千里偷催春暮。盡日冥迷，愁裏欲飛還住。驚粉重、蝶宿西園，喜泥潤、燕歸南浦。最妨他、佳約風流，鈿車不到杜陵路。○沈沈江上望極，還被春潮急[二]，難

(一) 按：《中興以來絶妙詞選》卷七、《草堂詩餘·後集》卷上皆同此題；汲古閣本《梅溪詞》題「詠春雨」。

尋官渡。隱約遥峯，和淚謝娘眉嫵。臨斷岸、新緑生時，是落紅、帶愁流處。記當日、門掩梨花，剪燈深夜語[二]。

【校】

[一]還被春潮急：《梅溪詞》及《絶妙好詞》卷二、《詞譜》卷三十三皆作「還被春潮晚急」。

[二]語：《嘯餘譜》作「話」，失叶，蓋訛誤。

賀聖朝影[一]　雙調○小令

仄可平仄平平平可仄仄平韻，七字句仄平平叶，三字句平可仄平仄可平仄仄平平叶，七字句仄平平叶，三字句○後段同，唯首句末用仄字不叶韻

[一]按：此調實爲《楊柳枝》之別名，即《楊柳枝》之添字體，又名《添聲楊柳枝》、《太平時》等。前卷花木題已收《楊柳枝》添字體，此卷又收《賀聖朝影》，乃重調重出。

詞　　宋歐陽脩

白雪梨花紅粉桃。露華高。垂楊慢舞緑絲縧[一]。草如袍。○風過小池輕浪起，似江皐。千金莫惜買香醪。且陶陶。

【校】

[一] 縧：《近體樂府》卷三及《六一詞》、《嘯餘譜》皆作「絛」。

虞美人影[一]

一名《桃源憶故人》，雙調○小令

仄可平平仄可平仄平平仄韻，七字句仄可平仄仄可平平平可仄仄叶，六字句平可仄仄仄可平平平可仄仄叶，六字句平可仄仄平平仄叶，五字句○後段同

[一] 按：此調乃《桃源憶故人》之别名。《草堂詩餘・前集》卷下調名作《桃源憶故人》，《近體樂府》卷三注「一名《虞美人影》」，汲古閣本《六一詞》調名作《虞美人影》。

詞

春閨

宋秦　觀(一)

碧紗影弄東風曉。一夜海棠開了。枝上數聲啼鳥。粧點知多少。〇妬雲恨雨腰肢裊。眉黛不堪重掃。薄倖不來春老。羞帶宜男草。

疎影(二)　雙調〇長調

平可仄平仄可平仄韻，四字句仄可平平平仄仄五字句平可仄仄可平平仄叶，四字句仄可平仄平平四字句仄可平仄平平四字句平可仄平可仄仄仄可平平仄叶，六字句平可仄平仄可平仄平平仄七字句仄可平仄可平仄平可仄平平仄叶，七字句仄可平平可仄平仄可平仄五字句平可仄平仄可平仄四字句仄可平平平仄叶，四字句〇平可仄仄平平仄可平仄六字句仄可平平仄可平仄仄平可仄仄可平平仄叶，九字句仄可平

(一) 按：汲古閣本《淮海詞》注「時刻不載」；《草堂詩餘・前集》卷下「春景」類未署名；《類編草堂詩餘》卷一署秦觀作；《全宋詞》據舊鈔本《全芳備祖》録作歐陽修詞。

(二) 按：原本作《棘影》，《嘯餘譜》及附録本、和刻本同。《詞律》卷十九收《疎影》，注《嘯餘譜》誤作《棘影》；《詞譜》卷三十五注爲姜夔自度曲，別名《緑意》等，兹從校訂。

仄仄可平平仄仄叶，六字句平可仄平仄仄平可仄平平仄叶，八字句仄可平平仄可平仄平平仄叶，七字句仄可平仄可平仄仄可平平平可仄仄叶，七字句仄可平仄可平平仄可平仄平平七字句仄可平仄仄可平平平可仄仄叶，六字句

詞

送尹簿之平江

元鄧光薦(一)

瑤尊蘸翠。短長亭送別，風戀晴袂。臘樹迎春，一路清寒，能消幾日羇思。霜華不借陽關柳，悄莫繫、行人嘶騎。對梅花一笑，分攜勝約，別來相寄〔一〕。◯人物仙蓬妙韻，瑞鸞斂迅翼、聊憩香枳〔二〕。見説使君好語，先傳付與、芙蓉清致〔三〕。客來欲問荊州事。但細語、岳陽樓記。夢故人、剪燭西窗，已隔洞庭煙水。

【校】

〔一〕「對梅花」三句：《全宋詞》作：「對梅花、一笑分攜，勝約別來相寄。」《詞譜》卷三十五所收此

(一) 按：《全宋詞》據趙萬里輯本《中齋詞》收録鄧剡此詞，題「笄薄之平江」。

調各體，前結多作七言一句、六言一句。

[二]「瑞鸞」句：《全宋詞》作五言一句、四言一句；《詞譜》所收此調各體，此句皆作五言一句、四言一句。

[三]「見説」二句：《全宋詞》作：「見説使君，好語先傳，付與芙蓉清致。」《詞譜》所收此調各體，此二句皆作四言二句、六言一句。

青衫濕[一]　雙調〇小令

平可仄平平可仄仄平平仄七字句平可仄仄仄平平韻，五字句仄可平平平可仄仄平可仄平仄可平仄八字句平可仄仄平平叶，四字句〇仄可平平仄可平仄四字句平可仄平仄可平仄四字句平可仄仄平平叶，四字句平可仄平平可仄仄平可仄平仄可平仄八字句平可仄仄平平叶，四字句

[一] 按：此調爲《人月圓》之別名，首見王詵詞，因詞中有「人月圓時」句，取以爲名；吴激詞有「青衫淚濕」句，故別名《青衫濕》。《詞律》卷五、《詞譜》卷七並收此調。

詞

感舊(一)

宋吳　激(二)

南朝千古傷心地[一]，還唱後庭花。舊時王謝、堂前燕子[二]，飛入人家。○恍然在遇，天姿勝雲[三]，宮鬢堆鴉。江州司馬、青衫濕淚，同是天涯。

【校】

[一] 地：景元至大本《中州樂府》、《花草粹編》卷七皆作「事」。

[二]「舊時」二句：與後段「江州」二句，《詞律》卷五、《詞譜》卷七皆作四言二句。

[三]「恍然」二句：《中州樂府》作「恍然一夢，仙肌勝雪」；《花草粹編》作「偶然相見，仙肌勝雪」；雲，《嘯餘譜》及附録本、和刻本皆作「雪」。

(一) 按：《中興以來絶妙詞選》卷二題「宴北人張侍御家有感」，《花草粹編》卷七題「席間遇流落婦人」，《類編草堂詩餘》卷一題「感舊」。

(二) 按：原本僅署「宋吳」，附録本同；《嘯餘譜》及和刻本署「宋吳彦高」；《花草粹編》卷七注吳彦高「宋宗室子」；《全金元詞》録作金吳激詞，茲從校訂。

青玉案　凡二體　並雙調○中調

第一體

平可仄平仄可平仄平平仄韻，七字句仄可平仄可平仄平平仄叶，六字句仄可平仄平可仄平平仄仄叶，七字句仄可平平平仄四字句仄可平平平可仄仄[一]四字句平可仄仄平平仄叶，五字句○後段同，唯第二句作七字

詞

春景[一]　宋賀　鑄

凌波不過橫塘路。但目送、芳塵去。錦瑟年華誰與度。月樓花院[二]，綺窗朱戶[三]，唯有春知處。○碧雲冉冉衡皋暮[四]。綵筆空題斷腸句。試問閒愁知幾許。一川煙草，滿城風絮，梅子黃時雨。

〔一〕按：景宋本《東山詞》卷上別名《橫塘路》，注正名《青玉案》，無題；《草堂詩餘·前集》卷上入「春景·春暮」類，未署作者；《類編草堂詩餘》卷二題「春暮」。

【校】

〔一〕按：《詞譜》卷十五收此調，共列十三體，以賀鑄此詞爲正體，於兩段第五句皆注用韻。

〔二〕月樓花院：《東山詞》作「月橋花院」，《花庵詞選》卷四作「月臺花榭」。

〔三〕綺：《東山詞》、《樂府雅詞》、《花庵詞選》皆作「瑣」。

〔四〕碧：《東山詞》作「飛」。衡：《樂府雅詞》、《花庵詞選》皆作「蘅」。

第二體

前段與第一體同○後段亦與第一體同，唯第二句作八字

詞

詠雪〔一〕　　宋陳　瓘

碧空黯淡同雲繞。漸枕上、風聲峭。明透紗窻天欲曉。珠簾纔捲，美人驚報，一夜青山老。

〔一〕按：《花庵詞選》卷六題「雪」；《草堂詩餘・後集》卷上入「天文氣候・詠雪」類，《類編草堂詩餘》卷二題「詠雪」。

○使君命客金樽倒[一]。正千里瓊瑤未經掃。欹壓江梅春信早。十分農事，滿城和氣，管取明年好。

【校】

[一]命客：《樂府雅詞》卷中作「留客」。

小桃紅[一]　雙調○中調

仄可平仄平平仄韻，五字句仄可平仄平平仄叶，五字句仄可平仄平平四字句仄可平平平可仄仄四字句仄可平平平仄叶，四字句仄可平平可仄平平可仄仄仄平平八字句仄可平平可仄平平可仄仄叶，五字句後段同

[一]按：此調即《連理枝》之別名。前卷花木題已收《連理枝》，此卷又收《小桃紅》，乃同調重出。

詞

詠美人畫眉(一)

宋劉 過(二)

晚入紗窗靜[一]。戲弄菱花鏡。翠袖輕勻，玉纖彈去，小妝紅粉。畫行人、愁外兩青山，與尊前離恨。○宿酒醺難醒。笑記香肩並。暖借香腮，碧雲微透，暈眉斜印。最多情、生怕外人猜，拭香津微揾。

【校】

[一]晚：《百家詞》本、汲古閣本《龍洲詞》及《嘯餘譜》皆作「曉」。

滿江紅　凡三體，並雙調○長調[一]

第一體

仄可平仄平平四字句平可仄平仄仄可平平平可仄仄韻，七字句仄可平平平仄可平仄平可仄平平仄[二]

(一)按：《百家詞》本、《彊村叢書》本《龍洲詞》卷上皆題「在襄州作」；汲古閣本題同，注「譜注詠美人畫扇」。

(二)按：原本僅署「劉」字，《嘯餘譜》及附録本同；和刻本署宋劉改之，《全宋詞》據《龍洲詞》卷上録作劉過詞，茲從校訂。

九字句平可仄仄仄可平平平仄仄七字句仄可平平平可仄仄平平仄叶，七字句仄可平[三]平可仄平平可仄仄仄平平八字句平平仄叶，三字句◯平可仄仄可平仄三字句平可仄平可仄仄叶，三字句平可仄仄可平仄三字句平可仄平可仄仄叶，三字句仄可平平可仄平可仄平可仄仄五字句仄可平平平可仄仄叶，四字句仄可平仄平可仄平平仄仄七字句仄可平平仄可平仄平平仄叶，七字句仄可平仄可平平可仄平可仄仄仄平平八字句平平仄叶，三字句

詞

杜鵑[一]　宋康與之

惱殺行人，東風裏、爲誰啼血。正青春未老、流鶯方歇[四]。蝴蝶枕前顛倒夢，杏花枝上朦朧月。問天涯、何事苦關情，思離別。◯聲一喚，腸千結。閩嶺外，江南陌。正長堤楊柳，翠條堪折。鎮日叮嚀千百遍，只將一句頻頻説。道不如歸去不如歸，傷情切。

（一）按：《草堂詩餘・後集》卷下入「花柳禽鳥・杜鵑」類，《類編草堂詩餘》卷三、《花草粹編》卷十七皆題「杜鵑」。

【校】

［一］長調：原本注中調，《嘯餘譜》及附録本、和刻本同。《詞律》卷十三、《詞譜》卷二十二所收此調各體，以九十三字爲正體，屬長調，兹從校訂。

［二］按：此句《嘯餘譜》及附録本、和刻本皆未注叶韻。據例詞，此句末字爲「歇」，實用韻，當注叶韻。

［三］可平：原本注可仄，蓋衍誤；《嘯餘譜》及附録本、和刻本皆注可平，兹從校訂。

［四］按：《詞譜》卷二十二收此調，以吕渭老詞爲「又一體」，此句作五言一句、四言一句，注比正體減二字，又注康與之詞亦同此體。

第二體

仄可平仄平平四字句仄可平平仄平可仄平仄可平仄韻，七字句平可仄仄可平仄仄可平平平可仄仄七字句仄可平平平可仄仄叶，四字句仄可平仄平可仄平平仄仄七字句仄可平平仄可平仄平平仄叶，七字句仄可平仄可平平仄可平仄仄平平八字句平平仄叶，三字句○後段與第一體同

詞

春閨[一]

宋周邦彦

晝日移陰，攬衣起、春幃睡足。臨寶鑑、緑雲繚亂，未忺梳束[一]。蝶粉蜂黄都退了，枕痕一綫紅生玉。背畫欄、脉脉悄無言，尋棋局。◯重會面，何時卜[二]。無限事，縈心曲。想秦箏依舊，尚鳴金屋。芳草連天迷遠望，寶香薰被成孤宿。最苦是、蝴蝶滿園飛，無心撲。

【校】

[一] 忺：《片玉詞》卷下作「懽」。

[二] 何時：《片玉集》、《清真集》、《片玉詞》皆作「猶未」。

第三體

前段與第二體同◯後段亦與第一體同，唯第八句作八字

(一) 按：《片玉集》卷二、《清真集》卷上入「春景」類；《片玉詞》卷下、《類編草堂詩餘》卷三、《花草粹編》卷十七皆題「春閨」。

秋望（一）

宋趙　鼎（二）

慘結秋陰，西風送、絲絲雨濕。凝望眼、征鴻幾字，暮投沙磧。欲往鄉關何處是，水雲浩蕩連南北。但脩眉一抹有無中[一]，遥山色。〇天涯路，江上客。腸已斷，頭應白。空搔首興歎，暮年離隔。欲待忘憂除是酒[二]，奈酒行欲盡愁無極。便挽將江水入樽罍[三]，澆胸臆。

【校】

[一] 脩眉一抹：《得全居士詞》作「一抹寒青」，注「一作修眉一抹」。

[二] 欲待忘憂：《得全居士詞》作「須信道消憂」，多一「須」字，注一作「欲待忘憂」。

[三] 挽將江水：《得全居士詞》作「挽取長江」，注一作「挽將江水」。

（一）按：《中興以來絶妙詞選》卷二題「丁未九日南渡泊舟儀真江口」，《得全居士詞》題末多一「作」字；《草堂詩餘・前集》卷下入「秋景・秋望」類。

（二）按：原本僅署「宋趙」；《嘯餘譜》署趙元積，和刻本署趙元鎮；《全宋詞》據四印齋本《得全居士詞》録作趙鼎詞，茲從校訂。

燭影搖紅(一)　雙調○長調

平可仄仄平平四字句仄可平平仄可平仄平平仄韻，七字句仄可平平平可仄仄仄平平七字句平可仄仄平平仄叶，五字句仄可平仄平可仄平仄可平仄叶，六字句仄可平平平可仄平可仄平仄可平仄叶，七字句仄可平平平可仄仄四字句仄可平仄平平四字句仄可平平平可仄仄叶，四字句○後段同

詞

元宵(二)　宋張掄

雙闕中天，鳳樓十二春寒淺。去年元夜奉宸遊，曾侍瑤池宴。玉殿珠簾盡捲。擁羣仙、蓬壺閬苑。五雲深處，萬燭光中，揭天絲管。○馳隙流年，恍如一瞬星霜換。今宵誰念泣孤臣，回首長安遠。可是塵緣未斷。謾惆悵、華胥夢短。滿懷幽恨，數點寒燈，幾聲歸鴈。

(一) 按：此調乃周邦彥以王詵《憶故人》小令詞别撰新腔而成長調；賀鑄等仍用小令體，張掄等皆與周詞爲同調。《詞律》卷六並收二調，《詞譜》卷七僅收《燭影搖紅》。

(二) 按：《彊村叢書》本《蓮社詞》、《中興以來絕妙詞選》卷二、《花草粹編》卷十八皆題「上元有懷」；《草堂詩餘・後集》卷上、《類編草堂詩餘》卷三皆題「上元」。

詩餘十九

數目題 以首字爲主

一剪梅 雙調○中調

平可仄仄平平仄可平仄平韻，七字句平可仄仄平平四字句仄可平仄平平叶，四字句平可仄平平可仄仄

仄平平七字句仄可平仄平平四字句仄可平仄平平叶，四字句○後段同

詞

離別(一)

宋婦李清照

紅藕香殘玉簟秋。輕解羅裳，獨上蘭舟。雲中誰寄錦書來，鴈字回時，月滿西樓(二)。○花自飄零水自流。一種相思，兩處閑愁。此情無計可消除，纔下眉頭，却上心頭。

(一) 按：《漱玉詞》、《花庵詞選》卷十皆題「別愁」，《草堂詩餘·後集》卷下入「人事·離別」類，《類編草堂詩餘》卷二題「離別」。

【校】

[一]「鴈字」二句：《詩餘圖譜》卷一作「鴈字回時月滿樓」；《詞律》卷九作「鴈字來時月滿樓」，注「『鴈字』句七字，自是古調」。

又

游蔣山呈葉丞相　宋辛棄疾

獨立蒼茫醉不歸。日暮天寒，歸去來兮。探梅踏雪幾何時。今我來思，楊柳依依。○白石岡頭曲岸西。一片閑愁，芳草萋萋。多情山鳥不須啼。桃李無言，下自成蹊。

兩同心

此詞亦有用平韻者，並雙調○中調

仄可平仄平平四字句仄可平平平可仄仄韻，四字句平可仄平仄可平平可仄仄平平七字句平可仄仄可平仄仄可平平平可仄仄叶，七字句仄可平平可仄平可仄仄可平仄平平七字句仄可平仄可平平仄叶，四字句○後段同，唯首句作六字

詞　　宋柳　永

竚立東風，斷魂南國。花光媚、春醉瓊樓，蟾彩過、夜遊香陌[一]。憶當時、酒戀花迷，役損詞客。○别有眼長腰搦。痛憐深惜。鴛衾冷、夕雨凄凄[二]，錦書斷、暮雲凝碧。想别來、好景良時，也應相憶。

【校】

[一] 過：《樂章集》、《花草粹編》卷十四、《詞譜》卷十六皆作「迥」。

[二] 「鴛衾」句：《百家詞》本《樂章集》作「鴛鴦阻、夕雨朝飛」，《彊村叢書》本作「鴛會阻、夕雨凄飛」。

三臺(一)　雙調(二)○長調

仄可平平可仄平平可仄仄可平仄可平仄七字句仄可平平仄平平仄韻，六字句仄仄可平平仄可平仄仄平平

(一) 按：此爲長調，與唐詞六言四句體《三臺》迥異，宋詞僅見万俟詠一詞，爲孤調。

(二) 按：《詞律》卷一、《詞譜》卷三十九收此詞，皆分爲三疊，第一叠自「太平簫鼓」斷，第二叠自「亂花飛絮」斷，「正清寒」以下爲第三疊。

八字句仄可平平仄平可仄平平可仄仄叶，七字句平可仄平仄三字句仄可平仄平平仄叶，五字句仄可平仄可平仄平可仄平平可仄仄叶，七字句仄可平平可仄仄平可仄仄平平七字句仄可平仄可平仄仄可平平平可仄仄叶，七字句仄可平平可仄平仄可平仄仄可平仄七字句仄可平仄平平平仄叶，六字句仄可平仄可平仄可平平可仄仄仄平平八字句仄可平仄仄平可仄平平可仄仄叶，七字句〇平可仄平仄可平仄仄五字句仄可平平仄可平，三字句仄可平仄可平仄平可仄平平可仄仄叶，七字句仄可平仄仄仄可平仄平平七字句仄可平平仄仄可平平平仄叶，七字句仄可平平可仄平平仄仄仄七字句仄可平平仄可平平平仄叶，六字句仄可平仄可平平仄可平仄仄平平八字句仄可平平可仄仄平可仄平平仄叶，七字句平可仄平仄仄可平平平仄仄八字句仄可平仄可平平平可仄仄平仄叶，七字句仄可平平可仄仄平可仄仄平平七字句仄可平平平仄可平平平可仄仄叶，七字句

詞

清明（一）

宋万俟雅言

見梨花初帶夜月，海棠半含朝雨。內苑春、不禁過青門，御溝漲、潛通南浦。東風靜，細柳

（一）按：《花庵詞選》卷七、《草堂詩餘・後集》卷上皆題「清明應制」。

垂金縷[一]。望鳳闕，非煙非霧。好時代，朝野多懽，徧九陌，太平簫鼓。乍鶯兒百囀斷續，燕子飛來飛去。近緑水，臺榭映鞦韆，鬭草聚，雙雙遊女。○餳香更酒冷，踏青路[二]，會暗識，夭桃朱戶。向晚驟，寶馬雕鞍，醉襟惹，亂花飛絮。正輕寒輕暖漏永，半陰半晴雲暮。禁火天，已是試新糕，歲華到，三分佳處。清明看，漢宮傳蠟炬[三]，散翠煙，飛入槐府。斂兵衞，閶闔門開，住傳宣，又還休務。

【校】

[一]「東風」二句：《詞律》卷一、《全宋詞》皆作八言一句，於第三字讀頓。

[二]「餳香」二句：《詞律》作八言一句，於三字旁注「豆」，且注叶韻，《詞譜》卷三十九同。

[三]「清明」句：《詞律》、《詞譜》皆注叶韻。漢宮傳蠟炬，《詞律》作「漢蠟傳宮炬」。

四園竹(一)　雙調○中調

平可仄平仄可平仄四字句仄可平仄仄平平韻，五字句仄可平平仄可平仄四字句平可仄仄仄可平平四字句

(一) 按：此調始見周邦彥，《片玉集》卷五、《清真集》卷下皆注「官本作《西園竹》」；《類編草堂詩餘》卷二注「作西園誤」。

平可仄仄平平叶，四字句平仄平三字句平仄可平仄三字句平可仄平仄可平仄仄可平平六字句平可仄仄平平叶，四字句○仄平平叶，三字句平可仄平仄可平仄平平六字句平可仄平仄可平仄平平叶，六字句仄可平平可仄平平仄可平仄六字句平可仄仄平平仄仄平叶，七字句平可仄平仄可平仄仄可平仄可平仄七字句平可仄平仄可平仄平叶，五字句

詞

秋怨(一)

宋周邦彦

浮雲護月，未放滿朱扉。鼠搖暗壁，螢度破窓，偷入書幃。秋意濃，閑竚立，庭柯影裏好風，襟袖先知[一]。○夜何其。江南路遶重山，心知謾與前期。奈何燈前墮淚[二]，腸斷蕭娘舊日書。辭猶在紙鴈信絕，清宵夢又稀[三]。

【校】

[一]「閑竚立」三句：《詞律》卷十一、《詞譜》卷十八皆作：「閑竚立、庭柯影裏。好風襟袖先知。」

(一) 按：《片玉集》卷五、《清真集》卷下皆入「秋景」類，《類編草堂詩餘》卷二題「秋怨」。

以「裏」字夾叶一仄韻；又注後段「紙」字叶仄韻。

〔二〕奈何：《片玉集》、《片玉詞》、《清真集》、《詞律》、《詞譜》皆作「奈向」。

〔三〕「腸斷」三句：《詞律》作：「腸斷蕭娘，舊日書辭。猶在紙。鴈信絶，清宵夢又稀。」《詞譜》同，唯上作四言二句，末作上三下五句法八言一句。

六醜　雙調〇長調

仄平可仄平仄可平仄五字句仄可平仄可平仄平平平可仄仄韻，七字句仄可平平仄平四字句平可仄平平仄仄五字句仄可平仄平仄叶，四字句仄可平仄平平仄五字句仄可平平平可仄仄四字句仄可平仄可平平平可仄仄叶，五字句平可仄平可仄仄可平仄可平平平可仄仄叶，七字句仄可平仄平可仄平四字句平可仄平仄可平仄四字句平可仄平仄平平仄叶，六字句仄可平平可仄平仄可平仄五字句平可仄仄平仄叶，四字句〇平可仄平平可仄仄叶，四字句仄可平平可仄平仄可平仄叶，五字句仄可平仄平平仄可平平仄可平仄叶，八字句平可仄平仄可平仄平仄叶，六字句仄可平平可仄平仄可平仄仄可平平平可仄仄叶，九字句平可仄平仄三字句仄可平平平可仄仄叶，四字句平可仄仄仄可平仄可平仄平可仄平仄可平仄九字句仄可平平平仄叶，四字句平平仄三字句仄可平仄可平平仄叶，四字句仄可平仄可平平仄可平仄平平仄八字句平可

仄平仄可平仄叶，四字句

詞

落花〔一〕　宋周邦彦

正單衣試酒，悵客裏、光陰虚擲。願春暫留，春歸如過翼〔二〕，一去無跡。爲問家何在，夜來風雨，送楚宫傾國。釵鈿墮處遺香澤。亂點桃蹊，輕翻柳陌〔三〕，多情更誰追惜。但蜂媒蝶使，時叩窻槅。◯東園岑寂。漸蒙籠暗碧。静遶珍叢底、成歎息〔三〕。長條故惹行客。似牽衣待話、别情無極〔四〕。殘英小，强簪巾幘〔五〕。終不似、一朶釵頭顫裊，向人欹側。漂流處，莫趁潮汐。恐斷鴻、尚有相思字，何由見得。

【校】

〔一〕「春歸」句：原本未注叶韻，《嘯餘譜》及附録本、和刻本同；《詞譜》卷三十八注叶韻。

〔一〕按：《草堂詩餘·後集》卷下入「花柳禽鳥·落花」類；《片玉詞》卷上題「薔薇謝後作」。

［二］「輕黜」句：原本未注叶韻，《嘯餘譜》及附録本、和刻本同；《詞譜》注叶韻。

［三］「靜遶」句：《詞譜》作五言一句、三言一句。

［四］「似牽」句：《詞譜》作五言一句、四言一句。

［五］「殘英」二句：與下「漂流」二句，《詞譜》皆作七言折腰句，於三字下注「讀」。

八聲甘州

雙調○長調

仄可平平可仄平仄可平仄仄可平平平可仄，八字句平可仄平可仄仄平平韻，五字句仄可平平可仄平平可仄仄五字句平可仄平仄可平仄四字句仄可平仄平平叶，四字句仄可平仄平平平仄六字句仄可平仄仄平平叶，五字句平可仄仄平平仄五字句仄可平仄平平叶，四字句○仄可平仄平可仄平平可仄仄六字句仄可平仄可平平仄可平仄五字句平可仄仄平平叶，四字句仄可平平可仄平平可仄仄五字句平可仄仄仄平平叶，五字句仄可平平可仄平平可仄平仄可平仄七字句仄可平仄可平平仄可平仄仄平平叶，八字句平可仄平可仄仄可平仄可平平平可仄仄七字句仄可平仄平平叶，四字句

詞

送參寥子〔一〕

宋蘇　軾

有情風、萬里捲潮來，無情送潮歸。問錢塘江上，西河浦口〔二〕，幾度斜暉。不用思量今古，俯仰昔人非。誰似東坡老，白首忘機。○記取西湖西畔，正暮山好處，空翠煙霏。算詩人相得，如我與君稀。約他年、東還海道，願謝公、雅志莫相違。西州路、不應回首，爲我沾衣。

【校】

［二］西河：各本《東坡詞》、《東坡樂府》及《詩餘圖譜》等皆作「西興」。

十二時〔二〕

三疊○長調

仄可平平平仄可平平平可平仄七字句平可仄仄平可仄平平仄韻，六字句仄可平仄可平仄平可仄平平仄

〔一〕按：傅幹注本《東坡詞》題「寄參寥子，時在巽亭」，《百家詞》本等多題「寄參寥子」；《草堂詩餘・後集》卷下等皆題「送參寥子」。

〔二〕按：《詞律》卷二十分爲三疊，後二疊體式相同；《詞譜》卷三十七作《十二時慢》；另有和峴等鼓吹曲詞《十二時》，與柳詞不同，蓋爲同名異調。

叶，七字句[一]仄可平仄平可仄平平仄叶，六字句仄可平仄平可仄平四字句平可仄平仄可平仄四字句仄可平仄平平仄叶，五字句平可仄仄仄仄可平仄平平七字句仄可平仄仄可平平四字句平可仄仄平平平可仄仄叶，六字句〇平可仄仄平三字句平可仄平仄可平仄四字句仄可平仄仄可平平平可仄仄叶，六字句仄可平仄可平仄平可仄，四字句平平仄可平仄可平仄可平仄平平仄叶，九字句[二]仄可平仄可平平仄可平仄五字句平可仄平仄可平仄仄仄叶，六字句〇仄可平仄平平可仄平仄可平仄七字句[三]仄可平仄平可仄平平仄叶，六字句仄可平仄平平四字句平可仄平平仄四字句仄可平仄平平仄叶，五字句仄可平仄平仄可平仄五字句平可仄平仄平平仄叶，六字句

詞

秋夜

宋柳　永(一)

晚晴初、淡煙籠月[四]，風透蟾光如洗。覺翠帳、涼生秋思[五]。漸入微寒天氣。敗葉敲窗，

(一) 按：《樂章集》不載此詞，《類編草堂詩餘》卷四、《花草粹編》卷二十四皆署柳永，題「秋夜」，《全宋詞》據以收作柳永詞，注「或又誤作周邦彦詞」。

西風滿院，睡不成還起。更漏咽、滴破憂心，萬感並生，都在離人愁耳。○天怎知[六]，當時一句，做得十分縈繫。夜永有時，分明枕上、覷著孜孜地[七]。燭暗時酒醒，元來又是夢裏。○睡覺來、披衣獨坐，萬種無憀情意。怎得伊來，重諧雲雨[八]，再整餘香被。祝告天發願[九]，從今永無抛棄。

【校】

[一] 七字句：原本誤注六字句；據例詞此句實爲七字，《嘯餘譜》及附録本、和刻本皆注七字句，兹從校訂。

[二] 九字句：原本誤注七字句；據例詞此句實爲九字，《嘯餘譜》及附録本、和刻本皆注九字句，兹從校訂。

[三] 七字句：原本誤注六字句；據例詞此句實爲七字，《嘯餘譜》及附録本、和刻本皆注七字句，兹從校訂。

[四] 「晚晴」句：《詞譜》卷三十七作三言一句、四言一句。

[五] 「覺翠帳」句：《詞譜》不注叶韻。

〔六〕「天怎知」句：此句及第三疊換頭，《詞律》卷二十皆作三字讀，與下四字作七言折腰句；《詞譜》皆作三言一句、四言一句。

〔七〕「夜永」二句：《詞律》、《詞譜》皆作四言二句、五言一句，句式與第三疊「怎得」三句相同。

〔八〕雲雨：《詞譜》作「連理」，注叶韻。

〔九〕願：原本作「頋」，蓋訛誤，茲從《嘯餘譜》及附録本、和刻本校訂。

千秋歲 凡三體，並雙調〇中調

第一體

仄可平平平可仄仄韻，四字句平可仄仄平平仄叶，五字句平仄可平仄三字句平平仄叶，三字句平可仄平平仄仄五字句平可仄仄平平仄叶，五字句平可仄仄可平仄三字句仄可平平仄可平仄平平仄叶，七字句〇仄可平仄平平仄叶，五字句平可仄仄平平仄叶，五字句平仄仄三字句平平仄叶，三字句仄可平平可仄平仄可平仄五字句仄可平仄平平仄叶，五字句平可仄仄仄三字句仄可平平仄可平仄平平仄叶，七字句

詞

宋秦　觀

水邊沙外[一]。城郭輕寒退。花影亂，鶯聲碎。飄零疎酒盞，離別寬衣帶。人不見，碧雲暮合空相對。○憶昔西池會。鴛鷺同飛盖[二]。携手處，今誰在。日邊清夢斷，鏡裏朱顔改。春去也，落紅萬點愁如海[三]。

【校】

[一] 水：《草堂詩餘·前集》卷上、《類編草堂詩餘》卷二皆作「柳」。

[二] 鴛鷺：《淮海長短句》、《淮海詞》作「鵷鷺」。

[三] 落紅：《淮海長短句》、《淮海詞》作「飛紅」。

第二體

前段與第一體同，唯第三、第四句合作七字○後段亦與第一體同

詞 宋歐陽脩(一)

數聲鶗鴂[一]。又報芳菲歇。惜春更把殘紅折。雨輕風色暴，梅子青時節。永豐柳，無人盡日花飛雪。○莫把絲絃撥。怨極絃能説。天不老，情難絶。心似雙絲網，中有千千結。夜過也，東窗未白殘燈滅[二]。

【校】

[一] 數：《樂府雅詞》卷上作「幾」。

[二] 殘燈滅：鮑本《張子野詞》作「凝殘月」，《百家詞》本作「孤燈滅」。

第三體(二)

仄可平仄平可仄平四字句平可仄平仄可平仄韻，四字句仄可平仄平可仄平仄可平平可仄仄叶，七字句平可

(一) 按：此詞《張子野詞》卷二、《樂府雅詞》卷上皆作張先詞；《全宋詞》據《張子野詞》收録，注誤入《近體樂府》卷三。

(二) 按：此體與前二體迥異，實爲同名異調。所收王安石詞，《花庵詞選》卷四、《草堂詩餘・前集》卷下皆作《千秋歲引》，前卷歌行題已收此調此詞，此卷乃重複收録。

仄平仄平可仄仄可平仄可平仄七字句平可仄平可仄仄可平仄可平平平可仄仄叶，七字句仄平平三字句仄可平平仄三字句仄可平平仄叶，三字句◯平可仄仄仄可平平平仄仄叶，七字句平可仄仄仄可平平平可仄仄叶，七字句仄可平仄平平仄平仄叶，七字句平可仄平仄平可仄平仄可平仄七字句平可仄平仄可平仄平平仄叶，七字句仄平平三字句仄平可仄仄三字句平可仄平仄叶，三字句

詞

宋王安石

別館寒砧，孤城畫角。一派秋聲入寥廓。東歸燕從海上去，南來鴈向沙頭落。楚臺風，庾樓月，宛如昨。◯無柰被些名利縛。無柰被他情擔閣。可惜風流總閒却。當初謾留華表語，而今誤我秦樓約。夢回時，酒醒後，思量著。

文體明辯附録卷之九

大明吴江徐師曾伯魯纂

詩餘二十

通用題 首末二字皆爲主

摘得新[一] 單調○小令

仄可平仄平韻，三字句平可仄平仄可平仄平叶，五字句仄可平平平仄仄五字句仄平平叶，三字句平可仄平平可仄仄可平仄可平仄仄七字句仄平平叶，三字句

詞二首 唐皇甫松

摘得新。枝枝葉葉春。管絃兼美酒，最關人。平生都得幾十度，展香茵。

[一] 按：此調蓋源於唐教坊曲，唐詞僅見皇甫松二首，載《花間集》卷二，宋詞無此調之作。

酌一枝[一]。須教玉笛吹。錦筵紅蠟燭，莫來遲。繁紅一夜驚風雨[二]，是空枝。

【校】

[一] 枝：《花間集》卷二作「巵」。

[二] 驚：《花間集》作「經」。

柳初新　雙調○中調

平可仄平仄可平仄平平仄韻，七字句仄可平仄仄平平仄叶，六字句仄可平平平可仄仄四字句平可仄平仄可平仄四字句仄可平仄仄可平平平可仄仄叶，六字句平可仄仄平可仄平平仄叶，六字句仄可平平可仄平平可仄平平仄叶，七字句○仄可平仄平平仄可平仄叶，六字句平可仄平平平可仄平平仄叶，七字句仄可平平平仄四字句平可仄平仄可平仄四字句仄可平仄仄可平平平可仄仄叶，六字句仄可平仄可平仄平平仄叶，六字句仄可平平可仄平仄可平平平可仄仄叶，七字句

詞

早春

宋柳 永

東郊向曉星杓亞。報帝里、春來也。柳臺煙眼[一]，花勻露臉，漸覺緑嬌紅姹。妝點層臺芳榭。運神功、丹青無價。○別有堯堦試罷。新郎君、成行如畫。杏園風細，桃花浪暖，競喜羽遷鱗化。遍九陌、將遊冶[二]。驟香塵、寶鞍嬌馬。

【校】

[一] 臺：《樂章集》一作「擡」，《花草粹編》卷十六同。

[二] 將遊冶：《樂章集》、《花草粹編》皆作「相將遊冶」。

玉燭新[一]　雙調○長調

平可仄平平仄仄韻，五字句仄可平仄可平仄平可仄平仄可平平平可仄仄叶，九字句仄可平平可仄仄

[一] 按：《詞譜》卷二十九注：「調始清真樂府。《爾雅》云：四時和，謂之玉燭。取以爲名。」

仄可平平平可仄仄七字句仄可平仄平可仄平平仄叶，六字句平可仄平仄可平仄四字句仄可平仄可平仄平可仄平平仄叶，七字句平可仄仄可平仄平可仄仄平平七字句平可仄平仄可平平可仄平仄叶，六字句◯平可仄平仄可平仄平平六字句仄可平仄可平仄平平五字句仄可平平平可仄仄叶，四字句仄可平平仄可平仄四字句平可仄仄可平仄仄可平仄仄可平平平可仄仄叶，九字句平可仄平仄可平仄四字句仄可平仄平可仄平平仄叶，六字句平可仄仄可平仄平可仄仄平平七字句平可仄平仄可平仄叶，四字句

詞

梅花〔一〕

宋周邦彦

溪源新臘後。見數朶江梅，剪裁初就〔二〕。暈酥砌玉芳英嫩，故把春心輕漏〔三〕。前村昨夜，想弄月、黄昏時候。孤岸峭、踈影横斜，濃香暗沾襟袖。◯樽前賦與多才，問嶺外風光，故

〔一〕按：《清真集》卷下、《片玉詞》卷下、《花草粹編》卷二十一皆題「早梅」；《草堂詩餘・後集》卷下入「花柳禽鳥・梅花」類。

人知否。壽陽漫鬬[三]，終不似、照水一枝清瘦。風嬌雨秀，亂插繁花盈首[四]。須信道、羌笛無情，看看又奏。

【校】

[一]「見數朵」句：《詞譜》卷二十九作五言一句、四言一句。《詞律》卷十七以史達祖詞爲例，句式亦同。

[二]「暈酥」二句：《詞譜》作：「暈酥砌玉，芳英嫩、故把春心輕漏。」

[三]「壽陽」句：此句及下「風嬌雨秀」句，《詞譜》皆注叶韻。

[四]「亂插」句：《片玉集》、《清真集》、《片玉詞》、《梅苑》、《草堂詩餘》、《詞譜》皆作「好亂插繁花盈首」，句首多「好」字。

殢人嬌 雙調○中調

仄可平仄平平四字句仄可平仄平可仄平仄可平仄韻，六字句平可仄仄仄平可仄平仄可平仄叶，七字句平可仄平仄可平仄四字句仄平平平可仄仄叶，五字句平仄仄三字句平可仄仄仄可平平平仄叶，六字句○仄可平仄平平四字句平可平平仄仄四字句平可仄仄可平仄仄可平平平仄叶，七字句平可仄平仄仄四字句仄可平平可仄平平仄叶，五字句平仄仄三字句平可仄仄仄可平平平仄叶，六字句

詞

上壽

宋晏　殊

玉樹微涼，漸覺銀河影轉。林葉静、踈紅欲徧。朱簾細雨，尚遲留歸燕。嘉慶日，多少世人良願[一]。○楚竹驚鸞，秦箏起鴈。縈舞袖、急翻羅薦。雲迴一曲，更輕櫳檀板[二]。香炷遠，同祝壽期無限。

【校】

[一]按：《詞譜》卷十五收此調，以晏殊「二月春風」詞爲正體，兩結皆作九言一句，於三字下注「讀」。

[二]櫳：《百家詞》本《珠玉詞》作「攏」。

念奴嬌

一名《百字令》，其名《赤壁詞》、《大江東去》、《酹江月》[一]，皆因蘇軾詞而稱之也○凡九體，並雙調○長調

第一體

仄可平平平仄四字句仄平平可仄，三字句[二] 平可仄仄平平仄可平仄韻，六字句仄可平仄平可仄平平仄仄七字句仄可平仄平可仄平平可仄仄叶，六字句仄可平仄平平四字句平平平可仄仄四字句仄可平仄平平仄叶，五字句平可仄平仄仄四字句仄可平平平可仄仄平仄叶，六字句○平可仄仄可平仄可平仄平平六字句平可仄平平仄四字句仄可平平平仄叶，五字句仄可平仄平可仄平平仄仄七字句仄可平仄平可仄平平可仄仄叶，六字句平可仄仄平平四字句平可仄平仄可平仄四字句平可仄仄平平仄叶，五字句平可仄平仄可平仄四字句仄可平平仄可平仄平仄叶，六字句

詞

詠雪[一]

宋張孝祥

朔風吹雨，送凄凉，天意垂垂欲雪。萬里南荒雲霧滿，弱水蓬萊相接。凍合龍岡，寒侵銅柱[三]，碧海氷澌結。憑高一笑[四]，問君何處炎熱。○家在楚尾吴頭，歸期猶未，對此驚時節。記得年時貂帽煖，鐵馬千羣觀獵。狐兎成車，歌鐘殷上聲地[五]，歸踏層城月。持盃且醉，不須北望悽切。

【校】

[一] 其名：《嘯餘譜》作「一名」。

[二] 按：此句及下句，《詞律》卷十六、《詞譜》卷二十八所收此調各體多作五言一句、四言一句，亦作九言一句，於三字或五字下注「讀」。

[三] 銅柱：《嘯餘譜》作「桐柱」。

(一) 按：景宋本《于湖居士樂府》題「欲雪呈朱漕元順」，景宋本《于湖先生長短句》卷一、《中興以來絶妙詞選》卷二皆題「欲雪呈朱漕」。

〔四〕一笑：《于湖先生長短句》作「獨嘯」。

〔五〕歌鐘殷地：《于湖居士樂府》作「笙歌隱地」，《于湖先生長短句》作「笙歌震地」。

第二體

仄可平平仄可平仄四字句仄平平可仄，三字句平可仄仄平可仄平平可仄仄韻，六字句仄可平仄平平四字句平可仄仄仄平可仄仄平平平仄仄叶，九字句仄可平仄平平四字句平可仄平平可平仄四字句仄可平仄仄可平平仄叶，五字句平可仄平平可仄仄四字句仄可平平平可仄仄平仄叶，六字句〇後段與第一體同

詞

永安張寛夫園待月〔一〕　宋黄庭堅

斷虹霽雨，淨秋空，山染脩眉新緑。桂影扶疏，誰便道、今夕清輝不足〔二〕。萬里青天，姮娥

〔一〕按：《百家詞》本《山谷詞》卷一序曰：「八月十七日同諸甥待月，有孫彦立者善吹笛，有名酒酌之。」汲古閣本序曰：「八月十八日同諸生步自永安城樓，過張寛夫園待月。偶有名酒，因以金荷酌衆客。客有孫彦立，善吹笛。援筆作樂府長短句，文不加點。」《草堂詩餘·後集》卷上入「天文氣候」類。

何處〔二〕，駕此一輪玉。寒光零亂，爲誰偏照醽醁。○年少從我追遊，晚城幽徑，遶張園森木。共倒金荷主人以金荷葉酌客家萬里〔三〕，難得樽前相屬。老子平生，江南江北，最愛臨風曲〔六〕。孫郎微笑客有孫叔敏善長笛，坐來聲歎霜竹。

【校】

〔一〕「誰便道」句：《全宋詞》作三言一句、六言一句。

〔二〕姮娥：《山谷詞》、《嘯餘譜》皆作「嫦娥」。

〔三〕按：「金荷」下注語，及下「孫郎」句注語，皆摘録原作詞序語。

第三體

平可仄平平可仄仄四字句仄平仄可平平可仄仄平平平仄韻，九字句平可仄仄平平平仄仄七字句平可仄仄平可仄平平可仄仄〔一〕六字句平可仄仄平平四字句平平仄可平仄四字句仄可平仄平平仄叶，五字句平可仄平仄可平仄四字句仄可平平平可仄仄平仄叶，六字句○平可仄仄平可仄仄平平六字句仄可平平平可仄仄四字句平可仄仄平平仄叶，五字句仄可平仄平平四字句平可仄仄仄平可仄仄平平平仄叶，九

字句平可仄仄平平四字句平可仄平仄可平仄四字句仄可平仄平平仄叶，五字句平可仄平仄可平仄四字句

仄平平仄平仄叶，六字句

詞

詠月

宋范元卿（一）

尋常三五，問今夕何夕、嬋娟都勝〔一〕。天闊雲收崩浪靜，深碧琉璃千頃，銀漢無聲，冰輪直上，桂濕扶踈影。綸巾玉麈，庾樓無限清興。◯誰念江海飄零，不堪回首，驚鵲南枝冷。萬點蒼山，何處是、脩竹吾廬三徑〔二〕。香霧雲鬟，清輝玉臂，醉了愁重醒。參横斗轉，轆轤聲斷金井。

【校】

〔一〕按：此句《嘯餘譜》及附録本、和刻本皆未注叶韻；《詞律》、《詞譜》所收此調各體，此句皆叶韻；據例詞「頃」字實叶韻，當注叶。

（一）按：原本署「宋范」，附録本、和刻本同；《草堂詩餘・後集》卷上署范元卿，題「中秋月」，《嘯餘譜》署名同，兹從校訂。《全宋詞》據《寶真齋法書贊》卷二十七作范端臣。

［二］按：此句《全宋詞》作五言一句、四言一句。

［三］「萬點」二句：《全宋詞》作七言一句、六言一句。

第四體

仄可平平仄可平仄四字句仄可平平可仄平平仄五字句平可仄平平可仄仄韻，四字句仄可平仄平平四字句平可仄仄可平仄仄可平仄可平平可仄平平可仄仄叶，九字句仄可平仄平平四字句平可仄平仄可平仄四字句仄可平仄仄可平平仄叶，五字句仄可平平平可仄仄四字句仄可平平平仄平仄叶，六字句○後段與第一體同，唯第二第三句合作九字

詞

詠月　宋韓　駒[一]

海天向晚，漸霞收餘綺，波澄微緑。木落山高，真個是、一雨秋容新沐[二]。喚起嫦娥，撩雲

［一］按：《草堂詩餘・前集》卷上入「天文氣候」類，署韓子蒼；《全宋詞》據以録作韓駒詞，題「月」，注「此首別又誤作李吕詞，見《澹軒集》卷四」。

撥霧，駕此一輪玉。桂華踈淡，廣寒誰伴幽獨。◯不見弄玉吹簫，樽前空對此、清光堪掬[二]。霧鬢風鬟何處問，雲雨巫山六六。珠斗斕斒，銀河清淺，影轉西樓曲。此情誰會，倚風三弄横竹。

【校】

[一]「木落」二句：《全宋詞》作七言一句、六言一句。

[二]「樽前」句：《全宋詞》作五言一句、四言一句。

第五體

仄可平平平仄四字句仄可平仄可平平仄仄五字句仄可平平仄可平[一]仄韻，四字句仄可平仄平可仄平平仄仄七字句平可仄仄平可仄平平仄叶，六字句平可仄仄平平四字句仄可平平平可仄仄四字句仄可平仄平平仄叶，五字句平可仄平仄可平仄仄可平平仄可平仄可平平仄叶，十字句◯平可仄仄仄可平仄平平六字句仄可平平平仄仄五字句平可仄平平仄叶，四字句平可仄仄平可仄平仄可平仄仄七字句仄可平仄仄可平平平仄叶，六字句仄可平仄平平四字句平可仄平仄可平仄四字句仄可平仄平平仄叶，五字句仄可

平平平可仄仄四字句仄可平平平可仄仄平仄叶，六字句

詞

風情

宋朱敦儒〔一〕

別離情緒，柰一番好景，一番愁感。燕語鶯啼人乍遠，還是他鄉寒食。桃李無言，不堪攀折，總是風流客。東君也自、恠人冷淡蹤跡〔一〕。○花艷草草春工，酒隨花意薄，踈狂何益。除却清風并皓月，脉脉此情誰識。料得文君，重簾不捲，只等閒消息〔二〕。不如歸去，受他真箇憐惜。

【校】

〔一〕仄可平：附録本、和刻本譜注同，《嘯餘譜》作平聲，注可平；　例詞「愁」字實平聲，當注「平可仄」。

〔二〕「東君」句：《全宋詞》作四言一句、六言一句。

〔一〕按：原本及《嘯餘譜》、附録本、和刻本皆誤署「宋婦朱希真」；《草堂詩餘・後集》卷下「人事・風情」類署朱希真；《全宋詞》録作朱敦儒詞，注別本誤作朱秋娘，茲從校訂。

第六體

前段與第四體同〇後段與第三體同，唯第二句作五字，三句作四字

詞

贈送(一)　　宋趙鼎臣

舊遊何處，記金湯形勝，蓬瀛佳麗。緑水芙蓉，元帥與賓僚、風流濟濟。萬柳庭邊，雅歌堂上，醉倒春風裏。十年一夢，覺來煙水千里。〇惆悵送子重遊，南樓依舊否，朱欄誰倚。要識當時，惟是有、明月曾陪珠履。量減盃中，雪添頭上，甚矣吾衰矣。酒徒相問，爲言憔悴如此。

第七體

前段與第二體同〇仄可平仄可平仄可平仄平平六字句平可仄平平可仄仄仄平可仄平平仄叶，九字句

(一) 按：《花庵詞選》卷五、《花草粹編》卷二十皆題「送王長卿赴河間司録」。

仄可平仄平平四字句平可仄仄仄平可仄仄平平平仄叶，九字句仄可平仄平平四字句仄可平平平仄四字句仄可平仄平平仄叶，五字句平可平平仄仄四字句仄可平平平可仄仄平仄叶，六字句

詞

梅花〔一〕　宋朱敦儒

見梅驚笑，問經年，何處收香藏白。似語如愁，却問我、何苦紅塵久客。觀裏栽桃，壇頭種杏〔一〕，到處成蹊隔。千林無伴，淡然獨傲霜雪。○且與管領春回，孤標爭肯接、雄蜂雌蝶。豈是無情，知受了、多少凄涼風月。寄驛人遥〔二〕，和羹心在，忍使芳塵歇。東風寂寞，可人誰爲攀折〔三〕。

【校】

〔一〕壇頭：《樵歌》、《樂府雅詞》、《中興以來絶妙詞選》、《花草粹編》皆作「仙家」。

〔一〕按：《中興以來絶妙詞選》卷一題「梅詞」。

[二] 寄驛人遥：《百家詞》本《樵歌》作「寄隴程遥」。

[三] 可人：《百家詞》本、《彊村叢書》本《樵歌》皆作「可憐」。

第八體

前段與第三體同○後段與第四體同

詞

書東流村壁[一]　宋辛棄疾

野棠一作塘花落，又匆匆過了、清明時節[二]。剗地東風欺客夢，一枕雲一作銀屏寒怯。曲岸持觴，垂楊繫馬，此地曾經别。樓空人去，舊遊飛燕能説。○聞道綺陌東頭，行人長一作曾見、簾底纖纖月[三]。舊恨春江流不斷，新恨雲山千疊。料得明朝，尊前重見，鏡裏花難折。也應驚問，近來多少華髮。

[一] 按：《中興以來絶妙詞選》卷三、《草堂詩餘·前集》卷上皆題「春恨」。

【校】

[一]「又匆匆」句：《詩餘圖譜》卷三作三言一句、六言一句。

[二]「行人」句：《詞律》卷十六作四言一句、五言一句。曾，《嘯餘譜》作「會」。

第九體

仄可平平平仄四字句仄可平平仄平可仄仄平可仄平平仄韻，九字句仄可平仄平平四字句平可仄仄仄平可仄仄平可仄平仄可平仄叶，九字句仄可平仄平平四字句平可仄平仄可平仄四字句仄可平仄平平仄叶，五字句平可仄平平可仄仄四字句仄平平仄平仄叶，六字句〇平可仄仄平可仄仄平平六字句仄可平平平仄仄五字句平可仄平平可仄仄[一]四字句仄可平仄平平平可仄仄平七字句平可仄仄平可仄平平仄叶，六字句仄可平仄平平四字句平可仄平平可仄仄仄仄可平平平可仄仄[二]九字句平可仄平平仄四字句仄可平平平可仄仄平仄叶，六字句

詞

赤壁懷古

宋蘇　軾

大江東去，浪淘盡、千古風流人物叶，微月反。故壘西邊，人道是、三國周郎赤壁叶，未詳[三]。亂石穿空，驚濤拍岸，捲起千堆雪。江山如畫，一時多少豪傑。○遥想公瑾當年，小喬初嫁了，雄姿英發，羽扇綸巾談笑間，檣艣灰飛煙滅[四]。故國神遊，多情應笑我、早生華髮[五]，人生如夢，一樽還酹江月。

【校】

[一]按：《詞律》卷十六、《詞譜》卷二十八此句皆注叶韻。

[二]按：此句《詞律》、《詞譜》皆注叶韻。

[三]「故壘」二句：《詞譜》作七言一句、六言一句。

[四]「羽扇」二句：《詞譜》作：「羽扇綸巾，談笑處、檣艣灰飛煙滅。」檣艣，《東坡詞》一作「强虜」。

[五]「多情」句：《詞律》、《詞譜》皆作五言一句、四言一句。

惜分飛[一]　雙調○小令

仄可平仄平可仄平平仄仄韻，七字句平可仄仄平可仄平仄可平仄叶，六字句仄可平仄平平仄叶，五字句仄可平平平可仄仄平平仄叶，七字句○後段同

詞　　宋毛滂

淚濕欄干花着露。愁到眉峯碧聚。此恨平分取。更無言語空相覷。○斷雨殘雲無意緒[一]。寂寞朝朝暮暮。今夜山深處。斷魂分付潮回去。

【校】

[一] 斷雨：《樂府雅詞》卷下、《東堂詞》皆作「短雨」。

(一) 按：此調首見張先詞，名《惜雙雙》；劉弇詞名《惜雙雙令》，晁補之、毛滂詞又名《惜分飛》；南宋詞多名《惜分飛》，曹冠詞又別名《惜芳菲》。

霜葉飛 雙調◯長調

仄可平平平可仄仄韻，四字句平可仄平可仄仄平平平可仄仄可平平仄叶，九字句仄可平平平可仄仄仄平平七字句仄可平仄可平平平可仄仄叶，五字句仄可平仄可平仄平可仄平仄可平仄叶，七字句平可仄平平可仄仄平平仄叶，七字句仄可平仄可平仄平平五字句仄可平仄可平仄平平仄仄七字句仄可平仄可平平仄叶，四字句◯平可仄仄可平仄可平仄平平六字句平可仄平平可仄仄四字句仄可平仄平仄可平平仄叶，六字句仄可平平平可仄仄仄平平七字句仄可平仄平平仄叶，五字句仄可平仄可平仄平平仄仄叶，七字句平平平仄平平仄叶，七字句仄可平仄平可仄平平可仄仄六字句平可仄仄平平四字句仄可平平平仄叶，四字句

詞

秋思(一)

宋周邦彦

露迷衰草。踈星掛、凉蟾低下林表。素娥青女鬭嬋娟，正倍添悽悄。漸颯颯、丹楓撼曉。

(一) 按：《片玉集》卷五、《清真集》卷下、《草堂詩餘·前集》卷下皆入「秋景」類；《花草粹編》卷二十三題「秋夜」。

橫天雲浪魚鱗小。見皓月相看，又透入、清輝半餉，特地留照。◯迢遞望極關山，波穿千里，度日如歲難到。鳳樓今夜聽西風，奈五更愁抱。想玉匣哀絃閉了。無心重理相思調。念故人、牽離恨，屏掩孤顰，淚流多少。

解蹀躞　雙調◯中調

仄可平仄平可仄平平仄仄七字句仄可平平平可仄仄韻，四字句仄可平平平可仄仄四字句平可仄平仄可平平可仄仄叶，五字句平可仄仄可平仄可平仄平平六字句仄可平平仄可平仄平仄六字句仄可平平平可平仄叶，四字句◯仄可平平仄叶，三字句平可仄仄平可仄平平仄叶，六字句平可仄平仄可平平可仄仄叶，五字句平可仄平平可仄仄平平仄可平平可仄仄叶，九字句仄可平仄可平平可仄仄平平六字句仄可平平平可仄仄平平六字句仄可平平平仄叶，四字句

秋思(一)

宋周邦彦

候館丹楓吹盡面，旋隨風舞[一]。夜寒霜月，飛來伴孤旅。還是獨擁秋衾，夢餘酒困都醒，滿懷離苦。○甚情緒。深念凌波微步。幽房暗相遇。沈珠都作、秋宵枕前雨[二]。此恨音驛難通，待憑征鴈歸時，寄將愁去。

【校】

[一]「候館」二句：《詞律》卷十一、《詞譜》卷十七皆作：「候館丹楓吹盡，回旋隨風舞。」

[二]沈珠：《片玉集》、《清真集》、《片玉詞》、《花庵詞選》、《草堂詩餘》皆作「淚珠」。

解連環(二)

雙調○長調

仄可平平平可仄仄韻，四字句平可仄平可仄平仄可平仄五字句仄可平平平仄叶，四字句仄可平仄可平仄

(一) 按：《片玉集》卷六、《清真集》卷下、《草堂詩餘·前集》卷下皆入「秋景」類；《片玉詞》卷下題「秋思」，《花庵詞選》卷七題「秋詞」。

(二) 按：此調別名《望梅》。前卷人事題已收《望梅》，此卷又收《解連環》，乃同調重出。

平可仄仄平平七字句仄可平平可仄仄可平仄平五字句仄可平平平可仄仄叶，四字句仄可平仄平平四字句仄可平平仄仄可平平平可仄仄叶，七字句仄可平平可仄平仄可平仄五字句仄可平仄仄可平平仄可平仄平仄叶，八字句〇平可仄平仄可平平仄可平仄叶，六字句仄可平平可仄平仄可平仄五字句平可仄仄可平平仄叶，四字句仄可平仄平可仄仄平平六字句仄可平平可仄仄平平仄可平仄可平平仄叶，九字句仄可平仄平平四字句仄可平仄可平仄平可仄平平仄叶，七字句平可仄平可仄平仄可平平仄可平仄七字句仄可平平仄可平仄叶，四字句

詞

閨情〔一〕　宋周邦彦

怨懷難託。嗟情人斷絶，信音遼邈。信妙手、能解連環，似風散雨收，霧輕雲薄。燕子樓空，暗塵鎖、一牀絃索。想移根換葉，盡是舊時、手種紅藥〔二〕。〇汀洲漸生杜若。料舟依

〔一〕按：《片玉集》卷二入「春景」類；《片玉詞》卷上、《花庵詞選》卷七題「怨别」；《草堂詩餘・後集》卷下入「人事・閨情」類。

岸曲，人在天角。記得當日音書[二]，把閒語閒言、盡總燒却[三]。水驛春回，望寄我、江南梅萼。拚今生、對花對酒，爲伊淚落。

【校】

[一]「盡是」句：《詞譜》卷三十四作四言二句。

[二]「記得」句：《片玉集》、《清真集》、《花庵詞選》於句首皆有「謾」字。

[三]「把閒語」句：《詞譜》作五言一句、四言一句。

詩餘二十一

二字題

漁父　單調○小令

仄可平仄平平仄仄平韻，七字句平可仄平平可仄仄仄平平叶，七字句平仄仄三字句仄平平叶，三字句平

可仄仄平平仄仄平叶，七字句

詞　石晉和　凝

白芷汀寒立鷺鷥。蘋風輕剪浪花時。煙羃羃，日遲遲。香引芙蓉惹釣絲。

河傳　凡十二體，並雙調○小令

第一體

仄可平仄可平平可仄仄韻，四字句平可仄仄仄可平平四字句仄可平平平仄叶，四字句仄可平平平仄四字句平可仄仄可平仄仄叶，四字句仄可平平平仄仄叶，五字句○仄可平平仄可平仄平平仄叶，七字句平平仄叶，三字句平可仄仄平仄可平仄叶，五字句仄可平平平仄平仄叶，六字句仄可平平平仄仄叶，五字句

詞　唐張　泌

渺莽雲水[一]。惆悵暮帆，去程迢遞。夕陽芳草，千里萬里。鴈聲無限起。○夢魂悄斷煙

波裏。心如醉。相見何處是。錦屏香冷無睡。被頭多少淚。

【校】

[一]按：《詞譜》卷十一首句作二言二句。

第二體

平仄韻，二字句平可仄平平仄叶，四字句仄仄平平更韻，四字句仄可平平平可仄仄仄平平叶，七字句平平叶，二字句仄平平叶，三字句◯平可仄平仄可平仄平平仄更韻，七字句仄可平平可仄仄叶，三字句仄可平仄平平仄叶，五字句平可仄平平可仄仄仄平平更韻，七字句平平叶，二字句平可仄平仄可平仄平叶，五字句

詞

唐張　泌

紅杏[一]。交枝相映。密密濛濛。一庭濃豔倚東風。香融。透簾櫳。◯斜陽似共春光語。蝶争舞。更引流鶯妬。魂銷千片玉罇前。神仙。瑤池醉暮天。

疊韻。

【校】

［一］按：《詞譜》卷十一此句作二言二句，第二句疊用「紅杏」二字，於「杏」字分别注起韻和疊韻。

第三體

仄仄韻，二字句平仄叶，二字句仄可平平平可仄仄四字句仄可平平平仄叶，四字句仄平平三字句仄平平三字句平可仄仄仄可平平平仄仄叶，七字句◯仄可平仄可平平可仄平可仄仄可平平可仄仄更韻，七字句平平可仄仄叶，三字句仄可平仄平可仄平仄叶，五字句仄可平平可仄平更韻，三字句仄可平平可仄平叶，三字句仄可平平叶，二字句仄可平平平可仄仄平叶，五字句

詞

唐顧　夐

曲檻。春晚。碧流紋細，綠楊絲軟。露花鮮，杏枝繁［一］，鶯囀野蕪平似剪［二］。◯直是人間到天上。堪遊賞。醉眼疑屏障。對池塘。惜韶光。斷腸。爲花須盡狂。

【校】

[一]「露花」二句：《詞律》卷六注「换平」、「叶平」，謂舊譜失注叶韻。

[二]「鶯囀」句：《詞律》、《詞譜》皆作二言一句、五言一句，於「囀」字注叶仄韻，《詞律》又注「舊譜『囀』字失注叶韻，連下作七字句謬」。

第四體

仄可平平平可仄仄韻[二]，四字句仄可平平平可仄仄叶，四字句平可仄平仄可平仄叶，四字句仄可平平平仄

仄仄叶，六字句仄可平仄叶，二字句平可仄平平仄仄叶，五字句○後段與第三體同

詞

唐孫光憲

柳拖金縷。著煙籠霧。濛濛落絮。鳳皇舟上楚女。妙舞。雷喧波上鼓。○龍争虎戰分中土。人無主。桃葉江南渡。襞花牋。艷思牽。成篇。宮娥相與傳。

【校】

［一］韻：原本注「叶」；依原本體例，起句用韻當注「韻」。兹從《嘯餘譜》及附録本、和刻本校訂。

第五體

平仄平仄四字句平仄平仄四字句仄仄平平韻，四字句仄可平平平可仄仄仄平平叶，七字句平平叶，二字句仄平平叶，三字句○後段與第二體同

詞　　唐閻選

秋雨秋雨［一］，無晝無夜，滴滴霏霏。暗燈涼簟怨分離。妖姬。不勝悲。○西風稍急喧窗竹。停又續。膩臉懸雙玉。幾迴邀約鴈來時。違期。鴈歸人不歸［二］。

【校】

［一］按：《詞譜》此句作二言二句，於兩「雨」字分注仄韻和疊韻，又注：「《河傳》詞體凡兩結平韻者，其兩起皆仄韻（略），《詞律》不注仄韻非。」

[二]「鴈歸」句：《詞律》作二言一句、三言一句，於兩「歸」字皆注叶平韻。

第六體

仄可平仄平仄四字句仄可平平平仄四字句仄仄平平韻，四字句平可仄平仄可平仄四字句平可仄仄仄可平仄平平叶，六字句仄平平叶，三字句○仄可平平平可仄仄平平仄更韻，七字句平平仄叶，三字句仄可平

仄平平仄叶，五字句平可仄平仄可平仄四字句平可仄仄可平仄可平仄平平更韻，六字句仄平平叶，三字句

詞

唐韋莊

錦浦春女，繡衣金縷[一]，霧薄雲輕。花深柳暗，時節正是清明。雨初晴。○玉鞭魂斷煙霞路。鶯鶯語。一望巫山雨。香塵隱映，遥望翠檻紅樓。黛眉愁。

【校】

[一]「錦浦」二句：《詞律》、《詞譜》皆作二言二句、四言一句，三句皆注叶仄韻；《詞律》又注：「『浦』字是韻，舊譜但注四字句，於『輕』字始注起韻，是一注而失三韻，大謬。」

第七體

仄可平平平仄韻，四字句仄可平平平可仄仄四字句平可仄平平仄叶，四字句平可仄平仄可平仄仄平平七字句平可平仄仄可平平平仄仄叶，七字句◯後段與第三體同

詞

唐顧敻

燕颺晴景[一]。小窗屏暖，鴛鴦交頸。菱花掩却翠鬟欹，慵整海棠簾外影[二]。◯繡幃香斷金鸂鶒。無消息。心事空相憶。倚東風。春正濃。愁紅。淚痕衣上重。

【校】

[一]按：此句《詞譜》作二言二句。

[二]按：此句《詞律》、《詞譜》皆作二言一句、五言一句，於「整」字注叶韻。

第八體

仄可平平平可仄仄韻，四字句仄可平平平仄四字句平可仄平平可仄仄叶，四字句仄平平三字句平可仄仄

仄平平仄叶，六字句平可仄平平仄仄叶，五字句○後段亦與第三體同

詞

唐孫光憲

太平天子。等閑遊戲[一]，疏河千里。柳如絲，隈倚淥波春水[二]。長淮風不起。○如花殿脚三千女。争雲雨。何處留人住。錦帆風。煙際紅。燒空。魂迷大業中。

【校】

[一] 按：此句《詞律》、《詞譜》皆注叶韻。

[二] 按：此句《詞律》作二言一句、四言一句，於「倚」字注叶韻。

第九體

仄可平仄韻，二字句平仄叶，二字句平可仄平仄可平仄四字句仄可平平平可仄仄叶，四字句仄可平平平可仄仄仄平平更韻，七字句仄平叶，二字句仄可平平平可仄仄平叶，五字句○後段亦與第三體同

詞　唐顧　敻

棹舉。舟去。波光渺渺，不知何處。岸花汀草共依依。雨微。鷓鴣相逐飛。○天涯離恨江聲咽。啼猿切。此意向誰説。艤蘭橈。獨無憀。魂銷。小鑪香欲焦。

第十體

平可仄仄韻，二字句平仄叶，二字句平可仄平仄仄叶，四字句平可仄平仄可平仄叶，四字句仄可平平平仄四字句平可仄仄平可仄平仄可平仄叶，六字句仄可平平平仄仄叶，五字句○後段亦與第三體同

詞　唐孫光憲

風颭。波斂。團荷閃閃。珠傾露點。木蘭舟上，何處吴娃越艷。藕花紅照臉。○大堤狂殺襄陽客。煙波隔。渺渺湖光白。身已歸。心不歸。斜暉。遠汀鸂鶒飛。

第十一體

平仄平仄四字句仄平平韻，三字句平可仄仄平平仄平叶，六字句仄可平平仄平可仄平可仄仄可平平叶，

七字句平平叶，二字句仄可平平平可仄仄平叶，五字句◯後段亦與第三體同

詞

唐温庭筠

湖上閑望[一]，雨蕭蕭。煙浦花橋路遥。謝娘翠蛾愁不銷。終朝。夢魂迷晚潮。◯蕩子天涯歸棹遠。春已晚。鶯語空腸斷。若耶溪。溪水西[二]。柳堤。不聞郎馬嘶。

【校】

[一] 按：此句《詞律》、《詞譜》皆作二言二句，注仄韻與叶韻。

[二] 按：此二句原本作「若溪溪，耶水西」，蓋訛誤；兹從《花間集》卷一及《嘯餘譜》、附録本、和刻本校訂。

第十二體

仄仄韻，二字句平仄叶，二字句平可仄平平可仄仄叶，四字句平可仄仄平平四字句平可仄平仄可平仄叶，四字句平可仄仄可平仄仄平平更韻，六字句平可仄平仄可平仄平叶，五字句◯平可仄平仄可平仄平平仄更

韻，七字句平平仄叶，三字句仄可平仄平平仄叶，五字句仄可平平可仄平平可仄仄仄可平平可仄仄平平更韻，十字句仄平平叶，三字句

詞

唐李　珣

去去。何處。迢迢巴楚。山水相連[一]，朝雲暮雨。依舊十二峯前。猿聲到客船。○愁腸豈異丁香結。因離別。故國音書絶[二]。想佳人花下、對明月春風[三]。恨應同。

【校】

[一]「山水」句：《詞律》、《詞譜》皆注換平韻。

[二]「故國」句：《詞律》作「故國音書斷絶」，多一「斷」字。

[三]「想佳人」句：《詞律》、《詞譜》皆作五言二句。

孤鸞　雙調○長調

平可仄平平仄韻，四字句仄可平仄可平仄平平五字句平可仄平平仄叶，四字句仄可平仄平平四字句仄可

平仄仄平平仄叶，六字句平可仄平可仄仄可平平仄可平仄六字句仄可平平可仄平仄平平仄叶，七字句仄可平仄平可仄平仄可平仄六字句仄可平仄平平仄叶，五字句◯仄可平仄可平平平可仄仄仄可平平仄叶，八字句仄可平仄可平仄平平平可仄仄可平平仄叶，九字句仄可平仄平平仄五字句仄可平仄可平平可仄仄叶，五字句仄可平平仄可平平仄可平仄六字句仄可平平可仄平仄平平仄叶，七字句平可仄仄仄可平平仄仄六字句仄可平平可仄平平仄叶，五字句

詞

早梅

宋朱敦儒(一)

天然標格。是小萼堆紅，芳姿凝白。淡竚新粧，淺點壽陽宮額。東君想留厚意，倩年年、與傳消息。昨夜前村雪裏，有一枝先折[一]。◯念故人、何處水雲隔。縱驛使相逢、難寄春色[二]。試問丹青手，是怎生描得。曉來一番雨過，更那堪、數聲羌笛。歸去和羹未晚，勸

(一) 按：《百家詞》本《樵歌》不載此詞，四印齋本入《補遺》；《草堂詩餘・後集》卷下入「花柳禽鳥・梅花」類，題「早梅」，未署名；《全宋詞》録作無名氏詞。

行人休摘。

【校】

[一] 折：《嘯餘譜》及附録本、和刻本皆作「拆」，《詞譜》卷二十六作「拆」。

[二] 「縱驛使」句：《詞譜》作五言一句、四言一句。《詞律》卷十五以馬莊父詞爲例，句式亦同。

南浦(一)　雙調○長調

平可仄平仄可平仄四字句仄可平平可仄平平可仄仄仄平平韻，八字句平可仄仄平可仄平平仄六字句平可仄仄仄平平叶，五字句仄可平仄仄可平平平仄六字句仄可平平可仄平仄可平仄仄平平叶，八字句仄可平仄可平平平可仄仄仄可平平平可仄仄九字句平可仄仄仄平平叶，五字句[二]○仄可平仄仄可平平平仄六字句仄可平平可仄平平可仄仄仄平平叶，八字句仄可平仄平可仄平平仄六字句平可仄仄仄平平

(一) 按：《詞律》卷十七收此調，以魯逸仲平韻詞爲正體，以程垓仄韻詞爲異體；《詞譜》卷三十三以魯逸仲詞爲異體，注「此調押平聲韻者祇此一詞」。

叶，五字句仄可平仄仄可平平平仄仄七字句平可仄平仄可平仄仄平平叶，七字句仄可平仄平平可仄仄

仄可平平七字句平可仄仄仄平平叶，五字句

詞

旅況〔一〕　　宋魯逸仲〔二〕

風悲畫角，聽單于、三弄落譙門。投宿駸駸征騎，飛雪滿孤村。酒市漸閑燈火，正敲牕、亂葉舞紛紛。送數聲驚鴈、下離煙水〔二〕，嘹唳度寒雲。◯好在半朧溪月，到如今、無處不銷魂。故國梅花歸夢，愁損緑羅裙。爲問暗香閑艷也，相思萬點付啼痕〔三〕。算翠屏應是兩眉，餘恨倚黄昏〔四〕。

〔一〕按：《花庵詞選》卷八題「旅懷」，《類編草堂詩餘》卷四、《花草粹編》卷二十一皆題「旅況」。

〔二〕按：原本署「宋魯」，附録本同；和刻本署魯仲逸；《花庵詞選》卷八、《嘯餘譜》皆署魯逸仲，兹從校訂。《全宋詞》録作孔夷詞。

【校】

[一] 按：原本此句未注叶韻及字數，盖脱漏；兹從《嘯餘譜》及附録本、和刻本校訂。

[二] 「送數聲」句：《詞律》、《詞譜》皆作五言一句、四言一句；下，皆作「乍」。

[三] 「爲問」二句：《詞律》、《詞譜》皆作：「爲問暗香閑艷，也相思、萬點付啼痕。」

[四] 「算翠屏」二句：《詞律》、《詞譜》皆作五言一句、七言一句。

春霽[一]　雙調◯長調

平可仄仄平平仄可平[二]仄仄七字句平可仄平仄可平仄平仄韻，六字句仄可平仄平平四字句仄可平平平仄四字句平可仄仄仄可平平平可仄仄叶，六字句仄可平平仄可平仄四字句仄可平平平可仄仄平平仄叶，七字句仄可平仄可平仄平仄可平，五字句仄可平平平可仄仄仄可平平仄叶，七字句◯平可仄仄可平仄可平仄仄可平仄平平八字句仄可平平可仄平可仄平平可仄仄可平平仄叶，八字句仄平平三字句

[一] 按：宋詞此調多名《秋霽》，蓋首見曾紆詞；胡浩然詞別名《春霽》。《詞律》卷十八收《秋霽》，注即《春霽》；《詞譜》卷三十四注一名《春霽》，以胡浩然春晴詞爲創始。

平可仄平仄可平仄四字句平可仄平平可仄仄仄可平平仄叶，七字句仄可平仄可平平仄四字句平可仄平可仄仄可平仄平平仄可平平平可仄仄十字句仄可平平平可仄仄叶，四字句

詞

春情（一）

宋胡浩然（二）

遲日和融乍雨歇，東郊嫩草凝碧〔二〕。紫燕雙飛，海棠相襯，粧點上林春色。黯然望極〔三〕，困人天氣渾無力。又聽得園苑，數聲鶯囀柳陰直〔四〕。◯當此暗想、故國繁華，儼然遊人、依舊南陌〔五〕。院深沈，梨花亂落〔六〕，那堪如練點衣白。酒量頓寬洪量窄。算此情景，除非殢酒狂歡、恣歌沈醉〔七〕，有誰知得。

（一）按：原本題「春情」，「情」蓋「晴」之訛誤；《嘯餘譜》及附録本、和刻本皆題「春晴」。

（二）按：原本僅署「宋胡」，附録本同；《草堂詩餘·後集》卷上、《類編草堂詩餘》卷四、《花草粹編》卷二十二、《嘯餘譜》及和刻本皆署胡浩然，茲從校訂。

【校】

[一]可平：原本譜注「可仄」，然本字注仄，例詞「乍」字亦仄聲，當注「可平」；兹從《嘯餘譜》及附録本、和刻本校訂。

[二]「遲日」二句：《詞律》、《詞譜》所收此調皆作四言一句、五言一句、四言一句，後二句或作九言一句。

[三]「黯然」句：《詞律》、《詞譜》所收此調各體此句皆注叶韻。

[四]「又聽」二句：《全宋詞》作：「又聽得。園苑，數聲鶯囀柳陰直。」

[五]「當此」二句：《詞譜》所收各體多作四言四句，《全宋詞》亦作四言四句。

[六]「院深」二句：《詞律》、《詞譜》、《全宋詞》皆作七言折腰一句。

[七]「除非」句：《詞律》、《詞譜》、《全宋詞》皆作六言一句、四言一句。

秋霽　雙調○長調

與《春霽》同

詞

秋晴

宋無名氏(一)

虹影侵堦乍雨歇，長空萬里凝碧。孤鶩高飛，落霞相映，遠狀水鄉秋色。黯然望極，動人無限愁如織。又聽得雲外，數聲新鴈正嘹嚦。◯當此暗想、畫閣輕拋，杳然殊無，些箇消息。漏聲稀，銀屏冷落，那堪殘月照窗白。衣帶頓寬猶阻隔。算此情苦，除非宋玉風流、共懷傷感，有誰知得。

西河(二)

雙調◯長調

平可仄仄可平仄韻，三字句平可仄平仄可平仄平仄叶，六字句平可仄平仄可平仄仄平平七字句仄可平平仄可平仄叶，四字句仄可平平仄可平仄仄平平七字句平可仄平平仄平仄叶，六字句仄可平平仄平仄可

(一)按：原本署「陳後主」，《嘯餘譜》及附録本、和刻本同，蓋承沿《草堂詩餘・後集》卷上之訛誤；《全宋詞》録爲無名氏詞，兹從校訂。

(二)按：《詞律》卷十八收此調，注「《清真集》誤作兩段」，改分三疊；《詞譜》卷三十四亦分三段，注引《碧雞漫志》謂大石調《西河慢》聲犯正平。

平仄六字句仄可平平可仄仄可平仄可平平仄叶，六字句平可仄平仄可平仄四字句仄可平平平仄可平平仄可平仄叶，七字句仄可平平仄可平仄仄平平七字句平可仄平平可仄仄平仄叶，六字句〇仄可平平仄可平仄仄可平仄可平仄七字句仄可平平可仄平平可仄仄平仄叶，七字句仄可平仄仄可平平平仄叶，六字句仄可平平平仄可平仄平可仄平平仄叶，九字句平可仄仄平平平可仄仄叶，七字句

詞

金陵懷古(一)

宋周邦彦

佳麗地。南朝盛事誰記。山圍故國遶清江，髻鬟對起。怒濤寂寞打孤城，風檣遥度天際〔一〕。斷崖樹、猶倒倚〔二〕，莫愁艇子曾繫。空餘舊跡，鬱蒼蒼霧沈半壘〔三〕。夜深月過女牆來，傷心東畔淮水〔四〕〇酒旗戲鼓甚處市，想依稀、王謝鄰里。燕子不知何世。入尋常、巷陌人家相對。如説興亡斜陽裏〔五〕。

(一) 按：《片玉集》卷八、《清真集》卷下皆題「金陵」；《片玉詞》卷下、《花庵詞選》卷七皆題「金陵懷古」；《草堂詩餘・後集》卷上題「懷古」。

【校】

［一］按：《花庵詞選》、《片玉集》、《清真集》、《詞律》、《詞譜》皆於此句分斷爲第一疊，至「傷心」句爲第二疊，「酒旗」句以下爲第三疊。

［二］「斷崖」句：《詞譜》作三言二句；《詞律》所收此調各體亦同。

［三］「空餘」二句：《詞譜》作七言一句、四言一句；《詞律》所收各體亦同。

［四］傷心東畔：《片玉集》、《片玉詞》、《清真集》皆作「賞心東望」，《花庵詞選》作「傷心東望」，《花草粹編》卷二十二作「賞心東畔」。

［五］「入尋常」二句：《詞譜》作：「入尋常、巷陌人家，相對如説興亡，斜陽裏。」未注「對」字叶韻。《詞律》所收各體結尾句式亦略有參差。

薄倖　雙調○長調

仄可平平平可仄仄韻，四字句仄可平仄可平仄平可仄平仄可平仄叶，七字句仄可平仄可平仄平平五字句平可仄仄可平仄仄仄平平仄叶，八字句仄可平仄可平平平可仄仄平平七字句平可仄平仄可平仄平平仄叶，七字句仄可平仄可平仄平可仄平平可仄平平可仄仄九字句平可仄仄平可仄平平仄叶，六字句

○仄可平仄仄平平仄六字句平可仄仄可平仄仄可平平平可仄仄叶，七字句仄可平平平可仄平可仄仄平可仄平平仄九字句仄可平平平可仄仄平平仄叶，七字句仄可平平平可仄平仄可平仄平可仄平仄仄九字句平可仄平仄可平仄平平仄叶，七字句平可仄平仄可平仄四字句平可仄仄平可仄平仄可平仄叶，六字句

詞

春情(一)

宋賀　鑄

淡粧多態。更的的、頻回眄睞。便認得琴心，先許與綰合歡雙帶[一]。記畫堂、風月逢迎，輕顰淺笑嬌無奈[二]。向睡鴨鑪邊、翔鴛屏裏，羞把香羅偷解[三]。○自過了、收燈後，都不見、踏青挑菜。幾回憑雙燕、丁寧深意[四]，往來翻恨重簾礙。約何時再、正春濃酒煖[五]，人閑晝永無聊賴。懨懨睡起，猶有花梢日在。

(一) 按：原本目録題「秋晴」，蓋訛誤，兹從正文校訂。《花庵詞選》卷四題「憶故人」，《草堂詩餘・前集》卷上入「春景・春情」類；《嘯餘譜》目録題「春情」，正文題「春晴」。

【校】

[一]「便認」二句：《詞譜》卷三十五作：「便認得、琴心先許，與綰合歡雙帶。」合歡，《東山詞》作「宜男」。

[二]淺笑：《東山詞》作「微笑」。

[三]「向睡」二句：《詞譜》作五言一句、四言一句、六言一句；《東山詞》作：「便翡翠屏開，芙蓉帳掩，與把香羅偷解。」

[四]「幾回」句：《詞譜》作五言一句、四言一句。

[五]「約何」句：《詞譜》作四言一句、五言一句，於「再」字注叶韻。約，《樂府雅詞》、《花庵詞選》皆作「知」。

白苧　雙調◯長調

仄平平三字句仄可平平可仄仄可平平平仄仄韻，七字句平可仄平仄可平仄四字句仄可平仄平可仄平仄可平仄叶，六字句仄可平平可仄平可仄仄可平平平可仄仄仄可平平仄叶，十字句平可仄仄仄平平五字句仄可平仄可平仄平可仄平平仄叶，七字句平可仄平可仄仄可平平四字句平可仄仄平可仄平仄可平仄叶，六字句平可仄仄平可仄仄可平平五字句平可仄仄平平仄叶，五字句◯平仄叶，二字句平可仄平仄可平仄四字句仄可平平平四字句仄可平平平可仄仄四字句平可仄仄平可仄平仄可平仄叶，六字句平仄可平仄三字句平可仄平可仄仄平平仄叶，六字句平可仄平仄可平仄四字句仄可平平平可仄仄仄可平仄可平平平可仄仄叶，九字句仄可平仄平平仄可平仄平平八字句平可仄仄可平平仄叶，四字句仄可平仄平平四字句仄可平仄平平仄叶，五字句

詞

冬景

宋柳　永（一）

繡簾垂，畫堂悄、寒風淅瀝[一]。遥天萬里，黯淡同雲冪冪。漸紛紛、六花零亂散空碧。姑射宴瑶池[二]，把碎玉零珠拋擲。林巒望中，高下瓊瑶一色。嚴子陵釣臺，歸路迷蹤跡[三]。◯追惜。燕然畫角，寶籥珊瑚[四]，是時丞相，虚作銀城换得。當此際，偏宜訪袁安宅[五]。

（一）按：《全宋詞》收入「宋人依托神仙鬼怪詞」，署紫姑作，注：「此首原見《類編草堂詩餘》卷四，題柳永作。《碧雞漫志》卷二引其下半片首尾各句，云世傳紫姑神作。」

醺醺醉了，任他釵舞困、玉壺傾側[六]。又是東君，暗遣花神[七]，先報南國。昨夜江梅，漏泄春消息。

【校】

[一]「畫堂」句：《詞律》卷二十、《詞譜》卷三十六、《全宋詞》皆作三言一句、四言一句。

[二]「姑射」句：《詞律》、《詞譜》皆作二言一句、三言一句，於「射」字注叶韻。

[三]「嚴子陵」二句：《詞律》、《詞譜》皆作「嚴子陵、釣臺歸路迷蹤跡」；《全宋詞》無「歸路」二字。

[四]篭：《詞譜》作「蟜」，《全宋詞》作「鑰」。

[五]「當此」二句：《詞律》、《詞譜》皆作五言一句、四言一句。

[六]「任他」句：《詞律》作「任他金釵舞困，玉壺傾側」；傾，《詞譜》、《全宋詞》皆作「頻」；《詞譜》無「他」字。

[七]「又是」句：《詞律》、《詞譜》、《全宋詞》皆作四言二句。

大酺　雙調○長調

仄可平仄平平四字句平平仄三字句平可仄仄平可仄平平可仄仄韻，六字句平可仄平平仄仄五字句仄可平平可仄平平仄五字句仄可平平平可仄仄叶，四字句仄可平仄平平四字句平可仄平仄可平仄四字句平可仄仄平可仄平平可仄仄叶，六字句平可仄平平平可仄仄五字句仄可平平平可仄平仄可平仄五字句仄可平平平仄叶，四字句仄可平平可仄仄仄可平平五字句仄可平平平可仄仄四字句仄可平平平平仄叶，四字句〇平可仄平平仄仄叶，五字句仄可平平可仄仄平可仄仄平平仄叶，八字句仄可平仄可平仄平可仄平平仄七字句仄可平仄平平四字句仄可平平平仄可平平平可仄仄叶，七字句仄可平仄平平仄五字句平可仄仄仄可平平平仄叶，七字句仄可平平可仄仄平平仄六字句平可仄仄可平平可仄仄四字句平可仄仄平可仄平平可仄仄叶，六字句仄可平平平可仄仄可平仄仄叶，六字句

詞

春雨

宋周邦彦

對宿煙收，春禽靜，飛雨時鳴高屋。牆頭青玉旆，洗鉛霜都盡，嫩梢相觸。潤逼琴絲，寒侵枕障，蟲網吹粘簾竹。郵亭無人處，聽簷聲不斷，困眠初熟。柰愁極頓驚[一]，夢輕難記，自憐幽獨。〇行人歸意速。最先念、流潦妨車轂。怎柰向、蘭成憔悴，衛玠清羸[二]，等閑時、

易傷心目。未恠平陽客，雙淚落、笛中哀曲。況蕭索、青蕪國[三]，紅糝鋪地，門外荆桃如菽。夜遊共誰秉燭。

【校】

[一] 頓：《片玉詞》卷上作「頻」。

[二] 衛玠：《片玉詞》作「樂廣」。

[三] 「況蕭索」句：《詞譜》卷三十七注叶韻。

多麗[一] 雙調〇長調

仄可平平可仄平可仄仄可平仄平可仄平平仄韻，九字句仄可平平可仄平仄可平平仄可平仄七字句仄可平平平可仄仄仄可平仄叶，六字句仄可平平可仄平仄可平平仄可平仄七字句仄可平平可仄平仄可平仄平仄叶，七字句仄可平仄平平四字句平可仄平平可仄仄四字句仄可平平平可仄仄四字句仄可平平仄可平仄

[一] 按：此調蓋始見聶冠卿詞，用仄韻；晁端禮等別名《緑頭鴨》，用平韻；張元幹又別名《隴頭泉》，亦用平韻。

叶，四字句仄平仄三字句仄可平平平可仄仄四字句平可仄仄仄可平平仄叶，五字句平可仄平可仄仄三字句平可仄平仄可平仄四字句仄可平仄可平平仄叶，四字句◯仄可平平可仄仄平可仄平仄可平仄七字句仄可平平可仄平仄可平平仄叶，六字句仄可平平可仄平可仄仄可平平平仄七字句仄可平仄平可仄平仄可平平可仄仄叶，七字句仄可平仄平平四字句平可仄平平仄四字句平可仄平平仄仄可平平仄叶，七字句仄平仄三字句仄可平平平可仄仄四字句平可仄仄仄可平平仄叶，五字句平可仄平仄三字句平可仄仄仄可平平四字句仄可平仄可平平可仄仄叶，四字句

詞

春景

宋聶冠卿

想人生、美景良辰堪惜[一]。向其間、賞心樂事，古來難是并得。況東城、鳳臺沁苑，泛晴波、淺照金碧。露洗華桐，煙霏絲柳，緑陰摇曳，蕩春一色。畫堂迥，玉簪瓊佩[二]，高會盡詞客[三]。清歡久，重燃絳蠟，别就瑶席。◯有翩若驚鴻體態，暮爲行雨標格。逞朱脣、緩歌妖麗，似聽流鶯亂花隔。慢舞縈回，嬌鬟低嚲，腰肢纖細困無力。忍分散，彩雲歸後，何處更尋覓。休辭醉，明月好花，莫謾輕擲。

【校】

［一］「想人生」句：《詞律》卷二十、《詞譜》卷三十七皆作三言一句、六言一句。

［二］「畫堂」二句：《詞律》、《詞譜》皆作七言折腰一句。此下「清歌」二句、「忍分」二句亦同。

［三］按：《花庵詞選》卷五此句注「一本於此分段」。

戚氏　三疊○長調

仄平平韻，三字句仄可平仄可平平可仄仄仄平平叶，七字句仄可平仄平平四字句仄可平平平可仄仄仄平平叶，七字句平可仄平可仄仄平可仄平五字句平可仄平仄可平仄仄平平叶，七字句平可仄平仄可平仄平仄六字句仄可平仄可平平可仄仄仄平平叶，七字句仄可平仄可平平仄可平，四字句平可仄平平仄四字句仄可平平仄可平仄平平六字句仄可平平可仄平仄可平仄五字句平可仄仄可平平可仄仄四字句平可仄仄平平叶，四字句○平可仄仄可平仄仄平平叶，六字句平可仄仄可平仄可平仄四字句仄可平仄仄平平叶，五字句平可仄平仄三字句仄可平平平仄四字句仄可平仄平平四字句仄可平平可仄平仄可平仄五字句仄可平仄平平叶，四字句仄可平仄仄可平仄平平叶，六字句仄可平平仄可平仄四字句仄可平仄平平四字句仄可平仄可平平可仄仄平平叶，六字句○仄可平仄可平平平可仄仄五字句平可仄平仄可平仄四字句仄可平仄平平叶，四字句仄可平仄可平平可平仄仄六字句仄可平平可仄平仄可平仄仄平平叶，八字句仄可平平仄可平仄平平六字句仄可平平仄可平仄四字句平可仄仄平平仄五字句仄可平仄可平平平可仄仄平平仄八字句平可仄仄可平仄平可仄仄平平叶，七字句仄可平仄平仄可平仄平平叶，七字句仄可平平可仄仄仄可平仄仄平平叶，八字句仄可平平平可仄仄四字句平可仄平仄可平仄四字句仄可平仄平平叶，四字句

詞

秋夜

宋柳　永

晚秋天。一霎微雨灑庭軒。檻菊蕭疎，井桐零亂惹殘煙。淒然望江關[一]，飛雲黯淡夕陽間。當時宋玉悲感，向此臨水與登山。遠道迢遞，行人淒楚，倦聽隴水潺湲。正蟬鳴敗葉，蛩響衰草，相應聲喧。○孤館度日如年。風露漸變，悄悄至更闌。長天靜[二]，絳河清淺，皓月嬋娟[三]，思綿綿夜永，對景那堪。屈指暗想從前[四]。未名未祿，綺陌紅樓，往往經歲遷延。○帝里風光好，當年少日，暮宴朝歡。況有狂朋恠侶，遇當歌、對酒竟留連[五]。別來迅景如梭，舊遊似夢，煙水程何限，念利名、憔悴長縈

絆[六]，追往事、空慘愁顔。漏箭移、稍覺輕寒。聽嗚咽、畫角數聲殘。對閑牕畔，停針向曉[七]，抱影無眠。

【校】

[一]「凄然」句：《詞律》卷二十、《詞譜》卷三十九皆作二言一句、三言一句，於「然」、「關」皆注叶韻。

[二]「長天」句：《詞律》、《詞譜》皆連下句作七言折腰一句。

[三]「皓月」句：《詞律》、《詞譜》皆注叶韻。

[四]「思綿綿」三句：《詞律》作：「思綿綿。夜永對景那堪。屈指暗想從前。」《詞譜》作：「思綿綿。夜永對景，那堪屈指，暗想從前。」

[五]竟：《樂章集》及《類編草堂詩餘》卷四、《花草粹編》卷二十四等皆作「竸」。

[六]「煙水」二句：《詞律》、《詞譜》皆注换叶兩仄韻。

[七]針：《樂章集》、《類編草堂詩餘》、《花草粹編》、《詞律》、《詞譜》皆作「燈」。

詩餘二十二上

三字題上

訴衷情(一) 凡四體，有單雙二調〇並小令

第一體 單調

仄可平仄平平平仄仄七字句仄平平韻，三字句[一]平可仄仄可平仄三字句平可仄仄仄平平叶，五字句平可仄仄仄平平叶，五字句平平叶，二字句仄可平平平仄平[二]叶，五字句仄平平叶，三字句

詞 唐韋莊

碧沼紅芳煙雨静，倚蘭橈。垂玉珮，交帶裊纖腰[三]。鴛夢隔星橋。迢迢。越羅香暗銷。

(一) 按：此調蓋源於唐教坊曲，始見晚唐温庭筠、韋莊詞，皆單片體；五代魏承班、毛文錫又有雙片體，《詞律》卷二、《詞譜》卷二皆收爲同調異體；宋詞此調蓋另翻新曲，與唐詞爲同名異調，《詞譜》卷五另收爲《訴衷情令》。宋詞另有柳永《訴衷情近》，又與令詞體調不同。

墜花翹。

【校】

［一］三字句：原本注四字句，蓋訛誤；據例詞爲三字句，《嘯餘譜》及附録本、和刻本皆注三字句，兹從校訂。

［二］平：原本注「仄」，附録本、和刻本同，蓋訛誤；據例詞「銷」字平聲，叶韻；《嘯餘譜》注平，兹從校訂。

［三］「垂玉珮」二句：《詞律》卷二、《詞譜》卷二皆作：「垂玉珮。交帶。裊纖腰。」以「珮」、「帶」換叶兩仄韻。

第二體 單調[一]

與第一體同[二]，唯第六句作三字，七句作六字，八句作五字

詞 唐顧　敻

永夜抛人何處去，絶來音。香閣掩，眉斂月將沈[三]。爭忍不相尋。怨孤衾。換我心、爲你

心。始知相憶深。

【校】

［一］按：《詩餘圖譜》卷一收此調，附録顧敻此詞爲異體，分爲兩段，前段至「月將沈」分斷，「爭忍」句以下爲後段。

［二］第一：原本作「一第」，蓋訛誤；兹從《嘯餘譜》及附録本、和刻本校訂。

［三］「香閣掩」二句：《詞律》、《詞譜》皆作三言一句、二言一句、三言一句，以「掩」、「歛」換叶兩仄韻。

第三體　雙調

平可仄平平可仄仄仄平平韻，七字句平可仄仄仄平平叶，五字句平平仄三字句仄平平叶，三字句平可仄仄仄平平叶，五字句◯平可仄仄仄平平叶，五字句仄平平叶，三字句平可仄平平可仄仄仄平平叶，七字句仄平平叶，三字句

詞

唐毛文錫

桃花流水漾縱横。春晝彩霞明。劉郎去，阮郎行。惆悵恨難平。○愁坐對雲屏。算歸程。何時攜手洞邊迎。訴衷情。

第四體 雙調

前段與第二體同，唯第三第四句合作六字○平仄仄三字句仄平平叶，三字句仄平平叶，三字句平可仄平仄仄四字句仄仄平平四字句仄仄平平叶，四字句

詞

宋僧仲殊(一)

湧金門外小瀛洲。寒食更風流。紅船滿湖歌吹，花外有高樓。○晴日暖，淡煙浮。恣嬉遊。三千粉黛，十二闌干，一片雲頭。

(一) 按：原本及附録本、和刻本皆署「宋僧」；《花庵詞選》卷九作僧仲殊，題「寒食」，《草堂詩餘・後集》卷上「節序・寒食」類同；《嘯餘譜》亦署宋僧仲殊，兹從校訂。

定西番 雙調○小令

仄可平仄仄可平平平仄六字句平仄仄三字句仄平平韻，三字句仄平平叶，三字句○平可仄仄仄可平平平仄六字句仄可平平平可仄仄平叶，五字句平可仄仄仄可平平仄可平仄六字句仄平平叶，三字句

詞

唐孫光憲

帝子枕前秋夜，霜幄冷，月華明。正三更。○何處戍樓寒笛，夢殘聞一聲。遥想漢關萬里，淚縱横。

烏夜啼（一） 雙調○小令

平可仄平仄仄平平韻，六字句仄平平叶，三字句仄可平仄仄可平平四字句平可仄仄仄平平叶，五字句○平仄仄三字句平仄仄三字句仄仄仄可平平四字句平可仄仄仄平平叶，五字句

（一）按：此調正名爲《相見歡》，前卷人事題已收《相見歡》，此卷又收《烏夜啼》，乃同調重出。

山行約范先生不至（一）　　宋辛棄疾

江頭醉倒山公。月明中。記得昨宵，歸路笑兒童［二］。○溪欲轉，山已斷，兩三松。一段可憐，風月欠詩翁。

【校】

［二］按：《詞律》卷二收此調，以李煜詞爲例，兩段結尾皆作六言一句、三言一句；《詞譜》卷三所收此調各體皆作九字一句，於第六字注「讀」。

薄命女（二）

一名《長命女》，單調○小令

平可仄仄可平仄韻，三字句平可仄仄平平平仄仄叶，七字句平可仄仄平平仄叶，五字句仄平平平

（一）按：題中「范先生」，《稼軒詞》甲集作「范廓之」，《稼軒長短句》卷十二作「范先之」。

（二）按：《花間集》卷六、《花庵詞選》卷一收和凝《薄命女》，皆注一名《長命女》；另有馮延巳《長命女》一首爲同調；宋無作。《詞律》卷二、《詞譜》卷三皆收《長命女》。

仄仄六字句平可仄仄平平仄仄叶，六字句仄可平仄仄可平平平仄仄叶，七字句仄可平仄平平仄叶，五字句

詞　石晉和凝

天欲曉。宮漏穿花聲繚繞。牕裏星光少。冷霞寒侵帳額，殘月光沈樹杪。夢斷錦幃空悄悄。强起愁眉小。

感恩多(一)　凡二體，並雙調○小令

第一體

仄平平仄仄韻，五字句平可仄仄平平仄叶，五字句仄平平仄平更韻，五字句仄平平叶，三字句○仄可平仄平可仄平仄可平仄六字句仄平平叶，三字句複出一句仄仄平平四字句仄平平仄平叶，五字句

(一) 按：此調蓋源於唐教坊曲，唐五代有牛嶠詞二首，另僅見路巖殘篇五言二句；宋詞無此調。

詞　　　　唐牛嶠

兩條紅粉淚。多少香閨意。强攀桃李枝。斂愁眉。○陌上鶯啼蝶舞，柳花飛。柳花飛。願得郎心，憶家還早歸。

第二體

前段與第一體同○後段亦與第一體同，唯首句作七字

詞　　　　唐牛嶠

自從南浦別。愁見丁香結。近來情轉深。憶鴛衾。○幾度將書託煙鴈，淚盈襟。淚盈襟。禮月求天，願君知我心。

文體明辯附録卷之十

大明吴江徐師曾伯魯纂

詩餘二十二中

三字題中

玉蝴蝶 凡三體，並雙調

第一體 小令

平可仄平平可仄仄平平韻，六字句平可仄仄可平仄可平平可仄平叶，五字句仄可平仄仄平平叶，五字句平平仄仄平叶，五字句◯平可仄平平仄仄五字句平可仄仄仄平平叶，五字句平可仄仄仄平平叶，五字句仄平平仄平叶，五字句

詞 唐温庭筠

秋風凄切傷離。行客未歸時。塞外草先衰。江南鴈到遲。◯芙蓉凋嫩臉，楊柳墮新眉。

揺落使人悲。斷腸誰得知。

第二體　小令

前段與第一體同○後段亦與第一體同，唯首句作六字

詞

唐孫光憲

春欲盡、景仍長[一]。滿園花正黄。粉翅兩悠颺。翩翩過短牆。○鮮飇暖、牽遊伴[二]，飛去立殘芳。無語對蕭娘。舞衫沈麝香。

【校】

[一]「春欲」句：《詞律》卷三、《詞譜》卷四皆作三言二句。

[二]「鮮飇」句：《詞律》、《詞譜》皆作三言二句，注「暖」、「伴」換叶兩仄韻。

第三體　長調(一)

仄可平仄平可仄平平仄六字句仄可平平平可仄仄仄可平仄平平韻，八字句仄可平仄仄可平平平可仄仄六字句仄可平仄平平叶，四字句平可仄平仄平可仄平仄可平仄七字句平仄可平仄平可仄仄平平叶，七字句仄平平叶，三字句平可仄平仄可平仄四字句平可仄仄平平叶，四字句◯平平叶，二字句仄可平平平仄四字句平可仄平平仄四字句仄可平仄平平叶，四字句仄可平仄平平四字句仄可平平平可仄仄仄平平叶，七字句仄平平平可仄平仄可平仄七字句平可仄仄可平仄仄可平仄平平叶，七字句仄平平叶，三字句仄可平平平仄四字句平可仄仄平平叶，四字句

詞

春遊(二)　宋柳　永

漸覺東郊明媚，夜來膏雨、一洗塵埃〔一〕。滿目淺桃深杏〔二〕，露染煙裁。銀塘靜、魚鱗簟展，

(一) 按：宋詞《玉蝴蝶》爲長調，首見柳永詞，當與唐詞爲同名異調。《詞律》卷三以李之儀等長調詞附列小令調後，注「與唐調全異」；《詞譜》卷四同，注一名《玉蝴蝶慢》。

(二) 按：汲古閣本《樂章集》卷下、《花庵詞選》卷五皆有此題；《花草粹編》卷十九題「京城」。

烟岫翠、鼉甲屏開。殷上聲晴雷。雲中鼓吹，遊徧蓬萊。○徘徊。隼旟前後，三千珠履，十二金釵。雅俗熙熙，下車成宴盡春臺。好雍容、東山妓女，堪笑傲、北海樽罍。且追陪。鳳池歸去，那更重來。

【校】

［一］「夜來」句：《詞律》、《詞譜》所收長調各體皆作四言二句。

［二］淺：《百家詞》本《樂章集》、《嘯餘譜》皆作「殘」。

春光好　凡二體，並雙調○小令

第一體

平可仄平仄三字句仄平平韻，三字句仄平平叶，三字句仄可平仄仄可平平平仄六字句仄平平叶，三字句○仄可平仄仄可平平平可仄仄六字句平可仄平仄可平仄平可仄平叶，六字句平可仄仄平可仄平平仄仄七字句仄平平叶，三字句

詞　石晉和　凝

紗窗暖，畫屏閑。嚲雲鬟。睡起四肢無力，半春間[一]。○玉指剪裁羅勝，金盤點綴酥山。窺宋深心無限事，小眉彎。

【校】

[一]間：《嘯餘譜》作「閒」。

第二體

前段與第一體同，唯第四句作七字○後段亦與第一體同

詞　石晉和　凝(一)

蘋葉軟，杏花明。畫船輕。雙浴鴛鴦出渌汀[一]，棹歌聲。○春水無風無浪，春天半雨半晴。紅粉相隨南浦晚，幾含情。

(一)按：和凝此詞載《花間集》卷六；《百家詞》本、《彊村叢書》本《尊前集》録作歐陽炯詞，蓋誤收，略有異文。

【校】

〔一〕「雙浴」句：《詞律》、《詞譜》此句皆注叶韻。

點絳脣　雙調○小令

平可仄仄平平四字句仄可平平平可仄仄平平仄韻，七字句平可仄平仄可平仄叶，四字句仄可平仄平平仄叶，五字句○仄可平仄平可仄平四字句仄可平仄平平仄叶，五字句平平仄叶，三字句平可仄平平仄叶，四字句平可仄仄平平仄叶，五字句

詞

詠草〔一〕

宋林　逋

金谷年年，亂生春樹誰爲主〔二〕。餘花落處。滿地和煙雨。○又是離歌，一闋長亭暮。王

〔一〕按：《花庵詞選》卷二題「草」，《草堂詩餘·後集》卷下入「花柳禽鳥·草」類，《類編草堂詩餘》卷一題「詠草」，《花草粹編》卷二題「春草」。

孫去。萋萋無數。南北東西路。

【校】

［一］樹：《花庵詞選》、《草堂詩餘・後集》、《類編草堂詩餘》、《花草粹編》皆作「色」。

又

春閨〔一〕　　宋何　籀〔二〕

鶯踏花飜，亂紅堆徑無人掃。杜鵑來了。梅子枝頭小。○撥盡琵琶，總是相思調。知音少。暗傷懷抱。門掩青春老。

〔一〕按：《草堂詩餘・前集》卷下入「春景・春恨」類，《類編草堂詩餘》卷一題「春閨」，《嘯餘譜》及附録本、和刻本題「春」，蓋脱「閨」字。

〔二〕按：《草堂詩餘・前集》卷下未署名，《全宋詞》據以作無名氏詞，注「別又誤作何籀詞，見《類編草堂詩餘》卷一」。

紗窗恨〔一〕 凡二體，並雙調○小令

第一體

平可仄平仄仄平平仄韻，七字句仄平平更韻，三字句仄可平平平可仄仄平平仄叶，七字句仄平平叶，三字句○仄可平平仄三字句仄仄可平平仄四字句平可仄平可仄仄可平仄可平仄平平叶，七字句仄可平仄平平四字句仄平平叶，三字句

詞

唐毛文錫

新春燕子還來至。一雙飛。壘巢泥濕時時墜。涴人衣。○後園裏，看百花發〔一〕，香風拂、繡戶金扉。月照紗窗，恨依依〔二〕。

【校】

〔一〕「後園」二句：《詞律》卷三作七言一句，《詞譜》卷四同，於第三字注「讀」。

〔二〕「月照」二句：《詞律》作七言一句，於第四字注「豆」。

〔一〕按：此調蓋源於唐教坊曲，唐五代僅見毛文錫詞二首，俱載《花間集》卷五；宋詞無此調之作。

第二體

前段與第一體同○後段亦與第一體同，唯第四句作五字

詞　唐毛文錫

雙雙蝶翅塗鉛粉。咂花心。綺窗繡戶飛來穩。畫堂陰。○二三月，愛隨飄絮[一]，伴落花、來拂衣襟。更剪輕羅片，傅黃金[二]。

【校】

[一]「二三月」二句：《詞律》作七言一句，《詞譜》同，於第三字注「讀」。

[二]「更剪」二句：《詞律》作八言一句，於第五字注「豆」。

戀情深[一]　雙調○小令

仄可平仄平可仄平平仄仄韻，七字句仄可平平平仄叶，四字句仄可平平平可仄仄仄平平更韻，七字句仄

[一] 按：此調蓋源於唐教坊曲，唐五代詞僅見毛文錫詞二首，並載《花間集》卷五；宋詞無此調之作。

平平叶，三字句◯平可仄平平可仄仄仄平平叶，七字句平可仄仄仄平平叶，五字句仄可平仄仄平平仄六字句仄平平叶，三字句

詞

唐毛文錫

滴滴銅壺寒漏咽。醉紅樓月。宴餘香殿會鴛衾。蕩春心。◯真珠簾下曉光侵。鶯語隔瓊林。寶帳欲開慵起，戀情深。

歸國遥(一)　凡二體，並雙調◯小令

第一體

平仄韻，二字句仄可平仄仄可平平平仄仄叶，七字句仄可平平可仄平可仄仄可平平仄叶，六字句仄可平仄可平平仄仄[二]叶，五字句◯仄可平平可仄仄平平仄叶，六字句仄可平平平仄仄叶，五字句仄可平平可仄

(一) 按：此調蓋源於唐教坊曲，始見晚唐温庭筠、韋莊詞，並載《花間集》，爲同調異體；馮延巳《陽春集》又載《歸自謡》三首，蓋與温、韋詞爲同名異調。

平可仄仄平仄叶，六字句仄可平平平仄仄叶，五字句

詞　唐温庭筠

香玉。翠鳳寶釵垂𥿋𦅻。鈿筐交勝金粟。越羅春水淥。○畫堂照簾殘燭。夢餘更漏促。謝娘無限心曲。曉屏山斷續。

【校】

［一］按：此句第二字譜注本仄可平，《嘯餘譜》同；據例詞「羅」字平聲，當注本平可仄。

第二體

前段與第一體同，唯首句作三字○後段亦與第一體同

詞　唐韋　莊

春欲暮。滿地落花紅帶雨。惆悵玉籠鸚鵡。單栖無伴侣。○南望去程何許。問花花不

語。早晚得同歸去。恨無雙翠羽。

柳含煙（一）　凡二體，並雙調○小令

第一體

平可仄平仄三字句仄平平韻，三字句仄可平仄平平仄仄六字句仄平平可仄仄仄平平叶，七字句仄平平叶，三字句○仄可平仄平平平仄仄更韻，七字句平可仄仄平平仄仄叶，六字句仄可平平平可仄仄仄平平再更韻（二），三字句（三）仄平平叶，三字句

詞

唐毛文錫

河橋柳，占芳春。映水含煙拂路，幾迴攀折贈行人。暗傷神。○樂府吹爲横笛曲。能使離腸斷續。不如移植在金門。近天恩。

（一）按：此調蓋源於唐教坊曲，唐五代詞僅見毛文錫詞四首，俱載《花間集》卷五；宋詞無此調之作。

【校】

［一］再更韻：《詞譜》卷五注：「此調換頭二句例用仄韻，餘皆平韻，毛詞三首同。但此詞後結兩平韻，與前韻本通。按別首俱各換韻，則不必仍押前韻也。」

［二］三字句：《嘯餘譜》及附録本、和刻本譜注皆同，蓋訛誤；此句實七字，當注七字句。

第二體

平可仄平仄三字句仄平平三字句仄可平仄仄可平平平可仄仄六字句平可仄平仄可平仄仄平平韻，七字句仄平平叶，三字句○後段與第一體同

詞

唐毛文錫

隋堤柳，汴河春［二］，夾岸緑陰千里，龍舟鳳舸木蘭香。錦帆張。○因夢江南春景好。一路流蘇羽葆。笙歌未盡起橫流。鎖春愁。

【校】

〔一〕春：《詞律》卷四作「旁」，標起韻，又注：「『汴河旁』，舊刻俱訛作『汴河春』，故作譜者謂與下『香』、『張』字不叶韻，另作一體，而又收第二句起韻者作一體也。不知毛詞四首精工麗密，豈有三首皆同而一首獨異之理。」

謁金門　雙調〇小令

平平可仄仄韻，三字句平可仄仄仄可平平平仄叶，六字句平可仄仄平可仄平平仄仄叶，七字句仄可平平平仄仄叶，五字句〇平可仄仄仄可平平平可仄仄叶，六字句仄可平仄仄可平平平可仄仄叶，六字句仄可平仄仄可平平平仄仄叶，七字句仄可平平平仄仄叶，五字句

詞二首

唐韋　莊〔一〕

空相憶〔二〕。無計得一作與傳消息。天上嫦娥人不識。寄書何處覓。〇春睡覺來無力〔三〕。

〔一〕按：「空相憶」一首載《花間集》卷三，爲韋莊作；「春雨足」一首載《草堂詩餘·前集》卷下「春景·春恨」類，次於「空相憶」詞後，皆未署名；《全唐五代詞》據《類編草堂詩餘》卷一録作韋莊詞；《全宋詞》録作無名氏詞。

不忍把伊書跡[三]。滿院落花春寂寂。斷腸芳草碧。

春雨足。染就一溪新緑。柳外飛來雙羽玉。弄晴相對浴。○樓外翠簾高軸。倚遍欄干幾曲。雲淡水平煙樹簇。寸心千里目。

【校】

[一] 憶：《嘯餘譜》作「意」，蓋訛誤。

[二] 春：《花間集》卷三、《花庵詞選》卷一皆作「新」。

[三] 把伊：《花間集》一作「把君」，《花庵詞選》作「看伊」。

又

春閨[一]　南唐馮延巳

風乍起[二]。吹皺一池春水。閑引鴛鴦芳徑裏[三]。手挼紅杏蘂。○鬬鴨欄干獨倚。碧玉

[一] 按：《陽春集》、《尊前集》及《花庵詞選》卷一皆無題，《草堂詩餘·前集》卷下入「春景·春怨」類。

搔頭斜墜。終日望君君不至。舉頭聞鵲喜。

【校】

[一] 乍：《嘯餘譜》及附録本、和刻本皆作「昨」；《尊前集》一作「又」。

[二] 芳：《百家詞》本《陽春集》及《花庵詞選》卷一皆作「香」，《尊前集》作「花」。

聖無憂[一] 雙調○小令

仄可平仄平平仄五字句仄平仄仄平平韻，六字句平可仄平仄可平仄平平仄七字句平可仄仄仄平平叶，五字句○仄可平仄平可仄平平平仄六字句平可仄平仄可平仄平平叶，六字句仄可平平仄可平仄平平仄七字句平可仄仄仄平平叶，五字句

[一] 按：此調正名爲《烏夜啼》，首見李煜詞，非《相見歡》之異名，宋詞別名《聖無憂》、《烏啼月》、《錦堂春》；前卷時令題已收《錦堂春》，此卷乃同調重出。

詞

宋歐陽脩

世路風波險[一]，十年一別須臾[二]。人生聚散長如此，相見且歡娛。○好酒能消光景，春風不染髭鬚。爲公一醉花前倒，紅袖莫來扶。

【校】

[一] 世：《嘯餘譜》作「此」。

[二] 十：汲古閣本《六一詞》作「千」。

玉聯環[一]

雙調○小令○與《玉樹後庭花》相近

平可仄平仄可平仄平平仄韻，七字句仄可平平平可仄仄叶，四字句仄可平平平可仄仄平平七字句仄可平仄仄平平仄叶，六字句○平可仄仄平可仄平平仄叶，六字句仄可平平平可仄仄叶，四字句仄可平平平可仄仄仄平平七字句平可仄仄仄平平仄叶，六字句

[一] 按：此調以《一落索》爲通用名，首見張先《玉聯環》，別名《一絡索》、《玉連環》、《洛陽春》、《上陽春》等。前卷時令題已收《洛陽春》，此卷乃同調重出。

詞　　宋張　先

來時露浥衣香潤。綵絛垂鬢。卷簾還喜月相親，把酒與、花相近。○西去陽關休問。未歌先恨。玉峯山下水長流，流水盡、情無盡。

喜遷鶯(一)　凡三體，並雙調

第一體　小令

平平仄三字句仄平平韻，三字句仄可平仄仄平平叶，五字句仄可平平平仄仄平平叶，七字句仄可平仄仄平平叶，五字句○仄仄平三字句平仄仄三字句仄可平仄仄可平平平仄六字句仄可平平平可仄仄仄平平叶，七字句仄可平仄仄平平叶，五字句

詞　　唐薛昭藴

金門晚(二)，玉京春。駿馬驟輕塵。樺煙深處白衫新。認得化龍身。○九陌喧，千戶啓，滿

(一) 按：前卷天文題已收《鶴沖天》，即《喜遷鶯》小令調，此卷又收《喜遷鶯》，乃同調重出；又宋詞《喜遷鶯》另有長調，一名《喜遷鶯慢》，實與小令同名異調。

袖桂香風細[三]，杏園歡宴曲江濱。自此占芳辰。

【校】

[一]晚：《花間集》卷三、《花草粹編》卷七皆作「曉」。

[二]「千戶」二句：《詞譜》卷六注叶兩仄韻。《詞律》卷四收韋莊詞，亦注叶两仄韻。戶，《嘯餘譜》作「門」。

第二體 小令

前段與第一體同○仄仄平三字句平仄仄更韻，三字句仄仄平平平仄叶，六字句仄可平平平可仄仄仄平平七字句平可仄仄平平仄叶，五字句

詞 唐毛文錫

芳春景[一]，曖晴煙。喬木見鶯遷。傳枝隈葉語關關。飛過綺叢間。○錦翼鮮，金毳軟。百囀千嬌相喚。碧紗窗曉怕聞聲，驚破鴛鴦暖。

【校】

[一]春：四庫本《花間集》卷五、《詞譜》卷六作「草」。

第三體　長調(一)

平可仄平平可仄仄韻，四字句仄可平仄可平仄仄可平平五字句平可仄平平仄叶，四字句仄可平仄平平四字句平可仄平仄可平仄四字句仄可平仄仄可平平平仄叶，六字句仄可平仄仄可平平平仄六字句仄可平仄仄可平平平仄叶，六字句仄可平仄仄三字句仄平可仄平仄可平仄五字句平可仄平平仄叶，四字句◯平仄叶，二字句平可仄仄仄仄可平仄仄可平平七字句平可仄仄平平仄叶，五字句仄可平仄平平四字句平可仄平仄可平仄四字句仄可平仄仄可平平平仄叶，六字句仄可平平可仄仄平仄可平仄六字句平可仄仄平可仄平平仄叶，六字句仄可平平仄三字句仄可平平可仄平仄可平仄五字句仄可平平平可仄仄叶，四字句

(一)按：《詞律》卷四、《詞譜》卷六收《喜遷鶯》，皆以長調附列小令後；《詞譜》注「此調有小令長調兩體」，實宜分爲兩調，長調當依姜夔詞名作《喜遷鶯慢》。

詞

端午

撰人闕（一）

梅霖初歇〔一〕。正絳色海榴〔二〕，争開佳節。角黍包金，香蒲切玉，是處玳筵羅列。鬭巧盡輸年少，玉腕綵絲雙結。艤綵舫，看龍舟兩兩，波心齊發。◯奇絶。難畫處、激起浪花，翻作湖間雪。畫鼓轟雷，紅旗掣電，奪罷錦標方徹。望中水天日暮，猶自珠簾高揭。歸棹晚，載荷香十里，一鉤新月。

【校】

〔一〕霖：《樂府雅詞・拾遺》卷下作「雨」。

〔二〕正絳色海榴：《樂府雅詞・拾遺》作「正海榴絳蕊」，《全宋詞》作「乍絳蕊海榴」。

（一）按：《樂府雅詞・拾遺》卷下、《草堂詩餘・後集》卷上「節序・端午」類未署名；《全宋詞》據《演山先生文集》卷三十一作黄裳詞，題「端午泛湖」，注別本誤作吴禮之詞。

眼兒媚〔一〕

一名《秋波媚》，雙調○小令

平可仄仄平平仄平可仄平韻，七字句平可仄仄仄平平叶，五字句仄可平平仄可平仄四字句平可仄平平可仄仄四字句仄可平仄平平叶，四字句○後段同，唯首句末用仄字不叶韻

詞

春景　　宋王元澤〔二〕

楊柳絲絲弄輕柔。煙縷織成愁。海棠未雨，梨花先雪，一半春休。○而今往事難重省，歸夢遶秦樓。相思只在，丁香枝下〔一〕，豆蔻梢頭。

【校】

〔一〕下：《嘯餘譜》及附録本、和刻本皆作「上」。

〔一〕按：此調陸游詞别名《秋波媚》，盧祖皋詞又别名《小闌干》等。

〔二〕按：原本署「宋王」，附録本、和刻本同；《草堂詩餘・前集》卷上「春景・曉夜」類未署名；《花草粹編》卷七、《嘯餘譜》署王元澤，兹從校訂；《全宋詞》録作無名氏詞。

又

春景　　宋秦觀(一)

樓上黃昏杏花寒。斜月小欄干。一雙燕子，兩行歸鴈，畫角聲殘。○綺窗人在東風裏，無語對春閒[一]。也應似舊，盈盈秋水，淡淡春山。

【校】

[一] 無語：《樂府雅詞・拾遺》卷下、《花庵詞選》卷六、《詞譜》卷七、《全宋詞》皆作「灑淚」。

朝中措

雙調○小令

平可仄平平可仄仄仄平平韻，七字句平可仄仄仄平平叶，五字句仄可平仄平可仄平平可仄仄六字句仄可平平平可仄仄平平叶，六字句○平可仄平仄可平仄四字句平可仄平仄可平仄四字句仄可平仄平平叶，四

(一) 按：《樂府雅詞・拾遺》卷下、《草堂詩餘・前集》卷下皆未署名；《花庵詞選》卷六作阮閱詞，題「離情」；《全宋詞》錄作阮閱詞，注《類編草堂詩餘》卷一誤作秦觀詞。

字句平可仄仄仄可平平平可仄仄六字句平可仄平仄可平仄平平叶，六字句

詞

平山堂（一）

宋歐陽脩

平山欄檻倚晴空。山色有無中[一]。手種堂前楊柳[二]，別來幾度春風。○文章太守，揮毫萬字，一飲千鍾。行樂直須年少，樽前看取衰翁。

【校】

[一] 山色：《花庵詞選》卷二作「樓閣」。

[二] 楊柳：《近體樂府》、《六一詞》、《樂府雅詞》卷上皆作「垂柳」。

（一）按：《近體樂府》卷一題「送劉仲原甫出守維揚」，汲古閣本《六一詞》題「平山堂」；《花庵詞選》卷二題「送劉原父守揚州」。

柳梢青　凡二體，用平仄兩韻，並雙調○小令

第一體

仄可平仄平平韻，四字句平可仄平仄可平仄仄可平仄平平叶，八字句仄可平仄平平四字句平可仄平平可平仄四字句平可仄仄平平叶，四字句○平可仄平仄可平仄平平叶，六字句仄可平仄可平仄平平仄平叶，七字句平可仄仄平平四字句平可仄平平可仄仄四字句平可仄仄平平叶，四字句

詞

春景　宋秦　觀〔一〕

岸草平沙。吴王故苑、柳裊煙斜[二]。雨後寒輕，風前香軟，春在梨花。○行人一棹天涯。酒醒處、殘陽亂鴉。門外鞦韆，牆頭紅粉，深院誰家。

〔一〕按：《草堂詩餘・前集》卷上「春景」類未署名；《花庵詞選》卷九署僧仲殊，題「吴中」；《花草粹編》卷八、《詞律》卷五、《詞譜》卷七皆署秦觀。《全宋詞》録作仲殊詞。

【校】

［一］「吳王」句：《詞律》、《詞譜》皆作四言二句。

第二體

前後段並與第一體同，唯改用仄韻

詞

春暮　　宋賀　鑄（一）

子規啼血［一］。可憐又是、春歸時節。滿院東風，海棠鋪繡，梨花飛雪。○丁香露泣殘枝，悄未比、愁腸寸結。自是休文，多情多感，不干風月。

【校】

［一］子規啼血：《百家詞》本《友古居士詞》作「數聲鶗鴂」。

（一）按：《草堂詩餘·前集》卷上「春景·春暮」未署名；《花草粹編》卷八、《詞譜》卷七皆署賀鑄；《全宋詞》據《友古居士詞》録作蔡伸詞，注別本誤作賀鑄詞。

西江月　凡二體，並雙調○小令

第一體

仄可平仄可平平可仄平仄可平仄六字句平可仄平仄仄平平韻，六字句仄可平平仄可平仄仄平平叶，七字句仄可平仄仄可平平平可仄仄叶轉上聲，六字句○後段同

詞

春夜[一]　宋蘇　軾

照野瀰瀰淺浪，橫空曖曖微霄[二]。障泥未解玉驄驕。我欲醉眠芳草。○可惜一溪明月[三]，莫教踏碎瓊瑶。解鞍欹枕緑楊橋。杜宇數聲春曉[三]。

【校】

［一］曖曖微霄：傅幹注本《東坡詞》卷二作「隱隱層霄」。

(一) 按：各本《東坡詞》、《花庵詞選》卷二皆有題序，略有異文；《草堂詩餘・前集》卷上、《類編草堂詩餘》卷一、《花草粹編》卷六皆題「春夜」。

[二] 明月：傅幹注本《東坡詞》作「風月」。

[三] 數聲：傅幹注本《東坡詞》、《花庵詞選》皆作「一聲」。

第二體

前段與第一體同○後段亦與第一體同，唯更前段韻

詞

勸酒[一]　　宋黃庭堅

斷送一生唯有，破除萬事無過。遠山橫黛蘸秋波[一]。不飲傍人笑我。○花病等閒瘦弱[二]，春愁没處遮攔[三]。杯行到手莫留殘。不道月斜人散。

[一] 按：《草堂詩餘·後集》卷下入「飲饌器用」類，題「勸酒」；汲古閣本《山谷詞》序云：「老夫既戒酒不飲，遇宴集獨醒其傍，坐客欲得小詞，援筆爲賦。」

【校】

［一］橫黛蘸秋波：汲古閣本《山谷詞》作「微影蘸橫波」。

［二］弱：《百家詞》本、汲古閣本《山谷詞》皆作「惡」。

［三］「春愁」句：《百家詞》本、汲古閣本《山谷詞》皆作「春來没箇遮闌」。

燕歸梁 雙調〇小令

仄可平仄平平仄可平仄平韻，七字句仄可平仄平平叶，四字句仄可平平平可仄仄仄平平叶，七字句平平可仄仄三字句仄平平叶，三字句〇平可仄平仄可平仄平平仄七字句平可仄平仄可平仄平平叶，六字句仄可平平平可仄仄仄平平叶，七字句仄可平仄可平仄仄平平叶，六字句

詞

宋柳永

織錦裁篇寫意深。字直千金。一回披翫一愁吟。腸成結，淚盈襟。〇幽歡已散前期遠，無聊賴、是而今。密憑歸燕寄芳音。恐冷落、舊時心。

少年遊　凡四體，並雙調○小令

第一體

仄可平平仄可平仄可平仄平平韻，七字句平可仄仄仄平平叶，五字句平可仄仄可平平可仄平可仄，四字句仄可平平平仄四字句平可仄仄仄平平叶，五字句○後段同，唯首句末用仄字不叶韻

詞

曉行　　宋林　仰(一)

霽霞散曉月猶明。踈木掛殘星。山逕人稀，翠蘿深處，啼鳥兩三聲。○霜華重逼雲裘冷，心共馬蹄輕。十里青山，一溪流水，都做許多情。

(一) 按：原本署「宋林」，附録本、和刻本同；《嘯餘譜》署林少瞻；《花庵詞選》卷七署林少詹，題「早行」。《全宋詞》據《花庵詞選》録作林仰詞，兹從校訂。

又

詠井桃(一)　宋張　先

碎霞浮動曉朦朧。春意與花通[二]。銀瓶素綆，玉泉金甃，真色浸朝紅。○花枝人面難常見，青子小叢叢。韶華長在，明年依舊，相與笑春風。

【校】

[二]與：《嘯餘譜》作「興」，蓋訛誤。通：《張子野詞》卷二作「濃」，注「一作通」。

第二體

仄可平平平可仄仄四字句平可仄平平可仄仄四字句平可仄仄仄平平韻，五字句平可仄平可仄平可仄仄可平，四字句平可仄平仄可平仄四字句平可仄仄仄平平叶，五字句○仄可平仄仄可平平平平可仄仄七字句平可仄仄仄平平叶，五字句仄可平仄平可仄平平平可仄仄七字句平可仄平仄仄平平叶，六字句

(一)按：《張子野詞》卷二、《花草粹編》卷九皆題「井桃」。

詞

宋蘇　軾

去年相送，餘杭門外，飛雪似楊花。今年春盡，楊花似雪，猶不見還家。◯對酒捲簾邀明月，風露透窻紗。恰似姮娥憐雙燕[一]，分明照、畫梁斜。

【校】

［一］姮娥：《嘯餘譜》作「嫦娥」。

第三體

前段與第二體同◯平可仄平仄可平仄四字句平平仄仄四字句平可仄仄仄平平叶，五字句仄平平可仄仄仄平平叶，七字句平可仄仄仄平平叶，五字句

詞

宋晏幾道

雕梁燕去，裁詩寄遠，庭院舊風流。黄花醉了，碧梧題罷，閒卧對高秋。◯繁雲破後，分明素月，凉影掛金鈎。有人凝澹倚西樓。新樣兩眉愁。

第四體

前段與第二體同〇後段同

詞

宋晏幾道

緑勾欄畔，黃昏淡月，携手對殘紅。紗窗影重[一]，朦朧春睡[二]，繁杏小屏風。〇須愁別後，天高海闊，何處更相逢。幸有花前，一杯芳酒，歸計莫匆匆。

【校】

[一]重：《小山詞》及《花草粹編》卷九、《詞譜》卷八作「裏」。

[二]朧：《彊村叢書》本《小山詞》、《詩餘圖譜》卷一作「騰」。

應天長(一)　凡六體，並雙調

第一體　小令

仄可平平平可仄仄平平仄韻，七字句平可仄仄平可仄平平仄仄叶，七字句仄平平可仄，三字句平可仄仄可平仄叶，三字句仄可平仄仄可平平平仄仄叶，七字句○仄平平三字句平仄仄叶，三字句平可仄仄仄可平平平仄叶，六字句仄可平仄仄可平平平可仄仄叶，六字句仄可平平可仄平仄可平仄叶，五字句

詞二首(二)

唐韋莊

緑槐陰裏黄鸝語[一]。深院無人春晝午[二]。畫簾垂，金鳳舞。寂寞繡屏香一炷。○碧天雲，無定處[三]。空有夢魂來去。夜夜緑窻風雨。斷腸君信否[四]。

別來半歲音書絶。一寸離腸千萬結。難相見，易相別。又是玉樓花似雪。○暗相思，無處

(一) 按：此調始見唐韋莊等人詞，皆小令，宋詞又名《應天長令》；另有長調慢詞，《詞譜》卷八注「慢詞始於柳永」，「又有周邦彦一體名《應天長慢》」。

(二) 按：《花間集》卷二並載韋莊此二詞；「緑槐陰裏」一首，又載馮延巳《陽春集》、歐陽修《近體樂府》卷三，蓋誤收。

說。惆悵夜來煙月。想得此時情切。淚沾紅袖黦。

【校】

[一] 鸝：《花間集》卷二、《花庵詞選》卷一皆作「鶯」。

[二] 春晝：《詩餘圖譜》卷一作「日正」。

[三] 「碧天」二句：《詩餘圖譜》作「碧雲凝合處」。

[四] 斷腸君信否：《詩餘圖譜》作「問君知也否」。

第二體　小令

前段與第一體同，唯第三第四句合作七字○平可仄平平仄仄叶，五字句平可仄仄平可仄平平仄叶，六字句平可仄仄平可仄平平仄叶，六字句平可仄仄仄仄平仄叶，五字句

詞　唐毛文錫

平江波暖鴛鴦語。兩兩釣船歸極浦。蘆洲一夜風和雨。飛起淺沙翹雪鷺。○漁燈明遠

渚。蘭棹今宵何處。羅袂從風輕舉。愁殺採蓮女。

第三體　小令

前段與第二體同○後段與第一體同

詞　唐牛　嶠

雙眉淡薄藏心事。清夜背燈嬌又醉。碧玉釵横山枕膩。寳帳鴛鴦春睡美。○别經時，無限意。虚道相思憔悴。莫信綵牋書裏。賺人腸斷字。

第四體　長調

平可仄平可仄平可仄仄可平仄五字句仄仄可平仄平平仄可平平平仄韻，九字句平可仄仄平平四字句仄可平仄仄可平平平仄叶，六字句平可仄平平仄仄五字句仄仄仄仄可平平平仄叶，七字句平仄仄三字句平可仄仄平平四字句仄可平平平仄叶，四字句○後段同

詞

宋葉夢得

松陵秋已老，正柳岸田家、酒醅初熟[一]。鱸膾蓴羹，萬里水天相續。扁舟凌浩渺，寄一葉、暮濤吞沃。青箬笠，西塞山前，自翻新曲。◯來往未應足。便細雨斜風、有誰拘束。陶寫中年，何待更須絲竹。鴟夷千古意，算入手、比來尤速。最好是，千點雲峯，半篙澄緑。

【校】

[一]「正柳岸」句：《詞譜》卷八作五言一句、四言一句；後段「便細雨」句同。

第五體　長調

仄可平平仄可平仄四字句平可仄仄仄可平平四字句平可仄平可仄仄平可仄平仄韻，六字句平可仄仄平平四字句仄可平仄平平仄可平平可仄仄叶，七字句平平仄三字句平可仄仄可平仄三字句仄可平仄仄仄平平仄叶，七字句仄可平平仄仄可平仄平平七字句平可仄平可仄平仄叶，四字句◯仄可平仄仄可平平仄叶，五字句平可仄仄平平四字句平可仄仄可平平仄叶，五字句平可仄仄仄可平平四字句平可仄仄平平仄可平平可平仄叶，七字句仄可平平仄三字句平仄仄叶，三字句仄可平仄可平仄仄可平平平仄叶，七字

句仄可平平仄可平仄可平仄平平七字句仄可平平可仄平可仄仄叶，四字句

詞

閨情(一)

宋康與之

管絃繡陌，燈火畫橋，塵香舊時歸路。腸斷蕭娘，舊日風簾映朱戶。鶯能舞，花解語[一]，念後約、頓成輕負。緩雕轡、獨自歸來[二]，凭欄情緒。○楚岫在何處。香夢悠悠，花月更無主。惆悵後期，空有鱗鴻寄紈素。枕前淚，牕外雨。翠幙冷、夜涼虚度。未應信、此度相思，寸腸千縷。

【校】

[一]「鶯能舞」二句：《詞譜》卷八皆注叶韻；後段「枕前淚」二句同。

[二]「緩雕轡」句：《詞譜》作三言一句、四言一句；後段「未應信」句同。

(一) 按：《中興以來絶妙詞選》卷一題「閨思」；《草堂詩餘·後集》卷下入「人事·閨情」類，《類編草堂詩餘》卷四、《花草粹編》卷十九皆題「閨情」。

第六體　長調

前後段並與第五體同，唯第四句皆作六字，五句皆作五字

詞(一)　宋周邦彦

條風布暖，飛霧弄晴，池塘遍滿春色。正是夜堂無月，沈沈暗寒食。梁間燕，社前客[一]。似笑我、閉門愁寂。亂花過，隔院菲香，滿地狼籍。○長記那回時，邂逅相逢，郊外駐油壁。又見漢宮傳燭，飛煙五侯宅。青青草，迷路陌。强帶酒，細尋前跡。市橋邉[二]，柳下人家，猶自相識。

【校】

［一］社前：《片玉集》、《草堂詩餘·後集》、《類編草堂詩餘》、《花草粹編》皆作「前社」。《詞律》卷

(一) 按：《花草粹編》卷十九調名作《應天長慢》，題「寒食」；《片玉集》卷一入「春景」類，《片玉詞》卷上題「寒食」；《草堂詩餘·後集》卷上入「節序·寒食」類。

五、《詞譜》此句皆注叶韻。

［二］邊：《片玉集》、《清真集》、《片玉詞》、《草堂詩集·後集》、《類編草堂詩餘》、《花草粹編》皆作「遠」。

尋芳草［一］　雙調○小令

仄可平仄仄平仄韻，五字句仄平可仄仄仄平平可仄仄叶，七字句仄平平仄仄平仄可平仄叶，八字句仄可平平可仄平可仄仄可平平仄叶，六字句○後段同，唯首句末用平字不叶韻

詞

嘲陳莘叟憶内［二］　宋辛棄疾

有得許多淚。更閒却、許多鴛被。枕頭兒、放處都不是。舊家時、怎生睡。○更也没書

［一］按：此調僅見辛棄疾詞，載《稼軒詞》乙集，調名《王孫信》，注「即《尋芳草》」；又載《稼軒長短句》卷十二。

［二］按：《嘯餘譜》題同，唯「莘」作「辛」。《稼軒詞》題「調陳莘叟」，《稼軒長短句》題「調陳莘叟憶内」。

来[一]，那堪被、鴈兒調戲。道無書、却有書中意。排幾箇、人人字按：此調當以後段爲正，其前段句讀不同，蓋作者偶失之耳，不足據也。

【校】

[一] 没：原本作「波」，蓋訛誤，茲從《稼軒詞》、《嘯餘譜》及附録本、和刻本校訂。

怨王孫(一)　雙調○小令

仄可平仄可平仄可平仄四字句平可仄平仄可平仄韻，四字句仄可平仄平平四字句仄可平平仄仄叶，四字句平仄平可仄仄平平更韻，六字句仄平平叶，三字句○仄可平平平可仄仄平平仄再更韻，七字句平仄可平仄叶，三字句仄仄可平平平可仄仄叶，五字句仄可平平仄仄仄可平仄六字句仄仄平平三更韻，四字句仄平平叶，三字句

(一) 按：此調正名爲《河傳》，始見唐温庭筠等人詞，宋詞別名《怨王孫》、《怨春郎》等。宋詞另有《憶王孫》，亦別名《怨王孫》。前卷二字題已收《河傳》，此乃同調重出。

詞二首

春景

宋婦李清照〔一〕

夢斷漏悄〔一〕，愁濃酒惱。寶枕生寒，翠屏向曉。門外誰掃殘紅。夜來風。○玉簫聲斷人何處。春又去。忍把歸期負。此情此恨此際，擬託行雲。問東君。

帝里春晚〔二〕。重門深院。草緑堦前〔三〕，暮天鴈斷。樓上遠信誰傳。恨綿綿。○多情自是多沾惹。難拚捨。又是寒食也。鞦韆巷陌人静，皎月初斜〔四〕。浸梨花。

【校】

〔一〕按：《詞律》卷六、《詞譜》卷十一所收《河傳》各體，起句或作二言二句，多用韻；此句「悄」字與「惱」、「曉」同韻，當注叶。

〔二〕按：《詞譜》收此詞爲《河傳》「又一體」，此句作二言二句。

（一）按：《花草粹編》卷十署李易安，調名《月照梨花》，題「春暮」；「夢斷」一首，《草堂詩餘·前集》卷上未署名，次李清照《武陵春》詞後，《全宋詞》録作無名氏詞。

［三］按：此句《詞譜》注平韻，與「傳」、「綿」相叶。

［四］「鞦韆」二句：《詞譜》作四言一句、六言一句。

戀繡衾　雙調〇小令

仄可平仄平平仄仄平韻，七字句平可仄平平平可仄仄仄平叶，七字句平可仄仄仄可平平平可仄仄六字句仄可平平平可仄平可仄仄仄可平平叶，七字句〇平可仄平仄可平仄平平仄七字句仄可平平可仄平平可仄仄仄可平平叶，七字句仄可平仄可平仄平平仄六字句仄平平平可仄仄仄可平平叶，七字句

詞

閒退[一]　宋陸　游

不惜貂裘換釣篷。嗟時人、誰識放翁。歸棹借、風輕穩[二]，數聲聞、林外暮鐘。〇幽棲莫笑蝸廬小，有雲山、煙水萬重。半世向、丹青看，喜如今、身在畫中。

［一］按：《詩餘圖譜》卷一、《嘯餘譜》及附録本、和刻本皆題「退閑」。

【校】

［一］風輕：《渭南詞》、《放翁詞》皆作「樵風」，《詩餘圖譜》作「輕風」。

芳草渡（一） 雙調○小令

平平仄三字句仄平平韻，三字句平平仄三字句仄平平叶，三字句平可仄平平可仄仄仄平平叶，七字句平仄仄三字句平仄仄三字句仄平平叶，三字句○仄可平平可仄仄更韻，三字句平仄仄叶，三字句仄可平仄平可仄平仄可平仄叶，六字句平平仄三字句仄平平叶前段韻，三字句平平仄三字句仄平仄叶後段韻，三字句仄平平叶前段韻，三字句

詞

宋歐陽脩（二）

梧桐落，蓼花秋。煙初冷，雨纔收。蕭條風物正堪愁。人去後，多少恨，在心頭。○燕鴻

（一）按：此調始見南唐馮延巳詞，宋歐陽修、張先別名《繫裙腰》；《詞律》卷八、卷九，《詞譜》卷十一、卷十三，收《芳草渡》、《繫裙腰》爲二調；宋詞另有《芳草渡》爲長調。

（二）按：此詞載馮延巳《陽春集》，《全唐五代詞》録作馮詞；又載《近體樂府》卷三，蓋誤録，《全宋詞》於歐陽修入存目詞，注爲馮延巳詞。

遠。羌笛怨。渺渺澄波一片。山如黛，月如鈎。笙歌散[一]，夢魂斷[二]。倚高樓。

【校】

[一]「笙歌」句：《詞律》卷八、《詞譜》卷十一皆注叶仄韻。

[二] 夢魂：《陽春集》作「魂夢」。

夜行船[一]　雙調○小令

仄可平仄平可仄平平仄韻，六字句仄可平仄仄仄可平平平可仄仄叶，七字句平可仄平平可仄仄仄平平七字句仄平平仄平平仄叶，七字句○仄平可仄仄平可平仄平平仄仄叶，八字句平可仄平可仄仄仄可平平平仄叶，七字句仄可平仄平平平仄仄七字句仄平平仄平平仄叶，七字句

(一) 按：《詞譜》卷十一收此調，注曰：「黃公紹詞名《明月棹孤舟》。《詞律》以《夜行船》混入《雨中花》，今照《花草粹編》分列。」

詞　　宋歐陽脩

憶昔西都歡縱。自别後、有誰能共。伊川山水洛川花，細尋思、舊遊如夢。○記今日相逢情愈重[一]。愁聞唱、畫樓鐘動。白髮天涯逢此景，倒金樽、殢誰相送。

【校】

[一]「記今日」句：《近體樂府》卷三、《詞譜》卷十一皆作七言句，無「記」字。

虞美人　凡二體，並雙調○小令

第一體

平可仄平平可仄仄平平仄韻，七字句仄可平仄平平仄叶，五字句仄可平平仄可平仄仄平平更韻，七字句仄可平仄仄可平平平可仄仄六字句仄平平叶，三字句○後段同，亦更仄平兩韻各叶

詞

感舊(一)

南唐李後主

春花秋月何時了。往事知多少。小樓昨夜又東風。故國不堪回首,月明中[一]。○雕欄玉砌應猶在,只是朱顏改。問君都有幾多愁[二]。恰是當作似一江春水[三],向東流。

【校】

[一]按:《詞律》卷八、《詞譜》卷十二所收此調各體,兩結多作九言一句,或於第六字注「讀」;另有兩結作七言一句、三言一句,七言句叶韻。

[二]問君:《尊前集》作「不知」。都:《尊前集》作「能」,《花庵詞選》卷一作「還」。

[三]恰是:《花庵詞選》、《草堂詩餘》皆作「恰似」,《詩餘圖譜》作「却似」。

(一)按:《南唐二主詞》、《尊前集》皆無題;《草堂詩餘・後集》卷下入「人事・感舊」類,《類編草堂詩餘》卷一題「感舊」。《嘯餘譜》題「舊感」,蓋「感舊」之誤。

又

離別[一]　　宋蘇　軾

波聲拍枕長淮曉。隙月窺人小。無情汴水自東流。只載一船離恨，向西州。○竹溪花浦曾同醉。酒味多於淚。誰教風鑑在塵埃。醖造一場煩惱，送人來。

第二體

前後段並與第一體同，唯第四句皆作七字，又叶平韻

詞　　唐毛文錫

寶檀金縷鴛鴦枕。綬帶盤宮錦。夕陽低映小窗明。南園緑樹語鶯鶯。夢難成。○玉鑪香暖頻添炷。滿地飄輕絮。珠簾不卷度沈煙。庭前閑立畫鞦韆。艶陽天。

(一) 按：《草堂詩餘·後集》卷下入「人事·離別」類，《類編草堂詩餘》卷一題「離別」，《花草粹編》卷十二題「維揚別少游」，注出《冷齋夜話》。

又

唐顧敻

曉鶯啼破相思夢。簾捲金泥鳳。宿粧猶在酒初醒。翠翹慵整倚雲屏。轉娉婷。○香檀細畫侵桃臉。羅袂輕輕斂。佳期堪恨再難尋。緑蕪滿院柳成陰。負春心。

瑞鷓鴣(一)　凡三體，並雙調

第一體　小令

前段即七言絶句○後段同，唯首句末用仄字不叶韻

詞

宋歐陽脩(二)

楚王臺上一神仙。眼色相看意已傳。見了又休還似夢，坐來雖近遠如天。○隴禽有恨猶

(一) 按：《詞律》卷八收此調，列五十六字、六十四字、八十八字三體；《詞譜》卷十二略同，注謂此調始見馮延巳《舞春風》，至柳永另有添字體、慢詞體。實則當分爲三調。

(二) 按：此首實非詞，亦非歐陽修作。《近體樂府》卷一注：「此詞本李商隱詩，公嘗筆於扇，云可入此腔歌之。」《全宋詞》入歐陽修存目詞，注爲唐吴融詩，見《才調集》卷二。

能説，江月無情也解圓。更被春風送惆悵，落花飛絮兩翩翩。

第二體　中調

仄可平平平可仄仄仄平平韻，七字句仄可平平平可仄仄仄平平叶，七字句仄可平仄平平仄可平仄平平仄九字句仄可平仄平平仄仄平叶，七字句◯平可仄平仄可平仄平平仄七字句平可仄平仄可平仄平平叶，六字句平可仄平仄可平仄平平六字句仄可平仄平平仄五字句仄平平叶，三字句仄可平仄平平仄仄平叶，七字句

詞

詠紅梅[一]

宋晏殊

越娥紅淚泣朝雲。越梅從此學妖頻[二]。臘月初頭、庾嶺繁開後，特染妍華贈世人[三]。◯前溪昨夜深深雪，朱顏不掩天真。何時驛使西歸，寄與相思客，一枝新。報道江南別樣春。

[一] 按：《梅苑》卷八收此詞，無題；汲古閣本《珠玉詞》有此題。

【校】

［一］頻：《珠玉詞》作「嚬」。

［二］特：《梅苑》作「時」。

第三體　中調

仄可平仄平平仄可平平可仄仄七字句平可仄平仄可平仄平平韻，六字句仄可平平平仄仄可平仄平平叶，八字句仄可平仄平平仄可平仄六字句平可仄仄仄平平叶，五字句平仄仄三字句平可仄平仄可平仄仄可平仄平平叶，八字句◯平可仄仄仄平平叶，五字句仄可平仄仄平可仄平仄可平仄平平叶，九字句平仄仄三字句平可仄仄平可仄仄平平叶，六字句平可仄仄平可仄平仄可平仄叶[二]，六字句平可仄仄仄平平叶，五字句平仄仄三字句平可仄平仄可平仄四字句仄可平平平平叶，四字句

詞　　宋柳永

寶髻瑤簪麗粧巧[二]，天然緑媚紅深。綺羅叢裏、獨逞謳吟[三]。一曲陽春定價，何啻直千金。傾聽處，王孫帝子、鶴盖成陰。◯凝態掩霞襟[四]。動象板聲聲，怨思難任。嘹喨處，

迴壓絃管低沈。時恁回眸斂黛，空役五陵心。須信道，緣情寄意，别有知音。

【校】

［一］按：此句譜注叶韻，《嘯餘譜》及附録本、和刻本皆同，蓋訛誤；《詞律》卷八、《詞譜》卷十二皆不注叶韻。

［二］「寶髻」句：《詞譜》作四、三句式，注「簪」字叶韻；《詞律》同，唯後三字連下作九言句。瑶，原本作「缺」，兹從《樂章集》、《嘯餘譜》校訂。

［三］「綺羅」句：《詞律》、《詞譜》皆作四言二句；「王孫」句亦同。

［四］凝：《嘯餘譜》及附録本、和刻本作「疑」。

小重山（一）　一名《小沖山》，雙調○小令

仄可平仄平平平可仄仄平韻，七字句仄可平平平仄仄五字句仄平平叶，三字句仄可平平平可仄仄平

（一）按：唐教坊曲有《感皇恩》，始見敦煌寫本無名氏詞；至晚唐韋莊等人始名《小重山》，至宋成通用名，又别名《小沖山》等，唯張先仍用舊名。宋又另創《感皇恩》新調。

平叶，七字句平平可仄仄三字句平可仄仄仄平平叶，五字句○平可仄仄仄平平叶，五字句仄可平平平仄仄五字句仄平平叶，三字句仄可平平平可仄仄仄平平叶，七字句平平可仄仄三字句平可仄仄仄平平叶，五字句

詞

唐韋　莊

一閉昭陽春又春。夜寒宫漏永，夢君恩。卧思塵事暗銷魂[一]。羅衣濕，紅袂有啼痕。○歌吹隔重閽。遶庭芳草緑，倚長門。萬般惆悵向誰論。凝情立，宫殿欲黄昏。

【校】

［一］塵事：《花間集》卷三、《花庵詞選》卷一、《草堂詩餘·後集》卷下皆作「陳事」。

又

石晉和　凝

春入神京萬木芳。禁林鶯語滑，蝶飛狂。曉花擎露妬啼粧。紅日永，風和百花香。○煙鎖柳絲長。御溝澄碧水，轉池塘。時時微雨洗風光。天衢遠，到處引笙簧。

又

秋閨(一)

宋汪　藻

月下潮生紅蓼汀。殘霞都歛盡，四山青。柳梢風急墮流螢。隨波去，點點亂寒星。○别語記丁寧。如今能間隔，幾長亭。夜來秋氣入銀屏。梧桐雨，還恨不同聽。

接賢賔(二)

雙調○小令

平可仄平平可仄仄仄平平韻，七字句仄可平平仄平可仄平叶，五字句平可仄平仄仄四字句仄可平仄仄平平叶，六字句○仄可平平平可仄仄平平仄七字句平可仄平仄可平仄平平叶，六字句仄可平仄平可仄平平仄仄七字句平可仄平仄可平仄平平叶，六字句仄平平三字句平仄仄三字句仄可平仄仄平平叶，五字句

(一) 按：《草堂詩餘·前集》卷下入「秋景·秋閨」類，《類編草堂詩餘》卷一題「秋閨」；《花草粹編》卷十二題「紅蓼汀憶别」。

(二) 按：此調唐五代僅見毛文錫詞一首，載《花間集》卷五，凡五十九字。宋柳永有《集賢賓》一首，一百十七字，《詞譜》卷十三注「此即毛詞體再加一疊」。

詞

唐毛文錫

香韉鏤襜五花驄[一]。值春景初融。流珠噴沫，躞蹀汗血流紅[二]。○少年公子能乘馭[三]，金鑣玉轡瓏璁。爲惜珊瑚鞭不下，驕生百步千蹤。信穿花，從拂柳，向九陌追風。

【校】

[一] 鏤：譜注本平可仄，《嘯餘譜》及附録本、和刻本同，蓋訛誤；《詞譜》卷十三注仄聲。

[二] 「流珠」二句：《詞律》、《詞譜》皆作六言一句、四言一句。

[三] 馭：《嘯餘譜》及附録本、和刻本作「駿」。

感皇恩　凡二體，有平仄兩韻，並雙調○中調

第一體

平可仄仄平平仄仄平韻，七字句平可仄平平仄仄五字句仄平平叶，三字句仄可平平平可仄仄仄平平叶，七字句平平仄三字句平可仄仄仄可平仄平平叶，六字句○仄可平仄仄平平叶，五字句平可仄平仄可平仄仄仄平平叶，八字句仄可平平平可仄仄仄平平七字句平平仄三字句仄平仄三字句仄平平叶，三字句

安車訪趙閲道同遊湖山（一）　　宋張　先

廊廟當時共代工。睢陵千里約，遠相從〔一〕。欲知賓主與誰同。宗枝内，黄閣舊、有三公〔二〕。◯廣樂起雲中。湖山看畫軸、兩仙翁〔三〕。武林佳話幾時窮〔四〕。元豐際，德星驟〔五〕，照江東。

【校】

〔一〕「睢陵」二句：《張子野詞》卷一作：「睢陵千里遠，約過從。」注：「一作：『睢陵千里約，遠相從。』」

〔二〕「黄閣」句：《詩餘圖譜》卷二、《詞律》卷九皆作三言二句。

〔三〕「湖山」句：《詩餘圖譜》、《詞律》皆作五言一句、三言一句。

〔四〕「武林」句：《詞律》注叶韻。

〔五〕驟：《張子野詞》、《花草粹編》、《詞律》皆作「聚」。

（一）按：《百家詞》本、《彊村叢書》本《張子野詞》收此詞及另二首，調名皆作《小重山》，實用唐《感皇恩》古調名，與宋代新聲《感皇恩》爲異調。此首《張子野詞》卷一、《花草粹編》卷十一皆題「安車少師訪閲道大資同遊湖山」。

第二體

平可仄仄仄平平五字句仄可平仄可平仄仄[一]韻，四字句平可仄仄平平仄平仄叶，七字句平可仄平仄可平仄四字句仄可平仄仄可平平平可仄仄叶，六字句仄可平平平仄仄五字句平平仄叶，三字句◯平可仄仄平平四字句平可仄平平仄叶，四字句平可仄仄平可仄平仄可平平可仄仄叶，七字句平可仄平平仄四字句仄可平仄平可仄平平仄叶，六字句平可仄平平仄仄五字句平平仄叶，三字句

詞

飲酒[一]　宋毛滂

多病酒樽踈，飲少輙醉。年少銜盃可追記。無多酌我，醉倒阿誰扶起。滿懷明月冷，爐煙細。◯雲漢雖高，風波無際。何似歸來醉鄉裹。玻璃江上，滿載春光花氣[二]。蒲萄仙浪軟，迷紅翠。

[一] 按：《百家詞》本、汲古閣本《東堂詞》皆題「晚酌」。

【校】

[一] 按：此句第二字例詞爲「少」，譜注本仄可平；《嘯餘譜》注「少」字可仄，則作平聲。

[二] 氣：原本無此字，與譜注六字叶韻不合，蓋脱漏；兹從《東堂詞》、《嘯餘譜》及附録本、和刻本校補。

釵頭鳳[一]　雙調○中調

平平仄韻，三字句平平仄叶，三字句仄可平平平可仄仄平平仄叶，七字句平平仄更韻，三字句平平仄叶，三字句仄可平平平可仄仄四字句仄可平平平仄叶，四字句仄仄仄叶，此句連疊三字○後段同

詞

憶舊[二]　　宋陸　游

紅酥手。黄藤酒[一]。滿城春色宮牆柳。東風惡。歡情薄。一懷愁緒，幾年離索。錯錯

[一] 按：此調始名《擷芳詞》，蓋首見《古今詞話》無名氏詞，有「可憐孤似釵頭鳳」句，陸游改名《釵頭鳳》；又有《玉瓏璁》、《折紅英》、《摘紅英》等别名。

[二] 按：《渭南詞》、《放翁詞》皆無題，《中興以來絶妙詞選》卷二題「閨詞」。

錯。○春如舊。人空瘦。淚痕紅浥鮫綃透[二]。桃花落。閒池閣。山盟雖在，錦書難託。莫莫莫。

【校】

[一] 藤：《渭南詞》、《中興以來絶妙詞選》作「縢」。

[二] 鮫綃：《渭南詞》作「蛟綃」，《放翁詞》、《中興以來絶妙詞選》等作「鮫綃」。

蘇幙遮　凡二體，並雙調○中調

第一體

仄平平三字句平仄仄韻，三字句平可仄仄平可仄平四字句平可仄仄可平平平可仄仄叶，五字句仄可平仄平可仄平平仄仄叶，七字句平可仄仄平平四字句仄可平仄可平平平可仄仄叶，五字句○仄平平三字句平仄仄叶，三字句平可仄仄仄可平平仄可平仄平平仄叶，九字句平可仄仄平可仄平平仄仄叶，七字句仄平仄可平仄平平仄叶，七字句

詞

風情

宋周邦彦(一)

隴雲沈，新月小。楊柳梢頭，能有春多少。試著羅裳寒尚峭。簾捲青樓，占得東風早。○翠屏深，香篆裊。流水落花、不管劉郎到[一]。三疊陽關聲漸杳。斷雲只怕巫山曉[二]。

【校】

[一] 按：《詞律》卷九、《詞譜》卷十四收此調，於兩片第三句及兩結皆分作四言一句、五言一句。

[二] 「斷雲」句：《花草粹編》作「斷雨殘雲，只怕巫山曉」，多「雨殘」二字，《詞律》、《詞譜》同。

第二體

前段與第一體同○後段亦與第一體同，唯末句分作一句四字、一句五字

(一) 按：《草堂詩餘·後集》卷下入「人事·風情」類，未署名；《花草粹編》卷十四、《類編草堂詩餘》卷四、《片玉詞·補遺》皆作周邦彦詞；《全宋詞》録作無名氏詞。

詞

懷舊(一)　宋范仲淹

碧雲天，黃葉地。秋色連波，波上寒煙翠。山暎斜陽天接水。芳草無情，更在斜陽外。○黯鄉魂，追旅思。夜夜除非、好夢留人睡。明月樓高休獨倚。酒入愁腸〔一〕，化作相思淚。

【校】

〔一〕愁腸：《嘯餘譜》及附録本、和刻本皆作「愁成」。

繫裙腰　雙調○中調

仄可平平仄可平仄仄平平韻，七字句平平可仄仄仄平平〔一〕六字句平可仄平仄可平仄平平仄七字句仄可平仄平平叶，四字句仄可平平仄仄平平叶，六字句○後段同，唯首句末用仄字不叶韻，末句作七字

(一) 按：《樂府雅詞・拾遺》卷上未署名，亦無題；《彊村叢書》本《范文正公詩餘》、《類編草堂詩餘》卷二皆有此題。

詞　　宋張先

惜霜澹照夜雲天[二]。朦朧影、畫勾欄，人情縱似長情月，算一年年。又能得、幾番圓。○欲寄西江題葉字[三]，流不到、五亭前。東池始有荷新緑，尚小如錢。問何日藕、幾時蓮。

【校】

[一] 按：此句原本及《嘯餘譜》、附録本、和刻本皆未注叶韻；《詞律》卷九、《詞譜》卷十三皆注叶韻。

[二] 惜：《花草粹編》卷十三、《詞譜》皆作「清」，《詞律》作「濃」。澹：《花草粹編》、《張子野詞》皆作「蟾」。

[三] 西江：《嘯餘譜》作「江西」。

定風波　凡三體，並雙調○中調

第一體　此體兩段並用平韻，又前段及後段第二句以前中用仄韻，又後段第四、第五句别用仄韻

仄可平仄平平仄可平仄平韻，七字句仄可平平平可仄仄仄平平叶，七字句平仄平平平仄仄更韻，七字句

平仄叶，二字句仄可平平平可仄仄仄平平叶，七字句○平可仄仄平平平仄仄叶，七字句平仄叶，二字句仄可平平平可仄仄仄平平叶，七字句仄可平仄平可仄平平仄仄更韻，七字句平仄叶，二字句仄可平平平可仄仄仄平平叶，七字句

詞

詠梅(一)　宋葉夢得

破萼初驚一點紅。又看青子暎簾櫳。冰雪肌膚誰復見。清淺。尚餘疎影照晴空。○惆悵年年桃李伴。腸斷。秖應芳信負東風。待得微黃春亦暮。煙雨。半和飛絮作濛濛。

第二體

前後段並與第一體同，唯中間不用仄韻

(一) 按：《石林詞》題爲「與幹譽才卿步西園始見青梅」。

詞

宋蘇　軾

好睡慵開莫厭遲。自憐冰臉不宜時。偶作小紅桃杏色，閒雅[一]，尚餘孤瘦雪霜姿。◯休把閒心隨物態，何事，酒生微暈沁瑶肌。詩老不知梅格在，吟詠，更看緑葉與青枝。

【校】

[一] 雅：《嘯餘譜》及附録本作「鴉」，蓋訛誤。

漁家傲

即《憶王孫》改用仄韻後加一疊(一)◯雙調◯中調

平可仄仄仄可平平平仄仄韻，七字句仄可平平仄可平仄平平仄叶，七字句平可仄仄仄可平平平仄仄叶，七字句平仄仄叶，三字句平可仄平仄可平仄平平仄叶，七字句◯後段同

(一) 按：《憶王孫》一調起自北宋末年，別名《憶君王》、《豆葉黄》、《獨脚令》等，爲單片體，句式雖與《漁家傲》單片相同，然平仄不同，聲情相異，自非同調。

詞

春景(一)

宋王安石

平岸小橋千嶂抱。揉藍一水縈花草[二]。茅屋數間窗窈窕。塵不到。時時自有春風掃。○午枕覺來聞語鳥。欹眠似聽朝鷄早。忽憶故人今總老。貪夢好。茫茫忘了邯鄲道。

【校】

[二]揉藍：《臨川先生歌曲》及《樂府雅詞》卷上作「柔藍」。揉，本平聲，譜注「仄可平」，《嘯餘譜》及附録本、和刻本同，蓋訛誤。

贊成功(二)　雙調○中調

仄可平平可仄仄可平仄四字句仄仄平平韻，四字句平可仄平平可仄仄仄平平叶，七字句仄可平平平可仄

(一) 按：《草堂詩餘・前集》卷上題「春夜」；《類編草堂詩餘》卷二、《花草粹編》卷十三題「春景」；《詞餘圖譜》卷二題「山居」。

(二) 按：此調僅見五代毛文錫詞一首，載《花間集》卷五，爲孤調。

仄四字句平可仄仄平平叶，四字句平平仄仄四字句仄仄平平叶，四字句○後段同

詞

唐毛文錫

海棠未坼，萬點深紅。香包緘結一重重。似含羞態，邀勒春風。蜂來蝶去，任遶芳叢。○昨夜微雨，飄灑庭中。忽聞聲滴井邊桐。美人驚起，坐聽晨鐘。快教折取，戴玉瓏璁。

獻衷心(一)

凡二體，並雙調○中調

第一體

仄仄可平平平可仄仄五字句平可仄仄平平韻，四字句平仄仄三字句仄平平叶，三字句仄可平仄可平平平可仄仄五字句平可仄仄平平叶，四字句平仄可平仄三字句平仄仄三字句仄平平叶，三字句○平仄仄三字

(一) 按：唐教坊曲有《獻忠心》，始見敦煌寫本無名氏詞，賦詠本意，蓋盛唐之作，體式不一，或爲同名異調；至五代歐陽炯、顧敻用其調寫戀情，更名《獻衷心》。宋詞無作。

句仄平平叶，三字句仄可平平平可仄仄仄平平叶，七字句仄可平仄平平可仄仄平可仄仄平平叶，九字句平仄仄三字句平仄仄三字句仄平平叶，三字句

詞　唐歐陽炯

見好花顏色，争笑東風。雙臉上，晚粧同。閉小樓深閣，春景重重。三五夜，偏有恨，月明中。○情未已，信曾通。滿衣猶自染檀紅。恨不如雙燕，飛舞簾櫳[一]。春欲暮，殘絮盡，柳條空。

【校】

[一]「恨不如」句：《詞律》卷九、《詞譜》卷十四皆作五言一句、四言一句，與前段「閉小樓」二句同。

第二體

前段與第一體同，唯第二及第六句皆作五字○仄可平平平仄四字句平可仄仄平平叶，四字句仄可平平平可仄仄四字句仄仄平平叶，四字句仄平可仄平平仄五字句平可仄仄平平叶，四字句平平仄三字句

平仄仄三字句仄平平叶，三字句

詞

唐顧夐

繡鴛鴦帳暖，畫孔雀屏欹。人悄悄，月明時。想昔年懽笑，恨今日分離。銀釭背，銅漏永，阻佳期。◯小爐煙細，虛閣簾垂。幾多心事，暗地思惟。被嬌娥牽役，魂夢如癡。金閨裏，山枕上，始應知。

錦纏道

雙調◯中調

仄可平仄平平四字句仄可平仄仄可平平平可仄仄韻，六字句仄可平平可仄平仄可平平平可仄仄叶，七字句仄可平平平可仄仄平平仄叶，七字句仄可平仄平平四字句仄可平仄平平仄叶，五字句◯仄平可仄平可仄仄可平平五字句仄可平平平可仄仄叶，四字句仄可平平可仄平可仄仄可平平平仄叶，七字句仄仄可平平平可仄仄平平七字句仄仄可平平平可仄仄五字句仄仄平平仄叶，五字句

詞

春景

宋宋　祁（一）

燕子呢喃，景色乍長春晝。覩園林、萬花如繡。海棠經雨胭脂透。柳展宮眉，翠拂行人首。○向郊原踏青，恣歌携手。醉醺醺、尚尋芳酒。問牧童、遥指孤村，道杏花深處〔一〕，那裏人家有。

【校】

〔一〕「問牧童」二句：《詩餘圖譜》卷二、《詞律》卷十、《詞譜》卷十四皆以「道」字屬上句。

看花回（二）

雙調○中調

仄可平仄平平仄可平仄平韻，七字句平可仄仄平平叶，四字句仄可平平平可仄仄平平仄七字句仄可平

（一）按：《嘯餘譜》及附録本、和刻本皆署宋祁作；《全宋詞》據《草堂詩餘・前集》卷上作無名氏詞，注「此首別又誤作宋祁詞，見《類編草堂詩餘》卷二」。

（二）按：《詞譜》卷十五收此調，注「琴曲有《看花回》，調名本此」；分列兩體，六十八字者僅見柳永詞二首；一百一字者有黄庭堅、周邦彦等人詞，應屬同名異調。

仄可平平可仄仄可平仄平平叶，七字句平可仄平平仄仄五字句仄仄平平叶，四字句○後段同，唯第四句作六字

詞

警悟（一）　　宋柳　永

屈指勞生百歲期。榮瘁相隨。利牽名惹逡巡過，奈兩輪、玉走金飛。紅顔成白首，極品何爲。○塵事常多雅會稀。忍不開眉。畫堂歌管深深處，難忘酒盞花枝。醉鄉風景好，攜手同歸。

隔浦蓮（二）　　雙調○中調

平可仄平平可仄平可仄仄可平仄可平仄韻，六字句仄可平仄平平仄叶，五字句仄可平仄平平平仄[一]五字句

（一）按：《樂章集》無題，《花草粹編》卷十四題「述懷」。

（二）按：《清真集》卷上、《片玉詞》卷上調名作《隔浦蓮近拍》；吴文英等人詞又名《隔浦蓮近》；《詞律》卷十一、《詞譜》卷十七皆收《隔浦蓮近拍》。

平平仄三字句平平仄叶，三字句平可仄仄可平平仄叶，五字句平平仄三字句仄仄平三字句平可仄仄仄可平平仄叶，五字句〇平平仄仄四字句平可仄平平仄平仄叶，六字句平平仄仄四字句仄可平仄仄可平平平可仄仄叶，六字句平可仄仄平可仄平仄可平仄仄叶，七字句平仄叶，二字句平可仄平平仄平仄叶，六字句

詞

夏景[一]　宋周邦彦

新篁摇動翠葆。曲徑通深窈。夏果收新脆[二]，金丸落，驚飛鳥[三]。濃靄迷岸草。蛙聲鬧，驟雨鳴，池沼水亭小[四]。〇浮萍破處，簷花簾影顛倒。綸巾羽扇，醉臥北窻清曉。屏裏吳山夢自到。驚覺。依前身在江表。

[一] 按：《片玉集》卷四、《草堂詩餘・前集》卷下皆入「夏景」類；《花庵詞選》卷七題「夏景」；《清真集》卷上、《片玉詞》卷上題「中山縣圃姑射亭避暑作」。

【校】

［一］按：此句注爲五字句，據例詞亦爲五字句，而譜字爲六字，多一「平」字，附録本、和刻本同，蓋衍誤。

［二］脆：《嘯餘譜》及附録本、和刻本皆作「膾」，蓋訛誤。

［三］「金丸」二句：《樂府雅詞》一作「金丸驚落飛鳥」。汲古閣本《片玉詞》注「一作『金丸落飛鳥』」。

［四］「驟雨」二句：《片玉集》、《清真集》、《樂府雅詞》皆作「驟雨鳴池沼」，以「水亭小」三字爲後段起句。

文體明辯附録卷之十一

大明吴江徐師曾伯魯纂

詩餘二十二下

三字題下

風入松　凡二體，並雙調○中調

第一體

仄可平平平可仄仄仄平平韻，七字句仄可平仄平平叶，四字句仄可平平仄可平仄平平仄叶[一]，七字句仄可平平平可仄仄平平叶，六字句平可仄仄平可仄平平仄六字句平可仄平平可仄仄平平叶，六字句○後段同，唯第四句作七字

詞

春晚

宋康與之(一)

一宵風雨送春歸。緑暗紅稀。畫樓整日無人到，與誰同撚花枝。門外薔薇開也，枝頭梅子酸時。◯玉人應是數歸期。翠歛愁眉。塞鴻不到雙魚遠，嘆樓前、流水難西。新恨欲題紅葉，東風滿院花飛。

【校】

[一]叶：《嘯餘譜》及附録本、和刻本譜注同，蓋訛誤；據例詞「到」字仄聲，與所用平聲韻不相叶。《詞譜》卷十七此句不注叶韻。

第二體

仄可平平平可仄仄仄平平韻，七字句平可仄仄仄平平叶，五字句仄可平平仄可平仄平平仄七字句平可

(一) 按：《中興以來絶妙詞選》卷一署康與之，《陽春白雪》卷五同，注「又附《田中行集》」，《全宋詞》兩收並存。

仄平仄平可仄仄平平叶，七字句平可仄仄仄可平平平仄六字句平可仄平平可仄仄平平叶，六字句○後段同

詞

元　虞　集

畫堂紅袖倚清酣。華髮不勝簪。幾回晚直金鑾殿，東風軟、花裏停驂。書詔許傳宮燭，輕羅初試朝衫。○御溝氷泮水拖藍[一]。紫燕語呢喃。重重簾幙寒猶在，憑誰寄、錦字泥緘。報道先生歸也，杏花春雨江南。

【校】

[一]拖：《彊村叢書》本《道園樂府》作「挼」。

剔銀燈　雙調○中調

平可仄仄平可仄平仄可平仄韻，六字句仄可平仄仄仄可平平平可仄仄叶，七字句仄可平仄可平平可仄平

四字句平可仄平平可仄仄四字句仄可平仄仄可平平平仄叶，六字句平可仄平平仄叶，四字句仄可平仄可平仄仄平平仄叶，七字句◯後段同，唯第二句作六字

詞

春景〔一〕

宋柳　永

何事春工用意。繡畫出、萬紅千翠。艶杏夭桃，垂楊芳草，各鬬雨膏煙膩。如斯佳致。早晚是、讀書天氣。◯漸漸園林明媚。便好安排歡計。論籃買花〔二〕，盈車載酒，百琲千金邀妓。何妨沈醉。有人伴、日高春睡。

【校】

〔二〕籃：《樂章集》一作「檻」。

〔一〕按：《樂章集》無題，《詩餘圖譜》卷二題「春景」，《花草粹編》卷十五題「新春」。

上西平(一)　雙調○中調

仄平平三字句平仄仄三字句仄平平韻，三字句仄可平平仄仄可平仄平平叶，七字句平可仄平仄仄四字句仄可平平仄可平仄仄平平叶，七字句仄可平平可仄仄仄可平平可仄仄可平仄平平叶，十字句○平平仄三字句平平仄三字句平仄仄三字句仄平平叶，三字句仄可平平仄平可仄仄平平叶，七字句仄可平平平可仄仄四字句平可仄平平可仄仄仄平平叶，七字句仄可平平仄仄四字句仄平平仄可平仄平平叶，七字句

詞

會稽秋風亭觀雪(二)　宋辛棄疾

九衢中，盃逐馬，帶隨車。問誰解、愛惜瓊華。何如竹外，靜聽窣窣蟹行沙。自憐是、海山頭種玉人家[一]。○紛如鬬，嬌如舞，纔整整，又斜斜。要圖畫、還我漁蓑。凍吟應笑，羔兒

(一) 按：此調正名爲《金人捧露盤》，「金人」一作「銅人」，別名《上西平》、《上平西》、《西平曲》等。

(二) 按：此詞載《稼軒長短句》卷六，有此題；《花草粹編》卷十五題「觀雪」。

無分謾煎茶[二]。起來極目，向彌茫、數盡歸鴉。

【校】

[一]「自憐」句：《詞譜》卷十八作三言一句、七言折腰一句。

[二]謾：《花草粹編》卷十五、《詞譜》皆作「漫」。

過澗歇[一]　雙調○中調

平可仄仄仄可平仄仄可平平可仄仄韻，七字句仄可平平可仄平平四字句仄可平仄平可仄平平可仄仄叶，六字句仄平仄叶，三字句仄可平仄平平仄仄六字句仄可平仄平平仄叶，五字句仄可平仄仄三字句仄可平仄平可仄平仄可平平可仄仄叶，七字句○仄可平仄平仄可平仄五字句仄可平平可仄仄可平平可仄仄平平仄叶，八字句平平仄可平平可仄仄叶，五字句平可仄仄平平四字句仄仄平平四字句仄平仄仄四字句仄可平仄仄可平仄平平仄叶，七字句

[一]按：《彊村叢書》本《樂章集》卷中、卷下調名皆作《過澗歇近》。此調宋詞僅見柳永二首、晁補之一首。

詞

夏景〔一〕

宋柳　永

淮楚曠望極千里。火雲燒空〔二〕，盡日西郊無雨。厭行旅。數幅輕帆旋落，艤棹蒹葭浦。避畏景，兩兩舟人夜深語。○此際争可便，恁奔利名、九衢塵裏〔三〕。衣冠冒炎暑。回首江鄉，月觀風亭，水邊石上，幸有散髮披襟處。

【校】

〔一〕「淮楚」二句：《詞律》卷十二以晁補之詞爲例，注引此詞作「首句兩字起韻，次句三字，千里句六字」；《詞譜》卷十九同，於「極」字注「讀」。

〔二〕「此際」二句：《詞律》注疑舊刻脱落二字。《樂章集》各本多作：「此際爭可，便恁奔名競利去。九衢塵裏。」《詞譜》亦同，注「去」字叶韻。

〔一〕按：《樂章集》無題，《草堂詩餘・前集》卷下入「夏景」類，《類編草堂詩餘》卷二、《花草粹編》卷十五皆題「夏景」。

驀山溪　凡三體，並雙調○中調

第一體

平可仄平仄可平仄四字句仄可平仄平平仄韻，五字句平可仄仄仄平平五字句仄可平平可仄平可仄平可仄平仄可平仄叶，七字句平可仄平仄可平仄四字句仄可平仄仄平平五字句平仄可平仄叶，三字句平平仄叶，三字句仄可平仄平平仄叶，五字句○後段同

詞

春景〔一〕

宋黄庭堅

鴛鴦翡翠，小小思珍偶。眉黛斂秋波，儘湖南、山明水秀。娉娉嫋嫋〔一〕，恰似十三餘〔二〕，春未透。花枝瘦。正是愁時候。○尋芳載酒〔三〕，肯落誰人後。祇恐遠歸來，緑成陰、青梅如豆。心期得處，每自不由人，長亭柳。君知否。千里猶回首。

〔一〕按：汲古閣本《山谷詞》、《類編草堂詩餘》卷一皆題「贈衡陽妓陳湘」；《花庵詞選》卷四題「別意」；《草堂詩餘・前集》卷上入「春景」類。

【校】

［一］娉娉嫋嫋：《山谷詞》一作「傳傳儇儇」。娉娉，《詞譜》卷十九作「婷婷」。

［二］似：《山谷詞》、《花庵詞選》一作「近」，《類編草堂詩餘》作「是」。

［三］「尋芳」句：《詞譜》注叶韻。

第二體

前後段並與第一體同，唯第七句皆不叶韻

詞

春情　宋易彦祥（一）

海棠枝上，留得嬌鶯語。雙燕幾時來，並飛入、東風院宇。夢回芳草，緑遍舊池塘，梨花雪，桃花雨。畢竟春誰主。○東郊拾翠，襟袖霑飛絮。寶馬趁雕輪，亂紅中、香塵滿路。十千

（一）按：原本署「宋易」，附録本、和刻本同；《中興以來絶妙詞選》卷四、《草堂詩餘・前集》卷上、《嘯餘譜》皆署易彦祥，兹從校訂。《全宋詞》作易祓詞。

斗酒，相與買春閒，吴姬唱，秦娥舞。拚醉青樓暮。

第三體

前後段並與第一體同，唯第七、第八句皆不叶韻

詞

春半　宋張東父㈠

青梅如豆，斷送春歸去。小緑間長紅，看幾處、雲歌柳舞。偎花識面，對月共論心，携素手，採香遊，踏遍西池路。○水邊朱戸。曾記銷魂處。小立背鞦韆，空悵望、娉婷韻度。楊花撲面，香糝一簾風，情脉脉，酒厭厭，回首斜陽暮。

㈠ 按：原本署「宋張」，和刻本署張耒；《中興以來絶妙詞選》卷三、《草堂詩餘·前集》卷上、《嘯餘譜》皆署張東父，兹從校訂。《全宋詞》收作張震詞。

拂霓裳（一）　雙調○中調

仄平平韻，三字句仄可平平平可仄仄仄平平叶，七字句平仄可平仄三字句仄可平平平可仄仄仄平平叶，七字句平可仄平平仄仄五字句平可仄仄仄平平叶，五字句仄平平叶，三字句仄可平平平可仄平可仄仄仄平平叶，八字句○平可仄平仄可平仄四字句平可仄仄可平仄仄平平叶，六字句平可仄仄可平仄三字句仄可平平平可仄仄仄平平叶，七字句平可仄平平仄仄五字句平可仄仄仄平平叶，五字句仄平平叶，三字句仄可平平可仄平可仄平可仄仄仄平平叶，八字句

詞

宋晏　殊

笑秋天[二]。晚荷花上露珠圓[三]。風日好，數行新鴈貼寒煙。銀簧調脆管，瓊柱撥清絃。捧觥船。一聲聲、齊唱太平年。○人生百歲，離別易、會逢難。無事日，剩呼賓友啓芳筵。星霜催緑鬢，風露損朱顏。惜清歡。又何妨、沈醉玉樽前。

（一）按：唐教坊曲有此名，無唐詞；宋女弟子舞隊有《拂霓裳隊》。此調宋詞僅見晏殊詞三首，俱載《珠玉詞》。

【校】

[一]笑：《珠玉詞》一作「樂」。

[二]上：《珠玉詞》作「綴」。

爪茉莉[一]　雙調○中調

仄可平仄平平四字句仄可平平仄可平仄仄韻，五字句平平仄三字句仄平平仄叶，四字句平可仄平仄仄四字句仄可平仄仄平平仄可平仄叶，七字句仄可平平仄可平仄可平仄平平七字句仄可平平仄平仄仄叶，六字句○平可仄平仄仄四字句仄平平可仄仄可平平仄叶，六字句平仄仄三字句仄平平仄叶，四字句平平仄仄四字句仄平平可仄平平仄叶，六字句仄可平仄可平平仄可平仄仄可平平平可仄仄叶，九字句仄可平平仄可平平仄仄叶，六字句

[一]按：此調宋詞僅見柳永一首，爲孤調；《樂章集》未收，詞載《類編草堂詩餘》卷二、《花草粹編》卷十六，皆題「秋夜」。

詞

秋夜

宋柳　永

每到秋來，轉添甚況味。金風動，冷清清地[一]。殘蟬噪晚，甚聒得、人心欲碎。更休道、宋玉多悲，石人也、須下淚[二]。○衾寒枕冷，夜迢迢、更無寐。深院靜，月明風細[三]。巴巴望曉，怎生捱、更迢遞。料我兒、只在枕頭根底[四]。等人睡、來夢裏。

【校】

[一]「金風」二句：《詞律》卷十二、《詞譜》卷十九皆作七言折腰一句。

[二]「石人」句：《詞律》、《詞譜》皆作三言二句，後結亦同。

[三]「深院」句：《詞律》、《詞譜》皆作七言折腰句。

[四]我兒：《類編草堂詩餘》、《詞譜》皆作「可兒」。

離別難(一)　雙調○中調

仄可平仄仄可平仄平平韻，七字句平可仄平仄可平仄平平叶，六字句平可仄平平仄仄更韻，五字句仄可平平平可仄仄可平仄叶，五字句仄平平仄仄仄平平叶首句韻，八字句平仄仄再更韻，三字句平平仄叶，三字句平可仄平平可仄仄仄平平叶首句韻，七字句○平仄仄三更韻，三字句平平仄叶，三字句平仄平四更韻，三字句平可仄平仄可平仄平平叶，六字句仄可平仄平平仄五更韻，五字句仄平[二]平平仄叶，五字句仄可平平仄可平仄平平叶四更韻，六字句平仄仄六更韻，三字句平平仄叶，三字句平可仄平平可仄仄仄平平叶四更韻，七字句

詞

唐薛昭蘊

寶馬曉鞴雕鞍。羅幃乍別情難。那堪春景媚。送君千萬里。半粧珠翠落、露華寒[二]。紅蠟燭。青絲曲。偏能鉤引淚闌干。○良夜促。香塵緑。魂欲迷。檀眉半斂愁低。未別心

(一) 按：唐教坊曲有此名，唐詞僅見封特卿、薛昭蘊各一首，封詞五言四句，薛詞爲八十七字雜言體，當爲同名異調；宋柳永又有長調詞，蓋另翻新聲。

先咽。欲語情難説。出芳草、路東西。摇袖立。春風急。櫻花楊柳雨淒淒。

【校】

[一]平：《嘯餘譜》及附録本、和刻本譜注皆同，蓋訛誤；例詞「語」字實仄聲。

[二]「半粧」句：《詞譜》卷二十一作五言一句、三言一句。

夏雲峰(一)

雙調○長調(二)

仄平平韻，三字句平可仄仄仄平可仄仄仄可平仄平平叶，九字句平可仄仄仄可平平仄可平仄六字句仄可平仄平平叶，四字句仄可平平平仄四字句平仄仄三字句仄可平仄平平叶，四字句仄可平仄仄平可仄平仄可平仄仄平平叶，十字句○仄可平平仄可平仄平平叶，六字句仄平仄三字句平可仄平平可仄仄平平叶，六字句平可仄仄仄可平平仄可平仄六字句仄可平仄平平叶，四字句仄平平仄四字句平可仄仄可平仄

(一)按：此調蓋柳永首創，詞載《樂章集》；《高麗史・樂志》於調名注「慢」字。《詞律》卷十三、《詞譜》卷二十二收此調各體皆九十一字，屬長調慢詞。

(二)按：原本目録及譜注皆作「中調」，《嘯餘譜》及附録本、和刻本同，蓋訛誤；兹據律校訂爲「長調」。

仄可平仄平平叶，七字句仄可平仄仄平平仄仄七字句平可仄仄平平叶，四字句

詞

夏景〔一〕

宋柳　永

宴堂深。軒檻雨、輕壓暑氣低沈〔一〕。花洞彩舟泛斝，坐繞清潯。楚臺風快，湘簟冷，永日披襟〔二〕。坐久覺、疎絃脆管換新音〔三〕。○越娥蕙態蘭心。逞妖艷，昵歡邀寵難禁〔四〕。筵上笑歌間發，舄履交侵。醉鄉深處，須盡興、滿酌高吟。向此免、名韁利鎖，虛費光陰。

【校】

〔一〕檻：《樂章集》、《詞律》、《詞譜》皆作「檻」。

〔二〕「湘簟」二句：《詞律》、《詞譜》皆作七言句，於第三字注「豆」或「讀」。

〔三〕「坐久」句：《樂章集》「換」上多「時」字，《詞律》、《詞譜》皆作「坐久覺、疎絃脆管，時換新音」。

（一）按：《樂章集》無題；《草堂詩餘·前集》卷下入「夏景」類，《類編草堂詩餘》卷二題「夏景」，《花草粹編》卷十六題「避暑」。

[四]「逞妖」二句：《詞律》、《詞譜》皆作九言句，於第三字注「豆」或「讀」。

意難忘

雙調○長調

平仄平平韻，四字句[一]仄可平平可仄平仄可平仄五字句仄可平仄平平叶，四字句平可仄平平仄仄五字句平可仄仄仄平平叶，五字句平仄仄三字句仄平平叶，三字句平可仄仄仄平平叶，五字句仄可平仄平平可仄平仄可平仄七字句仄可平仄平平叶，四字句◯平可仄平仄可平仄平平叶，六字句仄可平平可仄平仄可平仄五字句仄可平仄平平叶，四字句平可仄平平仄仄五字句平可仄仄仄平平叶，五字句平仄仄三字句仄平平叶，三字句仄可平仄仄平平叶，五字句仄可平仄可平平可仄平可仄平仄可平仄七字句仄可平仄平平叶，四字句

詞

贈妓[一]　宋周邦彥

衣染鶯黃。愛停歌駐拍，勸酒持觴。低鬟蟬影動，私語口脂香。蓮露滴，竹風涼。拚劇

[一] 按：《片玉集》卷十、《清真集》卷下題「美詠」，《草堂詩餘・後集》卷下入「人物・佳人」類，《花庵詞選》卷七題「美人」，《詩餘圖譜》卷三題「贈妓」。

飲淋浪。夜漸深、燈籠就月，仔細端相[二]叶平聲。◯知音見説無雙。解移宮換羽，未怕周郎。長顰知有恨，貪耍不成粧。些箇事，惱人腸。試説與何妨。又恐伊、尋消問息，瘦減容光。

【校】

[一]四字句：原本注三字句，附録本同，蓋偶誤；譜爲四字，例詞亦四字，《嘯餘譜》、和刻本皆注四字句，兹從校訂。

[二]「夜漸」二句：《樂府雅詞》卷中、《花庵詞選》皆作：「漏漸深、移燈背壁，細與端相。」《詞律》卷十三於兩結皆作三言一句、四言二句。

玉漏遲

雙調◯長調

仄可平平平仄仄五字句平可仄平仄可平仄平可仄平平仄韻，八字句仄可平仄平平四字句仄可平仄仄可平平平可仄仄叶，六字句仄可平仄平可仄平仄可平仄六字句仄可平仄可平仄平可仄平平仄叶，七字句平仄仄叶，三字句仄可平平仄可平仄平可仄平平仄叶，八字句◯仄可平仄可平仄可平仄平平六字句仄可平仄可平仄平平仄可平平平可仄仄叶，九字句仄可平仄平平四字句仄可平平可仄仄可平平平可仄仄叶，六字句平可仄仄平可仄平仄可平仄六字句仄可平平仄仄可平平平可仄仄叶，七字句平仄仄叶，三字句平可仄平仄平平仄叶，六字句

詞

春景

宋宋　祁(一)

杏香飄禁苑，須知自古、皇都春早[一]。燕子來時，繡陌漸薰芳草。蕙圃夭桃過雨，弄碎影、紅篩清沼。深院悄。緑楊影裏、鶯聲低巧[二]。◯早是賦得多情，更對景臨風、鎮辜歡笑[三]。數曲欄干，故人謾勞登眺。天際微雲過盡，亂峯鎖、一竿斜照。歸路杳。東風淚零多少。

【校】

[一]「杏香」二句：《花草粹編》卷十七作：「杏香消散盡，須知自昔、都門春早。」《詞譜》卷二十三

(一) 按：《草堂詩餘·前集》卷上「春景」類未署名，《詩餘圖譜》卷三同；《類編草堂詩餘》卷三署宋祁；《花草粹編》卷十七附記韓嘉彦作此詞，《全宋詞》據以録爲韓詞。

於次句作四言二句。香，《嘯餘譜》作「花」。

〔二〕「緑楊」句：《詞譜》作四言二句。

〔三〕「更對」句：《詞譜》作五言一句、四言一句。

夏初臨〔一〕　雙調○長調

仄可平仄平平四字句仄可平平平仄四字句平可仄平仄可平仄平平韻，六字句平可仄仄平平四字句平可仄平仄可平仄平平叶，六字句仄可平平平可仄仄平平叶，六字句仄平可仄平仄可平仄平平叶，七字句平可仄平平可仄仄四字句平可仄平仄可平平可仄，四字句平可仄仄平平叶，四字句○平可仄平平可仄仄四字句仄可平仄平平四字句仄可平平仄可平仄四字句平可仄仄平平叶，四字句平可仄平仄可平仄四字句平可仄平仄可平仄平平叶，六字句仄可平仄平平叶，四字句仄平平可仄仄可平仄平平叶，七字句仄平平叶，三字句平可仄平仄可平平可仄，四字句仄可平仄平平叶，四字句

〔一〕按：此調乃《宴春臺》之別名，始見張先《宴春臺慢》，「宴」一作「燕」。前卷時令題已收《燕臺春》，即以張先詞爲例，此乃同調重出。

詞

夏景　宋劉巨濟㈠

泛水新荷，舞風輕燕，園林夏日初長。庭樹陰濃，雛鶯學弄新簧。小橋飛入横塘[一]。跨青蘋、緑藻幽香。朱欄斜倚，霜紈未摇，衣袂先凉。○歌歡稀遇，怨别多同，路遥水遠，煙淡梅黄。輕衫短帽，相携洞府流觴。况有紅粧。醉歸來、寶蠟成行。拂牙牀。紗厨半開，月在廻廊。

【校】

[一]「小橋」句：《花草粹編》卷十九、《詞律》卷十五皆作「小橋飛蓋入横塘」。

雙雙燕　雙調○長調

平可仄平仄仄四字句仄可平平可仄仄平平五字句仄可平平平可仄仄韻，四字句平可仄平仄可平仄四字句

㈠ 按：原本署「宋劉」，附録本同；《草堂詩餘・前集》卷下「夏景」類署劉巨濟，《嘯餘譜》及和刻本皆同，兹從校訂。

仄可平仄仄可平平平可仄仄叶，六字句平可仄仄平可仄平仄可平仄叶，六字句仄可平仄可平仄平平仄可平仄叶，七字句平可仄平仄可平仄平平六字句仄可平仄平可仄平平可仄仄叶，六字句〇平可仄仄平平仄可平仄叶，六字句仄可平仄可平仄平平五字句仄可平平平仄叶，四字句平可仄平平可仄仄四字句仄可平仄仄可平平平可仄仄叶，六字句平可仄仄平可仄平仄可平仄叶，六字句仄可平平可仄仄平可仄平平可仄仄叶，七字句平可仄仄可平仄可平仄平平六字句仄可平仄仄可平平仄可平仄叶，六字句

詞

詠燕（一）

宋史達祖

過春社了〔一〕，度簾幕中間，去年塵冷。差池欲住〔二〕，試入舊巢相並。還相雕梁藻井。又軟語、商量不定。飄然快拂花稍，翠尾分開紅影。〇芳徑芹泥雨潤〔三〕。愛貼地爭飛，競誇輕俊。紅樓歸晚，看足柳昏花暝。應自棲香正穩。便忘了、天涯芳信。愁損翠黛雙蛾，日日畫欄獨凭。

（一）按：《百家詞》本《梅溪詞》、《中興以來絶妙詞選》卷七皆同題，《草堂詩餘·後集》卷下入「花柳禽鳥·詠燕」類。

【校】

[一] 過：譜注平可仄，《嘯餘譜》及附録本、和刻本皆同；《詞譜》卷二十六注仄聲；《詞律》卷十四亦注「如首句，必仄平仄仄，而第三字必以去聲爲妙」。

[二] 欲住：《嘯餘譜》作「欲往」。

[三] 「芳徑」句：《詞律》、《詞譜》皆作二言一句、四言一句，於「徑」字注叶韻。

瑣窻寒(一)

雙調○長調

仄可平仄平平四字句平可仄平仄仄四字句仄平平仄韻，四字句平可仄平仄仄四字句仄可平仄仄可平平平可仄仄叶，六字句仄平平可仄平可仄平可仄仄可平平七字句仄可平平仄可平仄平平仄叶，七字句仄可平仄可平平仄可平仄五字句平可仄平平可仄仄四字句仄可平平平仄叶，四字句○平仄叶，二字句平平仄三字句仄可平仄可平仄平平五字句仄可平平仄仄叶，四字句平可仄平仄仄四字句仄可平仄平可仄平平

(一) 按：原本作《瑣寒窻》，蓋訛誤；兹從《片玉集》卷一、《清真集》卷上、《片玉詞》卷上及《嘯餘譜》校訂。「瑣」一作「鎖」。

仄叶，六字句仄平可仄平平可仄仄仄可平平七字句仄可平平仄可平仄平仄可平仄叶，七字句仄平平仄可平仄平平七字句仄可平仄平平仄叶，五字句

詞

寒食〔一〕

宋周邦彦

暗柳啼鴉，單衣竚立，小簾朱戶。桐花半畝，靜鎖一庭愁雨。洒空階、更闌未休〔一〕，故人剪燭西窗語。似楚江暝宿，風燈零亂，少年羈旅。◯遲暮。嬉遊處〔二〕，正店舍無煙，禁城百五。旗亭喚酒，付與高陽儔侶。想東園、桃李自春，小脣秀靨今在否。到歸時、定有殘英，待客携樽俎。

【校】

〔一〕更闌：《片玉集》、《片玉詞》、《清真集》皆作「夜闌」。

〔二〕按：此句《詞律》卷十六、《詞譜》卷二十七皆注叶韻。

〔一〕按：《片玉集》卷一入「春景」類；《草堂詩餘·後集》卷上入「節序·寒食」類；《片玉詞》卷上、《清真集》卷一皆題「寒食」。

渡江雲（一）　雙調○長調

平可仄平平仄仄五字句仄可平平仄仄四字句仄可平仄仄平平韻，五字句仄可平平平仄仄五字句仄可平仄平平仄可平仄仄平平叶，九字句平可仄平仄仄四字句仄可平仄可平仄平可仄仄平平叶，七字句平可仄仄可平平仄可平平平可仄仄七字句仄可平仄仄平平叶，五字句○平平叶，二字句平可仄平平可仄仄四字句仄可平仄平平四字句仄平可仄平仄可平仄五字句平仄平三字句平可仄平平可仄仄四字句平可仄仄平平叶，四字句平可仄平仄可平仄平平仄七字句仄可平仄可平仄平可仄仄平平叶，七字句平仄仄三字句平可仄平仄可平仄平平叶，六字句

詞

春景（二）　宋周邦彥

晴嵐低楚甸，暖回鴈翼，陣勢起平沙。驟驚春在眼，借問何時、委曲到山家[二]。塗香暈色，

（一）按：此調首見周邦彥《片玉集》，吳文英詞調名《渡江雲三犯》，陳允平、周密詞又名《三犯渡江雲》。

（二）按：《草堂詩餘·前集》卷上入「春景」類，《花庵詞選》卷七題「春詞」，《類編草堂詩餘》卷三、《花草粹編》卷二十題「春景」。

盛粉飾、争作妍華。千萬絲、陌頭楊柳，漸漸可藏鴉。○堪嗟。清江東注，畫舸西流，指長安日下[二]，愁宴闌，風翻旗尾[三]，潮濺烏紗。今朝正對初絃月[四]，傍水驛、深艤蒹葭。沈恨處，時時自剔燈花[五]。

【校】

[一]「借問」句：《詞譜》卷二十八作四言一句、五言一句。

[二]「指長安」句：原本及《嘯餘譜》、附録本、和刻本未注叶韻；《詞譜》注叶仄韻，用三聲通叶；《詞律》卷十六注引周詞，亦作平仄互叶。

[三]「愁宴」二句：《詞譜》作七言折腰句。

[四]今朝：《片玉集》、《片玉詞》、《清真集》、《花庵詞選》皆作「今宵」。

[五]「沈恨」二句：《詞譜》作九言句，於第三字注「讀」。自，《片玉詞》、《清真集》皆作「頻」，又《片玉詞》於「時時」上多「但」字。

無俗念(一)　雙調○長調

仄可平平平可仄仄四字句仄可平仄可平平平仄仄可平平平仄韻，九字句平可仄仄平平平仄仄七字句仄可平仄仄平平仄叶，六字句仄可平仄平平四字句平可仄平平可仄仄四字句仄可平仄平平仄叶，五字句仄可平平平仄四字句仄可平平仄仄平仄叶，六字句○平可仄平平可仄仄平平六字句仄可平平平仄仄可平仄平平仄叶，九字句平可仄仄平可仄平平仄仄七字句仄可平仄仄平平仄叶，六字句平可仄仄平平四字句平可仄平平仄四字句平可仄仄平平仄叶，五字句仄可平平平可仄仄平平平可仄仄平仄叶，十字句

詞

元虞集

十年窗下，見古今成敗、幾多豪傑。誰會誰能誰不濟，故紙數行明滅。亂葉西風，遊絲春夢，轉轉無休歇。爲他憔悴，不知有甚干涉。○寥寥無住閒身，盡虛空界、一片中宵月。雲

(一) 按：此調正名爲《念奴嬌》，金元丘處機、虞集等人詞別名《無俗念》。前卷歌行題、通用題已收《百字謠》、《念奴嬌》，此乃同調重出。

去雲來無定相，月亦本無圓缺。非色非空，非心非佛，教我如何説。不妨跬步、蟾蜍飛上銀闕。

慶春澤〔一〕 雙調○長調

平可仄仄平平四字句平可仄平仄仄四字句平可仄平仄可平仄平平韻，六字句仄可平仄平平四字句仄可平平仄可平仄平平叶，六字句平可仄平仄可平仄四字句平可仄平仄可平仄四字句仄可平平仄可平仄平平叶，六字句仄平平仄可平仄平平七字句仄可平仄平平叶，四字句○平可仄平仄可平仄平平仄七字句仄平可仄平平可仄仄平平叶，九字句仄可平仄平平四字句仄可平平平可仄仄平平叶，六字句仄可平平仄可平仄平平仄〔二〕七字句仄平平可仄仄可平仄平平叶，七字句仄平平平可仄仄平平七字句平可仄仄平平叶，四字句

〔一〕按：此調即《高陽臺》之别名，與六十六字《慶春澤》爲同名異調。《詞律》卷十注「或加慢字，即《高陽臺》」。前卷宫室題已收《高陽臺》，此乃同調重出。

詞

上元（一）　宋劉叔安（二）

燈火烘春，樓臺浸月，良宵一刻千金。錦步承蓮，彩雲簇仗難尋。蓬壺影動，星毬轉暎，兩行寶珥瑤簪[二]。恣嬉遊、玉漏聲催[三]，未歇芳心。◯笙歌十里誇張地，記年時行樂、憔悴而今[四]。客裏情懷，伴人閒笑閒吟。小桃未靜劉郎老，把相思、細寫瑤琴。怕歸來、紅紫欺風，三徑成陰。

【校】

[一] 仄：原本注平聲，蓋衍誤；據例詞「老」字仄聲，《嘯餘譜》及附録本、和刻本皆作仄聲，茲從校訂。

[二]「蓬壺」三句：《詞律》卷十作：「蓬壺影動星毬轉，映兩行、寶珥瑤簪。」

（一）按：《中興以來絶妙詞選》卷八題「丙子元夕」，《草堂詩餘・後集》卷上入「節序・上元」類。

（二）按：原本及附録本、和刻本僅署「宋劉」；《中興以來絶妙詞選》卷八署劉叔安，注其名鎮；《草堂詩餘・後集》卷上、《嘯餘譜》皆署劉叔安，茲從校訂。

[三] 恣：《嘯餘譜》作「姿」，蓋訛誤。

[四] 「記年」句：《詞律》作五言一句、四言一句。

大江乘[一]

雙調○長調

平可仄平仄可平仄四字句仄仄可平仄仄可平仄仄平仄仄韻，九字句平可仄仄仄可平平平仄仄叶[一]，七字句仄可平仄仄可平平平可仄仄叶，六字句平可仄仄平平[二]四字句仄可平平仄仄四字句仄可平仄平仄叶，五字句仄平平可仄仄仄可平平六字句仄仄可平平可仄仄叶，四字句○平可仄仄可平平可仄仄平平六字句仄可平平仄仄四字句仄可平仄平平仄叶，五字句仄仄平可仄平平仄仄叶[三]，七字句平可仄仄仄可平平仄仄叶，六字句仄可平仄平平平平仄仄八字句仄仄平平仄叶，五字句仄可平平仄可平仄四字句平可仄平平仄仄可平仄可平仄叶，七字句

[一] 按：此調即《念奴嬌》之別名，「乘」蓋「東」字之訛誤。前卷已收《念奴嬌》、《百字謠》，此乃同調重出。

詞

送郭縣尹

宋阮槃溪(一)

東陽四載，但好事、一一爲民做了。談笑半閒風月裏，管甚訟庭生草。甌茗爐香，菜羹淡飯，此外無煩惱。問侯何苦自饑，只要民飽[四]。○猶念甘旨相違，白雲萬里，不得隨昏曉。暫捨蒼生歸定省，回首又看父老。聽得乖崖、文章力薦[五]，道此官員好。且來典憲，中書還二十四考。

【校】

〔一〕叶：《嘯餘譜》及附録本、和刻本注同，蓋訛誤；據例詞此句末字爲「裏」，與「了」、「草」等韻字實不叶。

〔二〕仄：附録本、和刻本注同；《嘯餘譜》注平聲。

〔三〕叶：《嘯餘譜》及附録本、和刻本注同，蓋訛誤；據例詞此句末字爲「省」，實不叶韻。

(一) 按：原本僅題姓氏，《嘯餘譜》及附録本、和刻本同；《全宋詞》據《翰墨大全》庚集卷十五作阮槃溪詞，題「郭縣尹美任」，兹從校訂。

〔四〕「問侯」二句：《全宋詞》作四言一句、六言一句。

〔五〕「聽得」句：《全宋詞》作四言二句。

莊椿歲〔一〕　雙調○長調

平可仄平仄可平仄平平六字句仄可平平仄可平仄平平仄韻，七字句平可仄平仄可平仄四字句平平仄仄四字句平平平可仄仄叶，四字句仄仄平平仄仄平仄八字句仄平平仄叶，四字句仄平平仄五字句平仄可平仄平平仄平平仄叶，九字句◯仄可平仄平平仄仄六字句仄平可仄平仄可平平平可仄仄叶，七字句平可仄平仄可平仄四字句平可仄平平仄四字句平可仄平平仄叶，四字句仄仄平平四字句仄平平仄四字句平平平仄叶，四字句仄平平仄仄平平七字句平仄仄平平仄叶，六字句

〔一〕按：此調即《水龍吟》之別名，詞以祝壽，取末句「長是伴、莊椿歲」而名調。前卷歌行題、慢字題已收《水龍吟》、《鼓笛慢》，此乃同調重出。

詞

壽趙丞相　宋方味道(一)

綸巾少駐家山，北窗睡覺南薰起。黄庭細看，長生祕訣，神仙奇趣。奈此蒼生，願蘇炎熱[一]，仰爲霖雨。趂丹心未老，將整頓乾坤，手爲經理[二]。○好是今年慶事[三]，抱奇孫、一門佳氣。蓬山振佩，麟符重錫，褒綸新美。玉樹參庭，桂枝分種，香浮蘭芷。看他年、接武三槐，長是伴、莊椿歲。

【校】

[一]「奈此」句：《全宋詞》作四言二句。蘇，原本譜注仄聲，蓋訛誤，《嘯餘譜》注平聲。

[二]「將整」句：《全宋詞》作五言一句、四言一句。

[三]按：此句原本未注叶韻，《嘯餘譜》同；據例詞「事」字實叶韻；《詞譜》卷三十所收此調各體後段起句多注叶韻。

(一)按：原本僅署姓氏，《嘯餘譜》及附録本、和刻本同。《全宋詞》據《截江網》卷四録爲方味道詞，序云「音寄《水龍吟》，名爲《莊椿歲》」，兹從校訂。

宴清都 雙調○長調

仄可平仄平平四字句仄可平平仄可平仄四字句仄可平平可仄平可仄仄可平平仄韻，六字句平可仄平仄可平仄四字句平平仄仄四字句仄平平仄叶，四字句平可仄平仄可平仄叶，六字句仄可平仄可平仄平可仄平仄可平仄叶，七字句平可仄仄可平平三字句平仄平仄平仄六字句仄仄平仄叶，四字句○平仄叶，二字句仄可平仄平平四字句仄可平平仄仄四字句平仄平仄叶，四字句平可仄平仄可平仄四字句平平仄仄四字句仄仄平仄叶，四字句平平可仄仄平平仄叶，六字句仄可平仄仄平平仄可平仄叶，七字句仄可平仄可平仄仄可平仄平平七字句平可仄平仄可平仄叶，四字句

詞

春閨(一)

宋何　籀(二)

細草沿堦，軟紅日薄[一]，蕙風輕靄微暖。東君靳惜，桃英尚小，柳芽猶短。羅幃繡幙高捲。

(一) 按：《花庵詞選》卷八題「春詞」，《類編草堂詩餘》卷四、《花草粹編》卷二十一皆題「春閨」。

(二) 按：原本署何籀，《嘯餘譜》及附録本同。籀，乃「籀」之訛字，《全宋詞》據《樂府雅詞・拾遺》卷上録作何籀詞，兹從校訂。

早已是、歌慵笑嬾。凭畫樓，那更天遠山遠，水遠人遠[二]。○堪怨。傅粉踈狂，竊香俊雅，無計拘管。青絲絆馬，紅纓繫羽[三]，甚處迷戀。無言淚珠零亂。翠袖儘、重重漬遍。故要得、別後思量[四]，歸時覷見。

【校】

[一]「細草」二句：《詞譜》卷三十作五言一句、三言一句，於「軟」字注叶韻。

[二]「凭畫樓」三句：《詞譜》作：「凭畫樓、那更天遠。山遠。水遠。人遠。」

[三]紅纓繫羽：《樂府雅詞》、《花庵詞選》皆作「紅巾寄羽」，《花草粹編》作「紅裙勸酒」。

[四]得：《樂府雅詞》、《花庵詞選》皆作「知」。

晝錦堂　雙調○長調

仄可平仄平平四字句平可仄平仄可平仄四字句仄可平仄可平平可仄仄平平韻，六字句仄可平仄仄可平平平可仄仄六字句仄可平仄平平叶，四字句平可仄平可仄平平平仄仄七字句仄可平平平可仄仄仄平平叶，七字句平平仄三字句仄可平仄仄可平平四字句平可仄平仄可平仄平平叶，六字句○平平叶，二字句平仄仄三字句平仄可平仄三字句平可仄平平可仄仄平平叶，六字句仄可平仄平平仄仄六字句仄仄平平叶，四字句仄可平平平可仄仄平平仄七字句仄可平平平可仄仄仄平平叶，七字句平平仄三字句平可仄仄仄可平平平可仄仄六字句仄可平仄平平叶，四字句

詞

閨情

宋周邦彦（一）

雨洗桃花，風飄柳絮，日日飛滿雕簷。懊恨一春幽恨，盡屬眉尖。愁聞雙飛新燕語，更堪孤枕宿醒忺。雲鬟亂，獨步畫堂，輕風暗觸珠簾。◯多厭平聲。晴晝永，瓊戶悄，香銷金獸慵添。自與蕭郎別後，事事俱嫌。短歌新曲無心理，鳳簫龍管不曾拈。空惆悵，長是每年三月，病酒懨懨。

（一）按：《草堂詩餘·後集》卷下「人事·風情」類未署名；《類編草堂詩餘》卷四、《花草粹編》卷二十一皆署周邦彦；《片玉集》、《清真集》皆不載，《全宋詞》録爲無名氏詞。

雨霖鈴(一)　雙調〇長調

平可仄平平仄韻，四字句仄平平仄四字句仄可平仄平仄叶，四字句平可仄平仄可平仄平仄六字句平可仄平仄仄平可仄平平仄叶，八字句仄可平仄平平仄仄六字句仄平仄可平平可仄仄叶，五字句仄仄可平仄平可仄仄平平七字句仄可平仄可平平可仄平可仄仄可平平仄叶，七字句〇平平仄可平仄平平仄叶，七字句仄平平仄可平仄平平仄叶，八字句平可仄平仄仄四字句平仄可平平仄可平仄仄可平平平仄叶，九字句仄仄平平四字句平可仄仄平可仄平可仄仄可平仄可平平仄叶，八字句仄可平仄仄平可仄仄平平七字句仄可平仄平平仄叶，五字句

詞

秋別(二)　宋柳　永

寒蟬凄切。對長亭晚，驟雨初歇。都門暢飲無緒[一]，方留戀處、蘭舟催發[二]。執手相看淚

(一) 按：此調《詞譜》卷三十一注「一名《雨霖鈴慢》，唐教坊曲名」；《高麗史・樂史》録柳永此詞，調名作《雨淋鈴》，注「慢」。

(二) 按：汲古閣本《樂章集》、《花庵詞選》卷五皆有此題。

眼，竟無語凝咽[三]。念去去、千里煙波，暮靄沈沈楚天闊。○多情自古傷離别，更那堪、冷落清秋節[四]。今宵酒醒，何處楊柳岸、曉風殘月[五]。此去經年，應是良辰好景虚設[六]。便縱有、千種風情，更與何人説。

【校】

[一]暢：《樂章集》一作「帳」，一作「悵」；《花庵詞選》作「帳」。

[二]「方留戀」句：《詞譜》卷三十一作四言二句。

[三]咽：《樂章集》一作「噎」，《花庵詞選》作「噎」。

[四]更那堪：《嘯餘譜》作「那更堪」。

[五]「今宵」二句：《詞譜》作六言一句、七言折腰一句。

[六]「應是」句：《詞譜》作四言二句。

花心動(一)　雙調○長調

平可仄仄平平四字句仄平平平平仄平平仄韻，九字句仄可平仄仄可平平四字句平仄平平四字句仄可平仄仄可平平平仄叶，六字句仄可平平平可仄仄平平仄七字句平平可仄仄平可仄平平可仄仄叶，七字句仄可平平仄三字句平可仄平仄可平仄四字句仄平平仄叶，四字句◯仄可平仄平可仄平仄可平仄叶，六字句平可仄仄可平仄平平五字句仄平平仄叶，四字句仄可平仄仄可平平四字句仄平平四字句仄可平仄仄可平平平可仄仄叶，六字句仄可平平平可仄仄平平仄七字句平可仄平仄平平可仄平平仄叶，七字句仄平仄三字句平可仄平仄可平平可仄仄可平仄叶，六字句

(一) 按：《詞譜》卷三十三收此調，注曰：「曹勛詞名《好心動》，曹冠詞名《桂香飄》，《鳴鶴餘音》詞名《上昇花》，《高麗史·樂志》名《花心動慢》。」

詞

春夢〔一〕

宋女阮逸女

仙苑春濃，小桃開，枝枝已堪攀折〔一〕。乍雨乍晴，輕暖輕寒，漸近賞花時節。柳摇臺榭東風軟，簾櫳静，幽禽調舌。斷魂遠，閒尋翠徑〔二〕，頓成愁結。○此恨無人共説。還立盡黄昏，寸心空切。强整繡衾，獨掩朱扉，簟枕爲誰鋪設。夜長更漏傳聲遠，紗窗暎、銀釭明滅。夢回處，梅梢半籠淡月。

【校】

〔一〕「小桃」句：《全宋詞》作三言一句、六言一句。

〔二〕「斷魂」二句：《全宋詞》作七言折腰句。

〔一〕按：《花庵詞選》卷十題「春詞」，《草堂詩餘·前集》卷上入「春景」類，《類編草堂詩餘》卷四、《花草粹編》卷二十二皆題「春景」。

夜飛鵲（一）　雙調○長調

平可仄平仄可平平可仄仄五字句平可仄仄平平韻，四字句平可仄仄可平仄仄平平叶，六字句平可仄平仄可平仄仄可平平仄七字句平平平可仄仄平平叶，六字句平可仄平可仄仄可平平仄仄六字句仄平平平可仄仄五字句仄可平仄平平叶，四字句平可仄平仄可平仄四字句仄平平仄可平仄平平叶，七字句○平可仄仄仄可平平平可仄仄六字句平可仄仄仄平平五字句平可仄仄平平叶，四字句平可仄仄平可仄平仄可平仄六字句平可仄平仄可平仄四字句平可仄仄平平叶，四字句仄可平平仄可平仄四字句仄平平仄可平仄平平叶，七字句仄平平平可仄仄五字句平平仄仄四字句仄可平仄平平叶，四字句

詞

離別（二）　宋周邦彦

河橋送人處，良夜何期〔一〕。斜月遠墮餘輝。銅盤燭淚已流盡，霏霏涼露霑衣。相將散離

（一）按：《詞律》卷十九收此調，注「或加慢字」；《詞譜》卷三十四收《夜飛鵲慢》，注「調見《片玉詞》，一名《夜飛鵲》」。

（二）按：《片玉集》卷十、《清真集》卷下、《片玉詞》卷上、《花草粹編》卷二十三題「別情」；《草堂詩餘・後集》卷下入「人事・離別」類，《類編草堂詩餘》卷四題「離別」。

會處[二]，探風前津鼓，樹杪參旗。驊騮會意，縱揚鞭、亦自行遲。○迢遞路回清野，人語漸無聞，空帶愁歸。何意重紅滿地[三]，遺鈿不見，斜徑都迷。兔葵燕麥，向殘陽、影與人齊。但徘徊班草，唏噓酹酒，極望天西。

【校】

[一] 何期：《片玉集》、《清真集》、《片玉詞》、《類編草堂詩餘》、《花草粹編》皆作「何其」。

[二] 離會處：《片玉集》、《清真集》、《片玉詞》皆無「處」字；《詞律》卷十九注疑「處字係誤多者」。

[三] 重紅滿地：《片玉詞》、《詞律》、《詞譜》皆作「重經前地」。

金明池[一]　雙調○長調

平可仄仄平平四字句平可仄平仄可平仄四字句仄可平仄平平仄仄韻，六字句平可仄仄可平仄平可仄平

[一] 按：《詞譜》卷三十六注：「調見《淮海詞》，賦東京金明池，即以調爲題也。李彌遜詞名《昆明池》，僧揮詞名《夏雲峰》。」宋詞另有柳永等《夏雲峰》，與此爲異調。

仄可平仄七字句仄可平平可仄仄仄仄可平仄可平仄叶，七字句仄可平平可仄平仄可平仄平平七字句仄可平仄可平仄平可仄仄平可仄平平仄叶，七字句[二]仄可平仄可平仄平平五字句平可仄平平可仄仄四字句仄可平仄平可仄平平仄叶，六字句○仄可平仄平可仄平平可仄仄叶，七字句仄仄可平仄平平五字句仄可平平平仄叶，四字句平可仄平仄平可仄平仄可平仄七字句平可仄仄仄仄可平平平可仄仄叶，七字句仄平平仄可平仄平平七字句仄可平仄可平仄平平平可仄平平仄叶，九字句仄可平仄可平仄平平五字句平可仄平仄可平仄四字句仄可平仄平可仄平平仄叶，六字句

詞

春遊

宋秦　觀[一]

瓊苑金池，青門紫陌，似雪楊花滿路。雲日淡、天低晝永，過三點、兩點細雨。好花枝、半出牆頭，似悵望、芳草王孫何處。更水遶人家，橋當門巷，燕燕鶯鶯飛舞。○怎得東君長爲

[一] 按：《草堂詩餘・前集》卷上未署名，《花草粹編》卷二十四同；《類編草堂詩餘》卷四、《詞律》卷二十、《詞譜》卷三十六皆署秦觀。《全宋詞》録作無名氏詞。

主。把緑鬢朱顔，一時留住。佳人唱、金衣莫惜，才子倒、玉山休訴。况春來、倍覺傷心，念故國情多、新年愁苦[二]。縱寶馬嘶風，紅塵拂面，也則尋芳歸去。

【校】

[一] 七字句：《嘯餘譜》及附録本、和刻本注同，蓋訛誤；譜爲九字，據例詞「似悵望」句亦爲九字，當注九字句。

[二] 「念故國」句：《詞譜》卷三十六分作五言一句、四言一句。

蘭陵王[一]　三疊○長調

仄平仄韻，三字句平可仄仄平可仄平仄可平仄叶，六字句平可仄平仄平可仄仄仄可平平七字句平可仄仄平平仄可平平可仄仄叶，七字句平可仄平平仄仄叶，五字句平可仄仄平可仄平仄可平仄叶，六字句平可仄

[一] 按：《詞譜》卷三十七注引《碧雞漫志》等書記載，謂此曲蓋源於北齊軍中歌謡《蘭陵王入陣曲》；宋曲屬越調，聲犯正宫，一名《大犯》。此調蓋始見周邦彦等人作詞。

平仄平可仄仄仄可平平七字句仄可平仄平平仄可平平可仄仄叶，七字句〇平可仄平仄可平平可仄仄叶，五字句仄可平平仄平平平可仄仄可平平仄叶，九字句仄可平平平可仄仄平平仄叶，七字句平可仄平仄可平平可仄仄五字句仄可平平平可仄仄四字句平可仄仄平可仄平仄可平仄仄叶，七字句仄可平平仄平仄叶，五字句〇仄可平仄叶，二字句仄平仄叶，三字句仄可平仄可平仄平平五字句平仄可平平可仄仄叶，四字句平可仄平仄可平仄平平仄叶，七字句仄可平仄仄三字句平可仄仄平可仄平平仄叶，六字句平可仄平平可仄仄四字句平可仄仄可平平可仄仄仄可平平仄叶，七字句

詞

春恨〔一〕

宋張元幹

捲珠箔。朝雨輕陰乍閣。欄干外、煙柳弄晴〔二〕，芳草侵堦暎紅藥。東風如許惡〔二〕。吹落梢頭嫩萼〔三〕。屏山掩、沈水倦薰〔四〕，中酒心情怕盃勺。〇尋思舊京洛。正年少踈狂、歌笑

〔一〕按：汲古閣本《蘆川詞》、《類編草堂詩餘》卷四題「春恨」，《中興以來絶妙詞選》卷一、《花草粹編》卷二十四題「春遊」，《草堂詩餘・前集》卷上入「春景・曉夜」類。

迷着[五]。障泥油壁催梳掠。曾馳道同載，上林携手，燈夜初過早共約。又爭信漂泊。○寂寞。念行樂。任粉淡衣襟，音斷絃索。瓊枝壁月春如昨。悵別後，華表那回雙鶴[六]。相思前事，除夢魂裏、暫忘却[七]。

【校】

[一]「欄干」句：《全宋詞》作三言一句、四言一句。

[二]如許：《蘆川詞》、《中興以來絶妙詞選》、《花草粹編》皆作「妬花」。

[三]「吹落」句：《全宋詞》作二言一句、四言一句，以「落」字叶韻。

[四]「屏山」句：《全宋詞》作三言一句、四言一句。

[五]「正年少」句：《全宋詞》作五言一句、四言一句。

[六]「悵別」二句：《全宋詞》作五言一句、四言一句。

[七]「相思」二句：《蘆川詞》、《中興以來絶妙詞選》、《全宋詞》皆作：「相思除是，向醉裏、暫忘却。」

寶鼎現〔一〕　三疊○長調

仄可平平平仄仄仄六字句平可仄仄平可仄平平可仄仄韻，六字句平可仄仄可平仄平平平可仄仄七字句平可仄仄平可仄平平仄仄叶，七字句仄可平仄可平仄仄平平平可仄仄八字句平可仄仄平平仄可平仄叶，六字句仄可平仄仄平可仄平仄可平仄叶，七字句平可仄仄平平平可仄仄叶，六字句○仄可平仄可平平可仄仄平平仄叶，七字句仄可平平平可仄平仄可平平仄叶，七字句平可仄仄仄平平仄仄七字句平可仄仄平可仄平平仄仄叶，七字句仄仄可平仄三字句仄可平平可仄平平可仄仄叶，五字句平可仄〔二〕仄平可仄平仄可平仄叶，六字句仄可平仄可平仄平平仄可平仄七字句仄可平仄平可仄平仄可平仄叶，六字句○仄可平仄平平四字句平可仄仄可平仄平可仄平平仄〔二〕叶，七字句仄可平平平仄五字句平可仄仄平可仄平仄可平仄六字句仄可平仄仄仄平平仄叶，七字句仄可平仄平平仄叶，五字句仄可平仄可平仄平可仄仄平平七字句仄可平仄平平仄仄叶，六字句

〔一〕按：《詞譜》卷三十八注：「調見《順庵樂府》。李彌遜詞名《三段子》，陳合詞名《寶鼎兒》。」此調蓋始見劉弇、范周、李彌遜等人詞。

詞

上元

宋康與之(一)

夕陽西下暮靄，紅隘香風羅綺[三]。乘麗景、華燈爭放，濃焰燒空連錦砌。覩皓月、浸嚴城如畫，花影寒籠絳蘂。漸掩暎、芙蕖萬頃[四]。迤邐齊開秋水。○太守無限行歌意。擁麾幢、光動珠翠。傾萬井、歌臺舞榭，瞻望朱輪駢鼓吹。控寶馬，耀貔貅千騎[五]。銀燭交光數里。似亂簇、寒星萬點，擁入蓬壺影裏。○宴閣多才[六]，環艷粉、瑤簪珠履。恐看看丹詔，催奉宸遊燕侍[七]，便趂早、占通宵醉[八]。緩引笙歌妓。任畫角、吹老梅花，月滿西樓十二。

【校】

[一]平可仄：原本注平可平，蓋衍誤；兹從《嘯餘譜》及附録本、和刻本校訂。

(一) 按：四庫本《樂府雅詞・拾遺》卷下未署名，鮑廷博校本補康與之作；《草堂詩餘・後集》卷下「節序・上元」類未署名；《全宋詞》據《中吳紀聞》卷五録作范周詞。

［二］平仄：原本注仄平，蓋訛誤；茲從《嘯餘譜》及附録本、和刻本校訂。
［三］「夕陽」二句：《詞律》卷二十、《詞譜》卷三十八皆作四言三句。
［四］「漸掩」句：《詞律》、《詞譜》皆不注叶韻。芙蕖，《嘯餘譜》作「芙蓉」。
［五］「控寶馬」二句：《詞律》、《詞譜》皆作八言一句，於第三字注「豆」或「讀」。
［六］「宴閣」句：《樂府雅詞》、《詞譜》作「來伴宴閣多才」，《花草粹編》作「宴歌多才」。
［七］「恐看」二句：《詞譜》作：「恐看看、丹詔歸春，宸遊燕侍。」於「侍」字注叶韻。《詞律》亦注「侍」字叶韻。
［八］「便趂早」句：《樂府雅詞》作「便正好、占春宵醉」；《詞律》於「占」字注「豆」。

詩餘二十三

四字題

霜天曉角　雙調○小令

平可仄平仄可平仄韻，四字句仄可平仄平平仄叶，五字句平可仄仄仄平可仄平仄可平六字句平平可仄平

平可仄仄叶，五字句○仄可平平平仄仄叶，五字句仄可平平平仄仄叶，五字句平可仄仄仄平平仄六字句

仄可平仄仄平平仄叶，六字句

詞

旅興(一)　　宋辛棄疾

吴頭楚尾。一棹人千里。休説舊愁新恨，長亭今如此[一]。○宦遊吾倦矣。玉人留我醉。明日落花寒食，得且住、爲佳耳。

【校】

[一]「長亭」句：《稼軒詞》、《稼軒長短句》皆作「長亭樹今如此」，《詞律》卷三、《詞譜》卷四皆同。

傳言玉女　雙調○中調

仄可平仄平平四字句仄可平仄仄可平平平可仄仄韻，六字句仄可平平平仄四字句仄平可仄平仄可平仄

(一) 按：《稼軒詞》甲集同此題，《稼軒長短句》無題；《中興以來絶妙詞選》卷三題「惜别」。

叶，五字句平仄可平仄仄四字句仄可平仄平可仄平平仄叶，六字句平可仄平平仄四字句仄可平平平仄叶，四字句◯仄可平仄平平四字句仄平平三字句仄仄可平仄叶，三字句仄可平平平可仄仄四字句仄平可仄平仄可平仄叶，五字句平平仄平可仄，四字句仄可平仄仄可平平平可仄仄叶，六字句平可仄平平可仄仄仄可平平平仄叶，八字句

詞

元宵　宋晁沖之〔一〕

一夜東風，不見柳梢殘雪。御樓煙煖，對鰲山綵結。簫鼓向曉，鳳輦初回宮闕。千門燈火，九逵風月。◯繡閣人人，乍嬉遊，困又歇〔二〕。艷粧初試，把朱簾半揭。嬌羞向人，手撚玉梅低說。相逢長是、上元時節〔三〕。

〔一〕按：原本署「宋胡」，附録本、和刻本同；《嘯餘譜》署胡浩然；《草堂詩餘・後集》卷上未署名，題「上元」；《樂府雅詞》卷中、《花庵詞選》卷五皆署晁沖之；《全宋詞》據以録爲晁沖之詞，兹從校訂。

【校】

[一]「乍嬉遊」二句：《詞律》卷十一、《詞譜》卷十七皆作六言折腰句。

[二]「相逢」句：《詞律》、《詞譜》皆作四言二句。

魚游春水

雙調○中調

平可仄平可仄平平可仄仄韻，五字句仄可平仄平可仄平平仄仄叶，七字句平可仄平平仄四字句平可仄仄可平平平仄叶，六字句仄可平仄平平仄仄平七字句仄可平仄可平平可仄仄平平仄叶，七字句平可仄仄可平平四字句平可仄平平可仄仄叶，四字句◯仄可平仄平平仄可平仄叶，六字句仄可平仄仄可平平平平可仄仄叶，七字句平可仄平平仄平平六字句平可仄平仄可平仄叶，四字句仄可平平平可仄仄平平仄七字句仄可平仄平平平可仄仄叶，七字句平可仄平可仄仄可平平四字句仄可平平平可仄仄叶，四字句

詞

春景　撰人闕（一）

宋徽宗政和中，一中貴人使越州回，得詞於古碑陰，無名無譜，不知何人作也。録以進，御命大晟府填腔，因詞中語賜名《魚游春水》云。一云東都防河卒於汴河上掘地得之，蓋唐人語也。（二）

秦樓東風裏。燕子還來尋舊壘。餘寒猶峭〔一〕，紅日薄侵羅綺。嫩草方抽碧玉茵〔二〕，媚柳輕拂黄金縷〔三〕。鶯囀上林，魚游春水。◯幾曲欄干遍倚。又是一番新桃李。佳人應怪歸遲，梅粧淚洗。鳳簫聲絶沈孤鴈〔四〕，望斷清波無雙鯉。雲山萬重，寸心千里。

【校】

〔一〕猶峭：《樂府雅詞》作「微透」，《苕溪漁隱叢話》作「初褪」。

（一）按：《樂府雅詞·拾遺》卷上、《草堂詩餘·前集》卷上「春景」類、《類編草堂詩餘》卷二皆未署名；《花草粹編》卷十六署「越州碑陰詞」。《全唐五代詞》據《唐詞紀》卷十一録作唐無名氏詞；《全宋詞》據《樂府雅詞·拾遺》録作宋無名氏詞。

（二）按：此段文字非原作題序，乃編者撮録此詞本事，《嘯餘譜》及附録本、和刻本所載同，略有異文。原文出《苕溪漁隱叢話·後集》卷三十九引《復齋漫録》及《古今詞話》，所記此詞作者及時地略有出入。

〔二〕「嫩草」句：《樂府雅詞》作「嫩筍纔抽碧玉簪」，《苕溪漁隱叢話》作「嫩草初抽碧玉簪」。

〔三〕「媚柳」句：《樂府雅詞》作「細柳輕窣黃金蘂」，《苕溪漁隱叢話》作「細柳輕窣黃金縷」。

〔四〕鳳簫：《嘯餘譜》及附録本、和刻本皆作「方簫」。

氏州第一〔一〕

雙調○長調

平可仄仄平平四字句平仄可平仄仄四字句平可仄平仄仄可平平仄韻，六字句仄可平仄平平四字句平可仄平仄可平仄四字句平仄平可仄平平仄叶，六字句平可仄仄平平四字句仄可平仄仄平平平可仄仄叶，七字句仄可平仄平平四字句平可仄平仄可平仄四字句仄可平平平仄叶，四字句○仄可平仄平平平仄仄叶，七字句仄平可仄仄仄可平平平可仄仄叶，七字句仄可平仄平平四字句平可仄平仄可平仄叶〔二〕，四字句仄仄平平仄叶，五字句仄可平平平可仄平仄可平仄六字句平平仄三字句平可仄平仄可平仄四字句仄可平仄平平四字句仄平可仄平平平仄仄叶，七字句

〔一〕按：汲古閣本《片玉詞》卷下注「《清真集》作《熙州摘遍》，字句稍異」，《詞譜》卷三十一注「調始清真樂府，一名《熙州摘遍》」。

詞

宋周邦彦

波落寒汀，村渡向晚，遥看數點帆小。亂葉翻鴉，驚楓破鴈[二]，天角孤雲縹緲。官柳蕭踈，甚上掛、微微殘照。景物關情，川途換日[三]，頓來催老。◯漸解狂朋歡意少。奈猶被、思牽情繞。座上琴心，機中錦字，覺最縈懷抱。也知人、懸望久，薔薇謝，歸來一笑[四]，欲夢高唐，未成眠、霜空已曉。

【校】

[一]按：此句譜注叶韻，《嘯餘譜》及附録本、和刻本同，蓋訛誤；《詞律》卷十七、《詞譜》卷三十一皆不注叶韻。

[二]驚楓：《片玉集》卷六、《片玉詞》卷下、《清真集》卷下、《草堂詩餘・前集》卷下皆作「驚風」。

[三]日：《片玉集》、《片玉詞》、《清真集》、《花草粹編》皆作「目」。

[四]「薔薇」二句：《詞律》、《詞譜》皆作七言折腰一句，於「笑」字注叶韻。

詩餘二十四

五字題

巫山一段雲　雙調○小令

仄可平仄平平仄五字句平平仄仄平韻，五字句仄可平平平可仄仄仄平平叶，七字句仄可平仄仄平平叶，五字句○後段同

詞　唐毛文錫

雨霽巫山上，雲輕映碧天。遠風吹散又相連。十二晚峯前。○暗濕啼猿樹，高籠過客船。朝朝暮暮楚江邊。幾度降神仙。

金人捧露盤(一)　雙調○中調

仄平平三字句平可仄平仄三字句仄平平韻，三字句仄可平仄可平平平可仄仄平平叶，七字句平可仄平仄可平仄四字句仄可平平平可仄仄仄平平叶，七字句仄可平平平可仄仄仄可平平仄七字句仄可平仄平平叶，四字句○仄平平三字句平平可仄仄三字句平平可仄仄三字句仄平平叶，三字句仄平可仄平仄可平仄平平叶，七字句平可仄平仄仄四字句平可仄平平可仄仄仄平平叶，七字句仄可平平平可仄仄仄可平平仄七字句仄可平仄平平叶，四字句

詞

春晚感舊(二)　宋曾純甫(三)

記神京，繁華地，舊遊蹤。正御溝、春水溶溶。平康巷陌，繡鞍金勒躍青驄。解衣沽酒醉絃

(一)按：此調別名《上西平》、《上平西》、《西平曲》等。前卷三字題已收《上西平》，此乃同調重出。

(二)按：《草堂詩餘・前集》卷上入「春景・春思」類；汲古閣本《海野詞》題「庚寅歲春奉使過京師感懷作」，《中興以來絕妙詞選》卷一題「庚寅春奉使過京師」。

(三)按：原本署「宋曾」，附録本僅署「宋」字，《嘯餘譜》及和刻本署曾純甫，兹從校訂。《全宋詞》據《海野老人長短句》卷上録作曾覿詞。

管，柳綠花紅。〇到如今，餘霜鬢，嗟前事，夢魂中。但寒煙、滿目飛蓬。雕欄玉砌，空餘三十六離宮。塞笳驚起暮天鴈，寂寞東風。

法曲獻仙音(一)

雙調〇長調

平可仄仄平平四字句仄可平平平仄四字句仄可平仄平可仄平平可仄仄韻，六字句仄可平仄平平四字句仄可平平平可仄仄四字句平可仄平可仄仄平平仄叶，六字句仄可平仄可平仄平平仄六字句平平可仄仄可平平仄叶，五字句〇仄可平平仄叶，三字句仄平可仄平可仄仄可平平平仄七字句平仄仄三字句平可仄仄仄可平平仄仄叶，六字句平可仄仄仄平平五字句仄平可仄平平仄平仄叶，七字句仄可平仄平平四字句仄平平平可仄仄平仄叶，七字句仄平可仄平可仄仄可平仄可平仄仄七字句仄可平平平仄叶，四字句

(一) 按：此調蓋源於唐法曲，柳永詞又名《法曲第二》。《詞譜》卷二十二注：「《樂章集》注小石調，姜夔詞注大石調；周密詞名《獻仙音》，姜夔詞名《越女鏡心》。」

詞

初夏（一）

宋周邦彦

蟬咽涼柯，燕飛塵幕，漏閣籤聲時度。倦脱綸巾，困便平聲湘竹，桐陰半侵庭戶。向抱影凝情處，時聞打窗雨。○耿無語[一]。嘆文園、近來多病，情緒懶，尊酒易成間阻[二]。縹緲玉京人，想依然、京兆眉嫵。翠幕深中，對徽容、空在紈素。待花前月下見了，不教歸去[三]。

【校】

[一]「耿無語」句：汲古閣本《片玉詞》卷上以此句屬上段，注「或於『時聞打窗雨』下分段」。耿，《嘯餘譜》作「秋」。

[二]「情緒懶」二句：《詞譜》卷二十二作九言一句，於第三字注「讀」。

[三]「待花前」二句：《詞譜》作五言一句、六言一句。

（一）按：《片玉集》卷五、《清真集》卷上、《草堂詩餘·前集》卷下皆入「夏景」類；《類編草堂詩餘》卷三、《花草粹編》卷十七皆題「初夏」。

東風齊着力（一） 雙調○長調

平可仄仄平平四字句平可仄平平可仄仄四字句仄可平仄平平韻，四字句平可仄平仄仄四字句平可仄仄仄平平叶，五字句仄可平仄平平仄仄六字句仄可平平仄仄可平仄平平叶，七字句平可仄平仄仄七字句平可仄仄平平叶，四字句○仄可平仄仄平平叶，五字句平仄可平仄仄可平平仄可平仄平平叶，九字句仄可平平仄仄四字句仄可平仄仄平平叶，五字句仄可平仄平平仄仄六字句平可仄平仄仄可平仄平平叶，七字句平平仄三字句平可仄平仄仄四字句仄可平仄平平叶，四字句

詞

除夕 宋胡浩然（二）

殘臘收寒，三陽初轉，已換年華。東風律管，迤邐到山家。處處笙簧鼎沸，會佳宴、坐列仙

（一） 按：此調宋詞僅見胡浩然一首，爲孤調。《詞譜》卷二十二注：「調見《草堂詩餘》胡浩然除夕詞也。按《禮記・月令》：『孟春之月，東風解凍。』又唐人曹松《除夜》詩：『殘臘即又盡，東風應漸聞。』故云《東風齊着力》。」

（二） 按：原本及附録本、和刻本皆署「宋胡」，《嘯餘譜》及《草堂詩餘・後集》卷上「節序・除夕」類、《類編草堂詩餘》卷三、《花草粹編》卷十七皆署胡浩然，兹從校訂。

娃[一]。花叢裏、金爐滿爇，龍麝煙斜。○此景轉堪誇。深意祝、壽山福海增加。玉觥滿泛，且莫厭流霞。幸有迎春壽酒，銀缾浸、幾朶梅花。休辭醉，園林秀色，百色萌芽[二]。

【校】

[一] 會：《詞譜》作「排」。

[二] 百色：《草堂詩餘・後集》、《類編草堂詩餘》、《詞譜》皆作「百草」。

金菊對芙蓉　雙調○長調

平可仄仄平平四字句仄可平平平可仄仄四字句仄可平平平可仄仄平平韻，六字句仄平可仄平平可仄仄五字句仄可平仄平平叶，四字句平可仄平仄可平仄平平仄七字句仄可平仄可平平可仄平可仄仄平平叶，七字句仄可平平平仄四字句仄可平平仄可平仄四字句仄仄平平叶，四字句[一]○仄可平仄仄可平仄平平叶，六字句仄仄可平平仄可平仄五字句仄可平仄平平叶，四字句仄平可仄平平可仄仄五字句仄可平仄平平叶，四字句平可仄平仄可平仄平平仄七字句仄可平仄可平平可仄仄可平仄平平叶，七字句平可仄平仄仄四字句平可仄平仄可平仄四字句平可仄仄平平叶，四字句

詞

秋怨

宋康與之

梧葉飄黄，萬山空翠，斷霞流水爭輝。正金風西起，海燕東歸。凭欄不見南來鴈，望故人、消息遲遲。木樨開後，不應悮我，好景良時。〇只念獨守孤幃。把枕前祝付，一旦分飛。上秦樓遊賞，酒殢花迷。誰知别後相思苦，悄爲伊、瘦損香肌。花前月下，黄昏院落，珠淚偷垂。

【校】

［一］四字句：原本注八字句，附録本、和刻本同，蓋偶誤；譜爲四字，例詞亦四字，《嘯餘譜》注四字句，兹從校訂。

春從天上來〔一〕

雙調〇長調

仄可平仄平平韻，四字句仄可平仄可平仄平平仄可平仄平平叶，九字句仄可平仄可平平仄四字句平可仄

〔一〕按：《詞譜》卷三十三收此調，注「調見《中州樂府》吴激詞」。《全宋詞》收張繼先、張炎、周伯陽此調各一首，《全金元詞》收吴激、王惲、張翥等人詞凡二十餘首。

仄平平叶，四字句平可仄仄可平仄可平仄平平叶，六字句仄平平平可仄仄五字句仄可平仄可平仄仄可平仄平平叶，七字句仄平平三字句仄平平仄可平仄五字句平仄平平叶，四字句◯平可仄平可仄仄可平平仄仄六字句仄可平仄仄平平仄可平仄平平叶，九字句仄可平仄平平四字句平可仄平平可仄仄四字句平可仄仄可平仄可平仄平平叶，六字句仄平平平可仄仄五字句平可平平可平仄仄可平仄平平叶，七字句仄平平叶，三字句仄可平平平可仄仄四字句平可仄仄平平叶，四字句

詞

感舊(一)

宋吳　激(二)

海角飄零。嘆漢苑秦宮，墜露飛螢[一]。夢裏天上，金屋銀屏。歌吹競舉青冥[二]。問當時遺譜，有絶藝、鼓瑟湘靈。促哀彈，似林鶯嚦嚦，山溜泠泠[三]。◯梨園太平樂府，醉幾度春

(一) 按：《草堂詩餘・後集》卷下入「人事・感舊」類；《中興以來絶妙詞選》卷二序云「會寧府遇老姬，善鼓瑟，自言梨園舊籍」，《全金元詞》題末有「因感而賦此」一句。

(二) 按：原本署「宋吳」，附録本同；《嘯餘譜》署宋吳彥章，《中興以來絶妙詞選》卷二及和刻本作吳彥高，《全金元詞》據《中州樂府》收爲吳激詞，兹從校訂。

風、鬢變星星。舞徹中原，塵飛滄海，風雪萬里龍庭。寫秋笳幽怨，人憔悴、不似丹青。酒微醒。一軒涼月[四]，燈火青熒。

【校】

[一]「嘆漢苑」句：《詞譜》卷三十三作五言一句、四言一句。後段「醉幾度」句同此。

[二]競：景元本《中州樂府》作「竟」。

[三]泠泠：《嘯餘譜》作「冷冷」，蓋訛誤。

[四]一軒：《中州樂府》作「對一窓」。

送入我門來[一]　雙調○長調

平可仄仄平平四字句平可仄平仄可平仄四字句平可仄平仄可平仄平平韻，六字句仄可平仄平平四字句

[一]按：此調宋詞僅見胡浩然一首，爲孤調。《詞譜》卷三十三注：「調見《草堂詩餘》宋胡浩然除夕詞，有『東風盡力，一齊吹送，入此門來』之句，取以爲名。」

仄可平仄仄平平叶，五字句平可仄平平可仄仄平平仄七字句仄可平仄仄平平平可仄仄平叶，八字句仄可平平可仄仄三字句仄可平仄平平仄仄六字句平可仄仄平平叶，四字句◯平可仄仄平可仄平仄可平仄六字句平平仄平仄仄六字句仄可平仄平平叶，四字句仄可平仄平平四字句平可仄仄仄平平叶，五字句仄可平平仄可平仄平平仄七字句仄可平平可仄仄平平仄仄平叶，八字句仄可平平可仄平仄可平仄五字句仄可平平平可仄仄四字句仄仄平平叶，四字句

詞

除夕

宋胡浩然(一)

荼壘安扉，靈馗掛戶，神儺烈竹轟雷。動念流光，四序式週回。須知今歲今宵盡，似頓覺明年明日催。向今夕，是處迎春送臘[二]，羅綺筵開。◯今古偏同此夜[三]，賢愚共添一歲，貴賤仍偕。互祝遐齡，山海固難摧。石崇富貴籛鏗壽，更潘岳儀容子建才。仗東風盡力，一

(一)按：原本署「宋胡」，附録本、和刻本同；《草堂詩餘・後集》卷上「節序・除夕」類署胡浩然，《嘯餘譜》同，茲從校訂。

齊吹送，入此門來。

【校】

[一]「向今夕」二句：《詞律》卷十八作五言一句、四言一句，注與後段句式同。

[二]偏：《草堂詩餘·後集》卷上、《類編草堂詩餘》卷四、《花草粹編》卷二十二皆作「徧」。

玉女搖僊佩　雙調○長調

平可仄平仄可平仄韻[二]，四字句仄可平仄平平四字句仄可平仄平可仄平平仄叶，六字句仄可平仄平平四字句平可仄平平可仄仄四字句仄可平仄仄平平仄叶，六字句仄可平仄平平仄五字句仄平可仄平仄可平仄五字句平可仄平平仄叶，四字句仄可平平仄平可仄平仄可平仄七字句平可仄仄平平仄仄平仄叶，八字句平可仄平可仄仄平平五字句仄可平仄平可仄平平可仄平仄可平仄叶，八字句○平可仄仄仄可平平仄仄六字句仄可平仄平平四字句仄可平仄平可仄平平可仄仄叶，六字句仄可平仄仄平四字句平平平仄四字句仄可平仄平平平可仄仄叶，六字句仄可平仄平平仄叶，五字句仄可平平仄平可仄仄平可仄平平仄叶，九字句仄可平仄仄平可仄平仄可平仄七字句仄可平平平可仄仄四字句仄平平可仄仄平平仄叶，七字句平可仄平仄仄平平仄叶，七字句

詞

宋柳　永

飛瓊伴侶。偶別珠宮，未返神仙行音杭綴。取次梳粧，尋常言語，有得幾多姝麗。擬把名花比[二]，恐傍人笑我，談何容易。細思算、奇葩艷卉，唯是深紅淺白而已。争如這多情，占得人間、千嬌百媚[三]。○須信畫堂繡閣，皓月清風，忍把光陰輕棄。自古及今，佳人才子，少得當年雙美。且恁相偎倚。未消得、憐我多才多藝。願嬭嬭蘭心蕙性[四]，枕前言下，表余深意爲盟誓[五]。今生斷不孳鴛被。

【校】

［一］韻：《詞律》卷二十、《詞譜》卷三十八於首句皆不注起韻。

［二］「擬把」句：《詞律》、《詞譜》此句皆注叶韻。

［三］「占得」句：《詞律》、《詞譜》皆作四言二句。

[四]願嬭嬭：《詞譜》作「但願取」。

[五]「表余」句：《詞律》、《詞譜》皆作四言一句、三言一句，於「意」字亦注叶韻。

詩餘二十五

七字題

鳳凰臺上憶吹簫[一]　雙調○長調

平可仄仄平平四字句仄可平平平仄四字句仄平平可仄仄平平韻，六字句仄仄可平平平可仄仄五字句仄可平仄平平叶，四字句平可仄仄平可仄平仄可平仄六字句平可仄仄仄仄可平仄平平叶，七字句平平仄三字句平可仄平仄可平仄四字句仄可平仄平平叶，四字句○平平叶，二字句仄可平平仄可平仄四字句平可仄仄可平仄平可仄平可仄仄可平仄平平叶，九字句仄可平仄可平平平可仄仄五字句平可仄仄平平叶，四字

[一]按：《詞譜》卷二十五引《列仙傳拾遺》所記蕭史、弄玉傳説故事，謂「調名取此」。宋詞別名《鳳凰臺憶吹簫》、《憶吹簫》，《高麗史・樂志》作《憶吹簫慢》。

句平可仄仄平可仄平平可仄仄六字句平可仄仄可平仄平可仄仄平平叶，七字句平平仄三字句平可仄平仄可平平可仄仄仄平平叶，八字句

詞

閨情〔一〕

宋婦李清照

香冷金猊，被翻紅浪，起來慵自梳頭。任寶奩塵滿，日上簾鈎。生怕離懷別苦，多少事、欲説難休。新來瘦，非干病酒，不是悲秋。○休休。這回去也，千萬遍陽關、也則難留〔一〕。念武陵人遠，煙鎖秦樓。唯有樓前流水，應念我、終日凝眸。凝眸處，從今又添、一段新愁〔二〕。

【校】

〔一〕「千萬」句：《詞律》卷十四、《詞譜》卷二十五皆作五言一句、四言一句。

〔二〕「從今」句：《詞律》、《詞譜》皆作四言二句。

〔一〕按：《漱玉詞》同此題，《草堂詩餘・後集》卷下入「人事・離別」類，《類編草堂詩餘》卷三題「離別」。

附録

一、生平

（一）像贊

徐魯庵先生師曾，字伯魯，吴江人也。登嘉靖丁未會試，移疾歸。至癸丑，始廷對，賜出身，改翰林院庶吉士，授兵科給事中，再遷至左給事中。有所建白，皆鑿鑿可施行者。而是時，上春秋高，所任大相，把持言路。君念母老，身不任譴，而又不忍嘿嘿，乃移疾歸。歸之日，即獨身跳之城外别墅，歲時伏臘，還謁家廟，一見妻子而已。覃思著述，皆翼經而證史，頗及時務。亦喜作詩，工取達意。天官累檄之出，不應。最後徑補故官，力辭。卒，年六十四，有司祀之學宫。

贊曰：吾聞之有言責者，不得其言則去，去以全志，亦以全厥身，而永終譽。又聞之人有不可爲也，而後可以有爲。嗟嗟先生，乃竟不爲，卒以全歸耶！

（明王世貞《弇州山人續稿》卷一百五十「文部·像贊」，明萬曆刻本，藏天津圖書館，收入中國國家數字圖書館《中

華古籍資源庫》）

（二）祭徐魯庵給事文

嗚呼！公起孤生，取高第，入木天，誦中秘，拜夕垣，贊國議，天下豔而稱之。然挂仕籍者逾三紀，而立朝者不四歲。其試南宮而獲儁，丁未也，舒徐内觀，凡再愆期，而後射策金馬，天下高公之難進，而不知其有漆雕未信之志。其爲給事也，淹詳外觀，凡再徙官，而再乞歸里，天下高公之易退，而不知其有王陽必迴之馭。公之歸也，逢掖其衣，環堵其宫，邑人而不邑居，野居而不以家從，天下意公有方外之樂，而不知其睢于於方之内以終。造物優公無累之晷，而公焚膏以繼之，若蠹魚之蝕群編，若牛毛而蠶絲天下，意公有不朽之圖，而不知其聊以取足而自怡。余欲以詞賦擬公於正則，而公不爲怨；以訓故擬公於季長，而公不爲侈；以宦薄擬公於曼容，而彼不足者鮮著述以自見；以沈思擬公於子雲，而彼不足者負美新之餘恥。然則兹日酹椒漿而告公也，情也；異時祀考亭之宫而配公也，禮也。嗚呼，公其吐之哉！

（明王世貞《弇州山人續稿》卷一百五十三「文部·祭文」，明萬曆刻本）

（三）徐魯庵先生墓表

嗚呼！此魯庵徐先生之墓。先生嘗讀書中秘，爲諫議大夫，不稱；稱魯庵先生，尚德也。

按狀，先生姓徐氏，名師曾，字伯魯，即以魯顏其庵爲別號云。徐氏其先嬴姓，偃王之後，散處太末。至勝國時，有諱濳者，以龍慶州守，始來家吴江。傳至文亮，以贅壻，始城居。文亮生達，達生綱，綱生養恬公朝，出後其從父縉，實爲先生之父。元配王孺人，子弗育；其貳淩孺人，實生先生。先生生有異質，弱不好弄。七歲就外傅，即匡坐讀書，終日嶷然，授以《易》義，輒通大略。十二能詩歌，屬古文詞。十四試有司，不得志。自是數絀而名益起，吴中子弟執束脯紛來受學，而先生亦抗顔爲人師。

嘉靖庚午，先生年二十四矣，郡守馬公以儒士首選，上御史試，復被放，人皆惜之。先生不以數奇而自沮，顧益下帷誦習，嘗程書自課，屹屹至丙夜不休。其學自《易》外，旁逮諸經，下至《洪範》、《皇極》數法陰陽曆律醫卜籀篆諸家之言，皆能通其說，亡論經生，即世稱鉅儒，弗過矣。

歲辛丑，始遇令喻公、督學使者楊公，兩公皆名能得士。於是先生試輒被賞，遂冠邑諸生，而諸生亦亡敢雁行者。所遇監司直指，無弗人人稱知己矣。丙午領鄉薦，丁未上春官連捷。念兩尊人年高，而生母在淺土，遂稱疾不對制歸。歸而襄淩孺人之葬已，養恬公召先生而諭之曰：「兒幸第春官，一命行及，如廢前代之典章弗考，懵於國家之令甲亡稽，胡以酬上恩？夫精義者致用，利用者安身，兒其勉之。」先生奉父命，乃益專志於學。亡何，養恬公卒。先生自傷不以禄養，哀毁幾不勝，終喪事，亡踰禮。

癸丑成進士，選爲庶吉士。閲二載，試恒居優，解館時，顧不得授史職，出爲兵科給事中。先生無幾微恨色，夙夜奉職而已。明年，嫡母歿京邸，護喪歸。服闋赴部，補吏科。先生在兩垣，先後長官丘、梁二公，雅知先生諳悉時務，凡大議多從商榷，即公疏多出先生手；而先生亦自有建白，如酌處川兵、請立任備祠之類，多見施行。庚申，奉命册封周藩，便道休沐。閱歲，歷轉左給事中。

當是時，肅皇帝春秋高，益摧折諫官，而相嵩用事，陰齮齕言者以自便，臺省多循默失職。先生歎曰：「吾奉先人遺體，不忍即狼籍闕下，柰何效儕輩積月奉，嘿嘿坐致金紫乎？」而會奉使時脾疾作，至是益甚，先生曰：「吾有以自解矣！」因請告不往。闢書舍於南湖之上，聚書萬卷，伊吾若諸生時。已遂屢疏乞休，銓部惜不爲請。隆慶辛未再疏，始奉俞旨致仕，然天下益想聞其風。今上初用兩臺使者薦，竟起爲禮科左給事中，檄迫之出，先生喟然曰：「臣在先朝以不能建明，故竊附周任之義以止；今群龍滿朝，臣老且病，何能復裨聖明萬一！」復抗疏辭，上諒其誠，許之。於是海内愈益高先生之行。御使郭君論薦甚力，行且復召，先生託所知言之銓部乃已。

先生既無意用世，常思託遺經以自見，故晚年論著彌富，學尊望崇，鄉邦方倚爲蓍蔡，而先生遽捐館舍，享年厘六十有四云。遠近哀賻，遠同太丘。鄉先生没而社祭，先生當之矣。生平所著，有《周易演義》、《禮記集注》、《正蒙章句》、《世統紀年》、《湖上集》，所纂緝修注，有《文體明辯》、《詠物詩編》、《臨川文粹》、《大明文鈔》、《宦學見聞》、《六科仕籍》、《吴江縣志》、《小學史斷》、《經絡全書》，共數百卷行於世。又以字學不明，欲緝全編，以贊同文之治；尤邃醫術，論著業已數十篇；此皆有志未成者也。

先生於學雖無所不窺，然根極歸之於敬，嘗揭其齋曰「主一無適」，旦夕諟之，即燕居顰笑，咸有榘矱。性雖醇謹，傴僂自將，至取予大節，毛髮不可苟，堵宫蕭然，有以自樂，終不爲人居間也。吴俗好言冥福，先生之葬元配，併自營壙，誡其二子曰：「吾生平不敢遂過，嘗有凜凜庶幾之心，即冥報當不吾譴，小子志之，毋狗俗好爲也。」屬纊之辰，猶勉二子以持敬，指床頭書令收篋中而已，終不及私。人謂先生之學，真得於敬云。有丈夫子二人詢、論，皆能世其家。其它詳具誌銘中，不載。

余惟國家以科甲羅士，士繇此進者，爭願出所長自快。然中原之人，車好生耳；大江以南，官多六百石自免者。談者謂江南人多田園子女之奉，以故輕去其官云。若先生當盛年美宦，一旦棄去，編摩窮年，此亦詎有所染好耶？當其請告時，天下未能盡窺其指見，以爲明哲保身而已。載更兩朝，途險者已就夷，居靜者且思動，而先生卒堅卧不起，然後有以見隱君子之真也。昔蔡中郎爲人作墓碑，獨云於郭有道無愧色。余非中郎其人，無足爲先生重者，然先生亦詎減郭有道哉！

（明王世懋《王奉常集》卷二十「文部·墓表」，明萬曆刻本，藏天津圖書館，收入《中華古籍資源庫》）

（四）人物志

徐師曾，字伯魯，吴江人。十二能爲詩、古文。長博學，兼通陰陽、律曆、醫卜、篆籀之説。嘉靖間，舉會試，以親老歸。閲六年，始就廷對，選庶吉士。歷吏科給事中，頻有建白。世宗方殺僇諫臣，言官緘口，師曾遂連疏乞休。萬曆初，起禮科左給事中，力辭不出。著《禮記集注》、《周易演義》，又撰《正蒙章句》、《世統紀年》、《文體明辨》、《大明文鈔》、《宦學見聞》、《小學史斷》，共數百卷。

（《大清一統志》卷五十六「蘇州府三·人物志」，《文淵閣四庫全書》本）

徐師曾，字伯魯，吴江人，嘉靖丁未進士。歷官吏科給事中，移疾歸里，闢書舍南湖上，講誦如諸生。萬曆中，屢詔起，辭不赴。益研究經學，撰《禮記集注》諸編，學者稱魯庵先生。

（《江南通志》卷一百六十三「人物志·儒林一」，《文淵閣四庫全書》本）

徐師曾，字伯魯。七歲就外傅，授《易》義，輒通大略。十三歲能爲古文詞。嘉靖丙午領鄉薦，丁未舉禮部。念二親年高，生母在淺土，遂稱疾不對制歸。歸而葬其生母，旋丁父艱。癸丑成進士，選庶常。二載，出爲兵科給事中。明年，以嫡母憂歸。起補吏科。凡瑣闈章奏多出其手，如酌處川兵、請祠任兵備之類，皆見施行。庚申，奉命册封周藩，悉謝餽遺。尋轉左給事中。時嚴嵩父子用事，齮齕言路。師曾歎曰：「吾諫官也，循默失職，豈周任之義耶？」會上道得脾疾，遂屢疏乞休。築室於南湖之上，聚書數萬卷，究心理學，矻矻如儒生。所著有《周易演義》、《禮記集注》、《正蒙章句》、《世統紀年》、《湖上集》，所纂有《文體明辨》，所輯有《詠物詩編》、《臨川文粹》、《明朝文鈔》、《宦學見聞》，所修有《六科仕籍》、《吴江縣志》，所補撰有《小學史斷》、《經絡全書》，共數百卷行於世。居鄉二十餘年，杜門卻掃，額其室曰：主一無適。卒年六十四。太常王公世懋，表其墓曰：徐魯庵先生之墓。尚德，故不書官。今祀鄉賢祠。

（《吴江縣志》卷十三「人物志・儒林」，康熙二十三年重修本，收入《中華古籍資源庫》）

徐師曾，字伯魯。七歲即匡坐讀書，授《易》義，輒通大略。十三歲，能古文詞。嘉靖二十六年，中禮部試。念父年老，生母在淺土，遂稱疾不對策歸。葬其生母，旋丁父艱，終喪無越禮。三十二年對策，選庶吉士，轉兵科給事中。明年，丁嫡母艱，服闋，補吏科。凡所建白，皆切時務。垣長重師曾名德，每事諮焉，疏稿多出其手。三十九年，奉命册封周藩。閱歲，歷轉左給事中。時世宗春秋高，嚴嵩父子用事，齮齕言路，師曾歎曰：「吾諫官也，循默失職，豈周任之義耶？」會得疾，遂屢疏乞休（王志堅曰：弇州名賢贊謂徐公以父母老，不能直諫，故歸，而不知公之父母生母皆已前殁。今據墓表正之）。辟書屋南湖上，誦讀如諸生。隆慶五年，疏請致仕。萬曆初，張居正柄國，其同年也，貽書勸之仕，竟不答，撫按奉部檄以原官迫之出，復抗疏以老病辭，又託所知言之銓曹乃已。遂益肆力經籍，前時《禮記》，士子用陳澔集説，師曾芟繁訂誤，折衷諸儒，撰爲《集注》，至今通行之。所著又有《周易演義》、《正蒙章句》、《小學史斷》、《宦學見聞》、《湖上集》，所輯有《世統紀年》、《六科仕籍》、《吴江縣志》、《經絡全書》、《文體明辨》、《詠物詩編》、《臨川文粹》、《大明文鈔》，共數百卷行於世。又以字學不明，欲緝篆籀諸體爲全編；邃於醫術，著論數十篇，二者皆未成書。師曾德器端醇，不苟言笑，學無不通，根極歸於持敬，常以「主一無適」揭其齋。卒年六十有四。遺命誡其子毋徇俗，尚求冥福。太常王世懋表其墓曰：徐魯庵先生之墓，尚德，故不書官。

（《吴江縣志》卷三十「儒林・人物七」，乾隆十二年重修，民國間石印本，收入《中華古籍資源庫》）

徐師曾爲翰林時，嚴嵩執政，師曾意不樂。閣試題《寒塘宿雁圖》，師曾因以詩見意云：「秋深陽鳥宿平蕪，誰對寒汀繪此圖。日暮江南眠最穩，天空沙際影仍孤。刷毛自問霜華老，斂翮那思風力扶。但願衡陽得飛去，不愁雲路稻粱無。」嵩得詩，銜之。未幾，出爲給事。

（《吴江縣志》卷三十七「人物十四・别録」，乾隆十二年重修，民國間石印本，收入《中華古籍資源庫》）

徐師曾，字伯魯，深沈好學。嘉靖二十六年舉禮部，以父母年高，不對策而歸。父殁後始成進士，選庶起士，轉兵科給事中。母喪歸，起補吏科。所建白多切時務，晉左給事中。時嚴嵩父子用事，言路多失職，遂引疾歸。闢書舍南湖上，講誦如諸生時。萬曆初，以薦起禮科，固辭。晚年覃思著述。往時《禮記》用陳澔集説，師曾鳩集群儒，潛心講諷，集數十年撰爲《禮記集注》，至今通行。先是，莫旦、史鑑、陳理皆爲縣志，文頗繁猥。師曾以爲不足垂遠，重作《吴江志》，綜討舊章，號爲良史。卒年六十四。

（《蘇州府志》卷一百五「人物三十二」，光緒九年刻本，收入《中華古籍資源庫》）

二、序録

（一）文體明辯序

上古之世，樸茂未漓，結繩而治，無所謂文也。自書契易，人文著，「三墳」、「五典」，昭雲漢而炳日星，先王所以經世垂則化成天下者，其道尚已。秦棄詩書，至漢惠五禩，始除挾書律，遺書往往出孔壁間。於時天下文學材智之士，雅嚮儒術，浸登博洽。及後世醇駁紛紜，不能粹然壹稟於正。國朝洗邅風，尚經術，郁郁乎文，稱大備矣。然文盛而體不及格者往往有之。

不佞髫齡時，仍其家學，即從鄉先進論文。已廼厭苦淫靡，妄意漁獵古今，綜及聖經賢傳諸子百家之言，極人文之致者，不可勝數。竊不自量，求辯其理，而幼困鉛槧，今困簿書，未遑也。

迨移令吴江，邑有聞人徐伯魯先生。當世廟時，讀書中秘，拜夕郎，早歲懸車，杜門著述。因同郡吴文恪公訥所纂《文章辯體》，廣爲《文體明辯》，分爲八十四卷，自敘簡端，既文而覈。其取類也肆，其辯析也精。凡文之爲制誥，爲疏劄，爲書文表贊之類；詩之爲樂府，爲古風，爲近體之類；與夫襍體附録，總命曰文。昭藝林之矩矱，標制作之堂奧，千古人文，一覽具見，先生之擥掇誠勤，而用心良苦矣。然終先生之身，成勞未獻，今始得覩其全書。於是喟然嘆曰：渢渢乎是編也！其埴之有方圓乎！木之有鉤繩乎！善治陶者而非方圓則何以中規矩？善治木者而非鉤繩則何以中曲直？爲文者亦若是而已矣。奈何輓近爲文者，不泰縵也夸，則攣卷也剬；不馮閎也肆，則弔詭也僻；不淖約也儜，則劇割也喭。甚者勦厥涔蹏，辯解連環，捷過炙轂，自眩以動矇瞽之色，識者直敝帚棄之。此不假道於體，而徒潰潰焉以自放，譬如陶人之廢方圓，而匠氏之棄鉤繩也，是何足以言文哉？

説者又以文之爲用也，縱發衡決，游矯騰踔，方其騁思而極巧也，固馳驟無方而神運莫測，何以體爲哉？雖然，《易》不云乎：「擬議以成其變化。」無變化者用也。所以爲之擬議者體也，體植則用神，體之時義大矣哉，而胡可以弗辯也！故世之薦紳學士，啓函而識體，因體而會心，加以吸英咀華，漱芳簸秕，游乎骨理之内，超乎形骸之外，内足於意，外足於象，意象衡當，發以天倪，當必如蜩若掇、鐻有神、斤成風、痀合舞者矣，惡得遽以糟粕少之哉？

是梓成，而談議者籍以樹不朽，經世者籍以潤皇猷，即不佞不敏，庶幾亦得以緣飭而治，固視兹編爲嚆矢矣。是爲序。

萬曆辛卯三月上巳，賜進士第文林郎知吴江縣事廣平趙夢麟譔。

（和刻本《文體明辯》卷首，景日本嘉永五年［一八五二］刻本，京都中文出版社株式會社一九八二年版，第一九—二一頁）

（二）刻文體明辨序

吴江魯庵先生，讀中秘書，出列諫垣，言事剴切，當肅皇帝旨，悉見採納，直聲在先朝籍甚。性不嗜仕。無何，退耕其邑之郭外，築一室，充左右圖書，潛心大業，力希不朽，屢詔起用，竟不就。藐台鼎若棄，甘窮約若飴，彼其意有所屬，固不以此易彼也。

先生多著述行於世。《文體明辨》一書，則準吴文恪公《文章辨體》，加益而手編之，上採黄虞，下及近代，文各標其體，體各歸其類，條分縷析，凡若干卷云。疏奏章劄，以宣朝廷；教令詞册，以達宗廟；論説詩賦序記箴銘雜著，以昭懲慝，而詔後世；洋洋乎，纚纚乎，詎非文章家之極觀、而不朽之盛事哉！嘗謂陶者尚型，冶者尚範，方者尚矩，圓者尚規，文章之有體也，此陶冶之型範，而方圓之規矩也。是故敷奏以婉切勝，敘事以約暢勝，紀載以該核勝，美刺以微中勝。體所從來，非一日矣。弔詭之士，妄意高玄；騖博之士，私擬牽合。代降風漓，莫可窮詰。雖力追古哲，號稱雅馴，而終不免浸淫也。體既溺矣，烏用文之？是編出而堂寢殊構，宫商異調，判若蒼白，剖若玄黄，回狂瀾於既倒，指斗極於方中，先生嘉惠來學，豈淺鮮乎？

雖然，文有體，亦有用。體欲其辨，師心而匠意，則逸轡之御也。用欲其神，拘攣而執泥，則膠柱之瑟也。《易》曰：「擬議以成其變化。」得其變化，將神而明之，會而通之，體不詭用，用不離體，作者之意在我，而先生是編爲不孤矣。不然，而徒曰某體某體，摹倣雖工，情神未得，是父老之擬新豐，而優孟之效叔敖也，奚裨哉？奚裨哉？

是編爲先生藏本，余舅氏鹿門茅公雅慕之，以活字傳學士大夫間，一時爭購，至今楮貴。前令仁宇徐公擊節而嘆曰：「是吾邑先賢手澤也，盍梓之？」請於直指知吾邢公，捐贖佐工，工甫半而以赴召行。廣武趙公來令，首先教化，亟謀畢梓。會直指雍野李公行部下檄，遂告竣焉。

先生伯子詢、仲子論，能讀父書，丐一言於余，余敢以不文辭？用敘其本末如此。

萬曆辛卯夏月吉旦，賜進士出身陝西道監察御史吴興後學顧爾行頓首拜書。

（和刻本《文體明辯》卷首，同上版，第二一二—二一四頁）

（三）重刻文體明辨序

文之有體，譬之於人之有體。人有百體，若頸若腹，若肩背，若腕臂，若腰脚脾臏，斑然區別，不待辨而明矣。文既如此，亦何費分辨而明乎？而吴文恪著《文章辨體》，爲類五十，既爲附贅懸疣，徐伯魯又廣益之，著《文體明辨》，爲一百一類，殆謂贅之又贅乎？曰：不然。人體成於天，固不待分辨；文體出於天，而成於人。凡出於人者皆須修爲，故其始雖醇，至用之之久，不能不雜，甚者以頸爲足，以手爲脚，錯亂混淆，以致不明，豈可不明辨耶？且文有天文焉，有人文焉。天文若日月星辰森羅萬象是也；人文者，典謨誓誥風騷雅頌是也。《易》云：「觀天文以察時變，觀人文以化成天下。」夫天文萬古不墜，猶且不能無時變，況人文之出修爲者乎？誓變爲移，檄誥變爲詔勑，典謨變爲書序，記傳風騷雅頌變爲揚、馬之賦，陶、謝、李、杜、韓、白、蘇、陸之詩。自漢魏以至唐宋諸名家世有作者，雖萬變而不失其體，是皆爲善變者，而其不善變者又甚多。於是當重而輕，當簡而繁，當大而小，當短而長，體格乃亂，後進之士或焉。於是乎文恪一辨之，伯魯再辨之，昭昭乎揭日月而行於天，其有補於藝苑，豈謂少小哉！伯魯之書久行於彼土，而流傳於我邦，翻刻發兑，亦已多經年所，其版漫滅，操觚之士，以爲遺恨。平安書肆謙謙舍主人欲補其缺陷，謀重雕之，來謁余序。余嘉其盛舉也，不敢辭，乃論文體之本源，既以塞主人之請，又以諗海内操觚之士。

嘉永四年龍集辛亥冬十月望，津藩督學齋藤謙撰并書。

（和刻本《文體明辯》卷首，同上版，第一—二頁）

（四）跋

初，余受業於讀書不疏園，習文之課書，《文體明辨》其一也。而世少刻本，間或有之，窮措大微力難購，全斑叵窺，每以爲恨。既而叩之曰：「文章之體三，敘事也，議論也，詞賦也，謂之三經；過去也，現在也，將來也，謂之三緯。經緯錯綜，以爲文字。文字既成，體裁云生。大小方圓，千變萬化。心固無定住，言豈有定局！《文體明辨》之課，與所謂達意之義，道豈不左乎？」先師曰：「子所言，則上乘之悟機也；我所課，則小乘之梵綱也。子等文思稍熟，筆鋒稍進，然後我將發之。子既了此義，不復待我發露，唯恐漏泄之卻早。在子則當須以辨體修業，不然後必有魔障。」師言猶在耳，醫事紛冗，課業未能了，每以魔障爲恐。徂歲書肆謙謙舍謀《文體明辨》重刻之舉，話校字於余。余喜曰：此先師習文課書之一，而余欲了未了之業也，余安不承當之哉！今茲嘉永壬子冬，校刻告竣，因記所嘗聞者以爲跋云。

時嘉永壬子十一月廿日，法橋醫元沖。

（和刻本《文體明辯》卷首，同上版，第一七—一八頁）

（五）文體明辨提要

《文體明辨》八十四卷（兩江總督採進本）：明徐師曾撰。師曾有《古文周易演義》，已著録。是編凡綱領一卷，詩文六十一卷，目録六卷，附録十四卷，附録目録二卷。蓋取明初吴訥《文章辨體》而損益之。訥書内編僅分體五十四，外編僅分體五，前代文格，約略已備。師曾欲以繁富勝之，乃廣正集之目爲一百有一，廣附録之目爲二十有六。首以古歌謡詞，皆漢以前作，真僞不辨，而以李賀一詩參其間，豈東京而後，祇此一詩追古耶？次四言詩，以分章者爲正體，以不分章者爲變體。次楚詞，分古賦之祖、文賦之祖、摹擬楚詞三例。次賦，分古賦、俳賦、文賦、律賦四例，又有正體而間出於俳，變體流於文賦之漸二變例。次樂府，全竊郭茂倩書而稍益以《宋史樂志》，其不選者亦附存其目。次詩，取《文選》

門類稍增之，所録止於晚唐，宋以後無一字。次詔誥諸文，皆分古體、俗體二例。次爲書表諸表，則古體之外添唐體、宋體，碑則正體、變體之外又增一别體，甚至墓誌以銘之字數分體。其餘亦莫不忽分忽合，忽彼忽此。或標類於題前，或標類於題下，千條萬緒，無復體例可求，所謂治絲而棼者歟。

（《四庫全書總目》卷一九二「集部四十五・總集類存目二」，中華書局一九六五年版，第一七五〇頁）

三、評論

計天下之所爲盛者，毋如嘉、隆間。嘉、隆之所爲盛，毋如江左。江左毋如吾吴郡，而郡之巖邑曰吴江，吴江之雋曰徐魯庵公。公成進士，讀中秘書，出補夕拜，司諫諍於嘉靖之季。不二載，輒謝去，退而耕吴江之埜。天下豔於公之名，而竊意其所撰著，必有當於其所謂盛者。而公獨不然。公生而亡它嗜，顧獨嗜書。於書嗜六經子史，而尤邃於《易》及三《禮》。諸聖賢精神心術之微，公皆爲能探隱破的，而後筆之於書。書成，而近邑之衿裾少年或不能盡好之，然必不以其一日之好而易吾守。公爲人恂恂長者，其出處多避少進寬，然置其身於不争之地而善藏之。然間有所持論，則必務於信，其見而不諧俗，如表讓而賢朱均，立統而屈趙宋，辨王正而歸周曆，標吴祀而絀范蠡，即令湯禹之徒操尉牘，自謂推見至隱，讀公辭而有不吐舌歛手者哉？不然，以公之避跡，謂孤陗且忘世者，廼其叙論郵道江左徭役，抑何忠厚懇至而達國體也！且夫公非不能華，非惡夫華，而力去之，唯欲究夫文所繇，而底其終之用而已。

（明王世貞《徐魯庵先生湖上集序》，《弇州山人續稿》卷四十四，明萬曆刻本，藏天津圖書館，收入《中華古籍資源庫》）

維揚張世文作《詩餘圖譜》七卷，每調前具圖，後系詞，於宫調失傳之日，爲之規規而矩矩，誠功臣也。但查卷中，一調先後重出，一名有中調、長調，而合爲一調，舛錯非一。錢塘謝天瑞更爲十二卷，未見釐剔。吴江徐伯魯以圈别黑白易淆，而直書平仄，標題則乖；且一調分爲數體，體緣何殊？《花間》諸詞未有定體，而派入體中，其見地在世文下矣。古歙程明善，因之刻《嘯餘譜》，於天瑞兄弟也。余則以一調爲主，參差者明注字數多寡，庶定格自在，神明惟人，即此是譜，不煩更覓圖譜矣。

（明沈際飛《古香岑草堂詩餘四集》「發凡・定譜」，明末南城翁少麓刻本，藏天津圖書館，收入《中華古籍資源庫》）

凡古文，皆有體式。如詔誥、册命、書疏、啓檄、露布之類，各有規矩，各有家數。學作古文，須要曉此各項，方是有用文人。不然，則亦無用之辭章而已矣。吴江徐師曾輯《文體明辨》，甚得此意。然其意主於博收，剪裁頗欠識力。愚意欲節去其無用而煩冗者，細爲批詳，指出中間異同，及中窾不中窾處，病未能也。

（清陸世儀《陸桴亭思辨録輯要》卷五「格致類」，清康熙四十八年張氏正誼堂刻本，收入《中華古籍資源庫》）

今人作詩餘，多據張南湖《詩餘圖譜》及程明善《嘯餘譜》二書。南湖譜平仄差核，而用黑白及半黑半白圈，以分别之，不無魚豕之譌。且載調太略，如《粉蝶兒》與《惜奴嬌》，本係兩體，但字數稍同，及起句相似，遂誤爲一體，恐亦未安。至《嘯餘譜》則舛誤益甚，如《念奴嬌》之與《無俗念》、《百字謡》、《大江乘》，《賀新郎》之與《金縷曲》，《金人捧露盤》之與《上西平》，本一體也，而分載數體。《燕春臺》之即《燕臺春》，《大江乘》之即《大江東》，《秋霽》之即《春霽》，《棘影》之即《疏影》，本無異名也，而誤仍譌字。或列數體，或逸本名。甚至錯亂句讀，增減字數，而强綴標目，妄分韻脚。又如《千年調》、《六州歌頭》、《陽關引》、《帝臺春》之類，句數率皆淆亂。成譜如是，學者奉爲金科玉律，何以迄無駁正者耶？

（清鄒祇謨《遠志齋詞衷》「張程二譜多舛誤」條，唐圭璋編《詞話叢編》本，中華書局一九八六年版，第六四三頁）

詞有一體而數名者，亦有數體而一名者。詮敘字數，不無次第參錯。其一二字之間，在於作者研詳綜變，譜中譜外，多取唐宋人本詞較合，便得指南。張世文、謝天瑞、徐伯魯、程明善等前後增損繁簡，俱未盡善。

（清鄒祇謨《遠志齋詞衷》「花間非全無定體」條，唐圭璋編《詞話叢編》本，同上版，第六四五頁）

詞辨者，徐魯庵先生先有《明辨》一書，但辨於名不辨於實。錢塘毛氏力整《嘯餘》之錯誤，陽羨萬子又詆《圖譜》之乖違。今輯詞話，分調列之，而考覈未盡也。

（清沈雄《古今詞話·凡例》，唐圭璋編《詞話叢編》本，同上版，第七三〇頁）

《柳塘詞話》曰：徐師曾魯庵著《詞體明辨》一書，悉從程明善《嘯餘譜》，舛訛特甚。如南湖《圖譜》，僅分黑白。魯庵《明辨》亦別平仄，但襯字未曾分析，句法未曾拈出。小令之隔韻換韻，中調之暗藏別韻，長調之有不用韻，亦未分明。較字數多寡，或以襯字爲實字。分令慢短長，或以別名爲一調。甚則上二字三字，可以聯下句。下五字七字，可以作對句。過變竟無聯絡，結束更無照應。成譜豈可以如是！此我邑先輩著書最富，諒必爲人所悞也。

（清沈雄《古今詞話·詞話》下卷「詞體明辨舛訛特甚」條，唐圭璋編《詞話叢編》本，同上版，第八〇六頁）

沈雄曰：維揚張世文爲《圖譜》，絕不似《嘯餘譜》、《詞體明辨》之有舛錯，而爲之規規矩矩，亦填詞家之一助也。

（清沈雄《古今詞話·詞評》下卷「張綖」條，唐圭璋編《詞話叢編》本，同上版，第一〇二九頁）

伯魯説經鏗鏗，又輯《文體明辨》以廸後學。一官清要，五疏乞歸。其《述志賦》云：「相先民之不朽兮，託三事而流傳。吾何有一於兹兮，死速朽而猶偲。」「惜青春之不我與兮，忽已至乎衰年。胡不及時以精進兮，擇可修而勉旃。」昔賢有言：耄未至惛，衰不及頓，尚可厲志於所期。又言：進不及達，退無所矯。伯魯之謂矣。詩亦清婉，蓋斤斤學唐者。

（清朱彝尊編録，汪森等緝評《明詩綜》卷四十四引《（静志居）詩話》，清乾隆刻本，藏天津圖書館，收入《中華古籍資源庫》）

嘅自曲調既興，詩餘遂廢。縱覽《草堂》之遺帙，誰知大晟之元音。然而時届金元，人工聲律，迹其編著，尚有典型。明興之初，餘風未泯。青邱之體裁幽秀，文成之豐格高華，矩矱猶存，風流可想。既而斯道愈遠愈離，即世所膾炙之婁東、新都兩家，擷芳則可佩，就軌則多岐。按律之學未精，自度之腔乃出，雖云自我作古，實則英雄欺人。蓋緣數百年來，士大夫輩帖括之外，惟事於詩，長短之音，多置弗論。即南曲盛行於代，作家多擅其名，而試付校讎，類皆齟齬。況乎詞句不付歌喉，涉歷已號通材，摹仿莫求精審。故維揚張氏據詞而爲圖，錢唐謝氏廣之；吴江徐氏去圖而著譜，新安程氏輯之。於是《嘯餘譜》一書通行天壤，靡不駭稱博覈，奉作章程矣。百年以來，蒸嘗弗輟；近歲所見，剞劂載新，而未察其觸目瑕瘢，通身罅漏也。近復有《填詞圖譜》者，圖則葫蘆張本，譜則矇捧《嘯餘》，持議或偏，參稽太畧。

（清萬樹《詞律·自敘》，《詞律》卷首，上海古籍出版社一九八四年版，據清光緒二年刻本影印，第五—六頁）

《嘯餘譜》分類爲題，意欲別於《草堂》諸刻，然題字參差，有難取義者，强爲分列，多至乖違。如《踏莎行》、《御街行》、《望遠行》，此行步之行，豈可入歌行之内？而《長相思》尤爲不倫。《醉公子》、《七娘子》等是人物，豈可與他子字爲類？通用題與三字題有何分別？《紗窗恨》又不入人事思憶之數，《天香》入聲色不入二字題，《白苧》入二字不入聲色題，《柳梢青》入三字而《小桃紅》又入聲色，《玉連環》不入珍寶。若此甚多，分列俱不確當。故列調自應從舊，以字少居前，字多居後，既有彙規，亦便檢閲。

（清萬樹《詞律·發凡》，《詞律》卷首，同上版，第九頁）

舊譜之最無義理者，是第一體、第二體等排次。既不論作者之先後，又不拘字數之多寡，强作雁行，若不可逾越者。而所分之體，乖謬殊甚，尤不足取。因向來詞無善譜，俱以之爲高會典型，學者每作一調，即自注其下云第幾體。夫某調則某調矣，何必表其爲第幾？自唐及五代、十國、宋、金、元，時遠人多，誰爲之考其等第而確不可移乎？

（清萬樹《詞律·發凡》，《詞律》卷首，同上版，第九頁）

至沈天羽駁《嘯餘》云：「一調分爲數體，體緣何殊？《花間》諸詞，未有定體，何以派入譜中？」愚謂此語謬矣！同是一調，字有多少，則調有短長，即爲分體。若不分，何以爲譜？觀沈所刻，或注前段多幾字、少幾字，或注後段多幾字、少幾字，是本知此體與他體異矣。又或云據譜應作幾字，則知調體不同矣，何又以爲體不宜分耶？《花間》詞雖語句參差，亦各有所據，豈無規格而亂填者，何云不可派入體中耶？字之平仄，尚不可相混，況於通篇大段體裁耶？「未有定體」一語，爲淆亂詞格之本，大謬無理甚矣！故「第一」、「第二」必不可次序，而體則不可不分。

（清萬樹《詞律·發凡》，《詞律》卷首，同上版，第一〇頁）